有爱的青春陪伴者

/ 星星是迷途的灯塔,
Star 也是。/

当你闪耀时

明月闪闪 —— 著

图书在版编目（CIP）数据

当你闪耀时 / 明月闪闪著. -- 南京：江苏凤凰文艺出版社, 2025. 6. -- ISBN 978-7-5594-9538-9

Ⅰ. I247.5

中国国家版本馆CIP数据核字第2025HW5772号

当你闪耀时

明月闪闪 著

责任编辑	王昕宁
特约编辑	周 贝
出版发行	江苏凤凰文艺出版社
	南京市中央路165号，邮编：210009
网 址	http://www.jswenyi.com
印 刷	长沙鸿发印务实业有限公司
开 本	880mm×1230mm 1/32
印 张	11
字 数	442千字
版 次	2025年6月第1版
印 次	2025年6月第1次印刷
书 号	ISBN 978-7-5594-9538-9
定 价	42.80元

江苏凤凰文艺版图书凡印刷、装订错误，可向出版社调换，联系电话025-83280257

目录

C O N T E N T S

Chapter1 ▶ 001
你的真命天子即将出现

Chapter2 ▶ 028
星星是迷途的灯塔，Star 也是

Chapter3 ▶ 053
耀眼、坚硬，且充满棱角

Chapter4 ▶ 072
我的编剧，乔闪闪老师

Chapter5 ▶ 096
令人心动的热烈少年

Chapter6 ▶ 123
今天夕阳真美

Chapter7 ▶ 145
给陆老师讲戏

Chapter8 ▶ 169
怕你不开心

目录
CONTENTS

Chapter9 ▶ 189
藏起一个易碎的梦

Chapter10 ▶ 208
似在这一年，喜欢上一个女孩

Chapter11 ▶ 222
心动的瞬间

Chapter12 ▶ 247
愿意为了似勇敢一次

Chapter13 ▶ 265
至暗时刻

Chapter14 ▶ 290
爱是比时间珍贵的奢侈品

Chapter15 ▶ 316
当你闪耀时

番　外 ▶ 331
后来那些事

事情发生的时候,乔闪闪正在看手机。抖音总热榜前十,陆星耀一人就占了四个。

#陆星耀 关山月#、#陆星耀现身首都国际机场#、#陆星耀 裴昭#、#陆星耀演技#。

乔闪闪最近天天熬夜加班,头发一把把地掉,上次来月经还是两个月前,要不是自己单身,多少得怀疑一下是不是怀孕了。

因此这会儿,看到害自己加班的罪魁祸首,她就忍不住心烦。

乔闪闪面无表情地划拉两下手机屏幕,正准备退出,没留意点进热榜第一的话题——#内娱第一阿尔法#。

得益于这些年国家对5G的大力发展,没等她反应,视频已经开始自动播放。

汹涌的人潮中,男人身形高大挺拔,清瘦但并不单薄,有种鹤立鸡群的出挑。

他穿一身黑,黑色工装裤、黑色背心,戴黑色墨镜,两手插兜,一件黑色夹克松垮地挂在肩上,脖子上戴了一条银光闪闪的铂金项链,肩臂胸口处的肌肉线条清晰,墨镜下的半张脸冷淡不羁,自人群中远远走来时,有种目中无人的狂傲。

乱世巨星的伴奏曲慷慨激昂地响起,密密麻麻的人群如退潮海浪般一分为二,自发为来人让出一条通路。

似乎是察觉到有人在拍,男人蓦地转头看来,唇角扯出一个冷淡的弧度,蓬勃的荷尔蒙几乎要从屏幕中喷涌而出。

拍摄角度的原因,视频不算清晰。

乔闪闪一时没有认出这人是谁,猜想着是不是最近火起来的某位流量明星,脑子慢半拍地还在想,手已经先一步点开评论区——

陆星耀,内娱第一阿尔法。

乔闪闪表情凝固,紧接着,伴随着一声刺耳尖锐的号叫,一个重物自高处重重砸在她的肩上。乔闪闪猛地往前扑倒,手机连同提在手里的外卖一同飞了出去。

一只橘色肥猫在地上打个滚,丝毫不顾被它砸个半死的乔闪闪,一头扎向外卖袋,一只黑色"八字开脸"肥猫紧随其后,两只猫围着散落一地的外卖龇牙哈气。

"哎哟,没事儿吧,丫头?"

门卫大爷老张正端着保温杯四处溜达巡视,见乔闪闪趴在地上半天爬不起来,忙上前将人搀了起来。扶着人在花坛边的长椅上坐下,张大爷操着一口京片子热络地问道:"能行吗?不行大爷送你去医院。"

乔闪闪试着活动肩膀、抻抻腿。还行,没脱臼没骨折,就膝盖上蹭破点皮,小伤。

乔闪闪:"不用了,谢谢大爷。"

两只猫还在为香酥排骨的所有权"嗷嗷呜呜",张大爷骂了句"小畜生",作势要去撵。乔闪闪自认倒霉地叹了口气:"算了吧,反正也不能吃了。"

她拍了拍手上的灰,从包里拿出消毒湿巾清洁伤口。

张大爷溜达着去旁边给她捡手机,一回头,见她龇牙咧嘴着直抽气,只觉得好笑又心疼,将手机塞她怀里:"等着,大爷去给你拿药。"

乔闪闪想说不用,一抬头见大爷已经走远,只好把喉咙口的话又咽回去,远远冲着大爷的背影道了声谢。

八月中旬的北京,秋意寥寥,溽暑未消,即便是到了傍晚,气温依然居高不下。天气预报夜间有暴雨,这会儿空气沉闷黏腻,厚重的云层坠在空中,有种说不出的压抑。

乔闪闪把消毒湿巾团了团,扔进旁边的垃圾桶,重新拿起手机。

好消息,屏幕没碎。

坏消息,她为某顶流的热搜事业添砖加瓦,摔倒时不慎点了个赞。

就说和"陆星耀"三个字扯上关系准没好事。看一眼自己遭受无妄之灾的膝盖,乔闪闪默默在心中腹诽一句,取消了点赞,按灭手机。

乔闪闪大学学的是临床心理学专业,毕业后没有选择考研,短暂地在某所中学担任过一段时间的心理辅导老师。奈何她实在不是当老师的那块料,恰逢那段时间,好友周佳怡准备转行做编剧,希望她能过去帮忙。

乔闪闪从小就有个编剧梦,初中时就无师自通地对着电影电视剧拉片,可惜家人反对,没能参加艺考。上大学后,她开始自娱自乐地在网上写小说和同人文,虽然在小圈子里有点名气,但始终不温不火。因此周佳怡一提,她就立刻答应下来,果断辞职来了北京。

头一年还不错,虽然辛苦,钱也不多,但创作相对自由,和制片导演的理念也合拍,项目推进很快,看着自己的文字拍摄落地播出的成就感比什么都值。

后来,乔闪闪更是在比稿过程中打败一众大编剧,成功接下知名大IP《关山月》。那时她还做着剧播出以后自己一夜成名的美梦,却不知道自己的噩梦才刚刚开始。

光是改剧本,就从头到尾大改了三次,要不是三稿剧本都叫《关山月》,估计还以为是三个项目。接着遇到个理念不和的制片,天天被骂得狗血淋头不说,还被克扣剧本费,动不动就威胁要换编剧。好不容易熬到项目对接演员,准备开机了,又一个晴天霹雳——片方找了陆星耀来演男主角裴昭!

陆星耀,内娱顶流,人气高不假,长得帅也是真的,但哥出道十几年,风评就没好过,黑粉快和粉丝一样庞大,所到之处无不是腥风血雨。

但这不是重点,重点是,他演技实在太差,上限极低,下限负无穷,但凡他担任主角的剧,没一部是豆瓣评分过"5"的。

而更过分的是,为了迁就这位的演技,制片再次要求改剧本,原本好好的家国天下权谋剧,硬生生被改成狗血玛丽苏工业糖精剧,不能说和原著有什么区别,只能说是毫不相关。

乔闪闪为《关山月》这个项目付出了整整两年的时间和数不清的心血,她不仅是编剧,还是原著粉,只要想到剧播出后,编剧被骂上热搜的场景,她就忍不住悲从中来。

"小姑娘家家的,整天唉声叹气的,像什么话。"

张大爷拿着消毒水和棉签回来,老远就看见乔闪闪蔫头耷脑的丧气样,热心市民张大爷对此很不赞同。

"年纪轻轻的,还不如我一个老头子有活力。"

两只猫不知道什么时候达成协议,这会儿脑袋贴着脑袋,亲昵地凑在一起埋头吃饭。

乔闪闪拿纸巾垫着踩在长椅边缘,用蘸了消毒水的棉签清理伤口上的小沙粒。

张大爷瞅了她两眼,试探着问:"遇到事儿了?来给大爷说说看。"

"没。"乔闪闪摇头,换了一根棉签,"就是最近工作有点儿累。"

"要我说啊,你们年轻人就是太拼。"张大爷就着保温杯喝了两口茶,老气横秋道,"人啊,还是得信命,命里没有的东西,你再努力也没用。"

乔闪闪叹了口气,什么命不命的,她不清楚,但她现在算是体会到了,越努力越不幸是一种什么样的体验。要不是当初努力拿下这个项目,现在也不至于既操心又没钱。

偶尔朋友们开玩笑,会不无羡慕地调侃一句"乔老师马上就是大编剧了哦",可只有乔闪闪自己清楚,她拿的那点儿剧本费,连饭都快要吃不起了。

张大爷:"来丫头,手给我。"

乔闪闪:"干什么?"

嘴上这样问,手已经递了出去。

张大爷就着不甚明亮的路灯,一脸严肃地盯着她的掌心看。乔闪闪忍不住调侃:"大爷,您还会看手相?我以前怎么不知道。"

"不知道就对了,一般人我可不给看。"

"那您看出什么了?"

张大爷摸着下巴沉吟半响,搞得乔闪闪都有些紧张了,才郑重其事地道:"看出你这丫头有福气,将来必定大富大贵,爱情、事业双丰收!"

别说大富大贵了,下个月的房租要从哪儿出还不知道呢。

爱情就更别提了,她天天不是在工作室写稿,就是在家写稿,出门机会寥寥无几,身边不说异性,连个公的都少有。

知道张大爷是在安慰她,乔闪闪也十分捧场:"行,那我就等着,看退休前能不能实现。"

"你别不信。"张大爷很不高兴,"你的真命天子很快就会出现了。"

乔闪闪被那跨时代的"真命天子"逗得不行,蔫了吧唧的一张脸都神采飞扬起来:"好好,承您吉言,回头我们结婚了,肯定给您包个大红包!"

说话时,手机在一旁振动了两下。乔闪闪拿起看了一眼,是周佳怡的消息。

怡宝:闪宝,你前三集剧本改完没啊,发给我。

怡宝:顶不住了,制片又在催了,快快快!

乔闪闪脸上刚浮起的一点笑意又缓缓落下。她叹了口气,收起手机,拧上消毒水的瓶盖,和棉签一起递还给张大爷。

"要回去了?"张大爷很有眼力见儿,摆摆手道,"行了,拿回去用吧,你那伤还得恢复几天。"

乔闪闪到家已经是十分钟后。

今天楼上似乎是有人搬家,两个电梯都占着,停在二十八层半天不动一下。乔闪闪在楼下等了近三分钟,电梯没等来,先等来了周佳怡的催稿夺命连环Call。

电梯估计短时间内都不会有动静,周佳怡那边又催得厉害,乔闪闪选择了走楼梯。

乔闪闪住十七层,不算高也不算低,但对于她这种常年伏案缺乏运动的人来说,几乎要了半条命。等到进门时,她满头满脸都是汗,腿上的伤也再次渗出血丝。

乔闪闪顾不上换衣服处理伤口,先打开电脑,给周佳怡传文件。前两集是早已经改好的,第三集还差两场戏的收尾。她加了会儿班,半小时后发给周佳怡,才去换衣服洗澡包扎伤口。

一切打理妥当,从卫生间出来已经快九点半。乔闪闪给自己点了一份外卖,一边等小哥上门,一边找了部下饭综艺,抱着电脑窝在懒人沙发上放松心情。看了没两分钟,周佳怡的消息又响个不停。

怡宝:闪宝,你今晚再加一下班,把四五集改出来。制片明天约了导演和演员见面,需要前五集剧本。

怡宝:制片觉得剧本后面的问题还是比较大,希望明天能当面交流一下。

我今晚飞巴厘岛，大概要待一个星期，明天你替我过去一下，我一会儿把制片助理的微信推给你。

乔闪闪盯着对话框，胸口像是被什么堵着，沉甸甸地压在那儿，有种说不出的烦躁和抗拒。

对话框里，信息还在一句句冒出来。

怡宝：[个人名片]Ann

怡宝：你等会儿忙完了记得加一下。我已经和制片那边打过招呼了，她到时候会把时间、地点发给你。

怡宝：收到回复一下。

隔了好久，乔闪闪才努力把那翻涌的负面情绪压下去。她斟酌着措辞，尽量让自己的文字显得理智客观。

闪宝：怡宝，我最近真的很累，这段时间的工作强度你也清楚，我不是不愿意加班，但你下次安排工作的时候，能不能也考虑一下我的承受能力？

乔闪闪顿了顿，一字一句地在对话框里打"你要出去旅游，应该提前安排好工作并说一声。而且最近大家都很忙，我觉得这个时间其实不太合适……"，没等她打完，周佳怡先回了消息。

怡宝：[转账5000元]

怡宝：制片那边一直卡着剧本费不给批，我最近好穷啊，连猫粮都买不起，问男朋友借了钱先打给你。

怡宝：辛苦啦，等我回来给你带礼物。[亲亲]

乔闪闪的心情有种说不出的复杂，她看着对话框里没来得及发出去的对话，发了会儿呆，最终还是叹了口气，一个字一个字地删掉，回她一个"OK"的表情符号。

正好外卖到了，不知道是饿过劲儿，还是压力上来紧张反胃，明明刚刚还觉得能吞下一头牛，这会儿却是一点胃口都没有了。

乔闪闪随便吃了两口就坐回书桌前，打开电脑，给自己滴了两滴眼药水，揉揉僵硬的脖子，开始新一轮的加班。

暖色的灯光将她伏案工作的身影投在窗户上，窗外是北京夜晚的万家灯火，以及千千万万和她一样的追梦人。

凌晨一点四十二分，乔闪闪在电脑上敲下最后一个字，点击保存，关闭文档。

她站起身伸了个懒腰，活动自己坐到发麻的双腿，直到这时，才想起来去拉窗帘。她走到窗边，一道闪电划破寂静的夜空，紧接着"轰隆——"一声巨响，"哗啦啦"的雨水敲打在窗户上。

雷鸣伴着暴雨如期而至。

今秋的第一场雨，终于落了下来。

凌晨三点，一辆黑色埃尔法保姆车停在十字路口。外面大雨倾盆，暴雨几连成了线，遮天蔽日地倾泻而下。雨刷几乎擦出火星，但也很难维持视野清晰，一束强光隔着雨幕从远处照来，在挡风玻璃上规律地晃动着，似乎正在比画着什么。

车内很安静，除了"哗啦啦"的雨声，只有经纪人魏哥打电话的寒暄声——

"王总说笑了，能跟您合作，我们当然求之不得，但星耀的合约这不还在公司嘛，天鸿这两年的情况您也知道……哎哎，放心，以后肯定有机会！"

"哪里哪里，您太客气了。"

"看您说的，是我们该请您才对。改天星耀的行程空下来，您一定赏脸到家里来……"

娱乐圈里就没几个作息正常的人，都这个点儿了，魏思杰的手机还响个不停，从望京的会所应酬出来，这短短一路上，接了四五个电话。

好不容易把手上这个应付过去，他喘了一口气，口干舌燥地从车载小冰箱里拿了一瓶巴黎水拧开，"咕咚咕咚"地灌了大半瓶，舒坦地长舒了一口气。

魏思杰这才问："怎么回事？"

没等司机回答，外面晃个不停的灯光由远及近，停在车前，随后沉闷的敲击声在车窗上响起。

司机降下车窗，风卷着暴雨瞬间扑了进来，连坐在侧后方的魏思杰都不能幸免，低咒一声，拿纸巾擦着身上的雨水。

雨太大了，什么都看不清，只能隐约看出来人穿了一身制服，不清楚是交警还是消防员。

"上哪儿去？"来人大声问道。

"霄云路。"司机同样大声回答。

来人又说了什么，话一出口，声音就被吹散了，最后是连比画带喊才弄懂，前面的路淹了，让他们改道走四元桥那边。

司机跟人道了谢，升起车窗，重新规划导航。雨实在太大了，仿佛要把这座城市淹没，司机不敢提速，保姆车在暴雨中缓缓行驶，宛如狂风巨浪中的一叶孤舟。

魏思杰喝完最后一口水，长吁口气，一边拧瓶盖，一边转头道："你和天鸿的合约明年就到期了，给哥说说——"

车内只有驾驶位开了一盏阅读灯，后排一片昏暗，能看到一个模模糊糊的人影——肩膀很宽，腿很长，大刺刺地往两边敞着，这会儿没骨头似的窝在座椅里，脑袋往后仰，睡得正熟。

魏思杰瞬间噤声。

陆星耀下部剧即将进组，为了给拍摄腾出时间，他最近的行程安排很满，今天回京，出了机场，家都没来得及回，接连赶了两场酒局，快凌晨三点才脱身。

昏黄的路灯光线穿过雨水和车窗，斑驳地落在他近乎完美的下半张脸上，从鼻尖到下颌连着脖颈喉结,那一块线条清晰流畅,宛如高低起伏的山峦。随着车子驶动,明暗交错的光影在他脸上交织变换,有种朦胧的暧昧和令人心动的性感。

魏思杰原本想问问他对合约的想法,这会儿歇了心思,拿出手机对着他一连拍了好几张。

都不用修图,只需要简单调个色。魏思杰顺手将照片发给坐副驾的助理曹小北,道:"明天登你耀哥的微博,给粉丝发福利。"

"好帅!这图绝了!"

"就随手一拍。"魏思杰故作谦虚,"谁让咱们陆老师长了一张神颜呢。"

"那是。咱耀哥可不是那些整天发艳压通稿的阿猫阿狗能随便碰瓷的。"曹小北深表赞同。

魏思杰倒是很淡定:"没事,同框的时候谁丑谁尴尬。至于那些和你耀哥同框都没资格的,你理他是跌份儿。"

曹小北冲魏思杰比个大拇指,吹捧两句魏哥格局大,顺手保存照片,打开微博编辑定时,写文案时带了个话题——#女友视角下的陆星耀#。

"还别说,"曹小北边打字边调侃道,"魏哥,你这照片拍的是挺女友视角的,充满了对耀哥的爱意。"

"好的经纪人就要像妈妈爱孩子、妻子爱丈夫那样爱着自己的艺人。"魏思杰还挺得意,"多学着点儿。"

"魏总,咱能正常点儿不?"

没等曹小北开口,后排的人先出声。大概是刚刚睡醒的缘故,清冽的嗓音带着点沙哑,慵懒地拖着,显得又拽又欠。

"不要对着我的照片说奇奇怪怪的话。"

"你醒了?"

魏思杰回头看了他一眼。

陆星耀已经坐起身,他打开后座的阅读灯,疲倦地揉了把头发。因为没休息好的原因,眼神还有点儿茫然。

魏思杰拿了一瓶水丢给他:"刚就想问你,和公司的合约明年就到期了,你什么想法,给哥说说。"

"没想法。"陆星耀拧开瓶盖喝水,喉结随着吞咽的动作在脖颈上缓缓滑动。

"怎么就没想法了?你对你自己的事业就没点儿规划?"

"解约,退圈,上山养猪。算规划吗?"

"算了,你还是别规划了。"

保姆车终于抵达陆星耀位于霄云路 8 号的公寓,魏思杰还想和陆星耀说点儿什么,手机又响了,他下车接了个电话,等到挂了电话再回来,陆星耀已经上了楼。

明天有明天的安排，想着还有事没跟他说，魏思杰让司机和小曹在楼下稍等，自己上楼找人。

陆星耀和天鸿娱乐的合约还有不到一年到期，最近抛来橄榄枝的合作方很多，天鸿高层也开出各种优惠条件笼络他，但陆星耀本人始终没有表态，谁也弄不清他究竟怎么想的。

魏思杰作为公司派给他的经纪人，从他签约就开始带他。两人共事了近十年，魏思杰是亲眼看着他从声名狼藉的无名小卒，一步步爬到今天这个位置的，魏思杰也清楚地知道他曾经经历过什么、是怎样的人、有着怎样的能力。

陆星耀合约快到期，魏思杰也有他的私心。

流量时代来临以后，娱乐圈早已不是世纪初的样子，大公司日渐凋零，而强势的个人工作室逐渐崛起，一线明星、导演、制片人纷纷从公司独立出来，组建属于自己的团队。天鸿娱乐也早已不是曾经那个巨星云集的公司，这些年连年亏损，内斗严重，也就是有台柱子陆星耀在撑着，还能在娱乐圈占有一席之地。魏思杰对天鸿的未来及行事作风并不看好，一直筹划着等陆星耀合约到期，辞职跟他出来单干。

魏思杰进门时，陆星耀正开着视频跟人吵架。他靠在沙发里，一双逆天长腿搭在茶几上，整个人就很大爷，一开口也是欠了吧唧的——

"Adira，有你这么跟金主说话的吗？下个月的零花钱不想要了？"

对面反唇相讥："陆星耀，你说英文说得真的很土。"

"没事，哥靠脸吃饭。"

魏思杰笑眯眯地凑上前，跟视频那头的女孩打招呼："橙橙你好呀。"

"魏叔，我去年就改名了。"小屁孩一点儿不领情，面无表情地纠正道，"现在叫陆成，成功的成。"

"是魏叔记性不好。"魏思杰一如既往的好脾气，"那叔叔就祝我们小天才科研成功，早日拿下诺奖，为国争光。"

陆橙，哦不，现在应该叫陆成，是陆星耀同父同母的亲妹妹，比陆星耀小了整整十岁。也不知道陆家父母是怎么生的，这兄妹俩一个颜值逆天，一个智商逆天。陆成九岁就进了中科大少年班，同年赴美留学，如今在霍普金斯读M.D.（医学博士），主攻分子与细胞工程方向。

魏思杰打完招呼，手机又响起来。

这次倒不是什么合作方，而是等他回家的老婆大人。他和陆星耀比了个手势，跑去阳台接电话。

这边陆星耀还在和陆成斗嘴。这死丫头仗着自己智商高，平等地瞧不起所有人，一开口就嘲讽拉满，而陆星耀主打一个不要脸，两人算是斗得有来有往。

斗争止于陶清萍女士的到来。

视频那头，陆成还在伶牙俐齿："你怎么不说让我叫你爸爸——"

话音未落，脑袋就让人拍了下。

"橙橙,怎么和你哥说话的。"

陶清萍语气温柔,表情却严肃。陆成瞧不起谁也不敢瞧不起亲妈,撇撇嘴,转身气哼哼地走了。

陆星耀喊了声"妈",把搭在茶几上的腿放下来,努力让自己坐得端正一些,但他懒散惯了,再怎么装样子都显得有些松垮。

"怎么这个点儿还不休息?"陶清萍看了眼时间问。

"今天刚回北京,有应酬。"

"最近怎么样?"

"还行。"

陶清萍"嗯"了一声,喝着茶,慢条斯理地开口:"我今天看到你上热搜了,那些网友骂得挺难听的。"

陆星耀干点什么事都能上热搜,一天上八百个,那些娱乐吃瓜营销号开创作激励,光靠骂他都能月入十万。

陆星耀以为,作为他的家人,陶女士应该早就习惯了才对。毕竟那件事之后,对于网络舆论,他们都很有默契地避而不谈,这会儿陶清萍提起,他还有点儿受宠若惊。

陆星耀:"没事,不用理他们,您也知道——"

"你现在是公众人物,平时发言、点赞什么的,还是慎重一些。"不等他说完,陶清萍开口,语气温和却不容置疑,"受影响的不只是你一个人。"

到了这会儿,陆星耀才后知后觉地领悟到陶清萍的意思。

前些天,陆成作为霍普金斯实验室年纪最小的M.D.,代表他们团队接受了某报社的专访,昨天陆星耀刷到这篇专访,顺手点了个赞,被国内营销号"搬运"过来嘲讽一波。

陶清萍不是关心他被人骂了,而是担心陆成被他影响。毕竟在陶清萍女士看来,有个名声不太好的顶流哥哥,对陆成而言并不是一件什么好事。

陆星耀懒洋洋地"哦"了一声,还是解释了一句:"我忘记切小号了。"

陶清萍:"以后不要这样了。"

"知道了,妈——"

魏思杰挂了电话从阳台出来。

陆星耀已经打完视频,这会儿躺在沙发上,一只手臂压在眼睛上,像是睡着了。

魏思杰叹了口气,从旁边拿了一条毯子给他搭身上。茶几上乱七八糟地堆满了各种合同和文件,强迫症的人看不得这些,魏思杰忍不住帮他收拾起来,一边收拾,一边碎碎念叨。

"我都快成你的老妈子了。"

"不是你说的,好的经纪人就应该像妈妈爱着孩子一样爱着自己的艺人?"陆星耀一张口就没什么正行,"魏总,这是给你一个当金牌经纪人的机会。"

"滚。"魏思杰没好气地踢了他一脚,"没睡着装什么。"

"这不是等你嘛。"陆星耀撑着沙发坐起来,努力打起精神,"说吧,到底什么事儿,非得大晚上上来找我。"

魏思杰本来是想和他讨论成立工作室的事,但看他一脸倦色,又有点儿心疼:"算了,也不是什么急事,改天说。"

陆星耀冷冷地斜了魏思杰一眼。

魏思杰把收拾好的文件分类,叮嘱道:"《关山月》快开机了,黄总约了几个主创明天见面,希望大家互相认识,提前熟悉下项目。"

他说的黄总就是《关山月》的制片人。

陆星耀无语地扯了下唇角:"就这事?"

"明天下午,我要带小曹去见一个品牌商务,时间紧张,就不过来接你了,我们在黄总家会合。侯导也在,你早点来,记得不要迟到。"

"哦。"

"行了,你早点休息吧。"

魏思杰跟陆星耀告别,出门时,贤惠地把垃圾带走了。

陆星耀的公寓有七百多平方米,魏思杰在的时候,还有点热乎气,人一走,房间里安安静静的,透出几分冷清。大概是房子太大,连窗外不停歇的雨声都显得空旷。

陆星耀坐在沙发上发了会儿呆,拿着手机起身,一边往卧室走,一边脱衣服,等进了卫生间,浑身上下只剩一条黑色工装裤。

作为靠颜值吃饭的顶流男明星,陆星耀有着极其严苛的身材管理,他常年维持着8%~10%的体脂,每周进行三次雷打不动的有氧运动,四到五次力量训练,吃到嘴里的每一口食物都经过严密的计算。

身影被框进占了大半面墙的镜子中。

灯光下,他的皮肤很白,肩膀宽且有力,腰身劲瘦,是标准倒三角,两道深刻的人鱼线自紧窄的腰际没入裤沿,每一寸肌肉的线条都恰到好处,整个人是一种汗水雕琢后近乎完美的形态。

这会儿,他正一边玩手机,一边懒洋洋单手解皮带,"叮咚"一声,一条来自某小众社交软件的推送消息——您的特别关注有了新的分享,快打开看看吧。

陆星耀点开这个叫作"Listen For"的软件,因为他只有一个好友,主页很干净,只有一条分享,来自Shining,内容是一首歌。

陆星耀点击过后,手机跳到音乐软件,开始自动播放。

镜子里面 像看到人生终点

或许再过上几年 你也有张虚伪的脸
难道我们 是为了这样 才来到这世上
这问题来不及想
每一天一年 总是匆匆忙忙
…………

明亮的镜子笼罩上一层氤氲水汽,"哗啦啦"的水声和音乐的旋律交织。

曾经发誓 要做了不起的人
却在北京上海广州深圳
某天夜半忽然醒来站在寂寞的阳台
只想从这无边的寂寞中逃出来
…………

暴雨下了整整一夜。

到了清晨,虽然雨仍淅淅沥沥下个不停,但不像昨晚,天仿佛漏了似的,有种整座城市要被暴雨吞没的恐惧。

乔闪闪被闹钟吵醒,眼睛还闭着,身体已经先一步从床上爬起来。她两腿发软地摸进卫生间,直到牙刷送进嘴里,才艰难地睁开粘在一起的眼皮。

乔闪闪拿起架在洗漱台上的手机,本想看看新闻,却先看到一条来自"Listen For"的消息提示。

Star:心情不好?

发送时间是凌晨三点五十八分,这个夜猫子。

说起来,这个叫作 Listen For 的小众社交软件,还是在读大学时,他们学院的学生主导开发的,希望能在区别于专业的心理咨询外,给那些受到情绪困扰的人提供一个更温暖、更具人文关怀的倾诉渠道。

想法很美好,但现实很残酷。

在初期的推广后,Listen For 在资本市场融资失败,最终沦为一个几乎无人知晓的小众 App。

而乔闪闪之所以还保留着这个 App,是因为她真的在上面交到了一个好朋友。

网络是虚幻的,可有时候又很真实。

生活中每个人都会被贴上形形色色的标签,但网络上不会,网络上只有合拍与不合拍。即便他们对彼此一无所知,但他们在深夜里听过同一首歌,向彼此分享过不为人知的心事,能读懂对方每一句话后隐藏的小情绪,陪对方走过无数艰难与脆弱的时刻,甚至连他们看起来宛如情侣般的昵称,都是在某个时刻,仿佛心有灵犀般同时改的。

乔闪闪愿称之为，灵魂的共鸣。

就像她昨晚睡前分享了一首 S.H.E 的《你曾是少年》，Star 就能准确捕捉到她那一瞬的失落沮丧。

乔闪闪吐掉漱口水，手都没擦，在屏幕上打字。

Shining：现在好了。

吃完早饭，乔闪闪在桌前坐下，打开电脑，开始新一天的工作。

制片助理已经通过她的好友申请，只是对方似乎没什么和她讲话的欲望，把见面的时间和地址发过来后，只叮嘱一句让她过去时带上打印好的剧本，就不再回复。

乔闪闪今天原本是没打算去工作室的，但家里没有打印机。她看着时间，等快中午时，换衣服拿伞出门。

大概是昨夜暴雨的缘故，原本还处在盛夏的北京一夜入秋。

刚从楼门出来，乔闪闪就忍不住打了个哆嗦。她站在楼门口，纠结了整整一分钟要不要回去拿件外套，最终还是被懒惰打败，一咬牙，撑开伞踏入雨中。

工作室离乔闪闪租住的小区不远，就隔着一条马路，也在居民小区内，但房龄比乔闪闪租住的小区要新上很多，当然，租金也更贵。

乔闪闪进门时，一只胖乎乎的乳白英短正蹲在门口，见了她往地上一倒，露着软乎乎的肚皮。

乔闪闪收了伞，蹲下身，一只手揉它的肚子，一只手挠它的下巴，把猫主子伺候得舒舒服服。

陪着"起司"玩了会儿，乔闪闪换鞋进屋，打开笔记本电脑连上打印机，打印昨天熬夜修改的剧本。等待打印的过程中，乔闪闪再次收到周佳怡的消息。

怡宝：制片刚刚让你根据改后的剧本再写一版人物小传，一千字左右，主要拿给演员看，你过去之前记得写好哦。

虽然有些奇怪制片助理为什么不直接跟她沟通，反而拐个弯去找周佳怡，但乔闪闪还是回了个"好"，拖了把椅子坐在桌边打开文档。

"起司"不知道是昨晚打雷被吓着了，还是看到她太开心，这会儿兴奋地在房间里跑酷，飞檐走壁、上蹿下跳，连书架上的收纳盒都被它一脚蹬到了地上，纸片"哗啦啦"散落一地。

乔闪闪喊了两声"起司"，猫主子却并不搭理。她抽空从屏幕上抬头，瞥了眼，索性随它去了。

等乔闪闪写完人物小传，把打印好的剧本装订成册，疯够的"起司"又一秒变身黏人小猫，蹭着她的小腿撒娇。

"你呀！"

乔闪闪抱起它恶狠狠地揉搓两把，这才去书柜边给它收拾残局。

收纳盒里都是各种项目的合同文件，乔闪闪原本没打算多看，只是按照各个项目时间和完成度归纳整理。看到《关山月》的合同时,她习惯性地往下瞟了一眼。

也就是这一眼,让乔闪闪脑子里"轰隆"一声,整个人像被雷劈了般僵在那儿,半天都回不过神。

制片约的时间是下午三点,地点在西城区,从朝阳过去要一个多小时。乔闪闪下了地铁转公交车,直到在门卫处登记时,整个人还是木的。

保安问了好几遍她要拜访哪位业主,乔闪闪才回过神,嗓音干涩地报出制片的姓名和住址,保安核对记录她的身份后放行。

雨又渐渐大了起来,乔闪闪仿佛毫无所觉,游魂一样飘在路上,中途走错了方向,被小区里巡查的保安提醒又拐回去。

等到了制片家的别墅门前,她下半身都被雨水淋湿,裙子粘在腿上,一踩一个泥脚印,整个人不自觉地发着抖,有种狼狈的可怜。

按了门铃后,在外等了近五分钟才有人来开门。来人是个年轻女孩,打扮得时尚靓丽,上下扫她一眼,脸上浮起毫不掩饰的嫌弃。

女孩两手抱胸,嘴里还嚼着口香糖,抬着下巴,冷淡地问:"你就是夏老师的助理?叫乔什么来着?"

乔闪闪微微愣了下,半晌,才哑声道:"乔闪闪。"

"哦。"女孩翻了个白眼,后撤一步让开门口的位置,"进来吧,哎……等等!"

眼见乔闪闪抬脚,女孩忙道:"你先别动!我去给你拿鞋套,还有你的伞别拿进来啊,地毯都被你弄湿了。"

似乎是嫌她麻烦,女孩撇嘴抱怨着进了屋。乔闪闪一个人呆呆地站在门口,脑子里还是女孩刚刚那句——夏老师的助理。

"夏之鱼"是乔闪闪和周佳怡共用的编剧名,更准确地说,"夏之鱼"这个名字,是乔闪闪用了七八年的笔名。

最开始来北京的时候,周佳怡跟她说工作室是属于她们两个人的,说知道她在北京除了自己谁都不认识,希望她能对她们的事业有更多的归属感和参与感,所以用"夏之鱼"作为她们共同的署名。她说她们两个之间没有必要分得那么清楚,说她们不仅是认识了多年的好朋友,还是并肩作战的合作伙伴,她们两个要一起努力,成为业内人人皆知的大编剧。

那会儿乔闪闪感动得一塌糊涂,完全没想过为自己争取一个独立署名。虽然她基本上承担了所有需要动笔的工作,而周佳怡打着让她安心创作的名号,扮演着工作室对外沟通、联络甲方的角色。

之前乔闪闪一直觉得,在蛋糕还没有做大之前,就吵着怎么分蛋糕是一种很荒唐的行为,但现在看来,荒唐的那个人应该是她才对。

夏老师的助理?呵呵。

再想到《关山月》的合同，乔闪闪控制不住地想笑，可脸上的肌肉却一动不动地僵着，连扯一扯唇角都变得困难。

后脑勺传来阵阵尖锐刺痛，乔闪闪木然地站在别墅门口，有那么一瞬间，甚至不知道自己为什么还在这里，而不是掉头走掉。

黄嘉卉，也就是制片助理，刚才来开门的那个女孩，她拿了鞋套过来，站得远远的，扔到乔闪闪面前。乔闪闪换上鞋套，沉默地跟在她身后走进别墅。

别墅内部空间宽敞，装修是精致奢华的欧式风，从水晶吊灯到羊毛地毯，处处透露着昂贵和奢侈。乔闪闪有幸了解过这个小区的房价，最贵的时候有近二十万一平方米。

二十万，以她五千元一集的剧本费，一个四十集的项目扣完税都拿不到这么多。

旁厅里有谈话声传来，女人声音音调很高，尖锐且傲慢："怎么还没修好？一个打印机修了一上午了，我说实在不行就别修了，重新买一个，都比你省事……"

"姑姑！"黄嘉卉对着旁厅喊了一声，"夏老师的助理到了。"

没一会儿，一个看起来就雍容华贵的女人从旁厅出来。她留一头大波浪，穿着休闲衬衫和包臀裙，怀里还抱了一只白色马耳他犬。

乔闪闪努力打起精神，从随身的帆布包里拿出印好的剧本人设："黄总，下午好，这是前五集剧本和新版人设。"

黄雯靖，也就是制片，看也没看她一眼，抱着马耳他，姿态款款地坐在贵妃榻上，一边给狗顺毛，一边叹气："哎呀，这一天天一个二个的，只会惹我生气，还不如我们波比让人省心。是不是，波比？"

马耳他很有灵性地"汪"了两声。

制片和制片助理在一旁咯咯地笑："波比真乖！"

乔闪闪的成长环境很单纯，不管是亲人、朋友还是同学、老师，就连随便认识的网友都对她很好。从小到大，这还是她头一次直面如此明显的恶意，一时间脑袋都是木的，递剧本的动作僵在那儿，太阳穴一跳一跳地疼着。

这边，制片终于抬头看了她一眼，也不是正眼瞧，就目光瞥了下，随即又低头撸狗，漫不经心的语气中透着点厌烦："行了，放那儿吧，你可以走了。"

乔闪闪胸膛用力起伏两下，最终还是什么也没说，转身出了门。

不到下午四点，天色已经一片暗沉，五米之内几乎看不清人影，狂风卷着暴雨，到处都是灰茫茫一片。

乔闪闪从小区出来，伞在路上被风吹折了，她索性扔了伞，就那么走在暴雨中，浑身湿透、脸色苍白，整个人失魂落魄，像刚从河里爬出的水鬼。

雨水砸在脸上，顺着头发往下淌，淋得她双眼刺痛，似乎有什么灼热的液体汹涌而出。她跌跌撞撞地走在路上，不知被什么东西绊了下，整个人跌倒在地，仿佛失去了所有力气，半天都没爬起来。

茫茫大雨中,一辆布加迪黑夜之声咆哮着从她身边驶过,路面上没来得及排掉的积水被飞速转动的车轮溅起一米多高,劈头盖脸地全部拍在乔闪闪身上。

她到底是没忍住,抱着膝盖,像个孩子一样,蹲在地上大哭起来。

半分钟后,跑车发动机的轰鸣再次在耳边响起,早已消失在视线中的黑色布加迪一个漂亮甩尾停在路边。接着车门打开,身形高大的男人撑一把黑伞,拿着一件机车外套从车上下来。

头顶的狂风骤雨似乎在一瞬间平息了下来,接着一件格外宽大的外套兜头罩在她身上,领口是淡淡的皮革与木质香调。

乔闪闪扭头,隐形眼镜不知道是不是被雨水冲掉了,她这会儿什么也看不清,只能模糊看出个大概轮廓。但即便是一个模糊轮廓,也有种不同于常人的英俊。

男人站在她身侧,正一手撑伞,一手插兜,身高对此时蹲在地上的乔闪闪而言,形成绝对压迫。大概是戴口罩的原因,他说话时的声音显得有些失真,但在"哗啦啦"的雨声中,依然如清泉击玉般清冽动听——

"起来,送你去地铁站。"

天色昏沉,车里也没开灯,跑车内本就狭小的空间越发显得逼仄昏暗。保险起见,陆星耀还是找了顶棒球帽戴上,随手丢给乔闪闪一包纸巾,也没问她去哪儿,直接一脚油门踩下去,顶级跑车如离弦之箭般弹射而出。

强烈的推背感终于让神情恍惚的乔闪闪稍稍回神,接下纸巾,抽噎着哑声向陆星耀道谢。

陆星耀没吭声,乔闪闪也不说话,气氛沉闷安静。

中途,陆星耀的手机响了。他随便瞥了眼,看到来电上显示着"事儿妈",便收回目光,任由手机声嘶力竭地在中控台上"呐喊"。

锲而不舍地响了近半分钟,手机终于偃旗息鼓地安静下来,但还没安静两秒,铃声就再次响起。

这次连看着窗外发呆的乔闪闪都忍不住扭头。她的隐形眼镜被大雨冲掉了,眼前的一切都是灰暗朦胧的,加上陆星耀戴着帽子、口罩,看不清他的脸,唯有扶着方向盘的手清瘦修长,白得晃眼。

似乎是察觉到她的目光,陆星耀微低下头,欲盖弥彰地拉了拉帽檐。

乔闪闪识趣地挪开目光。

制片所在的小区是北京出了名的明星小区,很多热搜常驻嘉宾都住这儿,估计对方是什么公众人物,不想被认出来。

手机持续在响,在狭小的车厢内显得尤为聒噪,陆星耀终于有些不耐烦了,轻轻"啧"了一声,关了静音,开着车驶过最后一个十字路口,打方向盘靠边停下,旁边就是和平路地铁站。

陆星耀没有转头看她，一边找耳机一边道："伞你拿上，不用还了。"

乔闪闪低低道了声谢，却没下车，窸窸窣窣不知在做什么。

陆星耀终于在方向盘后找到他的蓝牙耳机，一抬眼，就从后视镜中看见乔闪闪正在脱外套。

"我劝你穿上。"陆星耀忽然开口道。

乔闪闪微微愣了下，抬头，目光和陆星耀在后视镜中相撞。四目相对，即便乔闪闪近视，也能感受到他目光中毫不掩饰的锋利直白。

"如果你不想在地铁里上演内衣秀的话。"他好心地补完后半句。

乔闪闪今天穿了一件白色纯棉T恤，打湿后，几乎是半透明地粘在身上。她后知后觉地抬手捂住胸口，感受到前所未有的窘迫和难堪。

魏思杰电话打到第五遍，那边才终于接通。不等对面出声，他先急吼吼道："我和小曹都到了，你人呢？刚不是说已经到小区门口了？"

陆星耀瞅着绿灯亮了，打方向盘原路返回，丝毫不顾魏思杰在电话那头火急火燎，慢悠悠地回他两个字："马上。"

"你十分钟前就说马上。侯导最讨厌别人迟到，你又不是不知道……"

"知道了魏总。"陆星耀不以为意，语调懒散，透着股调侃敷衍的劲儿，"侯导那边，就麻烦您先替我卖身求荣一下。行了，我先挂了。"

"等会儿——"

魏思杰才刚开口，陆星耀就毫不犹豫地挂断电话，丝毫不给他啰唆的机会。

五分钟后，布加迪黑夜之声驶入制片家的车库。陆星耀熄了火，正准备下车，余光瞥见副驾上好像有个什么东西在反光，他打开车灯，从座椅缝隙里将那东西拿出来。

一串潘多拉手链。

他这车从来没载过人，今天除外，不用想，就是刚刚那姑娘掉的。

陆星耀心想估计是不会再碰见了，等会儿交给这小区的保安，那姑娘要是找，肯定会回这片来。他又觉得这手链有些眼熟，像在哪儿见过似的，就连上头珠子的搭配仿佛都一模一样……

正想着，肩膀被人拍了下。

魏思杰鬼鬼祟祟地从身后冒出来："到了不进去，在这儿干吗呢？"

作为打个喷嚏都能上热搜的业内公认顶流，陆星耀很能理解他的经纪人对他私生活的严防死守。为了避免不必要的麻烦，他顺手将手链揣进了裤子口袋，关上车门，转身大步往前走。

"我刚在抖音刷到有人在和平门附近偶遇你这辆黑夜之声的视频。"魏思杰亦步亦趋地跟上来，百思不得其解，"你去和平门那边做什么？从你家过来又不走那个方向。"

陆星耀随口胡扯："路上捡了一只小猫。"

脑中闪过乔闪闪在大雨中狼狈大哭的身影,他轻轻"啧"了一声:"浑身湿透了,看着怪可怜的。"

"那猫呢?"

"送走了啊。"陆星耀懒懒地瞥了魏思杰一眼,把手指上打转的车钥匙抛给他,"难不成还带回家?"

"你想养宠物也不是不行。"魏思杰琢磨起来,"养宠物能缓解压力,对你心理状态比较好。你比较喜欢猫对吧?要不哪天去挑上一只?就是你工作太忙,一年在家里待不了几天,也不知道你的宠物到时候还能不能认识你……"

魏思杰还想着问问陆星耀的想法,一抬头,人已经进了屋,这会儿都和制片人寒暄上了。

"我就是个老妈子的命。"魏思杰恨铁不成钢地自我吐槽一句,快走两步跟了上去。

"也不知道郭总当初是怎么找的编剧,什么作品没有,款儿还挺大。昨晚都跟她说了今天有聚会,结果怎么着?人家就派个助理来,自己跑巴厘岛度假了!我在娱乐圈里混了这么多年,就没见过这么不知天高地厚的小编剧……"

一群人围坐在别墅会客厅的沙发上,制片黄雯靖正声情并茂地吐槽编剧。

魏思杰在一旁充当捧场王。

导演侯锋远离人群中心,一个人坐在角落里,看乔闪闪刚拿来的剧本,越看眉头皱得越紧。

陆星耀怠懒地靠在沙发上,双腿大刺刺地往两边敞,看似在听制片说话,实则满脑子都是刚刚那条手链。

到底在哪儿见过?实在是想不起来,陆星耀叹了口气,扭头就见侯导眉头打结,几乎能夹死苍蝇。

他有些稀奇地挑了下眉,笑着调侃:"什么剧本这么厉害?您看我演戏可都没这么难受。"

听到陆星耀的话,黄雯靖终于想起正事,颇有几分自得地问:"侯导,你觉得最新改的这一版剧本怎么样?"

侯导放下剧本,捏了捏眉心。

"不行,比之前拿给我看的第一版差远了。"侯导的语气不容置疑,"还得改。"

黄雯靖的脸色微微一僵,很快又笑着道:"没问题。不过这版剧本是根据星耀这边的意见修改的,要不星耀你先看看?到时候我把你和侯导的意见汇总一下给编剧。"

所有人的目光都落在陆星耀身上。

陆星耀轻轻挑了下眉,看向魏思杰。魏思杰满脸茫然地耸了下肩,表示自己也不清楚。

"行。"陆星耀不动声色地点了点头,没当众驳制片的面子,从侯导那儿拿过剧本，"哗啦啦"地从头翻到尾，一如既往没个正行，"我和团队先看看再说。"

"那这两天星耀和魏总就辛苦一下。"

黄雯靖对陆星耀的回答很满意，紧接着又道："咱们这个项目准备下个月底开机，正好能赶在春节前杀青，服装美术道具那边已经在筹备，景也在看，时间紧张，剧本咱们小优化一下，尽量不要大改了。"

侯导不置可否，陆星耀也假装看剧本不表态，魏思杰很自觉地接过话头，不让话掉地上。这边聊得正开心，制片助理黄嘉卉拿着黄雯靖的手机走过来。

她小声道："姑姑，郭总的电话。"

黄雯靖拿过手机看了眼，起身跟众人打了个招呼，去旁边接电话了。沙发这片瞬间安静不少。

黄嘉卉的目光一直偷偷在陆星耀脸上打转，跃跃欲试地想要上前搭话。还没等她开口，侯导先拍拍陆星耀的肩。

"走，陪我抽根烟。"

两人一前一后地起身出了会客厅。

露台上，陆星耀懒懒散散地往那儿一靠，一手插兜，一手拨弄旁边一盆垂丝茉莉。他不抽烟，侯导也很清楚，叫他出来显然是有话要说。

侯导想说什么，陆星耀多少也能猜到。

《关山月》是业内备受瞩目的大项目，出品方多，说话的人多，做决策的人也多，谁都想在里面插上一脚。编剧和制片人是制片方选的，导演是平台选的，至于主演陆星耀，就更是多方博弈的结果。

大家表面上一个项目团队和和气气，但各自的立场诉求以及行事风格都不一致。

像制片黄雯靖，她很会跟风抓热点搞营销，虽然做出的剧全网骂，但就是赚钱，各项数据无论是话题度还是播放量都很能"打"。

而侯锋侯导就是娱乐圈里那种典型闷头做事的人，北影出身，早年还当过编剧，在流量时代到来前，拍过不少家喻户晓、脍炙人口的电视剧。陆星耀最早走红，就是在他的剧里演一个戏份很少的小配角。

这两年侯导身体不好很少拍戏，会接下《关山月》还是受人之托，加上原著底子不错，剧本改得也算有亮点。虽然还有些稚嫩，但灵气十足。可谁能想到今天制片竟然会拿这样一版定稿剧本给他？都不是买家秀和卖家秀的区别了，这简直就是诈骗！

影视圈说复杂也复杂，但有时候说简单，也简单。剧本剧本，一剧之本。可以说谁掌握了剧本的话语权，谁就掌握了项目的主导权。但很显然，编剧现在被制片牢牢抓在手里，侯导很难真正对剧本有什么改动。圈子里像侯导这种认真做事的，其实是很瞧不上黄雯靖那种跟风赚热钱的，所以他也没和制片理论，直接来找陆星耀。

"我不拍烂剧。"

侯导一句废话没有,张口就开门见山。

陆星耀动作顿了顿,抬眼看他,眼神蔫坏,怎么看都有些幸灾乐祸:"您合同都签了,现在说这话是不是有点迟?"

"所以才找你帮忙,给我个面子。"

侯导一向直白,这话一出,堵得陆星耀半天不知该怎么接。

他并不想介入制片和导演及其背后所代表的公司与平台间的博弈,甚至连怎么跟侯导打太极都想好了,但谁想到侯导连理由都懒得找,直接搬出了自己的面子。

陆星耀谁的面子都能不给,但侯导不行。

他出道很早,十来岁就进了娱乐圈,在这个名利场中遭受过很多恶意,但捧红他的人是侯导。在他最狼狈落魄的时候,愿意拉他一把的也是侯导。只可惜他最后和侯导的期望背道而驰,没能成为一个兢兢业业的好演员,反而在侯导最讨厌的流量道路上越走越远。

沉默半响,陆星耀直起身站好,一直在指尖把玩的垂丝茉莉被他不小心拽掉一条花枝,他莫名有些不自在,摸摸鼻尖,把花枝重新插回花盆里。

"您话都说这份上了……"陆星耀叹了一口气,表情很无奈,"我还能怎么办?"

"有你这句话就行。"

目的达成,侯导很满意。

陆星耀觉得还是得提前打好预防针:"我的演技到底什么水平,您应该很清楚——"

"怎么,又退步了?"没等他说完,侯导一个严厉的眼神扫过来,陆星耀识趣地闭上嘴。

"你的演技我当然清楚,基本功没问题,是态度问题。"说到这儿,侯导哼了声,斜他一眼,到底是没说什么,"我不要求你有多出彩,别拖后腿就行。"

陆星耀没什么脾气地拖长音"哦"了一声。

侯导这才说起自己的打算:"过两天我给你找个编剧,你以跟组编剧的身份带进来。"

"您想带编剧进组改剧本自己带呗。"陆星耀对这种脱裤子放屁的行为十分不解,"干吗在我这儿兜圈子?"

"我是那种随便改人剧本的人吗?"

侯导吹胡子瞪眼,一副义正词严的模样。

说白了,不管制片、导演还是演员,自带编剧进组,在未经原编剧同意的情况下,对剧本做出修改都是一种极其不尊重的行为。虽然大部分时间编剧没什么话语权,但作为主创之一,至少面子上要过得去,自带编剧进组相当于是明面上侮辱人了。

侯导今年五十多岁，在娱乐圈沉浸几十年，也是叫得上号的人，他还要脸，这种会落人口实晚节不保的事，他才不会做。

"所以我是那种人？"陆星耀指指自己，气笑了。

"至少看起来挺像。"

外面的雨比来时小了些，但依然滴答不停，偶尔有几滴被风带着溅落在露台的地砖上。陆星耀今天穿得很休闲，上身一件黑T恤，下面配一条同色束脚运动裤，整个人嫩得像青葱少年。

侯导转身往屋内走，从他身边路过时，拍了拍他的肩，朗声笑道："顺便让编剧给你讲讲戏！"

陆星耀看着小老头心满意足的背影，无语地站了片刻，抓了把头发，跟着进了屋。

黄嘉卉正好端着洗好的水果从厨房里出来，看到陆星耀，眼睛一亮："陆老师，吃水果！这个葡萄很甜的，你尝尝。"

"谢谢，我不吃甜的。"

陆星耀礼貌地拒绝，在沙发上坐下，端起杯子喝了两口水，想到侯导刚刚的话，忍不住开始头疼。

"那我帮你倒一杯水吧。"见他杯子空了，黄嘉卉立刻帮他添上。

"谢了。"

"陆老师太客气了。"黄嘉卉挨着他在沙发上坐下，"陆老师，你平时休息都喜欢做什么呀？"

直到这会儿，陆星耀终于抬头看了她一眼。

他眼皮很薄，五官锐角比例大，骨骼感重，是一张典型的薄情寡义渣男脸，不笑时整个人显得又拽又冷，但实在帅得很有冲击力。

黄嘉卉脸色发红，眼神躲闪着，避开他的目光，清了清嗓子问："陆老师前几天是不是去重庆了？我同学说在解放路偶遇了一个人特别像你，但没敢上去认。"

陆星耀已经收回目光，懒懒地"嗯"了一声，垂着眼皮玩手机。

黄嘉卉丝毫没有察觉到他的敷衍，以为终于和他找到了点儿共同话题，激动地和他聊起自己那帮追星小姐妹有多喜欢他。陆星耀最开始还偶尔回应两句，后面直接沉默下来。

半晌没得到回应，黄嘉卉转头，见陆星耀正低头玩手机。不知看到了什么，他眉峰微微拧着，像有心事。

就在半分钟前，陆星耀收到一条来自 Listen For 的消息。

Shining：如果有一天，你被最亲近的人背叛了，要怎么办？

乔闪闪收到 Star 的回复已经是三天后。

她最近两个多月没有好好吃饭休息，身体本来就有点问题，今天骤然一晴天霹雳,又淋了一路的雨,等回到家就发起高烧,整个人迷迷糊糊,脑子里翻来覆去,全部是和周佳怡之间的点点滴滴。

乔闪闪和周佳怡的相识始于一场乌龙。

那会儿还是百度贴吧流行的年代,两人因为同样的笔名而使用了同一个贴吧,最开始谁也没发现谁,其乐融融地在一个贴吧里待了大半年,才发觉不对劲。

两边亲友吵得不可开交,都想把对方赶出去。闹得最凶时,乔闪闪主动去和周佳怡沟通,两人一聊才发现,她们不仅有同样的笔名,还是同年出生,就连生日也在同一天。

全世界有八十亿人,中国十四亿,她们能以如此戏剧化的形式相遇,很难说清楚到底是一种什么样的缘分。

同龄人,有相同的爱好,成长背景也相似,她们很快成为无话不谈的好朋友。

上大学之前的那些年里,她们写给对方的信能填满一整面墙的书柜,攒下的零花钱都用来充话费,每天电话、短信不断,甚至一度被家长怀疑是早恋了。

因为周佳怡的存在,乔闪闪从不知道孤独是一种什么样的滋味。

后来她们见面,一起去旅行,一起看日出,一起听演唱会,一起过她们的相识纪念日,躺在床上畅想未来,许诺将来给彼此的孩子当干妈,约定等到了八十岁还要一起推着轮椅周游世界。

她会在周佳怡失恋时飞跃大半个中国陪周佳怡去散心,周佳怡也会在她生病时坐一整晚火车出现在她的病床边。

再后来,她们一起共事,一起养宠物。她会给周佳怡的父母准备新年礼物,周佳怡也会在她父母生日时送上红包祝福。她们的关系在某种程度上已经超越了朋友,更像是亲人。

乔闪闪一直把周佳怡放在除父母家人外最重要的位置上,她无条件地信任周佳怡,从来没有想过,有一天周佳怡会欺骗她、背叛她。

《关山月》签约时,她们的第一部剧刚开机不久,乔闪闪在厦门跟组。因为是第一次写剧本,经验不足,拍摄现场出现了很多问题。乔闪闪每天跟现场改剧本,晚上收工还要和导演、摄影沟通第二天的戏,实在没有多余精力去关注《关山月》的项目进度。

后来周佳怡告诉她,《关山月》比稿通过已经签合同了,但是钱不多,和第一部剧一样,两万一集。分给中间帮忙牵线介绍资源的程哥一半,到她们手里两人再分,落到乔闪闪这儿就是五千元一集。

两部剧都是同一家公司的项目,加上她们确实不是什么知名编剧,那时连一部已播出有署名的作品都还没有,片方给个新人价也实属正常。

那会儿乔闪闪还跟周佳怡吐槽,估计片方是看她们便宜才选她们,不然那些大编剧怎么也得十几二十万一集。周佳怡搂着她的肩,说等《关山月》播出,她们也是能拿十几二十万一集的大编剧了。

所以，即便是拿着低廉的价格，付出着远超这价格的劳动，乔闪闪也一直在心里劝自己——

再坚持一下，等剧播出有署名就好了。

直到不久前，她在工作室看到《关山月》的合同，白纸黑字明明白白地写着，编剧费八万一集。

即便整个人烧得昏昏沉沉，但一想到这儿，乔闪闪就忍不住浑身发抖，脑子里像是装了把电钻，"嗡嗡"地，几乎要炸开。

她应该冷静的，冷静下来，理智地去思考解决办法。

可是在这一瞬间，愤怒完全冲破理智，她只想抓着周佳怡的肩膀，质问周佳怡为什么要这样做！

是她哪里做得不好吗？还是钱就有那么重要？比她们十几年的感情还重要？

乔闪闪还记得，她在厦门跟组期间，周佳怡在装修工作室。那会儿她每天睡眠不足两小时，改剧本改到想死，但周佳怡随口抱怨一句"装修好贵啊"，她立刻拿出跟组费用的一半打给她。

怕周佳怡不好意思拿，乔闪闪还安慰她，跟组的收入也算工作室的收入，当然要一人一半啦！

现在想来，她可真是个笑话。

乔闪闪昏昏沉沉的，不知道在床上躺了多久，整个人感觉都快要烧化了，嗓子又干又痛，连吞口水都困难。

她挣扎着从床上爬起来，第一件事不是去接水，而是先拿手机给周佳怡打电话。

具体说了什么，乔闪闪已经记不太清了，她只记得周佳怡在电话里哭了。

周佳怡向她道歉，说对不起，说她是她最好的朋友，说自己是有苦衷的，说电话里面不方便说，回来一定会给她一个解释，说不想失去她……

周佳怡从没有哭得那么伤心，乔闪闪到底还是心软了。

虽然她确实不懂周佳怡一字未写独吞三百万的苦衷，但她还是想听听，周佳怡会给她一个什么样的解释。

乔闪闪睡了醒，醒了睡，昏昏沉沉地在床上躺了整整三天，仿佛是要把这两个多月失去的睡眠都补回来似的。

第三天清晨，她被一通电话吵醒。

烧已经退了，但头还晕着，乔闪闪闭着眼摸过手机接通，还没来得及开口，对面先咋咋呼呼的一声——"闪闪，你上热搜了！"

打电话的是她的发小顾时宜，资深追星人，所有粉过的明星放一起能拍一出《梁山好汉》，日常混迹各种吃瓜群和超话，对娱乐圈的各种小道消息了如指掌，连她这个娱乐行业从业者都甘拜下风。

乔闪闪还有点蒙:"什么热搜?"

"微博热搜呀!"顾时宜道,"就陆星耀主演,马上开机的那部《关山月》,你不是编剧吗?"

乔闪闪"哦"了一声,从床上爬起来。

《关山月》是大 IP,陆星耀又是顶流,从卖版权到选角,这几年热搜压根没断过,隔三岔五地总要上一回,实在不值得惊讶。

天色已经放晴,炽热的阳光从窗帘后照进来,她拉开窗帘,阳光一瞬间洒满了整个房间。乔闪闪推开窗给房间换气,然后踩着拖鞋去卫生间洗漱。

她一边挤牙膏,一边问:"热搜上都说什么?"

顾时宜:"呃……"

于是乔闪闪懂了:"在骂编剧?"

原著粉天天在各大平台呼吁不要魔改,问内娱编剧为什么不能原创,为什么要毁他家房子的话,乔闪闪经常刷到。她其实不反对骂编剧,写得烂就该骂。但编剧剧本都没写完,现在就开骂,是不是有点太黑色幽默了?

乔闪闪多少有些郁闷,但转念一想,好吧,剧本确实魔改了原著,虽然她也是迫不得已……

乔闪闪叹了一口气,正想说点什么,顾时宜开口道:"那个……和之前不一样,你还是自己上微博去看看吧。"

她的语气一反常态,支支吾吾的,不像平时吃瓜那么激动,反而像在担心什么似的。

乔闪闪一边刷牙,一边打开微博。

热搜第一明晃晃挂着"关山月编剧"五个大字,后面还跟了一个"爆"。

乔闪闪心里微微"咯噔"了下,点进热搜。

@娱乐吃瓜:疑似《关山月》编剧小号曝光!控诉剧本魔改,对陆星耀的选角不满,还是周时越的铁粉!

微博不仅带了《关山月》,还带了陆星耀和周时越两大流量。这两人是娱乐圈出了名的对家,但凡名字凑一块儿,粉丝就能撕个昏天黑地。这会儿,评论区和广场上已经是一片骂战。

乔闪闪点开营销号发的截图,确实来自她的微博小号,内容是两个月前发布的。

那会儿刚刚定了陆星耀主演,制片丢来一大堆修改意见,工作量非常大,还要她亲手把自己这两年来的创作心血毁掉,周佳怡只会敷衍地劝她再坚持一下,她内心崩溃无处倾诉,只能用小号发发疯。

其实从她的角度来看,也没有说什么太过分的话,无非是吐槽制片审美太低级、陆星耀演技差。

网络上凶神恶煞地赌咒发誓"这活儿谁爱干谁干,再给他改剧本就是狗",现实中不是唯唯诺诺,该干吗干吗,被制片阴阳怪气,累得连狗都不如的时候，话都不敢说。

卑微打工人一点虚幻的精神胜利法，让她在艰难的工作中苟延残喘罢了。

但问题在于，这些话，现在被甲方爸爸看到了。

乔闪闪赶到工作室，还没进门就隐隐听到周佳怡的声音从里面传来。她输入指纹和密码，全部错误。

乔闪闪用力拍门。

好半晌，房门才从里面打开。前两个月新招的实习助理宁宁怯怯地看着乔闪闪，正想说什么，乔闪闪一把推开她，径自向传来声音的书房走去。

"闪闪姐，你先冷静一下！"

宁宁试图阻拦："佳怡姐在开会，你现在不能进去……"话还没说完，乔闪闪已经一把推开了书房门。

周佳怡正站在窗边打电话："黄总，真的很对不起，是我这边的管理问题……是是，您说得对，给您添麻烦了，真的很抱歉……"

听到声音，周佳怡转头看来。

书房窗帘只拉了一半，阳光从窗外照进来，将书房空间一分为二，在两人之间划出一条泾渭分明的线。

周佳怡站在窗帘后的阴影中，门口的乔闪闪被明晃晃的阳光照了个正着。

两人站在同一间屋子里，却像是站在了两个不同的世界。明明中间就只隔着三四米的距离，可这一瞬间，谁也看不清彼此。

周佳怡又和制片说了几句后挂断电话。

一时间谁也没出声，空气凝滞，书房里有种诡异的寂静。

还是宁宁先开口。她年纪小，没见过这场面，多少有些不安。

"佳怡姐，闪闪姐她……"

"没事。"周佳怡冲她笑了笑，"你先去写稿吧，帮我们把门带上。"

宁宁如蒙大赦，飞快地转身出去，顺手带上房门。周佳怡拉开剩下的一半窗帘，整间书房都被阳光照亮。

她一边拿杯子接水，一边道："坐。"

乔闪闪没动："你不是说要在巴厘岛待一周？"

周佳怡端着杯子靠在桌沿上："闪闪，热搜你应该也看到了。"

乔闪闪："你什么时候回来的？"

"黄总很生气，要让你赔偿项目损失几百万。"

"你给我的解释呢？"

"不过你放心，我找程哥求过情了。现在黄总那边的意思是，得给陆星耀的团队和粉丝一个交代。"

"我在等你的解释。"

"所以你必须离开工作室。"

乔闪闪看着周佳怡。她和周佳怡认识了十五年，一直以为她们是最了解彼此的人，但在这个瞬间，她突然发现，她好像从来都没有真正了解过周佳怡。

周佳怡真的很会使用"语言的艺术"。

比如给她画饼的时候，会说"我们"，而谈起赔偿，就是"你"；每次打钱都会哭穷，说是借父母的钱、借男朋友的钱给她发稿费，然后跟她邀功，"看我对你多好""没有我你可怎么办""我帮你完成了当编剧的梦想，你是不是得好好报答我"。

以前有多少感动，这个时候回想起来，就有多么令人作呕，她感到生理上的恶心。

"这就是你给我的解释？"沉默了很久，乔闪闪语气平静地开口。

"我之前也给你说过吧，项目相关的事情不要发在网上。"周佳怡道，"闪闪，我已经尽力在帮你了，剩下没结清的稿费，如果我还能拿到尾款，到时候会打给你。"

"行。"乔闪闪点点头，甚至笑了一下。

她转身往外走，到门口时脚步顿了顿，有些自嘲地低声道："可能你截图的时候没注意，那几条微博我发的好友圈。"

正午炽热的阳光洒满了大街小巷，乔闪闪逆着人流，漫无目的地走在北京的街头。

其实她对这座城市一点儿也不熟，来北京三年，除了工作室和她租住的小区附近那两条街，其他地方她几乎没怎么去过，每天一睁眼就有写不完的稿和开不完的会，好不容易休息两天，还要刷剧拉片填充自己。所以这么多年，她没看过故宫的雪，没爬过长城，也从没去天安门广场看过一场升旗仪式，唯一去过的地方就是雍和宫，祈祷项目能够顺顺利利。

乔闪闪觉得自己其实挺没出息的，像她这种情况，放在爽文爽剧里，主角要么按兵不动，搜集证据，"啪啪"打脸；要么直接上去就干。总之不会是像她这样，被人家反将一军扫地出门。

可是，她能做什么呢？

也不是没想过找律师，但她和周佳怡之间自始至终没有签过合同。就连一些口头上的约定，周佳怡也只在两人面对面时和电话里说过，从来没有留下过文字记录。包括在甲方那儿，周佳怡一直以来为她塑造的形象也只是"夏老师的助理"罢了。

或者是和周佳怡互扇耳光？走的时候还很有骨气地留下一句："谁稀罕你那几个臭钱，攒着给自己烧了吧！"

光这样想着，乔闪闪就被自己逗笑了。

然而生活从来都不是爽文爽剧，她也不是主角，她只是这世界上芸芸众生中最普通的一员，人生前二十五年的经历按部就班、乏善可陈，唯一值得拿出来说道的事,似乎就是被最好的朋友捅了一刀。

唉!乔闪闪叹了口气,生活果然处处充满黑色幽默。

路边停着一个卖煎饼的小摊。乔闪闪三天没怎么吃饭,这会儿饿得前胸贴后背,肚子"咕噜噜"一直叫。她走上前买了个煎饼,扫码付钱时,后知后觉地发现手腕上空落落的。

她的手链不知道什么时候掉了。

说起来,那串手链还是她刚来北京那年,周佳怡送她的生日礼物,这么多年她一直戴着,从没离过身。

大概也是一种天意吧。坐在路边的长椅上啃煎饼时,乔闪闪如是想。

不知道是事情发生得太突然,还是所有情绪都在前三天里耗光了,她这会儿其实并不怎么伤心愤怒,只是有点累,整个人空茫茫的,不知该何去何从。

她莫名想起上大学那会儿,有段时间鸡汤散文和秀恩爱小段子很流行,周佳怡靠着在微博分享自己如何从一个普通女孩到QS50交换生的励志故事和自己与高富帅男友的恋爱日常,在微博上狂吸一大波粉,出书签售,成为粉丝几十万的大网红。

人红是非多,就在周佳怡最得意的时候,有人扒她人设造假,涉嫌抄袭,一时间互联网上吵得沸沸扬扬,人人喊打。

那时候周佳怡深夜打电话给她,在手机那头哭着问她:"闪闪,我以后要怎么办?"

乔闪闪说:"你还有我。"

她当时在电话这头一边抹眼泪,一边订机票,请了假,乘第二天最早一班航班去北京陪她,之后更是因为周佳怡一句"我需要你的帮助",义无反顾地来了北京。

然而现在,她连那个可以问"我以后怎么办"的对象都没有了。

乔闪闪拿起手机,其实她也不知道自己想做什么,等回过神,手机屏幕正停在Listen For的页面上。

大概是担心她,这三天,Star断断续续地给她发了不少消息,问她出了什么事,是否还好。而针对她之前的那个问题,他是这样回的——

Star:离开他。你的人生很宝贵,和烂人烂事纠缠不值得。

乔闪闪不知道为什么,忽然有点想哭。

她眨了眨潮热的眼睛,深深地呼了一口气,正想着给他回条消息,手机振动了下。

Star的消息先一步跳了出来。

Star:你要再不回消息的话,我可就要报警了啊。

乔闪闪扣了个"1",表示自己有看到。

Star:还好吗?

Shining:不太好。

对面沉默了片刻,大概是在寻找措辞,好一会儿才回复她。

Star:能说吗?

乔闪闪一时不知道该怎么开口。她和周佳怡的关系太复杂了,加上编剧这个职业在普罗大众中实在是过于小众,很多细节都需要解释说明,外行人才能理解。

但是没关系,用一句话讲清楚一个复杂故事,是一名优秀编剧必备的能力,她想到一个十分贴切且便于旁人理解的比喻——

Shining:老公出轨。

Shining:转移婚内财产,抢走孩子抚养权。

Shining:我被净身出户了。

剧名：当你闪耀时
主演：乔闪闪 × 陆星耀
场次：Chapter 2.
剧集：星星是迷途的灯塔，Star 也是

"干咱们这行的，什么最重要？当然是作品最重要！你说是不是这个道理？"

"嗯，是。"

"乔老师，我是很欣赏你的。现在的影视圈特别浮躁，能沉下心好好做内容的人，说句实话真不多，所以咱们的这个理念啊，首先就很一致……"

下午三点，朝阳区，798附近某咖啡厅内，乔闪闪正和一位三十岁左右打扮很潮的男人相对而坐。

男人侃侃而谈，她面带微笑，不时地点头附和，看似认真倾听，实则思绪早已飘远。

这是离开工作室半个多月以来，乔闪闪约见过的第七个还是第九个制片人？实在记不清了。

最开始听人说"我很欣赏你，就想找你这种能沉下心好好做内容的编剧"时，乔闪闪还挺激动，觉得总算遇到了一路人，但听多了人就麻木了。

这些人张口就是几个亿的大项目，和某某影帝、某某导演、平台某领导是好朋友，然而一提钱就开始画饼谈梦想，说年轻人目光要放长远，不要总盯着眼前那点得失，那点钱和项目经历比实在不值一提……

话术统一得像在诈骗集团进修过。

滔滔不绝地说了近二十分钟，男人终于停下来喝了一口咖啡，总结陈词道："所以说，咱们现在还是得有个作品先出来。"

乔闪闪刚拉回飘远的思绪，听到这话，开始有不好的预感。

"赵总您的意思是？"

"乔老师，我是很想跟你合作的，但你目前的这个情况你也清楚。"赵总说道，"我是相信你的能力的，所以咱们一起努把力，把前五集剧本弄出来，只要本子过了平台，我能帮你谈到十万一集的价格！"

得，又一个想占便宜的。

可这位赵总已经是她这半个月来接触到的最靠谱的制片人了，起码不是空壳皮包公司，手里也真的有项目在做。

乔闪闪怀着最后一丝希望和他商量："赵总，五集剧本时间成本太高了，要不您看这样，我这边先出个大纲，您觉得可以的话，我们把合同签了，我就开始动笔。"

"哎呀，乔老师，你怎么就不明白呢！"

男人以一副"你真不懂事儿"的表情摇了摇头，四下环顾一圈，撑着身子凑近了点，压低声音道："你现在没署名，签合同就只能拿个新人价，但剧本出来就不一样了，我到时候找个大编剧给你挂名，价钱也高，平台那边也好过，一举两得的事！"

乔闪闪的希望就像被风吹过的蜡烛，烟都来不及冒就熄灭了。她默默在心里叹了口气，面上还是打起精神道："行，您让我回去考虑一下。"

从咖啡厅出来，乔闪闪没有乘地铁，撑了一把遮阳伞，沿人行道缓缓往小区方向走，路上接到房东的电话。

"小乔啊，我是刘阿姨，你的租期是下个月到期，对吧？"

乔闪闪："对。"

刘阿姨："你看你还租不租？租的话，今年房租涨两百。"

下午四点的阳光依旧炽热，空气像被炙烤过一般，滚滚热浪扑面而来。

乔闪闪站在川流不息的十字路口，忽然有那么一瞬间的恍惚，感觉自己好像是站在了命运的十字路口上。

耳朵有短暂的失聪，无数面目模糊的行人与她擦肩而过。

"刘阿姨，"乔闪闪定了定神，"我最近在找工作，还不是很确定，过两天给你答复行吗？"

"那你尽快啊，好多人等着看房子呢。"

"嗯。"

绿灯亮，乔闪闪挂了电话，被滚滚人流裹挟着一路向前。

她没有回家，随便在路边找了一个长椅坐下，打开招聘软件和邮箱，依然没有收到任何面试通知。

其实这段时间以来，她一直有在努力找工作，但没有署名，不是影视文学相关专业毕业，还有三年的职场空白期，在如今这个就业环境下，可以说举步维艰。

几只麻雀在路边草丛跳来跳去，叽叽喳喳，乔闪闪一动不动地坐在旁边看着，看了很久，久到夕阳最后一抹余晖沉入地平线。

城市被夜色笼罩，街灯一盏接一盏地亮起，晚饭的烟火气从路边传来，大人下班孩子放学，一家人手牵着手，其乐融融地从她身边走过。

城市繁华热闹，只有她是孤零零的一个人，单薄身影融在夜色里，像一块无人在意的涂鸦。

其实以前在家里，乔闪闪也是个很娇气的小姑娘，受一丁点委屈恨不得全天下都知道，爸妈时常担心她生活不能自理。可毕业三年，她学会了一个人，生病自己扛，受伤也忍着，吃了那么大一个亏，也打落牙齿和血吞。

她一直觉得自己很坚强，可是这一刻，她却感受到久违的软弱。

乔闪闪想起小时候，大概是六七岁，少年宫联合市舞蹈协会举办全市青少年舞蹈比赛，她也报名参加。

为了拿奖，她每天除了上学和吃饭，所有时间都拿来练习，受了伤也一声不吭地咬牙坚持，付出了许许多多的汗水和努力，可最后连决赛都没进。

得知自己被刷下来的那天，乔闪闪躲在房间里号啕大哭。乔爸就蹲在房门口，一口一个"心肝宝贝"地哄。乔闪闪哭着问爸爸，我是不是做得还不够好。乔爸告诉她，不是你不够好，只是别人比你更合适。

再后来，舞蹈比赛决赛当天，爸妈带她去游乐场疯玩了一整天，回家时，她趴在爸爸宽阔的后背上。

乔爸那天说的话，乔闪闪至今还记得——

"人生是很复杂的，不是想要就会有、喜欢就能得到、努力就有回报。如果你很努力还是失败了，不代表你做得不够好，也许你只是走在了一条不适合你的道路上，也许你只是少了一点点运气，所以有时候，学会放弃也是一种智慧。"

所以她应该放弃，及时止损。

乔闪闪想，人有时候，得学会承认和面对自己的失败。

乔闪闪回到家时已是晚上八点过快九点，她没吃饭，饿得前胸贴后背，两眼冒金星，习惯性地想点外卖，付款时又打消了念头。

从橱柜里找出仅剩一包的过期酸辣粉煮上，乔闪闪叼着筷子，一边眼巴巴地等，一边心不在焉地刷着朋友圈。

手机在掌心中不停振动，有新消息。

她退出看了眼，来自沉寂已久的大学室友群，群名还是毕业那会儿改的，透着股中二劲——

"住311的女明星们"。

乔闪闪的大学生活过得很愉快，很大程度上得归功于她有三个很棒的室友。四人虽然性格各异，但人都很好，在一起住了近四年，从没发生过网上说的那些奇葩事儿，反而这么多年来还一直保持联系，只是这两年大家各自有了不同的生活境遇，联系频率大不如前。

乔闪闪点开群聊，看她们在聊什么。

室友陈潇十一结婚，邀请大家去给她当伴娘。温妍和林思甜积极响应，这会儿三个人正一起叫她出来说话。

乔闪闪关了火，提起锅连汤带粉倒进碗里，叼着筷子，一只手端碗，一只手飞快地回消息。

Shining：伴娘就算啦，但婚礼我一定去！

没等乔闪闪解释，陈潇一个群聊视频先打了过来。

乔闪闪把碗放在餐桌上，接起视频，不等对面发作，先求饶卖惨道歉一条龙，瞅着对面消气了，才好声好气地跟她解释。

乔闪闪不想把工作上的负能量带给大家，于是把具体情况含糊过去，只说最近忙，工作上还有些变故，实在是没有精力，不是不想给她当伴娘。

好吧，工作最大。陈潇勉强接受了乔闪闪的解释，但不忘恶狠狠地警告："婚礼你要是不来就死定了！"

"一定来！上刀山下火海也来！"乔闪闪竖起三根手指赌咒发誓，眼见这关过了，连忙转移话题。

四人很久没有空闲抽出时间来视频聊天了，这会儿一聊就停不下来。乔闪闪一边吃饭，一边听她们聊起各自的近况——

陈潇在上海某区政府当公务员，上岸两年，工作稳定，有车有房，即将和相恋多年的初恋男友结婚。

林思甜在老家二线省会城市的一所大学当心理辅导老师，最近正在考雅思，为出国留学做准备。

温妍是她们四个人中唯一一个选择读研的，最近毕业，注册了一个小公司，准备用读书时攒下的第一桶金创业。

听起来都很不错，在为朋友们高兴的同时，乔闪闪感到些许羡慕和失落。

羡慕她们都有了稳定的生活，找到自己的方向；失落于似乎只有自己毕业多年还一事无成。

当年来北京追逐梦想时的一腔热血早已被现实的风暴吹打得七零八落，她甚至也在想，如果当初不做编剧，如果像陈潇她们一样考个公务员、去留学或选择读研，会不会比现在好，但她注定永远也无法得到答案。

聊了大半个小时，挂断视频时已经快十点，乔闪闪收好碗筷，正准备去厨房刷碗，手机又响了。

这回是温妍的电话。

宿舍四人关系虽好，但还要数乔闪闪和温妍最好。

这会儿，乔闪闪接起电话，温妍直接开门见山地问："闪闪，你最近是不是出什么事了？"

乔闪闪默了默，忍不住苦笑："这都被你看出来了。"

"愿意说说吗？"

"过段时间吧。"

"行。"温妍也没勉强她，"你地址没变吧，我给你点了外卖，你一会儿记得收一下。"

"妍妍……"乔闪闪喉咙有些哽咽，一时不知该说什么。

"不中听的话别说啊。"温妍没给乔闪闪矫情的机会，"对了，Listen

For 你一直都在用对吧？服务器这两天就到期了，你要是上面有数据，记得下载一下。"

"Listen For 要停服了？"

"对，不赚钱嘛，到期就把它停了。"

乔闪闪"哦"了一声，两人又聊了点别的。挂电话前，温妍再次叮嘱："闪闪，你状态真的不太好，实在不行就休息一段时间，工作什么时候都能做。"

挂了电话，乔闪闪仰起头，用力眨了眨潮热的眼睛。

敲门声响，温妍点给她的外卖到了。

乔闪闪取了外卖回来，正想给温妍说一声，打开微信就看到温妍刚刚转给她一万块钱，备注是"吃好点"。

刚刚忍住的泪意彻底汹涌泛滥。

其实这段时间，乔闪闪偶尔也会怀疑自己，是不是她哪里做得不够好，所以周佳怡才会这样对待她。虽然理智上知道这样的想法很可笑，但有时候，人的情感是很难受理智控制的，尤其是被从不设防、全身心信任的人伤害背叛的时候。

她精神根基的一部分被摧毁了，她忍不住对从前的一切产生怀疑，反刍相处时的每一个细节来求证，情绪在怨恨和恐惧中来回撕扯。

可是现在温妍用行动告诉她，你依然值得被好好对待。

乔闪闪收了钱。她没说那些客套感谢的话，回了温妍一个拥抱的表情，然后放下手机，把房间简单收拾打扫一遍，洗漱完从卫生间出来，穿着纯棉卡通睡衣，坐在书桌前写工作规划。

临近十二点，她合上笔记本电脑上床。

坐在床头玩手机时，想起温妍说 Listen For 即将停服，乔闪闪打开 App，给 Star 发消息。

Shining：明天有空吗？要不要出来见一面？

对面回得很快，像是正开着 App，准备跟她发消息似的。

Star：怎么了？

Shining：我可能要离开北京了。

这一次，Star 沉默了很久很久，久到乔闪闪几乎要以为他并不想和她见面。她正想说，不方便也没关系，一条新消息跳出来。

Star：时间，地址。

翌日，下午五点，乔闪闪准时抵达和 Star 约定好的餐吧。

这里是朝阳区蛮有名的一个网红店，远离主商圈，以清净私密著称，很适合三两好友聚会聊天。

乔闪闪挑了一个临窗的卡座，又给自己点了一杯西瓜汁。

本来想跟 Star 说一声她到了，但 App 已经彻底无法登录了。

她没有太在意，捧着冒着丝丝凉气的杯子，看着窗外街景，回想起和Star相识的过往。

其实最开始，她就是被温妍拉去给App凑人气的，怎么聊上的已经记不清了，她只记得以她大二那会儿半吊子的专业知识，也能一眼看出他有蛮严重的心理问题。

大学时的乔闪闪还没有遭受过社会的毒打，天真又热情，还有那么点英雄主义在身上。

最开始乔闪闪对他们关系的定义是业余咨询师和患者，有种"既然遇见了，就要帮帮他"的使命感。可随着两人的关系越来越亲密，她没有办法再单纯地把他看作一个需要自己帮助的对象。

有段时间两个人每天从早聊到晚，陈潇调侃她是不是网恋了，乔闪闪下意识地否认，可一抬头看见镜子里自己笑开花的脸，才后知后觉地意识到事情似乎不太对劲。

那段日子Star也特别黏人，好几次明里暗里地提出想和她见面，但乔闪闪觉得他只是对她有心理依赖。

现在见面不是很合适，于是有意疏远了他。

正好那段时间乔闪闪忙着毕业找工作，之后又辞职来北京。两人虽然在一个城市，但乔闪闪忙于工作，联系一直断断续续。

她原本还计划着等做完《关山月》约他见面的，时间正好三年，符合咨询伦理的规定（咨询伦理是指心理咨询师与来访者关系结束三年后，双方才可建立私人关系），只是没想到她却要离开北京了。

天色渐渐暗了下来。

餐吧内昏黄暧昧的氛围灯亮起，周围空着的卡座陆续坐满了人，音响里的轻音乐换成了蓝调布鲁斯，轻快明朗的曲风和着四周嘈杂的环境音有种别样的情调。

从窗边往外看，临街的路灯亮起，人流车流在这华灯初上的暮色里往来不绝。

前方十字路口不知是堵车还是出了什么事故，乌泱泱地堵了一堆人，一群穿着制服的交警正在维持秩序，疏散人群。

服务员第五次过来询问是否点餐。

乔闪闪看了眼时间，现在是傍晚七点，距离她和Star约定的见面时间已经过去了两个多小时。

前台传来取号器的叫号声，餐吧已经开始排位。

服务员有些不好意思地开口："姑娘，你看你要是不点餐的话，要不就先把座位让给别的客人？等你朋友来了，我再给你们安排。"

"不用了。"乔闪闪默默在心里叹一口气，从钱包里抽出现金递给服务员。

"买单吧。"

"真的很不好意思。"

服务员接过现金,去前台开单。

乔闪闪从包里拿出笔,她没带本子,随手在桌子上找了一张干净的餐巾纸,一笔一画地在上面写着留言。

隔了会儿,服务员拿着小票回来,乔闪闪把写满字迹的纸巾交给他:"如果等会儿有人来找的话,麻烦你把这个交给他。"

服务员下意识地脱口而出:"要是没人来呢?"

乔闪闪愣了下,随后笑了笑,唇角漾出两个小梨涡:"那就扔了吧。"

背着包从餐吧出来,乔闪闪站在街头,留恋地环顾着这座城市。她不知道 Star 为什么没有来,也许是有事,也许是被什么耽误了。

她不怪他,她只是有些遗憾。

遗憾没能在离开前,和她在这城市唯一的朋友见上一面。

乔闪闪穿过十字路口,去对面坐地铁,挤过乌泱泱的人群时,听到几个女孩凑在一起讨论,现场事故似乎是私生粉追车造成的意外追尾。

乔闪闪下意识地往事故中心看了眼。

这会儿马路中间已经被交警清出了一片空地,中间停着两辆车,一辆五菱宏光、一辆路虎揽胜。

警察在窗前和路虎车主说了什么。

路虎车门推开,接着一个穿一身黑的男人从车上下来。他戴着口罩帽子,在朦朦夜色中看不清脸,但无论身形还是气质在人群中都格外出挑。

"啊啊啊啊啊——"

"陆星耀!是陆星耀!"

乔闪闪还在感慨明星果然和普通人有次元壁,身边几个女孩已经开始尖叫,本就拥挤的人潮越发骚动起来。

乔闪闪被人群推搡着往前,挤得险些喘不上气来。

警察大声在旁边维持秩序。

而引起风暴的人却像是对周围的一切毫无所觉,一手插兜,微弓着背靠在车门上。他抬头望向街对面,不知在看什么,周身气场很低,有种说不出的压抑。

围观人群纷纷举起手机对着他拍照。

他不耐地撇了下头,似乎是想发火,但又忍住了。

这也能让她撞上?不得不说,她和这个哥是有点孽缘的。

乔闪闪默默在心里吐槽一句,收回目光,艰难地穿过拥挤的人群,单薄的身影彻底淹没在夜色中。

晚上九点过半,派出所依然人来人往。

争执声、哭闹声、民警的劝慰声和呵斥声,还有匆匆往来的脚步声,全部乱糟糟地汇成一片。

走廊尽头的接待室房门半掩，大体还算安静，偶尔有几声杂音涌进来。

负责接待的民警刚刚被同事叫走了，这会儿房间里只有陆星耀一个人。

他坐在椅子上，两腿敞着，手臂垂在腿缝间。口罩在做笔录那会儿摘了，但帽子一直戴着，帽檐在眉眼处投下一片阴影，看不清神情，只能看到冷淡的唇角和锋利紧绷的下颌线。

他面无表情地低着头，攥着手机的手松一下紧一下地按着电源键。屏幕亮起、熄灭、再亮起，始终停留在 Listen For 的登录页面，用户名和密码下方，醒目的红色感叹号提示永久停服并向用户告别。

头顶的白炽灯年头久了，偶尔会闪烁两下，发出"刺刺啦啦"的电流声，和着门外走廊上的喧嚣，有种令人心烦意乱的嘈杂。

就这么一动不动地坐了十来分钟，魏思杰那标志性的絮叨声从门外传来："哎哎，北京这边有点事。您放心，明天我就打包给他送回去——"

"吱呀"一声，接待室的门被推开。

魏思杰从外面进来："行，那我先挂了，改天来北京请您吃饭。"

其实陆星耀这几天一直在上海，有几个杂志广告拍摄，还有线下活动品牌直播，时间本来就很紧，他倒好，商量都不商量一下，直接推了今天的杂志拍摄回北京。

魏思杰今早接到陆星耀的电话时天还没亮，正老婆孩子热炕头呢，直接给他气清醒了。但陆星耀就是通知他一声，那会儿已经在高速上了，连个理由都懒得给，让他抓紧时间找人顶上就挂了电话。

魏思杰气得不轻，但也只能骂骂咧咧地给他擦屁股，和杂志社那边赔礼道歉，商量换人。

陆星耀这种咖位的不好找，他求爷爷告奶奶，托了一大圈关系，才找到最近在上海休假的周时越。这种时候也顾不得是不是对家了，只能哄着劝着，说着漂亮话，求对方帮个忙，至少不能让杂志社那边开天窗。

他这边忙了大半天，好不容易把拍摄的事情搞定，还没来得及喘口气，结果陆星耀又出了幺蛾子。

私生跟车，追尾事故。这回不仅进了局子，还闹上了热搜！

虽说给顶流当经纪人就要有时刻处理突发状况的能力和觉悟，但说实话，除了陆星耀刚刚爆红的那两年，魏思杰已经很久没有像今天这样心力交瘁的时候了。

挂了电话，魏思杰长吁一口气，关上门，拉了把椅子在对面坐下，劈头盖脸就开始数落："你说你好好的跑回来干什么？而且你到底清不清楚，你现在是公众人物！是打个喷嚏在热搜挂三天的顶流！见网友？是不是疯了你……"

陆星耀只是抬起眼，没什么表情地问："立案了吗？"

魏思杰一哽，没说完的话在喉咙里滚了两圈，又咽下去，叹口气道："卖你行程组织跟车的'黄牛'行政拘留十五天,剩下几个粉丝还在上学……算了吧。"

陆星耀沉默着没吭声,手里一下下按着手机电源键,大概是一直用力的缘故,从手背到小臂的青筋暴起明显,在冷白肤色的映衬下显得有几分骇人。

"组织跟车的那个'黄牛'家里有病人,情况比较困难,民警问你事故赔偿能不能稍微通融一下,让对方少出点……"

陆星耀轻嗤一声,玩味地扯了扯唇角。

"我知道你心里不痛快,"魏思杰劝道,"但光脚的不怕穿鞋的,你毕竟是公众人物,没必要为了这点小事和他们计较……"

"有糖吗?"陆星耀打断。

"我去买。"魏思杰立刻道。

陆星耀为了保持上镜状态,别说糖,连水果都不吃,含淀粉的主食都是按克来算。他会吃糖只有一种情况,那就是情绪已经糟糕到了极点。

派出所门口就有二十四小时便利店,魏思杰买了糖回来,陆星耀已经签好了谅解书,从接待室里出来。民警跟在一旁感谢他的理解,并表示会好好对"黄牛"和粉丝进行批评教育。

走廊上偶尔会有人向他投来目光,但大多还是专注在自己的事情里,并不知道自己和一个大明星擦肩而过。

从派出所出来,陆星耀接过魏思杰递来的糖,剥开一颗填进嘴里,捏着糖纸问:"小曹呢?"

魏思杰:"马上就到——"

正说着,一辆熟悉的黑色埃尔法保姆车在路边停下,打着双闪、按了按喇叭,接着车窗降下,露出曹小北那张蠢萌的宅男脸。

附近没有垃圾桶,陆星耀把糖纸揣裤兜里,抬步往路边走去。

闪光灯追着他的身影,此起彼伏地亮起来。

魏思杰皱眉环视一圈,发现周围停了不少娱乐媒体的车,这些狗仔就像草原上的鬣狗闻着味就来了。

一群阴魂不散的东西。魏思杰低咒一声,加快脚步,护着陆星耀上了车。

"砰"的一声用力甩上车门,司机踩油门打方向盘,车子缓缓自派出所门口驶出。

曹小北从衣兜里掏出一张餐巾纸,转头递给后座上的陆星耀:"耀哥,我去'岁时'问过了,下午确实有个女孩在那儿,她留了这个给你。"

陆星耀接过纸巾。大概是沾了水,上面的字迹已经有些晕开了,好在还能辨认。

To Star:

不知道你还能不能看到这份留言。很遗憾没能在离开前和你见上一面，相识一场，祝你心想事成，以后天天开心。

——Shining

"服务员说她等了两个多小时，七点过才走的。"曹小北十分自觉地交代道，"我拜托店长帮忙查了监控。卡座里没监控，前台只能看到一个背影，没看到脸。"

"哦，对了。"他想起来什么，又道，"她付的是现金，没办法通过付款信息找人。"

车子正堵在十字路口等红灯，司机下意识地问了一句："还是回霄云路那边吗？"

一直盯着纸巾发呆的陆星耀开口："去'岁时'。"

"岁时"就是他和Shining约见面的餐吧。

魏思杰忍不住开口："去那儿干吗？小曹不是已经去帮你打听过了？别闹了行吗，哥……"

陆星耀把纸巾折好揣进兜里，又剥了一颗糖丢进嘴里。

"去吃饭，不行吗？"

"不是，咱真要想去，改天去成吗？"魏思杰说话的声音都放轻了点，"都这个点了，你明天一早还得飞上海，不累吗？咱早点回去休息行不……"

然而不管魏思杰说什么，陆星耀都不为所动。派出所离"岁时"不算远，只有两个路口的距离，不到十分钟，保姆车就停在"岁时"餐吧门口，跟在后面的媒体也在路边停下。

陆星耀伸手去开车门，被魏思杰一把拦住："你疯了！后面都是狗仔，你没有看到是不是？你不怕上热搜……"

"我不是天天都在上嘛。"

陆星耀冷笑一声打断，推开他下了车。陆星耀没有直接往楼上走，反而转身向停在路边的媒体车走去。

几个娱记刚架好设备准备偷拍，就见偷拍对象自己过来了，一时都有些蒙，还没来得及反应，车窗就被人敲响。

娱记降下车窗，赔着笑和陆星耀打招呼："陆老师晚上好啊。"一边说，一边从兜里摸出烟双手递上。

陆星耀没接，直接伸手把娱记叼在嘴里的半根烟拿下来："蹲了我大半晚，挺辛苦的吧。我请客，一起上去坐会儿？"

"不、不用了，那多不好意思。"

"有什么不好意思的。"陆星耀慢悠悠地把烟头按在相机上，笑得十分恶劣，"你们送我上热搜，我请你们吃顿饭，这买卖还是我赚了。"

"你说你把火撒在那帮娱记身上有什么用？给你说了多少遍，得罪谁都不

037

要得罪这帮拿笔杆子的,回头还不知道要怎么编排你……"

"岁时"二楼,临窗的6号卡座,魏思杰一边念叨,一边"呼噜呼噜"地吃拉面。

陆星耀坐在乔闪闪之前坐过的座位上,他没什么胃口,面前的意面动了两口就放在那儿,这会儿正拿着手机找角度自拍。

曹小北和司机坐在隔壁卡座,他不知和女朋友闹了什么矛盾,这会儿女朋友正在电话里跟他吵架闹分手,一口一个姑奶奶的哀求声不时从隔壁传来,听起来可怜又好笑。

"我跟广告公司那边打过招呼了,明天的拍摄时间推到下午两点,给你订了明早九点飞上海的航班,等会儿回家好好休息……"

魏思杰把碗里的面一扫而空,这会儿一边和陆星耀交代工作,一边端碗喝汤。隔壁卡座的曹小北终于挂了电话,魏思杰正寻思奚落他两句,就听他一声惊呼从隔壁传来:"哥,你发微博怎么也不说一声!还带地址?"

魏思杰顿时被呛了个面红耳赤,颤颤巍巍地指着陆星耀,半天没能说出一句话。

好不容易缓过来,他赶紧摸出手机看了眼。就三分钟的工夫,词条"陆星耀,岁时"已经冲上了文娱榜前十,广场上不少人表示就在附近要过来打卡。

魏思杰立刻收拾东西起身,一秒钟都不敢多留。

"走!立刻走!"

等终于折腾回家已经快凌晨,曹小北还在走廊里和女朋友吵架。魏思杰也是电话不断,联络媒体平台公关,撤掉一些不太好的热搜和词条。

陆星耀则窝在沙发上刷微博。几万条私信评论,他不厌其烦地挨个点开看一遍。

其实他平时从不看评论私信,甚至微博都没怎么自己登过,但今天也不知道在期待些什么,看到消息提示就忍不住点进去。

明知道希望渺茫,可还是想等一个不可能的可能。

等魏思杰这边终于忙完,已经是二十分钟后。他挂了电话,转头就见陆星耀仰在沙发上,正面无表情地盯着天花板上的射灯,也不知道在想什么。

魏思杰原本还想说他两句,到底是不忍心,挨着他坐下,叹口气劝道:"星耀,你和你那个网友认识也有四五年了吧?这么多年,她一直知道你在北京,要走了才说约你见面,什么意思你不懂吗?"

陆星耀的手臂懒懒地搭在眼睛上,摆明了不想听。

"哥说句不中听的,她都想到要给你留言了,真还想联系的话,为什么不直接给你留微信或者电话?"

"魏总,你真的很烦。"

"早给你说了,网恋不靠谱,你不信。"魏思杰摇头,犹豫了一下,还是道,"你们用的那个软件,我打听过了,是复旦大学心理学系的学生研发的,他们系很多学生会用这个软件实践,你懂我的意思吗?"

陆星耀转头看魏思杰。他内眼角偏尖,眼珠黑白分明,平时笑起来深邃撩人,但不笑时清明锐利,又冷又拽。

魏思杰注视着他清明的双眼,心头闪过一丝不忍,但还是道:"星耀,可能你只是她的一个作业……"

"别说了,行吗?"

他微拧着眉打断,见魏思杰似乎还有话说,烦不胜烦地起身往卧室走,颇有种"惹不起我还躲不起吗"的认命。

"要不给你招一个生活助理吧。"

魏思杰觉得让陆星耀这么个风华正茂、有钱有颜的大帅哥整天单着,确实是件挺违背人性的事儿,于是追在他屁股后面道:"看你最近火气挺大的,来给哥说说,你比较喜欢什么类型的女人——"

话音没落,卧室门"砰"地在他面前摔上。

陆星耀的声音冷冷传来:"滚!"

魏思杰讪讪地摸了摸鼻尖,门口转悠两圈,见时间不早,帮他把房间简单收拾一下就准备回家。

从公寓出来,看到曹小北正抱着手机,愁眉苦脸地在门口兜圈子。

魏思杰叹了口气,拍拍曹小北的肩:"小曹,你今晚就别回去了。你耀哥刚失恋心情不好,你留在这儿多看着他点儿。"

曹小北哭丧着脸:"我也快失恋了,谁来可怜可怜我。"

"我再不回家也快要被离婚了,你们谁来理解理解我?"魏思杰咆哮。

陆星耀今天开了一天车,这会儿已经很累了,可躺在床上还是睡不着。其实魏思杰说的那些话他不是不懂,只是一直不愿意承认和面对罢了。

认识 Shining 那会儿,陆星耀刚经历了朋友背叛、全网黑和严重的网暴事件,心理医生建议他在日常的咨询外,能多和家人、朋友倾诉沟通。

他的家人都在国外。至于朋友?娱乐圈是没有友谊的。

正好那会儿圈里一个挺有背景的投资人在推 Listen For 这个 App,陆星耀多少得给点面子。

最初是怎么搭上话的,陆星耀已经不记得了,只记得是对方先加的他。她很喜欢找他说话,跟他分享日常。陆星耀偶尔回,偶尔不回。

她似乎有很多朋友,生活永远多姿多彩,就连一件再平常不过的小事,经过她的描述也变得格外生动有趣。她就像一只无忧无虑的快乐小狗,永远开心,永远能量满满,即使隔着屏幕,蓬勃旺盛的生命力几乎从冷冰冰的文字里满溢出来,滋润他干涸的灵魂。

最开始,陆星耀拿她当网上萍水相逢的路人,后来是朋友,再然后是可以互相倾吐心事的好朋友。他以为这样就挺好,事情的转变发生在某个夏日的深夜,她去新疆旅行,拍了一张星空的照片发给他。

Shining:看到星星就想到了你,不知道送你什么,就把这片星空送给你吧。

Shining:星星是迷途的灯塔。

Shining:Star 也是。

陆星耀没喜欢过谁,也不知道心动是什么滋味,但在那个夜晚,他站在阳台上,忽然觉得北京夜晚的星空格外璀璨。

之后很长一段时间,他和 Shining 聊天的频率直线上升。她不是一个谨慎的人,从聊天的只言片语中能得到很多信息——

比如他们年龄相仿,她在上海念大学,有一个宽松且温馨的成长环境,有点儿小才华,喜欢在网上写东西,但运动能力和动手能力很差。她还有很多奇思妙想,小心思、小惊喜、小浪漫层出不穷,懂的也多,什么话题都能聊,和她做朋友真的是一件很幸福的事。

幸福到……陆星耀甚至开始嫉妒,她对别人是不是也这样。

一次在上海参加活动,结束后,陆星耀开着车绕着大学城兜圈子,想见面的念头像野草疯长,再也压抑不住。

陆星耀明里暗里跟她提过几次,但她总是不动声色地转移话题,并且在这之后逐渐减少了和他的联系频率。

那段时间,魏思杰怕他想不开,天天跟在他屁股后面念叨网恋不靠谱,跟他分享奔现失败的案例,说她最大的魅力是你的想象力云云。

陆星耀失落是有的,但伤心也不至于。娱乐圈里前一天两肋插刀兄弟相称,第二天就能为了资源下死手的情况多的是,她的冷淡比起来实在不值一提。也许她只是很有边界感,单纯地把这段关系定义为网友,仅此而已。

那之后他们冷了一段时间,再然后她来了北京,没跟他说,他是看到她在动态里吐槽豆汁难吃才知道。他分享了在北京的动态,她点了赞,两个人断断续续又恢复了联系,但谁都没有再提见面的事。后来她好像是有了男朋友,陆星耀没问过,假装不知道,觉得做朋友也挺好,毕竟她真的给过他很多珍贵的善意。

其实陆星耀也很难定义他对 Shining 到底是一种什么样的感情,虽然魏思杰一直说他只是把她当作情感寄托的对象,但他并不这样认为。他很确切地知道她是个什么样的人,有着怎样鲜活生动的灵魂。

她是他在暗夜里抬头,看见的那颗闪闪发光的星星。

无论如何,他都希望她能过得好,就像她留给他的最后一句话是希望他能天天开心一样。

可事实上,她过得并不好。大概是从今年上半年开始,即便隔着屏幕,也能感受到她的快乐和活力在一点点消失。

其实这段时间以来,陆星耀一直在想,结婚了没关系,有孩子也无所谓,那些都不重要,只要她愿意……可他没想到,她连一个联系方式都没留就这么走了。

陆星耀睡得不太好,一直半梦半醒,早晨不到六点就彻底睡不着了。他起来洗了个澡,换了身衣服从卧室出来,一进客厅就被冲天的酒气熏得皱了皱眉。

打开灯,茶几上堆着十几个空酒瓶,始作俑者这会儿正躺在沙发上呼呼大睡。

陆星耀拽着领子把人提起来晃了晃,语气十分不爽:"你昨晚在我这儿干什么了!"

曹小北迷迷糊糊一睁眼,看到陆星耀,脑子还不清醒,抱着他的腿就开始"嗷嗷"哭:"哥,这次你一定得帮帮我,你失恋了没关系,但我不能没有老婆啊,哥——"

曹小北哭得声泪俱下,鼻涕眼泪糊了陆星耀一腿。陆星耀试了几次没把人踹开,烦躁地抓了把头发,拎着后脖领把人拖到客房里去。

早上七点,魏思杰准时提着早餐上门。陆星耀正在跑步机上做有氧,听见声音,回头招呼一声早。正好时间到了,他擦着汗从跑步机上下来,回房间冲凉换衣服,十分钟后一身清爽地出现在餐厅。

魏思杰已经把早饭摆盘装好,生煎配小馄饨,这会儿还腾腾冒着热气。

"你嫂子亲自下厨做的,尝尝。"魏思杰拿了筷子递给他。

"谢了,改天你去SKP给嫂子刷个包。"

"用你说。小曹呢?"

"客房。"

艺人当久了,陆星耀吃东西很快,但因为吃得少,并不会有饥不择食的贪婪,反而有种赏心悦目的优雅利落。

反观魏思杰,"呼噜呼噜"的,几乎就是个野人。

这会儿,"野人"魏思杰一边吃饭,一边偷摸观察陆星耀,见他搁了筷子,没事人似的靠在那儿玩手机,完全和昨晚那要死要活的样子判若两人。

在桌下踢了踢他,魏思杰奚落:"哟,情种这么快放下了?不伤心了?也不难过了?"

陆星耀刷微博的动作微微顿了下,但也就那么一下,大概零点几秒的瞬间。魏思杰都没察觉到,他已经神色如常,拖着他那一贯又拽又欠的语调,头也没抬,懒洋洋地开口:"那不然呢?"

既然她已经决定彻底离开他的生活,他愿意尊重她的选择。虽然还有些遗憾,但人和人的缘分自有定数,他们萍水相逢,大概也只能走到这里了。

"你能想开就行。"见他神情不似作伪,魏思杰松了一口气,"不是我有偏见,网恋真的不靠谱,你要是真想谈恋爱,等回头在圈里找一个,保密工作做好,我不反对……"

"没什么兴趣。"

清晨的阳光从窗外照进来，给陆星耀微湿的额发镀上了一层金灿的柔光，整个人有种蓬勃不羁的少年气。他淡淡开口道："问你个事，《关山月》的编剧是什么情况？"

"嗯？"魏思杰一脸茫然。

"就网上骂我的那个。"

"谁给你说的？"魏思杰有点不高兴。

为了不影响陆星耀的心情，这种事团队一般都不会告诉他。但他问了，魏思杰还是一五一十地跟他交代："是编剧助理，年纪小不懂事，在网上乱说话，被粉丝截图投稿到营销号那儿。不过你放心，那边已经道过歉，也把人开了。"

陆星耀正好刷到营销号的微博，点开图片看了眼，轻嗤一声："还真是什么人都能拿我当枪使。"

魏思杰："什么意思？"

陆星耀把手机丢给魏思杰，魏思杰拿着左看右看，也没看出什么名堂来，嘟囔道："半个月前的事儿了，你突然问这个干什么？"

"看看眼睛吧，魏总。"陆星耀把图片放大，指着左上角的好友圈给他看。

魏思杰脸色顿时不太好。

陆星耀慢悠悠地继续翻着微博，一张口就是副看热闹不嫌事儿大的混账劲："《关山月》这项目真有意思。"

"我去问问黄总。"魏思杰坐不住了，说着就要起身。

"别急。"陆星耀喊住他。

"侯导的编剧找好了吗？"

"没呢，怎么？"

"正好，我给他老人家推荐个人选——"

他说着话，手上动作往左滑，下一张图片正好跳出来，目光落在截图上情真意切摧心剖肝的那句——"再给他改剧本我是狗"。

陆星耀的话音登时一顿。

"什么人选？"魏思杰还蒙着，不知道他上哪认识的编剧。

"不过人家好像不太乐意给我改剧本。"陆星耀轻挑了下眉，接上后半句。

魏思杰："啊？"

陆星耀把手机扔到一边，想到曹小北一把鼻涕一把泪地说不想分手，无语片刻，不爽地抓了把头发起身，语调冷冷淡淡的："过两天先把人叫过来问问。"

一周后，晚上九点。

乔闪闪正拿着手机跟父母视频。镜头里，原本布置得温馨舒适的房间这会儿已经空了下来，各种装饰摆件、生活用品全部收捡一空，只剩了孤零零的一张桌子、两把椅子，墙角堆叠摆放着数个封装好的纸箱。

乔闪闪拿着手机在不大的房子里转了一圈,对屏幕那头的父母道:"基本上收拾好了,还有些衣服和杂七杂八的小东西。"

"要不我和你妈开车去北京接你吧?"

"不用那么麻烦,我过两天找个物流就寄回去了。"

乔闪闪把手机架在支架上,一边和父母聊天,一边继续打包剩下的物品。

裴瑞珍和乔松青头挨着头,在屏幕那头看她动作娴熟地打包,再联想到这丫头以前在家里让她洗个水果能打碎两个盘子的光辉往事,都有点说不出的心疼。

乔松青由衷地夸道:"宝贝好厉害,都会自己搬家了,真棒!"

乔闪闪叹了一口气:"爸,我今年是二十五岁,不是五岁,您能别叫得那么肉麻吗?"

"你就是五十了也是老爸的宝贝。"

"好好好,"乔闪闪笑了下,"您的宝贝现在是个有手有脚的成年人,搬家是在外生活的基本技能,不需要夸。"

"怎么不需要了?我觉得该夸就得夸!"

说实话挺感动的,她只说准备离开北京不做编剧了,爸妈什么都没问,只问她身上钱够不够花。说不做编剧也好,这工作又累又忙,还挣不到什么钱,不如回家休息一段时间,想继续上学可以送她出国念书,想工作家里也可以帮她安排。

既没有追根究底地问她为什么放弃,也没有责怪她当初一意孤行的选择。似乎无论她做什么,父母都会一如既往地支持她。

其实乔闪闪一直觉得自己很普通,从小到大,她都不是人群里最漂亮、最聪明、最优秀的那个,但她想,她一定是最幸运、拥有最多爱的那一个。

裴瑞珍靠在乔松青的肩头问:"宝宝,机票看了吗?准备买哪一天的呀?"

"还没呢。"乔闪闪把手上的蝴蝶标本包好放进箱子里,正想看看日历,一个电话先打了进来,视频自动挂断。

乔闪闪探过头看了眼,拿过手机接起电话:"明安?"

"闪闪,有个跟组编剧的活,你接不接?"

乔闪闪微微愣了下。

项明安是她两年前在厦门跟组时认识的朋友,这两年两人一直有联系。但项明安是一名生活制片,常年驻扎横店,回北京的时间少,两人联系也是断断续续。

前段时间乔闪闪微博小号曝光闹上热搜的事,项明安也知道,了解到她被周佳怡算计赶出工作室的内幕后,很为她不平,说会帮她想办法,也会帮她留意别的机会。

乔闪闪知道自己的情况很难接到靠谱项目,虽然感动于项明安的好意,但也并没有太放在心上,因此这会儿多少有些意外。

"闪闪,你的能力我清楚,转行真的太可惜了。"项明安道,"你现在主要是没有署名人脉,跟组编剧虽然不给署名,但能认识挺多人。这个剧的导演很厉害的,如果你能得到他的认可和背书,以后接项目就不愁了。"

乔闪闪被她说得有点心动,虽然已经无数次在心里说服自己放弃是正确的,但又怎么可能真的甘心呢?

内心挣扎了好一会儿,乔闪闪到底还是没有说出不做编剧这种话。她问:"是哪个剧呀?原编剧不跟组吗?"

"呃……这个剧的情况有点复杂。"项明安忽然变得支支吾吾起来,"找跟组编剧的是主演,原编剧……嗯……"

听她这么说,乔闪闪心凉了半截。演员带编剧进组改剧本,不用看,就已经是烂剧预定了,加上项明安的描述,光听着这剧的人际关系就很复杂。

"闪闪,要不明天你先去见一见?"项明安极力劝道,"这个机会真挺难得的,我求了好久那边才同意的。"

"谢谢你啊,明安。"乔闪闪挺感动的,想着去见见也行,至少不能辜负项明安的好意。

"是哪个演员能告诉我吗?"

"唔……你明天去了就知道了。那个我还有事,先不和你说了啊,时间、地址,我微信发你!"

说完,她不等乔闪闪反应就飞速地挂断电话。

接着很快,乔闪闪收到项明安发来的微信,除了第二天见面的时间、地点,还有一长串话,总结起来大意就是虽然这个明星不怎么样,但这个机会真的难得,希望她不要有偏见,尽量接下这个跟组编剧的活,就当是为了多认识点人,给以后铺路,忍一忍就过去了。

看得出来,是很苦口婆心地希望她接了。

但乔闪闪也越发好奇,到底是哪个明星在找跟组编剧?能让项明安说出这种话,一定是她很讨厌的。

总不会是陆星耀吧?

乔闪闪猛地一激灵,随即被自己的想法逗笑。

怎么可能?是她疯了还是陆星耀疯了?给他改剧本简直是一种精神凌辱。

她这辈子就是死,从楼上跳下去,都不可能再给他写一个字!

翌日,下午两点。

乔闪闪简单化了个妆,换衣服出门。

见面地点也在朝阳区,离她租住的地方不远,坐公交车七站路就到。

这个点儿,车上人不多,乔闪闪在后排随便找了个空位坐下,转头看着窗外掠过的街景出神。

她身后还坐了两个女生,头挨着头凑在一起看手机,起初还挺安静,没一会儿,也不知道她们看到什么,一个赛一个激动,语气词没停过。

乔闪闪翻了翻包,找出蓝牙耳机正准备戴,听到一个熟悉又讨厌的名字——

"陆星耀他是不是疯了?"

乔闪闪动作微微顿了下,很快戴上耳机低头玩手机。

也不知道是不是监听到周围的声音,屏幕刚一解锁,她就收到一条微博推送——"陆星耀:给她当情人"。

谁当情人?"她"又是谁?

这个标题实在过于离谱,就连看到"陆星耀"三个字就心烦的乔闪闪都忍不住点了进去。

是一个视频访谈,角度很诡异,画面也一直晃,很明显的偷拍。

视频里,陆星耀正在沙发上接受媒体采访,但整个人很明显的心不在焉。记者强颜欢笑地在一旁哄着他再坚持一下。

接着画面一转,记者问:"如果你喜欢的人结婚了怎么办?"

"那就只能给她当情人了。"

视频里,陆星耀一副拽得要死的表情:"不然还能怎么办?"

整个视频不到一分钟,虽然有明显剪辑过的痕迹,但"给她当情人"那句话,确实是从陆星耀嘴里说出来的。

这会儿,#陆星耀 当情人#的词条已经冲上总榜第一,后面跟了个醒目的"爆",广场上是乐子人、粉丝和黑粉的混战。

说实话,挺炸裂的。陆星耀毕竟是个大明星,无论搁在什么时候,他这番话都是能引爆舆论的。而且他的态度实在是太自然、太理所应当、理直气壮了,他甚至一点也不羞愧。

这到底是一种什么样的三观?

乔闪闪再次感受到了一点来自娱乐圈的小小震撼。

项明安给的地址是望京附近一家酒店。

这会儿,一个穿T恤短裤、戴黑框眼镜、一头小卷毛宅男打扮的男生正站在酒店大门前,一边玩手机,一边四处张望。

"你好,是曹小北曹老师吗?我是明安介绍的编剧乔闪闪。"乔闪闪撑着伞上前打招呼。

曹小北收起手机,上下打量她好几眼,推推眼镜,不冷不热地道:"跟我来吧。"

乔闪闪收了伞,跟着他乘电梯上楼。

曹小北不说话,乔闪闪多少有些紧张,抓着背包带默默深呼吸。

下了电梯,一个穿衬衫西裤、打扮得很商务的男人正在走廊里打电话,不知道对面说了什么,他整个人都很暴躁,咆哮一声:"这件事我们一定会追责到底!"随后恶狠狠地挂断电话。

曹小北老老实实地打招呼："魏总。"

魏思杰敷衍地点了点头，目光扫过乔闪闪，微微一顿，旋即手机又响，他一边接电话，一边摆摆手，往走廊尽头走去。

乔闪闪听他几乎是变戏法似的换了个语气，热络地招呼道："陈哥陈哥，热搜你就先帮我们下了，哎哎，麻烦你了……"

乔闪闪跟着曹小北走进这层楼唯一的套房。套房空间很大，但这会儿到处乱糟糟的，四五个工作人员进进出出，正在架摄影机，布置拍摄现场。见到二人进来，纷纷停下动作打招呼。乔闪闪跟在曹小北身边回以微笑，点头致意。

一直走到尽头一间紧闭的房门外，曹小北敲敲门，喊了声"哥"，说"编剧老师到了"，随后侧身让开门口的位置，抬抬下巴示意："进去吧。"

乔闪闪跟他道了谢，轻吸一口气，拧开房门走进去。

里面是一间休息室，布置得很简单，就一张茶几、两张懒人沙发。

这会儿，沙发上正躺了一个人，肩宽腿长。单人座的懒人沙发几乎装不下他，一双腿跷在茶几上，半边身子悬在沙发外。

乔闪闪站在他的侧后方，只能看到他漆黑浓密的后脑勺，和一条晃悠悠荡在半空的手臂，清瘦白皙，青色血管的脉络清晰可见。

男人脸上盖了一本杂志，似乎正在休息。

虽然很不想承认，但靠脸吃饭的明星确实和普通人有壁。即便只是这么一个午后阳光下的剪影，也莫名地抓人眼球。

乔闪闪停在离沙发三步远的地方，礼貌地和男人打招呼："老师您好，我是今天来面试跟组编剧的乔闪闪。"

沙发上的人向她的方向偏了偏头。

杂志随着他的动作往下滑，荡在半空的手抬起，白皙修长的手指按在色彩斑斓的杂志封面上，对比度和冲击力都很强。

男人随手将杂志放在一边，偏过头，修长的手指勾下鼻梁上遮了大半张脸的墨镜，一双清明锐利的眼冷淡地睨过来。

在看到乔闪闪时，他明显一怔，随后轻轻挑了下眉，似笑非笑地打量着她："听说你不想给我改剧本？"

这是谁？

陆星耀？是陆星耀吗？居然是陆星耀？

乔闪闪的大脑彻底宕机，整个人像被雷劈了似的僵在原地。两耳轰鸣、神情恍惚，半天回不过神。

苍天啊！大地啊！能不能有个人来告诉她，为什么陆星耀会出现在这里？

到底是她疯了，还是陆星耀疯了？还是这世界疯了？

恍惚了好一会儿，乔闪闪才勉强回神。

迎着陆星耀明显带了几分玩味的目光，她嘴唇哆嗦着，半晌颤颤巍巍地挤出一句："陆、陆老师好。"

"看你这反应，"陆星耀脚蹬地，给沙发转了半圈，仰在靠背上看着她，"难道不知道是来给我当跟组编剧吗？"

她现在算是知道，项明安昨天为什么支支吾吾就是不说了，要知道是给陆星耀当跟组编剧，她压根就不可能来。

乔闪闪勉强挤出个笑："现在知道了。"

陆星耀冷冷淡淡地"嗯"了一声。

正想说什么，敲门声响，曹小北在门外道："哥，卓云姐说可以录了。"

陆星耀看了眼腕表，起身往外走，从乔闪闪身边经过时，淡淡道："我工作，你随意。趁着这段时间，你可以好好考虑一下要不要——"

他语气微妙地顿了顿，停下脚步，微偏过头看了她一眼。

陆星耀净身高有一米八七，乔闪闪还不到他下巴，从他的视角看过去，她整个人都显得格外娇小。

这会儿不知道害怕还是紧张，整个人紧绷着，后脖颈的绒毛都立了起来。

他忽地笑了声，怎么听都有点恶劣，像生怕她不清楚似的，他慢悠悠地、一字一顿地开口："当、小、狗。"

陆星耀出去了，还贴心地帮她拉上了房门。随着门锁"嗒"一声合上，乔闪闪腿蓦地一软，扶着茶几在沙发上坐下。

休息室里冷气开得很足，她背上不知何时出了一层汗，冷风一吹，后脖颈瞬间起了一层鸡皮疙瘩。

休息室的隔音不算太好，隐约有谈话声、说笑声和工作人员喊陆老师的声音传来。陆星耀的声音倒不怎么能听到，只有很偶尔的一句，也听不大清在说什么。

乔闪闪有些茫然地坐在沙发上，脑子乱糟糟的，思绪密密麻麻，像缠作一团找不到出口的毛线球。

其实她是应该走的，但不知道为什么一直坐着没动，目光心不在焉地穿过面前的落地窗，窗外是繁华热闹的望京商圈，从这里望下去，人和车都密集且渺小。

就这么一动不动在沙发上坐了半晌，乔闪闪微垂下头，后颈白皙。她漫无目的地刷着朋友圈，似乎只是想找个事情做。

手机"叮咚"一声，收到一条新的推送。

她也没仔细看，动作机械地点进去，在看清屏幕上的内容后，瞳孔微微放大，整个人都僵了僵。

@编剧夏之鱼：从小看侯导@导演侯锋的剧长大，入行以来最大的梦想就是能够和侯导合作，但没想到这一天来得这样快。感谢《关山月》给我的机会，未来我会更加努力，不负初心，为中国的影视文化事业添砖加瓦，发光发热！

其实这段时间以来，乔闪闪一直刻意忽视和周佳怡有关的一切，就像Star说的，离开她，不和烂人烂事多做纠缠。

报复是影视剧和小说主角才有的特权。对生活中的普通人而言，治愈伤害的最好办法就是断舍离，和相关人事物做切割，专注于自己的生活。

但理智是理智，感情是感情。

尤其在看到周佳怡的这条微博后，努力压抑了很久的情绪像海啸般扑面而来。

这三年多来，她付出了无数时间、精力和心血，可是她又得到了什么呢？什么都没有。

她甚至，连自己用了很多年的笔名都被抢走了。

而周佳怡，吸着她的血，踩着她的尸骨，摇身一变，成为知名IP《关山月》的编剧，搭档业内有口皆碑的导演侯锋，几乎已经可以预见，剧播出后，周佳怡跻身一线大编剧的行列。

多可笑啊，一个字没写的人名利双收、风光无限，而真正为这个项目耗费了无数心血的人却被逼得不得不失败离场。

凭什么呢？乔闪闪不甘心。

她不甘心成为一块被周佳怡用完就丢的踏脚石，也不甘心把自己辛苦数年、花费无数心血像孩子一样的项目拱手让人，更不甘心看着周佳怡就这样轻松地拿走本该属于她的一切。

她不甘心，她不甘心！

陆星耀今天有个人物访谈和室内短片的拍摄，忙忙碌碌三个多小时，一直到下午五点过才接近尾声。

休息室里的乔闪闪早被他忘在了脑后。

这会儿，负责采访的记者问完提纲上的最后一个问题，又试探着开口："能聊聊今天的热搜吗？"

没等陆星耀开口，站在摄像机后的魏思杰先激动地比画起来。陆星耀懒懒地耸了下肩，表示"你也看到了，不是我不想聊"。

"工作了一下午，大家都辛苦了。"魏思杰一边给曹小北使眼色，一边笑呵呵地招呼大家，"来喝点咖啡休息一下。"

曹小北上前帮忙给众人分咖啡。

魏思杰把记者拉到一边，说："卓云，热搜不是不能聊，我们这边需要准备一下，你看能不能根据今天热搜做一个加急主题？"

今天负责采访的记者许卓云在业内小有名气，和陆星耀团队也不是第一次合作，双方关系一直处得不错。魏思杰能把这么大一个热点新闻交给她来做，她自然是欣然应允。

魏思杰看了眼腕表，道："现在时间也不早了，我在对面订了家私房菜，你带大家去吃点东西，一会儿回来再继续，晚上辛苦大家加个班。"

"魏总费心了啊。"许卓云没有多说什么，笑了笑招呼自己的同事，"走了走了,吃饭了,今天陆老师请客,大家别客气。"

在一群工作人员的欢呼声中,魏思杰给曹小北使眼色:"小曹,你去送一下。"

等一行人的声音消失在走廊里,房间内就剩魏思杰和陆星耀两个人。

陆星耀百无聊赖地拿着手机玩连连看。

魏思杰低头回了几个消息,想说什么,看了眼旁边的摄像机又住了口,拍拍陆星耀的肩往阳台走:"跟我过来一下。"

陆星耀仰头看他一眼,抱着手机懒懒地起身,两人一前一后走上阳台。

魏思杰回身拉上阳台的推拉门,转身看陆星耀一副事不关己的模样,骂人的话在喉咙里滚了两圈,还是咽了下去。他长长地叹了口气,跟陆星耀交代目前的情况。

"微博那群大V这会儿正抱团讨伐你,评论区和广场上都是黑粉狂欢,热搜撤了还不停有新词条在上,压估计是压不住了,我已经让公关部门的同事在写公关方案了,媒体那边也打好招呼,等会儿你配合记者道个歉,先把这事儿……"

"不道。"没等他说完,陆星耀打断。

他懒懒地倚着阳台栏杆,头都没抬,手机传来游戏胜利的欢快音效,像是对魏思杰的无情嘲讽。

魏思杰喉咙一哽,险些一口气没上来,好半晌才耐着性子道:"最近网信办的清朗行动是专门针对流量明星和饭圈文化的,你本来就是重点观察对象,那群大V又在拱火,这种时候别赌气……"

什么大V,说白了不过是一群热衷在网上锐评时事挑唆对立、吃人血馒头的自媒体营销号罢了。这群人大多是除吹牛外没什么本事的中年男人,一向喜欢抱团,对明星网红,尤其是男明星恶意极大,偏偏还喜欢扯大旗扣帽子,张口闭口就是带坏社会风气,没为社会创造价值。

前些年陆星耀脾气还没现在这么好,曾公开在微博上怼过这群人,说本人凭一己之力养活你们这群孙子,确实罪孽深重。从此这群人算是恨上他了,但凡陆星耀有点什么负面新闻,他们都能集体抨击。

陆星耀觉得挺好笑的,没留意,真的笑出了声。

正滔滔不绝的魏思杰被他笑蒙了,半晌才问:"你笑什么?"

陆星耀终于从手机中抬头,他熄了屏,将手机拎在手里转了两圈,"啧"了声:"男人的嫉妒心真强。"

"陆星耀!"魏思杰彻底压不住火,"你能别作了吗?你到底清不清楚这次事件的严重性!我跟你说过多少次,让你谨言慎行,你采访就采访,满嘴跑什么火车!"

"能有多严重?"陆星耀身子后仰,手肘撑在栏杆上,不以为然道,"大不了就退圈,开玩笑犯法吗?还能枪毙我不成?"

这不是他第一次说要退圈,却是头一次让魏思杰猛然意识到,他不仅仅是随口一说,而是真的这样想。

一时间,魏思杰脑袋"嗡嗡"的,"呼哧呼哧"地喘着粗气,用力瞪着他。

"退圈是吧?好啊,你退。"半晌,魏思杰点了点头,几乎是咆哮出声,"你现在就发微博宣布退圈!说你是个素人!想说什么说什么!不需要接受公众的审判!"

魏思杰气得脑袋都炸了,吼完以后掉头就走。陆星耀想拦都来不及,还没开口,他已经一头撞在阳台玻璃门上。

"咚——"的一声闷响,整个人踉跄着往后退了好几步,被陆星耀在背后及时扶了一把,才没跌倒在地。

"魏总,消消气儿。"始作俑者憋着笑,依然一副吊儿郎当没什么正行的样儿。

魏思杰被他态度搞得越发火大,转身指着他的鼻子,骂道:"你很委屈是吧?觉得自己被网暴了,觉得没有隐私了,觉得工作辛苦不自由了!可谁不委屈、谁不辛苦?"

陆星耀动作顿了顿,抬眼看他。

"我整天给你收拾烂摊子不辛苦?到处求爷爷告奶奶,打电话求人不委屈?还是小曹天天陪着你,跑行程照顾你不辛苦?公司里熬夜给你出公关稿的同事不辛苦吗?就你辛苦!你一年税后几个亿,到底有什么好矫情的!"

魏思杰大概也是气蒙了,说话压根不过脑:"你要退圈你就退!我看你退了圈能做什么!要不是你每年给你那吸血鬼妈上贡个千八百万的,你以为她还会搭理你?"

"魏哥!"

曹小北送完人回来,一进门就听到两人在吵架,原本还犹豫着要不要过来劝两句,听到魏思杰这话,顿时吓得魂飞魄散,连忙出口打断,生怕他再说出什么骇人听闻的话。

这会儿陆星耀的脸色已经彻底冷下来。

魏思杰自觉失言地闭上嘴,缓过劲来,多少还是有些后悔,嗫嚅着正想说点什么缓和气氛。

陆星耀突兀地冷笑一声,说:"魏总要是心里这么不平衡的话,可以另谋高就。"

魏思杰猛地抬眼,正对上陆星耀。

两个人四目相对,陆星耀目光尖锐且锋利,有种不近人情的冰冷。

魏思杰张了张嘴,又闭上,一言不发地推开曹小北,扭头往外走。

"魏哥!"曹小北追了两步,想着陆星耀又停下,站在中间两边看了看,最终还是小心翼翼地走回阳台。

"哥,魏总他不是有意的,嫂子最近怀孕了,这些天事情多,他压力也大。"

曹小北小声劝着，"他把天鸿的股份都卖了，准备一心跟着你的，你说退圈，他肯定受不了……"

陆星耀眉心一拧，打断他："糖。"

曹小北微微一顿，连忙去摸兜，一摸摸个空，才想起来在包里放着，忙道："哥，你等一下，我这就去拿。"

曹小北急急忙忙地去休息室，推开门才发现里面还有一个人。

乔闪闪起身跟他打招呼。

曹小北匆匆瞥了她一眼，这会儿也没工夫搭理她，胡乱点点头就去翻包，越是着急越找不到，索性把整个包倒过来。东西噼里啪啦掉了一桌子，他捡起糖盒晃了晃，里头早已经空了。

陆星耀不知什么时候跟了过来，这会儿抄着兜从门外进来。

曹小北拿着空空如也的糖盒，干笑一声："哥，我去楼下再买一盒。"

"是要糖吗？"一直默默站在一旁，没什么存在感的乔闪闪开口，"我这里有。"

说着，她从随身的包里拿出一个花花绿绿的小糖盒，递到陆星耀面前。

陆星耀低头瞥了她一眼，拿过她掌心的糖盒，打开倒了两粒填进嘴里。

乔闪闪走到一边，给窗户开了一条缝，白纱的防尘帘拉上一半，又调整了一下中央空调的风向。

陆星耀在沙发上坐下，不知是不是他的错觉，落在沙发上的夕阳正好被半透的纱帘挡住，房间内原本刺眼的光线也因拉上窗帘而变得柔和些许，新鲜的空气从窗外涌进来，空调出风口也十分恰好地避开了他，一切都显得那么自然且恰到好处。

陆星耀抬头，看向站在窗边的乔闪闪，多少是有些诧异的，他还以为她早走了。

陆星耀把玩着她刚给他的糖盒，语气冷淡地问："你怎么还在这儿？"

乔闪闪："我在等您。"

陆星耀轻轻挑了下眉，就听她继续道："陆老师，我还欠您一个正式的道歉。"

乔闪闪语气诚恳："之前在网上发表过一些有关您的不当言论，对您的个人形象造成了损害，真的很抱歉，对不起。"

直到这会儿，陆星耀才算是真正地、认真地拿正眼瞧她。

之前没觉得她有多起眼，普普通通的女孩，唯一的印象还是那天大雨中她可怜又狼狈的模样。

这会儿，她不卑不亢地站在那儿，像一棵迎着阳光肆意生长的水灵灵的小草，四肢脖颈纤细柔软，但莫名有股坚韧劲儿。

夕阳下，她的皮肤很白，整个人像是会发光，气质纯粹干净，和娱乐圈这个名利场格格不入。

陆星耀想着在营销号那看过的截图，其实也还好，骂他的人多了，她的那些话和充满恶意的黑粉相比，实在不值一提，再说他本来也没打算和她一个小姑娘计较。

陆星耀："道完了？"

乔闪闪"嗯"了一声。

陆星耀正想说"道完了你可以走了"，就听她接着道："也很感谢您能给我这个当跟组编剧的机会。您放心，我会好好努力，保质保量地完成您布置的任务。"

说到最后，她眼睛一弯，嘴角翘起，唇边漾出两个小梨涡。

陆星耀的心跳忽地慢了半拍。

在娱乐圈里待久了，什么样的美人没见过，更别说他自己就长了一张堪称男版祸水的脸，对美貌的阈值早已拉满。他没觉得面前的女孩有多好看，当然也不是说她丑，就是和娱乐圈里靠脸吃饭的女明星比起来，实在是显得有些普通，但她笑起来的样子，却格外……甜。

陆星耀原本还嘴欠地想奚落两句"我说过要找你了吗？我就是叫你过来问问"……口中的糖在舌尖打了个转，也不知是什么牌子的，似乎比平时吃的都甜一些。甜意丝丝缕缕，一直沁入心底。

陆星耀微抬了抬手指着她，转头对曹小北道："带她……"说着觉得有点不太礼貌，他清了清嗓子改口，"带编剧老师去签合同。"

剧名：当你闪耀时　主演：乔闪闪 × 陆星耀
场次：Chapter 3.
剧集：耀眼、坚硬，且充满棱角

　　傍晚六点过，金乌西坠，晚霞铺满整片天空。入秋之后，早晚的风都带着凉意。乔闪闪站在人来人往的街头等公交车。晚风拂过她额前鬓角的碎发，直到这会儿，整个人还有点恍惚。

　　说起来这事也是巧，项明安的男朋友竟然就是陆星耀的助理曹小北。

　　大半个月前，乔闪闪刚被营销号送上热搜时，项明安就拜托曹小北帮忙，最初是想跟这边求情道个歉，希望顶流大人有大量，不要和她一个底层小编剧计较。

　　结果曹小北推三阻四，找各种理由拖延，直到《关山月》官微发文说把乔闪闪开了，他屁颠屁颠地跑去安慰项明安，说剧组公告都发了，现在求情道歉也没用了，让你朋友以后说话注意点之类的。

　　本来异地恋一年就见不了几面，还要天天听他在电话里吹陆星耀，结果真需要他的时候，这么点小忙都帮不上。

　　就这还想结婚？项明安彻底火了，直接给他下了最后通牒，这事儿要办不好就分手，于是这才有了今天的面试。

　　听着项明安吐槽了一路的男朋友，乔闪闪总算明白为什么曹小北对她的怨气那么大，看她的眼神也怪怪的了，那分明就是小媳妇在看棒打鸳鸯的恶婆婆。

　　她没想到项明安能为她做到这个地步。说实话，不感动是假的，但多少也有些愧疚。

　　公交车靠站停下，乔闪闪背着包下车，一边往小区走，一边对着手机道："如果……你还真和他分手啊？"

　　"闪闪，和你没关系啊。"项明安一下就听出她在担心什么，"你没谈过恋爱，你不懂，这是个态度问题。"

　　乔闪闪确实不懂，但她也知道，在她吐槽陆星耀的那些言论被搬上热搜全网传播后，让曹小北跟自己老板开这个口，确实不容易。

　　"谢谢你啊明安。"乔闪闪诚恳道，"等月底去了横店，我请你和曹老师吃饭。"

项明安一如既往的豪爽:"客气了啊。乔老师,以后当了大编剧,别忘了我就行。"

"承项大制片吉言,等着您给我项目做呢。"乔闪闪被她逗笑,"对了,问你个事,你平时跟组的时候,北京这边东西放哪儿呀?"

前些天乔闪闪和房东说了不打算续租的事,这两天房东已经火速找好了新租客,合同都签了,就等着她退租以后搬进来了。可谁能想到她又不打算走了呢?这会儿找房子先不说好不好找,光是想想跟组加春节有半年时间不在北京,房子空着还得付房租,她就十分肉痛。

项明安显然很理解她的苦恼,给她出主意:"我跟小北说一声,你先把东西放他那儿吧,等明年过完春节回来再说。"

"好。"乔闪闪鼻根发酸,"明安,谢谢你,你怎么对我这么好。"

"乔闪闪,你再说这种话我就生气了啊!"

项明安在电话那头恨铁不成钢:"我对你好,是因为你也对我好,是因为你值得!我说你这两年到底都经历了些什么?被周佳怡糊弄傻了吗?你给我振作一点好不好!"

乔闪闪被项明安说得有些泪目。其实她真没觉得对项明安有多好,就是萍水相逢的正常朋友,两人共事三个月,后来的联系也大多靠项明安主动维持。

真要说的话,那会儿在组里,项明安家里出了点事急用钱,跟制片预支跟组费用被拒绝,当时是乔闪闪借了她一笔钱。其实并不是多大一笔钱,乔闪闪随手帮忙,没放在心上,也没想过要让项明安回报,但她没想到项明安一直记了这么久。

项明安还在电话那头感叹:"我本来担心你会因为陆星耀的原因不愿意,想着不管怎么样,先把你骗过去看看再说。"

乔闪闪笑了笑:"不会。"

"你能来当这个跟组编剧就最好了,周佳怡她懂什么呀?"项明安语重心长地道,"只要你回到项目里来,一切都还有机会。"

"嗯,我知道。"

电话那头,似乎有人在叫项明安,她应了声"马上就来",转头匆匆对乔闪闪道:"好啦,先不和你说了,我要开工啦,咱们过两天横店见!"

天色还未完全暗下去,小区楼下的路灯已经一盏接一盏地亮起来。花园里的桂花不知什么时候开了,被晚风裹着,到处是一片馥郁甜香。

乔闪闪挂了电话,深吸一口气。

这么长时间以来,一直沉甸甸压在胸口的某样东西像是倏忽间不见了,她心情骤然一松,扬起一个志在必得的笑容。

周佳怡,我们横店见。

早晨九点过半,郑雯雯梳妆完毕,对着玄关镜子整理头发,手机微微振动了下,一条消息跳出来——嫂子,我到了。

郑雯雯看了眼,转头催促:"姓魏的,你好了没有?"

"好了好了,马上啊,老婆!"

魏思杰慌慌张张,一边系扣子,一边从卧室出来,走到一半又折回去拿包。

郑雯雯靠在玄关柜上回消息。

魏思杰夹着包出来,低头拿手机准备打车:"今天限号,你先别急,我叫个专车。"

"我已经叫好了,人在车库里等着了。"郑雯雯翻了个白眼,"快点吧你。"

"老婆,你怀孕就别穿高跟鞋了吧……"

"我就要穿,你管我?"

郑雯雯瞪眼,魏思杰不敢说话,换了鞋拿上包,像太监扶老佛爷似的搀扶着郑雯雯出门。

两人乘电梯下楼。出电梯时,魏思杰才反应过来,哪家专车能开到车库里?正疑惑呢,就看见旁边车位上停了一辆十分眼熟的奔驰。

见了二人,驾驶位的车门打开,戴了顶鸭舌帽的陆星耀从车上下来,叫了声"嫂子",拉开后座门。

"好久没见,星耀真是越来越帅了。"郑雯雯笑眯眯地和陆星耀打招呼,"我的车送去保养了,你魏哥的车今天限行,就麻烦我们的大明星送我去医院啦。"

陆星耀笑了笑:"不麻烦,上车吧。"

郑雯雯没和他客气,转头上了后座。

魏思杰也想跟上去,却被狠狠瞪了一眼,郑雯雯没好气地说:"你坐副驾。"

魏思杰不知所措地站在那儿,上车也不是,不上也不是,一时竟显得有些可怜。

陆星耀也没理他,反手关上后座门,转头上了车。

魏思杰原地站了片刻,尴尬地摸了摸鼻尖,绕到另一边拉开副驾的门上车。

陆星耀问了郑雯雯要去做产检的医院地址,设置好导航,专心开车。

距离上次吵架已经过去了三四天,这会儿坐在前排的两个人,眼观鼻,鼻观心,谁也不理谁,都当对方不存在。

郑雯雯看一眼后视镜里别别扭扭的二人,主动和陆星耀搭话,问他什么时候进组、最近忙不忙,说他上次送的包她很喜欢。

魏思杰几次试图和郑雯雯搭话都被无视,只能悻悻地闭嘴。

医院距离不算远,四十分钟,车子已经驶入医院门前的停车场。

陆星耀把车停好。这里人多,他不方便下车,看了眼时间道:"嫂子,我在这儿等你。"

"行。"郑雯雯一边解安全带,一边道,"我完了给你们打电话,中午在附近找个地儿一起吃饭。"

魏思杰一路上如坐针毡，眼见终于能下车，迫不及待地就去开车门，手刚碰到门把上，就被后座的郑雯雯轻轻拍了下。

"老魏你就别去了。"郑雯雯给他使眼色，"在车上陪星耀说说话。"

"老婆产检我怎么能不去呢。"魏思杰装傻。

郑雯雯淡淡地瞥了他一眼，很有一家之主风范地留下句"今天不用你去"，提着包转身下了车。

魏思杰趴在车窗上，看着郑雯雯的身影消失在医院大楼内，才恋恋不舍地收回目光。

一回头，就见陆星耀懒散地靠在座椅靠背上，手上拿着一个花花绿绿的糖盒，卡扣式开口被拨开，合上，再拨开。

两人都沉默着，车内的气氛有种微妙的尴尬。

其实郑雯雯今天喊陆星耀当司机的操作到底什么意思，他们都心知肚明。

陆星耀既然来了，魏思杰也上了这个车，说明两人都有缓和关系的想法，但就是谁也不肯先开口。

就这么沉默了将近二十分钟，魏思杰搓了把脸，默默叹了口气，率先认输："我那天是气疯了，说话没过脑子，你别往心里去。"

陆星耀懒洋洋地瞥了他一眼，又垂下头。

"但你那话也挺过分的。"魏思杰现在想来还有些心酸，"我这些年对你怎么样，我想你心里是清楚的，你要是真的不需要我……"

他顿了顿："也行。"

陆星耀轻嗤了声，毫不留情地戳穿他："魏总，戏演过了就假了啊。"

"没有演技，全是感情。"

陆星耀"哦"了一声，冷冷地道："难怪骂我的时候那么义愤填膺呢。"

魏思杰叹了一口气："我知道你不容易，但你也替身边跟着你的人想想。"

陆星耀像是终于玩累了，随手把糖盒扔到中控台上，看着前方，淡淡地道："我没亏待过大家吧？"

不仅没亏待过，他给的待遇可以说是圈内独一份，不仅工资给得高，平时各种假期节日也是红包奖金不断。而且他这人还护短，只要被他认定是自己人，那怎么都得护着。在如今粉丝骂艺人身边工作人员已经形成风气的内娱，他不止一次为维护身边人怼粉。他有近一半黑粉都是被怼后脱粉来的，所以恨得格外咬牙切齿。

魏思杰道："所以大家舍不得你。"

陆星耀扯了扯唇角："是舍不得我，还是舍不得我这儿的待遇？"

"都有。"魏思杰倒也挺坦诚，"我知道你在想什么。你出道也这么多年了，圈子里什么没见过，哪有什么纯粹的感情，别想那些不存在的东西。"

陆星耀不吭声，盯着窗外来来往往的行人，不知道在想什么。

魏思杰看了他两眼："为什么想退圈？"

"矫情呗。"陆星耀显然很懂得怎么阴阳怪气，学着他的话道，"虽然我一年赚好几个亿，但有什么用，还不是要被人网暴，没隐私，不自由。"

魏思杰简直要被陆星耀气笑了，给了他肩膀一拳："你给我正经点儿行不行？我说认真的……"

正说着，手机响了。

郑雯雯已经做完检查，问他们聊得怎么样，需不需要她在外面多溜达一会儿。

魏思杰看了眼旁边的陆星耀，虽然还是一脸拽样，但两人也算是和好了，剩下的他们可以之后再说。

魏思杰正想说"老婆你回来吧"，话还没出口，就听电话那头尖叫一声，紧接着，电话断了。

一时间，魏思杰什么也顾不上，慌慌张张地拉开车门就往外冲。

陆星耀也来不及去想会不会被认出来的问题，戴上口罩跟着下了车。

乔闪闪从过完年那会儿生理期就开始不正常，最近直接三个月没来，这两天空闲下来，正好趁进组前来医院检查一下。

检查结果出来，倒是没什么大问题，主要是压力和情绪问题导致的内分泌失调。

乔闪闪从药房取了药出来，准备乘扶梯下楼，一个打扮颇为时尚漂亮的女人正站在扶梯边打电话。两个小孩追逐打闹着，从她旁边经过。女人被撞了下，没有站稳，尖叫一声，捂着肚子往后倒。

乔闪闪下意识地扶了女人一把。

"没事吧？"乔闪闪问。

郑雯雯受到惊吓，额头出了层冷汗，这会儿肚子还有点隐隐作痛。

乔闪闪扶着她在旁边长椅上坐下："你是怀孕了吗？哪里不舒服，我帮你叫医生。"

郑雯雯摇了摇头，抓着乔闪闪的手，缓了好一会儿才道："没事。"

"真的没事？"乔闪闪有点担心，"要不还是叫医生看看吧。你是一个人吗？需要的话，我可以陪你。"

郑雯雯感激地冲乔闪闪笑了笑："谢谢你，妹妹，我没事，我给我老公打个电话就行……"说着才发现手机都从扶梯上掉下去了，也不知道捡回来还能不能用。

郑雯雯叹了一口气："能借你手机打个电话吗？我怕我老公担心。"

乔闪闪掏出手机递给她。

这边郑雯雯还在拨号，那边就听见一个有几分熟悉的声音惊慌道："老婆！老婆你没事吧？"

乔闪闪循声望去，就见两个身影从扶梯处跑上来。

前头那个满嘴老婆的倒是不怎么起眼，可后头那个无论身形、气质都格外出挑，即便他穿着一身黑还戴着帽子、口罩，身上依然像是装了聚光灯，格外引人注目。

算上十字路口那次，乔闪闪也算见过真人两次，因此这会儿一眼就认出来，眼前这人是陆星耀。

陆星耀显然也认出了她，停下脚步站在一旁，有些意外地挑了下眉。

这边，魏思杰抱着郑雯雯一通乱摸，被赏了一巴掌才勉强克制下来。

确认自己的宝贝老婆没什么问题后，他终于松了口气，转头正想感谢老婆和孩子的救命恩人，看到乔闪闪后，疑惑地皱了皱眉。

魏思杰："我们是不是在哪儿见过？"

"上周五，凯悦酒店顶层。"乔闪闪说着看了陆星耀一眼，"陆老师好。"

魏思杰还没想起具体的见面情况，见她认出陆星耀，当即警铃大作，条件反射地把陆星耀护在身后。

陆星耀原本懒洋洋地倚在旁边的护栏上，这会儿终于站直了，安抚地拍拍浑身紧绷的魏思杰，抬了抬下巴指乔闪闪。

"介绍一下，咱们团队的新成员。编剧老师，乔闪闪。"

谁也没想到竟然能有这么巧，郑雯雯当即叫乔闪闪别急着走，说留下来一起吃中午饭，又张罗着把曹小北等人叫上，就当是庆祝团队新成员的聚餐。

陆星耀无可无不可地耸下肩，转头问乔闪闪的意见："编剧老师觉得呢？"

乔闪闪原本是打算拒绝的，这会儿也不好再推辞。她抿着唇角笑了下："那就多谢陆老师了。"

陆星耀懒懒地抬了下手："经纪人，魏总。魏总的老婆，叫'嫂子'叫'雯雯姐'你随意。"

"魏总，雯雯姐。"乔闪闪挨个跟二人打招呼。

魏思杰不敢在医院多留，怕陆星耀被拍，扶起郑雯雯，招呼上乔闪闪，一行人匆匆往楼下走。

回程的路上，魏思杰开车，郑雯雯坐副驾，乔闪闪和陆星耀被安排在后座。

郑雯雯问了乔闪闪的口味，订了望京附近一家川味私房菜，又拿魏思杰的手机在工作群里发了聚餐消息，忙完放下手机，热络地和乔闪闪聊了起来。

乔闪闪原本还有点儿拘谨，在郑雯雯的安抚下很快也彻底放开。

见两人聊得开心，魏思杰也主动搭话："编剧老师都有哪些作品啊？"

其实这个问题很正常，他的态度也算友善，可乔闪闪却不知道该怎么答，总不能说《关山月》吧？而且看起来，陆星耀的这位大经纪人似乎并不清楚，她就是前段时间闹上热搜的那位"编剧助理"。

正犹豫着，旁边一言不发玩手机的陆星耀终于从屏幕里抬头。他轻蹬一脚驾驶座靠背，声音懒洋洋地拖着，显得很拽："糖给我。"

魏思杰几乎是瞬间就被转移了注意力，唠叨起来："你最近是不是吃糖有点多?"

陆星耀:"少废话。"

"你还是控制一下,马上进组了。"

魏思杰摸过中控台上的糖盒,反手递给他,嘴上还在絮絮叨叨地叮嘱着:"我看剧本里什么湿身受伤换药之类的情节,需要裸上身的戏挺多,你抓紧时间好好练下腹肌。"

"放心。"陆星耀大约还是听进去了,糖拿在手里没吃,只漫不经心地把玩着糖盒。

"八块腹肌一块不少。"

乔闪闪下意识地瞥了眼。

陆星耀今天穿了件黑色休闲真丝衬衫,衣袖半挽,领口敞着三颗纽扣,下摆随意地束进裤腰间。

腹肌自然是看不见的,但腰身却格外窄瘦,越发显得肩宽腿长,饶是乔闪闪这种对男色无动于衷的木头,都忍不住多看了两眼。

大约是察觉到她的目光,陆星耀转头看来,正好撞上乔闪闪往他腹部偷瞄的视线。

似乎没想到会被抓个正着,她眼神闪烁,心虚地移开了目光。

上午耀眼的阳光穿过车窗,正好落在她的侧脸上,耳郭小巧干净,阳光一照,染上半透明的粉。

陆星耀瞥一眼乔闪闪镇定自若的侧脸和烧得通红的耳朵,意味不明地轻嗤了声。

四十分钟后,四人抵达餐厅。

和身边动辄围着十个八个工作人员、排场比款儿大的明星比起来,陆星耀这个顶流可以说低调得可怜。

除了已经见过的魏思杰和曹小北,他的团队一共还有两个人:一个留齐刘海戴眼镜的女生,叫吴双,主要负责宣传和公关;一个国字脸、有些年纪的男人,叫杜明,兼任陆星耀的司机和保镖。

乔闪闪挨个和二人打招呼。随后魏思杰带头,代表团队向她表示欢迎。一番寒暄后,气氛迅速热闹起来。

服务员敲门进来送菜单。团队里除了陆星耀,包括编外人员郑雯雯,和新加入的乔闪闪在内都是无辣不欢的主,一上来就点了好几个重口味硬菜。

吴双一边翻着菜单,一边不忘对陆星耀道:"耀哥,你自己点外卖。"

"我来点,你想吃点啥?"魏思杰拿起手机,"轻食吃不吃?"

陆星耀正玩手机,闻言抬头,懒懒地瞥了他们一眼:"吃你们的吧。"

吴双点完菜,把菜单塞乔闪闪手里,热情地招呼她:"编剧老师想吃什么随便点,不用客气。"

乔闪闪愣愣的,多少有些不习惯他们团队的这种相处模式。她瞥了眼坐那儿玩手机的陆星耀,小声问旁边的曹小北:"除了辣,陆老师还有什么忌口的吗?"

"没了。"曹小北说着反应过来,"没事,乔老师你点你的,不用管他。"

乔闪闪倒是真的不想管,但她没那个胆子,于是老老实实地点了两个清淡口味的菜。

郑雯雯拿到菜单时还有点诧异:"闪闪,你不是喜欢吃辣吗?怎么点这么清淡?"

乔闪闪挤出两个小梨涡:"我看大家都点了辣的,点两个不辣的,中和一下口味。"

兴许是听到她们的对话,陆星耀转头瞥了她一眼。他嘴唇很薄,唇角天然带了点上翘的弧度,配上那意味深长的眼神,显得有几分玩味。

魏思杰显然也听到了,拍拍陆星耀的肩问:"你从哪儿找的编剧?"

"你别管。"陆星耀收回目光,低头又开了把游戏。

魏思杰:"这位乔老师就是《关山月》之前被开的那个编剧助理吧?"

到了这会儿,魏思杰也渐渐回过味来。看陆星耀和乔闪闪的反应,以及他之前还问过《关山月》编剧那事儿,多少也能猜出来。

不过乔闪闪刚刚也算是帮了郑雯雯,魏思杰对她的印象还不错。

因此这会儿,他并没有多说什么,只是低声叮嘱陆星耀:"我不管你为什么找她,虽然这姑娘看着还不错,但你也当点心。"

陆星耀漫不经心地回他一句啰唆。

两人正说着,包间门被推开,服务员拎着一份外卖进来:"陆先生,您的外卖。"

乔闪闪多少有些错愕,没想到他真的会点外卖,而且看起来是在车上时就已经点好了。

"星耀平时上镜得保持身材,基本都是吃健身餐。"郑雯雯笑眯眯地解释,"闪闪,你不用管他,习惯就好。"

"编剧老师,你是不是耀哥的粉丝啊?"

吴双也在一旁帮腔,见乔闪闪摇头,便道:"那你可能还不了解耀哥,他其实是挺随和的一个人,和外界传言不太一样。咱们团队也没那么多规矩,你不用把耀哥当老板,拿他当吉祥物就行。"

陆星耀?随和?这两个字儿真的和他有关系吗?

乔闪闪想到曾看过的各种有关陆星耀耍大牌、怼记者、为难工作人员的热搜,表示深深怀疑。但不可否认,他的团队氛围确实很好。并不是那种所有人捧着他围着他转的模式,非工作时间,大家可以平等相处,甚至"没大没小"。虽然职场经验不多,但乔闪闪也知道,这很难得。

她还记得当年在厦门跟组拍摄时接触过的主演,经纪公司新签的小艺人,名字都叫不出的十八线,谱摆得比谁都大,走到哪儿身边都跟一堆人,拍戏被导演骂了，转头就把气撒在助理身上，换个鞋都得助理跪在地上帮他换。

正是出于这个原因，在下定决心给陆星耀当跟组编剧的那个下午，乔闪闪曾有过激烈的心理斗争，也做好了忍辱负重的准备，但她没想到结果竟然是这样。

果然，生活总有意想不到的转折。

陆星耀吃东西很快，这边菜都没上全，他那边就已经结束战斗，等这边终于热热闹闹地开始吃，他已经放下筷子坐在一边玩手机了。但这丝毫不影响桌上其他人，大家该吃吃该喝喝，气氛依然其乐融融。

陆星耀一把游戏结束，等待匹配队友期间，无聊地靠着椅背往后仰。

曹小北正和乔闪闪说着什么，陆星耀在旁边听了两耳朵，好像是搬家的事。他瞥了眼，见曹小北点着头毕恭毕敬，像对待丈母娘似的，轻嗤了声，在心里暗道一声"没出息"。

一转头，又见魏思杰正在给郑雯雯剥小龙虾，嘴上唠唠叨叨，说"老婆你怀孕了吃小龙虾是不是不太好"，手上的动作却丝毫不敢含糊。

"唯二"比较正常的就是吴双和杜明了，老老实实地吃饭，偶尔聊上两句圈内八卦。

"曹老师，真的很谢谢你和明安。"

一顿饭吃到尾声，乔闪闪终于和曹小北定好搬家时间和细节。她由衷地向曹小北表达感激之情。

"叫我小北就行。"曹小北不好意思地抓抓头发，"你帮明安就算是帮过我，不用那么客气。"

看大家吃得差不多，曹小北问了声还要不要加菜，得到否定的答案后，起身去前台结账。

乔闪闪刚刚从曹小北口中得知陆星耀将于17号进组，也就是下周，而制片组和导演组早已在半个多月前就前往横店，进行前期筹备了。

编剧不同于其他，必须要进组后才能工作，但这些天以来，陆星耀似乎丝毫没有给她布置工作任务的打算，乔闪闪甚至不知道他请跟组编剧有什么用，总不能是请她来当摆设的吧？

因此这会儿，瞅着陆星耀一把游戏结束的空当，乔闪闪挪到他身边，主动开口："陆老师。"

陆星耀抬头瞥了她一眼，眼神懒懒的，示意她有话就说。

乔闪闪扬起一个露出八颗牙齿的标准微笑："听小北说下周进组，我想问问我的工作是什么？剧本您准备往哪个方向改？我这两天正好有时间，可以开始动笔了。"

陆星耀熄了屏，拎着手机转了两圈："乔老师，提醒你一下，跟组编剧是从进组开始按天算劳务费。"

这是不想付加班费的意思？

说实话，乔闪闪被白嫖得多了，平时的甲方恨不得合同都不签，先哄着你写完全稿剧本再说，还从没见过像陆星耀这样清新脱俗不做作的老板，一时之间甚至有点儿受宠若惊。

但乔闪闪体会过导演助理坐旁边，十分钟催一次稿，全组上下等飞页的经历，深知改剧本的工作量并不会因时间而减少。

为了让自己进组后的日子好过点，乔闪闪笑了笑，很有打工人觉悟地开口道："没关系，跟组费用陆老师已经给得很高了，这是我应该做的。"

娱乐圈待久了，其实和别的职场也没什么区别，大家都是混口饭吃，得过且过，陆星耀还真没见过像她这么热爱工作的人。他很是无语地看了乔闪闪一眼，到底还是没有说什么，拿起手机道："我给你问问。"

乔闪闪有点茫然地看着他，没来得及开口，就见他拨了个视频。没一会儿视频接通，那边不知道是在做什么，屏幕一直晃，未见其人先闻其声。

"忙着呢，没事挂了。"语气很不耐烦。

"有事儿。"陆星耀道，"编剧老师想问问，您有什么工作安排。"

侯导的脸终于出现在屏幕里。

"编剧在旁边？"

"这儿呢。"陆星耀微侧过身，把镜头对准旁边一脸蒙的乔闪闪。

侯导："我和她说。"

陆星耀把手机递到乔闪闪面前，见她一脸呆样不知道接，提醒："侯导有话和你说。"

乔闪闪这才回过神，手忙脚乱地接过手机，讷讷地喊了声"侯导"，一时也不知道该说些什么。

侯导也没和她废话，开门见山地问："《关山月》剧本是你写的？"

乔闪闪："是。"

"4月20号那版的全稿剧本有吗？"

"有的。"

"行。"侯导点头，"等会儿让星耀把我的微信推给你，你加一下，4月20号那版剧本先发我看看。"

乔闪闪答了声"好"。

视频那头有人在喊侯导，他转头应了一声，跟她说了句"微信联系"后挂断视频。

手机屏幕长时间没有操作，自动暗了下去，乔闪闪一动不动地坐在那儿，眼眶却一点点红了。

其实这段时间以来，她一直受到各种质疑——

"你写了剧本，那你为什么没有署名？"

"都知道咱们这行骗子多，你说你是编剧就是编剧，你怎么证明？"

"可是我和朋友打听过了，《关山月》的编剧不是你，你手里有剧本？谁知道你剧本是哪里来的。"

一遍遍试图用各种方法证明自己，无异于一次又一次把刚刚愈合的伤口撕开，就连乔闪闪自己都放弃了。她没想到还有人能认可她的付出，知道她做过的一切。

好像委屈终于被看见的孩子，情绪瞬间爆发，怎么也克制不住。

"编剧老师现在就哭，过两天进组可怎么办？"

陆星耀的声音忽然在旁边响起，语气又拽又欠，带着点淡淡的奚落："是打算用眼泪把剧组淹了吗？"

这人说话真的是……

泛滥的情绪被他一句风凉话打得七零八落。

乔闪闪微偏过头整理一下情绪，轻吸一口气，眨眨眼，转头把手机还给他。

陆星耀调出二维码，把手机重新递到她面前："乔老师，加个微信吧。"

他的语气一如既往，懒洋洋地拖着，但不知道为什么，乔闪闪竟然觉得他的语气有点温柔，大概是错觉吧。

乔闪闪拿出手机扫码，添加好友，却迟迟没收到验证通过的通知。正想着是不是没扫上，后知后觉地注意到陆星耀的微信名和头像。

她怔了怔，下意识地抬眼看他，正好撞进他带着几分探究的晦暗眼底。

四目相对，短短一瞬，陆星耀就率先垂下眼。随后手机在掌心里振动了一下，乔闪闪心不在焉地收回目光。

Star：我通过了你的好友验证请求，现在我们可以开始聊天了。

Star：[个人名片] 导演侯锋

发完消息，陆星耀把手机往桌子上一扔，从兜里掏出糖盒，打开倒了两粒填进嘴里。他两腿大刺刺地敞着，懒散地靠在椅背里，低着头一言不发地玩着糖盒盖子。

说起来，他手里拿着的糖还是面试那天乔闪闪给的，一个小众的意大利品牌。

乔闪闪有点低血糖，平时用脑过度会头疼，糖能迅速缓解不适，因此身上一直会备上几盒糖以备不时之需。这个牌子是她这些年实践下来口味最好的，看起来陆星耀也很喜欢。

曹小北买完单推门进来，魏思杰看大家吃得差不多，招呼众人散场。

除陆星耀外，曹小北和杜明都开了车。

从电梯里出来，魏思杰问："怎么走？"

"我坐杜哥的车。"吴双先表态。

"我和小北一起。"乔闪闪也道。

"行。"魏思杰点头，"星耀，我们一起。小曹，你记得把编剧老师送回家。"

"放心吧，魏总。"

一行人在地下停车场告别。眼见陆星耀拉开车门上车，乔闪闪犹豫了一下，跟上前去："陆老师。"

陆星耀降下车窗。

乔闪闪从包里拿了没拆封的糖，用紫色卡通星黛露的袋子装着递给他。她眼睛一弯，嘴角出现两个小梨涡。

"今天候导那儿……谢谢你。"

乔闪闪是典型的邻家甜妹型长相，偏圆的鹅蛋脸，小鹿眼，山根偏低，但鼻尖和嘴巴都小巧精致，不是一眼惊艳的美人，但笑起来时感染力很强。

陆星耀的目光在她唇角的梨涡处停了两秒。不知怎的，他忽然就想起她在网上吐槽他的那些话。

什么"猴子在镜头前跳两下都比他演得好""陆老师的审美只存在于揽镜自照的时候，其他时候没有审美，只有土狗""人没理想和咸鱼有什么区别？区别大概在于我们陆老师还不如一只咸鱼"。

文化人骂人是有一手的，相比黑粉动辄问候他祖宗，陆星耀愣是没从她的微博里找出一个脏字，但不代表她那些话不损。

笑那么甜有什么用，嘴还不是一样毒。陆星耀在心里冷哼了声，冷淡地抬下巴指副驾，语气很拽："放那儿吧。"

乔闪闪把装糖果的袋子放在副驾上，随后和陆星耀以及后座的郑雯雯、魏思杰挥手告别。车窗缓缓升起，她目送着奔驰驶出车库。

"乔老师，你以后说话还是要注意点，这里面水很深的，很多事情压根不是你表面看到的那样……"

回家的车上，乔闪闪听曹小北讲了一路《关山月》项目的事，整个人都有点恍惚。

什么郭总和制片是老同学，有入股她的公司啦；什么平台看上《关山月》的 IP 热度，但对剧本不满意，只好请侯导出山啦；什么女主角的经纪公司想加戏升咖啦；什么剧本中心的姜总要带部门离职逼宫啦……简直是一出堪比宫斗的大戏。

当然了，神仙打架，凡人遭殃，乔闪闪就是那个被殃及的池鱼炮灰。

无论是这两年一遍遍推翻重来改剧本，还是最后被周佳怡送上热搜、赶出剧组，她所有的付出和努力，在那些什么总的眼中似乎完全不值一提。

但其实她只是单纯地想有一个好的作品出来，无论是以编剧还是以书粉的身份，就这么一个简单的愿望而已。

"也就是我哥人好，知道你那些事儿，觉得你也不容易，加上侯导还挺喜欢你之前的剧本，这才给你一个机会。但这种机会，也不是什么时候都有……"

乔闪闪在他的絮絮叨叨中逐渐回神："所以说……要找跟组编剧的人其实是侯导，不是陆老师。"

"那当然，我哥就没有带编剧的习惯。"

曹小北一边开车,一边还在为陆星耀抱不平:"乔老师,你微博上那些话真挺过分的。搁着别的明星,别说拉你一把让你当跟组编剧了,不在行业内封杀你都算是好的。"

抛开别的不谈,这件事陆星耀确实帮了她。乔闪闪想着自己之前对他的冷嘲热讽,多少有些羞愧:"对不起,我……"

"算了算了。"曹小北摆摆手,"乔老师,我不是指责你,我就是提醒你一下,虽然你们编剧算是娱乐圈幕后人员,但也得知道祸从口出的道理。还有什么营销号和业内爆料都别信,好多圈外人看来名声很好的明星,其实口碑在业内早就烂了,反而是一些风评不太好的,其实人很不错。"

你干脆直接报陆星耀的身份证号得了。

乔闪闪默默腹诽一句,没来得及接话,就听他继续道:"就比如说我哥吧,坚决不向那些娱乐圈黑恶势力低头。之前有狗仔拿着偷拍的物料,暗示要封口费,我哥让他们有料就放,钱拿去喂狗、扔水里都不会给他们一个子儿。但你别觉得我哥小气啊,他这些年做慈善,给贫困山区建学校、资助困难儿童,不知道花了多少钱,都是媒体没报道过的……"

一说起陆星耀,曹小北立刻滔滔不绝起来,言语中的崇拜毫不掩饰。

总之他口中的陆星耀哪儿哪儿都好,敢说他不好的都是黑粉,滤镜有八百米厚,活脱脱一个脑残粉。

乔闪闪听他吹了一路的陆星耀,听得耳朵都快要起茧,多少也理解了项明安之前跟她吐槽的那些话。

曹小北他真的超爱陆星耀。

回家之后,乔闪闪把四月那版剧本整理打包发给侯导,又列一个表格,把自接下项目以来的三稿剧本的修改思路和修改方案整理出来,分析了每一版的区别和优缺点,又简单阐述了一下自己的思路和看法。

这会儿她在文档上敲下最后一个字,点击保存,关闭文档,和剧本一起发送给侯导。

已经傍晚快六点,夕阳余晖洒满整个房间,乔闪闪滴了滴眼药水,合上电脑。

邻居煮饭的香味顺着阳台飘过来,好像是螺蛳粉,乔闪闪的肚子"咕噜"响了两声,被勾起馋虫。

好在昨天才去超市采购了食材。

乔闪闪哼着歌起身,从橱柜里找了一包螺蛳粉出来煮上。

十分钟后,乔闪闪打开灯,端着碗在餐桌边坐下,一边慢吞吞地吃饭,一边拿着手机刷微博。

首页推送了周时越新出的采访,乔闪闪习惯性地顺手打开。

周时越和陆星耀可以说是截然不同的两种人,他性格温柔有原则,为人低调谦逊又真诚,对演艺事业有着极高的追求和理想。无论是走红前还是走红后,他都兢兢业业地演好每一个角色。

"演员能决定的东西不多，但不管怎样，戏不能烂在我这里。"

——这是他在某次采访中说过的话。

后来他果然凭借着一部烂片，以及那和烂片格格不入的演技大火，一跃成为几乎能与陆星耀匹敌的流量演员。但他并未沉溺于此，这几年一直脚踏实地地走在演员的道路上，主演的几部剧收视破纪录，可以说是流量、口碑双丰收。

乔闪闪很喜欢周时越的采访。以前每次她觉得自己要坚持不下去的时候，都会去看他的采访，从他的话语中汲取力量。

但不知道为什么，这会儿她看着看着，却莫名有点走神。

视频播了一大半，采访都说了什么，乔闪闪是一句也没过脑子，反而翻来覆去的都是曹小北、郑雯雯和吴双说陆星耀人很好的那些话。

其实乔闪闪对陆星耀并不太了解，在粉上周时越之前，她压根不追星，也不混粉圈，对陆星耀的了解仅限于各种离谱热搜——什么陆星耀耍大牌、陆星耀不敬业、陆星耀网暴素人粉丝等等。

实在很难让人对他有什么好印象。

后来乔闪闪开始追星，那会儿周时越蹿红的速度太快，加上无论是从外貌还是流量上都能和陆星耀一较高下，更别提他的业务能力把陆星耀按在地上摩擦。陆星耀的粉丝因此对他敌意很大，开小号造谣辱骂、拉踩引战送他上黑热搜。

乔闪闪还记得自己当年大晚上"含泪洗广场"的心情，对陆星耀的厌恶就是在他粉丝一句句污言秽语中逐渐加深的。

再后来就是《关山月》无止境的改稿，和那些让人看了就脑袋充血的意见。

当然，乔闪闪现在知道这些都是误会。

那么，别的会不会也是误会？

乔闪闪忽然有了点想要了解他的欲望。

这个念头一起，便再也克制不住，还没等到采访视频播完，乔闪闪就退出来，搜索陆星耀。半天没找到他的微博，她才反应过来，他还在自己的黑名单里面躺着。

还好聚餐那会儿没人提微博，乔闪闪有些心虚地想。

把陆星耀从黑名单放出来，点进他的主页，最新一条微博是九宫格的自拍。

虽然陆星耀的长相并不是乔闪闪喜欢的类型，但她也不得不承认，他那张脸确实帅得毫无瑕疵。

不同于周时越的温文尔雅，陆星耀无论是长相还是气质，侵略性都很强，用现在的网络流行语来说，就是性张力很强。

乔闪闪把九张自拍从头到尾看了一遍，忍不住在心里默默吐槽，这人到底是有多自恋，同一个背景，至于拍这么多吗？这是想七百二十度无死角展现自己究竟有多帅吗？

正想着，目光从人像上移开，乔闪闪注意到照片的背景。这不是……随后看到发送微博时带的定位和微博发布日期，乔闪闪微微怔了下。

她想起约 Star 见面那天，离开时在十字路口远远看他的一眼。

他们在同一天，去了同一家餐厅，坐同一个座位，而且他的微信名叫 Star。

是巧合吗？一定是巧合吧。

乔闪闪给这条微博点了个赞，接着往下翻。陆星耀的微博除了给粉丝的福利自拍外，就是各种广告和宣传，几乎看不到属于他个人的痕迹。

因为开了仅半年可见，乔闪闪很快翻到底，她退出陆星耀的主页，去超话逛了圈，又去搜了抖音、B站和小红书，算是对陆星耀有了个大致的了解。

陆星耀算是童星出道，演第一部戏时只有十一岁，虽然镜头不多，但帅气可爱的外表足以让人对他印象深刻。

他第一次走红是十四岁那年，在侯导的剧里饰演少年霍去病，因一个纵马长街的镜头获得媒体广泛关注，被赞为"鲜衣怒马少年时，一日看尽长安花"的真实写照。之后他因学业退圈一段时间，再出现是十六岁，高调签约天鸿娱乐。那几年一直不温不火，直到他十九岁那年，在侯导执导的一部都市剧中饰演女主角身患绝症的白月光弟弟。

那年是互联网飞速发展的一年，也是微博流量爆发的一年。

陆星耀凭借着青春帅气的外表，和白月光角色的加成，一夜间成为万千少女追逐的梦。随着陆星耀的一夜爆红，内娱的流量时代也正式开启。

这么多年，无数新人一夜爆火，又一夜消失，内娱疯狂扩张，资本乱象无数，古偶造星、选秀造星，每一年都有新流量涌现，也有老流量消失。

可是只有陆星耀，稳坐顶流位置，多年来始终屹立不倒。

不管是流量热度，还是粉丝的疯狂程度，都成为中国内地娱乐圈史上不可逾越的一座高山。

有无数人诟病他、厌恶他，恨他恨得咬牙切齿，说他是内娱开始摆烂的元凶，是中国影视史上的罪人。但也有无数人疯狂地崇拜他、追逐他，爱他爱到发狂，为了他失去理智，为了他不顾一切，她们视他为新时代的开创者，是不败的神话。

真是个挺矛盾的人。

不过乔闪闪一路看下来，多少也能理解为什么粉丝会那么喜欢他。

陆星耀其实是个挺有人格魅力的人。

不同于周时越的内敛，他很张扬，又狂又拽，身上永远有一种天下第一的气场。

如果把周时越比作水，利万物不争，而万物莫能与之争。那么陆星耀就是拍卖行里最闪耀的那颗钻石，耀眼、坚硬，且充满棱角。

陆星耀把魏思杰和郑雯雯送回家，谢绝了魏思杰让他去家里坐坐的邀请，回家睡了个午觉，等醒过来已经是傍晚七点多。

窗外暮色沉沉，房间里也是一片昏暗。

陆星耀抓了把睡得乱糟糟的头发，从卧室出来，随便给自己弄了点吃的，被朋友拉着打了把游戏。陆星耀表现不佳，气得朋友打视频过来骂他。

"不就一把游戏，至于吗？"陆星耀给杯子里铲了点冰块，又从冰箱里拿了一瓶巴黎水倒上，这才漫不经心地道，"改天哥带你上分。"

"到底谁是哥？"

"你要想叫爸爸也行——"

"滚！"视频里，何野笑骂一声，转移话题，"大明星什么时候进组？"

陆星耀端着杯子靠在沙发上："下周。"

何野被他手里晃晃悠悠的杯子吸引了注意，揶揄道："哎哟，星耀宝宝怎么不喝你的旺仔牛奶了？"

陆星耀也没生气，懒洋洋地撩了撩T恤下摆，紧致有型的腹肌若隐若现。他慢悠悠道："没办法，保持身材不容易。"

何野：……呵呵，不炫耀能死是怎么的？

何野，三线男演员，男配专业户，常年在各大古装剧组里打转，偶尔也出演小成本网剧男主角，和陆星耀合作过三四次。就酒肉朋友这点来说，两人关系一直不错。

第一次见面是在四年前某古装剧的开机宴上。作为配角，何野主动上去敬酒，见陆星耀的高脚杯里装着奶白液体，还以为他喝的是百利甜，立刻吹捧他这与众不同的品味。结果陆星耀似笑非笑地瞥了他一眼，说这是八二年的旺仔牛奶，你要尝尝吗？

谁会在酒会上用高脚杯装旺仔牛奶喝啊！

何野至今还记得当时的尴尬。

后来两人熟了以后，他才发现，令万千少女疯狂的顶流陆星耀，长了一张看起来让无数女人为他哭过的顶级渣男脸，其实是一个不抽烟、不喝酒、不近女色的乖宝宝。

这反差感……何野觉得，他要是女粉，他也得迷糊。

"对了星耀，"何野问，"你有拿到《关山月》的全稿剧本吗？"

"还没有，怎么？"

何野叹了口气："还有不到半个月开机，现在组里没人有剧本，你敢信大家都是在按照原著筹备？"

"一个大纲就开机的剧又不是没见过。"陆星耀显然对这种情况习以为常。

"但大家不都是冲着《关山月》这个IP嘛，多少人押宝必爆，剧组外面的代拍站姐都是一堆堆的……"

这次《关山月》何野也有参演，在剧中饰演男主角的好兄弟。以他的咖位能抢到这个角色不容易,他年纪毕竟不小了,本想着侯导出山,剧本肯定稳,还能蹭一把IP和陆星耀的热度,将来剧爆了能跟着喝汤,说不定还能趁机接几部A级剧的男主,但现在剧组这个情况简直是让人绝望。

娱乐圈红不红的果然看命,改天回北京,还是得去雍和宫拜拜才行。

陆星耀显然知道他在担心什么,随口安慰了一句:"放心吧,过两天我会带编剧进组,剧本的事你不用担心。"

何野一听更绝望了,连陆星耀这种常年摆烂,给什么就演什么,只想演完赶快收工的人都开始带编剧进组,这剧本到底是有多烂?

"我很放心,"何野瘫在沙发上,有气无力地道,"我现在只想找大师算上一卦。"

陆星耀轻嗤了声:"出息。"

他还想再说点什么,一个电话进来,视频自动挂断。陌生号码,陆星耀随手挂了。

没过两秒钟,同一个号码再次打进来,这次陆星耀接了:"哪位?"

"星耀,我是爸爸……"

男人的声音带着点小心翼翼的讨好,陆星耀动作微微一顿,毫不犹豫地挂断电话,随后把号码拉黑,通话记录删除。

他把手机扔到一边,坐在沙发上发了会儿呆,摸摸兜,没找到糖,抬眼看到茶几上粉紫色的卡通星黛露袋子,是编剧老师给他的谢礼。

陆星耀莫名想起她站在车窗边,一笑两个小梨涡的模样。虽然很不想承认,但她笑起来时真的很甜。

陆星耀拿出袋子里的东西,想看看编剧老师送了什么给他,可当他看清楚手上东西时,整个人都僵住了——

优思明:口服避孕药。

什么玩意?

陆星耀扔烫手山芋似的把药丢出去,无语地抓了把头发,原地转两圈,捞过手机,找到乔闪闪的微信。

中午吃饭时,他忘记改备注,因此这会儿,看见她和Shining极其相似的头像和一模一样的微信名,他沉默片刻,鬼使神差地点进她的朋友圈。

不知道是她分了组,还是最近都没发朋友圈,最新的一条还是一个月前,她分享了一张截图,配文愿项目顺顺利利,加三个双手合十的祈祷表情。

陆星耀点开图片,是一个知乎问答。

Q:你编剧生涯中最黑暗的时刻是什么时候?

A:给某体育明星写的定制剧本,在全稿剧本定稿通过的当天晚上,该明星被曝婚内出轨,送私生子上幼儿园送上热搜,我写了两年的项目!就这么黄了!

陆星耀瞥了一眼扔在桌上的药，忽然感觉有被内涵到。

乔闪闪原本只是想了解一下自己即将共事小半年的老板，结果看着看着，不知怎么就点进一个黑粉的微博。

八卦是人类的天性，乔闪闪也不例外。

黑粉很贴心地为陆星耀的各种黑料分门别类，做了好几个合辑，什么耍大牌合辑、摆烂合辑、网暴素人合辑、怼粉合辑等等。当然，其中最引人注目的还是"陆星耀退圈真相——为你揭露渣男往事"。

标题足够骇人听闻。相比起来，什么耍大牌、不敬业、怼粉之类的黑料简直是弱爆了。

微博很长，内容大概是说陆星耀和女生谈恋爱，并哄骗女生发生关系，之后他凭少年霍去病一角走红，勾搭上当时颇有名气的女明星姜云英。

两人绯闻传得沸沸扬扬，素人女友正好怀孕，想去找陆星耀要说法。陆星耀不仅不承认，还给素人女友泼脏水，逼她分手。素人女友悲愤之下，一时想不开走了极端。

这件事在当时闹得很大，可陆星耀没有主动加害行为，不承担法律责任，只是舆论来势汹汹，不得不暂时退圈。

后来他签约天鸿娱乐，重新出道，为了封那女生家人的口，给了对方一大笔钱。

再后来，随着他爆红，天鸿娱乐开始在互联网上删帖、捂嘴封口，大搞岁月史书那套，知情人不是被收买，就是被迫害得不敢开口。

因为是十年前的事情，很多证据比如当时的新闻报道、采访视频的原帖都已经找不到了，只有博主贴出的各种截图为证。

虽然很模糊，但也还算齐全——

电视台采访、学校门口的横幅、报纸头条，还有陆星耀被女孩父母厮打、被泼油漆、扔臭鸡蛋、几次出入派出所的照片，以及女孩的日记、银行的转账流水、校园贴吧中知情人士的爆料等等。

和长微博一起看，算是有理有据。

其实这件事乔闪闪上学那会儿也听说过，只是她当年不追星，并不知道当事人就是陆星耀。

因此这会儿，看着这条微博，乔闪闪心情说不出的复杂。虽然不至于相信博主的一面之词，但肯定是有这么一件事。

至于具体的真相，恐怕只有陆星耀自己才清楚了。

乔闪闪正发着呆，手机忽然在掌心里振动了两下，她回过神来，看到陆星耀发来的消息——

Star: 编剧老师，你可能对我有点误解。少看点黑料，我洁身自好，从不乱来。

"咚"的一声,乔闪闪吓得手机都掉桌上了。有那么一瞬间,她甚至怀疑陆星耀是不是在她手机上装了什么监控软件。

不然他怎么知道她正在看他的黑料?还有他这话到底是什么意思?

乔闪闪捡起手机,盯着对话框看了足足五分钟,还是没弄懂陆星耀没头没尾地发这一段话给她的目的是什么。她一时间也不知道该怎么回,感觉怎么回都不是很合适。

不知道是不是看黑料被抓包,她莫名有点心虚,这会儿也有些坐不住了,起身去厨房给自己倒了一杯水压压惊。

一连灌了两大杯水,乔闪闪逐渐冷静下来,想起自己药还没吃,端着杯子从厨房出来,拿过挂在玄关的包。她包里的东西不多,都是些零零碎碎的小玩意,但乔闪闪来回翻了好几遍,最后把包里的东西都倒在桌子上,也没找到白天开的药在哪儿。

不应该啊……难道是掉在哪儿了?

乔闪闪仔细思考,目无焦距地盯着堆在桌子上的杂物。

钥匙、钱包、糖……

等等?糖?

乔闪闪脑子还没反应过来,手已经先一步拿起桌上粉紫色星黛露的袋子,里面的东西"啪嗒"一下掉出来,乔闪闪下意识地伸手接住。

意大利进口口袋糖,一盒五个口味,还没开封。

这不是她送给陆星耀的糖吗?所以,她的药……

一瞬间,乔闪闪脑中仿佛电影胶片般飞速闪过她是如何取了药,拿星黛露的袋子装好,追到陆星耀的车前向他道谢,又是如何把星黛露的袋子放在他的副驾上,脑中最后一个画面定格在不久前,陆星耀发给她的微信上——

Star:你可能对我有点误解,我洁身自好,从不乱来。

乔闪闪"咚——"一声把脑门磕在桌上。

她现在迫切地需要一艘能够送她去远航的宇宙飞船。

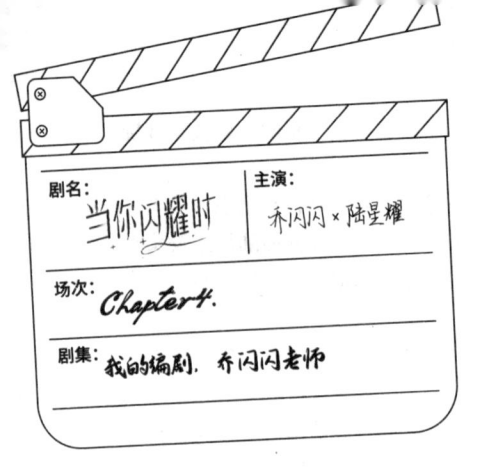

剧名：当你闪耀时
主演：乔闪闪 × 陆星耀
场次：Chapter 4.
剧集：我的编剧，乔闪闪老师

一周后，晚上九点半，闹钟准时响起。

乔闪闪按掉闹钟，穿上外套，提上行李箱。临出门前，最后一次回头环顾这个她住了近三年的小屋。所有属于她的东西早在两天前就搬走了，房间和她三年前搬来时没什么两样，但又好似处处不同，目之所及的每一个角落，都充斥着这三年来的点点滴滴。

手机响了，曹小北打电话让她下楼，来接她去机场的车即将抵达小区。

乔闪闪应了声好，挂断电话，眼前只剩空荡冰冷的房间。她不再留恋地收回目光，关灯，锁门，行李箱在地上滚出"咕噜噜"的声响。

电梯里遇见相熟的邻居，热情地打着招呼："小乔，这是准备出差啊？"

"对。"乔闪闪笑了笑点头，没有多做解释。

九月末的北京，夜里已经开始凉了。乔闪闪拉了拉身上的针织外套，从小区大门出来，她往门卫亭看了眼。今天不是张大爷值班，是一个新聘的保安，面生得很，她没怎么见过。

新保安冲她点头致意，乔闪闪也回以微笑，只是心里多少有些遗憾。这三年来，张大爷对她照顾颇多，离开前竟也没能好好告别。

黑色埃尔法保姆车在小区门前的路边停下，司机按了两声喇叭，接着副驾的门打开。

曹小北从车上下来，远远地冲乔闪闪挥手："乔老师，这里！"

曹小北跑过来帮她拿箱子。

乔闪闪还有点儿不好意思："没事，我拿得动……"

"客气什么。"曹小北摆摆手，推着箱子往路边走。

乔闪闪跟着他走了两步，又停下来："小北，你等我两分钟。"说完不等曹小北反应，又转身跑回门卫亭。

门卫亭苍白的灯光下，乔闪闪从随身的包里拿了纸和笔，趴在窗台上写着留言，随后撕下留有联络方式的便笺，交给新保安。

她挥挥手，转身小跑着上车。夜风荡起她柔软的裙摆，像一朵开在夜色里的百合花。

曹小北把行李放进后备厢,帮她拉开车门,随口问道:"乔老师给谁留纸条啊?"

"小区一个保安大爷,之前一直挺照顾我的。"乔闪闪在座位坐好,系上安全带,"要走了,没来得及告别。"

车里没开灯,但也能很清楚地看到后排坐了一个人,手长脚长,没骨头似的窝在那儿,整个人懒懒散散,但存在感很强。他像刚睡醒,两眼无神地盯着她,脸上表情茫然,像是在看她,又像是穿过她在看别的什么人。

乔闪闪礼貌地打招呼:"陆老师好。"

陆星耀像才回过神似的,轻轻地"嗯"了一声,若有所思地盯着她,不知道在想什么。

乔闪闪被他看得头皮发麻,从包里拿出准备好的糖递给他:"陆老师,这个给你。"

这事儿还要从聚餐那天送错了东西的乌龙事件说起。当时乔闪闪实在是不知道应该怎么回了,一本正经地解释自己送错了,感觉也很尴尬。最后她索性装死,当没这回事,直接拍了一张糖装在星黛露袋子里的照片发给他,怕他不明白,还特意用红色记号笔把糖圈出来。随后"安利"一通这糖如何好吃,然后说看他好像挺喜欢吃糖,最近正好有朋友准备回国,可以帮忙代购,问他喜欢哪个口味,就当是对微博事件他宽宏大量的谢礼。

混娱乐圈的都是人精,陆星耀应该一下就领悟到她想表达的意思,也没说要什么口味,只是回了她一个句号,说可以。

街灯和商铺门头的各色彩灯从窗外照进来,陆星耀那张帅得很有冲击力的脸在变换的光影中显出几分暧昧的神秘感,连同他看过来的目光都显得意味深长。

他忽然没头没尾地问了句:"编剧老师有给人留纸条的习惯?"

乔闪闪:"没有……吧?"

她想到自己刚刚的行为,出口的话音又拐了个弯。

陆星耀低低地"嗯"了一声,又看了她一眼,随后瞥了眼她手里面的糖,收回目光低头玩手机,开口时声音很冷淡。

"放小曹那儿。"

这次进组,陆星耀只带了曹小北和杜明,外加半个编外人员乔闪闪。

一行四人乘飞机前往义乌,然后坐剧组的车赶往横店,等入住剧组安排好的酒店时,已经快凌晨三点。

在前台登记完毕,四人在制片主任的带领下乘电梯上楼。作为剧组最大的咖,陆星耀住顶层的总统套房,曹小北跟着他住同一间,杜明和乔闪闪则被安排在隔壁的标间。

在走廊和陆星耀道了晚安后，乔闪闪刷卡进屋。不知是不是沾了他的光，酒店条件比她设想的要好得多。她还记得两年前在厦门跟组时住的快捷酒店，脏污的地毯、破了洞的浴缸，以及一睡就浑身过敏起疹子的床褥……

乔闪闪虽然算不上什么富二代，但从小也是娇生惯养，从来没受过这种苦。

那会儿周佳怡还跟她画饼，说以后绝对不让她跟组受苦，如果非要跟组的话，自掏腰包给她补贴，五百块一天！

乔闪闪当时感动得稀里哗啦，一边说"不用你补贴啦"，一边把自己跟组的钱分了周佳怡一半，而刚刚才说着"我绝不让你受苦"的周佳怡，转头就毫不犹豫地收下了微信转账。

现在，乔闪闪跟陆星耀住在五星级酒店里，拿着一千块一天的跟组费用，深深地怀疑以前的自己是不是脑子有毛病。

奔波了大半晚，第二天一早还要开剧本会，乔闪闪虽然精神上还很亢奋，但身体已经很疲惫了，她爬起来简单冲了个澡，就准备睡觉。

刚定好明早的闹钟，还没来得及关灯，敲门声就响了。

这么晚了，谁找她？

乔闪闪套了件外套从床上下来，揉着困到发红的眼睛去开门。

陆星耀穿着款式简单的白色T恤和灰色棉麻长裤，正一手插兜，懒洋洋地靠在门口。

他应该是刚洗过澡，脖子上搭了一条灰色毛巾，头发有些湿，没擦干的水珠顺着发际线往下淌。

乔闪闪愣了愣才问："陆老师有什么事吗？"

陆星耀抬起手，修长手指上勾着一个卡通星黛露的小袋子，漫不经心地道："回礼。"

熟悉的尴尬顺着脊椎往上爬，乔闪闪"嗖——"地接过他手上的袋子，脸上还维持着得体的笑容。

乔闪闪："谢谢陆老师。"

陆星耀直起身，一边拿毛巾擦头发，一边转身，背对着她懒懒地挥手。

一直目送陆星耀进了房间，乔闪闪才关上门。她有些脱力地靠在门上，看着手里的袋子，一时间也不知道该做什么表情。

什么回礼，明明就是还她的药吧。

其实乔闪闪想说，可以不用还的，毕竟她已经重新买过了，就当这件事从来没有发生过不好吗？

乔闪闪把袋子随手扔在玄关柜子上，"咚——"的一声闷响。

还有别的东西？

乔闪闪打开袋子，除了药，里面还有一个巴掌大的首饰盒。

陆星耀竟然真的给她准备了回礼？不会吧……

所有的想法在看见首饰盒里的东西的一瞬间戛然而止。里面是一条手链，正是周佳怡送她的前些天丢了的那条。
怎么会在他那里？
乔闪闪茫然地想，随后脑中闪过一个大雨中的身影——
他撑伞站在身侧，为她挡住风雨："起来，送你去地铁站。"
他低头轻拉帽檐，避开她的目光。
他说："伞你拿上，不用还了。"
记忆中模糊的身影与陆星耀重合。
竟然是他？

第二天，早晨九点五十分。
乔闪闪和曹小北跟着陆星耀乘电梯下楼，出酒店，过马路，进酒店，乘电梯前往十三楼的会议室。
白天，剧组绝大部分工作人员都出去工作了，酒店里很安静。
乔闪闪三人从电梯出来，走在铺着地毯的走廊上。
想到即将要和周佳怡见面，乔闪闪抱紧了怀里的电脑，默默深呼吸调整情绪。她感觉自己不是要去开会，而是即将奔赴属于她的战场。
"乔老师，知道你在这个剧组里是什么身份吗？"陆星耀忽然开口。
乔闪闪反应慢半拍地抬头看他。
陆星耀领先半步，只能看到他高大挺拔的背影和有着浓密头发的后脑勺。
"你是我陆星耀的编剧。"陆星耀一手插兜，一手拎着手机，慢悠悠地往前走，并未回头看她，"知道陆星耀是谁吗？中国内地娱乐圈最红的男演员，没有之一。"
他语气淡淡地陈述事实，没有刻意显摆，但就是有种说不出的狂傲和嚣张。
"不管是前期投资还是后期招商，'陆星耀'三个字就是金字招牌。所以乔老师……"
陆星耀终于偏头看了她一眼，轻轻挑眉道："千万别给我丢脸啊。"
乔闪闪不明白他怎么突然说这些，茫然地看着他，整个人有点在状况外。
说话间，三人已经走到会议室门口。
陆星耀没再管她，抬手敲了敲门，推开会议室半掩的房门。
所有人都起身跟他打招呼，在一片"陆老师好""星耀更帅了"的寒暄声中，陆星耀和制片、导演握了握手。
因为是剧本讨论会，今天参与的人并不多，除了制片人黄雯靖和助理黄嘉卉外，就是侯锋侯导、一个姓张的副导演、侯导的助理，以及周佳怡和宁宁。
制片介绍："这个就是咱们《关山月》的编剧夏之鱼老师。"
周佳怡冲陆星耀伸手："陆老师好。"
陆星耀目光轻飘飘地从她手上掠过，却丝毫没有和她握手的意思："正好我也带了编剧，给大家介绍一下。"说着微微侧身，让开门口的位置。

陆星耀转头道:"乔老师,进来吧。"

直到这会儿,会议室内的众人才把目光投向陆星耀身后。乔闪闪顶着所有人的目光走进来,在陆星耀身边站定。

陆星耀抬抬手跟众人介绍:"我的编剧,乔闪闪老师。"

周佳怡和制片以及制片助理同时愣住。

其余人倒是热情地打着招呼,在一片"乔老师好"的寒暄中,周佳怡死死盯着乔闪闪,脸上最后一丝血色也消失殆尽。

乔闪闪不闪不避地迎着她的目光,回她一个浅浅的微笑。

周佳怡,好久不见。

其实在来横店之前,乔闪闪设想过很多次和周佳怡见面的情景——

也许周佳怡会当众翻脸,甚至当着陆星耀的面,拆穿她就是那个在网上骂过他的小编剧;抑或是用轻描淡写的语气,嘲讽她只是一个被她开掉的、毫无能力的前任助理。

但无论故事的开头如何压抑憋屈,故事的结尾一定是以乔闪闪舌战群雄、以理服人,凭借着对剧本的充分了解,揭露周佳怡的真面目告终。

之后《关山月》在她和侯导的努力下成功大爆,无数观众和书粉在社交平台上"安利"宝藏编剧,就连《关山月》的原著作者,她的女神也发文感谢编剧老师给了原著第二次生命。最后,她被提名"金鹰""飞天""白玉兰"的最佳编剧,上台领奖,和偶像周时越合作的未来仿佛就在眼前。

然而想象归想象,现实是现实,她现在只是一个没有地位、没有署名,也没有任何话语权的十八线小编剧。

会议室内,乔闪闪和陆星耀、侯导坐在一边,周佳怡和宁宁、制片以及制片助理坐一边。

她和周佳怡没有争执、没有交流,甚至除了最开始的一个眼神外,再也没有对视过,很有默契地装作互相不认识。毕竟无论是乔闪闪还是周佳怡,都不是这场会议的主角。

"我没记错的话,《关山月》是个大男主复仇群像剧吧?加那么多恋爱戏是什么意思?"

这会儿,陆星耀正大刺刺地靠在椅背上,一条腿支在地上,另一条腿搭在膝上,把剧本翻得"哗啦啦"直响,任谁都能看出他的不悦。

"这个开头我怎么看着那么眼熟呢?和去年大火的那部仙侠剧一样?"

"只是套路一样,情节不一样的。"制片黄雯靖道,"现在的观众就吃这一套……"

"改回去。"

陆星耀直接打断,理由都懒得找。

乔闪闪发现,眼高于顶、从来不拿正眼看人的制片也不是不会好好说话。比如这会儿,陆星耀就差把耍大牌这几个字刻脑门上了,她依然一副笑脸盈盈、好声好气的模样。

"这版剧本也是综合了各方意见,虽然和之前的版本有些出入,但平台和出品方还有艺然那边都是支持这个改动的。"

"哪个出品方?乐嘉娱乐?"陆星耀"啪"一声把剧本扔在会议桌上,两手垫在颈后,仰头似笑非笑地盯着黄雯靖,"要不你们直接把剧本改成大女主,让我给唐艺然抬轿怎么样?"

黄雯靖的笑容僵了僵:"星耀,你真会开玩笑。艺然那边是对剧本提了点意见,但你放心,《关山月》这部戏肯定是以你为主。"

"是吗?剧本上可看不出来。"

"我们只是在前期加了点儿吸引观众的桥段……"

"黄总的意思是,我不能吸引观众?"

乔闪闪嘴角微微抽了抽,低下头努力忍笑。她忽然觉得陆星耀的演技也没有那么糟糕,比如现在,他就把一个飞扬跋扈、目中无人、不可一世地耍大牌的明星演得活灵活现。要不是最近跟他有过几次接触,知道他私下里到底是什么样,乔闪闪几乎要以为这就是真正的陆星耀了,毕竟非常符合网络舆论的刻板印象。

"要不这样……"陆星耀不紧不慢地敲敲桌子,看似好声好气地商量道,"我给王老师打个电话,看看他这边怎么说。"

乔闪闪不知道王老师是谁,曹小北小声在旁边跟她解释:"就是《关山月》的监制王瑾老师,是资方的人。"

乔闪闪了然点头,不用想,资方肯定站陆星耀。难怪制片不说话了,这是明晃晃的威胁啊!

好半晌,黄雯靖才勉强挤出一个笑:"星耀,是这样,咱们还有不到一周时间就开机了,现在这版剧本大纲分场都拉好了,赶一赶,还能来得及,但要是推翻重写,肯定写不完……"

"加上我们乔老师,一共三个编剧。"陆星耀轻轻挑了下眉,抬下巴指对面的周佳怡和宁宁,一脸傲慢,"怎么就写不完了?"

"真要改的话,我们还得开会讨论……"

"哦,不用。"陆星耀一挥手,"该怎么改,我已经和乔老师沟通过了,让小夏和她的助理给我们乔老师打打下手,肯定没问题。"

乔闪闪正喝水,听到那句"小夏",差点喷出来,好辛苦才忍住。她瞥一眼对面脸色发绿的周佳怡,心想陆星耀是会气人的。

"陆老师,"周佳怡终于忍不住开口,"我觉得恐怕不太合适,剧本内容方面……"

"剧本内容方面听我的就行了。"陆星耀吊儿郎当地晃着脚,一开口就让人血压飙升,"虽然你是编剧,但只有演员才是赋予角色灵魂和生命的人,懂吗?"

这不就是"你一个编剧懂什么剧本"的说法换了种表达方式吗？周佳怡大概是被陆星耀这番理直气壮的话给弄沉默了，半天没憋出一个字。

乔闪闪一边觉得他这也太嚣张了，这么耍大牌真的没问题吗？被人挂出去肯定又得上热搜被网友骂死，一边又很没节操地在心里暗爽。

黄雯靖看了眼乔闪闪，又瞥了眼周佳怡，脸上的笑容彻底挂不住了："星耀，我们也没看过这位乔老师的剧本，《关山月》这么大一个项目让她来写，时间紧、任务重，你确定她能行吗？"

"乔老师，"陆星耀打了个响指，微偏过头睨了乔闪闪一眼，"把你改好的剧本发出来给大家看看，也让侯导把把关。"

导演助理很有眼色地拿着手机起身。

"乔老师，我加你。"

乔闪闪和导演助理互加微信，随后被拉进《关山月》的主创群，她把在侯导指导下修改完毕的前五集剧本发到群里。

侯导也是个戏精，一边装模作样地看剧本，一边跟副导演和助理低声讨论两句，转头跟黄雯靖道："我觉得这版剧本改得不错，黄总认为呢？"

黄雯靖这会儿简直快要被气死，她皮笑肉不笑地扯了扯唇角："没看出与原著有什么区别，这也能算改编？"

"不能这么说。既然花大价钱买了IP，那好的地方当然要保留。"侯导端着保温杯慢悠悠地喝着茶，"这新加的支线我看就很好嘛，人物立住了，悬念也留下了，结构还首尾呼应，真不错。"

到了这会儿，黄雯靖算是看明白了，陆星耀和侯导这是一唱一和地跟她演戏呢。

虽然想不通他俩一个踏实朴素老干部作风，一个靠热度流量博眼球的流量明星，是怎么统一战线的，可事已至此，黄雯靖也不好说什么，只能对着剧本鸡蛋里挑骨头，逐字逐句地找碴儿。

论起对原著和剧本的了解，没人能比得过乔闪闪，不仅有理有据地回应周佳怡和黄雯靖指出的问题，还能抓住她们话语中的漏洞，把问题抛回去。

一直扯皮到将近中午一点过，双方都是精疲力竭。

黄雯靖大概一时也是想不到什么法子了，看了眼时间道："开了一上午会，大家都累了，休息一下，吃完饭我们再聊。"

制片助理问了大家的口味，拿手机点餐。

黄雯靖给周佳怡使了个眼色，两人一前一后出了门。

其余人也陆陆续续地起身，陆星耀和侯导一起出去了，曹小北也去上卫生间，乔闪闪一个人坐得尴尬，也起身下楼。她在楼下便利店里转了圈，拿了两盒饼干，收到曹小北的消息后结账上楼。

电梯在七层停下，门打开，外面却没有人。乔闪闪正叼着一块饼干和项明安激情网聊，随着电梯门缓缓合拢，她听到走廊里传来制片那极具辨识度的尖锐嗓音——

"周佳怡,我再问你一遍!剧本到底是不是你写的?"

乔闪闪下意识地抬头,电梯门关闭,她连忙去按开门键。

随着电梯门再一次打开,她听到制片的冷笑声:"你骗鬼呢!你写的?真是你写的,你连剧本的内容都不清楚?还有当时上热搜的那个小号,到底怎么回事?你今天必须给我说清楚!"

乔闪闪从电梯里出来,瞥了一眼不远处半掩的房门,找个视觉死角,鬼鬼祟祟地开始偷听。

制片大概是气疯了,一边说要跟郭总反映情况,一边说要取消周佳怡的署名。周佳怡哭哭啼啼地道歉求情,让制片再给她一次机会,却被制片劈头盖脸一顿骂。

乔闪闪听得正开心,"叮——"一声,电梯门开。她下意识地转头,正好撞见站在电梯里的侯导和陆星耀。

嘴里还剩了小半块的饼干"啪嗒"一下掉下来,乔闪闪手忙脚乱地去捡,拿纸巾捏了扔进垃圾桶。她收起一脸窃喜的表情,假装自己只是无意间路过,走进电梯,若无其事地跟二人打招呼:"侯导好,陆老师好。"

电梯门缓缓合拢,陆星耀听着制片的骂人声和隐约传来的哭声,再瞥一眼旁边明明偷着乐却非要装模作样的乔闪闪,觉得这姑娘还挺有意思。

陆星耀两手插兜,倚在电梯轿厢的扶手上,懒洋洋地睨了她一眼:"高兴了?"

这是在问她?她表现得有那么明显?乔闪闪清了清嗓子,一本正经地道:"还行。"

陆星耀轻嗤了声:"乔老师,做人呢,要坦诚一点。想笑就笑,不要偷偷摸摸的。"

哪里有偷偷摸摸……她只是觉得当着侯导的面表现得那么高兴,显得不够稳重而已,怎么从他嘴里说出来有种小人得志的感觉?

侯导这会儿显然心情很好,笑着夸道:"小乔今天表现很好,值得高兴。"

乔闪闪受宠若惊:"谢谢侯导!"

一抬眼,撞见陆星耀冷淡却又带着几分懒散的眼神,乔闪闪眼角一弯,露出八颗灿烂的小白牙:"陆老师,也谢谢你。"

她很清楚,要不是有陆星耀撑腰,制片别说听她说话,看都不会多看她一眼,更不可能给她这据理力争、以理服人的机会。因此这一声谢,乔闪闪道得格外真心实意。

陆星耀被她灿烂的笑脸晃了眼,眼神一闪,避开她的目光,他含糊地"唔"了一声,欠揍地开口:"乔老师,嘴上说说的谢谢可没有诚意。"

"少在这儿得了便宜卖乖。"不等乔闪闪接话,侯导先斜他一眼,随后对乔闪闪道,"小乔,你回头给他讲讲剧本,帮他理解一下人物,就当是谢过他了。"

"好的。"乔闪闪一口答应下来。

"好什么好。你剧本写得完吗?"陆星耀瞥了她一眼,眼神明显不爽。

乔闪闪一脸无辜地和他对视:"能写完。"

"你跟编剧凶什么!"侯导在他背上呼了一巴掌,又对乔闪闪道,"你别怕,他就是只纸老虎,回头他要是不听话,你就跟我说。"

陆星耀不服气地"啧"了声,似乎是想说什么,被侯导瞥了眼,又快快地闭了嘴,一副被烦得不行但又没什么脾气的模样,和刚刚耍大牌时简直是判若两人。

他仰头吐了口长气,一脸无奈地道:"您老人家还是饶了我吧。"

嗯……确实是挺纸老虎的。

乔闪闪如是想。

午饭大家在会议室随便吃了点,中途制片出去接了个电话,回来后就像变了个人似的,不仅不再对剧本内容进行干涉,还让周佳怡和宁宁协助乔闪闪尽快把剧本改出来。

至少要在开机前把分场定下来,方便其他各部门的工作。

乔闪闪原本都已经做好了下午还有一场硬仗要打,甚至是长时间拉锯的准备,结果……这就结束了?事情发展得太快,她整个人都有点回不过神。

"全部四十集的分场大概什么时候能出?乔……"黄雯靖实在叫不出"乔老师"三个字,最后只是冷着脸公事公办道,"编剧给我一个准确时间,三天能完成吗?"

陆星耀正想说不行,时间太紧了。

乔闪闪却道:"可以。"

陆星耀瞥了她一眼:"你确定可以?"

乔闪闪点头:"可以。"

于是陆星耀轻轻挑了下眉,不再说话。

"行。"黄雯靖把时间定下来,"21号早九点剧本围读,编剧不能拖稿。"

其余人起身,把乔闪闪、周佳怡和宁宁留在会议室里改稿。陆星耀从乔闪闪的身后路过,漫不经心地敲了敲她的座椅靠背。

乔闪闪正在书包里找耳机,循声转头。

陆星耀并未看她,只留下一句没什么正行的话:"乔老师好好加油。"

他背对她懒懒地挥手,转身出了会议室。

午后艳阳给他挺拔的背影笼上一层金灿灿的光,乔闪闪很莫名地就想起当初无意间看过的那个号称"内娱第一阿尔法"的视频。他踩着乱世巨星的伴奏出场的身影与此时此刻交织重叠。

当真是星光熠熠,十分耀眼。

人一走,偌大的会议室顿时空了下来,没有人说话,房间空旷安静,只有老式空调挂机发出的噪声。

三人分坐在会议桌两侧,乔闪闪拿手机调出二维码,往中间推了推:"谁拉我进一下群。"

周佳怡不吭声。

宁宁看看这个,又看看那个,小声道:"我来。"

她们之前有个工作室的三人小群,在热搜事件后,乔闪闪就被踢了。这会儿,宁宁重新把她拉回来,乔闪闪把之前和侯导讨论出的修改方案发在群里。

"你们先看一下这个修改方案。"

乔闪闪大概讲了一下要怎么改,然后开始分配任务:"4月20号那版剧本,你们应该都有。前三十集改动不大,一到十集我已经改好了,宁宁改十一到十五集,夏老师改十六到二十集,今天结束前交给我。什么时候改完什么时候下班,有问题随时问我。"

"夏老师?"周佳怡突兀地冷笑了一声。

乔闪闪没理她,点开标注着二十一集的文档,然后找出蓝牙耳机,刚戴了一只,就听周佳怡语气尖酸怨毒道:"你怎么勾搭上陆星耀的?"

乔闪闪动作微微一顿,一边打开电脑上的录音软件,一边淡淡地道:"说话不要那么难听。"

周佳怡深呼吸,转头对宁宁道:"你先出去一下。"

宁宁"哦"了一声,站起身。

乔闪闪:"出去干什么?稿子写完了?"

宁宁僵在那里,一时不知该听谁的。

沉默片刻,周佳怡道:"我们聊聊。"

"先写稿吧。"乔闪闪头也没抬,手指在键盘上敲出声响,见周佳怡似乎还想说话,她冷淡地提醒,"我在录音。"

周佳怡僵住。

"以后工作时间我都会录音。"乔闪闪继续道,"如果你不能按时交稿,我还会在剧组主创群里@你。"

这下周佳怡和宁宁都不再说话,世界彻底清净了。

乔闪闪戴上耳机专心改稿。

编剧这工作怎么说,很难讲。虽然行业生态差,骗子和白嫖党让人防不胜防,绝大多数从业者难以靠收入维持基本生活,但它就是拥有着吸引一茬茬心怀梦想的人前赴后继的魔力。

乔闪闪从剧本中抽离出来已经是傍晚。窗外暮色沉沉,房间内也是一片昏暗。周佳怡和宁宁不在,这会儿会议室里只有乔闪闪一个人。她看了眼时间,已经六点过,估摸着两人应该是去吃饭了。

剧组一般都有自己的食堂,组内工作人员按时到指定地点领盒饭就行,但也没人告诉乔闪闪应该去哪儿领,她正纠结是找个人问问还是点个外卖算了,敲门声先响了。

曹小北推门进来,打开灯,环视一圈:"乔老师,怎么就你一个人?其他人呢?"

"吃饭去了。"

"她们吃饭不叫你?"曹小北有点不满。

乔闪闪倒不觉得这有什么,笑着转移话题:"小北,你怎么过来了?"

"耀哥让我过来看看,顺便给你送饭。"

乔闪闪这才注意到他手上提着一个不锈钢饭盒,很大的一个,甚至不能叫饭盒,得叫饭桶。曹小北把饭盒……不对,是饭桶,放在桌上,一层层打开,摆在乔闪闪面前。

"这……会不会有点太丰盛了?"乔闪闪是真的震惊了,甚至有点语无伦次,"小北你去哪里打包的,太破费了,我……"

曹小北一挥手打断,豪气地道:"没事儿,这是剧组给咱们送的餐。"随后叹口气,"可惜了,其他人不在。"

乔闪闪没反应过来:"嗯?"

"打脸爽文里不都这么写吗?你,一个备受欺凌的小编剧,一朝归来,竟是神秘大佬的御用编剧……"

"噗——"

"乔老师你没事吧?"曹小北连忙给她拿纸。

乔闪闪一边擦嘴一边摆手,好半晌缓过来,觉得哭笑不得,又有点感动,最后还是忍不住笑了起来。

乔闪闪道:"小北,谢谢你。"

"客气了啊,乔老师。"曹小北摆摆手,"咱们现在可是一个团队,那就是一家人!一家人不说两家话,我哥第一次带编剧进组,你的排面必须有。"

乔闪闪心里微微一动:"陆老师吃了吗?"

"他和朋友聚会去了,你不用管他。"

两人正说着话,"吱呀——"一声,会议室的门被推开。

乔闪闪和曹小北转头。

周佳怡和宁宁拿着盒饭从外面进来。

两两相望,四个人都沉默下来。

周佳怡和宁宁看着乔闪闪面前那一溜排开宛如五星级酒店豪华自助的盒饭,再看看自己手里如同路边摊的盒饭,心里很不是滋味。

"编剧老师好。"曹小北跟二人打了声招呼,见她们真的没有给乔闪闪拿盒饭,他推推眼镜,笑呵呵道,"原来二位老师领过盒饭了啊,我本来还担心这些不够三个人吃,既然你们都有吃的,我就放心了。"

不等周佳怡和宁宁说话,曹小北又戏精上身一般,转头对乔闪闪道:"乔老师,既然两位编剧老师都去领了盒饭,那你就一个人吃吧。"

他说完，像是觉得还不够气人，故意拿了一盒鲜切水果，分给周佳怡和宁宁："剧本任务重，两位编剧老师'协助'我们乔老师工作辛苦了。来，吃点水果，别客气！"

曹小北无论是语言还是态度都挑不出毛病，但就是听得人心里窝火。

当然，窝火的是周佳怡。而快乐不会消失，只会转移到乔闪闪身上。

乔闪闪偷偷在桌子下面给曹小北比大拇指。

曹小北扶了扶眼镜，回她一个小 case。

晚上十一点五十八分，周佳怡和宁宁把改好的剧本发在工作群里，然后一言不发地收拾东西起身。

乔闪闪看了眼时间，一边头也不抬地打开文件审稿，一边淡淡地道："明早七点钟过来上班。宁宁的任务是二十九到三十二集，夏老师是三十三到三十五集。后面几集改动比较大，你们晚上回去可以多想想怎么改，明早过来和我讨论。"

"拿着鸡毛当令箭是吧？"周佳怡忍无可忍地把包摔在桌上，"乔闪闪，你有什么好得意的？傍上陆星耀很了不起，是不是——"

"录音。"乔闪闪提醒。

周佳怡僵住。

"我看你还挺有精力，"乔闪闪终于从屏幕里抬头看了她一眼，"要不今晚加一下班，把二十九集和三十集改出来？"

以前周佳怡为了在甲方面前表现自己干活又快又好，总是以各种理由哄着乔闪闪加班，丝毫不顾乔闪闪已经很累了。现在乔闪闪原封不动地还给她，讽刺效果拉满。

周佳怡胸膛用力起伏，半晌冷笑道："你这是在报复我吗？"

"全组几百号人都在等剧本。"乔闪闪收回目光，一边改稿，一边慢悠悠地道，"你现在说这种话，是不是不太合适？格局要打开啊，夏老师。"

半晌，周佳怡一言不发地摔门而出，"砰"的一声巨响，震得会议室的桌椅都抖了抖。

宁宁连忙提着包跟上。

会议室内只剩乔闪闪一个人，她戴上耳机，夜间模式的电脑屏幕上映出一口小白牙。

说实话，周佳怡和宁宁确实能帮上一点忙，但不多。乔闪闪把她们改过的剧本重新修了一遍，等忙完发给侯导已经是凌晨三点过，她回对面的酒店休息，睡了不到三个小时又爬起来。

接下来两天也天天如此，一天二十四个小时，她至少有二十个小时泡在会议室里改稿。

曹小北都怕她的小身板撑不下去，趁着过来送饭的时候劝她："实在写不完也没有关系，你给耀哥说一声……"

"写得完。"

乔闪闪随便扒了两口饭，又回到电脑前。

曹小北还想再劝，但乔闪闪整个人都有点六亲不认的暴躁。他也不好再说什么，像编剧导演这样的创作者，平时再好说话，创作的时候都不能受打扰，越有才华的创作者，脾气越大。

曹小北这会儿也顾不上去硌硬周佳怡她们，好声好气地请她们多照顾乔闪闪一点，就先离开了。

第三天晚上九点，周佳怡和宁宁交了稿，收拾东西准备离开。

宁宁看着乔闪闪那样，犹豫了一下，轻声道："闪闪姐……还有什么需要我们做的吗？"

乔闪闪头都没抬："不用，你们走吧。"

有跟她们讲问题的时间，她早就改好了。

宁宁还想说什么，周佳怡一言不发地摔门而出，宁宁只好跟上。

乔闪闪原本是想一口气全部改完，但还剩最后一集的时候，实在是有点撑不住，头晕眼花，低血糖好像还犯了，脑袋像炸了似的疼。

她把改好的部分发给侯导，在桌子上趴了一会儿，去摸包里的糖，摸了半天没摸到，她反应迟钝地呆在那儿，想了半天，才想起来把糖送给陆星耀了。

乔闪闪忍着头疼，在先去楼下便利店买糖，还是先把最后一集改完再去这个问题上纠结了足足有三分钟，最终还是被懒惰打败了。

乔闪闪滴了两滴眼药水，敲门声同时响起。她转头看去，陆星耀正推门进来，眼药水顺着眼角往下淌。

陆星耀脚步一顿，迟疑地开口："乔老师这是……剧本没改完在偷偷哭鼻子？"

"我在滴眼药水。"

乔闪闪抽了一张纸巾擦脸，摸过框架眼镜戴上。

陆星耀"哦"了一声，走进来，身后除了曹小北，还跟着另外一个男生，浓眉大眼、身材高大，虽然外形和陆星耀没得比，但也比普通人优越很多，应该也是演员。

陆星耀："介绍一下。编剧乔闪闪，乔老师。演员何野，你应该看过他的剧，他在《关山月》里演袁舟。"

"编剧老师好啊。"何野热情地跟她打招呼，"我今天看了你的剧本，写得真不错……"

乔闪闪感觉有一千只蜜蜂在自己耳边"嗡嗡"响，她勉强挤出个笑，敷衍地冲何野点了点头，看向陆星耀。

"陆老师过来有什么事吗？"

"探班，算吗？"陆星耀两手插兜，微屈着长腿，懒散地靠在会议桌上，

"顺便给你介绍一个新朋友,何老师想让你给他多加点戏。"

乔闪闪强忍着几欲炸裂的头痛,盯着陆星耀,看了半天也没看出他到底是开玩笑,还是真的想让自己给这位何老师加戏。

倒是何野先揉了陆星耀一把:"去你的,我可没说过,少污蔑我。"

陆星耀恶作剧得逞似的笑了声。

乔闪闪这会儿不管是身体还是精神都快要到达极限,实在是没有精力,也没有心情陪他们说话,她看了眼时间,坐回电脑前开始改稿。

陆星耀问:"还有两个人呢,怎么就你一个?"

"她们回去了。"

"你还在工作,她们先回去了?"陆星耀挑眉。

乔闪闪现在只想把他的嘴缝上,她几乎是用着自己的最后一丝忍耐力在道:"陆老师,能不能让我先工作?"

她的声音有气无力还打着颤,陆星耀怔了怔,这才注意到她连衣服都没换,就在睡衣外面随便套了件外套,头发乱糟糟,在脑袋上扎个丸子,也没化妆,戴着一副遮了半张脸的大框眼镜,整个人摇摇欲坠,感觉就剩了一口气。

陆星耀眉心轻拧:"你几天没睡了?"

乔闪闪耐心告罄,用力闭了闭眼。

"乔老师,喝奶茶!"曹小北及时递上探班奶茶,打断了她即将到来的爆发。

再不来点糖,乔闪闪感觉自己就要猝死了,这会儿也没心情搭理陆星耀,她取出奶茶,撕开吸管包装纸时手都在抖。不知道是没有力气还是怎样,戳了好几下都没戳进去,最后她猛地用力,手臂软绵绵地戳了个空。吸管掉在桌子上,又滚到地上。

乔闪闪正崩溃得想哭,旁边一杯插好了吸管的奶茶递过来。

乔闪闪近乎本能地先凑上去喝了两口,丝丝缕缕的甜在唇齿间弥漫,大脑开始释放多巴胺,紧绷的神经舒缓,躁动的情绪仿佛被一只手温柔地抚平。

重新续上半条命的乔闪闪盯着稳稳拿着奶茶的那只手,后知后觉地反应过来,似乎有哪里不太对劲。

目光顺着那指骨修长漂亮的手往上看,是陆星耀那张帅得很有冲击力的脸。他鼻梁高挺立体,睫毛密且长,一双眼清明深邃。

对上她的目光,他轻轻挑了下眉:"乔老师,对小陆的服务可还满意?"

不满意,甚至想给个差评。乔闪闪面无表情地想着,接过他手里的奶茶,但嘴上还是态度很好:"谢谢陆老师。"

陆星耀两条长腿懒懒地往前伸,一只手撑在桌沿上,没什么正行地靠着会议桌,转头看着乔闪闪。

她正目不转睛地盯着电脑屏幕,打字速度飞快,手指的动作目不暇接,整个会议室里都是她敲键盘时噼里啪啦的脆响。

整整三分钟，她愣是一个眼神也没给他。

作为一个走到哪儿都备受瞩目的顶流男明星，陆星耀多少有些不习惯，几次想开口说话，话到了嘴边，喉结一滚，又咽了回去。

电脑冷白的屏幕光幽幽映在乔闪闪的防蓝光眼镜上，明明是个甜妹，这会儿却莫名有种冷酷大佬的气场。直觉告诉陆星耀，这个时候最好不要打扰她。

过于安静的空气总有几分尴尬，何野下意识地想说点儿什么活跃一下气氛，刚一张口，还没来得及出声，陆星耀先警告地瞥他一眼，手指竖在唇上，比了个噤声的手势。

陆星耀拿起桌上最后一杯奶茶，慢条斯理地撕开包装纸，插好吸管，放在乔闪闪手边。随后他直起身，给何野和曹小北使个眼色，三人轻轻掩上房门，从会议室里出来。

"不愧是你找的编剧啊，星耀。"在走廊等电梯时，何野拍着陆星耀的肩揶揄，"看起来比你还大牌。"

"乔老师这几天很辛苦的。"曹小北帮乔闪闪解释，"黄总和侯导催得紧，她每天睡不到三小时，何老师你理解一下。"

陆星耀正一手插兜低头玩手机，闻言抬头："她这几天都这样？"

曹小北点头。

看她那天信誓旦旦地一口答应下来，他还以为她真的那么胸有成竹、胜券在握呢，结果把自己搞得这么狼狈……

"不是给她找了两个助手？"陆星耀问。

"侯导觉得那两个编剧的东西不太行，乔老师说有给她们讲问题的工夫，她自己都改好了，所以……"曹小北耸了耸肩。

何野赞同地点头："乔老师的剧本确实不错。"

今天剧组已经把前三十集的剧本发了下来，何野本来都做好要演烂剧的准备了，结果没想到陆星耀带的这个编剧确实有两把刷子。所以乔闪闪态度不好，他也没放心上。有才华的人，有点脾气很正常。

"哎，星耀。"何野突发奇想，撞撞陆星耀的胳膊，"你说让编剧老师给我加点儿戏怎么样？"

"叮——"一声，电梯门开。陆星耀收起手机走进电梯："你想加戏跟我说有什么用。"

"那不是你的编剧吗？你一句话的事。"

陆星耀一下想起刚刚开玩笑说要让她加戏时，乔闪闪盯着他看的眼神，虽然很不想承认，但很奇怪的是，在那一刻，他莫名地有点……怂。

陆星耀这人，说好听点，浑身是胆，说不好听的，那就是狂得没边，当然这两年收敛了很多。

说实话，他这辈子就没怕过谁，但对上乔闪闪——这么一个没资源、没背景、没人脉，甚至有点蠢，被朋友骗得团团转的十八线小编剧！他竟然有点发怵。

陆星耀搞不明白自己究竟在怵什么。别说他一句话就能让她在圈子里混不下去，就她那个单薄柔弱的小身板，他一根手指头就能把她按趴下。

陆星耀有种有力没处使的憋屈感，不爽地瞥了一眼何野。

"你觉得，我能使唤得动乔老师？"

乔闪闪的注意力全在剧本上，连陆星耀什么时候走的都不知道。等到把剧本改完发给侯导，会议室里就只剩她一个人。侯导让她先别急着走，过来跟她开了个简会。

之后乔闪闪又跟了两天的剧本围读，记下修改意见，给周佳怡、宁宁布置好任务，这才终于有了喘口气的机会。

她回对面的酒店洗了澡，头发都没来得及吹，像被吸干最后一丝精气般倒进柔软的大床，用仅剩的一点力气给手机插上电。原本还想设个闹钟，锁屏密码才输了一半，手机从掌心滑下来，人已经彻底沉入梦乡。

等再醒来，已经是第二天的傍晚。

乔闪闪躺在床上恍惚了好一会儿，才终于从那种晕晕乎乎、似梦非梦的虚幻感中脱离出来。

她摸过手机看了眼，挑重要信息回了几条，随后看到曹小北一小时前发来的消息。

曹小北：乔老师，我在剧组的酒店陪耀哥试妆造，你醒了打我电话，我让人给你送餐。

乔闪闪感觉曹小北都快变成自己的助理了，也不知道他忙不忙得过来。

Shining：你忙你的，不用管我。

曹小北：乔老师你休息好了？要不要来看耀哥试妆？

曹小北：[图片]

乔闪闪点开图片，有点糊，但依然能一眼认出里头的陆星耀。没办法，他的外形实在太优越了。尤其在这种糊图里，他和周围人简直就是两个次元的生物。

Shining：要！

乔闪闪瞬间从床上弹了起来。

乔闪闪单身二十五年，一度被怀疑是否性取向有问题，但实际上她只是对三次元的男人不感兴趣。作为从小混迹于漫画、小说、古风、同人、游戏等圈子的少女，乔闪闪迷的二次元男人并不比顾时宜迷的三次元明星少。而《关山月》的男主角裴昭，就是乔闪闪最喜欢的二次元人物，没有之一。在成为编剧之前，乔闪闪曾以夏之鱼这个笔名，为裴昭写过几十万字的同人文，是《关山月》书粉圈内的镇圈大手。

论资排辈，裴昭就是乔闪闪的红玫瑰和白月光，是她心中永远的纯元皇后，不管后来有多少新欢，裴昭在她心中的地位始终如一。

半小时后，乔闪闪怀着忐忑、期待又激动的心情来到剧组酒店的试妆间。

试妆间像是会议室或者宴会厅改的，空间很大，挨着墙摆了数排衣架，上面满满当当挂着各式戏服，地上堆满了专为《关山月》打造的各种道具。

试妆间里人很多，制片、导演、摄影、服装、道具、美术、妆造包括统筹老师都在，见了乔闪闪，热络地跟她打招呼。

乔闪闪回以微笑，点头致意，目光在试妆间里转了圈，很快就看到幕布前的陆星耀。

他穿了一身黑红相间的骑射服，头发高高束在锦冠里。造型老师正在旁边帮他整理头发，他像是有点无聊，拿着一杆红缨枪，幼稚地转来转去。

之后，造型老师退到一边，陆星耀在侯导的指导下，换了几个姿势，又随手比画两个武打动作。他身形高挑，腰身劲瘦，做动作时大开大合，丝毫不拖泥带水，完了一甩头发，唇角勾着个玩世不恭的笑，眉眼张扬肆意，尽是年少轻狂。

这一瞬间，乔闪闪感觉自己像是被击中了，大脑一阵眩晕，几乎失去了思考能力，满脑子都只剩下——好帅好帅！天啊！他怎么可以这么帅！

虽然以前也一直知道陆星耀长得帅，但那是一种没有灵魂的帅，不戳她的审美点，再加上他那些一言难尽的传闻，乔闪闪对他那张脸很难有什么好感，也从没想过，其实陆星耀的外形气质和裴昭真的很搭。

而此时此刻，他做了妆造站在这里，几乎就是她想象中的裴昭了。

不，比她想象的要更加生动、完美。

乔闪闪不知道他有没有使用什么表演方法、技巧之类的，但是这一刻，她真的感觉到陆星耀的身上长出了裴昭的灵魂。就像他之前说过的，演员，是赋予角色灵魂和生命的人。

陆星耀拍完一组试妆照下来看效果，目光扫过人群，看到站在人群后的乔闪闪，便冲她招了招手。

乔闪闪不确定地指了指自己，好像是在问：叫我吗？

陆星耀挑眉：不然呢？

侯导正和制片、摄影还有妆造老师看刚刚拍的照片，转头正想问陆星耀的意见，见他不知跟谁在那儿比画，顺着他的目光看过去，这才发现乔闪闪不知什么时候过来了。

侯导冲她招手："小乔，来。"

乔闪闪应了声，立刻过去。

陆星耀抱着双臂，慢悠悠地晃到摄像跟前，看刚刚拍的照片。

乔闪闪和导演、制片打招呼。

侯导道："小乔，你对裴昭这个人物比较了解，你看看这个妆造怎么样，还有没有什么需要调整的地方。"

陆星耀头也没抬，往旁边挪了挪，给她让了个位。

很快一个毛茸茸的脑袋从旁边冒出来。她没有看他,但对着相机里的照片倒是看得认真。

陆星耀原本还在盯着相机看,但看着看着,目光不知怎么就落在了乔闪闪身上。大概是她身上太香了,不是香水,像洗发水或者沐浴露的味道,还带着刚洗过澡的湿润水汽。在这满屋子汗臭味的人堆里,简直干净得不像话。

陆星耀垂眼。她今天扎了个丸子头,露出一截白皙细腻的后颈,也不知是热还是怎么,从耳朵到脖颈都染着一层淡淡的粉。

这会儿,她正对着相机里的照片,很认真地建议:"这个时期的裴昭还是个无忧无虑的小公子,我觉得轮廓和眉眼可以再柔和一点,头套也可以松一点,其他都挺好的……人物的总体感觉也很对,就是眼神表现能不能稍微再温和明亮一点,裴昭内心其实是一个很温柔的人……"

她说着转头,和陆星耀的目光撞了个正着,四目相对。

陆星耀没觉得自己的偷看行为有什么不对,懒懒地迎着她的目光。乔闪闪却是脸腾地红了,眼神慌乱地躲闪着,避开他的视线。

……哦?

陆星耀轻轻挑了下眉。

怎么说呢,从小到大,几乎是个女生都会用这种眼神看他。陆星耀早就习以为常,甚至有些厌烦。但这是头一次,乔闪闪拿这样的眼神看他。

认识这段时间以来,两人接触不多,但也不算少,不管乔闪闪心里怎么想,表面上是一直礼貌客气地和他保持着恰当的距离。但陆星耀偶尔想到她微博上的言论,以及她周时越粉丝的身份,心里多少还是有点儿不痛快。

因此这会儿,看到乔闪闪明显害羞的表情,他有种微妙的得意和暗爽——看吧,管你之前是谁的粉丝,现在还不是被我迷得要死?

这边,造型老师记录下大家的意见。侯导拍拍陆星耀的肩,让他去改个妆,等会儿回来看效果,就去盯别的演员了。

旁边工作人员也各自忙碌,一时间,这里就剩了陆星耀、曹小北和乔闪闪三个人。

乔闪闪故作镇定地指了指侯导离开的方向:"陆老师,那我先过去……"

"乔老师,脸怎么这么红?"陆星耀拖着他那一贯又拽又欠的腔调故意问道。

乔闪闪清了清嗓子:"可能是有点热。"

"哦,是吗?"

陆星耀抬头,乔闪闪顺着他的目光往上看,头顶就是中央空调出风口,这会儿风力正猛,冷风"呼呼"地往下吹。曹小北不明所以跟着抬头,瞬间被冷风呼了一脸,他搓着手臂,应景地打了个惊天动地的喷嚏。

陆星耀很不厚道地笑出了声,随后抱着手臂,慢悠悠地往主化妆间里走。和乔闪闪擦肩而过时,他脚步微微顿了下,低头,声音仿佛是贴在她的耳边响起——

"乔老师,我呢,确实长得还行。被我帅到也不是什么丢脸的事,你可以大大方方地承认。"

乔闪闪看着他仿佛开屏孔雀般的背影,刚戴上的裴昭牌滤镜"哗啦"碎了一地。

她忍不住闭了闭眼,现在满脑子都是——怎么才能让他闭嘴?

今天试妆的演员不止陆星耀一个,乔闪闪跟在侯导身边,看了几个角色的妆造,提了点儿意见和看法。

侯导不愧是编剧出身,不仅尊重她的想法,还一直在鼓励她勇敢地提意见。不像她之前跟过的组,导演压根不在意编剧是怎么想,多提两句还会被说编剧把剧本写好就行了,拍摄的事儿不懂少掺和。

就连制片对她的态度都好了不少,乔闪闪跟她打招呼,她不仅点头回应,还在乔闪闪给造型老师提意见的时候,附和说编剧说得对,让造型老师照着改。

服装老师的助理抱着电脑过来跟她打招呼:"编剧老师。"

乔闪闪回头。

服装助理是个很年轻的小姑娘,她腼腆地冲乔闪闪笑笑,指着电脑上的 Excel 表格问:"十八集的这个闪回,是接哪一场戏啊?"

乔闪闪看了眼,剧本都不用翻,直接回她:"第二集第三场。"

"那这个呢?"

"第五集第八场。"

"还有这个……"

因为拍摄并不是按照故事发生的时间顺序,剧本里同一天发生的事会按照拍摄场景的不同拆分成好几段,分在几天甚至几个月的时间来拍。但演员的妆造又必须接上剧情,总不能将来成片镜头一转,角色就换个妆造,那就是拍摄事故了。

服装助理一连问了好几个问题,乔闪闪一一耐心地答了,后来小姑娘实在有些不好意思,连声道谢:"真是麻烦编剧老师了。"

乔闪闪笑了笑:"没事。"

"编剧老师,要不你把剧本发我,我自己看着弄吧……"

乔闪闪正想说不行,忽然有人从身后拍了拍她的肩:"闪闪来啦。"

乔闪闪回头,来人是统筹老师,年龄三十出头,留短发,看起来很飒,剧组人都叫她"安姐"。

这会儿,安姐搭着乔闪闪的肩,看了服装助理一眼,说:"你们组长没剧本吗?你来管编剧老师要?剧组里什么规矩不懂?"

服装助理连忙诚惶诚恐地道歉。

等她抱着电脑走了,安姐才回头对乔闪闪叮嘱道:"谁来管你要剧本都别给,问题太多了就让他们找组长,别什么忙都帮。"

"嗯,我知道的,谢谢安姐。"乔闪闪乖巧地挤出两个小梨涡。

安姐是个豪爽干练的性格,最喜欢乔闪闪这种甜妹,总忍不住照顾她:"你休息好没有?这个点儿过来吃饭没有啊?"

得知乔闪闪还没吃东西,安姐立刻去旁边桌子拿了一杯没开封的奶茶给乔闪闪。

"谢谢安姐。"乔闪闪礼貌地道谢,一边喝奶茶,一边蹭到她身边套近乎,"安姐,通告单排好先给我看看呗。"

之前三天,乔闪闪和周佳怡、宁宁加班加点,也只是完成了分场的场景、时间、人物及情节的简要概括,具体内容的修改和添加、台词动作的设计,都是亟待完成的大工程。但好在后期时间还比较宽裕,只需要按照通告单,在拍摄前完成具体的场次就好。

"放心。"安姐显然明白乔闪闪在担心什么,拍拍她的肩安抚,"晚上回去发给你,我先排的京城的景,都是你已经写好的,后面没写完的慢慢写,不着急。"

"谢谢安姐。"乔闪闪用力地抱了她一下,小狗似的"呜呜"两声道,"你真好!"

"客气什么。"安姐被乔闪闪可爱到,忍不住揉了把她的脸,"大家都知道你比较辛苦,看这小脸憔悴的。"

两人说话间,女二号换好了妆过来,正站在幕布前拍照。两人站在试妆间角落,一边欣赏着女演员的美貌,一边聊天。

乔闪闪问:"女主角还没进组吗?"

"你说唐艺然啊?她上部戏没杀青,还在深圳拍戏呢,估计后天晚上才能到。"

后天晚上……那就是开机前一天晚上。

乔闪闪点了点头,有点期待。

唐艺然是近两年内娱势头正猛的流量小花,长得很漂亮,可清纯可艳丽,演技也不错。乔闪闪看过她的几部小甜剧,对她挺有好感。

"你还是祈祷她晚点来吧。"安姐撇了下嘴,想说什么又忍住了,"等她来了,估计又得闹着要改戏。"

乔闪闪想起之前那版离谱剧本,似乎就是制片和唐艺然一拍即合的结果。

"陆老师在,她也能改吗?"乔闪闪问。

"这个真不好说。"安姐耸了耸肩,"今天还在撕架,明天就炒真爱CP的多了去了,谁知道他们怎么想。"

乔闪闪:"陆老师应该不会炒CP吧?"

就他粉丝那个疯劲,真的有女明星敢跟他炒CP吗?不怕被撕碎吗?再说他的流量比唐艺然高到不知道哪里去了,炒CP不是摆明了给对方吸血吗?

而且就乔闪闪前些天的补课来看，陆星耀在这方面挺注意的，也很懂得避嫌，这些年几乎没闹出过什么绯闻，即便女方经纪公司故意下场炒作，他也会第一时间辟谣，被粉丝称为"男德班优秀毕业生"。当然，黑粉也会拿这点黑他，说他没风度，吻戏、床戏用替身借位，拍戏不敬业，自视甚高，真把自己当盘菜等等。

"炒CP你们陆老师肯定不会炒，但说不定有其他的资源置换呢？"安姐道，"唐艺然现在是乐嘉力捧的艺人，这两年正铆着劲冲一线呢。听说这次出演《关山月》，她不仅自降片酬，还带资进组，就是指着这部剧一炮而红呢！"

乔闪闪正想说点什么，有人喊安姐。

安姐冲着声音传来的方向挥挥手应了声，转头对乔闪闪道："我先过去一下啊。"

乔闪闪靠在桌子上，目光漫无目的地看着忙忙碌碌的工作人员，想着安姐的话，发了会儿呆。忽然听到有人喊她，转头，看到曹小北不知道什么时候过来了。

"乔老师，你怎么一个人在这儿啊？"曹小北招呼她，"来，耀哥找你。"

乔闪闪和曹小北进门的时候，陆星耀正在化妆。他百无聊赖地坐在椅子上，任由化妆师摆弄他那张上了千万保险的脸。

听见声音，陆星耀往镜子里瞥了眼。

乔闪闪正好也往镜子里看，二人的目光在镜中交汇。

乔闪闪礼貌地打招呼："陆老师好。"

陆星耀懒洋洋地"嗯"了一声，正准备说话，化妆师轻抬起他的下巴："陆老师闭一下眼，定个妆马上就好。"

陆星耀闭眼，片刻后缓缓睁眼，正对上镜中乔闪闪满眼冒星星的激动表情。

化妆师："陆老师，编剧老师，你们看看现在这个妆怎么样？"

陆星耀这会儿从妆容到头套都比刚才松弛些许，脸部的骨骼和轮廓感被弱化，更有少年气，眉眼妆容更柔和，配上他湛然明亮的双眼，活脱脱一个锦绣堆里长大、不知人间疾苦的富贵小公子。

"很好，非常好……"乔闪闪感觉自己已经失去了引以为傲的语言能力，只能复读机一样语无伦次地反复夸道，"就是这个感觉，不能更好了。"

化妆师看看陆星耀，又对着镜子端详片刻，也很满意："陆老师觉得呢？"

其实陆星耀倒没觉得和之前有多大的区别，但乔闪闪显然不这样认为，她的眼睛几乎都要粘在他身上了。即便是常年生活在公众视线中的陆星耀也有点吃不消，如果目光有温度，他这会儿指不定已经被烤化了。

真有那么帅？

陆星耀注视着镜子中的自己，轻挑了下眉，在心里暗暗"啧"了声。

编剧老师，立场坚定一点行不行？还记得你当黑粉时犀利的嘲讽吗？还记得你的偶像周时越吗？虽然我知道自己魅力大，但你这么容易就爬墙的话，真的显得你的爱很廉价。"

陆星耀含糊地"唔"了一声："挺好。"

化妆师："那去给导演看看吧。"

"等会儿。"

陆星耀说着，从镜子里看了站在门口的乔闪闪一眼，语气很拽地道："你过来。"

乔闪闪回神，对上陆星耀的目光，不明所以地"啊"了一声。

陆星耀："啊什么啊，有话跟你说。"

乔闪闪"哦"了一声，避开他的视线，磨磨蹭蹭地往屋子里面走。

化妆师识趣地笑笑，转身出去带上门。

乔闪闪走到陆星耀身边，他坐在那儿，比她矮了大半个头，少了体型差和身份差带来的压迫感，两人间的距离好似瞬间拉近许多。

乔闪闪等了好一会儿也不见他开口，忍不住看了他一眼，正好对上陆星耀若有所思盯着她看的目光。乔闪闪的脸瞬间热了起来，很没出息地避开他的视线。

他这张脸，这个扮相，实在是……太犯规了，让人完全没有抵抗力。

乔闪闪不自在地清了清嗓子，主动开口问："陆老师想说什么？是要我给你讲讲人物吗？"

说到最后，她一脸期待地看过来，眼里的星星往外冒，几乎能闪瞎陆星耀的眼。

陆星耀两条长腿大刺刺地敞着，踩在地上，身子往后仰，连带着椅子两条前腿跷起来，他双手环胸，很是无语地盯着她。

"知道我在想什么吗？"陆星耀问。

乔闪闪摇头，一副洗耳恭听的模样。

"我在想，如果你加班猝死了，我需不需要负法律责任。"

陆星耀冷淡地道："干不完为什么不说。"

乔闪闪很茫然："我干完了啊。"

"每天睡两三个小时，不要命地干？"

"不是。"乔闪闪认真地解释，"马上就要开机了，没有剧本，整个剧组都没有办法安排接下来的工作，我这边快一点，大家的时间就能宽裕一点，准备就能更充分一点，拍摄的时候就能少一点失误，播出的时候，剧的质量就能好一点……"

"等等。"陆星耀抬手打断，看怪物似的看着她，"你是不是觉得你能拯救世界啊，乔老师？"

"我没觉得。"乔闪闪道，"我只是想把事情做好，没别的想法。"

陆星耀轻嗤了声："你想把事情做好？你是谁啊？你知道别人怎么想吗？别人只会觉得你蠢！觉得你好欺负。"

"不会啊,大家对我都挺好的。"乔闪闪把手上没喝完的奶茶拿给他看,"喏,统筹老师说看我辛苦了,还给我拿了奶茶。"

"那是我请剧组喝的。"

"哦。"

陆星耀没好气:"别人对你好,是因为你现在是我的人,懂吗?"

乔闪闪点点头:"懂。"

陆星耀正想说"懂了就行,别傻乎乎自我感动",就听她又道:"所以我才要更努力一点。陆老师,你已经帮我很多了,不能因为我表现不好,让人在背后议论你。"

"随你。"陆星耀懒得说了,随手拿过化妆桌上的手机,他觉得自己也挺奇怪的,不明白为什么要跟她啰唆那么多,"你学不会拒绝,不懂得维护自己的边界,回头被人欺负了,别来找我。"

"你以前没红的时候被人欺负过吗?"乔闪闪问。

听不懂人话是吧?陆星耀玩手机的动作一顿,忽然有点儿恼火,抬眼,正好撞上乔闪闪看过来的目光。

一时间,所有的话语都卡在喉咙里。

她的眼睛实在是太干净了,仿佛一面镜子,能拆穿所有的伪装和面具,照出一个人连自己都不敢直视的最本真的模样,但又不带任何审视和评判。她就那么安安静静地看过来,眼里没有好奇,没有嘲笑,没有恶意,没有怜悯,无悲也无喜,却有着能直视人心的力量。

毫不夸张地说,陆星耀感觉自己在这一刻被扒光了看透了,仿佛所有不愿示人的不堪都在她面前无所遁形。

他几乎是一瞬间冷下脸,毫不客气地戳了下她的脑门。

"一边去!"

乔闪闪被他戳得整个人往后仰了下。陆星耀下意识地伸手想扶,刚刚抬手,见她退了半步站稳,又收回来。

大概是没想到他会动手,乔闪闪捂着脑门,愣愣地看着他。

陆星耀大刺刺地坐在椅子上,手机拎在手里转来转去,眼神冷淡又睥睨,可实际上满脑子都是——

我有用很大力吗?没有吧。不就轻轻戳了一下,至于表现得那么柔弱吗?不是,捂脑门什么意思?搞得像我欺负了你一样。

等等!怎么戳一下就红了?

陆星耀有点说不出的心烦,从镜子里看了她两眼,正想说点儿什么找补,乔闪闪先"哦"了一声,然后转身往外走。

陆星耀冷眼盯着镜子里往外走的身影,习惯性地想抓一把头发,抬手,才反应过来自己还带妆。他有些烦躁地收手,正准备起身,走到门口的乔闪闪忽然又停下脚步。

"陆老师。"乔闪闪转头,"我能问你一个问题吗?"

陆星耀从镜子里瞥了她一眼,冷冷淡淡、不情不愿地"嗯"了一声。

乔闪闪想了想道:"如果有人让我加戏,我要不要加啊?"

陆星耀转头看她:"何野找你了?"

乔闪闪:"啊?"

那就是没找。陆星耀收回目光:"你是编剧,你问我?"

"我只是一个没有话语权的小编剧啊。"乔闪闪道,"如果有人要求我改剧本,我拒绝不了……"

"我说的话,你是一点没听进去是吧。"陆星耀气笑了,打断她,"你是谁的编剧?"

乔闪闪老老实实:"你的。"

"谁敢要求我的编剧给他改剧本?"

"哦。"乔闪闪道,"那我要是拒绝了,会不会对陆老师你造成什么不好的影响?或者让你为难呢?"

陆星耀语气很狂,但莫名让人很安心——

"还没有人能让我为难。"

剧名：当你闪耀时
主演：乔闪闪 × 陆星耀
场次：Chapter 5.
剧集：令人心动的热烈少年

这天晚上，乔闪闪有点失眠，在床上翻来覆去二十分钟，实在睡不着，她认命地爬起来写了会儿稿。一集剧本改完，乔闪闪把文档发群里，指挥周佳怡和宁宁给自己修改错别字。

周佳怡发了个小人得志的表情包。

宁宁倒是乖乖回了个"好的"，十分钟后，把改完的剧本重新发回工作群里。

宁宁：闪闪姐，改好了。除了几个地方把裴昭的名字打成陆星耀，别的就没什么了。

什么情况？乔闪闪有点蒙。没等她反应，群里又有了新消息。

怡宝：呵呵，乔闪闪，你真恶心。

相识十五年，周佳怡性格里的那些小毛病，焦虑、情绪化、还有点表演型人格，乔闪闪都很清楚。以前她觉得周佳怡这样可爱，也心疼周佳怡的过往，可现在，她只觉得周佳怡这样挺烦的。

乔闪闪懒得理周佳怡，回了个"不如你"。

正准备退出群聊，周佳怡又发了消息过来，很长很长的一段，手机屏幕一页都装不下。

乔闪闪没仔细看，大概扫了一眼，大意是骂她小人得志、忘恩负义，没有她周佳怡领她入行，就没她的今天，要不是她周佳怡的施舍，她别说当编剧，当初大学毕业连工作都找不到云云。

乔闪闪倒没觉得有多生气，毕竟吵架的时候，谁先发小作文谁就输了。

其实在来横店之前，她一直都把周佳怡当作自己最大的假想敌，可是，在来了横店之后，她才忽然意识到，其实周佳怡和她一样，也只是一个微不足道的小角色。

乔闪闪觉得挺没意思的。她们明明应该是并肩作战的伙伴，而不是像现在这样，为了一点利益，把收割的镰刀挥向自己的同伴。

乔闪闪没有去看周佳怡那一长串气急败坏的胡言乱语，只是在群里情绪稳定地回她一句——

Shining：你破防了吗？

群聊彻底安静下来。

乔闪闪把剧本发给侯导，等侯导确认没问题后，再转发给安姐，随后合上电脑，爬回床上。

也许是宁宁刚刚提到了陆星耀，临睡觉前，乔闪闪莫名想起他今天跟自己说的那番话。

其实她并不完全认同陆星耀所说的那番话，别人对她好，固然有她是陆星耀的人的原因，但表面的客套和发自真心的热情，其实很容易分辨。比如安姐对她的照顾，比如制片对她的改观，都不全然是因为陆星耀，她前些天的付出和辛苦，别人都能看到。

剧组里面有搞利益斗争的，有拜高踩低往上爬的，有给自己捞油水的，但也有认认真真踏实工作的。大家都不容易，今天她替别人多考虑一点，明天别人也会多给她行方便。

比如和统筹老师搞好关系，以后剧本写不完，直接和统筹老师打个招呼，这场戏先不要排就好啦。

她又不是傻瓜，不用加班非要加班。

不过看陆星耀今天反反复复，不停地强调"被欺负"这件事，乔闪闪有点怀疑，他是不是受到过什么创伤。

这样想着，她下意识地打开微博搜了一下。

陆星耀被欺负的相关事件没搜到，倒是他耍大牌欺负别人的各种爆料一大堆：什么直播时摆臭脸、采访怼记者、把饭盒扣在副导演的脑袋上、让工作人员给自己擦鞋等，有图有视频有真相。

乔闪闪看了几条就眉头紧锁地退出了微博，她感觉自己现在急需要吸氧。实在是太……

乔闪闪不知该怎么形容。

单从爆料视频里看，陆星耀真的是她最讨厌的那类人——眼高于顶、嚣张跋扈、仗势欺人、精神贫瘠、大脑空空、人格发展水平极低的草包巨婴。但这段时间的相处下来，她又能很明确地感觉到，陆星耀并不是那样的人。

他能因为曹小北的求情，不计较她骂过他的事，让她来当跟组编剧；他也能因为关心郑雯雯而不顾被人认出的风险，出现在大庭广众的医院里；他甚至不在意自己的员工和自己没大没小。

如果说以上都是他身边亲近的人，不能算数。

那么乔闪闪，第一次见面，他们只是萍水相逢的陌生人，但他一个大明星，却在大雨天送她去地铁站，还给她衣服和伞。甚至在她骂过他的情况下，他也没有和她计较，没想过趁机报复羞辱，除了那句调侃似的当小狗外，他甚至还很护着她。知道她被周佳怡欺骗算计，他在周佳怡面前给足了她面子，为她撑腰。

他的人性底色是善良、正直的。

可微博上那些视频和截图也并不像是假的。虽然不清楚前因后果，乔闪闪不敢妄下结论，但他真的太矛盾了。

乔闪闪脑子乱糟糟的，思绪漫无目的地飘远。从某种程度上来说，其实"耍大牌"这种行为，也算是一种创伤后遗症吧？弱小的时候受到欺凌，等自己变得强大了，又变本加厉地欺凌回去，以此证明自己受过的苦是正确的、值得的。这样的人，在社会上屡见不鲜。

但陆星耀似乎并不属于这种情况。就乔闪闪这些天的观察来看，除了头一天给制片施压改剧本外，他还是蛮尊重剧组工作人员的。虽然看起来狂了点，但并不会无缘无故地仗势欺人。

等乔闪闪回过神来，发现自己正拿着手机，屏幕页面还停留在和曹小北的微信对话上。她吓了一跳，连忙退出页面，把手机丢在一边。

她刚刚想干吗？向曹小北打听陆星耀的八卦吗？

乔闪闪觉得自己有点奇怪。说白了，她和陆星耀顶多共事四个月，剧拍完，他继续当他的顶流，而她能不能接到新项目，在编剧这行干下去都说不准。

她却在他身上投入了过多的关注。

可是，有什么必要吗？

乔闪闪默念三遍"剧本写完了吗"，闭上眼睛，让自己睡觉。

两天后傍晚六点，剧组在酒店宴会大厅举办开机宴。

乔闪闪和统筹、服装、造型、美术等老师坐在一桌，正一边嗑瓜子，一边听大家讲着圈内的八卦，正听得开心，曹小北过来叫她。

"乔老师，你怎么在这儿啊？"

曹小北在大厅里找了一圈，终于找到乔闪闪。他跟桌上其他几位老师点点头，打了个招呼，随后对乔闪闪招招手："进去坐啊。"

乔闪闪愣愣地"啊"了一声。

曹小北哭笑不得："乔老师，你是主创啊，当然要坐里面。"

安姐拍拍乔闪闪的手臂："去吧去吧。"

乔闪闪"哦"了一声，站起身，不好意思地冲众人笑笑，跟着曹小北往包间里走。

曹小北发消息让她来餐厅的时候，乔闪闪还在会议室里改稿，等从电梯出来，又正好遇见安姐，两人结伴进了大厅，便自然而然地坐在一起。

乔闪闪虽然是陆星耀的跟组编剧，但说到底，跟组编剧和原编剧的地位就是不同的，即便剧本是她写的，但合同上白纸黑字，签的却是周佳怡的名字，没有人会认她是主创。

可是这会儿，乔闪闪推开包间门，没看到周佳怡在里面，反而是陆星耀在身边给她留了一个座。

见她进来，陆星耀起身招手，挨个跟她介绍桌上的人。除了制片、导演，还有监制王老师、平台制片人刘总、光裕的郭总、资方代表，以及其他主演……等一圈招呼打完，乔闪闪的脸都快要笑僵了。

"《关山月》编剧，乔闪闪老师。"陆星耀把她介绍给各位老总，"最新这版剧本就是乔老师主笔改的。"

侯导也在一旁搭腔："小乔剧本不错，活好速度快，责任心也强，没有她，我们估计都不能按时开机。"

不管在座一桌老总心里怎么想，但至少表面上都客气热情，夸她年轻有为，说以后有机会要跟她合作，还说要敬她酒。

乔闪闪忙道不敢，该她敬各位老总才对。

赞助方一位张姓老总故意起哄，非让她喝酒，嘴上词一套套的，什么喝了酒才有灵感，喝了酒以后才好合作，不喝酒就是不给面子，看不起他等等。

乔闪闪对于这种酒桌文化没什么应对经验，整个人都有点手足无措，下意识去看旁边的陆星耀。

陆星耀没看她，拎着高脚杯，起身和张总碰了下："张总的面子多大啊，乔老师想给也给不起啊。还是我陪您喝吧，您想喝几杯咱就喝几杯。"

"你小子！"张总用手指点了点他，"你喝的那是什么玩意，我才不和你喝。"

"别呀，那多不给您面子。"陆星耀笑了声，"那要不这样，您喝一杯，我在今年的合同外给您多加五分钟直播，您把这瓶干了，我额外送您一场线下活动。"

听话听音，在座各位都是人精，自然能听出他话中的阴阳怪气。

张总的脸色有点挂不住。

没等气氛变得尴尬，监制王老师先笑着打圆场。

"星耀，这就是你的不对了，你一场活动几百上千万的现金流，这不是在眼馋我们张总吗？张总年纪大了，可经不起你这么折腾。"

他说完端起酒杯，和张总碰了下："别理那浑小子，来，张总，我陪你喝。"

酒桌上推杯换盏，气氛很快热络起来。

这一次没有人再不长眼地劝乔闪闪喝酒。

眼瞅着陆星耀陪了一圈酒坐下，乔闪闪拿着茶杯小声道："陆老师，刚刚谢谢你，我敬你。"

陆星耀刚准备夹菜，闻言放下筷子，拎着高脚杯懒懒和她碰了下。桌上其他人的酒杯里有白有红，只有陆星耀，不知道喝的是什么。

乔闪闪好奇："陆老师喝的什么酒？"

陆星耀眼神都没给她，夹了一颗花生米丢嘴里，随口问："想尝尝？"

乔闪闪连忙摇头，意识到他没看见，又道："不用了。"

直到这会儿，陆星耀才搁下筷子转头瞥她一眼，随后不知从哪儿拎出一瓶旺仔牛奶,给自己的高脚杯里添上。

他遗憾地叹了口气:"那真是太可惜了。"

怎么会有人在酒桌上拿高脚杯装旺仔牛奶喝啊?

乔闪闪感觉自己的眼珠子都快掉出来了。

再看陆星耀,他懒散随性地靠坐在椅子上,一只手松弛地搭在敞开的腿缝间,一只手悠闲地端着高脚杯。衣袖半挽,衬衫领口敞着三颗纽扣。头发有种精心打理过的慵懒凌乱,眼神冷淡,表情带着点漫不经心的玩味。

可只要一想到他喝的是旺仔牛奶,顿时有种别扭违和。

但怎么说,只要接受了这个设定,还……怪可爱的。

开机宴吃到八点过结束,制片和几位老总张罗着转场。

有人问:"编剧也一起去吧?"

没等乔闪闪回答,陆星耀先道:"明天的飞页还没出呢,乔老师还是回去改剧本吧。"

说到最后,他转头睨了她一眼,眼神欠欠的,像调侃又像挑衅:"晚上多加会儿班。"

乔闪闪笑了笑:"陆老师说得对,李总你们好好玩,我就不去了。"

一个打扮得成熟知性的女人拿着手机过来:"闪闪,来加个微信,改天回北京了我做东,出来吃个饭。"

陆星耀刚刚介绍过,这位是平台的制片人,姓刘,叫刘绮。据说这位刘总也是《关山月》的书粉,侯导就是她请来对抗制片的。

乔闪闪连忙乖乖叫了声"刘总",拿出手机给她扫码。

"不用那么客气,叫我'绮姐'就好。"刘绮态度很亲切,看起来对她也很有好感,一边扫码,一边跟她闲聊,"听星耀说,夏之鱼其实是你的笔名?"

乔闪闪点点头,"嗯"了一声。

刘绮看了她一眼,笑着问:"所以《春山厌》也是你写的?"

乔闪闪的脸腾地就红了。

《春山厌》是《关山月》书粉圈内知名的同人文,堪称镇圈神作。有一年书粉团建给角色庆生,排着队在她评论区让她发福利,连她女神——原著作者都跟着点赞哄。乔闪闪一时没抗住,应大家要求写了篇番外,喜提广大书粉朋友的嘲笑。

后来她毕业,来北京工作,生活中的一件件琐事压下来,再没有精力去经营自己的小圈子,几乎是半退圈的状态。再后来,随着原先那批书粉的长大,大家渐渐开始专注于自己的三次元生活,整个圈子都凉了下来。

虽然很多书粉对影视改编深恶痛绝,但不可否认,在如今这个快节奏的、娱乐方式日渐多元化的时代,只有商业化才能给一部作品带来源源不断的热度,并持续地为其注入生命力,而影视化改编就是其中非常重要的一环。

乔闪闪没想到时隔多年,竟然会从自己的甲方口中听到年少时的"黑历史"，看来这位刘总果然是同道中人。

二次元的往事拿到三次元，总有点说不出的羞耻。乔闪闪涨红着脸应了声，不知道该说什么。

刘绮笑着拍了拍她的肩："我和侯导都很喜欢你的剧本，你好好加油，明年我手里有几个项目要开，等《关山月》杀青，我们好好聊聊。"

乔闪闪眼眶一瞬间就红了，泪汪汪地看着她："谢谢绮姐！"

在酒店门前把各位老总送走，乔闪闪目送着陆星耀也上了车离开，想着刘绮刚刚和她说的话，整个人都有点说不出的激动。

今天横店下了点小雨，地面微湿，气温也比前些天低了些许，秋意在这个九月底的夜晚姗姗来迟。

乔闪闪激动的心情无处发泄，撒欢小狗似的在路边蹦跶了会儿，拿手机拍了几张雨夜街景，这才转身上楼回会议室继续改稿。

晚上十点过，和安姐对完第二天拍摄的通告单，乔闪闪合上电脑，背着自己的帆布包下楼。

雨不大，她也懒得撑伞。手掌挡在头顶，她一路小跑着穿过马路，进了对面酒店大厅。

这会儿酒店大厅人正多，放眼一扫，前台和休息等候区围了十几二十个人，其中立在沙发两侧，穿西装打领带的身材魁梧的人看起来像保镖。

会在横店带保镖的人，只有明星了吧？

乔闪闪好奇地往沙发上看了眼，还没看清沙发上的人长什么样，就被旁边的助理兼保镖狠狠瞪了一眼。

乔闪闪默默收回目光，去一旁等电梯，很有些不服气地在心里想，当初陆星耀进组时，不过也就带了她和曹小北、杜明三个人，所有行程都尽量低调。现在这位不知道是什么咖，谱摆得这么大，难道还能有我们陆老师大牌？

眼见电梯即将抵达，大厅里一群人又"呼啦啦"地涌过来，在一片呼喝声中，乔闪闪被人从身后推了一把。

她踉跄着往旁边跌了两步，站稳后，就见一个戴墨镜、身材高挑、打扮时尚的女人在一群助理保镖的前呼后拥下慢悠悠地走进电梯。

两名助理一边驱赶着周围的人，一边护崽母鸡似的张着双臂，挡在女人身前。

随着电梯门缓缓合拢，女人抬手摘下墨镜，甩了甩头发，露出一张十分眼熟的漂亮脸蛋。

正是《关山月》的女主角，唐艺然。

四目相对，不过短短一瞬，电梯门就彻底合拢。

这一刻，乔闪闪的脑子里不知怎么忽然冒出个念头——如果有耍大牌比赛，陆星耀和唐艺然谁能赢？

目前看来，他们陆老师恐怕要稍逊一筹。

酒店电梯前短短一个照面,乔闪闪就有预感,这位女主角恐怕不太好相处,但她没想到,变故会来得这样快。

第二天依然是个阴雨天,早晨九点,剧组在酒店楼下举行了简单的开机仪式,放鞭炮,上香,全体人员合影。随后现场工作人员和导演、演员等乘大巴前往拍摄场地。

乔闪闪没有跟去现场,参加完开机仪式就回酒店会议室继续写稿。

中午时一直淅淅沥沥的小雨停了,到了下午,阴沉沉的天甚至出了点太阳。

乔闪闪把后面几天要拍的戏改完,这会儿正和待在片场的安姐聊天。

制片对现场管得很严,严禁工作人员私自拍摄,安姐只能趁着放饭的时间用文字跟她描述。

统筹·安蔷:闪闪,你没来现场可惜了,你们陆老师真的太帅了啊!

Shining:比试妆的时候还帅吗?

说实话,乔闪闪有点好奇陆星耀会演成什么样,她之前一直对陆星耀的演技没抱太大希望,但前些天的试妆真是让人眼前一亮。陆星耀的外形、气质和裴昭适配度简直百分之百,只要不是演得太离谱,效果应该都不会差。

统筹·安蔷:那必须的。要不你明天来现场吧,或者过两天,我带你去剪辑老师那里看。

乔闪闪回了个"好",发了好几个花式期待的表情包。

统筹·安蔷:其实我觉得陆老师人挺好,演技也不错,和网上那些传言完全不一样。

说陆星耀人好,乔闪闪认同。但他演技不错?真的不是在开玩笑吗?

乔闪闪几乎是下意识地打开B站,搜索陆星耀的剪辑片段,挑了个点赞播放量最高的打开。

五分钟的视频播完,就……怎么说呢。

乔闪闪不知道是不是自己对演技的要求太苛刻了。

没有五官乱飞,也不油腻,没让人尴尬到脚趾抠地看不下去,甚至看着那张脸,确实是一种享受。但要不是妆造不同,以及字幕上标注了剧名,她完全看不出每个角色有什么区别。

乔闪闪默默叹了口气,关掉视频,切回微信,看到安姐又发来好几条消息。

统筹·安蔷:哪像有些人,天天在网上立什么温柔可爱亲和力强人设,实际上眼睛都恨不得长头顶上去。

统筹·安蔷:庙小妖风大,池浅王八多,真是越小的咖越爱作妖。

乔闪闪回想了一下这些天接触的几位主要演员,不管他们真实的想法如何,但至少表面上都还是挺礼貌客气的,毕竟剧组里有陆星耀这么一个顶流,谁也不敢把谱摆到他跟前去。

所以安姐说的人是……

乔闪闪脑子里闪过昨晚在酒店大堂遇见的某位刚进组的女演员。

Shining：安姐，你是说唐艺然吗？

统筹·安蕾：除了她还能有谁。

乔闪闪被她发来的微笑表情逗得不行，不知道唐艺然究竟是怎么惹到她了，看起来怨气很大啊。

Shining：有瓜？

大概是就等着她问呢，安姐的倾诉欲根本止不住，一连吐槽了十几条。大意是说唐艺然对改剧本这事不满，昨晚就已经闹过一通，还跑去监制那儿哭了一鼻子，最后好不容易才被制片给哄回去。大概是知道改剧本无望，今早起来就开始作妖，服装、造型、美术、摄影几个老师都被她找过一遍碴儿，这也看不顺眼，那也不满意，总之是路过的狗都得被她踢上一脚。

八卦果然是人类的快乐源泉。

乔闪闪看得直乐，随后看到安姐的新消息，笑容缓缓僵在脸上。

统筹·安蕾：闪闪，你也小心点吧。这两天没有她的戏，就她那个公主病脾气，很可能去找你麻烦。

Shining：她找监制和制片都没用，找我能有什么用啊。

不过乔闪闪多少也能理解唐艺然崩溃的心情。娱乐圈女演员不容易，不管是选择权还是片酬，都比同咖位的男艺人低很多。如果年轻时不能抓住机会挤进一线，过两年上了年纪，就只能演演恶毒女配，或者在剧里给主角当妈了。

但是理解归理解，乔闪闪还是对她这种跑到大男主剧里疯狂加戏的行为很无语。

美女，你跑错片场了啊！你那么想演爱情戏，应该去演大女主或者偶像剧才对啊！

虽然在吐槽，但乔闪闪本着能帮一把就帮一把的想法，如果唐艺然真的要求的话，在不影响剧情以及剧集整体观感的情况下，也不是完全不能给她加戏，只要——

"砰——"一声巨响，会议室的门被人一脚踹开。

乔闪闪思绪被打断，转头，就见唐艺然冷着一张脸从外面进来，浑身上下都写着"来者不善"四个大字。

——只要她好好跟我沟通。

乔闪闪默默补上后半句，在心里叹了口气。看这架势，好好沟通是不可能的。

"谁是夏之鱼？"唐艺然两手环胸，居高临下地站在会议桌前问。

三个人都不出声。

"都聋了是吧？"唐艺然抽出夹在腋下的剧本，"啪啪"在桌子上用力敲了两下，"我问谁是夏之鱼——"

周佳怡迟疑着起身。没等她开口，乔闪闪先站出来，将她拦在身后。

"剧本现在是我在负责。"乔闪闪道,"唐老师今天过来是——"

没等她说完,唐艺然把装订成册的剧本用力摔在她脸上。

"啪"的一声,像一个响亮的耳光。

伤害性不大,但侮辱性极强。

片场,侯府庭院,外景。

下人及侍女在亭廊里一字排开,镜头推进,花园里,侯夫人一手叉腰,一手拿鸡毛掸子,怒气冲冲地指着面前灰溜溜埋头站着的父子俩。

夫人:"说!今天去赌坊是谁的主意?"

裴昭和镇安侯异口同声指对方:"他!"

"卡!"场记打板。

陆星耀和两位对手戏演员点头握手,从片场下来。

侯导拿对讲机道:"星耀,你过来一下。"

陆星耀脚步一顿,往导演帐篷里走。

侯导指着监控器给他看回放:"你这里感觉不对。那是你爹,不是你的仇人。你虽然表面上跟他没大没小,但在你心里爹是个大英雄,是你一直崇拜的对象。你看看你演的是什么?"

陆星耀满脸疲惫地"哦"了一声,努力打起精神:"要再来一遍吗?"

今天开机第一天,通告单上排的戏不算多,主要让几个主演找状态并熟悉对手戏演员,因此时间留得很宽裕。侯导有意磨一磨陆星耀的状态,一场戏反反复复,来回拍了好几条。他本想再来一条,但看一眼陆星耀那半死不活的样子,便摆了摆手。

"行了,你去休息吧,等会儿再来。"

他拿起对讲机道:"下一场准备。"

陆星耀从导演帐篷里出来,曹小北已经早早拿着水等在外面,见了人,立刻拧开盖子递上去。

陆星耀接过喝了几口,拧上瓶盖往休息区走,路过的工作人员纷纷和他打招呼。

演戏其实是一个看似轻松,实则很辛苦的活,还不只是身体上的累,就内娱电视剧这种高强度的拍摄,对情绪和心力的消耗都极大。所以很多常年拍剧的演员都很难避免表演的模板化,俗称"行活",但行活在侯导这里是很难过的。

因此这会儿陆星耀一句话都不想说,他像条死鱼似的在躺椅上躺下,曹小北拿了剧本给他。

陆星耀生无可恋地把剧本盖在脸上,感受到一种被迫努力干活的痛苦。

好一会儿,陆星耀把剧本从脸上拿开,冲曹小北勾了勾手指:"糖。"

下一刻,一个花花绿绿的糖盒落在掌心里。陆星耀倒了两粒丢嘴里,又道:"手机。"

这回等了半天都没反应，陆星耀仰头去看，见曹小北一副磨磨蹭蹭、欲言又止的表情，立刻意识到出了什么事。

陆星耀修长的手指在扶手上敲了敲，沉声喊他："小曹。"

曹小北顿时一激灵，犹犹豫豫地把手机递给他："哥，有个事儿——不过不是什么大事……"

陆星耀打断他的啰啰唆唆："说。"

曹小北老老实实地交代道："唐艺然下午去会议室找编剧，和乔老师起了点冲突，乔老师受了点儿伤……"

陆星耀原本正拨着糖盒盖子玩，这会儿动作一顿，面无表情地抬眼看他。

曹小北忙道："不过你放心，我已经问过了，一点小伤，不是很严重。"

陆星耀没吭声，半响喉结重重一滚。他一言不发地坐起身，弓着背，胳膊肘撑在膝盖上，整个人紧绷如一把蓄势待发的弓。

他打开手机，找到乔闪闪的微信，拨了个视频过去。还没到半分钟，视频挂断，对面回了条文字消息。

乔闪闪：陆老师有什么事吗？

陆星耀没回她，锁上屏幕，把手机扔到一边，对曹小北道："你给她打。"

曹小北"哦"了一声，拿出手机，拨了个视频过去。对面依然挂断，随后回了个语音通话。

"小北，我真的没事，你不用担心。"声音听起来还挺镇定。

陆星耀拿过曹小北的手机："是我。"

对面微微顿了下，客客气气地跟他打招呼："陆老师好。"

"好什么好？"陆星耀语气很差，拧着眉凶她，"你给我接视频。"

半响没见她吭声，陆星耀火气憋不住，"噌噌"地往上冒，正想问"是不是聋了"，手机里传来她的声音，情绪稳定，语气温和，但表达的意思却不容置喙——

"不好意思，陆老师，我现在不太方便接视频，先挂了。"

陆星耀看着屏幕上自动挂断的页面，咬了咬牙，腮边肌肉一跳一跳。片刻，"啪"一声，被他握在手中把玩的糖盒在地上摔得四分五裂，他起身一脚踹翻躺椅。

巨响声中，周围的工作人员和演员都惴惴地望了过来。

陆星耀冷着脸，一言不发地大步往拍摄区外走。曹小北顾不上去收拾这一地的烂摊子，连忙追了上去。

"哥！你这是要去哪儿啊？还有两场戏没拍呢……"

"拍个屁！"陆星耀冷冷地道，"回酒店！"

陆星耀打视频时，乔闪闪正在医院的门诊室接受医生的检查，挂了语音，她拿起诊室桌上的镜子照了照。

说起来，今天这事儿也是她倒霉。

唐艺然虽然来找碴儿，但确实没想跟她动手，可谁知道那一剧本砸下去，订书针正好就挂到了乔闪闪的眼睛。

乔闪闪皮肤薄，伤到的又是眼皮这种血管丰富的地方，当时就出了血，眼睛也睁不开。

好在没伤到眼球。虽然当时出血看着吓人，但其实就是一个三四毫米的小伤口。只是伤的位置不凑巧，正好在双眼皮褶皱那里，因此一眨眼就火辣辣地疼，眼皮整个肿了起来，很像悲伤蛙的表情包，还是个不对称的悲伤蛙。

乔闪闪在心里默默叹了口气，把镜子扣在桌子上。

医生端着茶杯从外面晃进来，见乔闪闪还在诊室坐着，调侃道："再不走伤口就好了啊。"

"您能帮我包一下吗？"想着自己要顶着悲伤蛙的模样回酒店见人，乔闪闪就有点欲哭无泪，"这样真的很丑。"

医生看了她两眼，"扑哧"一下笑了："行吧，你过来。"

这边乔闪闪前脚刚回酒店房间，后脚房门就被敲响。

正是保洁打扫卫生的时间，乔闪闪没有多想就去开了门。

房门刚开了一条缝，就被一股大力从外推开。余光瞥见一个穿着戏服的高大身影，乔闪闪后退两步，下意识地拿手挡着眼睛，转头避开他的目光。

陆星耀只隐约看到她眼睛上包着纱布，心里顿时"咯噔"一下，想也不想地捏住她的手腕低头："手拿开，给我看看。"

两人距离瞬间拉近，热烘烘的气息扑在脸上，有种陌生且尖锐的侵略感。

乔闪闪没有和除家人外的异性如此亲近过，有些不自在地往后仰了下，手还捂着眼睛："真的没事。"

她骨架小，手腕纤细，落在他掌心，像是没有骨头似的，陆星耀都不敢用力。既怕拉扯碰到她的伤，又怕把她的小细胳膊弄折了，他只能试探着轻轻拽她，就连语气都放软了，几乎是带着点哄的意味："你让我看看。"

乔闪闪拗不过他，半推半就地松了手。

看到她被纱布包得严严实实的眼睛，陆星耀脸色瞬间黑沉下来。

"这就是你说的没事？你——"他像是想发火，深吸了一口气又忍住，一双清明锐利的眼亮得惊人，好似要喷火。

"真的没事。"乔闪闪知道他误会了，有点不好意思地捏着手指比给他看，"就是眼皮被订书针挂了一下，只有这么长，顶多三毫米的小伤口。"

陆星耀懒得听她废话，二话不说就去揭她脸上的纱布。乔闪闪连忙抓住他的手转头避开，拒绝的态度很坚定。

两个人僵持不下，最后还是乔闪闪先开口，她小声道："眼睛肿了……很丑。"

陆星耀动作一顿，低头看她。

她终于不再是那一副事不关己的镇定模样，眼神楚楚可怜，带着点央求的意味，语气听着还有点小委屈。

陆星耀从来不是什么怜香惜玉的人，但这时对上她水汪汪的眼睛，明明轻轻松松就能甩开她，但就是怎么都下不了手。而且很奇怪的是，她明明不是什么娇气的人，但身上就是有一种仿佛所有人都理所应当要对她好的气场，但凡让她受一点委屈，都是一种犯罪。

陆星耀暗骂一声，不大自在地松开她的手腕。他双手环胸，靠在门框上看着她，再次确认："真的没事？"

"有事。"乔闪闪还有心情开玩笑，"你再来晚点，伤口就愈合了。"

但陆星耀眼神冷淡，显然没什么开玩笑的心情。

乔闪闪叹了一口气，问："陆老师，你怎么回来了？"

"你说我怎么回来了？"陆星耀冷冷地道，"你老老实实地接视频，我会专门跑回来吗？"

"我真的没事。今天戏还没拍完，你还是早点回去吧。"乔闪闪道，"陆老师，谢谢你专程回来看我。"

"你除了谢谢还会说什么。"陆星耀听她说谢谢就烦，嘴上态度好有什么用，还不是该干什么干什么。

"那我送你一个礼物吧。"乔闪闪道。

陆星耀很是无语地看了她一眼，觉得跟她简直是鸡同鸭讲，实在说不到一起去。

乔闪闪的手机一直在振动，怕有什么急事，她拿起来看了眼，是安姐的消息。

因为陆星耀临时离开，片场这会儿已经乱套了，导演要调戏，安姐让她把改好的飞页先发过去。

乔闪闪没顾上跟陆星耀打招呼，转身回房间打开电脑，才把文件找出来，屏幕就"啪"一声被合上，一只指骨修长的大手稳稳按在电脑上。

"你是不是疯了？"陆星耀匪夷所思地看着她，"眼睛都这样了还工作？就不能休息一会儿？"

乔闪闪解释："不是，我给统筹老师发个文件。"

"不行，电脑没收了。"

"陆星耀！"乔闪闪忍无可忍地喊他，"把你的手拿开！"

四目相对，好一会儿，陆星耀快快地松手。

乔闪闪打开电脑传文件，一个眼神也没给他。

陆星耀一口气堵在胸口，莫名地有些憋屈。

"就会跟我凶是吧？"半晌，陆星耀微屈着长腿，靠着旁边桌子冷冷地睨她，"在唐艺然面前你怎么没那么硬气呢，啊？"

"你怎么知道我在她面前不硬气？"

乔闪闪发完文件，抬头看他一眼，觉得还是得交代一下情况："我骂了她一顿，不知道她还会不会找麻烦。"

陆星耀还挺好奇："你骂她什么？"

乔闪闪："Low……"

其实她当时原话是这么说的："我只是一个没什么话语权的小编剧，剧本到底能不能改、怎么改，不是我说了算，你把气撒在我身上，只会显得你无能且 Low。"

侮辱性不强，但伤害性极大。

唐艺然心都被扎穿了，气得发抖，一句话都说不出来。

陆星耀有点无语："这也叫骂人啊？"

乔闪闪："不然呢？"

"以后再遇到这种情况，你就把水泼她脸上，"陆星耀道，"然后骂她是个一辈子只能给别人做配的洗脚婢。"

乔闪闪忍不住被逗笑。

"笑什么笑。"陆星耀敲了敲桌子，"教你呢，记住没？"

乔闪闪乖乖点头："记住了。"

陆星耀看了她一眼，抬抬下巴，指着她的眼睛："真的没事？"

"真的没事。"

"你确定不需要去医院看看？"

"我看过了。"乔闪闪无奈道，"陆老师，我是个成年人，知道该怎么照顾好自己。"

陆星耀懒懒地挥了下手："那我走了。"

乔闪闪把他送到门口，犹豫片刻，轻声开口："陆老师，你能让唐艺然给我道个歉吗？"

陆星耀脚步微微一顿，就听她接着道："为难的话也没关系。"

陆星耀转头，她的表情和语气都算平静，但眼睛水汪汪的，像在外受了欺负，回家找主人的小狗，明显是觉得委屈了。

四目相对，陆星耀心里很不是滋味，感觉胸腔像是被人轻轻捏了一把，酸酸涩涩，有种令人陌生的不适感。

半响，他喉结轻滚，轻戳了下她的脑门，一开口依然是那副张狂但让人安心的语气——

"瞧不起谁呢。等着，还没有人能让你陆老师为难。"

开机第一天，虽然没来横店，但魏思杰心里也一直记挂着这事，忙完之后，立马打电话过来问候一下。

保姆车刚驶到酒店门口，车都没停稳，曹小北低头接个电话的工夫，一转头，陆星耀人已经消失在酒店大门内。

他追了两步又停下,听到魏思杰在电话那头问:"开机第一天怎么样啊?一切都还顺利吧?"

曹小北:"不太顺利。"

魏思杰:"出什么事了?"

曹小北实话实说,把乔闪闪和唐艺然起冲突还受伤的事一五一十地交代了。

魏思杰一听就知道事情要坏。

陆星耀这人怎么说,光看网络舆论,他简直可以说是劣迹斑斑,但其实不抽烟、不喝酒、不谈恋爱,也不偷税漏税,除了嘴欠点,完全是个遵纪守法的好青年。而且他还很好说话,不像有的艺人,这要求那要求一大堆,谱摆得比谁都大,在陆星耀这里,只要不是有意怠慢他,他都不计较。

所以资方都爱用他。在这个艺人花式塌房的年代,陆星耀这种流量高、号召力强,还省心的艺人,就是谁都争着抢的香饽饽。至于说话嘴欠,换个角度看,那叫自带话题体质。

但有一点,他这人护犊子。就像野兽圈地盘似的,动他的人就是碰他的逆鳞,可以说谁动谁死。

因为这个,之前还闹过两次挺大的舆论事件,那些视频至今还作为他的黑料,在黑粉中广为流传。

头一次是他十九岁一夜爆火,被资本打压全网黑的时候。那会儿网络不如现在发达,摄像头也不及如今普及,有胆子大的把手伸到在中科大少年班念书的陆星耀的妹妹陆成身上。

陆星耀最在意的就是他这个妹妹,当时拎了棒球棍就去和人拼命,因为伤人,还蹲了几天拘留所,魏思杰动用了不少人脉才把他捞出来。

第二次是他进军电影市场,当时合作的是个名气非常大的老一辈导演,看不惯陆星耀这样的流量演员,又害怕得罪他背后的资方,便通过敲打曹小北来给他下马威。

陆星耀才不会忍这窝囊气,当时就把饭盒扣在那导演脑袋上,一度闹得电影拍不下去,最后资方出面把导演换了才算结束。

魏思杰光是想一想,头就开始疼了:"现在什么情况?编剧老师没事吧?"

"不知道,说是伤得不严重,但不肯接视频,耀哥这会儿已经回酒店了。"

"唐艺然那边有什么说法吗?"

"没有。"

两人说话间,陆星耀已经从酒店出来。

曹小北问道:"魏总,耀哥出来了,你要和他说吗?"

魏思杰认命地叹了一口气:"你看着他,他有什么动作,你再通知我。"

曹小北挂了电话,陆星耀已经走到保姆车前,低着头一言不发地上了车。

曹小北连忙跟上,拉上车门,转头小心翼翼地看了他好几眼:"哥,乔老师还好吧？"

陆星耀面无表情："不知道。"

曹小北有点儿蒙，也不知道该说什么。导演助理一直发消息，问陆星耀还回不回来，他只好问："那我们现在是回片场？还是……"

陆星耀："回。"

车子驶过路口，调转方向。曹小北给导演助理回了一条消息，转头看见陆星耀整个人陷在座椅里。后座没有开灯，拉着窗帘，光线昏暗，看不清楚神情，只能看到他下颌线凌厉紧绷的线条，周身气压很低。

曹小北心里打鼓，正想说点什么，陆星耀撑了把额头先开口，声音很冷："什么时候的事？"

"啊？"曹小北茫然了一瞬，随后很快反应过来，他在问唐艺然找碴儿是什么时候。

"两点多快三点的时候。"

这会儿已经是下午五点刚过，三个小时的时间，事情已经在剧组工作群里传遍了，对面还跟没事人似的，不说道歉，连一个过来说明情况的都没有。

真是好样的。

陆星耀冷冷地扯了下唇角。

见他又不说话了，曹小北心中惴惴，拿了剧本给他："哥，要不你先看看剧本？等会儿马上要拍。"

陆星耀没吭声，微垂着头，心不在焉地盯着自己拎着手机的手，将手机漫无目的地在手里打转。

半晌，他抬头，语气冷淡地问："宁姐和林菀最近在干什么？"

陆星耀口中的"宁姐"就是宁芷。他十九岁二次走红时，就是和她合作演姐弟，两人关系一直不错。前些年宁芷去演电影，处女作就拿了影后，如今不仅稳坐一线，还是个妥妥的电影咖。

林菀则是如今的流量小花Top，和陆星耀合作过一部现偶，虽然双方粉丝撕得很难看，但两人的关系却还可以。林菀上位前遭遇投资方潜规则，陆星耀曾帮过她的忙，算是欠陆星耀挺大一个人情。

这两人随便哪个都比唐艺然咖位大，况且唐艺然这两年铆着劲冲一线，抢资源的手段和营销方式都挺下作，宁芷和林菀虽然和她算不上对家，但都挺烦她的。得知陆星耀和唐艺然搭档，还曾专门发消息嘲笑他，提醒他要小心唐艺然和乐嘉娱乐作妖，千万别被人给蹭秃了。

陆星耀也是顶流的位置坐久了，走哪儿都被人捧着有点飘，理所应当地觉得唐艺然但凡有点脑子，都不敢在他的头上动土。最开始唐艺然和乐嘉娱乐那边暗戳戳改剧本加戏拉踩，他也只是睁一只眼、闭一只眼，没当回事。

圈里女演员不容易，年轻那几年爬不上去，就只能去演妈妈、阿姨一类的角色，职业生涯一眼望到头。他一个快退圈的人，实在没什么和她争的必要。

但有的人就是喜欢得寸进尺，把别人的宽容当作软弱和退让。

"宁姐上周电影才杀青，最近在北京休假呢。林老师不太清楚，上部戏杀青挺长时间了，不知道最近是不是准备进组。"曹小北老老实实地跟他交代着，有点疑惑，"哥，你问这个干什么？"

陆星耀没理他，打开手机，从微信列表里找出宁芷的微信，拍了拍对方的头像。

Star：姐，帮个忙，条件随你开。

乔闪闪从安姐那儿得知陆星耀已经回到片场就不再关注。安姐还有点不放心，一直问她伤到哪儿了、要不要紧，乔闪闪一再保证，安姐才勉强相信。

这会儿伤口已经不疼了，乔闪闪问酒店前台要了个冰袋，拿毛巾裹了敷在眼睛上，来回敷了两次，将近四十分钟，眼睛便差不多消肿了。

乔闪闪揭了纱布，站在卫生间镜子前，一边抹药，一边扒拉着眼皮来回看，红红一道伤口，还挺明显。

应该不会留疤吧？她犹豫着要不要给老爸乔松青打电话，问问看有没有什么偏方，又怕爸妈会担心。最后怀着侥幸心理想，她也不是疤痕体质，这么一个小小的伤口，应该不至于，于是抹了点消炎的药膏作罢。

晚上九点过，剧组收工，乔闪闪收到曹小北的消息，让她开门。

乔闪闪套了一件外套起身。

曹小北正提着个鼓鼓囊囊的袋子站在门口。走廊里的灯光不算明亮，曹小北盯着她看了好一会儿，也没看出她伤在哪儿了，只好抓抓脑袋问："乔老师，你伤哪儿了？好点了吗？"

乔闪闪指了指眼睛给他看。

真是好严重的伤，不仔细看都看不到呢。

"我说了没事的嘛，你们都不信。"乔闪闪挺不好意思的，"就是订书针挂了一下。"

曹小北干巴巴地"哦"了一声，想到正跟资方领导开会商量换人的陆星耀，不清楚唐艺然知道后会是什么感想。

见他半天不说话，估计是无语住了，乔闪闪也有点尴尬，问："小北，你找我有什么事吗？"

"哦，这个给你。"曹小北把手里的袋子递给她。

乔闪闪接过看了眼："这是什么？"

"疤痕贴、祛疤膏，还有修复面膜之类的，耀哥让你先用着。"

这些都是乔闪闪正需要的，她很爽快地收下了。该说不说，陆星耀送的都是些好东西，看牌子就知道很贵。

乔闪闪因为唐艺然糟糕了大半天的心情都好了很多，她随手把东西放在玄关的柜子上，跟曹小北道谢。

111

"谢谢你，小北。"乔闪闪好奇地看了眼隔壁的套房，"陆老师没回来吗？"

曹小北抓了抓头发，含糊地"唔"了一声："耀哥和平台领导还有资方开会呢。"

"这么晚还开会？"乔闪闪有点惊讶，"是拍摄出了什么问题吗？"

"没什么问题。"曹小北显然不愿多谈，转移话题道，"耀哥明早八点出工，乔老师，你明天就别在酒店了，和我们一起去片场。"

乔闪闪也没有多问，很干脆地应了下来："好。"

"那你早点休息吧，明早我给你电话。"

两人简单说了两句，在门口告别。

翌日，早上七点半。乔闪闪打着哈欠，背上包出门。

从酒店出来，就看到停在街边的保姆车，她拉开车门上车。陆星耀已经做好了妆造，这会儿正在后座上看剧本。

乔闪闪坐好，一边系安全带，一边困倦地抬手打着招呼："陆老师早上好，小北杜哥早上好。"

她话音刚落，头顶的阅读灯"啪"一声被打开。

乔闪闪不适地眯了下眼，陆星耀抓着她的座椅靠背起身，大半个身子都从后面探过来，两人的距离瞬间拉近。

陆星耀的鼻息浅浅地扑在她脸上，温热的，带着一点潮湿的触感，长发从肩膀滑下来，垂在她的额头上，仿佛猫咪的尾巴在骚动，有种说不出的旖旎亲昵。

乔闪闪下意识地想要偏头避开，被卷成筒状的剧本抵着下巴往上抬。

陆星耀："别动，让我看看。"

乔闪闪不动了，眼睁睁地看着那被粉丝誉为"二十一世纪最伟大的一张脸"倒映在瞳仁中。

他的眉骨和鼻梁格外优越，即使是这么个死亡角度，鼻子也立体精致，简直让乔闪闪这种轮廓扁平人嫉妒到发狂。除了鼻子，他的睫毛也是又密又长，但并不怎么卷翘，跟他的人一样，透着股冷淡的劲儿。

四目相对，乔闪闪不自觉地屏住呼吸。

实在是太近了，他这张脸，这个扮相，都太有冲击力。

乔闪闪终于体会到很多追现场的粉丝口中"和普通人不是一个次元生物""帅得我大脑一片空白"是一种什么样的体验。

半晌，抵在下巴上的力道消失，视线中的人影重新坐回去。

乔闪闪这才悄悄松了口气，整个人有种似梦非梦的眩晕感。

后排，陆星耀抖抖剧本，十分无语地开口："乔老师，您这伤口包扎得真艺术，是生怕别人多看一眼就立马好了是吗？"

乔闪闪："我说了不严重啊，是你非不相信。"

"你包成那样,谁会相信不严重啊?"陆星耀越想越无语,"我还以为你瞎了呢。"

"因为丑啊。你知道悲伤蛙的表情包吗?当时整个眼睛都肿了,就只能包起来了。"

"行行行,你有理。"

"我本来就有理。"

陆星耀挑眉瞥了她一眼,到底是什么也没说,从鼻腔里轻哼了声,低头继续看剧本。

乔闪闪却是两眼亮闪闪地转过身:"陆老师,需要我给你讲剧本吗?"

"不需要,谢谢。"陆星耀头也没抬,拒绝得很果断。

"真的不需要吗?"

乔闪闪有点失落,但转念一想,她还没看过陆星耀现场表演,贸然给人家讲戏也讲不到点子上,还是等会儿看看再说,于是便叹了口气道:"好吧。"

陆星耀莫名其妙地抬头看一眼她的后脑勺,不明白她的遗憾从何而来,剧本都没写完,还要给自己揽活,疯了吧?

早上七点五十五分,一行人准时抵达片场。

乔闪闪跟着陆星耀下车,远远就看见站在拍摄区旁和人聊天的安姐。安姐显然也看见了她,远远地冲她招手。

"陆老师,"乔闪闪指指安姐的方向,"我先过去了。"

陆星耀正说要带她去和导演打个招呼,看着她像兔子一样跑得飞快的背影,又把话咽了回去。这会儿现场已经布置完毕,即将开始拍摄,陆星耀也没管她,自己过去和侯导打招呼。

这边安姐捧着乔闪闪的脸仔细看了看,经过一夜的恢复,眼皮上就剩一道粉粉的印子,确实不严重。

安姐放心了,说:"走,我带你去找导演。"

乔闪闪点点头,跟着安姐离开。

一路上,不少眼熟但叫不出名字的工作人员跟二人打招呼。乔闪闪点头致意,发现现场还挺有秩序的,大家都各司其职,井井有条,和她以前跟过的组比起来,完全是专业团队和草台班子的差距。

听她在旁边感慨,安姐笑笑:"其实咱们黄总还是挺有能力的,《疯狂求生计划》看过吗?"

乔闪闪点头,前两年票房年冠的电影,虽然她不太喜欢,但是很标准的商业科幻大片,除了剧情不太行,制作堪称完美。

安姐道:"黄总是联合制片人之一。"

乔闪闪有点惊讶,随后恍然,其实也不算太意外。制片能够压侯导一头,甚至连平台甲方都拿她没办法,肯定是有能拿得出手的东西的。制片水平怎么样,光看现场就能看得出来,一个人工作能力出众真的很拉好感,乔闪闪这会儿对制片的观感都好了不少。

她忍不住感叹:"黄总不插手内容,我能永远爱她。"

安姐被她逗笑:"放心吧,至少《关山月》她应该是不会再插手了。"

说话间,两人走到导演的帐篷外。导演正在跟几个演员讲戏,乔闪闪和安姐也没出声,安安静静地站在旁边听,等导演讲完了才上前打招呼。

"小乔来啦。"侯导招招手,把她叫到身边打量两眼,问,"伤哪儿了?没事吧?"

乔闪闪现在实在是不想回答这个羞耻的问题,不好意思地眨了眨眼,含糊道:"真的没事。"

"没事就行,昨天吓我们一跳。"

陆星耀正一手叉腰,一手拿剧本站在旁边默背,闻声抬头,正好对上侯导意有所指的目光。

"看我干吗?"陆星耀理直气壮,丝毫不觉得自己昨天又是摔东西又是踹椅子,最后戏都不拍跑回酒店的行为有什么问题。

剧本一折,他指着旁边的乔闪闪,推着侯导转身,语气带笑:"来来来,您应该看她。"

"滚滚滚。"侯导挥手赶人,"去,准备拍摄了。"

陆星耀拿着剧本晃晃悠悠地往外走,从乔闪闪身边路过时,对上她看过来的目光,以为她有话要说,便停了下来。

乔闪闪有点茫然,怎么停这儿了?看她干吗?有话要说?

陆星耀轻轻挑眉,像是在问:你不说点什么?

两个人四目相对,眼神无声地交换了几个来回,仿佛在对某种暗号。

半晌,乔闪闪眨了眨眼:"陆老师……加油?"

陆星耀懒懒散散地"嗯"了一声,挥一挥手走了,背影带着点自己也没察觉的心满意足。

这边灯光、道具、摄影各单位就位,执行导演指挥群演站位,主配角演员准备,场记打板,正式开拍。

今天第一场就是场街头追逐的动作戏。

动作戏一向很难拍,剧本上半页纸的一场戏,几乎要拍大半天。乔闪闪站在摄像机前,看侯导拿着对讲机,跟现场执行导演和摄影沟通,一个镜头一个镜头往前推。因为群演很多,有时候配合不好,还要多来几遍。

乔闪闪就看着一群演员跑过来跑过去再跑过来,不知道他们累不累,反正她看着是挺累的,打心眼里觉得演员也不容易。

一场戏反反复复拍了有一个多小时,见演员实在跑不动了,侯导发话,先拍后面的文戏,等会儿再补动作戏的镜头。

文戏主要是陆星耀和何野的对手戏,正好两个人都跑累了,符合剧本里精疲力竭的状态。

妆造老师就着他们如今这个满头大汗的状态,简单给他们整理了一下造型,场记再次打板。

镜头中,两人顶着一头的烂菜叶,疲惫地并肩坐在街头。何野一边嫌弃地掸着衣襟,一边戏谑谑他道:"你不是很能打吗?"

陆星耀嘴里叼着一根狗尾巴草,眼睛看前方,语气吊儿郎当,但说的话却透着几分认真:"我的武艺是用来和敌人拼命的,不是对付自己国家百姓的。"

侯导问旁边的乔闪闪:"你觉得怎么样?"

乔闪闪:"挺好的。"

说实话,乔闪闪还挺惊讶,不知道陆星耀是和裴昭这个角色格外适配还是怎样,他确实发挥出了超常水平的演技。

侯导点了点头,显然也对陆星耀的状态挺满意:"你以前不认识这小子,他十几岁时候那个少年轻狂意气风发的劲,简直和裴昭一模一样。"

陆星耀的……十几岁吗?

乔闪闪的目光越过监控器,看向现场的人,比镜头里要更加生动真实。

所以,他十几岁的时候是这个模样吗?

侯导跟对讲机说了句"可以了",这才继续道:"这类角色算是他的舒适区,不知道后期人物转变,他能不能演好。"

裴昭少年时期在剧里的比重占得很少,后期人物经历被俘、流亡,国仇家恨等一系列事件,性格转变非常大,甚至可以说是两个极端。

听侯导这么说,乔闪闪也开始担心,忍不住问:"陆老师是只能演一种类型吗?"

"他……哎!"侯导叹了口气,问道,"小乔,你剧本什么时候能改完?"

乔闪闪默默算了下:"赶一赶,下个月二十号之前可以。"

"他表演技巧还过得去,主要是人物理解方面有问题。剧本你抓紧时间赶一赶,忙完了,好好帮他梳理一下人物。"

"好的。"乔闪闪应下。

她想起之前周时越在采访中说过,演员越往后走,越看重的反而不是表演技巧,而是对人物和剧本的理解。

乔闪闪深以为然,表演技巧再好,对人物和剧本理解不到位,也演不出人物内核和精髓。她觉得很多被大众吐槽演技的演员,都不是业务能力差的问题,纯粹是没文化。再联想到陆星耀十岁就开始拍戏了,该好好念书的时候一直混迹娱乐圈,想来文化课成绩应该是不怎么好。

乔闪闪本来以为是拍摄有什么问题,陆星耀才让她来片场,但在片场待了半上午,发现也没她什么事,便准备回酒店了。

正好陆星耀一场戏拍完从片场下来,乔闪闪和侯导打了声招呼,从帐篷里出来,走到陆星耀跟前喊他:"陆老师。"

陆星耀正喝水，闻言瞥了她一眼，示意她有话就说。

乔闪闪道："要没什么事儿的话，我就先走了。"

"去哪儿？"

"回酒店。"

"急什么。"陆星耀又喝了口水，拧上瓶盖，淡淡道，"留着，晚上收工和我一起回。"

"可是我留在这里没事做啊。"

"看我演戏不算事？"

乔闪闪强忍着自己想翻白眼的冲动："可是我剧本还没有写完，我在片场，也没有地方可以待。"

"去房车里啊，那么大的地方不够你待？"

乔闪闪正想说什么，副导演在那边喊陆老师。陆星耀应了一声，把手中的空瓶子捏扁了，随手丢在旁边垃圾桶里。

"让小曹带你去房车。"陆星耀临走前还不忘再次跟她强调，"你今天就好好在片场待着，别到处乱跑。"

说实话，乔闪闪挺烦他这种命令式口吻的，而且还是这种莫名其妙的要求，要不是还记着他现在是她的老板，真的很想怼他一句"先管好你自己再说吧"。

然而很快，她就知道陆星耀为什么非让她留在片场了。没等联系曹小北，乔闪闪先接到一通来自陌生号码的来电。

"你好，请问是哪位？"

"编剧老师你好，我们见过，我是星耀的经纪人，魏思杰。"

乔闪闪愣了愣："魏总好。"

"是这样。"魏思杰也没跟她废话，直接开门见山地道，"因为昨天那个事儿，星耀闹着要换女主角，编剧老师，你看你能不能劝劝他。"

乔闪闪一怔，陆星耀要把唐艺然换了？因为昨天的事？

乔闪闪感到一种不切实际的恍惚，目光下意识地在片场里寻找陆星耀的身影。他又白又高，气质出众，在人群里格外出挑，视线一扫就被牢牢抓住。

这会儿武术指导正在给他演示打戏的动作。陆星耀双手环胸，在旁边看着，不时点点头。随后副导演说了什么，他笑着接过武术指导递来的棍子比画两下。

乔闪闪远远看着，莫名想起自己小时候学跳舞。她大概是没有那根筋，练上半个月，脑子里动作倒背如流，身体却不听使唤。可是反观陆星耀，明明只看了一遍，却能分毫不差地表演出来。动作行云流水，干净利落，非常好看。

好看到片场几百号人，此时此刻，她的眼里却只能容下他一个人。

大概是察觉到她的目光，陆星耀隔着人群，远远往这边看了眼。

太阳挤开厚重的云层，阳光正好落在他张扬肆意的眉眼上。

当真是鲜衣怒马、春风得意，是令人心动的热烈少年。

上午那场动作戏，来来回回拍了近四个小时才拍完，连带着剧组中午放饭的时间都推迟了。

一点过，侯导才松口让大家休息。

陆星耀从片场下来，曹小北在休息区支了一张桌子，提着饭盒过来，叫上乔闪闪和杜明，四个人一起吃午饭。

乔闪闪坐在陆星耀对面，一抬头就能看到他。他吃东西一向很快，但并不会狼吞虎咽，反而有种赏心悦目的干脆利落。

乔闪闪不时抬头看他两眼，脑子里还回想着魏思杰上午跟她说过的话，整个人都有点心不在焉。

虽然魏思杰希望她能劝劝陆星耀，但乔闪闪并不认为陆星耀是因为她才要换掉唐艺然，相反，她觉得陆星耀会有如此过激的反应，恰恰证明了她之前的猜测——他有某种创伤后遗症，俗称PTSD。

所以她拒绝了魏思杰的要求，并建议他给陆星耀请一个专业的心理医生。

魏思杰大概没想到她会是这个反应，沉默了好一会儿，跟她道歉，说没有责怪她的意思，只是不希望陆星耀在圈里树敌太多，并说会认真考虑她的建议。

其实这段时间接触下来，不管是陆星耀，还是他身边的人，都是挺好的人。虽然最初确实因为魏思杰把陆星耀要换人的原因归结到她头上，她不能苟同，但他道歉了，乔闪闪还是缓下语气，答应他可以尝试看看，不过希望他能做好大概率没什么用的心理准备。

因此这会儿，乔闪闪一直在思索措辞，要怎么跟陆星耀开口比较合适。

正想得出神，"叮叮"两声，不锈钢饭盒被筷子敲响。乔闪闪抬眼，对上陆星耀意味深长的目光。

"怎么，"陆星耀挑眉，没个正行道，"乔老师是看着我就能饱吗？"

乔闪闪努力说服自己，可能脸好看的人，世界确实和他们普通人不太一样，这不是他的错，这才尽力克制住自己的吐槽欲。

陆星耀已经吃完饭，他随手搁了筷子，懒懒散散地往椅背上一靠："想说什么就说，别吞吞吐吐的。"

乔闪闪看看旁边的曹小北和杜明，再看看周围不时路过的工作人员，收回目光专心吃饭。

"没什么。"

下午，乔闪闪在陆星耀的房车里写稿。大约三点过，陆星耀拍完两场戏回房车休息，看他耷拉着脸一句话都不想说的模样，乔闪闪很自觉地收拾东西起身。

陆星耀歪在后边沙发床上，声音还有点哑："干吗去？"

"我怕打字吵到你……"

"不会。"陆星耀道，"写你的。"

乔闪闪重新坐下，见陆星耀没睡觉，而是窝在那里玩连连看，想了想，转身问道："陆老师，我能问你一个问题吗？"

陆星耀懒懒地"嗯"了一声，眼神还在屏幕上。

乔闪闪："你为什么要换掉唐艺然？"

陆星耀动作顿了顿，终于抬眼看她："你从哪儿知道的？"

乔闪闪道："上午魏总给我打电话了，希望我能劝劝你。"

陆星耀熄了屏幕，从床上坐起来，下意识地想抓一把头发，指尖触到头套一顿，烦躁地摸了把后脖颈。

"你别听他废话，这事儿和你无关。"

"我知道。"

"知道你还问。"

陆星耀语气不算好，看得出他不愿意多谈。乔闪闪便不再说话，闭嘴转身，打开电脑写稿。陆星耀看着她扎着马尾圆滚滚的后脑勺和坐得笔直的背影，莫名地有点不自在。

他刚刚是不是太凶了？她不是说要劝他的吗？怎么不说话了？生气了？

陆星耀讪讪地摸了把后脖颈，胳膊肘撑在膝盖上，清了清嗓子。

乔闪闪仿佛没听到，毫无反应。

陆星耀拎着手机转了两圈，喊她："哎。"

依然没有反应。

真生气了？女孩子怎么这么喜欢生气啊？

陆星耀有点无奈，拿手机戳了戳她的肩膀。

乔闪闪终于转头。大概没想到他会离得这么近，她微微往后仰了下，和他拉开距离，茫然地看着他，像是在问：有事？

陆星耀手机轻轻敲着掌心，声音不自觉地放软了："生气了？"

"啊？"乔闪闪茫然，"没有啊。"

"那你怎么不说了？"

"说什么？"

"魏思杰不是让你劝我？"

"那你都说了和我无关啊，我干吗还要劝你，劝了你也不会听。"

陆星耀：……虽然我承认你的话很有道理，但是你就不能客气一下，装装样子？

乔闪闪看他不说话，便转回去继续写稿。

陆星耀盯着她纤瘦单薄的背影，心里莫名有点不得劲。

换人这事确实和她无关，之前怕麻烦，也怕她会有心理负担，尘埃落定前，他压根就没打算让她知道。但看她如今这么一副没事人的模样，陆星耀心里又有点不爽。他枕着手臂，面无表情地盯着车顶，心想：真没心没肺啊你。

打字声听久了就像白噪音，在安静的房车内很催眠。

118

等乔闪闪终于把一个剧情写完，活动僵硬的脖子，才后知后觉地意识到，好像挺久没听到陆星耀玩手机的声音了。

她转头往后看，就看见陆星耀整个上半身都陷在抱枕堆里，一双逆天的大长腿随意支在地上，这会儿抱着个大白鹅的抱枕睡得正熟。

阳光从窗帘缝隙里照进来一点，大概是觉得刺眼，他大半张脸都埋进枕头，剩下小半张脸在阳光下白得像是能发光。皮肤干净细腻，脸上的妆也轻薄，阳光一照，还能看见透明的细小绒毛。

乔闪闪莫名想起之前的某次时尚盛典活动，营销号发了九张男星红毯造型，中间的陆星耀帅得格外突出。当时评论区有个用户，顶着"陆星耀我看你何时糊"的 ID 发了这样一条画风十分清奇的评论：看在今天这么帅的份上，先不黑你了，当我一天亲亲老公。

乔闪闪当时还以为是哪个诡计多端的粉丝在以这样的方式吸引路人注意，点进那人微博后，发现：哦，确实是个黑粉。

说实话，直到现在乔闪闪还是不太能理解，感觉无论是陆星耀的粉，还是黑粉，精神状态都很堪忧。

经常能看到说如果陆星耀是个哑巴就好了，希望他能永远当一个美丽花瓶之类的炸裂言论，点进去一看居然是粉。而一些说着"陆星耀就剩一张脸能了，再不好好抓紧业务能力就该糊了"，虽然话不好听，但也算是为他着想，一看居然是个"黑"。

就……挺离谱的，但放在陆星耀身上，好像又很合理。

好一会儿，乔闪闪回过神来，轻手轻脚地把窗帘拉严，又拿了旁边的毯子盖在他身上，转身坐回电脑前，打字的动作都不自觉地放轻了。

怕唐艺然那边会找麻烦，一连两天，陆星耀都把乔闪闪寸步不离地带在自己身边。

早晨化完妆回酒店接她，两人一起去片场，白天他在片场拍戏，乔闪闪就在房车写稿，收工了再一起回酒店。

一直到第二天晚上十点过，乔闪闪吹完头发从卫生间出来，正对着镜子抹面霜，手机响了，她腾出一只手，拿起手机看了眼，是陆星耀发来的消息。

陆星耀：剧组酒店 706，过来。

大概是觉得这话看着不太对劲，隔了会儿，他又发了一条。

陆星耀：让唐艺然给你道歉。

乔闪闪很没出息地鼻子一酸，如果没有陆星耀，以唐艺然的身份，别说道歉了，剧组为了息事宁人控制舆论，估计会先把她开了。

以前在工作室，周佳怡从来不会为她争取利益，只会劝她忍一忍，劝她要多加一会儿班，说我已经对你很好了。

她的锐气被消磨、能量被吞噬、人格被践踏，被利用到渣都不剩后，再被一脚踢开。

可是现在，陆星耀会告诉她"你干不完我可以去协调"；会在资方和平台领导面前，夸她剧本写得好；会在得知她被人欺负了的第一时间，从片场赶回来看她；会在她想要一个公正的对待时，帮她争取一个道歉。

十分钟后，乔闪闪敲开706的房门。会客室里有不少人，除了陆星耀、曹小北外，还有制片、监制、唐艺然及其助理，以及唐艺然的经纪人杨杰。

见她进来，监制从沙发上起身，叫上制片，跟陆星耀道："那行，我们就先走了。"

陆星耀起身送了两步。

等监制和制片离开后，他关门回沙发上坐下，下巴往旁边一点，示意乔闪闪："坐。"

乔闪闪在沙发上坐下，和陆星耀隔了大概有一人的距离。陆星耀懒洋洋地靠在沙发上，两条长腿大刺刺地敞着，挨着乔闪闪那一侧的手臂伸展搭在靠背上，没什么情绪地盯着唐艺然和杨杰，明显护犊子的姿态。

杨杰推了推正低头抹眼泪的唐艺然："还不赶快向编剧老师道歉。"

"编剧老师，对、对不起。"唐艺然咬着唇，仿佛受了天大的委屈，抽抽噎噎的，话都说不清。

"编剧老师，我是艺然的经纪人杨杰。"男人在旁边赔笑，"昨天的事是艺然不对，但她就脾气坏了点，没有坏心，你千万别和她一般计较。"他说着从旁边拿了个包装精美的礼盒，放在乔闪闪面前，山茶花的图案十分醒目。

"这是今年秋季的新款，适合年轻女孩子背，希望编剧老师能喜欢。"

说实话，这个态度算是挺诚恳了，但乔闪闪还是道："我不要包，我想录个视频，麻烦唐老师说明一下事情发生的时间、地点，以及原因经过，可以吗？"

唐艺然怨恨地看着她，几乎是在尖叫："你不要太过分——"

话音没落，就被杨杰狠狠瞪了一眼，他瞟一眼懒散靠在一旁的陆星耀，赔笑道："可以是可以，但你不能往外传播。"

"当然不会。"乔闪闪不卑不亢地道，"杨总，我也不想在网上看到和这件事有关的消息。"

杨杰勉强笑了笑，把唐艺然拉到一边，沉声警告了她两句，随后把不情不愿的唐艺然推到乔闪闪面前："编剧老师，我们准备好了。"

乔闪闪打开手机摄像对准唐艺然。

唐艺然还没说话，眼泪就先掉下来，整个人几乎哭成泪人儿，呜呜咽咽好一会儿才道："对、对不起……呜，我昨天在酒店……"

短短几句话，唐艺然哭了整整五分钟。

等视频录完，杨杰问："编剧老师，可以了吗？"

乔闪闪点头："嗯。"

杨杰这才转头，客客气气地对陆星耀笑道："陆老师，没别的事的话，我就带艺然先走了。"

陆星耀懒懒"嗯"了一声，抬了抬手："合作愉快。"

听起来像是和唐艺然的经纪人有什么交易，但杨杰显然并不愉快，脸上的笑几乎快要挂不住。他勉强冲陆星耀点了点头，拉着唐艺然离开会客室。

房门关上，会客室里只剩了陆星耀、曹小北和乔闪闪三人。

陆星耀往旁边瞟了一眼，就见乔闪闪正抱着手机拉着视频的进度条，反复欣赏唐艺然狼狈的模样。

她刚洗过澡，没扎头发，柔顺的长发挽在耳后，随着低头的动作从脸侧滑落下来，身上是日化用品的甜香。她笑得也甜，唇边的小梨涡若隐若现。

如果不是扬声器里传出唐艺然痛哭流涕的声音，陆星耀几乎要以为她在看什么可爱萌宠视频。

看别人哭也能笑得那么开心？变态啊！

陆星耀头一次深刻意识到，虽然他们的乔老师看着一副乖巧甜妹的模样，但其实是个"黑芯"的。

大概是终于满足了，乔闪闪关掉视频，抬头冲他灿烂一笑，眼睛弯弯，一口小白牙亮得晃眼："谢谢陆老师！"

陆星耀避开她的目光，含糊地"唔"了一声，抬抬下巴，指茶几上的盒子："为什么不要，这不比你录个视频强？"

乔闪闪顺着他指的方向看了眼，无所谓地"哦"了一声："她侮辱我，受伤的是我的尊严，又不是我的钱包。"

陆星耀调侃道："原来我们乔老师还是个视金钱如粪土的人。"

"那不是。"乔闪闪立刻反驳，"她给的太少了啊，一个包才多少钱，六万？她要是拿六百万砸我，我就收下了。"

"还六百万，你不怕被告敲诈啊？"

乔闪闪惊讶地看了他一眼："我就是举个例子，又没有真的管她要。"

乔闪闪有点好奇："陆老师，你是怎么让唐艺然同意道歉的？"

陆星耀瞥她一眼："想知道？"

乔闪闪小鸡啄米式地点头。

陆星耀"哦"了一声，用最拽的语气说出最幼稚的话："不告诉你。"

乔闪闪噎住。

陆星耀拎着手机起身："还不走？"

乔闪闪连忙起身跟上："陆老师，那我明天还去片场吗？"

"想看我演戏就去啊。"

"那我还是在酒店写稿吧。"

"什么意思你？"陆星耀冷冷地睨她。

"待房车里没有待酒店里舒服啊。"乔闪闪无辜地眨眨眼，举起三根手指发誓,"等剧本全部写完了,我天天去片场看你演戏。"

嗯,顺便给你讲剧本,抓抓你的演技。

乔闪闪在心里补上后半句。

剧名：当你闪耀时　主演：乔闪闪×陆星耀
场次：Chapter 6.
剧集：今天夕阳真美

　　开机第三天，女主角唐艺然悄无声息地离开剧组，即使行程已经尽量低调，但还是被蹲守在剧组周围的代拍站姐拍下。
　　消息先是在粉圈内小范围传播，之后"黄牛"放出机票信息，早就看唐艺然不顺眼的别家粉丝团建，各种猜测层出不穷，唐艺然的粉丝纷纷出来洗白澄清。
　　就这么小范围地闹了两天后，唐艺然取关陆星耀登上热搜。众所周知，当初各家流量小花争抢《关山月》女主一角时，营销号在微博上炒得沸沸扬扬，最终以唐艺然关注陆星耀结束了这场闹剧。事实证明，她确实抢到了《关山月》女主一角。
　　而如今的取关，仿佛坐实了那个看似有些离谱的传言——《关山月》剧组临时换了女主角。
　　之后有疑似剧组相关人员小号爆料，唐艺然因得罪陆星耀被换，再次给热搜话题添了把火，唐艺然离组一事彻底从小范围的粉圈爆到大众层面。
　　唐艺然的对家和有过旧怨的相关粉丝团建狂欢，唐粉则着急上火，要求经纪公司和剧组出来辟谣。没有得到回应，更是组团去陆星耀微博下留言，问他究竟怎么对不起唐艺然，唐艺然才会取关他，直接被陆星耀的粉丝骂上热搜。
　　直到这时，乐嘉娱乐才姗姗来迟，在官博发布一则声明，称唐艺然因个人身体原因无法参与接下来的拍摄，故而退出剧组，与他人无关，祝《关山月》拍摄顺利、收视长虹。之后《关山月》官博转发祝好，并宣布女主人选已定不日即将进组，让广大粉丝朋友敬请期待。在网上沸沸扬扬闹了两三天的唐艺然离组风波，总算是暂时落下帷幕。

　　九月最后一天，下午五点，义乌机场。
　　宁芷一身风衣，带两个助理，低调地出了机场，上了路边的商务车。
　　陆星耀正坐在后排玩手机，闻声熄了屏，和宁芷打招呼："姐，好久不见。"
　　"哟，居然劳烦大明星亲自来接我。"

123

宁芷摘了墨镜，上下打量他两眼："是挺久不见，我怎么看着你这张脸又帅了？去哪儿保养了？医生也给我介绍一下啊。"

"保养什么。"陆星耀很臭美，"我这是天生丽质。"

"要点脸吧！"

宁芷很不客气地翻了他一个白眼。

两人说话间，商务车已经驶上前往横店的高速。副驾上的曹小北选了几家餐厅，转身询问宁芷意见："宁姐，你看看晚上想吃点什么。"

自从不拍古装剧后，宁芷就很少来横店了，她翻了翻，选了一家新开的火锅。

"就这家吧。"

曹小北计算了一下人数，在微信上跟老板订餐，一边发消息，一边跟陆星耀道："耀哥，等会儿我就不去了，乔老师今天生日，请了我和明安吃饭。"

"乔老师生日？之前怎么没听她提过。"

"呃……可能怕特意说出来会尴尬吧。"

陆星耀没吭声，记得请曹小北，不记得请他？他莫名有种被孤立的不爽。

宁芷还挺好奇："乔老师是谁？"

曹小北老实地道："耀哥找的跟组编剧。"

"你什么时候开始带编剧进组了？"宁芷更好奇了，"你不是连剧本都懒得看吗？"

"给侯导带的，他不想和制片闹得太僵。"

陆星耀懒洋洋地解释了一句，若有所思地看着宁芷，想起前些天，乔闪闪问他把女主角换成谁了。

当时陆星耀故意逗她，问她想让谁来演。乔闪闪冥思苦想了好一会儿，说宁芷。陆星耀挺惊讶，还有点说不清道不明的暗喜，但想着给她一个惊喜，那会儿也没告诉她真的请了宁芷。

现在不正好？惊喜有了用武之处。

宁芷被陆星耀看得发毛，忍不住抽他一下，说："想什么呢，一看就没琢磨好事。"

"姐，"陆星耀笑了下，"不介意给你的小粉丝送个生日惊喜吧？"

今天是乔闪闪的生日，她没去会议室写稿，简单化了个妆。临到时间，换好衣服准备出门时，收到项明安的消息，说高速堵车，要迟一点才能到横店，让她别急着出门，等快到了给她发消息。

项明安前一段时间跟着剧组转组去了象山，所以乔闪闪来横店十几天，两人都没见上面。今天剧组杀青，项明安几乎是加班加点地赶回横店，给乔闪闪过生日。

迟一点真不是什么大事，乔闪闪让她别着急，注意安全，晚一点没关系的。

两人在微信上聊了两句,乔闪闪放下包在沙发上坐下。她朋友很多,生日祝福从凌晨到现在就没停过。

这会儿不想写稿,正好给大家回消息。

列表里的小红点清完之后,乔闪闪才看到周佳怡凌晨时发给她的消息,祝她生日快乐,问她要不要一起吃饭。

自从唐艺然那事之后,周佳怡就有意示好,好几次向她释放善意。但说实话,乔闪闪并不想接受。相比这些廉价的示好,她更需要的是一个真诚的道歉。

四十分钟后,项明安发消息说到了,两个人约在餐厅见面。乔闪闪背上包出门,先去甜品店取了蛋糕,然后打车前往餐厅。

吃饭地址定在一家火锅店,乔闪闪把蛋糕交给服务员,报上包间房号,由服务员领着前往包间。

推开房门,包间里坐了好几个人,不止项明安和曹小北。乔闪闪还没来得及看清,一道彩喷就直直冲着她喷来,她下意识地抬手挡了下脸。

包间内响起热闹的欢呼声,接着项明安给了她一个大大的拥抱。

"Surprise!"

"生日快乐!"

乔闪闪睁开眼,除了项明安和曹小北,杜明、陆星耀、宁芷、侯导还有安姐都在。那位金鸡影后正在一旁鼓掌起哄。

乔闪闪惊呼一声,又连忙捂住嘴,感觉眼前在冒金星。

她是在做梦吧?她一定是在做梦吧!

可什么梦能梦到大导演、顶流和影后齐聚一堂给她庆生啊?做梦都不敢梦这么大吧!

乔闪闪整个人都是晕的,傻乎乎地问了句:"我……我不会是穿越了吧?"

比如穿越到十年后,她已经是手握数个大奖的知名大编剧什么的。

"你怎么不说你梦游呢。"陆星耀被她逗笑,"真会想啊你。"

乔闪闪眨眨眼,努力深呼吸平复情绪。

"喏,你钦点的女主角。"陆星耀大剌剌地靠在椅子上,下巴指了指旁边的宁芷,"这个生日礼物还满意吗?"

满意,太满意了。满意得她现在能绕横店跑两圈!

宁芷笑眯眯地冲她伸手:"你好啊,编剧老师,祝你生日快乐。"

乔闪闪激动得脸通红:"谢谢宁老师!"

转眼对上陆星耀的目光,她唇边的小梨涡再也藏不住:"谢谢陆老师记得我的生日!"

这天晚上,在生日即将结束的最后几分钟里,乔闪闪躺在床上,翻看吃饭时拍的照片。自从去北京之后,她已经很多年没有过这么热闹的生日了。

直到这会儿,兴奋劲都没过去,她有点纠结要不要发朋友圈。真的很想分享这一刻的心情,但毕竟有陆星耀和宁芷在,一个没留意,恐怕就会上热搜。

还没纠结出个结果,先收到陆星耀的消息,乔闪闪打开看了眼。

陆星耀:[转账8888元]备注:生日快乐。

好大一个红包!

乔闪闪瞬间从床上弹了起来。

Shining:谢谢陆老师。

陆星耀:[转账6666元]备注:工伤补偿。

陆星耀到底是什么良心老板啊,一句废话没有,就知道发红包。

乔闪闪这会儿已经感动得快哭了。

Shining:谢谢陆老师!

手机时间正好跳到零点零分,乔闪闪的二十五岁生日正式结束。

对话框上方显示"对方正在输入中"。

乔闪闪有点好奇他会说什么,乖巧地等着。半晌,陆星耀发了新消息过来。

陆星耀:别光谢。乔老师,人不能言而无信,说好要送我的礼物呢?

陆星耀今天吃了蛋糕,因此给乔闪闪过完生日,又去健身房撸了会儿铁,这会儿有点睡不着,穿着两件套丝绸睡衣,正靠在床头看剧本。

他可以对天发誓,他绝对不是惦记乔闪闪的礼物。但她也不能随口一说,完了跟没事人似的,这么多天一点动静都没有吧?光嘴上真诚有什么用?至少得行动起来吧,哪怕敷衍一下呢?

隔了好一会儿,床头的手机振动了下,陆星耀拿起看了一眼。

Shining:没有言而无信,我还在想。

陆星耀:想什么?

Shining:想送你什么比较好。

逢年过节,各种合作方、品牌粉丝送的礼物数不胜数,陆星耀什么礼物没收过,早就对收礼物这事儿没感觉了。但这会儿,他竟然因她这话莫名生出点期待,想看看她到底会送个什么东西给他。

Shining:或者陆老师你有什么想要的吗?只要不太贵都可以。

陆星耀:没有。别偷懒,自己想。

生日过完,九月就彻底结束了。十月第一天,乔闪闪背着电脑,推开会议室的门,就看到自己常坐的座位上摆着个包装精美的礼品盒。

周佳怡亲热地对她笑了笑,语气热络得仿佛什么都没有发生过:"本想昨天给你,结果没来得及,生日快乐,闪闪。"

秋日灿烂的阳光从窗外照进来,会议室被光影切割出明暗交错的不同区域。她们一明一暗地站着,很像她去工作室找周佳怡对峙的那个中午。

乔闪闪觉得很奇怪,不管之前,还是当下,她们之间发生了那么多事,周佳怡却还是能如此自如,仿佛她们依然是曾经亲密无间、一同畅想未来的好姐妹。

就这个变脸的功夫，再给乔闪闪三年时间，她都不一定能学会。

见她一直不说话，周佳怡又道："昨晚我妈打电话还说想你呢，问你爸妈今年春节什么安排，要不咱们两家一起去海南过年……"

"阿姨知道《关山月》合同的事吗？"乔闪闪语气平静地打断。

周佳怡脸色微微变了下，半响才道："一定要这样说话吗？"

"怎样说话？"乔闪闪觉得挺好笑，"难道我说的有什么不对吗？"

宁宁好奇的目光在二人身上打转。

周佳怡嘴唇嗫嚅，看了宁宁一眼，似乎想让她回避。

在周佳怡开口前，乔闪闪先道："周佳怡，我现在没有时间、没有精力，也没有心情和你说些有的没的，等剧本改完，我会好好和你聊的。"

周佳怡没吭声。

乔闪闪默默地叹了一口气："工作吧。"

她关上门，到座位上坐下，随手把周佳怡准备的礼物推到一边，拿出电脑，戴上耳机开始写稿。

中午吃饭时，乔闪闪被拉进一个名为"陈潇仙女婚礼应援"的三人小群。

这段时间事情一件接着一件，乔闪闪几乎快把陈潇结婚的大事给忘了，这会儿看到群消息才想起来。

陈潇的婚礼在10月6号，是她们四个人中头一个结婚的，三人都没什么经验，这会儿正凑在一起商量给她包多大的红包、送什么礼物。

乔闪闪正和温妍、林思甜讨论得热火朝天，就被陈潇私敲了。

陈潇：闪闪，身份证号发我，我给你订机酒。不准跟我说不来啊。

乔闪闪连忙回消息卖乖。

Shining：来！肯定来！机酒就不用啦，我六号早晨打个顺风车就过去了。

陈潇：你现在在哪儿？不在北京吗？

Shining：我上个月就来横店了，在跟组呢。

陈潇：陆星耀最近新剧开机，也在横店拍戏，是不是能偶遇啊？

这个反应……乔闪闪忽然有了种不好的预感。

Shining：你不会是陆星耀的粉丝吧？

陈潇：是啊，你不知道吗？我还给你发过他的物料，但你好像不是很感兴趣，后来我就没提了。

嗯……这事儿怎么说呢，乔闪闪是个把二次元、三次元分得很开的人，什么追星搞同人之类的，除非现实生活中的朋友主动和她提，不然她是绝对不会暴露的。

陈潇说的那事，她也有印象，是去年年底某个时尚品牌的年度盛典活动，陈潇发来营销号盘点的各位艺人红毯造型。正好那场活动周时越也有参加，乔闪闪当时注意力全在他身上，压根没注意到陆星耀，感慨了一句周时越确实好帅。那会儿陈潇还试探她是否追星，乔闪闪连忙否认三连，陈潇便转移了话题，两人各怀鬼胎，谁都没戳破。

温妍和林思甜还在群里冥思苦想，甚至去小红书搜了婚礼送礼攻略发给她。乔闪闪切回群里看了眼，得意地发了个叉腰大笑的表情包。

Shining：你们慢慢想吧，我已经想好要送什么了。

林思甜：说来听听。

温妍道：把你的idea交出来！

Shining：保密[doge]！

今天剧组收工早，陆星耀从健身房回来还不到晚上十点。他洗了个澡出来，穿了身休闲风纯棉睡衣，懒懒散散地靠在窗边的懒人沙发上，和陆成视频。

"真受不了你们这些工作狂，我说说你们这么拼，能拿几个钱啊？"

陆成做了一整晚实验，这会儿才刚从实验室出来，虽然一晚没睡，但脑袋瓜还挺清醒："你们？除了我还有谁？"

陆星耀："重点是这个吗？你自己的身体什么样，自己不清楚？"

陆成懒得听他啰唆："陆星耀，我零花钱用完了。"

陆星耀："叫哥。"

陆成回他一个冷笑。

这死丫头真是越长大越不可爱，要不是她人在美国，陆星耀真的很想揍她。

他正想教训她两句，敲门声响起。

曹小北在门外道："耀哥，乔老师有事找你。"

陆星耀应了声，坐起身。

视频那头的陆成好奇地问："乔老师是谁？"

"你管那么多。"陆星耀冷笑了声，对着镜头整理头发。

陆成敏锐地从他的动作中解读出好几重信息："是女生？你喜欢她？你谈恋爱了？"

陆星耀服了："你是不是有病？"

"那你干吗要在意形象？"

"你哥我——是个大明星，以为谁都和你一样不修边幅？"

陆成狐疑地看了他好几眼："那乔老师到底是谁？"

陆星耀不耐烦："编剧。"

陆成"哦"了一声："那你让我看看。"

有你什么事儿？陆星耀懒得搭理她，毫不犹豫地挂断了视频，拎着手机过去开门。

陆成不知哪根筋搭错了，开始疯狂地给他弹视频。

陆星耀一连挂了好几个，看了眼客厅里的乔闪闪，懒散地靠着门框，一边给陆成发消息，一边问："什么事？"

乔闪闪："我有一个朋友……"

陆星耀嘴角微微抽了下，头都没抬："确定不是你？"

"是你的粉丝。"

陆星耀目光终于从手机屏幕上挪开，挑眉看她："你确定不是黑粉？"

看着她一脸被噎住的表情，陆星耀恶作剧得逞似的笑了声，抬抬下巴，示意她继续说。

乔闪闪："她过两天结婚，陆老师，你能送一张签名照给她吗？"

就这事啊，陆星耀兴致缺缺地收回目光："小曹，去拿照片。"

曹小北转身去隔壁，陆星耀抱着手机从房间出来，大刺刺地往沙发上一坐，余光瞥见乔闪闪傻乎乎地站在那儿，下巴往沙发上一指："坐啊。"

乔闪闪"哦"了一声，在沙发上坐下。

曹小北拿了照片和马克笔出来。陆星耀把手机丢在茶几上，撸了把袖子，接过笔，小臂肌肉线条清晰流畅。

"你朋友叫什么？"

乔闪闪："陈潇。耳东陈，潇洒的潇。"

陆星耀签好 To 签，把照片递给她，随口客气了一句："一张够吗？"

"再录个祝福 Vlog 可以吗？"

倒是一点儿不客气，挺会得寸进尺啊。

陆星耀撑着膝盖偏头看她，他慢悠悠地转着笔，眼神玩味："乔老师，你知道我的视频是按秒收费的吗？"

"可这也算是粉丝福利啊。"乔闪闪挤出两个小梨涡，"录吧录吧，陆老师，我朋友真的很喜欢你，天天跟我'安利'呢。"

她眼睛水汪汪的，好像在跟主人撒娇的小狗。陆星耀避开她的目光，心想"真是受不了你"，但面上依然是那副冷淡的模样。

"她跟你'安利'什么？"

乔闪闪眨了眨眼，开始绞尽脑汁："'安利'你……长得帅身材好、八块腹肌、大长腿、善良宠粉有正义感……"

听她吹了有五分钟，陆星耀终于心满意足，纡尊降贵地一点头："等着，我去换身衣服。"

二十分钟后，乔闪闪捧着录好视频的手机，冲陆星耀连声道谢："谢谢陆老师！"

"别光知道谢，"陆星耀提醒，"回去好好想。"

乔闪闪小鸡啄米式地点头。

"那我走了？陆老师晚安！"

"晚安。"

陆星耀懒懒地抬了下手。

"咔嗒"一声关门声响，陆星耀拿起手机看了眼时间，正准备回房，先看到陆成发来的长篇大论——

大意是说他年纪也不小了，趁着那张脸还能看，赶快找个对象恋爱结婚，拖成大龄剩男就没人要了。然后话锋一转，让他谈恋爱一定要告诉她，她来替他把把关，以免被人骗财骗色。
　　陆星耀连字都懒得打，按着屏幕给她回了一条语音："陆大小姐，您今年是十六岁，不是六十六岁，您看看您发的都是些什么玩意？"
　　完了他又道："别让我再逮到你熬夜。另外你最近的体检报告什么时候发我？你的零花钱就什么时候到账。"

　　虽说编剧不用跟现场，但毕竟剧本还没改完，以防万一，乔闪闪提前跟侯导请了一天假。也是赶巧，陆星耀正好六号在上海有活动，便顺路捎了她一程。
　　婚礼当天，正是新娘子和伴娘最忙的时候，尽管四个人已经挺久没见，这会儿也只来得及匆匆打个招呼，把乔闪闪安排在亲友一桌，就去招待客人，准备接下来的仪式了。
　　忙忙碌碌，一直等仪式结束，敬完酒，把宾客送走，才算是稍稍松了口气。因为林思甜和乔闪闪下午就要离开，陈潇把后续交给父母和新晋老公，换了衣服出来，四姐妹在附近找了一家咖啡厅叙旧。
　　陈潇是公务员，主打一个清闲稳定，她还在网上经营了几个摄影账号，闲暇时接点约拍，小生活过得美滋滋。
　　林思甜父母和男友那边压力很大，最近在纠结到底要不要出国。
　　温妍的小公司最近搞得红红火火，就在咖啡厅坐了这一小会儿，电话和各种消息就没停过。
　　"男人就是锦上添花的玩意，要是挡了你的路，就把他换掉。"陈潇中午没时间吃东西，饿得前胸贴后背，这会儿正拿着一个三明治在啃，"甜甜，你还是得多为自己考虑。"
　　"现在留学成本高，国内的就业情况也不好，除非就留在外面拿绿卡，不然回来还是得面临一样的问题。"林思甜说着叹了口气，"不说我了，闪闪最近怎么样啊，还单着呢？"
　　乔闪闪心虚地笑了笑，试图蒙混过关。
　　"还真是？"林思甜有点惊讶。
　　乔闪闪："我这不是……没有遇到合适的嘛。"
　　"你和你那个网友怎么样了？就那个，叫什么 Star 的。"陈潇说，"这么多年有那么多人追你，我看你就对这个男人有过兴趣。"
　　"是吗？"乔闪闪疑惑，"很多人追我吗？"
　　陈潇忍不住翻个白眼："光来我这儿要你微信的，平均一学期有五个吧。"
　　"我怎么一点印象都没有？"
　　因为你压根就不理人家啊！陈潇想要咆哮。
　　她还记得大一刚入校时，在食堂门口推销手机卡的学长对乔闪闪一见钟情,天天给她打水,帮她占座,给她买好吃的。她们几个都在等着她官宣呢,结果乔闪闪有一天从图书馆回来,一脸凝重地说觉得那个学长有些奇怪,怀疑人家要拉她办卡。

陈潇一口老血喷出来。

后来有男生管她们要乔闪闪的联系方式,她们都会先探探乔闪闪的口风。一问就是挺好的,但要是问适不适合做男朋友,她就开始挑刺。

只能说,有些人是凭本事单身。

唯一的例外,就是她那个网友。大四快毕业那会儿,她抱着手机没日没夜地聊,俨然一副热恋少女的模样。虽说网恋不靠谱吧,但至少自家的木头终于开窍了。

"我记得你之前说过他也在北京?"陈潇拷问,"没约出来见面?"

"约了。"乔闪闪垂眼搅拌咖啡。

"如何?"

乔闪闪叹了口气:"没见到。"

陈潇顿时黑下脸:"什么意思?他答应和你见面,结果人没有来?"

"可能他那天有事吧……"

"有个屁!"陈潇恨铁不成钢地戳她的脑门,"哪个正常男人网聊那么久不要照片不爆照?我看他就是长得丑!见光死!"

看乔闪闪捂着脑门不说话,陈潇没好气地道:"那后来呢?"

"后来 Listen For 停服,我那段时间状态也不太好,没给他留联系方式,现在算是彻底失联了。"

"不留就对了,网恋哪有靠谱的。"陈潇对这个结果还算满意。

乔闪闪并不觉得她和 Star 是在网恋,虽说是有过一些好感和心动瞬间,但离真正的喜欢还差得远。但无法否认,他们确实曾有过那么一段超出正常友谊的暧昧。

"我哥明年要调去北京总部工作,回头让他给你介绍。"陈潇还在操心她的终身大事,"他们总部都是一些海归的青年才俊,你可要好好把握机会。"

"好好好。"乔闪闪有点儿顶不住她的热情,连忙从包里拿出准备好的红包和礼物。

"喏,新婚快乐。"

温妍正好接完电话从外面进来,她和林思甜早几天就被乔闪闪吊足了胃口,这会儿比陈潇还好奇。

"快快快!潇潇,看看她送了什么。"

陈潇在温妍、林思甜的催促下打开包装精美的礼品盒,里面躺着一个小巧的 U 盘,还有一个原木相框,相框里是陆星耀的照片。

乔闪闪捧着脸,笑眯眯地看着她:"潇潇,你把照片拿出来看看。"

陈潇取出照片,背面是陆星耀龙飞凤舞的大字。

To：陈潇

祝新婚快乐，永远幸福。

　　　　——陆星耀

陈潇惊呼一声，又立刻捂住嘴，一瞬间激动得眼眶都红了。半晌，她看看旁边的 U 盘，又看乔闪闪。

乔闪闪道："是陆星耀送你的专属新婚祝福 Vlog。"

陈潇激动得从椅子上跳起来，抑制不住澎湃的心情，蹦跶了两圈，狠狠地、用力地抱了乔闪闪一下。

"闪闪，你真是我的小宝贝！你从哪里弄到的？偶像亲自给我送祝福！我一定是天底下最幸福的粉丝！"

下午三点，陆星耀活动结束，在主办方安保人员的护送下上车。

来现场参加活动的粉丝从商场一楼大厅一直排到外面的广场和步行街上，到处都是挤挤挨挨的人群。

保姆车缓缓地从街边驶过，粉丝们拉着横幅、拿着手牌、举着手机大声喊着陆星耀的名字，声势浩大，引得路人纷纷驻足围观。

保姆车驶过十字路口，曹小北问："耀哥，现在去酒店接乔老师吗？"

今天侯府景杀青，陆星耀昨晚拍了一个通宵，虽说早晨在车上睡了会儿，但这会儿被秋日下午的阳光一照，整个人还是犯困。

他打起精神问："几点了？"

"快三点二十，过去差不多四点。"

陆星耀"哦"了一声，眼睛盯着窗外，不知在想什么，半晌开口道："不着急，让乔老师跟朋友多聚一会儿。"

"那我们现在……"

"去大学城。"

其实陆星耀也不是很清楚 Shining 是哪个学校的，但魏思杰说，Listen For 是复旦的学生研发的，姑且就当她是复旦的吧。

半小时后，保姆车停在邯郸校区外的小路上。秋日天高气爽，耀眼的阳光被行道树的枝叶切割成斑驳的碎片，穿过车窗。

陆星耀安静沉默地坐在后座，手上把玩着一个花花绿绿的糖盒，光影在他脸上重叠变换。

曹小北回头看了陆星耀好几眼，心里直犯嘀咕，这都过去一个多月了，不是说不在意了吗？怎么还巴巴地跑过来？

曹小北有点发愁，正想着要不要跟魏思杰报备一下，先收到了魏思杰的消息。

魏思杰：我看粉丝造成交通拥堵上热搜了，你们没出什么事吧？

尽管已经红了这么多年，但陆星耀的粉丝依然热情不减，每次线下活动都是人山人海，虽然主办方会做好预案，但每次都会出点小状况。为着这事，陆星耀还被官媒点名批评过。

所以这些年除了固定的营业，陆星耀几乎不会和粉丝线下互动。一些从他十几岁时追过来的老粉因为他的冷漠，脱粉转黑的不少，骂他飘了、红了就忘本。但其实真不能怪陆星耀，粉丝群体一大，不理智的就多，本来私生粉的问题就已经让团队很困扰了，他再温柔点，和粉丝多互动，迟早要出事。

曹小北切去微博看了一眼。十分钟前，商场附近路段发生车祸造成拥堵，但因为有人拍下粉丝在商场外聚集的照片，这事儿便被营销号一股脑地扣在了陆星耀及其粉丝头上，不明真相的人也跟着被带动，在热搜广场上讨伐。

曹小北：不是我们，我们早走了。就一个普通车祸，和耀哥无关，一群营销号就在那儿尬黑。

魏思杰：行，我让小双去处理。你们现在在哪儿呢，回横店了吗？

曹小北：呃……在大学城。

魏思杰：去那儿干吗？

曹小北：缅怀耀哥逝去的初恋。

就这么在校门外坐了半个多小时，曹小北看了好几次时间，眼见快要五点了，开口问："耀哥，咱们什么时候去接乔老师？"

陆星耀收回目光，懒懒散散地仰在靠背上，打开糖盒，倒了两粒丢嘴里："走了。"

保姆车驶远，古朴的校园被远远抛在身后。

曹小北看着后视镜中逐渐消失的校园大门，感慨了一句："说起来，咱们乔老师也是复旦毕业的呢。"

陆星耀把玩糖盒的动作顿了下，很快又恢复如常，看着窗外，漫不经心地问了句："是吗？"

"是啊。"曹小北道，"我当初看到简历的时候，还小小震惊了一下。"

是挺值得震惊的，好好一个名牌大学毕业生，是有多想不开，才跑来当编剧。

陆星耀心不在焉地想。

乔闪闪收到曹小北来接她的消息时，咖啡厅里只剩下她和陈潇。

林思甜下午六点的飞机，四点就走了。

温妍的公司刚起步，整个人就是全年无休的状态，中途接了个供应商电话，实在推不掉，也离开了。

毕业三年，四个人就只见了这么匆匆一面，如今乔闪闪也要走了，气氛难免伤感。

陈潇陪着乔闪闪从咖啡厅出来，站在街边等车，眼泪忽然就掉了下来。

"潇潇，你别哭啊！"乔闪闪连忙拿纸巾帮她擦眼泪，又抱着她拍了拍，哄道，"今天可是你结婚的大日子，新娘子。"

"我就是忍不住……"

乔闪闪鼻子一酸，但她不能哭，要是她也哭了，今天就没法收场了。

"横店离上海也不远，等我闲下来就来看你好不好？不哭了啊。"

乔闪闪哄了半天也没把陈潇哄好，正有点儿不知道该怎么办时，熟悉的保姆车停在路边。曹小北降下副驾的车窗，冲她招手。

乔闪闪什么也顾不上，脑子里只有一个念头——结婚的大喜日子，她可不能让陈潇哭着回去。

乔闪闪拍拍陈潇的背，东西都顾不上拿，转身小跑到路边拉开车门，双手合十道："陆老师，你再帮我一个忙吧，拜托拜托！"

陆星耀原本正玩手机，一抬头，见她秀气的眉心轻拧着，澄澈干净的一双眼湿漉漉的，满满都是焦急和哀求。

陆星耀微微一怔，没等他反应，乔闪闪先转身跑了，接着一个陌生的女人被推上车。

陆星耀和眼前哭得两眼通红的陈潇面面相觑。

半响，他挂上营业微笑，冲陈潇伸手。

陆星耀："你好，你就是乔老师说的朋友吧，陈潇？"

陈潇猛地倒抽一口气，死死捂着嘴，眼泪掉得更凶了。

陆星耀从旁边拿了一包抽纸递给她，半开玩笑道："同学，你再这么哭下去，回头乔老师该找我算账了。"

五分钟后，陈潇两眼泪汪汪地从车上下来，这回不是哭的，是激动的。

她用力抱了抱乔闪闪，显然有很多话想说，但想着陆星耀和一车人都在旁边等，又把话咽了回去，只叮嘱她要好好的，回头两个人打电话聊。

保姆车缓缓驶远，陈潇站在街边送别的身影消失，乔闪闪依依不舍地收回目光，转头跟陆星耀道谢："谢谢陆老师！"

陆星耀睨她："别光用嘴谢。"

乔闪闪显然早有准备，从陈潇送她的伴手礼口袋中拿出一束手捧花："陆老师，这个送给你。"

陆星耀："送我这个干吗？"

"我今天好不容易才抢到的呢，新娘的手捧花代表幸福的传递。"乔闪闪道，"现在把这份祝福送给你。"

陆星耀有点说不出的失望，不想要，但在她充满期待的眼神中，还是不情不愿地接了过来。

他冷淡地垂眼看着手里的花，心想什么破烂，等会儿回去就扔了。

不知道是不是因为今天去过大学城的缘故，这天晚上，陆星耀罕见地梦见了 Shining。

说来也奇怪，之前的那么多年里，陆星耀从来没梦见过她，却在彻底失联后、在他以为他几乎已经要忘记她之后，头一次梦到了她。

他梦见那天和她约见面，他没有被私生跟车，也没有发生追尾事故，他按照约定的时间抵达餐厅，甚至比她还早到了。

没等多一会儿，卡座的门推开，她从外面进来。夕阳的余晖穿过大面落地窗，落在她身上，她整个人被镶上一层毛茸茸的金边。

有那么一瞬间，陆星耀被她身上的光晃了眼，竟然没有办法看清她的脸，直到她在他对面坐下。

眉眼弯弯，唇边两个小梨涡。

笑起来时的模样，比他吃过的所有糖加起来都要甜。

不到六点，陆星耀就醒了。

他翻了个身，手脚摊开躺在床上，两眼无神地盯着天花板，想着刚才做的梦，一时不知道是梦到乔闪闪离谱，还是梦到她就是 Shining 更离谱。

半晌，他将手臂横在眼睛上，低低骂了句脏话。

陆星耀洗完澡出来，曹小北还没起，他在几个房间里转了圈，都没看到手捧花，于是去敲曹小北的房门。

隔了好一会儿，曹小北打着哈欠来开门，一边揉眼睛一边问："哥，你今天怎么起这么早？"

"花呢？"陆星耀问。

"什么花？"曹小北怔了怔才想起来，忍不住嘀咕，"你不是让我拿走吗？"

昨晚刚回来的时候，曹小北找一个花瓶把花插上，问陆星耀放哪儿，陆星耀很不耐烦地让他拿走，他还以为陆星耀不想要呢。

陆星耀语气不太好："你扔哪儿了？"

"没扔。"曹小北侧过身子。陆星耀一眼看见那束被曹小北放在床头柜上的花，表情顿时有点微妙。

他勾着曹小北的脖子往怀里带："小曹，你现在可是有女朋友的人。"

曹小北歪着身子，疑惑地"啊"了一声。

陆星耀语重心长道："把乔老师送我的花放你床头，是不是不太合适？"

"可是我想过年的时候和明安结婚。"

"所以？"

"拿乔老师朋友的花沾沾喜气。"曹小北不好意思地道。

陆星耀看了他两眼，松了手："这样，你今天和杜哥换一下房间，除了工作上对接的事，其他的你就不用管了，好好谈你的恋爱去。"

曹小北瞬间猛男落泪，一把抱住陆星耀的腰："哥！你是我亲哥！你是我永远的哥！"

陆星耀嫌弃地一脚把他踹开:"花给我拿出来。"

"是是是,我这就去拿!"曹小北屁颠屁颠地拿了花从房间出来,"哥,放你房间还是哪儿?"

陆星耀抬抬下巴,一指茶几:"放那儿。"

曹小北把花瓶放在临窗的茶几上,拉开窗帘,清晨第一缕阳光从窗外照进来,正好落在茶几上。那束花迎着阳光,水灵灵地绽放着,连带着酒店冷冰冰的房间都充盈着蓬勃旺盛的生命力。

陆星耀远远看着,竟然觉得挺不错,全然忘了昨天他还嫌弃得不行。

十一假期最后一天,某研究所数十名博士集体离职一事登上热搜,引发全社会热议。

这事儿原本和娱乐圈没什么关系,但某时政领域的大V发布了一篇批判流量明星的长微博,称国家培养一个博士,辛辛苦苦十几年,为了科研早早就熬秃了头,却依然买不起房、结不起婚,也生不起娃,可流量明星却拿着上亿片酬,抠图轧戏用替身找配音,喂观众吃垃圾。

这公平吗?这不公平!这合理吗?这不合理!

极具煽动性的言辞和巨大的收入差距对比,瞬间引爆公众情绪,短短一小时内就得到了数十万的转发评论,顷刻间冲上总热搜榜第一。而作为顶流的陆星耀,理所应当地成为所有人的情绪出口和集火对象。

各种真假不明的爆料和谣言层出不穷。粉丝开始洗广场,与营销号及各大博主评论区里的路人理论。接着有路人声称被网暴,挂出一些极端粉丝的言论。"粉圈黑社会"一词引爆舆论。苦粉圈已久的路人纷纷加入战场,一场声势浩大的讨伐开始了,陆星耀及其粉丝首当其冲,成为被清算对象。

等到这场网络闹剧彻底结束,已是十天后。

乔闪闪的剧本修改工作也到了尾声,最后一场戏写完发给侯导,经侯导确认无误后再转发给安姐,打印出来分发至各部门。至此,剧本彻底修改完毕。乔闪闪终于能够腾出时间,去处理那个被她搁置已久的问题。

下午三点过,咖啡厅角落。

乔闪闪和周佳怡相对而坐,午后阳光从落地窗外照进来。

两人都沉默着,明明也没有过去多久,但仿佛上一次这样坐在一起聊天,已经是上辈子的事了。一道无形的鸿沟横亘在曾经亲密无间的两人之间,一个低头搅拌咖啡,一个转头看窗外,一种无所适从的陌生充斥在空气中。

半晌,周佳怡先开了口:"我和黄总说过了,夏之鱼这个名字我不用了,还给你。"

现在还给她又有什么用?有人会认吗?

乔闪闪忽然感到一种强烈的宿命感。十五年前,她们因一个相同的名字相遇相识;十五年后的今天,她们再次因同一个名字坐在这里。这一次,却是即将走向分别。

隔了很久，乔闪闪才开口："你知道我想听的不是这个。"

周佳怡沉默了。好一会儿，她哑声道："你没有在录音吧？"

乔闪闪打开手机给她看后台，智能手表也摘下来，和手机一起丢在桌上。

"其实《关山月》当初比稿没通过，光裕那边觉得我们没经验，最开始定了另一个编剧团队，是程哥去找了关系。"周佳怡垂着眼，像是有些难以启齿，好几次张了口又闭上，"你看到那个八万一集的合同只是明面上的，实际上其中有两百万是要拿去打点领导的，剩下的钱，我还要和程哥再分……"

剩下的话她没有再说，但意思很明白，她也没拿到多少钱。

其实这段时间以来，乔闪闪想过很多种可能，但她从来没想过会是这个答案。

沉默了很久，乔闪闪问："之前为什么不说？"

"这种事情你让我怎么说？"周佳怡扯扯唇角，像是想笑，但最后还是失败了。

"那为什么现在又告诉我？"

"如果我说我不想失去你，你会信吗？"

会信吗？乔闪闪想她应该还是信的。可是有什么用呢？已经形成的伤害并不会因为一句"你误会了"，就一点痕迹不留。而且也不止合同这一件事，合同只是一个导火索。如果说合同只是一个误会，那后面把她赶出工作室怎么说？署名的事又怎么说？

说什么拿"夏之鱼"当作两人共用的编剧名，说什么希望她有更多的归属感和参与感，直接给署名不就完事了？找那么多借口，把她的名字搬出来，不就是怕她提不想给吗？她当年一时迷糊相信了周佳怡那套说辞，现在还不明白吗？宁宁可以有署名，她没有，是不能给吗？

合作从一开始就不真诚，又怎么可能会有好结果。

大概是看她一直沉默，周佳怡又道："其实这些年，很多事情我都没有跟你说过，在这个圈子里能力一文不值，没有资源人脉，什么都不是……"

"为什么不说呢？"

"闪闪，是我把你带进这个圈子里的。"周佳怡声音有点哑，"我要保护好你，我希望你能一直开开心心，做你喜欢的事，剩下的那些交给我来就好。"

假期过后，横店的游客少了大半，从咖啡厅里往外看，往日热闹的街道都显得稍许冷清。

两个年龄相仿的女孩子从窗外经过，看起来像是大学生，一个手里拿奶茶，一个拿冰激凌，互相分享。两人手挽着手，头挨着头，嘻嘻哈哈，不时拿手机自拍。

乔闪闪一眨不眨地看着她们从远处走过来，停留，再走远，仿佛是在看着曾经的她和周佳怡。

周佳怡还在说,说她的付出,说娱乐圈的黑暗,说编剧这行有多么不容易,说她的忍辱负重。说到最后,又绕回那个"我是为你好"的原点。

乔闪闪开始感到乏味和厌烦,她们明明是并肩作战的伙伴,可在周佳怡的叙述中,她仿佛是个离开周佳怡不能自理的巨婴,而周佳怡是个处处为她着想、舍己为人,但就是不长嘴的绝世善人。

跟她演虐恋情深苦情剧呢?能不能不要沉浸于自我感动?

乔闪闪相信周佳怡对她有感情,周佳怡说的并不完全是假的。但那又如何呢?感情可以成为攻击对方的武器,也可以成为笼络廉价劳动力的手段。

"不管我们互相伤害多少次,你都是我最重要的朋友,是我最想珍惜的人。"周佳怡终于给这一大段演讲总结陈词。

乔闪闪抬眼看她:"我怎么伤害你了?"

"你不会以为你很好相处吧?"周佳怡看着她,"闪闪,你真的很强势,说话做事有时候完全不考虑别人的感受,我常常很怕你。"

这是什么惊天发言?

乔闪闪感觉胃部一阵阵不适,真的想吐。

乔松青是中医,裴瑞珍是中文系老师,主讲古代文学。乔闪闪从小受传统文化的熏陶,为人处世偏向中庸,很少说难听话,也不喜欢把事情做绝,但这会儿,她实在忍不住,不吐不快。

"周佳怡,心口不一的人一般分两种。口嫌体正直的叫傲娇,口蜜腹剑的叫小人,你觉得你是哪一种?"

周佳怡脸色微微一变。

"我可以实话告诉你,不管是做朋友、合作伙伴,还是老板,你都很不合格。先说朋友,你背叛我、利用我。合作伙伴,你欺瞒账目、权责不明。至于老板,你不仅从来没有维护过手下人的利益,还跟下面人抢功。哦,对了,工作室就三个人,有搞权力制衡办公室斗争那一套的必要吗?不觉得很荒谬很可笑吗?至于强势——"

乔闪闪笑了:"很抱歉,我有底线,而你没有。周佳怡,我以前吃你那套,是因为我在乎你,而不是因为我真的傻。"

乔闪闪把手机装进包里,戴上表起身,一句废话都不想再跟她多说。

"我们到此为止吧。"

乔闪闪从咖啡厅出来。秋高气爽,傍晚的阳光依旧热烈,不知道是不是对面商铺门头的装饰太晃眼,乔闪闪的眼睛一阵阵刺痛。

刚刚已经走远的两个女孩子不知怎么又回来了,看到站在街边的乔闪闪,两人手拉着手跑过来。

其中穿粉色汉服的女孩把相机递给她:"姐姐,你能帮我们拍张照吗?"

"好啊。"乔闪闪接过相机,"你们想拍什么样的?"

两个女孩对视一眼,明明什么都没说,但很有默契地读懂了对方的意思,不约而同地笑起来。

穿黄衣服的女孩把手机里存好的网图拿给她看。乔闪闪点了点头，目光在四周一扫，指向前面："去那儿拍吧。"

两个女孩手牵着手，背靠着背，摆好造型。乔闪闪半蹲下身找角度，两个女孩子被照进镜头中，她们无忧无虑，亲密无间。

乔闪闪一连给两人拍了十几张照片，拍完，两人过来看效果。

粉衣服女孩惊讶地轻呼一声："姐姐，你怎么哭了？"

乔闪闪一怔，抬手摸脸，发现脸上湿漉漉的。她有些狼狈地别过脸："可能是阳光太刺眼了……"

"粉衣服"给"黄衣服"使个眼色，"黄衣服"悄无声息地走去旁边的奶茶店。

"粉衣服"从包里拿出纸巾，递给乔闪闪。

"谢谢。"乔闪闪有点不好意思地擦了擦眼泪，把相机递给她，"你看看效果。"

"粉衣服"接过相机翻了翻，惊叹道："姐姐，你是摄影师吗？你拍得也太好了吧！好有大片感！"

自己的摄影水平什么样，乔闪闪还是有点数的，因此听到这极度浮夸的夸赞，忍不住"扑哧"一下笑了。

"你们不嫌弃就好。"

"不嫌弃！不嫌弃！怎么会嫌弃！"

两人说话间，"黄衣服"提着奶茶回来："姐姐，谢谢你帮我们拍照。"

乔闪闪原本想拒绝，但盛情难却，她还是接过了奶茶。

两个女孩拿着相机跟她挥手告别："姐姐再见！"

乔闪闪一直目送着两个女孩的身影消失在人潮中，感觉仿佛是在和过去的某段人生彻底告别，身体里很重要的一部分，被她硬生生地从生命中剥离了。

她站在人来人往的街头，有那么一瞬间，觉得自己似乎并不属于这里。巨大的孤独感笼罩下来，她迫切地渴望一些现实的、可触碰的温度。

乔闪闪到片场时，陆星耀正在城墙上拍他今天的最后一场戏。

战争戏，大场面，群像，也是整部剧最大的高潮与高光时刻，进度慢，拍得也很不容易。

场记喊了"卡"之后，导演又专门让陆星耀补拍了几个特写镜头，随后宣布放饭。

陆星耀把手里重达十几斤的道具剑交给旁边的工作人员，甩了甩胳膊，准备往下走，就见乔闪闪拎着他的水杯和包从下面上来。

自从那天给曹小北交代过后，他就不怎么来片场了。这两天因为他要去杭州对接一个线下活动，陆星耀直接给他放了两天假，让他带着女朋友出去玩两天。片场这边就只有杜明，但杜明老实木讷、不善言辞，也不太会照顾人，大部分时候,陆星耀都只能亲力亲为。

因此这会儿看到乔闪闪,他还挺意外:"乔老师怎么来了?"

乔闪闪把水杯递给他:"剧本写完了,过来看看。"

陆星耀也是拍戏拍昏了头,中午吃饭的时候,侯导还提过一嘴剧本改完了,接下来让乔闪闪给他讲戏的事。听得他是一个头两个大,谨慎地问了句乔老师人呢?听侯导说她还有点私事要处理,他才松了口气。

这会儿,陆星耀一边喝水,一边睨她:"事情处理完了?"

乔闪闪一怔,点头。

陆星耀拧上杯盖,善解人意道:"没关系,剧本才刚写完,你不用那么着急,多处理两天也无所谓的。"

乔闪闪笑了下:"谢谢陆老师,但是不用了,我已经处理好了,而且……她今晚的飞机就走了。"

陆星耀琢磨了一下,觉得她应该说的是周佳怡。

原来是处理这事啊。

陆星耀看着她微微泛红的眼尾,即便尽力遮掩,但仍然能看出哭过的痕迹。

他心里莫名有点不是滋味:"赢得这么漂亮,不应该开心才对吗?"

"也许吧,"乔闪闪大概是想笑,但眼眶红红的,脸上的表情比哭还要难看,"但我输掉了更重要的东西。"

陆星耀看她有点儿拿不动包,便主动接过来挎在肩上,随后揽着她的肩,把她带到城墙边。

他的语气一如既往的吊儿郎当,但又带了点不易察觉的温柔:"乔老师,你说你年纪轻轻的,天天把自己关在房间里写稿,无不无聊?不要整天沉浸在自己的小世界里,有时间呢,也要看看外面的风景。"

这会儿是下午五点过,天空湛蓝,薄薄的云层被西坠的太阳染上浓郁的色彩,从城墙上往下看,大半个影视城都金灿灿的。古朴的城墙上散落着各式道具,刀枪剑戟、折断的箭矢长弓、碎裂的石块,还有满地血浆。

陆星耀穿着破破烂烂的盔甲,头发凌乱,脖子和脸上都有专门画出的伤口,像是刚刚经历了一场鏖战的少年将军。而乔闪闪穿着干净的卫衣和短裙,背着设计时尚的包包,仿佛异世界的来客。

金灿灿的夕阳晚景,落在并肩而立的两人身上,画面矛盾中又透着点奇异的和谐,恍惚中有一种穿越时空为你而来的宿命感。

两人都没说话。

好一会儿,乔闪闪开口问:"陆老师,你看过《NANA》吗?"

"那是什么?"

"一部动漫,也叫《世界上的另一个我》。"

陆星耀"哦"了一声:"没看过。"

"是讲两个名字相同,但性格迥异的女孩子成为朋友的故事。"

陆星耀从旅行包边侧口袋里摸出糖盒,往她面前递了递。乔闪闪伸手,陆星耀长指拨开盖子,给她掌心倒了两粒,听她继续讲她和周佳怡的故事。

她讲她们如何因为一个名字在茫茫人海中相遇,讲她们陪伴彼此长大的那些年,讲无话不谈的青春期,讲她们曾一起构想的那些未来。

陆星耀没有这样的朋友,也没有过类似的经历,所以也不太能理解这样的感情,但他什么都没说。他微弓着背,胳膊肘撑在城墙上,安安静静地听她倾诉。

"我今年二十五岁,我们认识了十五年,我人生一大半的时间里都有她的存在。"乔闪闪轻轻吸了吸鼻子,"陆老师,你还记得我们第一次见面那天吗?就是在黄总家小区外,你送我去地铁站的那次。"

"嗯。"

"就是那天,我发现她并没有把我当朋友或者合作伙伴,她只当我是一个廉价的、可以利用的工具。"

难怪哭得那么惨呢。

陆星耀其实不太会安慰人,但也不知怎的,他就是见不得她这一副黯然神伤的样子。

他抬手轻轻拍了下她的脑袋。真的很轻,轻得像是在抚摸。

陆星耀道:"以后别再那么傻了。"

乔闪闪笑了下,眼里还有泪花在闪:"不是傻啊,是我太弱了啊。"

大概是没想到她会说出这种话,陆星耀挺诧异地转头看了她一眼。

夕阳温柔地落在她身上,给她镶上一层毛茸茸的光边。明明是那么单薄柔弱的一个女孩子,但身上却有一种坚韧不拔的力量感,不是摆在明面上赤裸裸的野心,而是静水流深、光而不耀的沉静。

"乔老师,你知道人生快乐的秘诀是什么吗?"陆星耀问。

乔闪闪转头看他:"是什么?"

说实话,她确实挺好奇的,毕竟眼前这位,这段时间快被骂成筛子了,但他完全不受一点影响——该吃吃,该喝喝,就跟没事儿人一样。

陆星耀轻轻戳了下她的脑门,满嘴不着调:"多责怪别人,少反思自己,受害者有罪论要不得。"

嗯……该说不说,果然是他的风格。

乔闪闪笑了笑,没接话。

平心而论,周佳怡并不是什么十恶不赦的人,甚至在两人之前的交往中,她算得上是一个大方的、优质的朋友。

那是什么让她们走到今天这一步呢?

除了她们本质上不是一路人,还有一个原因,她们之间确实存在着无法忽视的差距。

在乔闪闪还在校园的象牙塔里乖乖念书的时候,周佳怡已是出书卖版权、粉丝几十万的大网红了。在乔闪闪整天吃喝玩乐、写同人、打游戏、追 CV 的时候，周佳怡已经自己开公司，混迹文化圈积累人脉了。如果不是她中途得罪人被人整了，她们之间的差距大概率会越来越大。

以前乔闪闪从不觉得身份地位的差距会成为两个人交往的阻碍。你优秀耀眼，我愿意做你的观众，为你喝彩；你普通平凡、狼狈落魄，我也愿意陪着你不离不弃，我是你永远的后盾与依靠。

这是她从小在父母家人那里学习到的感情模式，但现在，现实给了她一个狠狠的耳光，告诉她，社会是残酷的斗兽场，而非她的童话乐园。

其实很多东西早就有迹可循。不给她署名，说着合伙，却很多事情瞒着她，能用低廉的价格加感情笼络，就绝不会多付出一分。两个人发生冲突，她让周佳怡感到威胁，周佳怡就像是丢垃圾一样，毫不犹豫地把她丢掉。

即便是到了最后，周佳怡也没有给她一个道歉，说着不想失去她，却不肯开诚布公地跟她谈她们之间的利益要怎么分，而是再一次试图用感情来绑架她。

如此种种，本质上就是周佳怡瞧不起她，觉得她不配，认为她廉价。

就像周佳怡之前在群里骂她的那些话，她现在的一切都是周佳怡带来的，没有周佳怡，她什么都不是。

她固然可以责怪周佳怡，用道德去谴责周佳怡，但是那没有任何意义。

人都会变，每个人也都有着光明的一面和阴暗的一面，但是很可惜，绝大部分的人都把阴暗的一面留给了弱者，这就是人性。甚至这些人都不能被称为坏人，他们就是芸芸众生中的普罗大众。

乔闪闪改变不了任何人，她只能改变她自己。

乔闪闪趴在城墙垛口上，看着远处的滚滚云霞，忍不住感叹了一声："今天的夕阳好美啊！"

"乔老师，"陆星耀拖着他那一贯又拽又欠的腔调开口，"不要说这种有歧义的话。"

"啊？哪里有歧义了？"

"'今晚月色真美'的典故没听过？"

陆星耀把手里的糖高高抛起，抬头，一口接住。手法精准，动作干脆利落又帅气，但就是怎么看怎么不对劲，真的很像"豆角"。

忘了说，"豆角"是她堂弟养的狗，一只长相帅气但性格脱线的柴犬。

乔闪闪憋着笑，说："陆老师，有时候只理解字面意思就可以了，不用过度解读。"

大概是见她一直盯着他看，陆星耀又把糖盒往她面前递了递："还要吗？"

乔闪闪摇头。

晚风拂面而来，乔闪闪把鬓边被吹乱的碎发挽到耳后："陆老师，谢谢你。"

陆星耀有点无奈："谢谢、谢谢，你怎么老说谢谢？"

"很多事情吧。"

谢谢他不计较她曾经的无知和莽撞，谢谢他给她机会，谢谢他曾为她撑腰，谢谢他让唐艺然道歉，谢谢他让她有尊严地留在剧组，谢谢他陪她聊天看夕阳，也谢谢他让她圆了一个原著粉的梦。

乔闪闪："还想和你道个歉。"

"矫情了啊，乔老师。"陆星耀叹气，"你这又是来哪一出？"

"之前对你有点误解，有一些不礼貌的发言……"

"就这事儿啊。"陆星耀没放在心上，"不是道过了吗？"

"之前不是真心的。"

陆星耀挑了下眉，一时间不知该气还是该笑，最后是气笑了："真行啊你，乔老师，那现在是真心的了？"

乔闪闪点头。

"行吧，那你说说，你到底是怎么良心发现的？"陆星耀懒懒散散地往垛口上一靠，好整以暇地看着她。

乔闪闪："因为你是一个真正意义上善良的好人。"

陆星耀被呛了下，想敲她的脑袋又忍住了："给我发好人卡？"

"是在夸你。"乔闪闪笑了笑，看着他认真地道，"很多人用善良来充当自己虚伪和懦弱的遮羞布，但是陆老师，你和他们不一样。"

就比如周佳怡，她享受着甲方编剧活干得又快又好的夸赞，但那都是通过她没日没夜加班换来的。周佳怡甚至常常让她免费试稿，在她提出异议时，劝她说现在有很多写个大纲就拿钱跑路的骗子编剧，甲方也很不容易，让她多体谅一点。

善良只是周佳怡装点自己的时尚单品，皮囊之下，则满满地充斥着精致利己的虚伪，跟这种人成为朋友，就是被吸血的开始。

但陆星耀不是，他把身边的人都保护得很好，并在自己能力范围内，努力为别人撑伞。

乔闪闪又想到前些天那场声势浩大的网暴。其实这事说到底，还是和唐艺然被换一事有关，是乐嘉娱乐精心策划的一场"报复"。

虽然并不想自恋，但追根究底，这事确实和她有那么点关系。

可即使承受了那么多攻击，陆星耀和他团队的人也从来没有责怪过她，甚至有意瞒着她，不希望她有太大的心理负担。还是项明安不小心说漏嘴，她才得知背后有乐嘉娱乐的手笔。

如果从来没有认识过陆星耀，乔闪闪大概率会和那些网友一样，批判他不敬业、认为他片酬过高是一种不公平，讨厌他的粉丝，进而讨厌他。就像她曾经做过的那些事儿，说过的那些话。

但在真正和陆星耀接触过后，他并不是一个代表着"流量"的符号，而是一个活生生的人，很多事情并不是他个人意愿的选择。流量明星再强势，说到底也只是一个乙方,除非他自己投资开戏,不然永远都处在一个被选择的状态里。没有人会花大价钱做赔本的买卖,片方、平台和投资商会选他而不是别人,必然是有利可图。

前些天,乔闪闪也曾和顾时宜探讨过流量明星的问题。

顾时宜是搞金融的,当时正坐在那儿涂指甲油,头都不抬地道:"很简单啊,赚得太多了,娱乐圈受公众的关注又比较多,被当靶子了……话说,你怎么突然关心这个?"

这明明是整个行业,或者说社会问题导致的结果,可陆星耀却承受了所有的谩骂和攻击。这又公平吗?

大概是她的眼神太真诚了,陆星耀莫名有点不好意思,他别过脸避开她的目光,不大自在地摸了摸微微发热泛红的耳朵尖。

说来也奇怪,他什么漂亮话没听过,和那些花里胡哨的夸赞相比,乔闪闪的话根本不值一提,但他就是心里发酥发热,整个人都有点儿飘飘然。

陆星耀含糊地"唔"了一声:"你知道就好。"

其实不该问的,但乔闪闪还是忍不住:"陆老师,前些天的事……你会觉得难过吗?"

"那个啊,小场面。"陆星耀又倒了一粒糖丢嘴里,轻轻"嘖"了声道,"乔老师,你还是见识太少了,这都不算事儿。"

是吗?可他吃糖的频率明显增加了。平时身材管理那么严格,只有情绪很差和很累的时候才会吃糖。

但乔闪闪什么也没说,有的时候,看破不说破也是一种温柔。

"陆老师。"隔了会儿,乔闪闪又问,"我们现在算是朋友吗?"

陆星耀淡淡瞥了她一眼,语气很拽:"你说呢?"

乔闪闪:"是……吧?"

陆星耀问她:"'吧'是几个意思?"

"那……是?"

最后一缕夕阳余晖沉入远处山峦之中,暮色彻底降临,影视城四处都亮起灯光,自城墙上往下望,仿佛散落一地的繁星。

陆星耀没有回答她的问题,只是轻轻拍了下她的脑袋:"走了,小朋友。"

剧名：当你闪耀时
主演：乔闪闪 × 陆星耀
场次：Chapter 7.
剧集：给陆老师讲戏

晚上没有陆星耀的戏，两人从城墙上下来，和制片导演打了招呼就先回酒店。上了车，杜明把副驾上一盒包装精美的小蛋糕递给乔闪闪："乔老师，这个给你。"

"啊……谢谢杜哥！"乔闪闪接过蛋糕，有点受宠若惊，"怎么突然送我蛋糕？"

"粉丝探班送的。"

"陆老师刚刚让我去买的。"

陆星耀和杜明几乎是同时开口。话落，车内有短暂的寂静。

乔闪闪捧着蛋糕，心里暖暖的，眼睛也很没出息地一热，转头泪汪汪地跟陆星耀道谢："谢谢陆老师！"

陆星耀看都没看她一眼，伸手把她的脑袋推回去，只一脸不爽地盯着前排杜明的后脑勺。

乔闪闪从前排探出个脑袋，眼睛亮晶晶地瞅着他。

陆星耀正想给她推回去，她脑袋一仰避开。

"陆老师，你在害羞吗？"乔闪闪问。

"这两个字儿和我有关系？"陆星耀不屑，扭头看窗外。

"可是你耳朵红了。"

他下意识地去摸耳朵，乔闪闪又笑眯眯地道："骗你的。"

陆星耀靠在后座上，手还在半空，轻轻"啧"了声，就去敲她的脑袋。没想到她反应还挺快，小老鼠似的，"嗖"一下，脑袋就缩了回去。

陆星耀不知怎么，突然被逗笑了。他是那种帅得很有攻击性的长相，不笑时又冷又拽，但笑起来时，又有种肆意蓬勃的少年气。

乔闪闪从前排探着脑袋看他，正对上他含着笑意的明亮双眼，微一晃神，就被他敲了下脑门。

随后他轻轻挑眉，眼神得意又含了点挑衅，像是在说——看吧，还是让我打到了。

这人真的好幼稚啊！但这会儿，乔闪闪不知怎么，感觉像是被他给传染了，两人凑不出一个正常脑子似的。

乔闪闪问："陆老师，你知道我最讨厌什么吗？"

陆星耀用眼神询问：什么？

她面无表情地道："我最讨厌别人打我头。"

"所以？"

"把你脑袋伸过来，让我打一下！"

杜明一边开车，一边不时抽空看一眼后视镜中打闹的二人，不由得在心里感慨，年轻真好啊！

这天晚上，乔闪闪特意为陆星耀送的蛋糕拍照发了个朋友圈，配文是"旧的不去，新的不来"。

陆星耀给她点了个赞。

乔闪闪心里微微一动。

过了会儿，乔闪闪找了一部旅行纪录片，关了主灯，捧着蛋糕窝在沙发上，享受交稿后的惬意时光。

香甜的奶油融化在唇齿间，优美的自然人文风光和多巴胺一起将所有坏情绪通通带走。

晚上八点过，剧组收工，乔闪闪的纪录片也播放到尾声。侯导发消息问她事情处理得如何，让她这两天闲了多盯着点陆星耀，好好给他讲讲戏。

侯导不提，她险些都要把这事忘了。

原本因交了稿骤然放松下来，感到些许空虚和无所适从的乔闪闪"噌"地坐起身，神采奕奕地回了个"好"。

敲门声响起时，陆星耀正和几个朋友组团开黑。正是团战的关键时刻，他没理会，喊了两声杜哥，见没人应，听到房间里隐约传来的水声，才后知后觉地意识到杜明在洗澡。

陆星耀抱着手机，慢悠悠地起身往门口走，一边开门，嘴里还不着调地戏谑着对面的何野："菜不菜啊你！留了个残血给你，你都能放跑？"

他的余光瞥见乔闪闪站在门口，关了手机外放的声音，问了句："乔老师有事？"

乔闪闪："我能进去吗？"

陆星耀侧过身放她进来，抱着手机回客厅。手机里传来游戏结束的音效，何野还在那头道："你怎么不说话了？再来一把啊。"

"有点事，先不和你玩了。"

陆星耀果断地挂掉语音，示意乔闪闪在沙发上坐，起身去冰箱拿了两瓶巴黎水，递给她一瓶："什么事？"

乔闪闪把剧本和笔记本摊开摆在茶几上："陆老师，我们来对一下你明天的戏吧。"

陆星耀顿时被呛了下，捂着嘴偏头咳了好一会儿。

乔闪闪从桌子上抽了纸巾递给他。

陆星耀摆摆手，缓了半晌，转头看她，张了张嘴，像是想说什么，半晌又一脸无语地闭上。

怕他不明白，乔闪闪又解释了一遍："侯导说了，我接下来的任务是给你讲戏，所以我们先讨论一下明天拍摄的部分吧。"

陆星耀："我听得懂人话，谢谢。"

乔闪闪把剧本翻到明天通告单上的第一场戏："那我们……"

"乔老师。"不等她继续说下去，陆星耀先开口打断，他语重心长道，"我知道你现在心情不太好，我能理解，但是呢，用工作来转移注意力并不是什么好办法。这样，我给你放两天假，你放松一下心情。"

"谢谢陆老师，我没有心情不好……"

"去找你的小姐妹，小曹的女朋友或者你同学都行。"陆星耀压根不听她说话，自顾自地道，"这不是马上万圣节了吗？去迪士尼玩两天，费用我全程报销。"

"真的不用了。"乔闪闪有点哭笑不得，"我真的没事。"

"不不不，你不用强颜欢笑。"

乔闪闪不说话了。

陆星耀还在说："你不想去迪士尼也行，给你报个东南亚七日游，或者去新疆滑雪，你看看你喜欢哪个？"

半晌没听到乔闪闪的回应，陆星耀转头，正对上她清澈干净的目光。

"陆老师，"乔闪闪轻声问，"你是不想让我给你讲戏吗？"

陆星耀很想说，是啊。而且你懂表演吗，你就讲？没看出来我比以前都努力吗？每天在片场被侯导骂得跟孙子似的，我说什么了吗？我没拿影帝、视帝，难道是因为我不想吗？

粉丝嘴里说着转型演正剧拿奖，其实那都是骗人的鬼话。他们就是只看偶像剧，演技什么的不重要，造型好看就行，白费那功夫没用，吃力不讨好。没看那些整天想着转型的流量都糊了吗？人也不是必须非要走出舒适圈的。

但话到了嘴边，就变成了——

"不是。"

乔闪闪点点头："那我们就开始吧。"

陆星耀抓了把头发，半天憋出一句："你等一会儿，我去一趟卫生间。"

不等乔闪闪回话，他拿着手机回了房间，房门"砰"的一声合上。

陆星耀把自己摔在床上，有些心烦地打开手机。何野刚刚发来消息，问他大晚上的什么事。

陆星耀想了想回他。

Star：你十分钟后给我打个电话。

何野：为什么？

陆星耀在房间里磨蹭到第七分钟，才打开房门出去。

乔闪闪默默看了他一眼，什么都没说。

陆星耀默默在沙发上坐下，有种有力没处使的憋屈感。他看了眼时间，告诉自己三分钟，就三分钟，忍忍就过去了，这才道："来吧。"

但乔闪闪却没急着跟他讲戏，而是道："陆老师，你还记得上个月，我跟着你在片场的那两天吗？"

陆星耀"嗯"了一声。

"我看了你的表演，虽然当时没有说过，但你真的演得很好。"

陆星耀睨了她一眼，没吭声，心里却很警惕。果然，听到她下一句接着道："但我今天去剪辑老师那里看了你近段时间的表演片段，感觉你对人物的理解可能有点偏差……"

"今天？"陆星耀有点诧异，"什么时候？"

"刚刚。"

不是，他记得她傍晚的时候，还在城墙上泪眼汪汪地跟他讲今天彻底失去了最好的朋友呢，最好的朋友就是这个待遇？两个小时就彻底被抛在脑后了？两个小时就有心情来监督他演戏了？

乔闪闪继续道："陆老师，你和裴昭这个人物真的很搭，我觉得你一定是可以把他演好的……"

"等等。"陆星耀再次打断，"我想问你一个问题。"

乔闪闪好脾气地道："你问。"

"你真的不伤心？也不难过了？不会晚上偷偷回去借酒浇愁以泪洗面吧？"陆星耀道，"要不你还是考虑一下我刚刚的提议……"

"陆老师。"乔闪闪打断，有点无奈地看着他，"你以后还是少演点烂剧吧。"

陆星耀噎住。

"不是每段关系结束的时候，都要借酒浇愁、以泪洗面。"乔闪闪道，"我全力以赴问心无愧，没有遗憾也不会后悔，结束了就是结束了，没有留恋的必要。所以，我们现在可以聊剧本了吗？"

以前没看出来，她不仅是个"黑芯"的，还是个狠人。

陆星耀勉为其难地点了点头："行。"

乔闪闪指着剧本问："陆老师，你能先说说你对这场戏的理解吗？"

陆星耀微倾下身，和她一起看剧本。两人的距离瞬间拉近，乔闪闪不知道用的什么洗发水，真的很香，香得让人想打喷嚏。

见他一直不吭声，乔闪闪问："陆老师，你想好了吗？"

陆星耀拿起剧本抖了抖，清了清嗓子，心里嘀咕着何野这家伙干什么吃的，正准备开口，手机先响了。

陆星耀瞥了乔闪闪一眼，指着手机："我接个电话。"

陆星耀一个电话打了快二十分钟才从卧室里出来，这会儿已经是夜里十点多，见乔闪闪还在沙发上坐着，对着本子写写画画的，不知道在做什么。

陆星耀微屈着一条腿，拎着手机靠在卧室门口，清了清嗓子。

乔闪闪抬头："电话打完了？"

陆星耀点头，冲她招手："乔老师，你过来一下。"

乔闪闪不明所以地拿着本子和剧本起身，陆星耀拎起手机给她看了眼时间："乔老师，我明早八点出工，六点就要起来做妆造，晚上要是休息不好，明天演戏的状态就不好。"

"所以？"

"所以我现在要睡觉了，讲戏的事咱们明天再说。"

"但是……"

没等乔闪闪说完，陆星耀先推着她的肩往外走："乔老师，我女友粉很多，这么晚了，你留在我房间也不太好，讲戏不急于这一时。"

说话间，陆星耀已经推着她出了门，不等乔闪闪转身说话，他飞快地留下一句"晚安"，房门"砰"一声合上。

乔闪闪站在酒店明亮的走廊里，对着眼前紧闭的房门，一时不知是好气还是好笑。

她莫名地又想起刚毕业那会儿短暂的当老师的经历，不知怎么，竟然有一种干回老本行的错觉。

乔闪闪没有再去敲门，她默默地叹了口气，回到房间，先给陆星耀明天的戏做好批注，然后打开电脑，给他写人物小传。

翌日，早上六点。

杜明拉开门，背上包，还忍不住回头问："星耀，我们现在出门会不会太早了？去片场也没你的戏啊。"

"赶快走，等会儿乔老师该起来了。"

说话间，两人从房间出来，没等房门关上，陆星耀先看到旁边背着包包、抱着剧本等在门口的乔闪闪。

乔闪闪笑眯眯地跟他挥手打招呼："陆老师，早上好啊。"

半响，陆星耀干笑了声："乔老师起得可真早。"

"还好。"乔闪闪谦虚道，"比不上陆老师。"

陆星耀极其无奈地仰头长呼了口气，转身往回走："杜哥，现在是有点早，我们还是等会儿再……"

"陆老师。"没等他话说完，衣袖先被人给扯住了。

陆星耀脚步一顿，回头，就见乔闪闪仰着张素净的脸看过来。她今天没戴隐形眼镜，秀气的鼻梁上架了副框架眼镜，长发柔顺地垂下来，像一些学生时代刚来的、很好欺负的实习老师。

四目相对，乔闪闪用手推了推眼镜："早一点也好，正好有时间，我们来聊聊剧本。"

看他不说话，乔闪闪又补了一句："陆老师不会言而无信的，对吧？"

语气温温柔柔，但眼神显然不是那么回事，就差直接开口，说你识相点，早晨想偷溜的事，我就不揭穿你了。

这事儿还要从昨晚说起。临睡觉前，陆星耀收到乔闪闪发来的消息，问他早晨几点出门，她和他一起走，正好趁他化妆的时候给他讲讲戏。

陆星耀假装没看见，压根就没回她。

结果二十分钟后，乔闪闪又发来一条，问他是不是觉得不方便？没关系，她可以和侯导先去片场等他。

威胁！这是赤裸裸的威胁！

陆星耀憋屈得不行，但最后还是给她回了六点半，于是这才有了现在的这一幕。

三个人就这么站在走廊上，乔闪闪好像生怕他跑了似的，手还紧紧抓着他的衣袖。

陆星耀瞥她一眼，又看一眼挂在自己衣袖上的手，最后抬头，瞄了眼走廊上的监控，"嗖"的一声抽回胳膊，还不忘冷冷地警告她："乔老师，不要动手动脚的。"

从酒店出来上了车，陆星耀先去酒店化妆，然后再去片场。

趁他做妆造的工夫，乔闪闪把昨晚写的人物小传和做好批注的剧本拿给他："陆老师，你先看一下这个。"

陆星耀感觉一个头有两个大，不想接，但在乔闪闪的注视下，还是不情不愿地接过来，翻了两下，随后合上剧本，闭上眼，敷衍道："我等会儿看。"

化妆师正在给他做造型，乔闪闪站在一边道："陆老师，你要是觉得这会儿不方便看，我可以给你念。"

"我看，我看还不行吗？"

陆星耀翻开乔闪闪昨晚写的人物小传，一边看，一边忍不住道："乔老师，虽然你剧本写得……还可以，但是术业有专攻，就比如这个人物小传，你们编剧的人物小传，和我们演员表演需要的人物小传，就不是一个东西。"

"你说得对。"乔闪闪看着他，"所以陆老师，你写的人物小传呢？我好像从来没见过。"

陆星耀一噎。

"你不想写没关系，我可以给你写，你先看看，哪里不合适我再改。"

乔闪闪觉得陆星耀就像学校里有多动症的小孩，剧本看了没两分钟就开始发呆、放空，最后从镜子里盯着她，不知道在想什么。

乔闪闪清了清嗓子，喊他："陆老师——"

陆星耀冲她勾了勾手指："乔老师，你过来一下。"

乔闪闪不知道他又想干什么，走到他身边。陆星耀让杜明拿了面包和酸奶过来："还没吃早饭吧，来吃点东西。"

乔闪闪接过面包和酸奶："谢谢，剧本……"

"我知道，我会看的。"陆星耀打断，问她，"乔老师，我们是不是朋友？"

乔闪闪啃着面包没吭声，若有所思地盯着陆星耀。

半天没等到回答，陆星耀从镜子里看她："你怎么不说话？"

乔闪闪把面包咽下去："我在想。"

陆星耀："想什么？"

"想你接下来准备说什么。"乔闪闪道，"是不是类似于什么好朋友要互帮互助之类的？"

陆星耀一脸"见鬼了"的表情盯着她。

乔闪闪冲他微微一笑："陆老师，你还是好好看剧本吧。"

一连三天，乔闪闪每天晚上给陆星耀讲戏梳理人物，白天和他一起来片场，陆星耀拍戏，乔闪闪就在监视器后面看。

最近拍的是裴昭被俘后逃回故国，却发现自己身败名裂、家破人亡，满心仇恨却无处可报的戏份。

其实乔闪闪对陆星耀的表现不太满意，但侯导好像没什么意见，往往一场戏拍上一条，顶多再来一条就给过了。

虽然知道质疑侯导很不好，但乔闪闪忍了很久，还是忍不住委婉地道："侯导，您对陆老师最近的表现满意吗？"

"你是想问我为什么给他过吧？"侯导看了站在旁边的乔闪闪一眼，招呼助理拿椅子过来让她坐，"我让他过，不是因为他表现得好，是因为他只能演成这样。"

侯导一边喝茶，一边盯着监控器道："至少现在不拖后腿。你还在酒店赶剧本那两天，我都能被他气死，也就是这两天有你盯着他，能演成这样不错了。"

乔闪闪想说什么，张了张嘴，欲言又止。

侯导吹着杯子里的浮叶，还有心情安慰她："小乔啊，追求极致和完美的想法是好的，但影视剧是妥协的艺术，别为难自己。"

乔闪闪笑了笑没吭声，心不在焉地想，陆星耀的问题到底在哪儿？

这天中午，陆星耀在房车里午睡醒来，一转头，就见乔闪闪正戴着耳机在看视频。他撑着床坐起身，正准备问看什么呢，就和屏幕里一张极其熟悉的脸对上。正是他在北影念书时的班主任，也是他的表演课老师。

即便毕业这么多年，他还记得当年那老头在公开课上指着他的鼻子骂他，让他趁年轻不如早点转行，说他这种没有一丁点天赋的人，只适合当花瓶，不适合当演员。

陆星耀当时还很不服气,他怎么就不适合当演员了?

结果后来果然让这老头说中了,只是娱乐圈的规则也变了,反而让他这种没有一点演技天赋的人发光发热、大红大紫。陆星耀有时候也会很不厚道地想,不知道班主任现在在电视上看到他,会是什么心情?

乔闪闪看得正认真,耳机忽然被人给摘了。她有些茫然地回头,正对上陆星耀放大的脸。乔闪闪微微往后仰了下:"你醒了?"

陆星耀没回答,看了她一眼,又看她的屏幕:"你干吗呢?"

"看北影的表演课。"乔闪闪老实道,说着还指着屏幕给他看,"听说这个邵老师是你们那一届的班主任,我觉得他讲得还蛮好的……"

"不是,你一个编剧,看什么表演课?想转行当演员?"

"我就看看,看能不能找到原因。"

"你想找什么原因?"

乔闪闪看了他一眼,没说话。但陆星耀却读懂了她的意思,找他身上的原因。

那一瞬间,陆星耀看着她乖巧恬静的脸,莫名有种毛骨悚然的感觉。他很想骂人,但张了张口又闭上了,拿着手机起身,一言不发地下了车。

乔闪闪喊了两声"陆老师",他不仅没回头,反而跑得更快了,简直像落荒而逃。

乔闪闪有些困惑地收回目光,看了眼时间。还没到他拍戏的时候啊,她刚刚有说什么吗?他跑那么快干吗?

何野刚刚拍完一场戏下来,就见自己的专属座椅上躺了一个人。

众所周知,剧组的椅子不能随便坐,他虽然没有陆星耀、宁芷那么大的咖位,但好歹也是有名有姓、能叫得上名字的演员,谁那么不长眼敢坐他的专座?

何野十分不爽地走上前,正想发作,一眼认出面前这个宽肩窄腰大长腿的极品就是陆星耀。

好吧,谁让他红呢。

何野踢了踢他那长到逆天的腿。

"我说大明星,你好好的房车不待,跑我这儿来干吗?"

陆星耀把脸上的剧本拿下来,一脸生无可恋:"让我在你这儿躲会儿。"

助理把椅子让出来,何野搬着椅子,挪到陆星耀旁边,一边喝水一边道:"你躲谁呀?"

"你说我躲谁?"

这两天,编剧老师天天追着这家伙给他讲戏的画面,已经烙印在了剧组所有工作人员的心里,何野很不厚道地笑出了声。

"我怎么觉得你还挺享受的?"

"我享受个屁!"陆星耀一脸烦躁,"我快被烦死了。我就不是那种喜欢演戏的人,你又不是不知道。"

陆星耀说着坐起身,何野很有眼色地递了一瓶水过来。

陆星耀拧开,"咕嘟咕嘟"一连喝了半瓶,接着又道:"你知道乔老师刚刚在干什么吗?"

"干什么?"

"她在看邵老师的表演公开课。我看她马上不是给我讲戏,是要直接指导我演戏了!"

何野没忍住,捂着肚子爆笑出声,引得周围人纷纷围观。直到陆星耀捏扁了手里的水瓶,他才很有眼色地闭上嘴,一脸无辜地在唇上比着拉拉链的动作。

陆星耀冷冷地睨他一眼,火憋在心里无处可发,起身想走,被何野拉住。

"哎哎哎,别急着走啊。"何野搂住他的肩,嘴角还憋着笑,"不就一个小编剧,至于吗?你不愿意,她还能对你用强?把你绑起来给你讲戏?"

陆星耀很烦,耸了下肩,把他的胳膊甩开:"我拒绝不了她。"

何野觉得陆星耀有点莫名其妙:"怎么就拒绝不了?你可是陆星耀,投资方你都说拒绝就拒绝,还能被一个小编剧给拿捏了?"

"你不懂。"

"那你说说?你怎么就拒绝不了了?拒绝了能怎么样?"

陆星耀张了张口,闭上,又张了张:"我要是拒绝了,她肯定得哭,哭了我还得哄,说不定她还要去侯导那儿告状……"

"不是,兄弟。"何野一言难尽地看着他,"这不都是你的臆想吗?"

半晌,陆星耀认命地叹了口气,终于说了实话:"不知道为什么,我好像有点……"

"有点什么?"

"怕她。"

那个"怕"字,陆星耀几乎是含在喉咙里哼出来的。

何野没听清,问:"什么她?"

"怕——"

"哦。"何野大声,"你怕她!"

"你不用重复一遍,也不用那么大声。"陆星耀简直想打死他,烦躁地摸了把脖子,"算了,跟你说你也不懂。"

谁料何野这次却道:"我懂!我可太懂了!"

陆星耀轻轻挑了下眉。

"你记得我前女友吗?"何野问。

没等陆星耀开口,何野便自顾自道:"我对我前女友也这样,明明很烦,但不知道为什么,一想到要拒绝她,心里就发怵,但她明明挺温柔的。后来分手后,我找大师给我们俩算了一下,发现她克我。"

何野信誓旦旦道:"我估计乔老师也是这种情况,她肯定克你。我这儿有一个特别准的大师，要不给你俩算一下？"

"滚！"

陆星耀想，他真是有病，才会听何野在这儿说这么一堆废话。

乔闪闪拿着剧本过来的时候，还看到陆星耀在和何野说话，等走到跟前，却只见何野，不见陆星耀了。

乔闪闪四处看看，问何野："何老师，陆老师去哪里了，你知道吗？"

何野笑眯眯地看着她："又给星耀讲戏啊？乔老师，你回答我一个问题，我就告诉你，成不？"

"什么问题？"

"你的八字是什么。"

大概也知道自己的问题比较奇怪，何野摸了摸鼻子，开始找补："呃，我主要是想……"

"算命是吧。"乔闪闪有点无语，"陆老师让你问的？"

说起来，钻研玄学也是娱乐圈的老传统了。开机拜神、签合同前先算一卦、逢年过节去雍和宫上炷香什么的，在娱乐圈是再正常不过的操作。

因为《关山月》的进度太慢，中途工作室也接触过不少别的项目。其中有个亲情向的情景喜剧，乔闪闪剧本都写一半了，甲方突然提出终止合同，原因是他找大师算过了，这个项目会黄掉，所以决定不做了。

接到解约通知时，乔闪闪都不知是好气还是好笑。

该说不说，单从结果看，这大师算得还真挺准，但要细究项目黄掉的原因，又充满了黑色幽默。

乔闪闪在片场绕了一大圈，最后是在侯导那儿找到陆星耀的，隔着老远都能听到他的抱怨声——

"要不您再给她布置点任务吧，剧本让她再改改，管管她成吗？不然她整天闲着没事干，就逮着我祸祸。"

"那不挺好？"侯导慢悠悠地喝着枸杞红枣茶，"你看你这两天收工多早，还不是小乔的功劳。"

"好什么好，您不知道，她已经在看北影的表演课了！"

侯导还没见过他如今这副模样，捧着杯子乐得不行。

"侯导，您当初可是跟我说好的。"陆星耀道，"只要我不拖后腿就行——"

没等陆星耀说完，身后传来两声轻咳，陆星耀瞬间闭嘴。

侯导笑眯眯地招呼："小乔来啦。"

"侯导。"乔闪闪点点头，又转头和陆星耀打招呼，"陆老师。"

陆星耀摸了把后颈，避开她的目光，含糊地"唔"了一声，转头问侯导："是不是准备开拍了？"

侯导看了眼时间，招了招手。场记和副导演立刻拿着喇叭开始喊人。

陆星耀拿着剧本往片场走,眼神始终避着乔闪闪。从乔闪闪身边路过时,她突然叫了他一声:"陆老师。"

陆星耀这才瞥了她一眼。

乔闪闪冲他挤出两个小梨涡:"加油。"

陆星耀喉结滚了两下,什么也没说,转身走了。

接下来要拍的这场戏,是裴昭得知当年自己战败被俘,乃至祸及全族是因为被人陷害,如今他隐姓埋名,回到故土查询真相,却意外撞见奉命缉拿他的袁舟。昔日的好友成为如今的死敌,误解与仇恨充斥在两人之间。

这是一场物是人非的对峙戏,场面动作的调动不大,但情绪张力很强,可陆星耀的表演就怎么说……

其实这些天下来,乔闪闪也多少能摸清楚陆星耀的表演习惯。那些耍帅的、松弛的日常,他一般都演得很好,单一的情绪爆发戏也还不错,但一旦涉及复杂的、比较有紧迫感的戏,他就会出状况。

其实乔闪闪觉得很奇怪,陆星耀本人是一个气质很矛盾、很有张力的人。但他演戏时却完全没有张力,戏份稍微复杂一点,他的情绪就很单薄,浮在空中,显得假。

乔闪闪之前以为陆星耀是文化水平有限,理解不了复杂的剧本和人物,但这些天沟通下来,她发现陆星耀并不是理解能力的问题。很多东西他能理解,但就是表演不出来,即便乔闪闪帮他把每场戏的情绪拆解、动作设计好,他演出来也总会不自觉地就演歪了,乔闪闪不知道问题到底出在哪里。

在乔闪闪神游的时候,侯导喊了"卡",让陆星耀过来,转头对乔闪闪道:"小乔,你再给他讲下这场戏,情绪不对。"

"好。"乔闪闪应了一声,等陆星耀过来,把水递给他。

趁着陆星耀喝水的工夫,乔闪闪又把他表演有问题的几个地方详细地讲了一遍。

陆星耀拧着瓶盖"嗯"了一声,皱眉看剧本,也不知道有没有听进去。

乔闪闪想了想,决定跟他聊点别的:"陆老师,你演戏是方法派,还是表现派?"

陆星耀瞥了她一眼,默默往旁边挪了挪,没吭声。

乔闪闪毕竟不是演员,对各种表演流派的理解比较浅薄,但她觉得陆星耀应该是表现派?全是技巧,没有感情。当然技巧也没有很好,只能说是合格。乔闪闪之前给他讲戏,也更偏向于用什么样的动作,或者设计细节,来帮他进行情感的表达,但她现在决定换个方向试试。

"比如这场戏,他其实是有表里两层情绪的。表面上他们现在是敌人,所以裴昭不想和袁舟或者不愿意和袁舟见面,但更深一层,是他不愿意袁舟看到自己现在的样子。"

看一眼陆星耀没什么表情的脸,乔闪闪尝试着帮他理解这种感情。

"比如说……你想象一下，假如有一天你在娱乐圈混不下去了，去夜店当侍应生，然后发现点你的客人，正是曾经天天跟你表白、将你视作神明的粉丝。"

陆星耀冷笑："乔老师，你是会比喻的。"

"代入一下，能理解那种感觉吗？"

"不能。"陆星耀面无表情，"只有我不想混，没有我混不下去这一说。"

乔闪闪心虚地笑笑："就是你不想自己不堪的一面被在意的人看到，帮你具象化一下，没有冒犯的意思。"

乔闪闪还想说点什么，副导演过来问："陆老师，准备好了吗？"

"好了。"陆星耀拿剧本敲了下她的头，不等乔闪闪反应，就转身走了。

场记打板，拍摄开始。

陆星耀按照设计好的走位，闪身进入小巷，和早已守候在此处的袁舟撞个正着。他转身欲走，后路却已被堵死。

袁舟在身后道："裴昭，真的是你。"

陆星耀没有立刻转身，这一瞬间，陆星耀不知怎的，脑海中浮现出乔闪闪刚刚为他描绘的场景——

昏暗的酒吧，陆星耀穿了件真空小马甲，满心悲愤又扭扭捏捏地被经理领着，推开面前的包间门。经理殷切地跟沙发正中被众星捧月的女人介绍："乔小姐，这可是我们店里的头牌，曾经风靡万千少女的顶流——陆星耀！"

女人抬头看来，正是乔闪闪。

陆星耀猛地打了个哆嗦，一瞬间汗流浃背。

"卡！"侯导十分不满，"陆星耀，你演得好好的，走什么神？"

陆星耀回神，抹了抹额头上并不存在的冷汗，比手势示意再来一遍。

场记重新打板，乔闪闪站在监视器后面看着，但无论重来多少次，陆星耀眼中都没有刚刚那一闪而过的灵动。

拍到第五遍的时候，侯导终于勉强给他过了。

陆星耀从片场下来，乔闪闪给他拿水，忍不住问："陆老师，刚刚拍第一遍的时候，你在想什么？"

陆星耀默默往旁边挪了挪，仰头喝水没搭理她。

乔闪闪锲而不舍："侯导喊卡之前的那一段，你的感觉特别对。要不你再去看看，回忆一下？"

回忆什么？

一整个下午，陆星耀都十分心不在焉。侯导看着他那萎靡不振的样子，索性让他先回去休息了。

陆星耀收工，乔闪闪自然跟着他一起回酒店。

上了车，乔闪闪系上安全带，转头道："陆老师。"

陆星耀现在听见她叫"陆老师"就神经衰弱，几乎是立刻道："资本家都只让'996'呢。侯导都给我放假了,咱休息一晚上行不?"

见乔闪闪不吭声,他叹了一口气,软下语气道:"我晚上真的有事,约了品牌方吃饭的。"

之前他答应帮宁芷牵线一个高奢代言,品牌市场部的人正好来横店探班,他特意组了个局介绍两人认识。

乔闪闪:"我是想说,明安回来了,今天晚上我也请个假。陆老师,你好好休息。"

陆星耀:"哦。"

乔闪闪想起一件事,转头问:"对了,陆老师,你要我八字是要算什么?"

陆星耀正和曹小北发消息,闻言抬头:"我?"

乔闪闪:"不是你吗?"

陆星耀有点无语:"何野管你要的?"

"啊。"

"你给了?"

见她点头,陆星耀简直想掰开她的脑袋,看看她的小脑袋瓜里都装了些什么:"这种东西是能随便给人的吗?"

"我又不信这个。"乔闪闪说着,谨慎地看了他一眼,半开玩笑地道,"陆老师,你不会是想找个理由,比如咱俩八字不合什么的,把我开了吧?"

陆星耀:"我看起来像那种人?"

乔闪闪没说话,但眼神里流露出的意思分明是——看起来很像。

她嘴巴上乖巧道:"不是就好。"

晚上七点,乔闪闪坐在烤肉店里。菜品已经全部上桌,她正准备给项明安发消息,一杯热奶茶贴在她脸上。乔闪闪回头,就见项明安正笑眯眯地站在她身后。

乔闪闪起身和她拥抱,又看看后边:"小北没来吗?"

"陆星耀有个饭局,他跟着去了。"

"刚回来就加班啊?"

"何止呀,我们在外面那几天,小北天天给陆星耀发消息,问他每天做什么、吃了吗之类的,我这个女朋友感觉像是多余的。"

乔闪闪听着项明安的吐槽,忍不住被逗笑:"那你们以后有什么打算吗?小北也不可能一直当助理吧。"

"魏总现在在带他,准备往经纪人的方向转。其实他现在也算是陆星耀的执行经纪,主要是陆星耀这个人吧,龟毛得很。"项明安忍不住吐槽,"之前换了几个助理,他都不满意,最后小北只好又回去。哎,等明年陆星耀合约到期再看吧,不管他是退圈,还是自己成立工作室,肯定得把小北放出来。"

乔闪闪愣了愣:"退圈?"

项明安环视一圈,手指竖在唇上,比了个噤声的手势,压低了声音道:"我也是听小北说的。他好像是有这个打算,但也说不准。"

"为什么要退圈?"

"谁知道呢。"项明安耸了耸肩,"反正我要是一年净赚几个亿,我才不退圈,那可是几个亿啊!哪像咱们,一年到头拼死拼活也就几十万。"

说到最后,项明安叹了口气,摆摆手:"算了,不说他了。我又接了个活,下月底进组。你猜男主角是谁?"

项明安神秘地冲她眨了眨眼。

看项明安的表情,乔闪闪心里微微一动:"不会是……周时越吧?"

"对了!就是你最最喜欢的周老师啦!"

乔闪闪捂住嘴,满眼冒星星:"那我到时候是不是可以去你们剧组串门?看周时越演戏、跟他合影、找他要签名?"

项明安拍拍胸脯:"包在我身上!"

另一边,今天的饭局,陆星耀把何野也叫上作陪。

宁芷正和品牌方负责人打得火热,陆星耀想起乔闪闪问他的话,在桌下踢了何野一脚:"你问乔老师要八字了?"

"……啊。"

陆星耀皱眉"啧"了声,正准备说"你是不是有病",何野先拿出手机:"你别急,我帮你看看大师算好没有。"

陆星耀本想说"我没急,谢谢",但话到了嘴边,不知怎么就变了:"怎么说?"

何野抬头看了他一眼,一副支支吾吾的表情。

陆星耀下意识地将何野的手机抢了过来。

何野想拦没拦住,只好干笑两声:"那个,大师误会了,以为你们是要合婚,我已经让他重新算了。"

手机上,陆星耀看着那个备注"张天师"的对话框。密密麻麻的大段对话中,一个很有冲击力的词映入眼帘——天作之合。

呵呵,什么大师,江湖骗子罢了。

而这会儿,那江湖骗子还在继续喋喋不休,说什么从没见过如此搭配互补的两个人,感情上鹣鲽情深、从一而终,事业上相互扶持、共同登顶,合则两利,分则两败……吹得天花乱坠,要不是说的是他和乔闪闪,陆星耀几乎都要信了。

呵,现在就让他拆穿这个江湖骗子。

陆星耀直接拿着何野的手机开始跟这个"张天师"对线。

何野:让大师您浪费口舌了,可惜了,我们不是算合婚。

张天师:天作之合。

何野：大师，要不您还是先给自己开个天眼吧。

张天师：天作之合。

何野：人话都看不懂，也能跑出来当骗子？你们这行没有门槛的吗？

张天师：天作之合。

何野：江湖骗子别装了，等会儿就拉黑举报你。

何野：你是复读机吗？还是AI？对线都不敢自己上？

张天师：听不懂人话是吧？

何野：你说的是人话？

张天师：不管你们现在什么关系，都是天作之合，爱信不信，拉黑了！

陆星耀再发消息，就显示信息已拒收。呵，说不过就拉黑，这骗子也就这点能耐了。

陆星耀把手机丢回何野的怀里："那江湖骗子破防了，自己跑路了。"

何野连忙拿起手机看了一眼，看到那个被拒收的红色感叹号后，一口老血喷了出来，手指颤颤巍巍地指着陆星耀："你、你……"

陆星耀夹了一颗花生丢嘴里："不用太感谢我。另外建议你还是装个反诈App吧，不然就你这智商，哪天就遭遇杀猪盘了。"

"你懂什么，这个大师很准的！我好不容易才加到的！"何野欲哭无泪地喊出下半句。

"哪儿准了？"陆星耀冷冷地睨他，"我和乔老师，天作之合？儿女双全？鹣鲽情深？荒谬不？"

"有什么荒谬的，万事皆有可能。"

"呵！"

"陆星耀，你不对劲。"何野瞅他两眼，"你知道心理学上有一种现象吗？有时候你越排斥什么，就代表你越被什么吸引。"

何野问："你不觉得你刚刚的反应有点过激吗？"

陆星耀面无表情地放下筷子："不觉得。"

不知道是不是被那江湖骗子一连串的"天作之合"给洗脑了，这天晚上，一向睡眠很好、很少做梦的陆星耀做了一个梦。

布置得恢宏盛大又华美的婚礼现场，司仪正拿着话筒，慷慨激昂地演讲——

"接下来，让我们祝福这对天作之合的新人！现在，请新郎为你的新娘戴上戒指，从此以后，你们将成为夫妻，互相陪伴，互相扶持……"

陆星耀穿着一身高定西服，捧着足有十克拉的钻戒，在司仪的指引下，走到穿着婚纱的乔闪闪面前。

梦里的陆星耀没觉得这画面有什么不对，甚至还有点隐隐的兴奋。

他捧起她的手问："你愿意嫁给我吗？"

梦里的乔闪闪温柔地注视着他，但说出口的话却是："你能好好演戏吗？"

陆星耀的笑容僵在脸上，随后，两个在身后帮乔闪闪牵着婚纱裙摆的小孩齐声问他："爸爸，你能好好演戏吗？"

陆星耀是被吓醒的。

房间里，遮光窗帘拉得严实，分不清白天黑夜。他拿起枕边的手机看了眼时间，还不到凌晨四点。

心脏还在"咚咚咚"地狂跳，陆星耀按着胸口深呼吸。半响，他抱着被子痛苦地翻了个身，想到刚刚那个离谱又诡异的梦，心里冒出一个荒谬的念头。

他不会……真的喜欢乔闪闪吧？

陆星耀猛地一激灵，随后抓着旁边的枕头，泄愤般地用力丢出去。

他喜欢乔闪闪？哈！怎么可能。他喜欢她什么？她那么普通，有什么好值得他喜欢的？他要喜欢也是喜欢——

陆星耀原本想找个参照对象，比她美，比她优秀，比她有能力，最好是能狠狠地碾压她！

但脑子转了一圈，却是空空如也。最后浮现在脑海里的画面，是前些天她站在城墙上，眼里含着泪，说今天的夕阳真美。

……见鬼了。

陆星耀再次痛苦地翻了个身，觉得这日子是一天也过不下去了。

早晨六点半，陆星耀准时出门，看到雷打不动站在门口等他的乔闪闪。他原本不想搭理她的，但随便扫了那么一眼，就看到不算明亮的走廊灯光下，她红红肿肿的双眼，明显一晚上没睡又哭过。

陆星耀脸色微变，语气很差："有人欺负你了？"

乔闪闪打了个哈欠："没有啊。"

"那你哭什么？"

"昨晚上看电影，没忍住……"像是觉得不好意思，她推推眼镜，又扒拉两下刘海，试图挡住眼睛。

陆星耀随口问了句："什么电影？"

乔闪闪："《风雪少年》。"

陆星耀脚步微微一顿，不知怎的，心中忽然涌起一股没来由的抗拒与烦躁，仿佛某种不愿示人的隐秘被窥探。他沉默着没说话，本想警告她越界了，可想到电影是自己拍的，又什么都说不出口。

乔闪闪抬头去看，就见陆星耀已经扣上帽子，大步往前走，声音冷冷淡淡的："看那个干吗？"

陆星耀一共演过三部电影，三部口碑都很差，但其中两部他至少是一番，票房也能拿得出手。

可这部《风雪少年》……它是一部文艺片，陆星耀在里面只饰演一个男配角。戏份不多，票房也不高，只有几百万。粉丝很少提起，路人也几乎不知道。

其实乔闪闪不仅看了这部《风雪少年》,还把陆星耀出道以来的所有戏都看了一遍。陆星耀的表演基本上可以分为三个阶段,正好对应着他出道以来的三个时期。

第一阶段是从他出道到十五岁退圈前。演技肉眼可见的稚嫩,但他身上那种蓬勃不羁、无惧无畏的少年气真的太灵了。不管演得好不好,他往那儿一站,那种耀眼的生命力就让人无法移开目光。

第二阶段是他短暂退圈后复出,到再次大火之前。不知道是不是人沉淀下来了,这个阶段反而是他演技最好、最认真,也最努力的阶段。《风雪少年》就是在这个阶段拍的。这部电影有着一般文艺片都有的毛病,晦涩难懂、故事矫情且故弄玄虚,但陆星耀却在这样一部电影里,贡献了他出道十几年以来最高光的演技。

看着他饰演的少年像垃圾一样,浑身脏兮兮地躺在雪地里,太阳缓缓升起,而他眼里的光却在一点点熄灭。那一瞬间,乔闪闪感觉死去的不是电影中的少年,而是十五岁时那个意气风发的陆星耀。

乔闪闪并不知道自己哭了,是在电影结束很久后,她从情绪中抽离出来,才发现脸上湿漉漉一片。

第三阶段就是他十九岁再次走红后至今,没有了第一阶段时那种耀眼的生命力,也没有了第二阶段的努力认真,有种玩世不恭、游戏人间的冷眼旁观,他好像把自己彻底抽离出来了。

乔闪闪:"我觉得你在里面演得很好。"顿了顿,又道,"非常好。"

陆星耀冷冷淡淡地"哦"了一声。

他戴着口罩、帽子,乔闪闪看不清他的表情,也不知道他现在是什么反应。她猜想他是不是因为曾经认认真真演的戏没有得到认可,反而摆烂后大火,从而在这个错误的反馈里越走越远?但是感觉并不像。

乔闪闪觉得,无论是编剧还是演员,想要创作出一部足够打动人心的作品,或一个足够让人共情的角色,并不是只需要技巧就足够的,必须要创作者把自己剖开,把曾经的一部分血淋淋地拿出来,才足以打动观众,就好像她在角色身上看到的那个一点点死去的陆星耀,并不一定是她的错觉。

其实到了这会儿,乔闪闪已经能隐隐约约感觉到陆星耀的问题出在哪儿了。但他明显不想谈,乔闪闪也不好再提,只是耐心地鼓励他:"所以我觉得,《关山月》你也一定可以演好。"

陆星耀的胸膛用力起伏了一下。说实话,他现在真的很烦,甚至隐隐有点后悔,当初为什么要找她来当这个编剧。说好的只是帮侯导找个编剧改剧本呢?现在看,他完全是给自己找了个祖宗。

陆星耀实在没什么脾气地叹了口气,冲她勾了勾手指。等她凑过来之后,他微弓着身,在她耳边道:"乔老师,告诉你一个秘密,我明年就退圈了。"

即便昨天已经从项明安口中得知,但和从他嘴里听到,还是完全不一样的感受。

乔闪闪转头看他,两人四目相对。陆星耀漆黑的双眸中有一抹不易察觉的倦怠感,几乎就差直接说:你让我一个即将退休的人员争当先进,没事吧?

乔闪闪没吭声。

陆星耀拍了拍她的肩,直起身:"差不多就行了,你没看侯导都没意见……"

没等他说完,乔闪闪先开口了:"但这是你的工作。如果真像你说的,那《关山月》就是你的最后一部戏,你难道不是更应该把它演好吗?"

陆星耀真的很想拽着她的耳朵吼,能不能别傻别天真了!观众开着三倍速看剧,演好演坏他们能看出来就有鬼了!

但话到嘴边,在喉咙里滚了两圈,最终还是咽了回去。他一言不发地出了电梯,腿长步子也大,往前走时带起一阵风,任谁都能看出他心情不好。

两人一前一后地上了车,车厢里都被低气压环绕。曹小北在副驾上跟乔闪闪使眼色,用眼神询问怎么回事。乔闪闪摇了摇头,说实话,她也不清楚。

陆星耀虽然对讲戏这事儿一直有抵触情绪,但之前也还好,就像学生不想上学,"社畜"不想上班,能理解也能控制,但他今天的抵触情绪似乎尤其严重。

难道真的是她逼得太紧了?

乔闪闪默默反思了一下自己,觉得也还好吧?如果他能更配合一点,效率至少提高一倍。

乔闪闪想了想回头:"陆老师……"

陆星耀坐在后座上,两腿敞着,脑袋往后仰,听见她的声音,把剧本扣在脸上,拒绝沟通的意思很明显。

乔闪闪:"我们今天不聊剧本,聊聊天吧。"

陆星耀半晌没吭声,好一会儿,把脸上的剧本拉下来,只露出两只眼睛看着她:"你想聊什么?"

"随便聊聊啊。"乔闪闪说,"有什么圈内八卦吗?"

陆星耀冷淡地道:"没有。"

"那聊聊你的成名史吧。"

乔闪闪若有所思地打量着他,心想一般成功人士都很喜欢对自己成功的经历夸夸其谈,也许可以借此找到突破口,打开他的心扉?

可陆星耀却道:"没什么可聊的。"

"怎么会呢?你这么红,几乎开创了一个时代,是很多演员终其一生也无法达到的高度。"乔闪闪道,"如果百年后,影视行业还存在的话,那你一定会在中国影视史上留下一笔。即便是这样的成就,也没什么可聊的吗?"

陆星耀依然不为所动,冷冰冰地丢给她两个字:"没有。"

这话题是一点也聊不下去。

今天剧组没有排夜戏，收工早，乔闪闪原本想晚上等陆星耀休息好了去找他聊，可等到傍晚收工后，侯导说有个饭局，要介绍一个朋友给陆星耀认识。

乔闪闪本想说既然如此，她就先回去了，谁想侯导看她站在一旁，便笑眯眯地叫她一起："小乔也来。"

乔闪闪"啊"了一声："我就不去了吧。"

"没事，几个朋友聚一聚，不喝酒。"侯导故意卖了个关子，"你去了就知道了。"

吃饭的地方定在一家粤菜馆，一行人在服务员的带领下，来到包间门口。服务员轻轻敲门，随后包间门从内打开。

包间里就坐了两个人，听到声音，起身来迎。

为首的男人穿了一身简单的毛衣、牛仔裤，身高比陆星耀稍矮一些，脸长得很秀气，整个人有种温文尔雅的书卷气，正是周时越。

陆星耀听到身后传来乔闪闪的抽气声，回头，就见她正捂着嘴，眼里的星星几乎要冒出来。

陆星耀本就已经很差的心情越发雪上加霜，现在脑子里只有一个念头——他想爆炸。

周时越和侯导握手，简单寒暄两句，随后冲陆星耀伸手："陆老师，久仰。"

陆星耀两手插兜里，懒懒散散地站着，眼神冷淡地瞥了周时越一眼，又看了眼他伸在半空的手——半晌，才不情不愿地从口袋里抽出手，和他握了下，脸上的表情很冷淡："周老师。"

周时越并没有把陆星耀的不礼貌放在心上，轻轻拍了下他的肩，玩笑道："陆老师今天似乎心情不太好。"

"哪里。"陆星耀扯出一抹虚情假意的笑，"刚收工，有点累。"

"理解。"

直到这会儿，周时越才注意到站在陆星耀身后的乔闪闪。没等他开口，乔闪闪主动打招呼："周老师好，我是《关山月》的编剧乔闪闪。"

周时越点头："乔老师好。"

两人握手，陆星耀在一旁看着，莫名觉得有点刺眼。而且她的手怎么那么小？明明周时越只礼貌性地握了一半，都几乎要把她整个手包住了。

短短两秒的时间，周时越就收回手，招呼三人落座。乔闪闪捧着被周时越握过的那只手，脸颊粉扑扑的，一脸幸福得仿佛要晕过去的模样。陆星耀甚至怀疑，如果不是周围还有其他人在场，她能捧着那只手亲一口。

至于吗？能不能有点出息。

陆星耀冷冷地瞥她一眼，大步越过乔闪闪，在周时越身边的座位坐下。

乔闪闪眼巴巴地望着侯导坐在了周时越的另一边，有些遗憾地拉开陆星耀旁边的凳子落座。

周时越让助理叫服务员上菜，随后起身，提着茶壶亲自给众人倒茶。

"星耀，小越早就想和你认识，跟我提过好几次。之前也没什么合适的机会，正好这次你们都在横店拍戏，有空常出来聚聚，也算是朋友了。"待周时越落座，侯导主动端起茶杯介绍。

周时越想认识陆星耀？乔闪闪有些惊讶地看了他一眼。

同样惊讶的还有陆星耀，他懒懒散散地靠在椅背上，微挑了下眉，转头看周时越："周老师认识我做什么？"

"还是叫名字吧，叫老师总感觉怪怪的。"周时越笑了下，"上个月杂志封面的事，还要多谢星耀你推荐资源。"

他说的是陆星耀赶回北京和Shining见面那天的事儿。

陆星耀觉得周时越这话挺虚伪的，那种级别的资源，他周时越又不是接不到，扯了扯唇角道："该我谢你救场才对。"

两人说话间，包间门推开，服务员进来上菜。周时越不再说话，主动拿出手机调出二维码："星耀，来加个微信吧。"

陆星耀瞥了他一眼，随后低头拿手机扫码。

说实话，他觉得周时越这个态度就挺奇怪的。周时越没红之前，他们一个是腥风血雨的顶流，一个是无人在意的十八线小透明。周时越爆红之后，他们可以说是王不见王。粉丝撕得腥风血雨，各种活动盛典都有意避开对方，这甚至可以说是他们第一次见面。

陆星耀红了这么多年，期间大大小小冒头的新星无数，可真正对他顶流地位产生威胁的也只有周时越。要不是周时越爆红之后立刻转型，现在顶流的位置是谁还不一定呢。但也因为周时越的转型成功，虽然他的流量现在比不上陆星耀，但咖位和口碑确实有隐隐越过陆星耀一头的趋势。

乔闪闪眼巴巴地在一旁看着两人互加微信，感觉内心快要被羡慕嫉妒恨填满，现在满脑子都是——她也好想加到偶像的微信啊！

乔闪闪试探着问："周老师，我可以加一下你的微信吗？"

侯导闻声笑眯眯地在一旁帮腔："小越，我们小乔还是你的粉丝呢，你可不能拒绝。"

"当然不会。"像是怕她够不到，周时越特意起身，倾身把手机递过来，笑了笑道，"谢谢编剧老师喜欢。"

乔闪闪激动得手都在抖："周老师这么优秀，当然值得所有人喜欢！"

陆星耀听着这话，莫名觉得刺耳。

加完微信，乔闪闪又和周时越你一句我一句地聊了起来——你问我都有哪些作品，我问你新剧什么时候开机；一个说喜欢你的采访和表演，另一个就邀请等开机了来现场看……一句接一句，简直没完没了。

陆星耀转头瞥了她一眼，就见她脸颊粉扑扑的，看向周时越的眼神闪烁，满是少女的娇羞。陆星耀也说不清自己现在心里是个什么滋味,总之就是浑身上下哪儿哪儿都不对劲,几次试图转移话题,都被乔闪闪接了过去。

陆星耀憋着一口气,忍不住拿手机给她发消息。

Star:乔老师,咱矜持点儿行吗?不要一副没见过世面的样子。

Star:你跟前就有个顶级大帅哥,你天天看不够,还要去看外边的?

Star:你这样,让我的面子往哪儿搁。

乔闪闪光顾着和周时越聊天,手机连连振动好几下都没注意,直到陆星耀敲了敲桌子,提醒她看手机才想起来。

隔了会儿,陆星耀收到一条来自乔闪闪的回复。

乔闪闪:陆老师,不是你长得不帅,只是你的长相不是我喜欢的类型。

陆星耀盯着屏幕,要不是周时越还在旁边,他估计能把手机给砸了。

这晚的饭局不到八点就在陆星耀的催促中结束了。以为他晚上还有事,周时越也没挽留,邀请他过两天空了再出来聚。

乔闪闪依依不舍地和周时越告别,直到上了车,还意犹未尽地回味着和周时越短暂的相处。

不愧是拉她入坑的偶像,真人比剧里好看帅气一百倍不说,性格也超级好、超级温柔!他还说今天没带照片,想要签名照的话,让她给他发消息,这是什么善解人意的小神仙!

侯导和陆星耀并排坐在后座,这会儿正语重心长地对陆星耀道:"小越这孩子不错,是个值得深交的人,圈子里交个朋友不容易,你们以后可以常来往。"

乔闪闪在前排竖着耳朵偷听,情不自禁地跟着侯导的话点头。她的眼光,果然错不了。

"侯导和周老师很熟吗?"乔闪闪好奇地转头问。

"我和他父亲很早就认识了。"侯导道,"算是看着他长大的。"

乔闪闪点点头,想起周时越谈过他的家庭。他父亲是运动员退役,很早就开始做生意,他母亲则是国家歌舞团的舞蹈演员,算是和娱乐圈沾边。

没等乔闪闪接话,陆星耀忽然冷飕飕地道:"那他谈过女朋友吗?性取向没问题吧?"

侯导抽了他一下:"说什么胡话呢!"

"您没看他对我态度不对劲啊?"陆星耀语气很不爽,"他莫名其妙的,干吗要认识我。"

"那是你以前帮过他!人家一直记在心里的,只是那会儿不红,不想来蹭你的热度。"侯导没好气地白了他一眼,"我说你小子,怎么对人家小越恶意那么大?看人家现在快要越过你,嫉妒了?有危机感了?"

"我嫉妒他?"陆星耀冷笑了一声,"我有什么好嫉妒的?"

"你不嫉妒,你这么激动干吗?"

"我激动了吗？"

眼见后座的两人快要吵起来，乔闪闪连忙岔开话题："陆老师帮了周老师什么忙啊？竟然能让周老师记这么久。"

陆星耀："我怎么知道？他当年一个糊咖小透明，我还得把他家族谱都背下来是吧？"

这还说不激动？乔闪闪本意是想夸夸他"看，你做过的事，总会有人记住的"，结果没想到被陆星耀一顿怼。

乔闪闪一时间也不知道是该好气还是好笑了，也不知道他今天脾气怎么这么大。

有鉴于此，这天晚上，乔闪闪犹豫了很久，要不要去找陆星耀讲戏。想到明天还有场重头戏，怕他会耽误进度，她还是去了。

陆星耀开门的时候，正拿着手机跟人发消息，长腿微屈，一侧肩膀靠在门框上，懒懒散散地看她一眼，显然没有让她进门的意思。

乔闪闪想了想道："陆老师，我们来打游戏吧。"

陆星耀头都不抬："不带妹。"

乔闪闪："我技术还可以。"

陆星耀轻轻挑眉，正准备说话，手机在掌心振动了下。他随意瞟了眼，就看到周时越新发来的消息。

周时越：打游戏吗？

陆星耀脸色迅速拉下来，熄了屏冷冷地道："不打。"

乔闪闪深呼吸，冲他挤出个甜美的微笑："那我们就来聊明天的戏吧。"

陆星耀一手撑着门框，低头叹了口气。正准备说什么，"叮"一声，电梯声响，陆星耀警惕地往走廊里瞥了眼，拽着乔闪闪的手臂，把她拉进房间，房门在身后合上。

陆星耀松手转身，扒拉了两把头发，往房间里走。

乔闪闪抱着剧本跟在他身后："陆老师，我们开始吧。"

陆星耀冷冷地道："让你进来不是让你讲戏的。"

"那明天的戏也要讲啊。"乔闪闪才不管他说什么，像条小尾巴似的粘在他身后。

陆星耀不说话，乔闪闪权当他默认。

两人在沙发上坐下，乔闪闪翻开剧本："这场戏……"

陆星耀点开连连看，欢快的游戏音效充斥在整个房间。

乔闪闪："陆老师——"

"你讲啊。"

"你这样我怎么讲？"

"该怎么讲怎么讲，还要我指导你吗？"

见她不说话了，陆星耀从屏幕里抬头，瞥她一眼："不讲你就回去吧。"

乔闪闪深吸一口气，问他："陆老师，你为什么心情不好？"

"我没有心情不好。"

"有什么我可以帮你的吗？"

"你别烦我就是帮我了。"

说实话，乔闪闪并不算是一个脾气特别好的人，她只是不擅长吵架，也不喜欢和人争论。遇到不喜欢的人和事，大部分时间她只会默默远离，所以看起来会有种温和无害的感觉。但真正熟悉她的人都知道，她不仅脾气不好，甚至耐心很差。

这会儿，乔闪闪用自己最后的忍耐力等陆星耀打完一把游戏，正准备说话，还没有开口，他已经又开了一把。

乔闪闪闭了闭眼，再睁开，放下剧本，一把夺过他的手机，关了机扔在一边。

陆星耀整个人都有点愣，手还维持着拿手机的姿势，抬起头，眼神微妙，匪夷所思地看着她，像是在问：你哪儿来的胆子在太岁头上动土？

乔闪闪面无表情地和他对视："陆老师，我也不想烦你，但是你能好好演戏，配合我的工作吗？"

陆星耀双手环胸，靠在沙发里，像是想说什么，张了张口，气笑了："你的工作？你还记得你是编剧吗？你的工作是写剧本，不是整天盯着我，指导我怎么演戏。"

"侯导说了……"

"少拿侯导出来压我。"陆星耀冷冷地道。

半晌，见乔闪闪不说话，他缓下口气："乔老师，我实话跟你说了吧，我就不喜欢演戏，你就放过我吧，行不行？"

"但演戏是你的工作，不管喜不喜欢，至少要好好完成吧。"

"你也知道是工作啊。"陆星耀扯扯唇角，"差不多就行了，谁工作不摸鱼，像你这种热爱工作的才是少数。"

"陆老师，《关山月》不只是你一个人的作品，它还是很多人的心血！我们现在有国内一流的美术、道具、剪辑、OST团队，还有侯导这样的大导，和宁芷这样的影后级演员……"

"你什么意思？"陆星耀气笑了，"我这颗老鼠屎坏了你们一锅好汤是吗？没有我招商引资，你说的那些东西从哪儿来？《关山月》说白了就一部有点热度的网文，你还真拿它当世界名著呢？别傻傻地自我感动了行吗？观众根本就不会在意那些。"

"观众怎么可能不在意？就是因为观众在意，所以周老师当年才能凭一部烂剧一炮而红……"

"你拿我和周时越比什么？"陆星耀这会儿是彻底火了，"那么喜欢周时越，要不你去隔壁吧？让他介绍你去当跟组编剧。"

"我没有拿你和他比，我就是希望……"

"我就这样,你是第一天知道吗?"陆星耀冷冷地打断她,"你要不能干就别干了。"

这话一出,房间顿时静了下来。

陆星耀心里憋了大半个月的一口恶气终于喊了出来,可还没等他得意,就眼睁睁地看着乔闪闪的眼眶慢慢红了,随后眼泪"啪嗒"一声掉下来,很大的一颗,砸在茶几上,又溅到他手上,像碎掉的钻石。

她咬着唇,一边抹眼泪一边撂狠话:"不干就不干!"

看着她毫不犹豫起身就走的背影,陆星耀一瞬间慌了神,脑子里只有两个字——

完了。

剧名：当你闪耀时
主演：乔闪闪 × 陆星耀
场次：Chapter 8.
剧集：怕她不开心

陆星耀愣了片刻才想起要去追人，起身时，膝盖狠狠撞在桌角上，他猛地抽了一口气，倒回沙发，只听到房门被重重摔上的声音。

曹小北听到声音，连忙从房间出来，看着蜷着一条腿狼狈地跳来跳去的陆星耀，连忙上前扶住他："哥，你没事吧？什么情况？"

陆星耀抱着膝盖半天出不了声，缓了好一会儿才缓过来，一瘸一拐地过去开门。

乔闪闪早就回了房间，这会儿走廊里空空荡荡，远处隐约有几道人影和往这边窥探的视线，不清楚是私生还是狗仔。陆星耀压下去隔壁敲门的冲动，一把甩上房门，焦躁不安地在房间里转了两圈。陆星耀抓了两把头发，转头若有所思地盯着曹小北。

曹小北被他盯得浑身发毛："干、干什么？"

"小曹，你去盯着乔老师。"陆星耀想了想道，"帮我劝劝她，就说我不是那个意思……"

"不是，哥。你和她吵架，我去说有什么用？"

"去不去？"陆星耀冷飕飕地盯着他。

曹小北抓耳挠腮："你就是不想让乔老师走对吧？这样，我有个办法。"

曹小北拿手机发了一条消息，隔了会儿，把手机拿给陆星耀看："好了。"

陆星耀瞥了眼，曹小北问乔闪闪身份证号，说要给她订机票。乔闪闪也没废话，直接把身份证号发了过来。

陆星耀顿时黑下脸，差点没被他气死："这就是你说的办法？你这样，乔老师不更以为我要赶她走了？"

"但是至少她今晚不会走了啊。"曹小北看了眼时间，劝道，"哥，乔老师真挺为你操心的，你就算是不喜欢，但刚刚那话也挺伤人的。你让她冷静一下，你也冷静一下，明天说开就好了。"

另一边，乔闪闪气冲冲地回了房间，拉出行李箱开始收拾东西。

这活谁爱干谁干，反正她是不干了！

乔闪闪觉得好奇怪,她明明不是一个爱哭的人,但这会儿就是被陆星耀气得眼泪往下掉。尤其是曹小北还发短信问她身份证号,说要给她订机票时,眼睛仿佛变成了坏掉的水龙头,眼泪怎么也止不住。

东西收拾到一半时,乔闪闪接到父母的视频,裴瑞珍在手机那头笑眯眯地问道:"宝宝在干什么呀,忙不忙……怎么哭了?"

"有人欺负我家宝贝了?"乔松青从屏幕里探过脑袋。

看着父母担忧心疼的表情,刚刚怎么也止不住的情绪像是忽然被按下闸门,自己都觉得有些莫名其妙。

乔闪闪抹了把眼泪:"没有,就是……看电影没忍住。"

裴瑞珍问:"真的没有?"

"真的没有。"乔闪闪听着手机里传来几分熟悉的背景音,连忙转移话题,"爸妈,你们在看什么呀?"

裴瑞珍调转镜头,对着家里的电视。这会儿电视上正在播放《青春备忘录》,是乔闪闪三年前入行时写的第一部剧,也是迄今为止播出的唯一一部剧。说实话,现在回头看,剧情挺稚嫩的,制作也不算太好。乔闪闪没想到自己常年沉溺于谍战剧和古偶的父母会看这个。

她忍不住笑了出来:"你们怎么突然开始看这个了?"

裴瑞珍:"你爸每天都要看两集才睡得着呢。"

"女儿写的剧,我能不支持吗?"乔松青笑眯眯地伸手比画了下,"咱们宝贝小时候,才这么点大,看动画片看得呜呜哭,那时候就抱着老爸的脖子说不要猫猫死掉,要重新给猫猫写一个结局。没想到这么多年过去,我们闪闪真的当编剧啦。"

其实乔松青说的那些,乔闪闪早不记得了。编剧真的不能算是一份令人愉悦的工作,除了恶劣的行业环境外,创作自由度和正面反馈都比写小说没得比。而且编剧工作很重要的一部分,就是被挑刺、被质疑,以及不断修改和推翻重来。就算经过了前面的九九八十一难,还有可能面临项目无法开机,或遇到压剧无法播出、拿不到尾款、没有署名等等一系列问题。

当然还有《关山月》这种,几乎拥有国内最高制作水准的团队,明明一切都很完美,却遇上一个只想敷衍了事的主演——这样令人生气却又无可奈何的事。工作过程中遇到的痛苦和内耗是远远大于快乐的,但这会儿听老爸讲着小时候的往事,她心里却酸酸软软的,仿佛又找回了很久之前想要当编剧的初心。

乔松青又絮絮叨叨地说了好多,家附近开了什么好玩的店,他最近又学了个什么新手艺,等过年回家让她好好见识一下。没有说一个"想"字,但每一句都是思念。

最后挂断视频前,乔松青好似无意道:"要是工作不开心,你就随时回来,咱们家不算太有钱,但养你一辈子还是绰绰有余的。"

乔闪闪不知道爸妈是不是看到她收拾东西却没有拆穿,但还是乖乖地应了声"好"。

挂了视频,乔闪闪坐在沙发上发了会儿呆,开始后悔自己刚刚的一时冲动。她固然可以一怒之下离开剧组,可她前期的努力就全部付之东流了。陆星耀摆烂,凭什么让她来买单?

陆星耀一整晚翻来覆去,没怎么睡,几次拿起手机想给她发消息,打打删删,删删打打,最后还是没有发。

凌晨四点过,陆星耀彻底睡不着,从床上爬起来,坐在沙发上发了会儿呆,感觉很久都没有体会到如此煎熬的心情了。

其实他一直知道,自己演戏的问题出在哪里——他共情能力很差,甚至可以说是没有,但很奇怪的是,她的一举一动却总是能很轻易地牵动他的情绪,让他不自觉地被她感染,和她共情。

说实话,陆星耀并不喜欢这种感觉。他的边界被突破,领地被入侵,但偏偏还没有办法拒绝。陆星耀之前一直搞不清楚,她一个没资源没背景、柔柔弱弱的小姑娘,他究竟怕她什么。

但昨天试过了,他怕她会不开心。

一直等到早晨六点,想着平时这个点她已经起了,陆星耀起身开门,正琢磨着等会儿敲了门该怎么说,就见门口蹲了一个人影。

乔闪闪听见声音回头,两人愣愣地对视一眼,都是一脸的憔悴。

似乎是没想到会这样见面,一时间,两人都有些尴尬。

陆星耀摸了摸后脖颈,伸手想拉她起来,乔闪闪已经自己站起身。陆星耀不自在地收回手,清了清嗓子开口:"你……蹲这儿干什么?"

"陆老师,昨晚是我太冲动了,说话没有考虑到你的感受。"乔闪闪顿了顿,带着点小心地看着他,"对不起,你能原谅我吗?"

陆星耀心里莫名有点不是滋味:"我昨晚说的是气话。"

"我知道。"乔闪闪笑了笑,"所以你不生气了,对吗?"

陆星耀被她灿烂的笑脸晃了眼,他摸了把自己微微发热的耳朵尖,故作冷淡地点了点头。

"我今天请个假,不去片场可以吗?"

陆星耀看她一眼,见她眼睛还有点肿,不由得有些担心:"怎么了?"

"昨晚没睡好,有点累。"

"哦。"陆星耀干巴巴地应了声,"那你在酒店待着吧,我会给侯导说的。"

"谢谢陆老师。"

"不客气。"

说实话,陆星耀有点意外。他一直以为她只是那种看起来好说话,其实很有脾气的女孩子,本来以为会很难哄的,结果没想到,她会主动跟他道歉。

陆星耀虽然总觉得似乎有哪里不太对,但还是被一时的飘飘然遮蔽了双眼。

中午时，陆星耀特意让曹小北在乔闪闪很喜欢的那家甜品店订了蛋糕送到酒店，等了大半天，没等到乔闪闪的消息，本想问她蛋糕还喜欢吗，却先看到剧组工作群里感谢他的消息。

乔闪闪直接把蛋糕分给酒店的剧组工作人员了。

而接下来的两天，乔闪闪在侯导那儿请了假，彻底不见人影，就连每天晚上的固定讲戏也没了。到了这会儿，陆星耀才算是明白过来，当初的那丝不对劲究竟是怎么回事。

她就是嘴上乖巧，其实心里记着仇呢。陆星耀心烦意乱，又不知道怎么办才好。

到了第三天，就连何野都察觉到他的不对劲，从片场下来，勾着他的肩促狭道："怎么这两天不见编剧老师给你讲戏了？"

"她有事。"

"什么事？"

陆星耀心想我要是知道就好了，冷冷地瞥他一眼，拍开他的手："你管那么多。"

"好奇嘛。"何野耸耸肩，"编剧老师不讲戏了，你不是应该高兴才对吗，怎么还这么一副倒霉样？"

"滚。"

陆星耀懒得理他，自己回帐篷里休息。

看剧本有点看不进去，陆星耀发了会儿呆，鬼使神差地拿手机，对着剧本拍了张照片，发给乔闪闪，要她讲一下接下来这场戏。

隔了好一会儿，乔闪闪看似客气，实则敷衍地回他一句：陆老师是专业演员，应该有自己的理解。

陆星耀：……以前怎么没发现，她居然这么记仇呢？

曹小北端着洗好的新鲜水果从外面进来时，就见陆星耀正失魂落魄地盯着手机发呆，招呼了他一声："哥，来吃点水果。"

"不吃。"陆星耀头都没抬，隔了会儿，他心烦意乱地放下手机，"让你女朋友问问，乔老师这两天在干什么呢，也不见人。"

"哦，明安他们组昨天开机，乔老师去看周时越演戏了。"

陆星耀面无表情地仰靠在椅背上。头顶的白炽灯晃得人眼晕，他把剧本扣在脸上。曹小北以为他想休息，拿毯子搭在他身上，陆星耀却又猛地从椅子上坐起身，吓了曹小北一大跳。

他越想越想不通："她怎么不管、不理我了？你说她到底是怎么想的？"

曹小北觉得他挺奇怪的，随口问了句："哥，你老关心乔老师怎么想干吗？你不会是喜欢她吧？"

"我？喜欢她？开什么玩笑？"

曹小北正想说"我就随口问问,你那么激动干吗",没等他开口,一道熟悉的声音传来:"喜欢谁?"

魏思杰昨天结束了北京的工作,特意抽了几天时间来横店探班,刚走进帐篷,就听到曹小北的话。

陆星耀低头看剧本不吭声,曹小北也不说话。

魏思杰原本没当回事,这会儿见两人都沉默了,反而觉得有点蹊跷:"你们刚刚说什么呢,喜欢谁?"

"乔老师……"被陆星耀瞥了眼,曹小北及时改口,"乔老师喜欢周时越。"

陆星耀看着他,目光冷飕飕的。

"对,乔老师好像是周时越的粉丝来着。"魏思杰没太纠结这事儿,看着旁边一言不发看剧本的陆星耀,揶揄他,"听侯导说,最近在乔老师的监督下,你的表现突飞猛进?"

陆星耀淡淡瞥了他一眼,没吭声。

魏思杰欣慰地拍拍他的肩:"继续保持。"

"魏总。"陆星耀想到什么,勾勾手指,示意他附耳过来,"帮个忙。"

乔闪闪是在看周时越演戏时接到魏思杰电话的,因为魏思杰特意强调了想单独和她谈一谈,乔闪闪便没有拒绝。

等她赶到咖啡厅时,魏思杰已经到了,还帮她点了一杯拿铁。

见她到了,魏思杰也没和她废话,开门见山地说明来意:"乔老师,我去看了剪辑,也和侯导沟通过,你对星耀演技方面的提升,确实有着功不可没的作用,所以希望你能继续督促星耀演戏。"

乔闪闪喝了一口咖啡,放下杯子,婉拒:"魏总,这不太好,我只是一个编剧,我的工作是写剧本,而不是……"

魏思杰:"可以加钱。"

乔闪闪:"不是钱的事,陆老师不配合,我也没办法。"

"这个你放心,我来做他的工作,他要是敢不配合,你找我。"

乔闪闪叹了一口气:"还是算了吧,我不喜欢勉强别人……"

"加钱。"

"魏总,这种事不是你我说了算……"

"加钱。"

见乔闪闪半天没吭声,魏思杰看了她一眼,试探着道:"加钱?"

乔闪闪深吸口气:"加多少?"

魏思杰观察着她的神色:"三千一天,可以吗?"

乔闪闪脑子里还在算剩余跟组时间,还没算明白,魏思杰又道:"那五千一天?"

"成交!"

乔闪闪承认，她屈服于这波金钱攻势了。像是怕魏思杰会反悔，乔闪闪提前跟他打预防针："魏总，我只能说做到我该做的，至于陆老师听不听，这个我没有办法控制。"

"这个你放心，他肯定听！"

他不仅听，他还巴巴地花着钱听，这败家的倒霉玩意。

晚上十点，酒店套房会客厅。乔闪闪坐在沙发上，拿着笔，正对着剧本逐字逐句地给陆星耀分析第二天要拍的戏。

陆星耀穿着一身居家服，坐在她的斜对面，原本注意力还在剧本上，听了没一会儿，目光就顺着她拿笔的手，挪到她的脸上。会客室里温暖明亮的灯光在她柔顺的长发上落下一层柔柔的光圈，她将鬓角的碎发挽至耳后，耳垂干净小巧，侧脸的轮廓柔和秀气。

陆星耀微微有些走神，以前一直觉得她挺普通的，除了笑起来的时候很有感染力外，没觉得她多好看，但这会儿看着，却觉得她好像变漂亮了。其实她的五官单看都很好看，就是轮廓没有那么立体，但很符合国人的审美，而且是越看越好看的那种类型，尤其是她讲剧本时的那个认真劲，整个人好像都在闪闪发光。

陆星耀不知怎么，莫名就想起前些天曹小北问他的那句："你干吗要在意她怎么想，你是不是喜欢她？"

"陆老师，你还有什么问题吗？"乔闪闪讲完，半天没得到回应，转头问道。

两人的目光猝不及防地撞在一起，陆星耀不知怎么有点心虚，轻咳了声，避开她的视线。

乔闪闪微微皱了下眉，但什么也没说，尊重他人命运，放下助人情结。她再着急有什么用呢？她又不能帮陆星耀去演。影视项目不可控的因素太多了，她只是一个没什么话语权的小编剧，说不定一言不合就被换掉了，操那么多心没用。

乔闪闪默默深呼吸："要是没问题我就……"

陆星耀："咳，有问题。"

乔闪闪："有什么问题？"

陆星耀刚刚压根就没怎么听，这会儿被问到，也不知道该怎么答。他翻了翻剧本，随便挑了一场看起来很长的戏道："这里——"

"明天的通告单上没有那场戏。"

陆星耀坐在那儿，挺拔的背脊微微弯了下来，像一只蔫头耷脑的大型犬："我刚刚有点走神，你能再讲一遍吗？"

乔闪闪看了眼时间，把手腕上的智能手表摘下来递给他："里面有刚刚的录音。"

陆星耀有点恼了："你跟我在一起还随时开着录音？"

乔闪闪微微愣了下,想着明星可能比较忌讳这个,便跟他解释:"陆老师,我不是针对你,我就是平时和甲方开会比较多,工作的时候会录音。之前和周佳怡她们工作的时候,我每天都有录,可以拿给你看的。如果你不放心,这些天的录音都可以给你听了再删除。"

见陆星耀一直不说话,乔闪闪嗫嚅两下:"对不起……"

"你怕我?"陆星耀打断,看着她慌慌张张、忍气吞声道歉的样子,心里很不是滋味。

"没有。"乔闪闪冲他笑了下,但笑得很客气,"这件事是我做得不对,你的身份比较特殊,我应该提前跟你说一声的。"

陆星耀没吭声,其实从魏思杰找了她,到她回来给他讲戏,已经有三四天。这三四天,两人表面上看起来和之前没什么两样,但陆星耀可以明显感觉到她的客气和疏离,甚至还远不如他们刚认识的那会儿。陆星耀心里憋屈,但又拿她没办法,能有什么办法呢?跑得比兔子还快,还死记仇,稍微大声两句,说不定人又没影儿了。

沉默片刻,乔闪闪垂下眼,收拾东西起身:"不早了,我留在这里不太好。手表我先放这儿了,里面没什么东西,陆老师,你可以随便检查……"

"乔闪闪。"陆星耀头一次叫了她的名字,很无奈的语气,"你怎么那么记仇啊?"

"陆老师真会开玩笑。"乔闪闪笑了笑,抱着东西往外走,"我先回去了,陆老师早点休息。"

陆星耀起身,长腿一抬就从茶几上跨了过去,很无赖地张开手臂挡在她面前。

乔闪闪只好停下脚步,目光越过他的肩膀,盯着墙壁上的装饰挂画,公事公办地问:"陆老师,还有什么事吗?"

陆星耀烦躁地"啧"了声,想说什么又忍住了。他长出了口气,一手撑着墙,微垂下头看她:"我没有介意你录音的事,但是你非要这么客气吗?"

乔闪闪抬头看了他一眼,很快又移开目光。

这一次两人沉默了很久,乔闪闪才开口道:"陆星耀,情绪虽然看不见摸不着,但也是会受伤的。"

陆星耀微躬下身,两手撑在膝盖上,视线和她齐平:"我跟你道歉,行吗?我那天就是说的气话,我不是那个意思。"

乔闪闪的眼里有泪光一闪而过,但她很快又垂下眼,没有吭声。陆星耀却感觉胸口像被人用针扎了一下似的,忽然很想抱抱她,但觉得不太合适,最终还是什么都没有做。

他喉结微微滚了下,轻声问:"能原谅我吗?"

乔闪闪张了张口,含着鼻音轻声道:"我能说不吗?"

陆星耀耍赖似的道:"不行。"

乔闪闪感到淡淡的失望，但还好，也不算太失望。她笑了笑："好，原谅你。我可以回去了吗？"

陆星耀摸了把后脖颈，讪讪道："我刚刚开玩笑的，你不用……勉强自己。"

乔闪闪没什么情绪地道："陆老师，我想回去了。"

陆星耀原本还想说什么，但最后还是没说，直起身把路让开，眼睁睁看着她的身影消失，房门轻轻合上。陆星耀靠在玄关柜子上，面无表情地仰头看着嵌在天花板上的射灯。

你真该死。他很想回到一周前，打死那个口出狂言的自己。

道歉一般要怎么道？说对不起、发红包、送礼物？但到了乔闪闪这儿，对不起他说了，她不接受；红包也发了，她转头就退回来；礼物送了，她根本不收。

陆星耀这回是真没脾气了，把曹小北和魏思杰召集到一起，给自己出主意。

魏思杰原本还以为他要说工作上的事，结果一听又是乔闪闪，整个人都无语了，还有点说不出的酸："星耀，我带了你快十年了吧，你和乔老师才认识多久？上次咱俩吵架，你是怎么对我的？"

"你一个三十多的大男人和小姑娘比什么？"陆星耀嫌弃地瞥了他一眼，"而且上次可是你先骂我的。"

"你怎么还搞年龄歧视和性别歧视？"

"行行行，都是我的错。魏总，您就别和我翻旧账了行吗？"

魏思杰还真是头一次从他嘴里听到"都是我的错"这种话，若有所思地打量着他："你老实给我说，你是不是喜欢乔老师？"

陆星耀觉得这些人一个比一个八卦，避重就轻地道："重要吗？"

"不重要啊。"魏思杰老神在在地道，"但你既然要道歉，总得知道自己错哪儿了吧。"

见他谱都摆上了，陆星耀很识趣地倒了一杯茶递到他手里："魏总，您请讲。"

魏思杰语重心长地道："乔老师是你找的编剧，你给钱，她写剧本，给你讲戏，没毛病吧？"

陆星耀丢了一颗糖到嘴里："没毛病。"

"说句不好听的，你们就是一个甲乙方的关系。稍微有点才华的人，骨子里都有傲气，你就算给再多的钱，也不能指望人家乔老师在工作之余对你嘘寒问暖、笑脸相迎。"

陆星耀面无表情地垂头盯着手里的糖，心想她之前可不是这样。

"但你要是拿她当朋友，"魏思杰话音一转，"你就不能拿老板和甲方的身份去压她。"

陆星耀把玩糖盒的动作一顿，抬眼看他。

魏思杰拍了拍陆星耀的肩:"咱俩认识那么多年,经历了多少事儿,你上次说那话,我听着都伤心,更别提乔老师了,人家当然只能跟你划清界限。"

陆星耀鬼使神差地问了句:"那我要是喜欢她呢?"

一直没说话低头抱着手机发消息的曹小北,和魏思杰齐刷刷地转头看他。

陆星耀喉结滚了滚:"我……就随口一说。"

魏思杰和曹小北齐齐"哦"了一声,四只眼睛探照灯似的盯着他。

陆星耀烦躁地抓了把头发,避开二人的目光,生硬地转移话题:"所以现在要怎么解决?"

魏思杰给曹小北使眼色:"小曹来说。"

曹小北"哦"了一声:"我刚刚问过明安了。《关山月》是乔老师的心血,哥,你还是别搞那些七七八八没用的,好好演戏吧。而且乔老师喜欢有工作能力的人,你没看她现在对黄总都改观了吗?"

这天晚上,陆星耀睡不着,翻了翻乔闪闪的朋友圈。不知道是把他屏蔽了还是分了组,她的朋友圈里一片空白。

陆星耀退出微信,又去微博上,搜她的笔名夏之鱼。

点进编剧夏之鱼的主页看了两眼,说话的口吻很明显不是她。陆星耀退出来,点进另外一个三万多粉的账号里,头两条微博是系统自动发送的生日祝福,九月三十号,应该是她没错。

陆星耀往下翻。她最后一条微博还是一年前,说工作太忙了,以后可能会很少再上来了,和大家告别。评论里有不少人给她留言叫"太太",表白说喜欢她写的东西。她每一条都认认真真地回复了,还卖了个关子,说缘分会让我们以另一种方式相遇。

她的微博不算多,与她个人相关的东西也很少,大部分是和《关山月》有关的段子、转发和同人文。陆星耀花了大半晚的时间,把她的微博翻了个遍,又看了她写给《关山月》的各种段子和同人文。

莫名就想起她当初跟他说"我很喜欢《关山月》的原著,也很喜欢现在的剧本,更喜欢你饰演的裴昭"时的神情。

她应该是真的很喜欢《关山月》这部剧,和裴昭这个人物吧。

陆星耀知道失望是什么滋味,他不想让她失望。

魏思杰来横店探班,待了将近一周。临走当天,他来片场和侯导、制片等人告别。

乔闪闪正在给陆星耀讲戏,魏思杰没上前打扰,搭着曹小北的肩,站在一旁远远地看着。见陆星耀低着头,认认真真地听,还不时点头回应的样子,他不住摇头。这要搁在一周前,打死他也想不到,居然有人能把陆星耀这家伙给搞定。

其实这次来横店,他原本还想好好和陆星耀聊聊他想退圈这件事,但待了几天也没找到机会提。这会儿,魏思杰看着陆星耀那乖得像只狗的模样,拍拍曹小北的肩问:"他在乔老师面前一直这样?"

"差不多吧。"

"有意思。"魏思杰摸摸下巴,八卦道,"来,给哥讲讲,他们进组这段时间,都是怎么相处的。"

曹小北大概讲了下进组这两个月的事,之前没觉得,这会儿一说,感觉确实不对劲:"耀哥好像是对乔老师挺好的。乔老师过生日那天都没请他,他还巴巴地叫上宁姐和侯导,说要给乔老师准备惊喜。之前乔老师的朋友结婚,他还专门录了个祝福 Vlog……你说耀哥他不会是真的喜欢乔老师吧?"

"喜欢就喜欢呗,多正常啊。"魏思杰笑眯眯地点头,"挺好,小曹啊,咱们团队就你耀哥一个人还单身,你平时也多长点眼色,帮他和乔老师撮合一下。"

"啊?"曹小北愣了下,是真没想到,毕竟对流量明星来说,谈恋爱是大忌。

"啊什么啊,我看乔老师就挺好,总比他看上哪个女明星或者跟粉丝拉拉扯扯强。"

曹小北抓了抓头发:"你之前不是一直不让耀哥谈恋爱吗?"

"我可从来没有不让他谈恋爱啊,是他自己不谈的,你少污蔑我。我是那种把自己家艺人当赚钱工具、没人性的经纪人吗?"

曹小北拨浪鼓式摇头。

说不让陆星耀谈恋爱,还真是冤枉了魏思杰。事实上,从陆星耀十六岁签约天鸿娱乐起,魏思杰就带他,除了工作伙伴关系外,是真把他当儿子、当弟弟带。这些年来,其实魏思杰一直都挺希望陆星耀能好好地谈一段恋爱,从当年那件事的阴影里走出来,但他就是不干。

陆星耀这种流量型艺人的情绪压力很大,之前很长一段时间,都在看心理医生。虽说他后来认识了一个网友,整个人的状态好了很多,但网上的人终究还是不靠谱。

当时陆星耀说要退圈,魏思杰除了担心自己的摇钱树要跑了生气外,也是真的在为他担心。他那个爸就不提了,他妈、他妹妹跟他是一家人,魏思杰作为一个外人,也不好说什么。至于朋友,酒肉朋友他倒是有一大堆,但能说上真心话的没几个。

一个人没有了牵挂,也无人在意的话,做事就很容易走极端。所以这次来探班,能看到他乖乖听编剧老师的话,魏思杰是真挺高兴的。

魏思杰拍了拍曹小北的肩:"多亏了你啊,小曹。以前没看出来,星耀居然喜欢这种类型的。"

曹小北还有点儿茫然,怎么光顾着关心起陆星耀的感情生活了?

"魏总,你这次来不是说要劝劝耀哥……"

"不着急,等杀青了再说。你耀哥是个重感情的人,让他多和乔老师处处。"

"哦。"

这边导演让演员准备，陆星耀转身往片场走，看到魏思杰来了，点点头，权当打了招呼。

拍摄正式开始，魏思杰去导演帐篷里看监控。乔闪闪原本站在导演身后，见魏思杰过来，往旁边让了让，给他挪个空位。

魏思杰一边看监控，一边轻声跟乔闪闪道："乔老师，我已经很久没见过星耀这么认真地演戏了，这次多谢你了。"

"魏总客气了。"

之前乔闪闪在片场追着陆星耀讲戏那段时间，曾和曹小北交流过，当时曹小北说的是"我觉得还行啊，耀哥这次挺努力的"。

因此这会儿，虽然知道这么说不合适，但乔闪闪还是忍不住委婉道："魏总，你如果真的为他好，还是应该对他要求严格一点。"

魏思杰笑眯眯地应了一声，转而问道："乔老师应该还没有男朋友吧？"

乔闪闪："啊？"

"没事儿，随便问问。"魏思杰道，"雯雯挺喜欢你的，这次我来横店之前，她还一直念叨呢，但是不方便过来探班，说等明年杀青回北京了，请你吃饭。"

乔闪闪笑了笑："好啊，谢谢魏总和雯雯姐。"

"客气了啊。乔老师，我今天回北京，星耀就交给你了，有什么事随时给我打电话。星耀他出道早，和家人朋友相处的时间少，又当大明星当惯了，有时候说话做事确实不太妥当，乔老师，你多担待。"

乔闪闪客气地应了声，没有放在心上。

魏思杰还想说什么，这边侯导喊了"卡"，陆星耀从片场下来，魏思杰便闭上嘴，絮絮叨叨嘱一番，跟侯导、制片和乔闪闪等人告别，离开了横店。

剧组的生活相对封闭，尤其在横店这种小地方，每天的日常就是白天在片场拍戏，晚上回酒店休息，偶尔出去聚个餐，在镇上逛一逛。

乔闪闪和陆星耀几乎除了睡觉的时间都在一起，但乔闪闪就是能除了工作，几乎不和他说一句废话，带她打游戏不打，聊天也不聊，只有好好演戏，她才会对他态度好点儿。

这天下午临收工，陆星耀刷朋友圈，看到周时越发了条收工的朋友圈。

其实这段时间，周时越一直断断续续给他发消息，陆星耀回得很敷衍。大概是察觉到他的冷淡，周时越便没有像一开始那样热络。

这会儿，陆星耀看一眼旁边正和统筹不知道聊什么聊得正开心的乔闪闪，点开周时越的对话框拍了拍。

Star：打篮球吗？

周时越：现在？

Star：刚收工，去吗？

周时越：去。

陆星耀熄了屏幕站起身，招呼乔闪闪："乔老师，收工了。"

乔闪闪听统筹聊圈内八卦正听得开心，闻言依依不舍地跟安姐挥了挥手，转身跟上陆星耀的脚步。

等上了车，陆星耀冷不丁地问了声："你们聊什么呢？"

"没什么。"乔闪闪低头玩手机，顿了顿又道，"是你不感兴趣的话题。"

陆星耀"哦"了一声，两人再没有别的话。

乔闪闪玩了会儿手机，熄了屏幕转头看窗外，发现不是回酒店的路，才转头问："去哪儿？"

"周时越约了打篮球。"陆星耀故作不经意地道，"你要是不想去的话，等会儿让杜哥送你回去。"

乔闪闪几乎是立刻道："我要去！"

本来约周时越就是为了叫她，但这会儿，陆星耀看她那兴奋激动的劲，又莫名地不爽。他轻轻敲了敲她的椅背，提醒她："乔老师，你是咱们《关山月》的编剧，你代表咱们的剧组。"

"所以？"

"你一会儿得给我加油，知道吗？"

横店这种地方没什么娱乐活动，听说要打篮球，晚上没有戏的何野也跟着凑热闹，于是陆星耀又叫上剧组里另外一个叫高旭的男演员。周时越这次拍的是一部民国戏，叫《风云1938》。他也叫了两个人，两个剧组在体育馆打3V3。

横店体育馆和健身房向来是蹲守明星的好去处，尤其最近陆星耀和周时越两大流量都在横店，代拍和粉丝都比平时多。这会儿，陆星耀和周时越打比赛的消息已经在粉丝群里传遍了，很多粉丝闻讯而来。

陆星耀本来想得很好，找了个借口把曹小北打发走，就可以心安理得地让乔闪闪给他拿水递毛巾了。但这会儿换了衣服从更衣室出来，就听外面一阵震耳欲聋的尖叫。

自己的粉丝什么德行，陆星耀心里很清楚，也不敢让乔闪闪给他拿水递毛巾了，正准备回更衣室拿手机，喊曹小北回来，就撞见换好衣服出来的周时越。

"星耀。"周时越打了个招呼，看一眼他身后，"你助理没跟来？"

"他有点事。"

"小方，你帮陆老师拿一下东西。"

周时越的助理小方立刻上前，接过陆星耀的杯子和毛巾。

陆星耀："谢了。"

"客气什么。"周时越笑了笑，拿拳头碰了碰他的肩，"走了。"

两人一前一后走上球场，四周顿时一片尖叫，全部在喊陆星耀和周时越的名字。

何野几人正在球场边上聊天，闻声转头冲二人招了招手。陆星耀目光在球场边转了一圈，很快就看到她正和一个穿白毛衣的女生有说有笑。见他看过去，她抬手冲这边挥了挥，旁边穿白毛衣的女生又蹦又跳地尖叫起来。

周时越在旁边解释："那是我们剧组的编剧，是你的粉丝。"

陆星耀兴致缺缺地"哦"了一声，于满场尖叫中，两指比在眉尾，冲乔闪闪的方向飞了下。本就热烈的气氛瞬间沸腾，几乎要掀翻房顶。

何野一个篮球砸过来："别放电了大明星！要打球了。"

陆星耀游刃有余地接过篮球，在地上拍了两下，顶在指尖打转，带点挑衅地睨向旁边的周时越："在周老师面前说这话不好吧。"

"怕你啊，我可不会手下留情。"

周时越笑了声，招呼自己的两名队友，六人在球场上摆开阵势。

随着一声哨响，橙色篮球被高高抛起。陆星耀身高本就是几人中最高的，他猛地一跃，身姿矫健，如一尾跃出水面的鱼，篮球像是有吸力，稳稳落在他的掌心。

在一片掀了天的尖叫声中，激烈的篮球赛正开始。

陆星耀的篮球从上初中时就打得很好，每次出现在球场上，周围的女生无不是尖叫连连。中途退圈那两年，他还曾想过以后去打篮球，当时都报名了省队选拔赛，要不是他那缺心眼的爹背着他和天鸿娱乐签了十年的合同，说不定他早就打进CBA了。所以陆星耀平时很少和圈内的人打球，球场就是他的猎场，碾压对手并不会让他有什么快感。

但这会儿，陆星耀惊讶地发现，周时越的水平居然还不错。

至少比他预估的要强很多。原本一心想要炫技的陆星耀，被激起了兴趣和斗志，难得地认真了起来。

作为周时越的粉丝，乔闪闪自然清楚周时越在考上中戏之前，最大的梦想就是去打篮球，只是因为种种原因搁置了，但粉圈里经常能刷到在球场偶遇周时越的消息，乔闪闪一直知道他篮球打得不错。

周时越刚火那段时间，很多狗仔拍他，当时有一则热搜，就是收工后周时越和剧组工作人员打篮球，狗仔的照片还拍到了坐在球场边写稿的编剧。

乔闪闪当时羡慕嫉妒得眼睛都红了，做梦都梦到和那两个编剧互换身份，她也想在现场看偶像打球！如今梦想成真，可唯一的遗憾却是——她和偶像不是一个队的。

乔闪闪本想着，不加油就不加油吧，估计陆星耀也打不过周时越，给他加油当鼓劲了。但她没有想到，陆星耀的篮球居然打得比周时越还好。

陆星耀今天穿了件红色的篮球服，里面搭了件黑色半袖T恤，额头上是和篮球服同色系的运动发带，手长脚也长，胳膊和小腿的肌肉线条格外流畅，在球场上奔跑起来时像一轮火红的太阳，整个人身形矫健，充满了力量感。

即便乔闪闪在看周时越，目光也总是不由自主地被他吸引，周围所有人，连同周时越仿佛都成了他的陪衬。

球场上的尖叫一波接着一波,周时越的粉丝近乎嘶吼地在给他加油。

姜黄和火红两种颜色在球场上追逐、冲撞,乔闪闪的心也跟着被捏紧,再放松。她以为自己是在为周时越担心,却在陆星耀被风云剧组三人围追堵截下一个超远三分绝杀时,激动得跳了起来。

陆星耀正好在此时回头。篮球场明亮的灯光落在他那张帅得很有冲击力的脸上,蓬松的发梢上坠着亮晶晶的汗珠,眉眼肆意张扬,唇角勾起一抹不羁的弧度,他晃了晃脑袋,整个篮球馆仿佛都是荷尔蒙的气息。

粉丝的尖叫几乎破音。

乔闪闪隔着人群和他对视,有那么一两秒的时间,耳边却是一阵寂静,只能听到肆意疯涨的心跳。

陆星耀很快移开视线,小方拿了水杯和毛巾过来,陆星耀和周时越勾肩搭背,有说有笑地走到一边喝水擦汗。

一时间,整个球馆都有短暂的寂静,两边的粉丝都有点蒙。

两个剧组约了打篮球还能理解,陆星耀和周时越是对家吧?他们的关系有这么好吗?还共用一个助理?

而代拍则疯狂地按着快门,众所周知,炒 CP 才是最赚钱的。陆星耀和周时越的 CP 虽然小众又冷门,但并不是没有人嗑。

短暂的休息过后,下半场比赛很快开始。

陆星耀习惯性地往球场边扫了眼,却没看到乔闪闪,忍不住停下脚步,又多看了两眼。

她今天穿了件藕粉色摇粒绒卫衣,在人群里还算显眼。

陆星耀很快就看到熟悉的衣服,但再看那戴着帽子和口罩的人,显然不是乔闪闪,反而旁边一个穿白毛衣、戴帽子和口罩的很像她。而这会儿,她正站在粉丝堆里,两手拢在唇边,给周时越加油。

陆星耀无语:怎么,你是觉得和隔壁的编剧换了衣服,戴上口罩,我就认不出你了吗?

陆星耀感觉自己快要被她气死,整个下半场都打得意兴阑珊,连何野都忍不住拉他到一边悄悄问他:"怎么回事你?"

"又不是打比赛,非要争个输赢,意思意思行了。"

何野比大拇指:"还是我耀哥有格局。"

打完球,六个人又一起去吃饭。乔闪闪全程跟条小尾巴似的,跟在周时越身边,两人相聊甚欢,饭局结束时还意犹未尽。

回酒店的车上,陆星耀不说话,乔闪闪也不吭声,拿着手机不知道在看什么。后座上没开灯,只能看到她手机屏幕亮着光,不知道正和谁聊得欢。

陆星耀盯着窗外的霓虹街景发呆。

隔了会儿,乔闪闪转头:"陆老师,通告单出来了,我们来对一下明天的戏吧。"

陆星耀撑着额角，眼神冷淡地睨着她。窗外斑驳陆离的灯光在他脸上闪烁变幻，显得整个人格外冷漠。

他心想，除了工作，一句话不想和我说是吗？

四目相对好一会儿，陆星耀道："我累了。"

"哦。"乔闪闪点点头，"行，那你休息吧。"

陆星耀一噎。

你没看出来我在生气吗？不知道说两句好听的吗？

然而一直到回了酒店，她也没说一句话，只在刷卡进门时，留了句"晚安"就关上房门。

陆星耀在走廊里孤零零地站了好一会儿，也刷卡回房间，关门时，房门被他摔得震天响。

陆星耀洗了澡换了衣服出来，已经十点过半。他拿起手机看了眼，消息挺多，就是没有乔闪闪的。

连戏都不讲了是吧？还有没有点职业道德啊？

陆星耀在心里劝自己，算了，和她计较什么。

就这么一动不动地在沙发上坐了好一会儿，陆星耀总算是把自己哄好了，默默叹了口气，拿手机给她发消息。

Star：睡了吗？我们对一下明天的戏。

陆星耀和周时越一起打篮球这事，当晚就冲上了各大平台的热搜榜。广场粉丝纷纷辟谣说两人不熟，剧组社交，娱乐圈同事正常应酬，私底下却早已骂开。陆粉骂周时越怕不是要糊了，跑来蹭顶流热度；周粉骂陆星耀出道多年，仍是在现偶古偶里打转的废物一个，少来和正经演员沾边。还有一部分则偷偷嗑起了CP。

但陆星耀和周时越谁都没理会，后来还又约着打了几回篮球，一起吃了几顿饭。粉丝虽然不爽，但也还在可控范围内，直到半个月后，陆星耀的一则采访预告被放出，粉丝压抑了小半个月的情绪瞬间被点燃。

陆星耀被粉丝骂上热搜榜一，公开处刑，遭到整个粉圈的嘲笑。

下午，片场，乔闪闪正戴着耳机，看顾时宜转发给她的吃瓜视频。视频大概是一周前录的，看陆星耀的穿着，乔闪闪还有印象，是一个平台娱乐媒体的采访视频。

记者在采访中设计了一个类似"刮刮乐"的小游戏，这会儿放出来这段，就是其中一个问题——你最羡慕的圈内艺人是谁？

视频里的陆星耀刚收工从片场回来，窝在沙发上，整个人都显得有些疲惫，听到记者的提问，意味不明地扯了扯唇角："周时越吧。"

其实这个问题蛮有争议的，一般人要么避重就轻，要么答已经不在圈内活跃的大前辈,还从来没有人回答自己同期还是对家的。

记者都有些惊讶,忍不住问:"为什么?"

陆星耀却没回答,轻敲桌子:"下一个问题。"

评论区有粉丝找理由说是剪辑,要么说有台本,或者痛骂公司不审稿,居然让问出这种问题,问也就算了,发布之前,公司都不检查一下的吗?还有粉丝破防骂陆星耀丢人现眼,说要脱粉。也有来看热闹的其他家粉丝和阴阳怪气的周时越的粉丝,评论区群魔乱舞大混战。

乔闪闪看着屏幕,微微有些走神。

陆星耀这人,真是挺矛盾的。他总是说她天真,表现得多么世故老到,但乔闪闪觉得,他才是真的天真,他身上甚至有一种不合时宜的中二感。类似那种"我不要被这个肮脏的世界改变"的对抗感很强,甚至他的摆烂很多时候都会给她一种小孩子式的"我不和你玩了"的感觉,包括他很多令人大跌眼镜、匪夷所思的发言,如果用小孩子那种"我又没说错,我干吗要说谎"的心态去看,反而很好理解。

但也正是因为如此,看着他说羡慕周时越,乔闪闪心里很不是滋味。

因为她知道,他说的是真的。

她想起他拍的那部《风雪少年》,想到曾经那个骄傲的、意气风发的少年,永远地留在了黎明到来之前的大雪之中,继而想到他说要退圈,忽然觉得有点难过。

最近任务紧、戏份重,连着好几天,陆星耀的戏每天从早排到晚。怕他撑不住,侯导特意在下午给他留出一小时的休息时间。

这会儿,陆星耀被手机闹铃声吵醒,他翻了个身,从床上坐起来,整个人还有点迷糊。

见乔闪闪转头看他,他下意识地去摸剧本:"要对戏吗?"

乔闪闪摇头:"陆老师,能问你一个问题吗?"

"你问。"

"为什么羡慕周时越?"

陆星耀不知道有没有听进去,耷拉着眼皮,一动不动地坐在那儿,怀里抱着个大白鹅的抱枕。好一会儿,他揉了把脸:"那个啊……我乱说的。"

乔闪闪没有吭声,只是安安静静地看着他。

四目相对好一会儿,陆星耀才缓缓回神,随后意识到她刚刚问了什么。这是这段时间以来,她主动跟他聊工作之外的事。

陆星耀看她一眼:"真的想知道?"

乔闪闪点了点头,随后又道:"你不想说也不勉强。"

"没有不想说。"陆星耀微垂下眼,喉结滚了滚,"其实也没什么……你之前不是问我帮过他什么吗?他出道的第一部戏,和我在一个剧组。我是主角,他是群演。"

"然后呢?"

"那个组的副导演不是个好东西,总喜欢仗势欺人,我正好看到了,就帮了把,就这事。"

"哦——"乔闪闪笑眯眯地看着他,"你不是不记得了吗?"

陆星耀瞥了她一眼,脸上的表情很拽:"我帮过的人多了去了,这种——不值一提的小事当然不会记得。"

"那你羡慕他什么?"

这次陆星耀沉默了很久,才道:"说不上羡慕吧,就印象比较深刻。他比我大两岁,那会儿都二十一岁,马上毕业的人了,他爸妈还专程来探班,跟送儿子上幼儿园似的。"

即便他极力遮掩,但乔闪闪还是听出他故作轻松的语气下,那一闪而过的失落。

"你爸妈呢?"乔闪闪忍不住问,"你拍第一部戏的时候应该才十岁吧,你爸妈没有陪着你吗?"

陆星耀明显不想回答,睨了她一眼,语气欠欠的:"乔老师,说好了只问一个问题的,不许要赖啊。"

"那你也可以问我啊。"乔闪闪两手托着下巴,"我们可以交换。"

陆星耀心想"谁要和你交换",但还是忍不住问出了那个梗在心里很久的问题。

"你喜欢周时越什么?"

"他长得帅,演技好,性格也温柔……"

"呵!"陆星耀冷笑,"肤浅。"

"好吧。"乔闪闪承认,"我觉得我和周老师比较有精神共鸣。"

"你们才认识多久、说过几句话啊?微信单聊过吗?怎么就有精神共鸣了?"

"虽然我们没认识多久,也没说过几句话,但我看过他所有的采访啊……"

"那都是包装出来的,采访也有人写稿子的。"

"你的采访也是背的稿子吗?"

"我当然不是,我有什么说什么,从来不骗粉丝。"

"真诚是能被感觉到的。"乔闪闪笑了笑,"陆老师,就像我相信你说的都是真的,我也相信周时越。他在我迷茫的时候,给了我很多力量,是我最想成为的那种人。而且他能从一个寂寂无名的小演员,成为如今实力、人气兼具的大明星,我相信我也一定能成为一个大编剧,然后给他写戏!"

"你的梦想就是给他写戏啊?"陆星耀酸不拉几、阴阳怪气地道,"那你的梦想也太不值钱了。"

"这只是其中之一。"

"还有呢？"

"我最大的梦想，就是将来有一天，可以理直气壮地对投资人、制片、导演和演员说——我的剧本，一个字都不能改！"

陆星耀没忍住，"扑哧"一下笑了出来。

乔闪闪有点不高兴："你在笑我吗？哪里好笑？"

陆星耀摇头，把一直抱在怀里的大白鹅抱枕扔到一边，给她鼓掌："祝乔老师，早日梦想成真。"

乔闪闪还想说什么，车窗被人敲响。导演助理来问陆星耀休息好了没有，准备开拍了。

乔闪闪拉开车门下车，陆星耀跟在她身后。下午温暖的阳光落在她身上，她整个人都像是在发光。

陆星耀想起她谈起梦想时神采飞扬的模样，唇角忍不住弯了弯。

没人能改她的剧本，好像也不是多难实现的梦想嘛。

陆星耀一手插兜，懒懒散散地跟在她身后往片场走，想到什么，拿卷成筒状的剧本敲了敲她的脑袋："你不生气了吧？"

乔闪闪头都没回："你说呢？"

"你说呢？"陆星耀夹着嗓子哆嗦地学她，被瞪了一眼之后才道，"可真记仇啊你，这都多久了，至于吗？"

乔闪闪看了他一眼："陆星耀，从小到大留在我身边的人对我都很好，你知道为什么吗？"

"为什么？"

"首先我运气比较好，遇见的绝大部分都是好人；然后，对我不好的人，我不会让他留在我的世界里。"

陆星耀微垂下眼看她："我对你不好吗？"

"好呀，但对一个人好就可以伤害他吗？没有这个道理，至少在我这里不成立。"

乔闪闪抬头看他。她的眼神很温柔，甚至还带着点笑意："陆星耀，如果我只是拿你当甲方或者老板，那你怎么样都可以，你可以随时把我开了让我滚蛋，我顶多在背后骂你两句万恶的资本家，但我不会受伤；可是如果我把你当作朋友，你这样对待我，我就会很难过很难过。"

陆星耀喉结滚了滚，总算是知道她身上那种所有人都理所应当要对她好的气场是从哪儿来的了。

他微弓下身，平视着她的双眼："我知道了。"顿了顿，又道，"对不起。"

乔闪闪笑了笑："我接受了。去演戏吧，陆老师。"

这天晚上，乔闪闪和陆星耀正在酒店房间讲戏。乔闪闪的手机振动个不停，她原本没想搭理，但消息实在太多了，怕有什么急事就看了眼。顾时宜发了满屏的感叹号，让她去看热搜和周时越的微博。

乔闪闪打开微博，眼睛差点没掉出来。

没办法，热一的词条实在是太炸裂了——#周时越表白陆星耀#。

乔闪闪点开热搜，广场上第一条就是周时越的微博。

@i周时越：感谢陆老师@陆星耀的欣赏，很高兴能和你成为朋友。我第一次演戏，是在陆老师的《锦绣山河》里当群演，也许陆老师已经不记得了，但依然感谢你那段时间的帮助和照顾，祝星途璀璨，望有机会再次合作。

不知道是不是粉丝都蒙了，这会儿广场上到处是一片问号。就连顾时宜也疯狂地给乔闪闪发消息，问她到底什么情况。

陆星耀的手机在房间里充电，这会儿见她光顾着玩手机，十分不满地提醒她："看什么呢？专心点啊，乔老师。"

乔闪闪默默把手机递到他面前。

陆星耀正喝水，看到热一的词条差点没喷出来，捂着嘴咳嗽了好一会儿，正想说什么，房间里的手机先响了。

陆星耀起身去房间接电话，魏思杰问他什么情况，陆星耀没好气："我怎么知道，先挂了。"

挂了电话，陆星耀立刻给周时越拨了个语音过去。也是赶巧，周时越那边正好闲着，没等两秒就接了。不等他说话，陆星耀先开了口："周时越，你是不是有病？微博发的什么玩意？"

"我这不是看你被骂得太惨了吗？"周时越在手机那头道，"因为发微博的事，刚还被我俞姐骂了呢，你这都不领情啊？"

俞姐就是周时越的经纪人，俞婉晴。

见他不出声，周时越笑了声，转移话题："来打游戏吗？"

"没空。"挂断电话前，陆星耀还是没忍住问了句，"你确定你的取向没有问题吗？"

"需要我前女友出来证明一下吗？"

"你前女友？谁？"

"圈外素人，我妈同事的女儿。"

陆星耀"哦"了一声："挂了。"

挂了周时越的电话，陆星耀又给魏思杰回了个电话说明情况，这才从房间出去。

乔闪闪正抱着手机和人激情网聊，见他出来，依依不舍地回了两条消息，放下手机。

"陆老师，你刚刚是去给周老师打电话了吗？"

陆星耀瞥了她一眼，"嗯"了一声。

"他一定是怕你被骂才发的那条微博吧？"

陆星耀勉为其难地又"嗯"了一声。

乔闪闪一脸激动:"我就知道!周时越真的太好了!不愧是我的偶像!"

陆星耀敲了敲桌子,一脸不爽地提醒:"他有……"

"前女友"三个字在嘴边滚了一圈,他的话变成:"女朋友了。"

乔闪闪扭头看他:"怎么,你很羡慕吗?"

陆星耀:"我羡慕什么?"

"羡慕他有女朋友?"乔闪闪观察他的脸色,"或者,羡慕他女朋友?"

剧名：**当你闪耀时**
主演：乔闪闪 × 陆星耀
场次：Chapter 9.
剧集：藏起一个易碎的梦

十二月底，电视剧《关山月》结束了在横店的所有拍摄，部分演员杀青，余下演员和剧组工作人员分批次前往宁夏取景，进行为期最后一个月的拍摄。

取景地在银川周边一个叫贺兰的小县城，不是大都市，也不是热门的取景地，没有无处不在的粉丝和代拍，县城里连年轻人都少，就算是陆星耀这种顶级流量走在街上，都很少会被认出来。

乔闪闪从药店拎着两大包中药出来，就见陆星耀懒散地靠在药店门口，口罩也没戴，就把羽绒服的帽子扣在脑袋上，两只手揣在袖子里，正和旁边超市门口的大爷有一搭没一搭地唠家常。

大爷夸他长得俊，问他是打哪儿来的、有没有对象，听说他是北京的，说自己的孙女也在北京工作，老优秀了，要介绍两人认识。

听得乔闪闪直想笑，怎么全国各地的大爷大妈都热衷给人家介绍对象？

乔闪闪正想听听他准备怎么拒绝，结果陆星耀直接来了句"行啊"，一边掏手机，一边说："不瞒您说，我这工作全国各地到处跑，每个地方都有我的女朋友，这儿还真没有，您最好多给我介绍两个。"

大爷看他的眼神顿时就变了，呸了声道："怪不得。我看你面相就不好，长得就像个负心汉！"

"大爷，您刚才还夸我一表人才呢。"

"那是我瞎了眼！"

大爷气哼哼地走了，陆星耀撩闲似的欠欠道："哎，您怎么走了，不给我介绍您孙女了？"

乔闪闪笑得不行，陆星耀一回头，就看到她笑眼弯弯、一脸明媚的样子，一瞬间，感觉连冬日阴沉灰暗的天色都被点亮了。

他走到她身边，接过她提在手里的药："出来怎么不叫我？"

"听大爷给你介绍对象啊。"乔闪闪笑眯眯道。

"所以你就在旁边看笑话，不知道解围是吧？"

"我怎么解围啊？"

"假装我对象啊。"

他这话说得太自然了，话音落下的一瞬间，两人都愣了愣。

最后乔闪闪先笑了下，别开眼："我可不敢，你的粉丝会追杀我的。"

陆星耀吊儿郎当地把药拎扛在肩上："我的粉丝有那么可怕吗？"

"有。"乔闪闪瞥他，"你别说你不知道啊。"

"以前当黑粉的时候被骂过啊？"

陆星耀笑了下："那我替他们给你道歉，行不行？乔老师大人有大量，就不要和小粉丝计较了。"

"也不是……"乔闪闪想解释，又觉得解释起来很奇怪，叹了口气，转移话题，"我们去那边逛逛吧，我想买两件衣服。"

跟组前，乔闪闪并不知道要来宁夏，也没想过会跟现场，所以就没带几件厚衣服，来了这边以后，压根就没衣服穿，这会儿身上穿的还是安姐给她拿的衣服。

天气冷，加上水土不服，这两天剧组里生病的人很多，感冒发烧、上吐下泻，侯导不得已给大家放了两天假。乔闪闪这个小身板看着柔柔弱弱的，没想到连小曹、侯导他们都病倒了，她还活蹦乱跳的，一问才知道她父亲是中医，刚来那天就自己抓了药吃上了。

今天乔闪闪就是从乔松青那儿问了方子，专门出来给大家买药的。剧组里没剩几个还能动的，陆星耀就亲自给她当司机，帮她提东西。这会儿听她说想去买衣服，陆星耀先把药拿到车后备厢放好，见地方也不远，也没开车，两人散步一般溜达过去。

下午两三点的县城，路上没几个行人。陆星耀走着走着，戳了戳旁边乔闪闪的胳膊，语气有些不爽："我长得很像负心汉吗？"

乔闪闪"扑哧"一下笑了，认真地看了他两眼："确实长得像是有很多女朋友的样子。"

陆星耀斜她一眼："想夸我帅可以直说，不用这么拐弯抹角。"

"不是啊。"乔闪闪故意逗他，"周时越也很帅，但他就长了一张深情又专一的脸。"

陆星耀"呵"了一声："他都不知道谈过多少个女朋友了。"

"难道你没谈过？"

"没有啊。"

乔闪闪多少有些惊讶，扭头看了他一眼。

陆星耀挑眉："干吗，不相信？"

"确实……有点惊讶。"

"有什么好惊讶的？"陆星耀不爽，"难道你谈过很多？"

"你怎么能和我比。"乔闪闪忍不住想了一下，如果有一天她变成顶级大美女，"我要是长你这样，那我一定抵挡不了诱惑。"

"什么诱惑？"

"当'海后'的诱惑。"

陆星耀被呛了下："乔老师，你这个想法很危险。"

"开玩笑的。"乔闪闪笑了笑，转头看他，忍不住有点好奇，"陆老师，你为什么不谈恋爱啊？"

陆星耀的回答让她有点意外："粉丝会伤心啊。"

乔闪闪有些惊讶地看了他一眼："我还以为……你不喜欢你的粉丝。"

乔闪闪一直觉得陆星耀和他粉丝的关系挺畸形的，甚至很多时候她有种感觉，觉得他好像是故意的，比如什么羡慕周时越啦，要给别人当情人啦……很多话他很清楚说出来会激怒粉丝，但他就是偏要那么说。

陆星耀笑了笑："有时候是挺烦的，但他们确实帮过我很多。"

乔闪闪不知怎么，想起之前和曹小北闲聊时，提起过陆星耀为什么不去拍电影的话题。虽然他那两部电影口碑不怎么样，但票房其实挺高的。当时曹小北说，拍剧是广告商和投资方掏钱，电影就是要粉丝真金白银地支持了，他不想让粉丝花那么多钱冲票房。

大概是见她一直不说话，陆星耀微垂下眼看她："你呢？怎么不谈恋爱？"

"没有遇到合适的。"

"什么样是合适的？"

这段时间乔闪闪给他讲戏的时候，会有意引导他聊天，尝试着帮他打开心扉，因此这会儿只当是闲聊般随口道："类似周时越那样的吧。"

陆星耀忍不住再次提醒她："周时越有女朋友了。"

"我知道啊，他就算没女朋友也不可能看上我啊。"乔闪闪漫不经心道，"我是说类似啦。"

"买你的衣服去吧。"

说话间，两人来到卖衣服的小店前，乔闪闪推门进去，陆星耀在外面等她。

隔了会儿，店门拉开，乔闪闪从里面探出个小脑袋："陆老师，你衣品好，能帮我看这两件衣服哪件好看吗？"

店老板是个四十来岁的大姐，见状招呼道："小姑娘，让你男朋友进来看嘛。"

乔闪闪目光正和陆星耀对上，闻言有点不好意思："他不是我男朋友。"

"不是男朋友还陪你来买衣服啊？"大姐说着过来开门。

陆星耀从衣兜里拿出口罩戴上，一低头进了店里。

店里除了乔闪闪和老板，还有个十来岁的小女孩，正趴在收银台上写作业，闻声抬头看陆星耀一眼，顿时抽了一口气，偷偷冲乔闪闪比了个大拇指。

乔闪闪哭笑不得，没理她，把自己挑好的两件衣服拿给陆星耀看。

陆星耀扫了一眼，目光又在店里转了圈，只觉得眼睛疼："要说实话吗？"

"啊？"

"都不好看。"

陆星耀把她手里的衣服拿下来放在一边,拉过乔闪闪的胳膊:"走。"

"可是……"

不等乔闪闪说完,陆星耀已经拉着她出去,走远了还能听到店老板教训女儿的声音:"给你说好好学习好好学习,别整天就知道追星!男的长得帅有什么用?抠得连件衣服都舍不得给女朋友买……"

乔闪闪看一眼旁边的陆星耀,忍不住笑了:"陆老师,变成反面教材了哦。"

陆星耀无语地瞥她一眼:"那么丑的衣服,你是怎么看上的?"

"我也知道那件衣服不好看,但是我现在没有衣服穿啊。"乔闪闪叹了口气,"我刚刚买药的时候问过店员了,前面好像有个小商场,要不我们去逛逛?"

"不去。"陆星耀果断拒绝,"回去了,我让SA发款式过来给你挑,明天就能送到。"

"好吧。"

两人往回走。从一所小学门口路过时,乔闪闪看到在学校门口卖烤红薯的小推车,立刻过去买了一个,让老板一分为二,拿油纸包好,自己拿了一半,另外一半递给陆星耀。

"陆老师,给你。"

"怎么不买两个?"

"因为烤红薯就是要分着吃才好吃呀。"

这会儿小学生已经陆陆续续放学,陆星耀怕被认出来,没敢摘口罩,只小心翼翼地把那半个滚烫的红薯捧在掌心。

西北冬日的冷风呼呼地从四周刮过,明明很冷,他的一颗心却滚烫。

两人回到酒店,乔闪闪借了酒店的厨房煎药。陆星耀就微屈着一双长腿,懒洋洋地靠在灶台上,一边刷手机看SA发过来的衣服款式,一边有一搭没一搭地和乔闪闪闲聊着。

看她洗药煎药时那个煞有介事的娴熟模样,他忍不住问:"为什么想当编剧?"

"我也不知道。"乔闪闪老实道,"可能电视剧看得多吧,有些情节很离谱,晚上做梦都能把我气醒,当时就想,等我长大了,一定要自己来写。"

陆星耀弯了弯唇角,莫名觉得她小时候一定很可爱:"那你父母不反对吗?比如让你去学中医什么的。"

"反对呀,但他们都很尊重我。十八岁以后的事他们只会给建议,但都是我自己做决定。"

灶上的药开了,乔闪闪捏着鼻子把火关小,然后看了眼时间,憋着一口气盖上盖子洗手,直到从厨房出来,才终于能好好呼吸。

她脸色苍白地捂着胸口,忍了又忍才忍了下来:"好想吐。"

陆星耀:"你没事吧?"

乔闪闪摆了摆手:"你不是问我怎么不去学中医吗?这个和临床医学不一样啊,学这个很看天赋的。小时候我爸教我认中药材,我闻吐了大部分不出来,还有把脉,我是真的摸不出有什么区别,但我堂弟基本上一教就会,所以我爸后来就放弃我专心去培养他了。"

两人站在厨房外的走廊上,光线昏暗,只有头顶一盏昏黄的白炽灯偶尔闪烁一下。

乔闪闪终于缓过来一点,抬头看陆星耀:"那你呢,为什么进娱乐圈?"

"赚钱啊。"

"你十岁就想着赚钱了啊?"

陆星耀懒洋洋地笑了下,眼睛还盯着手机屏幕:"谁不喜欢钱呢?小孩子也喜欢啊。"

"那为什么想退圈呢?"乔闪闪犹豫了一下,还是没忍住问了出来,"你走到现在这一步很不容易吧,放弃了不觉得可惜吗?"

手机屏幕幽冷的光映在他脸上。陆星耀没有吭声,好一会儿,他熄了屏幕,拎着手机转了圈,两手插兜低头看她:"有人跟我说过一句话。"

乔闪闪:"什么?"

"最难的事情不是改变世界,而是不被这个世界改变。"

乔闪闪:"这和你退圈有什么关系?"

"乔老师,你是不是觉得我很厉害,想改剧本就改剧本,想把别的演员换掉就能换掉。"

乔闪闪点头。

陆星耀低头笑了下,带了点自嘲的意味,却没有再说下去。

走廊里有片刻的安静,头顶的白炽灯一闪一闪,乔闪闪正想说点什么,手机计时响了。

她把催命一般的闹铃关上,深吸口气屏住呼吸,正想过去开门,陆星耀拉住她:"行了,你先回去吧,剩下的我来弄。"

"你会吗?"乔闪闪不大信任地看着他。

"我什么不会?"陆星耀戳了下她的脑门,眼神很拽,"别小瞧我。"

"你把药倒出来,再添一遍水煮二十分钟,分给大家就好。"乔闪闪叮嘱完,拎起衣领嗅了嗅,一脸嫌弃地皱眉,"那我先回去啦。"

乔闪闪回房间洗了个澡换了衣服,吹完头发从卫生间出来,已经六点过,陆星耀正好过来敲门喊她吃饭。

明天下午就要开工,乔闪闪顺手拿了剧本从房间出来。

"陆老师,去你那儿吃吧,完了我们对一下戏。"

陆星耀一手撑在门框上,一时不知该气还是该笑了:"乔老师,天天喊加班的资本家都没你狠。"

"最后一个月了，再坚持一下嘛。"乔闪闪心虚地笑了笑，"而且你最近真的演得很好。"

陆星耀轻嗤一声，收回手拿房卡，刷开隔壁的门。

乔闪闪抱着剧本跟在他身后。

曹小北和杜明都还在房间里躺着，陆星耀拿饭盒装了饭菜，给他们送到屋子里去，这才出来在沙发上坐下。

乔闪闪看一眼紧闭的房门："小北和杜哥都还好吧？"

"好多了。"陆星耀玩着手机，头也没抬，"吃你的。"

"你不吃吗？"

"侯导让我控制饮食。"

最近要拍的都是裴昭被俘和逃亡的戏份，人物需要那种憔悴、狼狈和消瘦的状态，他其实这两天都没怎么吃东西，就吃了两粒糖，再加乔闪闪下午分给他的半个烤红薯。

乔闪闪"哦"了一声，一边吃饭一边问："陆老师，你怎么不多招两个人？我看别的明星身边，光助理就好几个。"

"人多了很烦，不好管理，而且靠谱的很少。"

这倒也是。乔闪闪点了点头，见他头都不抬地在那儿刷手机，问："陆老师，你在看什么？"

"给你看衣服啊。"

"我也要看。"

乔闪闪端着碗凑过来，陆星耀往旁边挪了挪，把挑好的几套衣服图片点开给她看。陆星耀的时尚品位真的没话说，难怪他的时尚资源那么好。

乔闪闪忍不住给他比大拇指。

陆星耀嘚瑟："比你挑的那两件丑衣服好看吧。"

"我那是没得选啊。"乔闪闪坚决不承认是自己眼光差，翻了翻他手机上的图片，"我要这一套，这一套，还有这一套。"

她选完了，才后知后觉："多少钱啊？"

陆星耀懒懒道："给你报销。"

"这……不太好吧？"

"乔老师，你知道这个牌子的老板是谁吗？"

乔闪闪瞥了眼，不认识。她对时尚品牌很少关注，估计是什么小众潮牌，于是老老实实地摇了摇头。

陆星耀"啧"了声，轻轻敲了下她的脑袋："你怎么也是个娱乐圈从业人员，怎么连这都不知道？"

乔闪闪盯着他，半晌，后知后觉："是……你吗？"

陆星耀傲娇地哼了一声。

于是乔闪闪心安理得地接受了。

吃完饭，乔闪闪把饭盒和桌子简单收拾了一下，开始给陆星耀讲戏。

最近有很多陆星耀和宁芷相爱相杀的感情戏，陆星耀的感情戏一向演得不好，前些天还因为老是出戏，被宁芷在片场骂了一顿。

因此这会儿，乔闪闪讲完了戏还是不放心，想了想问他："陆老师，要不你提前和宁老师对一下戏吧？宁老师好点了吗？要不我请她过来？"

陆星耀面无表情地果断拒绝："不。"

"还是对一下吧，然后我再看看怎么帮你调整一下，不然明天去片场宁老师又骂你。"

陆星耀靠在桌子上低头看她："那你陪我对吧。"

乔闪闪："我又不会演戏。"

"你不是看了表演课吗？而且不用你演，你接一下词，陪我走一下戏就行。"

"不行不行不行。"

"有什么不行的，之前都是小曹陪我对戏。"

见乔闪闪不说话了，陆星耀很有兴致地拉她的胳膊："来，试试。"

乔闪闪拿着剧本，和陆星耀面面相觑。陆星耀轻轻挑眉，示意她可以开始了。乔闪闪看看他，又看看剧本，张了张嘴，又闭上。两人沉默地对视了几个来回，仿佛在对什么新型暗号。

陆星耀懒懒地往后靠在沙发靠背上，仰着头看她，笑道："怎么回事啊你，乔老师？"

乔闪闪："有点羞耻。"

"你写的时候不羞耻吗？"

"写的时候怎么会羞耻？"乔闪闪有点退缩，"要不还是算了……"

"咳咳！"陆星耀清了清嗓子打断，"乔老师，我明天要在零下十二摄氏度的天气里，穿一件衣不蔽体的破烂，还要被泼一身水，要是一遍过不了，就要多拍几遍，我冻感冒生病发烧都没关系，但耽误剧组进度就不好了，你说对不对？"

虽然明知道他在卖惨，但谁让乔闪闪这人就是吃软不吃硬，虽然好气又好笑，但还是心软了。

她又看了一眼剧本上的台词，不大自在地清了清嗓子："那……开始？"

陆星耀："来。"

乔闪闪深呼吸，明明已经做好心理准备，转头对上陆星耀那张帅得很有冲击力的脸，眼神不自觉地躲闪，台词也念得磕磕巴巴，整个人感觉都快要烧起来。

"好、好俊的一、一张脸，眼、眼睛也……"

"不对。"陆星耀打断，语气欠欠地道，"乔老师，你得看着我，还有动作，认真点行吗?"

乔闪闪起身,陆星耀还在沙发上坐着,两腿大剌剌地敞着,正歪着脑袋看她。乔闪闪单腿跪在他两腿间的沙发上,毫不客气地伸手,捏住他那张全国独一份的帅脸。

陆星耀微微一怔,抬眼看她。

四目相对,乔闪闪面无表情,高高在上地垂眼看着他,语气轻佻地念着剧本里的台词:"好俊的一张脸!来人,把他洗涮干净,送我帐里当男宠。"

按照剧本上接下来的剧情,应该是陆星耀冷笑一声,转头咬她的手,最后再吐她一口唾沫。但陆星耀却没动,只是维持着被她捏着下巴的模样看她,眼珠黑白分明,一向桀骜不驯的眼神意外的柔和、乖顺,带着一点湿漉漉的潮气,像无声跟主人撒娇的狗狗。

乔闪闪不知道为什么,忽然很想摸摸他的脑袋。

但也只是想想,两人谁都没有动,时间仿佛被短暂地按下了暂停键,心跳一声接着一声,如擂鼓一般,从单薄身体中蔓延到整个房间。

乔闪闪头昏脑涨,整个人有种梦游似的虚幻感。她小声道:"不对……"

陆星耀:"嗯?"

"你眼神不对。"

陆星耀正想说什么,忽然开门声传来,陆星耀的目光从乔闪闪脸上移开,正对上开门出来的曹小北。

此时,曹小北正一脸震惊地看着二人,猛地抽了口气:"你们咳咳咳——"

陆星耀和乔闪闪都有些慌乱,但就是太慌了,乔闪闪脚下一打滑撞到沙发,陆星耀伸手想扶没扶住,她整个人重重跌进他怀里,下巴撞在他的锁骨上,两人同时抽了口气。

小曹干巴巴道:"那个,我就是出来上个厕所,我什么都没……"

"我们在对戏!"不等他说完,乔闪闪已经捂着下巴,飞速地从陆星耀怀里退了出来,像是怕他没听清似的,又解释了一遍,"我和陆老师在对戏。"

"哦。"曹小北看一眼旁边的陆星耀,干巴巴地重复一遍,"对戏。"

房间里三个人都有些不自在。沉默了好一会儿,曹小北指了指卫生间,示意自己要过去。

等人走了,客厅里又只剩乔闪闪和陆星耀,两人都不说话,谁也不看谁,气氛古怪又暧昧。

好一会儿,乔闪闪清了清嗓子,低头翻剧本,说:"陆老师,你刚刚眼神不对。"

陆星耀靠在沙发靠背上,仰头看天花板,不知道在想什么,半晌才道:"应该是什么眼神?"

"我是你的仇……不是,阿丽娜是害你沦为阶下囚的仇人,你怎么能用那种眼神看我……看她。"

陆星耀偏头看她:"哪种眼神?"

哪种眼神?蛊惑人的眼神!还好意思问?

乔闪闪直接忽略他这个问题:"还有你这里因为中了毒,眼睛根本看不见,你注意一下细节啊!"

"好。"陆星耀态度很好地应了下来,"再来一遍吗?"

下午,片场,朔风凛冽,天色阴沉沉的,眼前是茫茫的沙漠。

乔闪闪的羽绒服外还披了一件陆星耀的冲锋衣,这会儿正捧着保温杯,哆哆嗦嗦地缩在导演的帐篷里,看监视器上同步的画面。

陆星耀正在拍的正是昨晚他俩最开始对的那场戏。裴昭战败被俘,为了防止他的身份败露,属下临时和他换了衣服,拿走他身上所有能证明身份的信物。这会儿,蛮族公主阿丽娜正在战俘营里找寻裴昭的身影。

裴昭和阿丽娜是宿敌,也是彼此敬仰的对手。

这是他们第一次见面,却谁也没认出谁。阿丽娜当他是长相俊俏的小兵,要将他招入帐中做男宠,而裴昭因中毒眼睛意外失明,并未看清她的长相——是一场很有张力、很好嗑的戏。

这会儿,宁芷捏着他的下巴说完台词。陆星耀冷笑一声,冲她吐了口唾沫,转头一口咬住她的虎口。眼神因失明而显得有些许茫然,但依然凶狠,细节拿捏得很到位。

侯导满意地喊了"卡",让下一场戏准备。

曹小北没跟来现场,乔闪闪临时充当了陆星耀的助理,立刻拿着他的羽绒服和保温杯上前。

寒风中,陆星耀就穿了一件单衣,还因为剧情需要破破烂烂。这会儿他露在外面的手臂都被冻得泛青。

乔闪闪把羽绒服裹在他身上,见他冻得手脚都有些僵硬,又踮起脚帮他把帽子戴上,然后拧开杯子递他手里。

乔闪闪毫不吝啬地夸他:"陆老师,你刚刚演得特别好!"

陆星耀喝了好几口热水才缓过来,闻言瞥了她一眼,轻轻哼了声:"我就是被你用甜言蜜语的胡萝卜吊着的那头驴。"

乔闪闪哭笑不得:"我说的是真的啊。你看我的眼睛,是不是很真诚?"

乔闪闪眨了眨眼,努力让自己的眼神显得无辜又真诚。

陆星耀瞥了她一眼,飞快地移开目光。隔了会儿,又瞥她一眼,不知道是不是冻麻了,这会儿耳朵烧得厉害,他伸手把她的脑袋推开:"别撒娇。"

乔闪闪:"我哪有……"

这边道具老师布景完毕,过来问陆星耀休息好没有,准备要拍下一场戏了。

陆星耀点了点头,把杯子交给乔闪闪,伸手正准备脱羽绒服,被乔闪闪按住:"陆老师,我跟你过去,开始拍了你再脱。"

"好。"

下一场是拍陆星耀受刑的戏,远景有替身,但几个特写镜头还是得他亲自上。

道具提了一桶温水过来,即便只有二十多度的水温,但在零下十几度的天气里,依然腾腾冒着热气。那边侯导说了一句什么,似乎是蒸汽会影响拍摄,道具把水倒了,又提了一桶冰水过来。

乔闪闪的心微微揪了下,看了眼陆星耀,但还是什么都没说。目光在片场四处转了圈,见安姐站在一边,叫她过来帮忙拿一下陆星耀的东西,自己跑去房车上把暖气开到最大,又灌了一个暖水袋。

几个特写镜头,拍得很快,等乔闪闪抱着毯子跑过来时,陆星耀已经浑身湿淋淋地从片场上下来了。她连忙冲上前拿毯子给他裹住,又给他披上羽绒服,把暖水袋塞进他怀里,一边给他擦头发,一边领着他往房车上走。

接下来就没有陆星耀的戏了。陆星耀在房车上换衣服,乔闪闪就去和导演、制片等人告别。

等她回到房车,陆星耀已经换好了衣服,脑袋上顶着一块毛巾,头发还有些湿,正裹着一条毛茸茸的毯子坐在床上玩手机。听见声音抬头看了眼,他正想说什么,又转头打了个喷嚏。

杜明和曹小北都还在酒店养病,乔闪闪不会开车,刚刚已经给剧组的司机打了电话,这会儿人还在路上,得等一会儿才能到。

乔闪闪有些担心地问他:"陆老师,你还好吗?"

陆星耀点点头,又打了个喷嚏。

乔闪闪:"介意我摸摸你的额头吗?"

陆星耀没吭声,却很乖地冲着她的方向,微微垂下脑袋。

乔闪闪摸了摸他的额头,不烧,指尖触到他还湿着的头发,收回手,从房车的柜子里找出吹风机,插上电,冲他招手:"陆老师,过来吹一下头发。"

陆星耀乖乖地抱着手机起身,在她身边坐下,两人四目相对,谁都没动。

半响,陆星耀问:"不是要给我吹头发?"

"我是让你自己吹。"

乔闪闪站着,陆星耀坐着,他抬头看她,眼睛像水洗过似的黑白分明:"你不能帮我吹吗?"

乔闪闪正准备说话,陆星耀又转头打了个喷嚏。

算了,看在他今天为了拍戏,受了这么大罪的份上,吹个头发而已。

乔闪闪拿毛巾包着他的脑袋揉了揉,不知怎么,就想起在家里给"豆角"洗澡的时候,但陆星耀比"豆角"乖多了,至少不会乱动甩她一身水。

听到她笑,陆星耀仰头看了她一眼。乔闪闪把他的脑袋按下去,说:"你别动。"

乔闪闪拿起吹风机,开始给他吹头发。陆星耀的头发不算长,摸着也是软软的，和他的外表很不搭，毕竟光看外表的话，真的很容易让人觉得他是个"刺头"。

乔闪闪细白的手指从他黑亮的发间穿过，两人都没说话，房车内只有吹风机"嗡嗡"的声响。

窗外是冬日灰暗阴沉的天色，与一眼望不到边的茫茫大漠，车内却温暖如春，有种让人昏昏欲睡的舒适感，车内车外，仿佛是两个截然不同的世界。

吹风机的声音不知道什么时候停了，她柔软的手从他头上离开。陆星耀看她拔掉电源，收起吹风机，不知道为什么，感到些许失落。

甚至忍不住在想，如果他也生病就好了。他头一次觉得，体质太好，似乎也不是什么好事。

不知道上天是不是接收到了他的心愿，一周后，陆星耀在拍戏的过程中成功病倒了。那是一场非常激烈的情绪爆发戏，也是裴昭这个人物很重要的一个转折点。

他在下属兄弟以命相护之下逃出战俘营，一路隐姓埋名，逃过无数搜捕和追杀，终于从蛮族王都回到边城，却看到朝廷发出的通缉令。他不再是那个守护边塞无往不胜的小将军，而是通敌叛国的罪人，此时，他父母及阖族的头颅正整整齐齐地挂在城墙上。

陆星耀一连拍了好几条，侯导都不满意，让他下来自己调整，先去拍别的部分了。

这会儿，陆星耀正皱着眉头在帐篷角落里看剧本。乔闪闪拿了水过来递给他，陆星耀接过喝了两口又还给她。其实这场戏昨天晚上乔闪闪还专门给他讲过，没想到他会演成这样，但她大概知道问题出在哪儿。

乔闪闪一边心不在焉地拧着杯子盖，一边观察陆星耀。

没留意，保温杯里的水洒出来，乔闪闪被烫了，下意识地把杯子丢出去。

陆星耀第一时间抓过她的手："没事吧？"

乔闪闪甩了甩手："没事。"

说着，她要去捡杯子，陆星耀拦住她，自己蹲下捡了杯子，喊小曹过来："你就别沾手了。"

乔闪闪"哦"了一声，想了想，问："陆老师，你找到感觉了吗？"

陆星耀含糊地"唔"了一声，也不知道是找到了还是没找到。

乔闪闪轻声道："你能想象那种感觉吗？你一直守护的东西背叛了你；你为了一个目标付出了全部的努力，可最终的结果却总是与你的目标背道而驰；你好像什么都得到了，但又好像什么都失去了，你回头看来路，早已经是物是人非。"

乔闪闪知道，他一定是有过的。

无论是这段时间以来，她温水煮青蛙一般，一点点撬开他的心房，探听到的只言片语，不管是他这会儿不自觉捏紧了剧本的手，还是他艰涩滚动的喉结，乔闪闪都知道，他一定是有过类似的经历。虽然她并不知道他身上具体发生过什么，但那一定是对他影响很大的事，以至于他会下意识地去回避那种类似的体验。

乔闪闪其实不想用这样的方法，在这一刻，她甚至觉得自己这种行为有点残忍，但不管是出于拍摄进度的需要，还是对陆星耀的心理健康而言，她都不得不这么做。

被隐藏起来的伤口永远不会痊愈，只会默默在看不见的地方溃烂，情绪的伤只有被看见，被接纳，才有恢复的可能。

他不愿意面对，乔闪闪就借着演戏这个契机逼着他面对："还记得你拍的那部《风雪少年》吗？最后结尾那场戏，和那个感觉有点类似。那场戏的内核是向死，但这场戏不是，这场戏的内核是向生，过去的你永远地死掉了，但仇恨愤怒和不甘让新的你在这个躯壳里重生。"

侯导这边一场戏拍完，导演助理过来询问。陆星耀沉默地上场，这一次，他情绪很饱满，一遍就过了。甚至连侯导都忘记喊卡，整个剧组都被他一声嘶吼中爆发的情绪震撼了，还是曹小北先回神，焦急地小声问侯导好了没有，侯导才让场记喊了卡。

陆星耀还跪坐在沙漠里，久久无法从情绪中抽离出来。

乔闪闪和曹小北上前，曹小北把衣服披在他身上，乔闪闪弯腰正想扶起他，陆星耀却猛地一把抱住她。她踉跄着跪在地上，陆星耀把脸埋在她的脖颈间，乔闪闪能感到有什么滚烫的液体顺着脖子往下淌。

虽然不知道他经历过什么，但这一刻，她完全能感同身受他的心痛。

乔闪闪缓缓抬手，安抚地摸了摸他的后脑勺，手顺着滑下，落在他的后脖颈上，轻轻拍了拍。

"陆星耀。"她没有叫陆老师，而是轻声叫了他的名字，"没事了。"

乔闪闪摸到羽绒服的帽子给他戴上，又轻轻拍了拍他的肩，感受到他的情绪逐渐平复下来，给曹小北使了个眼色。

曹小北上前去扶陆星耀，小声道："哥，大家都在看着呢。"

陆星耀没吭声，只是抱着乔闪闪的手臂猛地收紧，随后又在乔闪闪安抚的轻拍中缓缓松手。他站起身，顺手把乔闪闪拉起来，随后捂着喉咙，一言不发地低着头往房车上走。

曹小北担忧地跟在他身边，低声问他感觉如何，陆星耀只是摇头。

脖子上的眼泪被冬日凛冽的寒风一吹，有种冰冷的刺痛感。这种时候，还是得给陆星耀一个情绪缓冲区，让他一个人待上一会儿比较好。乔闪闪没有立刻跟上车，转头回了导演的帐篷，看刚刚那场戏的回放。

见她过来，侯导挺担心地问了句："星耀没事儿吧？"

乔闪闪摇了摇头："没什么大事。"

看回放的过程中,乔闪闪整个人都有些心不在焉,她忍不住去想,在那一刻,他究竟回想起了什么呢?

"侯导,您和陆老师很早就认识了吧。"乔闪闪轻声问,"能给我讲讲他以前的事吗?"

侯导眯着眼点了一根烟,招呼她坐:"好奇啊?"

"算不上好奇吧,就是想更了解他一点,陆老师说您对他有恩。"

"有恩谈不上,举手之劳而已。"侯导笑了笑,"你应该知道他十几岁时退圈的事?"

乔闪闪点头。

"他年纪小,蹿红的速度太快,没有背景,又是那么个狂傲的性子,想整他的人不少,那会儿娱乐圈可比现在乱多了。"侯导淡淡道,"他的经纪公司天鸿娱乐,最初签他也根本不是想捧他,而是想用一纸合约雪藏他,毁了他。"

乔闪闪有些惊讶地看了侯导一眼,这一点她还真不知道。

"后来天鸿破产重组,董事会股东换了一轮,这才让他出来接戏。那会儿新股东想上市,各种炒作很没下限。也就是这小子命硬,运气也好,逢上个好时候。不然搁在十年前那个娱乐圈里,迟早被那帮人玩死。"

侯导三言两语,并没有说得很详细,但不妨碍乔闪闪从这短短几句话中窥见其中的惊涛骇浪。

乔闪闪忍不住问:"他当年还没成年吧?他父母不管他吗?"

"他母亲不知道,没怎么听他提过。天鸿那个合约就是他父亲签的。"

乔闪闪还想再问,曹小北满脸愁容地匆匆过来:"侯导,耀哥发烧了,嗓子也说不出话,今天恐怕拍不了了。"

侯导担忧:"什么情况?"

"他嗓子老毛病了,刚让他吃了药。"曹小北道,"可能得明后天才能好。"

"行,你们先回去吧,好好照顾他。小乔,你也回去吧。"

和侯导告别后,乔闪闪跟着曹小北往车上走,忍不住问:"陆老师的嗓子是怎么回事?"

提起这个,曹小北就有点压抑不住情绪,忍了又忍,才尽量平静道:"你知道耀哥有时候说话有点……不着调,前几年有人在粉丝群里带头玩梗,说什么如果耀哥是个哑巴就好了。"

乔闪闪开始有不好的预感:"和粉丝有关?"

"不知道,当时是在活动后台,水是主办方准备的,中途被人调换了。"

"没报警吗?"

"报了,监控查出来是一个年纪小的粉丝,什么都不知道。"

乔闪闪不知道该说什么,心情忽然有点沉重,陆星耀经历的这一切都离她的生活太远了。

"那……后来呢?"

"小孩太小了,而且明显是被人利用了,耀哥就没追究。后来有小半年的时间,他都不怎么能说话,好不容易嗓子养好了,也不能受刺激,喝水少了,说话多了,声音大了,都会反复。"

"没看看吗?"

"看了,没有器质性病变,医生只让生活中多注意。"

乔闪闪想到前些天陆星耀说不想让粉丝伤心时的神情,忽然有点难过。

大概是看她一直不说话,曹小北开始喋喋不休地为陆星耀抱不平:"乔老师,有时候真不是我哥不敬业,比如用配音这事,真就是没办法……"

乔闪闪"嗯"了一声,虽然觉得不该问,但话都聊到这儿了,还是忍不住开口:"小北,你知道陆老师那个素人女友是怎么回事吗?"

"什么素人女友?"曹小北一脸"你别造谣啊"的表情,"我哥可从来没谈过恋爱,现在还是个处男呢。"

乔闪闪哭笑不得:"我是说他当年退圈的那件事。"

"哦,那个啊。"曹小北还记着魏思杰留给他撮合乔闪闪和陆星耀的任务,因此这会儿趁机不遗余力道,"乔老师,不是我吹,就我哥那外形条件,又有大明星光环,上学的时候有大把女生喜欢他,很合理吧?"

乔闪闪点头。

"说实话,要不是后来那事,我哥压根记不住她是谁,就一普通同学。"曹小北显然对那个女孩没什么好感,面无表情道,"而且她被校园暴力的时候,我哥还帮她解过围呢——你别看我,是她自己在日记里写的。"

"那这件事是怎么和陆老师扯上关系的?"

"还不是日记害的。"曹小北冷笑,"她自己暗恋我哥,在日记里意淫和我哥谈恋爱,结果人死了,她那对吸血鬼爸妈就拿一本日记讹上我哥了。要我说,就她爸妈最不是东西,女儿被校园霸凌,当爸妈的什么都不知道,等人不在了,满脑子都是钱钱钱。"

乔闪闪说不出话来。这个真相对她而言过于沉重了,那女孩是很可怜没错,但陆星耀未免太无辜了。

说话间,两人已经走到了房车边。曹小北拉开车门,两人一前一后地上了车,等车门关上,杜明踩下油门,掉头回酒店。

陆星耀裹着毯子在后面睡着了,大概因为发烧的原因,脸还有点红。

其实乔闪闪之前一直有点想象不出来,陆星耀十几岁时是什么模样,即便她看过他当年拍过的所有剧。但是现在,她却能很清晰地在脑海中勾勒出那个十几岁的陆星耀。

长得帅,篮球打得好,有明星光环加身,走到哪儿都是人群的焦点,是像太阳一样热烈明亮又无畏的少年,他还同时有一颗温柔善良又细腻的心,是那种只要看着他,就充满了希望和力量的人。

陆星耀到底年轻，加上常年运动锻炼就没停过，身体素质很好，吃了药，当天晚上就退了烧，第二天就活蹦乱跳了，就是声音还有点哑。

侯导给他多放了一天假，恰逢昨晚下了一场雪，这会儿从窗边往下望，整个县城都是白皑皑的一片。

陆星耀洗漱完毕，出来站在窗边喝水时，就看见楼下马路边上正蹲着一个熟悉的人影，穿着白色的羽绒服，不知道在干什么。

陆星耀拿手机给乔闪闪拨了个语音，就见楼下的人站起身，从兜里掏出手机接起。

耳机里传来她熟悉的声音："陆老师？"

陆星耀清了清嗓子，想说话，想到现在的声音，忽然又有点后悔打这个电话。

"你嗓子好点了吗？"没听到他的声音，乔闪闪问了句，随后似有所觉地抬头往楼上望。

县城里的楼层普遍不高，陆星耀的房间在五层，乔闪闪一抬头就能看见他打开窗站在窗边。

乔闪闪跟他挥了挥手："你病没好就别吹风了，我等下上去送你个东西。"

她说完就挂了电话，蹲下身，从地上捧起了什么东西进了酒店。

没一会儿，陆星耀听到敲门声过去开门。乔闪闪捧着一个二十厘米高的小雪人，笑盈盈地站在门口："陆老师，这个送给你。"

陆星耀伸手欲接。

温热的手指碰到她冰凉的手，乔闪闪又把手缩回去："你的手好热，别弄化了，我来吧。"

她捧着雪人进了屋，打开阳台门，小心翼翼地把雪人放在阳台窗户上。

乔闪闪拍了拍手，从阳台进来，一边搓着冰凉的手轻轻呵气，一边笑眯眯地转头看他："陆老师，这个雪人像不像你？"

他低声问："哪里像？"

"你多看看就像了。"

陆星耀靠在墙上垂眼看她，觉得她真的很喜欢送一些不值钱的东西来讨人欢心，上次的花是这样，这次的雪人也是这样，偏偏还让人没法拒绝。

陆星耀忍不住问："你你经常给别人送这种东西吗？"

"没有啊。"乔闪闪道，"我小时候身体不好，冬天的时候，我爸很少让我出门，但是我又想出去玩，他就堆个雪人放在院子里，骗我说那是我的一部分，'她'已经偷偷溜出去玩了。那时候我就想着，偷偷跑出去的肯定是生病的那一部分，等雪人融化，我的病就会好了。后来我的身体果然一年比一年好，现在几乎不会再生病了。"

乔闪闪转头看他："陆星耀，情绪也会产生垃圾的，如果你有什么不开心但是又不想告诉别人的话，你就把情绪寄托在这个雪人身上吧，它融化的时候，会带着你的烦恼一起离开。"

陆星耀忍不住笑了下,戳了下她的脑门:"幼稚。"

"幼稚就幼稚吧。"乔闪闪也没生气,笑盈盈地看着他,"能安安心心做回小孩子就是世界上最幸福的事。"

难得有一天的假期,吃完早饭,乔闪闪正想着要不要出去转一转,就收到陆星耀发来的消息。

陆星耀:想去吗?现在出发,天黑前就能回来。

他分享了一条链接,乔闪闪打开看了眼,是贺兰山的雪景,看起来很不错。

乔闪闪:陆老师,你身体好了?

陆星耀:去不去?

乔闪闪:去!

陆星耀:出门,穿厚点。

乔闪闪飞快地换了衣服,戴好围巾和帽子,背上包包从房间出来。陆星耀正靠在走廊上玩手机,闻声抬头看了她一眼,熄了屏,拎着手机转了圈,把手机揣兜里,跟上她的脚步,往电梯的方向走。

乔闪闪:"陆老师,小北和杜哥呢?"

陆星耀:"开车去了。"

乔闪闪"哦"了一声,进了电梯,忍不住看了眼旁边的陆星耀。

这会儿陆星耀正垂着眼看她,似乎都没想到对方会看过来,两个人猝不及防间,四目相对,都愣了下,随后不约而同地移开目光。

乔闪闪扶了扶帽子,忍不住想,酒店的暖气还是烧得太足了,不然她怎么会耳朵发热、脖子冒汗呢?

出了酒店,杜明已经开着车等在街边了,两人一前一后地上了车。

陆星耀大概嗓子还是不舒服,一路上都没怎么说话。杜明也很少开口,整个车上就只能听到乔闪闪和曹小北的谈话声。她像是个准备春游的小学生,一路上叽叽喳喳,显得格外兴奋。

连曹小北都忍不住问:"乔老师,你这是多久没出门玩过了?"

"三年了吧。"乔闪闪说,"以前经常出去玩的,自从当编剧就很少出去玩了。你敢信我在北京三年,连故宫都没去过?"

陆星耀从后座上抬眼看她。

曹小北老实地摇头,说实话,不能理解:"不是,你们编剧有那么忙吗?我看别的编剧也还好啊,你比耀哥这个顶流还忙?"

"就是很忙啊。我们底层小编剧很难的,从我入行到现在,接触过的项目至少有三十个吧,手上常年两三个项目起步,但是真正做下来到开机这一步的,也只有《关山月》和《青春备忘录》,剩下的都因为各种各样的原因黄掉了。"

乔闪闪耸了耸肩:"小北,你是不是一直觉得我被周佳怡坑得很惨?"

曹小北点头。

"但是你知道吗？我这些经历，甚至都没资格参加编剧比惨大会。"乔闪闪笑了下，"比我惨的比比皆是，而且我甚至可以算得上是编剧里的幸运儿和天选之子了，第一部剧就能成功开机并播出，然后还接到了《关山月》这种大IP。被周佳怡赶出工作室的时候，我都准备放弃做编剧了，结果又遇到了陆老师，还认识了侯导和绮姐他们……"

"放弃做编剧？"陆星耀忽然开口，声音还有些哑。

"对啊，明安给我打电话的那天，我东西都收拾好了，正准备看机票呢。"

"放弃了不会遗憾吗？"他能看出来她是真的热爱这一行，谈到她的剧本，她浑身都在发光。

"会遗憾啊。"乔闪闪道，"但是我不能只靠热爱活着啊，我已经二十五岁了，生活还要靠父母接济，虽然他们不在意，但我会觉得丢人啊。"

说话间，车已经开进了景区停车场。杜明去停车，曹小北去游客中心兑票，乔闪闪和陆星耀则一边拍照，一边慢悠悠地往坐缆车的地方走。

不是周末，也还没到各大高校放寒假的时候，景区人很少，除了他们四个和景区工作人员，只偶尔能见到几个游客。

等乘缆车上了山，陆星耀就摘了口罩。他今天穿了一身黑，戴一顶黑色针织帽，连围巾都是黑的，往白皑皑的雪地里一站，格外醒目。而且他身材气质好，只是随随便便插着兜站在那儿都很出片。

乔闪闪其实不算是一个喜欢拍照的人，相比于拍照，她更喜欢用文字这种形式来记录生活，但这会儿看着陆星耀，却忍不住蠢蠢欲动，想要留下这个瞬间。

陆星耀走着走着，发现身边的人不见了，一转头，就见乔闪闪正拿着手机在拍他。

他轻轻挑了下眉，正准备说话，乔闪闪道："别动，保持这个姿势。"

陆星耀索性站在那儿让她拍。

隔了会儿，乔闪闪抱着手机过来给他看。云海，大雪，和站在山巅的人。乔闪闪有些得意地问："是不是很帅？"

两人头挨得很近看照片，陆星耀忍不住看了她一眼，怀疑她是故意的。好好一个大活人站旁边，居然去夸照片帅？

他不自在地清了清嗓子，从她手中抽出手机："我来给你拍。"

乔闪闪立刻跑到旁边一棵造型奇特的古松边，傻乎乎地比了个"耶"。

"正常点。"陆星耀被逗笑，"往前走，该干吗干吗。"

"哦。"

乔闪闪出门时戴了顶白色毛线帽，后脑勺上坠了个茸茸的毛线球，随着走动一跳一跳的。她一边走，一边漫无目的地和陆星耀闲聊。陆星耀虽然嗓子不舒服，但也会简单地回应她。

就这么沿着山路走了好一会儿,乔闪闪忽然想起一件事,回头问道:"怎么好久没见小北和杜哥了?"

陆星耀趁着她回头的瞬间,抓拍了好几张,随后才漫不经心道:"不知道。"

"我们等他们一会儿吧。"

乔闪闪看前面设置有游客休息区,招呼陆星耀过去,顺便探头去看手机:"我看看你拍的。"

"等等,我调个色。"

"你还会修图?"

陆星耀哼了声:"瞧不起谁呢。"

乔闪闪解释道:"我的意思是长成你这样,应该怎么拍都好看,不需要掌握修图这项技术吧?"

陆星耀忍不住瞥了她一眼,嗯,今天第二次夸他帅了。而且他们乔老师真的很会夸人,比起直接说你好帅啊,这种拐弯抹角又润物细无声的方式,真的让人难以招架。

陆星耀一言不发地给照片调了色,简单调整了一下背景,把照片拿给她看。

乔闪闪忍不住抽了口气,简直不敢相信照片里的人是自己。她捧着手机,翻来覆去把几张照片看了好几遍,转头去看陆星耀:"陆老师学过摄影吗?"

"没。"

"那你怎么能拍得这么好看?太好看了吧!我这辈子都没有这么好看过!"

陆星耀移开目光,清了清嗓子:"随便拍的。"

乔闪闪把随身背的保温壶拿出来,很狗腿地倒了一杯水递给他:"陆老师,喝水!"

趁着陆星耀喝水的工夫,乔闪闪还在抱着手机念叨好看。

陆星耀看着她那兴奋样,忍不住有点疑惑。有那么夸张吗?他甚至觉得那些照片不足以表现出她此时此刻十分之一的生动可爱。

远处两个女生结伴过来,陆星耀戴上口罩,转身背对她们,等人过去。没想到,两个女生竟然径直走了过来。

其中一个问乔闪闪:"你好,能帮我们拍个照吗?"

乔闪闪看一眼旁边趴在栏杆上装作看云海的陆星耀,微微松了口气,应下来:"好啊。"

乔闪闪不厌其烦地给两个女生拍了好几张。女生连连道谢,大概是有点不好意思,对乔闪闪说:"你和你男朋友要合照吗?我拍照技术还行,可以帮你们照。"

乔闪闪微微一愣,连忙道:"他不是我男朋友。"

"啊,不好意思……"女生连忙道歉,"我看你们穿的情侣装。"

乔闪闪:"啊?"

206

"不过你朋友真的好帅，我刚刚远远看到，还以为是哪个明星。"女生笑笑，冲她挥挥手，临走前不忘比个加油的手势。

两个女生一走，陆星耀就摘了口罩转过身，冲乔闪闪招了招手。

乔闪闪心不在焉地走过来，此时此刻满脑子都是"情侣装"三个字。

她今天穿的正是陆星耀前些天给她挑的衣服。不得不说，陆星耀的审美真的很棒，衣服确实好看，而且是能衬托人的那种好看，不会喧宾夺主。正因如此，她之前只注意人，都没怎么注意过陆星耀的衣服。这会儿那女生一提，她仔细看了才发现，两人的衣服款式真的很像。

"发什么呆呢。"陆星耀拍了拍她的肩，拿出手机，"来，咱俩也合个影。"

乔闪闪"哦"了一声，看手机。镜头里两人原本隔着一段距离，陆星耀伸手搭上她的肩，把她往身边带了带，乔闪闪忍不住转头看他。

陆星耀提醒："别看我，看镜头，放轻松。"

镜头里面，他们戴着款式相同的针织帽和围巾，穿着极为相似的羽绒服，一黑一白，一高一矮，一个帅气冷峻，一个甜美可爱，明明没有哪一处相同，却有种意外的和谐。

"咔嚓"一声，画面定格。

陆星耀收回搭在她肩上的手，把照片发给乔闪闪，看一眼远处姗姗来迟的曹小北和杜明，拎着手机转了两圈，起身道："走了。"

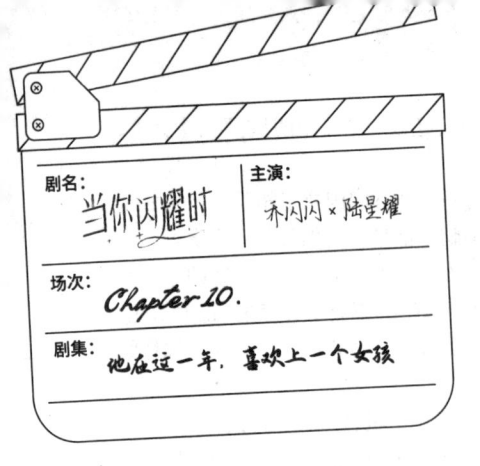

剧名：当你闪耀时
主演：乔闪闪 × 陆星耀
场次：Chapter 10.
剧集：他在这一年，喜欢上一个女孩.

"看什么呢？闪闪。"

肩膀被人拍了下，乔闪闪有些心虚地把手机屏幕倒扣下来，转头笑了笑："安姐你找我？"

安姐瞥一眼她的手机，又看她一眼，不动声色地笑了笑，问："要不要试试骑马？"

乔闪闪"啊"了一声："我不会……"

"让动作老师教你。"安姐拉她起来，"走，去玩玩。"

乔闪闪跟着安姐往马场走，安姐打趣："刚跟男朋友聊天呢？"

乔闪闪"啊"了一声："没……"

"那你害羞什么？"

"没害羞。"

安姐显然不信，拍了拍她的肩笑道："好好好，没害羞。"

乔闪闪没吭声，其实她刚刚在看那天去雪山拍的照片。后来还拍了很多，但她最喜欢的，还是当时和陆星耀自拍的那张合照——可即使这样喜欢了，她却不希望任何人看到这张照片。

乔闪闪觉得自己有点奇怪，和顶流大明星的合照！难道不是应该晒得到处都是吗？可是她只想把它藏起来，就像藏起一个易碎的梦。

乔闪闪跟着安姐走上马场，安姐领着她去跟动作指导打招呼。动作指导是个三十多岁很爽朗的大哥，见了她们，打招呼道："编剧老师要试试吗？"

乔闪闪："我可以吗？"

"那有什么不可以？"动作指导牵了一匹枣红色的马过来，"试试，很好玩的。"

乔闪闪摸了摸马头，跃跃欲试："我要怎么上去啊？"

动作指导："我扶你。"

今天是冬日以来难得的艳阳天，最近戏排得松，这会儿陆星耀正和侯导在片场旁边的小沙丘上晒太阳聊天。

侯导一边喝水,一边问:"听你们魏总说,你合约到期准备退圈,你是认真的?"

陆星耀"啧"了一声,有点不爽:"他怎么这么大嘴巴,什么都说。"

侯导淡淡道:"他也是担心你,想让我劝劝你。"

陆星耀:"您今天是来当说客来了?"

侯导:"聊聊呗。"

"是有这个打算。"

"我不劝你。"侯导淡淡道,"但你可想好了,娱乐圈人走茶凉,你想走容易,再想回来可就难了。"

陆星耀看着远处的马场,乔闪闪不知什么时候过来了,正笨拙地往马背上爬。看着她笨手笨脚的样子,他忍不住弯了弯唇角。

侯导:"你看我,不过才淡出圈子几年,再回来在制片面前都说不上话,还得你给我撑腰。"

"我知道。"陆星耀收回目光,"我会好好考虑的。"

侯导拍了拍他的肩,还想说什么,陆星耀已经站起身:"您自己晒,我先走了。"说着拍拍身上的沙,往马场走去。

侯导看着他的背影,骂了句臭小子。

乔闪闪僵硬地坐在马上,被动作指导牵着在马场里转了两圈。

动作指导把缰绳交到她手里:"刚教你的学会了吗?来,自己走一圈。"

"别别别!"乔闪闪连忙抓住他的手,整个人都很慌,"张老师你别松手,我害怕。"

"怕什么?刚不是教你了。哎呀,这马都是训练过的,很温顺的,没你想的那么可怕……"

动作指导话音没落,一个人从旁边接过缰绳:"我来吧。"

乔闪闪转头,就看到陆星耀,动作指导连忙笑着打招呼:"陆老师。"

陆星耀点点头:"去忙吧。"

"行,那编剧老师就交给你了。"动作指导很干脆地走了。

乔闪闪僵硬地坐在马上和他打招呼:"陆老师,我想下来了。"

"真害怕啊?"陆星耀看了她一眼,"别怕,我教你。"

陆星耀一手扶着她的腰:"腰挺直,腿放松,也别太放松。"

其实这些动作指导刚刚都已经教过了,但奈何乔闪闪从小就缺少运动相关的细胞,这会儿整个人僵得像是木头人,跟着陆星耀一个口令一个动作。陆星耀看她那样,忍不住笑了下。

乔闪闪有点玻璃心:"你是不是在笑我?"

"是啊。"陆星耀大大方方地承认,"原来我们乔老师也有不擅长的东西。"

"这不是很正常。"乔闪闪忍不住道,"陆星耀,我不骑了,你扶我下来。"

"那不行。"

没等乔闪闪抗议，陆星耀已经把缰绳在手上挽了一圈，轻轻拍了拍她的腿："脚拿开。"

乔闪闪大脑还没反应过来，脚已经听话地从马镫上挪开，随后她都没看清怎么回事，陆星耀已经翻身上马坐在了她身后。

两个人离得很近，乔闪闪整个人几乎都陷在他怀里。下一刻，陆星耀的手从后面伸过来，扣着她的腰往后："别乱动，坐稳了，我带你骑。"

随后他抓着马鞍，双腿一夹马腹，马儿顿时向前跃了出去。乔闪闪被惯性推着往后，彻底陷进他的怀里。

陆星耀的速度并没有太快，等她适应了才问："还好吗？"

乔闪闪现在算是感受到骑马的乐趣了，忍不住道："可以再快一点吗？"

陆星耀低头看她一眼，没有多说，加快了速度。

马儿自由欢快地奔驰在马场上，乔闪闪偶尔发出两声兴奋的惊呼。

陆星耀的马术很好，直接带着她出了马场。外面风沙太大，陆星耀拿羽绒服把她裹住，乔闪闪回头看了他一眼。陆星耀也正垂眼，风吹着她的碎发，扑在他的脖子和下巴上，微微低头就能蹭到她的脸。

两人谁都没说话，好一会儿，乔闪闪转过头，小猫一样缩进他怀里。明灿灿的阳光落在两人身上，但风依旧是冷的，可两人好像谁也不觉得冷，在外面跑了近半个小时才回片场。

曹小北正满片场到处找陆星耀，片场里没人，打电话也没人接，最后去问侯导，侯导抬抬下巴指前方："那不是？回来了。"

曹小北顺着看过去，就见陆星耀和乔闪闪两人一骑从外面回来。

陆星耀先下马，随后一手抓着乔闪闪的手臂，一手扶着她的腰，半扶半抱地将她带下马。

侯导一边喝水，一边小声八卦道："小曹啊，你整天跟着他们，星耀和小乔什么情况？"

曹小北："说实话，我也不知道。"

他也不知道，怎么一眨眼没见人，这两人的关系就突飞猛进了呢？

在宁夏拍戏的日子过得极快，一眨眼就到了月底，组里的演员陆陆续续地杀青，等进了二月，组里的主要演员基本就只剩陆星耀。

杀青前夜，剧组在沙漠里拍夜戏，一群人围着篝火，热火朝天地吃涮羊肉。陆星耀吃东西一向很快，吃得也少，早早吃完，中途就放下碗筷出去了。

乔闪闪和安姐他们坐在一起聊天，听大家讲着剧组里的奇葩事，听多了才知道每个组的情况都不一样，而《关山月》的气氛是真的好。制片管得严，各种钩心斗角、挖空心思给自己捞油水的人少，又有侯导这种以内容导向的导演坐镇，就连陆星耀这个剧组里最大的咖都在认真拍戏，整个剧组都在认真搞创作。

"当然还有闪闪。"安姐搂着她的肩道,"别的编剧哪会天天跟现场盯监控啊,给陆老师讲戏不容易吧?这部剧有陆老师和侯导,别的不说,至少热播没问题,到时候闪闪就是大编剧了,可别忘了我们啊!"

其他人也跟着起哄:"对对对,乔大编剧可别忘了我们啊!"

"怎么会,我会一直记得大家,也记得拍《关山月》这段日子的。"

乔闪闪笑笑,没有说那些扫兴的话。这段时间经历的种种,认识的人,已经足够让她在这个行业继续走下去了。《关山月》完成度这么高,虽然还是会有些遗憾没有署名的事,但就当是完成了一个少女时期的梦吧。

欢声笑语中,安姐端起酒杯,提议大家走一个。因为都是相处了很久的熟人,乔闪闪也没客气,给杯子里倒了半杯啤酒。

正喝得开心,曹小北过来叫她:"乔老师,你过来一下。"

乔闪闪冲众人笑了笑,放下酒杯起身,跟着曹小北往帐篷里走:"有什么事吗?"

"你进去就知道。"曹小北故意卖了个关子,"是好事。"

乔闪闪掀开帐篷门帘走进去,里面就只有导演、制片和陆星耀,这会儿三人正坐在沙发上说话。乔闪闪打招呼:"黄总,侯导,陆老师。"

陆星耀招手道:"你过来。"

陆星耀从桌子上拿了一份合同给她:"你先看看,有问题可以提。"

乔闪闪愣愣地从他手中接过那份编剧署名合同,鼻子顿时一酸,眼眶顷刻间红了。她连忙抬起头,用力地眨了眨眼睛。她觉得自己好没出息啊,明明这么大的人了,还动不动就想哭。

乔闪闪忍了很久,才把那阵汹涌澎湃的情绪忍下。她认真地把合同条款都看了一遍:"没有问题。"

"那就把合同签了,身份证带了吗?"

"带了……"乔闪闪下意识地去摸包,摸了个空才反应过来,"在车上。"

陆星耀看了曹小北一眼,曹小北立刻道:"我去取。"

乔闪闪签字按手印,等曹小北拿了包过来,又复印了身份证,然后制片在合同上盖了公章。

一式两份的合同,制片留了一份归档,乔闪闪自己拿一份,这下她彻底没有遗憾了。

从帐篷出来,外面吃饭的人已经散了,场务正在整理现场,准备等会儿的拍摄。

乔闪闪和陆星耀并肩走在片场外围。陆星耀摸了摸鼻子,有点不自在地跟她解释:"我知道这个剧本一直是你在写,你付出了很多心血,但是总编剧的署名牵涉太多,得过平台和片方那边,所以……"

没等他说完,乔闪闪一把抱住了他。陆星耀微微一愣,还没等他反应,她又已经松了手,徒留他站在原地,心里空落落的,心跳却一下比一下急促。

"能有这个署名我已经很知足了。"乔闪闪抬起头看他,认真地轻声道,"陆老师,谢谢你。"

她的眼睛像天上的星星一样明亮,澄澈又干净,认真地看过来时,会有种你就是她的全世界的错觉。刚刚还空落落的心,好像一下子就被填满了。

陆星耀喉结滚了滚,好半晌,才含糊地轻轻地"唔"了一声:"谢什么,应该的。"

怎么可能是应该的呢?他压根就没有义务帮她要这个署名,但他还是帮她要了。

从此以后,她可以光明正大地和别人介绍她是《关山月》的编剧,不用再被质疑为什么没有署名。乔闪闪深深吸了口气,让冰冷的空气来压制那些快要不受控制的、滚烫翻滚的情绪:"我谢谢陆老师,也是应该的。"

明亮的灯光下,两人四目相对,谁也没有移开目光。这么对视了好一会儿,两人不约而同地笑了起来。

陆星耀轻轻戳了下她的脑袋:"客气了啊,乔老师。"

乔闪闪笑了笑没吭声。她抬头看天,大西北的空气能见度虽然比北京高出很多,但冬天的夜晚依然没什么星星,只有孤零零的一轮月亮挂在天幕上。

两人绕着片场走了一圈,就有人过来喊陆星耀去拍戏。

乔闪闪一如既往地去导演帐篷里盯监视器,其实陆星耀最近已经演得很好了,乔闪闪纯粹是欣赏他的表演。她甚至有些搞不懂,自己以前为什么会觉得他不适合裴昭这个角色。陆星耀明明就是天选裴昭,不管是从外形还是从内核来看,他和裴昭这个人物真的很搭,尤其了解到他曾经的那些经历之后,不知道是他入了戏,还是裴昭在他的身体里长出了灵魂,乔闪闪觉得,再不会有人比他更适合了,就算是演技更好的周时越也不行。

沙漠的夜晚温度很低,到凌晨一点过的时候,乔闪闪实在是有些撑不住,又冷又困,去房车里躺了一会儿,再醒来已是凌晨三点多。陆星耀不知道什么时候回来了,正靠在椅子上休息。

乔闪闪连忙从床上爬起来:"陆老师,你去床上睡吧。"

"你睡你的,我在这儿躺一会儿就行。"

"不行,你去床上睡。"乔闪闪很坚决地说,"你等会儿和明天还有戏。你是主演,最后一天了,你不能倒下。"

陆星耀问:"你呢?"

"我怎么样都行,我在椅子上坐一会儿。"乔闪闪说着去拉他,碰到他的手吓了一跳,"怎么这么冰?"

"我刚上来。"

乔闪闪把毯子给他裹上:"你去床上睡吧,我去调一下温度。"

乔闪闪说着拿着手机去前排。不知道车子的暖气是坏了还是怎样,调了半天也不起作用,灯也打不开,好像整个电力系统都坏掉了。

看她在前面忙活半天不回来，陆星耀问："怎么了？"

"不知道……好像暖气坏掉了。"

"我看看。"

陆星耀从后排过来，拿手机电筒照着在中控台上调试一番，说："电力系统出故障了。"

乔闪闪看了眼手机，凌晨三点四十三分，快凌晨四点，正是最黑、最冷，也是大家最困最累的时候。显然不可能找人来修，而且陆星耀还要休息呢。

乔闪闪："要不我去看看别人那儿还有没有什么地方……"

"没事。这么晚了，不折腾了。"

就这么一会儿，乔闪闪就感觉车内温度降了挺多。看陆星耀一脸疲惫，她也没再多说什么，拿了衣服让他穿上，又拿了毯子给他。确认了他不会着凉之后，她才道："你睡吧。"

乔闪闪正准备去前面座位上坐着，却被陆星耀拉住了手臂。

陆星耀："你把毯子都给我了，你怎么办？"

"我穿得厚，坐一会儿，没事的。"乔闪闪道，"实在不行，我就去侯导那儿烤火。"

陆星耀压根不听她废话，把她拉过来，抖了抖毯子，将两人一起裹住。大概是有些困了，他的声音都有些哑："行了，你也别去打扰侯导了，就两个小时，凑合一下。"

乔闪闪没吭声也没动，整个人都贴在陆星耀的胸膛上，刚刚还觉得有些冷的空气，这会儿忽然就燥热了起来。耳边"怦怦怦"像个不停，不知道是谁的心跳。

隔了好一会儿，乔闪闪稍稍调整了一下僵硬的姿势，陆星耀的手从后面松松搂着她的肩，她一动，他就伸手拉了拉毯子。

陆星耀低声问："冷吗？"

"不是。"乔闪闪顿了顿，忍不住抬头看他，"陆老师，你怎么不睡？"

"有点睡不着。"

陆星耀半靠在抱枕上，她像只小猫一样依偎在他的胸口，一低头就能碰到她毛茸茸的脑袋。

搁在她肩上的手微微紧了紧，陆星耀看着窗外的夜色道："以后别叫陆老师了，叫名字吧。"

"好。"明明知道不应该这样，但乔闪闪还是放纵自己，把脸贴在他的胸口。

她轻声问："陆星耀，你退圈了准备做什么呢？"

"没想好。"

"嗯，这是大事，得好好想想。"

"如果我不退圈了呢？"

"那也很好啊。"大概是太暖和了，乔闪闪有点困了，"你那么辛苦才走

213

到今天这一步,退圈真的很可惜。"

陆星耀低头看她:"你呢?杀青了准备做什么?"

"回家过年,好好休息两个月,然后回北京。侯导前两天跟我说,有个新项目等年后和我聊聊,绮姐也说要给我介绍项目……"她小猫似的打了个哈欠,轻轻在他胸口蹭了两下,"不管怎么说,都会越来越好的。"

陆星耀轻声问:"不觉得当编剧很辛苦吗?"

"还好啦,做自己喜欢的事就不觉得辛苦。"乔闪闪有点睁不开眼睛,小声道,"陆星耀,我好困……你帮我设个闹钟吧,等会儿我们起来看日出。"

"好。"

乔闪闪的呼吸很快平稳下来,睡着了。

陆星耀没再吭声。他抱着她,就那么看着窗外的夜色,有那么一瞬间,忽然希望今天的太阳永远不要升起。

乔闪闪是被陆星耀叫醒的。

车里的温度已经彻底降下来,很冷,但裹在毯子里的人仿佛身处另一方小天地。好一会儿,乔闪闪才醒过神来。大概是太暖和了,她有点舍不得从他怀里出来,陆星耀也没催她。两人谁都没说话,隔着一层雾气朦胧的玻璃窗,看窗外一点点亮起的天色。

外面隐约传来工作人员的欢呼,大家似乎都在等日出。

乔闪闪掀开毯子坐起身,一边低头找鞋,一边低声道:"我们也出去吧。"

陆星耀把毯子给她披在肩上,自己套了件羽绒服推开车门下车。乔闪闪对着镜子简单整理了一下头发,裹着毯子跟出去。

一轮红日正一点一点从远处的沙丘间跃出地平面,像一颗橙红的蛋黄。

两人并肩站在沙丘上,安静地看完了一场日出。

接下来还有两三场戏,等最后一个镜头拍完,场记打板,正式宣布杀青已经是中午一点过,所有人都在激动地拥抱,互道恭喜,既有终于杀青的开心,也有即将分别的不舍。

乔闪闪早早地订了花,等陆星耀拍完最后一个镜头,从片场下来,她将花送给他。

"陆老师,恭喜杀青。"

"谢谢。"陆星耀接过花,笑了笑,"也恭喜乔老师。"

两人无声地对视着。陆星耀微微张开双臂,乔闪闪走上前,他们在所有工作人员的注视下拥抱。随后陆星耀和其他工作人员告别、合影,曹小北拿着早就准备好的签名照送给大家。

拍杀青照时,陆星耀特意让乔闪闪站在自己旁边。

随着"咔嚓"一声,照片定格,宣告他们共事的四个多月在此刻彻底结束。

制片在酒楼订了杀青宴,一群人吃吃喝喝,结束后,纷纷坐车前往银川,然后奔赴各自的家乡。

回程也是坐陆星耀的车,分别在即,但两人不知道为什么都不说话。

车里很安静,傍晚太阳落山,昏黄的路灯从窗外照进来。乔闪闪看着窗外发呆,陆星耀仰靠在后座上,不知道是不是睡着了。

曹小北正在订机票,顺口问了句:"乔老师,给你订今晚的机票吗?"

"给我订明天下午的高铁吧。"乔闪闪回神,冲曹小北笑了笑,"我想在银川逛逛,给家人朋友买点特产。"

"哦,好。"

"你们今晚就……回北京吗?"

曹小北正准备说对,后排的陆星耀忽然开口道:"明早回,今天太累了,找个酒店休息一下。"

曹小北欲言又止地往后看了眼。

临近年关,陆星耀最近非常忙,其实他本来应该早两天杀青的,但他硬是拖到了最后一天,所有已经排好的通告都不得不往后挤。明天下午在北京就有一个拍摄,后天还要去央视彩排。

但这会儿,看着陆星耀那样,曹小北最终还是什么都没说。

曹小北道:"那我订明天最早的一班航班?"

陆星耀"嗯"了一声,低着头,手里把玩着糖盒。她当时送了他五盒,这是最后一盒,他一直没得舍吃完。

商务车一路平稳地驶入银川市区,现代都市的霓虹闪烁,低矮破旧的民房变为高耸的现代化建筑,街边人潮如织。明明不过十几二十公里的距离,却仿佛是跨越了一整个世纪。

曹小北订好了酒店,在银川怕被粉丝认出来,下车时,依然是他和陆星耀先下,乔闪闪和杜明随后。

乔闪闪回房间洗了个澡,换了衣服,吹了头发,又简单地化了个妆,然后就开了一盏落地灯,一个人抱着个包装精美的礼盒,安安静静地坐在阳台上,看着窗外楼下的车水马龙发呆。

手机一直在振动,乔闪闪看了眼,是顾时宜、陈潇等人恭喜她杀青的消息。乔闪闪没有回,也没有再看。就这么安安静静地坐了很久,乔闪闪默默叹了口气,抱着礼物,拿上手机起身,就看到陆星耀不久前发给她的消息。

陆星耀:在这边不太方便带你出去吃饭,我叫了餐,你要过来一起吗?

陆星耀也是刚洗完澡出来,这会儿穿着简单的卫衣和运动裤,正仰靠在沙发上发呆,面前的茶几上,精致的餐点满满摆了一桌。

曹小北正准备和杜明一起出去转转,买点特产,从房间出来看到陆星耀,忍不住问:"哥,要不我帮你去隔壁叫乔老师过来吧?"

他话音刚落,陆星耀的手机微微振动了下,乔闪闪终于回了消息。

乔闪闪:好,稍等我一下。

陆星耀收起手机:"不用,你该干吗干吗去。"

"好好好。"曹小北道,"我这就走。"

曹小北拽着杜明走了。没一会儿,敲门声响起,陆星耀起身过去开门,就见她提着一个沉甸甸的袋子站在门口,能看得出特意打扮过,明眸皓齿、眼波盈盈的样子,比以往每一次都漂亮。

陆星耀让她进来,接过她手中的袋子,关上门跟在她身后。

陆星耀懒懒问道:"买的什么?"

乔闪闪:"酒。"

陆星耀轻轻点了下她的脑门:"女孩子,在外面少喝点酒。"

"我在外面从来不喝的。"乔闪闪转头看他,"但今天不是气氛到这儿了嘛,不喝多不合适。"

乔闪闪在桌边坐下,陆星耀去拿了杯子过来。

乔闪闪从袋子里拿出一瓶旺仔牛奶递给他:"你的。"又拿了一瓶 RIO,说,"我的。"

很奇怪,好像白天的隔阂突然不存在了一样,他们吃饭、喝酒、聊天,就好像还在贺兰的那段日子。

到了最后,乔闪闪像是喝醉了,一手托着腮,脸颊红扑扑地看着他,眼睛湿漉漉的,带着潮湿的雾气。两人谁都没有再说话,安静的空气里充斥着说不清的暧昧感。

最后还是乔闪闪先垂下眼,她从口袋里拿出准备好的礼物:"陆星耀,这个送给你。"

陆星耀微微一愣,接过来抬眼看她:"怎么突然送我礼物?"

"之前答应过要送你的啊。"乔闪闪笑了笑,"但是我准备了好久,正好你马上也快过生日了,就算合二为一吧。"

陆星耀的生日很不凑巧,阳历在二月十四,是情人节,阴历又是大年三十除夕夜。乔闪闪查过了,他平时都是过阴历除夕那天,但是显然没办法生日当天送给他。

陆星耀看着手里包装精美的礼品盒,垂眼笑了下:"我还以为你送过了。"

"啊?"

"之前的花,忘了?"

"那个啊……"乔闪闪哭笑不得,"谁会把那个当作礼物送人啊。"

"嗯,算你有良心。"陆星耀拿着礼物看了看,"这是什么,介意我现在拆开看看吗?"

"你想拆就拆吧,但是你现在拆了也没用。"乔闪闪笑盈盈地看着他,手指轻轻绕着耳边的头发,"是快乐,送你三百六十份的快乐,你可以一天拆一个,也可以心情不好的时候再拆。"

"这么神秘?那我回头再拆。"陆星耀把礼物收好放在一边,"你什么时候回北京？"

"不知道，三月底吧。我很久没回家，也很久没休息了，想在家里多待一段时间。"

乔闪闪问他："你呢？要接新剧吗？"

"生产队的驴也该歇歇了吧。"陆星耀哭笑不得，"乔闪闪，资本家都没你会剥削。"

"我就问问。"

"等合约到期吧，先歇歇，大明星也是很累的。"

乔闪闪轻轻"嗯"了一声："确定不退圈了吗？"

陆星耀抬眼看她："你希望我留下来吗？"

乔闪闪没吭声，沉默了好一会儿，才道："如果可以的话，我更希望你能快乐，去过你想过的生活。"

陆星耀垂眼看着杯子里的旺仔牛奶，没吭声。

乔闪闪端起杯子，故作轻松道："如果都像你这么有钱了，还不能去做自己喜欢的事，那人生也太残酷了吧。"

陆星耀笑了笑，端起杯子轻轻和她一碰："借你吉言。"

两人一直聊到将近十二点，陆星耀明早六点的飞机，他本来前一晚就没睡，再不走就不合适了。

乔闪闪把酒杯里的最后一点酒一饮而尽。她抬起头，就着昏黄的灯光看他，这张脸，也许以后只能在电视里才能看到了。

"陆星耀。"乔闪闪的声音不自觉地带了点鼻音，"我该走了。"

陆星耀喉结滚了滚："好。"

"你不送我吗？"

"送。"

两人谁也没动，乔闪闪在这个时刻，忽然感到强烈的不舍。

她知道，他们在这最后的一个月里，已经超出了他们本该有的界限；她也知道，那只是因为他们在剧组这个相对封闭的环境里，同吃同住四个月产生的错觉；她还知道，离开了剧组，他是顶流，而她只是一个小编剧，他们大概率不会再有什么联系。

她只是做了一场梦，现在梦该醒了，她不该有什么不舍。

乔闪闪垂下眼，撑着桌子起身往外走，走了没两步，腿一软，被椅子绊了下，陆星耀正好伸手去扶，她整个人跌进他怀里。

陆星耀被她撞得闷哼一声，乔闪闪撑着他的肩抬头。

四目相对，谁也没有动。

她双眼迷离地看着他清明深邃的眼，随后目光往下，缓缓划过他高挺的鼻梁，最后落在他的唇上。

陆星耀能感觉到她有如实质的滚烫视线和越来越近的呼吸，他应该推开她的，可不知道为什么，却始终没动。

带着果酒酸甜气息的呼吸滚烫地拂过他的唇，陆星耀听见胸腔里"咚咚咚"越来越急促的声响，感觉似乎连氧气都变得稀薄，喉结重重滚了两下，眼见她的唇就要贴上来，她忽然头一歪，柔软的唇擦过他的唇角，软软地倒在他肩上。

陆星耀抱着她，一动不动地坐着。

夜色笼罩下来，窗外繁华热闹的都市夜景，仿佛是另外一个世界。

乔闪闪醒来时，陆星耀已经走了。

刚一打开手机，就收到各大社交软件的消息推送，全部和他有关，什么#关山月杀青#、#陆星耀杀青#、#陆星耀机场#等等一系列话题，目不暇接。

乔闪闪随手点开机场话题，就看到一早的送机视频。即便是在银川这样排不上号的追星城市，非休息日的凌晨五点多，依然有一眼望不到头的粉丝。看着被拥簇在人群中心的陆星耀，听着视频里吵吵闹闹的尖叫声、喊"哥哥"和"陆星耀"的声音，乔闪闪有片刻的晃神。

她感到一种无比强烈的割裂感，好像过去一个月里，那个会和她聊天开玩笑、陪她逛街买衣服，会把脆弱展示给她、抱着她流眼泪，会带她骑马、给她拍照、在寒冷的冬夜里抱着她一起取暖和等日出的陆星耀，彻底消失了。

过去的一个月就像是她做过的一场梦，而梦，总是要醒的。

往年乔闪闪回家都是带着任务的，过年也在房间里写稿。这次是三年来难得的一个假期，她的日程表几乎都被排满了，每天都有约的人，像是想用社交活动把自己的时间全部占满似的，完全不给自己留一点空间。

直到陆星耀巴黎时装周和两位豪门千金的合照上了热搜，接着外网爆出两位千金多年闺蜜，因陆星耀一朝反目成仇。狗血大瓜在微博上挂了近一个星期，顾时宜天天跟她实时吃瓜时，乔闪闪才恍然意识到，自己究竟在回避些什么。

其实她一直知道他在做什么，网上随便一搜就是他的行程和动向，忙着参加各大平台晚会，忙着彩排春晚节目，新剧上映他忙着跑宣传，忙着去国外参加时装周。但是那好像都和她没什么关系，他的世界离她太远了，他们好像两条相交的支线，在那个偶然的交点后，注定越来越远。

大年二十九，乔闪闪陪着裴瑞珍和乔松青逛街置办年货，一整天都心不在焉的，不时看两眼手机，像是在等什么人的消息。

裴瑞珍和乔松青把她的表现看在眼里，等吃完晚饭，一家人坐在沙发上看电视时，才状似无意地提起。

裴瑞珍问："宝宝是不是有什么心事？"

"没有。"乔闪闪放下手机，盯着电视看了会儿，还是忍不住含着鼻音道，"妈妈，是不是社会地位相差很大的两个人，注定会越走越远？"

裴瑞珍和乔松青对视一眼，揉了揉她的脑袋："如果你是说周佳怡，那不是你的错。"

乔闪闪没吭声。其实她很久没有想起周佳怡了，但周佳怡留下的痕迹却一直都在，并且一直在持续地影响着她。周佳怡给她上了人生中最深刻的一课，她不希望她的人生里再出现第二个周佳怡。

乔松青问："宝贝是不是有喜欢的人了？"

"我不知道。"乔闪闪轻声道，"是有些好感，但也许只是一段时间经常在一起产生的错觉。"

"闪闪，你知道人和人之间最不可替代的是什么吗？"

乔闪闪摇头。

乔松青笑了笑："是时间和经历。如果你不确定的话，就把一切交给时间。"

这天晚上，乔闪闪坐在床上，看窗外楼下的路灯。零点到来，大年三十，旧历的最后一天，也是陆星耀的生日。

乔闪闪把手机里有关他的照片全部存进了私密相册，然后把陆星耀从自己的好友分类里拉出来，屏蔽了他的朋友圈。

他确实很好很好，但她还有她的路要走，她不想情绪再受到他的拉扯和影响了。

做完这一切，乔闪闪关了手机，躺回床上，默默在心里跟陆星耀说了声生日快乐，也谢谢你，给了我一场梦。

年前是娱乐圈最忙的日子，一直连轴转到大年二十九，才终于有了喘口气的机会。

晚上坐车回家的路上，魏思杰还在和曹小北、吴双交流工作。

后排没开灯，陆星耀高大的身影陷在座椅里，正垂着头，一言不发地翻着和乔闪闪的聊天记录。一起工作了四个多月，两人的聊天记录少得可怜，翻了不到十分钟，就彻底翻完了，最后的内容还是在银川那天，他问乔闪闪要不要过来吃饭，乔闪闪让他稍等，之后两人谁都没有再说过话。

很奇怪，明明在剧组那段时间，他们之间有聊不完的话题，就算是他不想说话，她也能找到无数的话题。可自从杀青后，两人好像忽然有一种不知该说些什么的无所适从。

这些天虽然忙得脚不沾地，但一有闲暇，拿到手机的第一时间就是去看微信消息，很遗憾，他什么都没等到。反倒是她的朋友圈多姿多彩，一天能赶三个场，早晨约人逛早市，中午喝咖啡，下午去玩剧本杀，晚上还能再来个同学聚会。每天的项目都不重样，也不知道她一个天天待家里写剧本不出门的宅女，哪儿来那么多朋友，就算她有时间，别人不需要上班吗？

尤其是同学聚会，其中一张合照，她旁边站了一个白净斯文的男生，那男生似乎正跟她说话，乔闪闪把耳朵贴过去，正好被相机抓拍到，显得两人格外亲密。

大概是评论区有不少人让她给介绍对象,她统一回复了一句:帅哥是稀有物种,当然要留着自己人内部消化。

陆星耀盯着那张照片,翻来覆去看了很久,很想发消息问她一句:你是不是眼睛瞎了?这帅吗?哪儿帅了?

陆星耀心里堵得慌,回想起他们在银川相处的最后那个夜晚。

她那个时候是想吻他的,对吧?

陆星耀当时就点进对话框想给她发消息,但打了字又删,来回反复好几次,最后不知怎么点进她的朋友圈,刷新出她两分钟前刚刚发布的动态。

她去看了周时越客串的电影,不仅晒了票根,还狂吹了一通周时越的演技和表演,周时越还给她这条朋友圈点了个赞。

陆星耀心梗,把手机扔到一边,索性眼不见为净。

保姆车驶入小区,临下车前,魏思杰不忘转头跟他叮嘱:"你今晚好好休息,明天录春晚保持状态。"

陆星耀懒懒地挥了下手,表示知道了,拉开车门准备起身时,魏思杰没头没脑地问了他一句:"今天的热搜看了吗?"

"什么热搜?"

"编剧维权的热搜。"魏思杰摇头叹气,"真是闻者伤心听者落泪,还是个有点名气的编剧呢。小编剧在娱乐圈更不好混,没人罩着,被欺负了可怎么办啊……"

陆星耀被他这番做作的表演气笑了,拍了拍他的肩:"行了魏总,别搁这儿演了,等过完年,我好好跟你聊工作的事儿。"

"确定不退圈了?"

"我这么红,退什么圈。"陆星耀懒懒地挥了下手,起身下车,"走了。"

"看来乔老师功不可没啊。"魏思杰开玩笑道,"赶明儿我得到雍和宫给她祈福上香去。"

原本已经走远的陆星耀脚步一顿,又拐回来,一手撑着车门,跟他商量。

"劳烦。"

"什么?"

"帮弟弟我求个姻缘。"陆星耀顿了顿,叫他,"哥。"

回到家已经是凌晨,陆星耀洗漱完从卫生间出来,手机上全部都是过年和生日祝福,他随便看了两眼,没看到乔闪闪的消息,索性把手机丢在一旁,穿着浴袍去书房,取了乔闪闪送他的礼物。

之前一直没来得及拆,就放着等生日拆了。

盒子打开,里面是一个很漂亮的水晶罐子,里面装满了折纸星星。

陆星耀随手取了一个展开,里面是她娟秀的字迹,写小区里两只流浪猫打架她当评委,最后被敲诈一根火腿肠的事。她文笔好,寥寥数语,画面就跃然纸上，陆星耀只是看着就有点忍俊不禁。

他好像有点明白，她说的快乐是什么东西了。

虽然她当时说让他一天拆一个，或者心情不好的时候再拆，但陆星耀还是没忍住，每一颗星星都打开看了一遍。一共三百六十五颗，她向他分享了三百六十五件生活中让人忍不住会心一笑的小事。

他好像透过她的眼睛，看到这世界斑斓的一角。她的生活没有跌宕起伏，也没有波澜壮阔，却是那样多姿多彩，即便一件微不足道的小事，从她的视角看过去，似乎也是生动可爱的。

陆星耀坐在沙发上，长长的纸条铺满了桌子。他把最后一颗星星从罐子里倒出来，看到被压在下面的便笺纸，他取出便笺纸展开。

　　陆星耀，你之前说，有人告诉过你，人最难的不是改变世界，而是不被这个世界改变。我觉得他说得不对，真正的英雄主义，是认清了生活的真相后，依然热爱生活。

　　不管你以后做什么，退圈或者不退圈，都希望你能开心快乐。

陆星耀想起他们头一次见面的那个大雨天，想起她来面试那天，午后会客室里的阳光，还有后来相处的很多个瞬间。他不知道这感情是从何而起，甚至想不明白为什么会是她。他也曾试图否认、抗拒过，但还是不受控制地被她吸引、被她牵动情绪。

陆星耀也曾想过，也许是她给他的感觉和 Shining 很像，但她们又不完全一样。

不知道是不是 Shining 真的把他当作一个作业，或者只是网络关系注定脆弱，除了最后那段时间，她很少把负面情绪展示给他，她在他面前永远能量满满，像一轮普照人间的太阳。

而乔闪闪更真实，他能感受到她的喜怒哀乐，能感受到她故作坚强外表下的脆弱。她没有那么强大的能量，但依然愿意分享温暖，她就像依偎在身边的小猫，更可爱、更真实，也更需要他。

而到了现在，他已经很难再想起 Shining 了，她留在他心中的痕迹一点点地被乔闪闪取代，现在想起来，也只剩一个模糊的印象。

陆星耀一动不动地在沙发上坐了很久，直到手机响了好几下，他拿起来看了眼。不是乔闪闪的消息，是魏思杰发来的年终总结，让他看一下，没问题的话就发微博了。

陆星耀心不在焉地打开宣传图，上面写着他这一年官宣了多少代言，播了哪几部剧、拍了多少杂志，一个个标红放大的数字仿佛都带着洋洋喜气，这是他一整年的工作成果。

陆星耀从头看到尾，默默在心里为这份年终总结补上一句——

他在这一年，喜欢上了一个女孩。

剧名：当你闪耀时
主演：乔闪闪 × 陆星耀
场次：Chapter 11.
剧集：心动的瞬间

四月底的北京春意阑珊，望京会所包间内，此时正觥筹交错。

乔闪闪回北京已经近一个月了，经绮姐的介绍，接了一个现代奇幻项目。今天制片人叫她出来开会讨论剧本，开完会又说要和资方吃饭，让她也跟着来，顺便多认识点人。

编剧是一个很看重人脉的工作，加上这个制片方是绮姐介绍的，她当时也没多想就跟着来了，等进了包间才发现不对劲，但想走已经晚了。

这会儿，制片人杨总正一边拍着她的手，一边示意她去给几个领导敬酒。说是拍，其实他的手心就粘在她手背上没有松开过，乔闪闪试着抽了几次都没有把手抽出来，眼见这位杨总伸手来搂她，她终于忍无可忍地一把推开他站起身。

椅子在地上摩擦出刺耳的声音，包间里顿时一静，所有人都向这边看来。

杨总立刻换了副表情，塞了一个酒杯到她手里，满脸堆笑道："来来来，让小乔给各位老板敬酒！"

他一边说，一边推了乔闪闪一把，小声道："还不快去！懂点事，今天把几位老板伺候高兴了，明天就给你打款。"

所有人都看着她。包间里空气混浊，烟味和酒精缭绕，混合成一种令人作呕的味道。

乔闪闪忍着恶心放下酒杯，勉强冲众人笑笑："抱歉，我有点儿不舒服，我去一下卫生间。"

说完避开杨总想来抓她的手，她飞快地开门溜了。

手背上似乎还留着被摸时那种油腻的感觉，乔闪闪实在难受，去卫生间把手搓了好几遍才舒服点。从卫生间出来，她本来想直接走，都到电梯口了，才发现刚出来得太急，包忘记拿了。

现在是走也不是，不走也不是，只要一想到还要回去那个包间，她就十分抗拒。

怕倒不是很怕，主要她头一次遇上这种事情，整个人都是蒙的，完全不知道该怎么处理。

乔闪闪忍不住叹了口气,感到一种说不出的失落和挫败。

如果她不回去赔罪的话,估计这个项目是做不下去了吧,她不知道是自己倒霉还是所有的女编剧都会遇到这种事。她长得没有很好看吧,和女明星比不是差远了?怎么就来骚扰她呢?而且她今天出门妆都没化呢,就离谱。

会所走廊尽头有个露台,乔闪闪本想去透透气,刚推开门,就听到露台上传来熟悉的声音。

她探过脑袋看了眼,就见陆星耀正靠在露台一角玩手机,面前站着个打扮得很名媛风的年轻女孩。这会儿,女孩正在表白,而陆星耀一脸的兴致缺缺。

"陆星耀!"女孩不满地喊了他一声,娇滴滴地抱怨着,"你到底有没有在听我说话啊,别玩手机了行不行?"

陆星耀头都没抬,声音带着点说不出的厌烦:"就是不想听你说话才玩手机,看不出来啊?还非要问。"

女孩被这么毫不客气地噎了下,再开口时语气就变了:"陆星耀,别给脸不要脸啊,我帮你拉了多少资源,给你介绍了多少代言,陪我玩玩怎么了?能不能有点敬业精神?"

陆星耀轻嗤了声:"怎么,是我求着你的啊?"

"你别后悔!"

"我好害怕啊。"陆星耀终于锁了手机抬头,"冯小姐,要不你现在就去跟你爸说要和我解约,至于董事会问起解约原因,就是我看不上你。你看行不行?"

"陆星耀!"女孩尖叫一声想打他,被陆星耀攥住手臂推了一把。

"滚。"陆星耀冷冷道,"我不打女人,你最好祈祷自己不是那个例外。"

女孩大概是被他吓着了,恨恨地瞪了他一眼,扭头跑了。

乔闪闪觉得这个见面方式实在有点尴尬,正准备把脑袋缩回去,陆星耀冷冷道:"出来。"

乔闪闪只好推开门走出去,四目相对,两人都没说话。乔闪闪是一时不知该说什么好,难道要说,嗨,真巧啊,你也被性骚扰了?

光是这么想,乔闪闪就被自己逗笑了,跟他挥了挥手:"真巧。"

陆星耀有点意外地看着她:"你……怎么在这儿?"

乔闪闪:"和甲方过来吃饭。"

陆星耀"哦"了一声,戳她的脑门:"那为什么在这儿偷听?"

"没想偷听。"乔闪闪捂着脑门,转头看楼下繁华的望京夜景,"这不是过来透气,正好撞见了嘛。"

这不是杀青后两人第一次见面,大年三十那天,曹小北把乔闪闪拉进工作室的群里抢红包,乔闪闪为陆星耀送上新年和生日祝福。年后,陆星耀来西安做活动,乔闪闪让乔松青帮他看嗓子,两人就此又逐渐恢复联系。

挺久没见了，如今看着陆星耀那张脸，总感觉有点陌生。乔闪闪看了他好几眼，问："你什么时候回来的？"

前两天看他朋友圈，还在美国。

"今天。"

"一回来就来参加酒局啊？"

"是啊。"陆星耀撑着栏杆，微微叹了口气，低头看她，"有糖吗？"

乔闪闪下意识去摸包，随后反应过来，摇了摇头："包在包间里放着。"

陆星耀看了眼时间："去拿包，我送你回去？"

"你可以走了吗？"

"嗯。"

乔闪闪"哦"了一声，却没动，趴在露台的栏杆上。春日晚风扬起她鬓边的碎发："等会儿再去，我们聊会儿天呗。"

陆星耀看了她一眼："你是不是遇到什么事了？"

"没有。"

"乔闪闪。"

他沉下语气喊她。乔闪闪莫名有点委屈，她低头轻轻抠着手指："真没什么事……"

乔闪闪三言两语把刚刚的事情说了一下。

"那个项目从我回北京就在接触，快一个月了，才刚签了合同，现在估计要黄了。"

陆星耀的火气"噌噌"往上冒，脑袋都快炸了，忍不住凶她："满脑子就是你的项目项目！遇到这种事，你还记得你的项目？"

乔闪闪"啊"了一声："其实没什么，就是被摸了两下手……"

陆星耀喉结重重滚了两下，一言不发拽着她的手腕往外走。他个子高，步子也大，乔闪闪被他拽了个趔趄，几乎要小跑着才能跟上他。

乔闪闪忍不住喊他："陆星耀……"

"哪个包间？"陆星耀打断她的废话。

乔闪闪指了指前面的翠竹轩。

包间里，杨总正在给几位老板赔笑敬酒："哎，看今天这事儿闹得，小编剧，不懂事儿，等会儿我就让她给几位老总赔罪……"

话音还没落，包间门从外面被人一脚踹开，"砰"的一声巨响，包间里的人都是一震。杨总转头正准备喝骂，看到站在门口的陆星耀，忍不住揉了揉眼睛。

"哎，这不是陆老师吗？"他满脸堆笑地打招呼，"什么风把您给吹来了？"

乔闪闪怕他冲动，死死在后面拽住他，小声喊他："陆星耀！"

杨总这才注意到跟在后面的乔闪闪，微微愣了下，有点尴尬地打着哈哈："陆老师和我们小乔认识？"

"你们小乔?"陆星耀笑了声,把乔闪闪拉到自己身边,"来给大家介绍一下,我们工作室的签约编剧,乔老师。"

陆星耀说着,提起酒瓶倒了满满一杯白酒:"我刚刚听谁说,要让我们乔老师赔罪来着?"

"我,我。"杨总很会看脸色地道,"是我给乔老师赔罪。"

陆星耀把酒杯往他面前递了递,笑吟吟地道:"杨总,光嘴上赔罪没有诚意啊。"

杨总立刻端起酒杯,将满满一杯白酒一饮而尽。陆星耀又给他倒了两杯,他都老老实实地喝完了。

陆星耀似笑非笑地拍了拍他的肩:"杨总爽快人。这样,你给我们乔老师道个歉,今天这事儿就算了,咱们也算是不打不相识,以后有机会好合作。"

杨总一听,立刻转身对乔闪闪道:"乔老师,真不好意思,不知道你不会喝酒,以后我绝对不劝酒,那个定金我明天就让财务打给你。"

陆星耀冷冷看了杨总一眼,感受到乔闪闪紧紧抓着他的手,到底还是什么也没做,目光在包间里转了圈,拿过她的包,冷淡地对众人一点头,带着乔闪闪先走了。

两人乘电梯下楼,直到上了车,陆星耀都一言不发。

今天他自己开车,乔闪闪坐副驾,她系上安全带,转头看他一眼:"陆星耀,今天谢谢你。"

陆星耀冷冷道:"地址。"

乔闪闪老老实实地报上地址。

车子从地下停车场驶出。车里没开灯,乔闪闪借着街边的灯光看陆星耀,故作轻松道:"我刚刚吓死了,还以为你想把他的腿打断。"

陆星耀冷笑:"我还想给他开瓢呢。"

"那不行。"乔闪闪立刻道,"犯法的。你可是大明星,蹲看守所可是大新闻。"

"你是不是觉得自己还挺幽默的?"陆星耀问。

乔闪闪有点委屈:"你干吗凶我啊?"

"严肃点,别撒娇。"

一路无话,一直到乔闪闪租住的小区门口。陆星耀把车停在路边,也没开门锁,两人就这么在车里坐着,路灯昏黄的灯光从窗外照进来,谁都没开口。

乔闪闪扭头看窗外,留给他小半个侧脸和一个圆滚滚的后脑勺。陆星耀看了她好几眼,都没见她有反应,忍不住气笑了。

"哎。"陆星耀戳了戳她的肩膀,"你怎么还生气了?"

乔闪闪扭头看他一眼:"那你又生什么气?"

"我不该生气吗?"

"你气什么?"

陆星耀觉得自己迟早要被她气死："乔闪闪,我今天要是不在会所,你是不是就当这事儿没发生过,完全不会跟我说?"

乔闪闪沉默了会儿,放软了语气："陆星耀,我真没觉得这是多大的事儿。你看,你也会遇到这样的事,你处理得很好。我只是没有经验,等下一次再遇到,我就知道要怎么处理了。"

"还下一次?"陆星耀被她气笑了,"你别拿我比,你和我能一样吗?"

"怎么不一样?"

"男人和女人怎么一样?"

"你歧视女性啊?"

"乔闪闪。"陆星耀警告她,"别抬杠。"

乔闪闪沉默了会儿,微微叹了口气,转移话题："陆星耀,我觉得你好像变了一些。"

"哪儿变了?"

"没有以前那么冲动了,是好事啊。"乔闪闪笑了笑,"不过你不会真的打算和那个杨总合作吧?"

"我跟他合作什么?"陆星耀冷冷道,"要不是想着你还要和他合作,我今天手都给他打断。"

"我不和他合作了。"

"行。"陆星耀点点头,作势要开车,"我这就去把他的手打断。"

"你干啥?"乔闪闪哭笑不得地按住他的手,"别这样。你可是顶流,既然不退圈了,你就不能再像以前一样了,你得爱惜自己的名声。"

"你现在比魏总还啰唆。"

"好好好,我不说了。开门吧,我该回去了。"

陆星耀没动,扶着方向盘转头看她："你到我工作室来吧,给我写剧,想写什么写什么,不用担心有人改你的剧本。"

乔闪闪："不。"

陆星耀没想到她会拒绝得这么果断,微微愣了下,才问："为什么?"

"没有为什么。如果你能给我介绍项目,我很开心,也很感谢你,但我不会去你的工作室,也不会专门给你写定制剧。"

"不是,你能想着以后给周时越写戏,不能给我写?"陆星耀很憋屈,"什么意思你?瞧不起我?"

"不是,我不想当你工作室的员工。"

"只是名义上的,不抽你的成,我也不会干涉你。"陆星耀道,"应酬、合同、开票、打款、接洽项目之类都可以交给魏总,你就安安心心写你的剧本就行。"

乔闪闪还是道："不。"

"你到底是哪儿不满意?"陆星耀拿她没辙。

"没有哪儿不满意。"

只不过是周佳怡在前三年用行动向她证明了,你只用安安心心写稿就是一句废话,要不是陆星耀,她早已经灰溜溜滚回老家了,她不希望这种戏码再一次在自己身上重演。

车里的气氛有些僵持不下,乔闪闪微微叹了口气:"陆星耀,我知道你是为我好,但是我现在能接到项目。听侯导说,《关山月》定的暑期档,到时候我就有播出作品和署名了,我自己可以的。"

"可以什么可以。"陆星耀语气不太好,"想混娱乐圈,资源、人脉、运气缺一不可,你有什么?"

乔闪闪很烦他这种高高在上的语气,但知道他是好心,不想和他吵,故作轻松道:"运气吧。"

陆星耀噎住。

"真的啊,你别那种表情看我。"见陆星耀不吭声,乔闪闪笑了笑,"我小时候有一次走丢了,喊路上遇见的阿姨送我回家,结果那个阿姨是人贩子,刚到汽车站就被抓了,你说巧不巧?"

"别跟我东拉西扯的。"陆星耀到底还是缓下语气,"你听话,别那么犟,娱乐圈不是你想的那么好混,像你今天遇到的这种事根本不值一提,很多事情你连想象都想象不到,你根本应付不了……"

"陆星耀,我现在确实应付不了,但不代表我以后应付不了。可如果我不去面对,我永远都应付不了。"

"我说了,你不用去面对……"

"你知道上一个跟我说这话的人是谁吗?"乔闪闪打断他,盯着他的眼睛一字一顿道,"是周佳怡。"

陆星耀顿了顿,拧眉道:"你别拿我和她比,我和她不一样……"

"没有什么不一样。我认识她的时候,她也对我很好。"乔闪闪轻声道,"你知道吗?我在今天这件事之后,忽然有点理解她了。"

"理解什么?"

"如果她也经历过这些——不,她一定经历过,她那个时候一定在想,凭什么我可以什么都不操心,只用安安心心做自己喜欢的事,凭什么我可以天真单纯被保护着。她一定在某些瞬间,对我产生过这样微妙的恨意。"

"乔闪闪,你是不是有病?"陆星耀觉得她简直莫名其妙,"你反思什么?当个滥好人可显着你了是吧?"

乔闪闪用力深呼吸,终于还是忍不住:"对,我就是个滥好人,但是你以为你好到哪里去?陆星耀,你这种高高在上、对别人人生指指点点的态度真的很讨厌!"

"我高高在上?对你指指点点?我还不是为你好……"

"不需要你为我好!"

"你这人怎么不识好歹?"

"好歹不是你说了算,要我试过才知道。还有,你真的很烦。"乔闪闪瞪他,"开门,我要下车了!"

陆星耀赌着气开了锁,看她推开车门下车,冷冷道:"自讨苦吃!"

乔闪闪动作一顿,用力摔上门:"我这人就这样,你少来管我!"

陆星耀坐在车里,冷眼看着她的身影头也不回地消失在小区内,到底是没忍住,狠狠砸了下方向盘,尖锐的鸣笛声在街道上响起。

隔了会儿,小区门口的保安过来敲窗,示意他居民区不要鸣笛。

陆星耀一言不发地打方向盘离开,心里憋屈得不行。什么都不跟他说,不愿意到他工作室来,跟他分得这么清。其实说白了,就是不喜欢他吧。

这晚临睡觉前,陆星耀收到乔闪闪发来的道歉消息——

对不起,今天心情有点不好,说话没有分寸。我知道你是好意,但我有我的路要走,希望你能理解。

PS:感谢你今天帮忙解围,也感谢你愿意让我加入你的工作室。

陆星耀把手机扔到一边。这么久以来,他也算摸清楚她的性子了,嘴上客客气气说得好听,但心里完全不是那么回事。长了一张看起来十分好拿捏的脸,其实很有自己的主意。看似温和没什么脾气的样子,那是她不计较,但真碰到她的底线,其实很强势。

她就像一条一往无前的河,谁也无法阻止她奔向她的海。

陆星耀去长沙录了个综艺,等再回北京已经是五一假期结束。从魏思杰家离开,他去商场挑了个礼盒,又订了一家很难订的早茶,第二天一大早就开车等在乔闪闪住的小区外,拨通了她的电话。

电话几乎是刚响就被接通。

陆星耀愣了愣,还没来得及高兴,就听到她像是松了口气的声音:"太好了,陆星耀,你能不能来接我一下?"

陆星耀清了清嗓子,尽量让自己的语气显得不那么高兴:"你在哪儿?"

"呃……"乔闪闪犹犹豫豫道,"派出所。"

"什么?"

这事儿还得从那位杨总说起,和陆星耀吵完架的第二天,乔闪闪拿到钱就向他提出了解除合同。

虽然有点可惜自己这一个多月来的心血,但一个项目短则大半年,长则两三年,三四年都有可能。对方想要整她轻轻松松,就算因为陆星耀不和她计较,甚至态度大变地恭维着她,但这样一个人,也不是乔闪闪想要的合作伙伴。想要在这一行长久地干下去,她必须有自己的人脉和圈子,编剧是被选择的没错,但这不代表她不能挑选合作的对象。

签完解约合同从写字楼出来，乔闪闪给绮姐发了个消息说明情况。刘绮当初给她介绍项目的时候，也不知道姓杨的居然是这种人，发生这种事挺过意不去的，特意约她吃了顿饭。

两人爱好相仿，加上刘绮性格爽朗，两人虽然见面机会不多，但关系处得还不错，吃完饭，还一起约着上侯导那儿喝茶看剪辑。

"小乔，你也不用太着急接新项目。"知道她的情况，侯导安慰，"等暑假《关山月》上了，有署名有作品，那会儿你再去谈合同就不一样了。"

"嗯，我知道。"

"回头你去申请个微博，下个月就要开始宣传预热了，到时候让宣发把你带上。"

乔闪闪轻轻"啊"了一声，似乎是没想到："可以吗？"

"那有什么不可以的。"刘绮笑道，"当时剧组负责剧宣的小李录了好多你给陆老师讲戏的片段，我看着挺有意思的。"

侯导也道："你别觉得编剧老老实实写稿就行了，现在干什么不要流量，有流量才有话语权，那小子别的没有，流量多得很，咱们也蹭一蹭。"

乔闪闪忍俊不禁，又感动得不行："谢谢侯导、绮姐！"

"谢什么，闪闪，你就是太客气了，真想谢就好好干，你写的剧火了，我这个制片人也有面子是不是？"

所以说，真正欣赏你的人一定会尊重你，而不是搞潜规则钱色交易那一套。

侯导道："我这边有个剧，悬疑题材的，下半年开机。剧本还在改，原编剧这边人手不够，小乔，你要是不忙就过来帮个忙，署名和价钱都好商量。"

"好啊，没问题，我不忙的。"乔闪闪毫不犹豫地答应下来。

侯导说的剧叫《红桃K》，一共两个编剧，一男一女。男编剧叫大熊，戴黑框眼镜，有点壮，不善言辞，人很腼腆，典型的宅男。女编剧叫莎莉，个子很高，长了一张厌世脸，但人热情爽朗。

乔闪闪在侯导的介绍下加入后，很快和二人打成一片。

因为剧本马上要平台过会递到演员那儿，所以这天晚上，三个人连夜在工作室开会赶稿，到凌晨四点过的时候，三个人实在有些撑不住了，身心俱疲。

莎莉打开音响，放了首重金属摇滚，又从冰箱拿了红牛。三个人一边喝红牛，一边跟着极有律动感的音乐发疯，强行把情绪调动起来。

乔闪闪原本还有点担心："我们这么吵，不会被邻居投诉吧？"

莎莉很有信心地拍着桌子道："我十几万一平方米买的房子，难道这点隔音效果都没有吗？"

话音刚落，房门就被敲响了。

三人对视一眼，莎莉解释："应该是我刚刚点的早餐。"

大熊起身开门，乔闪闪关了音乐，开始和莎莉继续讨论剧情。

这边，大熊看着门口的人并非外卖小哥，高壮的身子堵在门口，有点心虚地问:"不好意思,是我们吵到你了吗?"

这会儿,乔闪闪正好和莎莉讨论到关键剧情——反派要怎么处理尸体才能不被警察发现。

门外那人立刻道:"不好意思,我喝多了,认错门了。"说完飞快地溜了。

三个人都没在意,等天蒙蒙亮的时候,敲门声响起,还以为是早餐外卖终于到了,结果一开门就被警察给逮了。

陆星耀赶到派出所时,三个人已经做完笔录,这会儿正灰溜溜地接受民警的批评教育:"你们工作是工作,但也得注意方式方法!大半夜的在家里放音乐扰民,这是其一,还讨论什么杀人分尸,把邻居吓到了,这是其二。"

"对不起,我们以后不会了。"三人垂着脑袋乖乖道。

民警大概也觉得好笑,本来以为是出了什么大案重案的,早晨还没睡醒就被喊起来出外勤,结果竟然是三个小编剧在编剧本。他挥挥手:"行了,来领你们的人呢?签个字赶快走……"

正说着,一名小民警领着戴帽子和口罩的陆星耀从外面进来。

三人转头,见来人摘下口罩,露出陆星耀那张帅得很有冲击力的脸,莎莉和大熊齐齐倒抽了口气,两人掐着彼此的手,脸都憋红了,才把嘴边的尖叫咽了下去。

陆星耀瞥了眼心虚埋着头左顾右盼,就是不看他的乔闪闪,只觉得又好气又好笑。

陆星耀在领人的单子上签了字。民警显然也认识他,好奇地问了句:"这部剧你是主演啊?"

陆星耀清了清嗓子:"不好意思,有保密条款。"

"理解,理解。"

"没什么事我就把人带走了。"

"行,以后注意点。"

民警说完起身送他们出去。陆星耀戴上口罩,乔闪闪等人乖乖跟在他身后。

从派出所出来,乔闪闪习惯性地跟着陆星耀上了车,在副驾上坐好系安全带的时候,才发现莎莉和大熊并没有上车,而是犹犹豫豫地站在车边。

乔闪闪降下车窗冲二人招手:"上来呀。"

两人对视一眼,又看驾驶位上的陆星耀。莎莉笑笑摆手:"不了不了,我和大熊还有点事,今天麻烦陆老师了。"

乔闪闪这会儿才觉得不妥,看了眼时间:"我中午就回工作室写稿……"

"不用!"莎莉忙道,"昨晚一晚上没睡了,你回去休息吧,也没剩多少了,我和大熊两个人就能搞定——拜拜,我们先走了。"

说完也不等乔闪闪反应,两人飞快地就跑了。

陆星耀升起车窗,打方向盘,车子驶出派出所街道。

窗外偶尔传来几声北京街头早晨的热闹喧嚣,车内却一片寂静,上一次见面还是吵架,这会儿又是这么尴尬的场景,两人一时间都没说话。

车子停在十字路口等红灯,陆星耀打开手扶箱翻东西,乔闪闪忍不住开口:"你在找什么?"

"糖。"

"不开心吗?"

"没有。"

"那……不吃糖了。"乔闪闪笑了笑,"我请你吃饭好不好?今天谢谢你。"

陆星耀瞥她一眼,终于还是没忍住,戳了下她的脑门:"真有出息啊,乔老师,写剧本把自己写进派出所的人,你应该是头一个了吧?"

乔闪闪捂着脑门撇了撇嘴:"我也不是故意的啊。"

绿灯亮,陆星耀懒得搭理她,踩下油门。

乔闪闪道:"哎,不是这边。"

"我订了地方。"

"哦。"乔闪闪顿了顿,"所以你今天是来找我吃早饭的吗?"

陆星耀冷着一张脸。

乔闪闪探过脑袋看他一眼:"我不是给你道歉了吗?你怎么还生气啊?"

陆星耀阴阳怪气地冷哼了声:"我哪敢和你生气?"

乔闪闪觉得他这副委委屈屈的模样格外可爱,忍不住笑了,看着前方的车流轻声道:"陆星耀,我小时候很喜欢玩家里的饮水机,但我爸爸怕我被烫到,一直不让我玩,他越不让我玩我越想玩。他能看住我一次两次,但不能一天二十四小时盯着我,所以后来他就在旁边看着我被烫了手,再帮我处理伤口,从那之后,我就再也不去玩饮水机了。"

陆星耀从后视镜里看了她一眼,没吭声。

乔闪闪有点困了,微侧过身靠在靠枕上,看他开车的侧脸:"你知道吗?今年过年回家的时候,我爸爸跟我道歉了。"

"为什么道歉?"

"他说,会发生周佳怡这样的事,是他的失职。他以前一直觉得他能把我保护得很好,所以很多事情他都没有教给我,但我注定要长大的,我也想保护身边的人,我不想一辈子被人保护。

"陆星耀。"乔闪闪看着他轻声道,"你之前说羡慕周时越,其实是羡慕他被父母保护得很好吧?"

陆星耀握着方向盘的手微微紧了紧。

"你一直把身边的人都保护得很好,但你有没有想过,你也剥夺了他们成长的机会呢?我不是在指责你,我只是想告诉你,即便是以前那个没有人保护的你,他也好好地长大了。他吃过很多的苦,遭受过很多不公,你更应该好好地对他说一声你好勇敢,而不是去别人身上寻找他的影子。"

陆星耀沉默了一路,等车子开到早茶店门口时,他停下车,正准备叫乔闪闪下车，一转头，却看见她不知道什么时候已经靠在座椅上睡着了。

一缕头发从鬓角落下来，陆星耀伸手帮她将那缕头发别至耳后，指腹轻轻地从她柔软细腻的皮肤上蹭过，感觉自己的心从来都没有如此柔软过，她怎么能这么讨人喜欢呢？

六月初，北京早早就入了夏。

日料店里，乔闪闪和陈浔临窗而坐。东西已经吃得七七八八，这会儿两人正有一搭没一搭地聊天叙旧。

陈浔是陈潇的哥哥，兄妹俩感情很好，念大学时经常去学校看陈潇，给陈潇送东西，连带着她们同宿舍的几个人都一同沾光。乔闪闪刚毕业留在上海工作时，和陈浔的公司在一个区，陈潇经常拜托陈浔照看她，两人关系还不错。今年陈浔工作调动来北京，乔闪闪作为东道主，理应招待一二。

这会儿，陈浔放下筷子，拿毛巾擦了擦嘴角，半开玩笑半认真地问："这次来北京，潇潇可是给我布置了任务的。来，闪闪，给哥说说，你想找个什么样的男朋友？"

乔闪闪正喝茶，闻言被呛了下，拿纸巾擦了擦嘴，哭笑不得道："浔哥，潇潇怎么给你说的啊？"

陈浔笑道："说你一个人在北京，务必得找个人好好照顾你。"

"我自己把自己照顾得挺好的。"乔闪闪顿了顿，"而且我现在真的挺忙的，你看你来了这么久，本来应该早点请你吃饭的，结果直到今天才抽出时间。"

"工作是工作，生活是生活，你可以先说说，我帮你看看。"

"真的不用了。"

"怎么？"陈浔试探地问，"有喜欢的人了？"

"不是，就是暂时还不想谈恋爱。"乔闪闪笑笑，转移话题，"浔哥，你不也单身吗？要不我给你介绍女朋友吧，我们这一行好多单身美女。"

"比如你吗？"

乔闪闪被逗笑："我可算不上什么美女。"

"谁说的。"陈浔看着她，"我们闪闪明明一直很漂亮。"

乔闪闪不知道是不是自己想多了，困惑又错愕，看一眼时间，打哈哈道："浔哥，你就别夸我了，还要加点什么吗？不要的话我就买单了。"

"我来。"陈浔冲服务员招了招手，"怎么能让你买单。"

"你来北京，当然应该我请客。"

"这家餐厅是我挑的，当然得我请，下次你再请。"

乔闪闪争不过他，索性就不争了，等陈浔买完单，两人起身往外走。陈浔主动帮她拿起包，出门时伸手替她挡着门。

空气中飘着小雨，乔闪闪拿手掌挡在头顶："下雨了。"

"我去开车，你在这儿等着。"

陈浔把包交给她，拉着她在屋檐下站好，想了想又脱了外套，披在她肩上。

乔闪闪正想说不用，陈浔轻轻拍了下她的头："好了，等我一会儿，马上就来。"说完转身冲进雨中。

乔闪闪跟了两步，正想说什么，手机先响了。她停下脚步，从包里拿出手机看了眼，是陆星耀的电话。

乔闪闪不知怎么，莫名有点心虚，接起电话。还没等她开口，陆星耀先问："你在哪儿？"

陆星耀今天刚回北京，应资方邀请，下了飞机家都没回，就来参加应酬。进门时他就觉得临窗的人看着有点像乔闪闪，但因为只是一个背影，加上觉得她应该不会来这种人均两千的地方吃饭，随便扫了一眼就没在意。等他谈完合作出来，出门时下意识地一看，没想到真的是她。

送走投资人后，他就坐在车里，看她和那个男人相谈甚欢。男人不时给她倒茶、递纸巾，处处照顾，最后还帮她拿包，给她披衣服，亲昵地拍她的脑袋，明显是对她有意思。

其实陆星耀中途回北京约过她几次，但都被她以没时间为由给拒绝了，知道她这人赶稿的时候不喜欢被打扰，陆星耀也没强求。但他万万没想到，竟然会撞见她和别的男人约会。

他约就是忙，没时间；别人一约就出来，真行。

这会儿，陆星耀听她在手机里问："你回北京了？"

"嗯。在哪儿呢？"陆星耀又问了一遍。

"呃……干吗？"

"找你有事。"

"什么事？"

"嫂子快生了，我不知道送什么，你帮我挑个礼物。"

"哦，明天吧。"

"今天在忙？还在写稿？"

"嗯。"

一辆白色宝马从停车场驶出，停在餐厅门口，按了按喇叭。乔闪闪挥了挥手，手掌挡在头顶上，一边走一边道："那我们明天联系——"

"乔闪闪。"陆星耀没什么情绪地笑了声，"你往右边看，打双闪的路虎。"

乔闪闪站在路灯下，她的肩上还披着男人的西装外套，细雨飘落在她的头发上，她拿着手机，有些茫然地跟着他的话转头。

就见餐厅门前的停车场内，一辆打着双闪的路虎缓缓降下车窗，驾驶座上一个熟悉的身影。他转头看过来，没戴口罩，只戴了顶鸭舌帽，冷白的肤色在夜色中格外扎眼。

乔闪闪猛地一怔，两人隔着小半个停车场，遥遥相望，谁都没吭声。

见她半天不动，陈浔放下车窗冲她招手："外面冷，上车再说。"

手机里，陆星耀的声音听不出情绪："你过来。"

乔闪闪的脚像是被钉在地上，好一会儿才道："我要不过去呢？"

"我过来也行。"

两人无声地对视一眼，眼见陆星耀戴上口罩，推开车门准备下车。

乔闪闪终于开口："我过去。"

乔闪闪挂了电话，走到白色宝马旁边："浔哥，我有个朋友在附近，我还有点事，你先走吧。"

她说着把肩上的衣服取下来递给他。

陈浔微微一愣："什么朋友？"

"工作上的朋友。"

"我陪你吧？"

"不用。"

"那行，你有事给我打电话，咱们有空再约。"

乔闪闪挥挥手，目送宝马缓缓驶远。

路虎驶到面前，乔闪闪拉开车门上车，陆星耀把车开出停车场，两人谁都没有说话。

直到等红灯时，陆星耀才道："为什么骗我？"

乔闪闪叹了口气，老老实实地道："之前你约我的时候我太忙了。"

"所以？"

"这不是……怕你觉得你约我不出来，别人约我就出来会不开心嘛。"乔闪闪瞥他一眼，"但我真的是今天刚忙完，中午才交的稿。"

陆星耀"哦"了一声，心情好了点儿："和你吃饭的是谁？"

"陈潇，你还记得吗？就去年在上海结婚的我那个同学。"乔闪闪道，"她哥哥，今年来北京工作，以前挺照顾我的，我就想着请他吃顿饭。"

堵在心里的那口气算是彻底散了，陆星耀瞥了她一眼，还有点儿酸溜溜的："你和这个同学哥哥关系还挺好。"

"是吧？"乔闪闪实在有些苦恼，忍不住问旁边的陆星耀，"你觉得他喜欢我吗？"

"什么意思？"

"就……我感觉他好像有点喜欢我，但我不敢确定。"

陆星耀面无表情："他不喜欢你。"

乔闪闪转头看他："真的吗？"

"真的，他只是把你当妹妹。信我的，我这方面有经验。"

乔闪闪强忍着自己翻白眼的冲动："你有什么经验，你都没谈过恋爱。"

"当然是被人喜欢的经验。"陆星耀睨她，"我从幼儿园开始就被女生追着跑了好吧，喜不喜欢的，一眼就能看出来。"

陆星耀从后视镜里看两眼她明显失落的神色，心里莫名有点不是滋味，想了想问:"你讲讲你那个同学哥哥呗,我帮你分析一下。"

"其实也没什么,就是念书的时候,他经常来学校看陈潇,给我们宿舍带好吃的,带我们出去玩。后来我刚毕业在上海工作,一个人生活,很不习惯,他就经常陪着我,干什么都想着我,特别照顾我,很多细节吧……"

陆星耀面无表情地"哦"了一声:"别想了,你是他妹妹的同学,他就是把你当妹妹,他是绝对不可能喜欢你的。而且判断一个男人是不是喜欢你,不能看细节,你懂吗?"

"那看什么?"

"看他愿不愿意给你花钱。"

"那他还请我吃人均两千的日料呢。"

"人均两千很多吗?"陆星耀恨铁不成钢,"我请你吃的不比这贵多了?能不能不要一副没见过世面的样子。总之他绝对是不可能喜欢你的,早点认清现实吧,也看看别的……"

"你能不能别说了。"乔闪闪有点说不出的心烦。

"我这是在提醒你……"

"行,是我自作多情行了吧,你能不能闭嘴?"

陆星耀瞥了她一眼,不情不愿地闭上嘴。

乔闪闪看着窗外飞掠而过的街灯,心情有点说不出的低落。她知道他是大明星,被所有人喜欢和追捧,她也知道自己很普通,但是也不用一遍遍强调没有人喜欢她吧,她也没有那么差啊。

越来越熟悉之后,陆星耀发现乔闪闪这家伙其实脾气挺大的,而且还娇气。比如这次,人送回去就约不出来了,偏偏还拿她没办法。

客厅里,陆星耀仰头靠在沙发上发呆,曹小北在旁边给他交代工作。

郑雯雯在医院里待产,最近这段时间,魏思杰彻底把工作分了出去,其中大部分是曹小北在负责,曹小北负责不了的,就只能陆星耀自己来。

这会儿,曹小北交代完工作,见他不知道在想什么,半天不吱声,只好问:"哥,你有什么要吩咐的吗?没有的话我就先走了。"

"你等等。"陆星耀喊住他,"问你个事。"

"什么事?"

陆星耀招招手,曹小北在沙发上坐下,陆星耀搂住他的肩:"来,给哥说说,你女朋友不高兴的时候,你是怎么哄的。"

"这个很简单啊,发红包,送礼物,带她吃好吃的,总之多做能让她开心的事就好了。"曹小北反应过来,"哥,你又惹乔老师生气了?"

"我可没有。"

"那你问什么?"

陆星耀兴致缺缺地玩着手机:"我的情况和你不一样……"

"当然不一样,你人都还没追到呢。"曹小北忍不住吐槽,"你还是先把人追到手再说吧。"

陆星耀冷冷瞥他一眼,想说什么,到底还是忍住了,不情不愿地问了句:"怎么追?"

"哥,你不是吧,你连追人都不会?"

"你以为我是你?我随便往那儿一站,都有数不清的女人往我身上扑,我需要知道怎么追人?"

不需要知道,那现在问什么?曹小北忍不住在心里默默吐槽,但看陆星耀那闷闷不乐的样子,还是道:"首先你得在她面前刷存在感。"

"嗯,然后呢?"

"然后你得找机会多相处多见面,一定要见面,别整天在网上聊,聊几年都没有用。"

"哦。"陆星耀面无表情地问,"约不出来怎么办?"

曹小北想了想道:"我看周时越老师最近回北京了。"

"所以?"

"既然你自己约不出来,就找周老师帮个忙呗。"曹小北一边说,一边起身往外溜,"反正你之前也不是没干过这种事。"

随着话音落下的,是擦着头皮飞过的纸巾盒,以及陆星耀一声恼怒的"滚"。

曹小北走后,陆星耀一个人坐在沙发上发了会儿呆,打开微信给乔闪闪发消息:密室,去吗?

乔闪闪回得很干脆:忙。

陆星耀:周时越也在。

这回对面沉默了会儿,回道:什么时候?

陆星耀在心里告诉自己,他不生气,他和她计较什么。

陆星耀没回她,先去敲了周时越。

陆星耀:回北京了?下午玩密室去不去?

周时越:改天行吗?刚录完节目有点累。

陆星耀:改天我就走了。

周时越:那下次再约?

陆星耀想了想,按着屏幕给他发了条语音,声音懒洋洋的:"不够意思啊,周时越,多久没见了,约你都约不出来?"

周时越也回了条语音:"怎么,你想我了?"

陆星耀面无表情道:"对,我想你了。"

半晌,周时越拨了个电话过来,语气温和含笑:"陆星耀,你的取向还正常吗?"

"滚。"陆星耀很烦,"你到底来不来?"

周时越叹了口气:"那你得先告诉我,到底什么事找我吧?"

陆星耀清清嗓子:"你来了就知道了。"

"行,时间、地点发我。"

陆星耀约的时间是下午三点,两点四十五分,众人在密室门前集合。

这家密室是预约制,私密性做得很好,老板就是娱乐圈的人,很多明星都爱来这里玩。

乔闪闪到的时候,就看到等候区坐了四个肩宽腿长的大帅哥,这会儿正围着桌子打扑克。

听见声音,陆星耀抬头看来,冲乔闪闪招了招手:"来,给你介绍一下,这两个你都见过了,这个是纪川,你应该也认识。"

确实认识,除了陆星耀和周时越外,剩下的就是老朋友何野。那个叫纪川的是个很出名的主持人,各大晚会现场和综艺都能见到他的身影。

陆星耀又对纪川道:"这个是我们《关山月》的编剧,乔闪闪。"

纪川笑眯眯地伸手:"编剧老师好。"

"纪老师好,叫我名字就可以了。"乔闪闪跟他握手,又挨个和其他几个人打招呼。

轮到周时越时,她忍不住星星眼:"周老师,好久不见。"

"好久不见。"周时越笑了笑,"都认识这么久了,叫我名字就好。"

"周时越,你电影杀青了吗?"

"对。"

"太好了!什么时候能上映啊?我寒假去看了你客串的那部贺岁片,演得太好了……"

眼见两人又要聊起来,陆星耀清了清嗓子:"先进去吧,时间到了。"

周时越看了眼陆星耀,又看了眼旁边的乔闪闪,笑笑不说话。

几人一边往密室走,一边随口闲聊,纪川问:"星耀,你选的什么主题?"

陆星耀:"青山监狱。"

何野:"这么刺激。"

"怎么,很恐怖吗?"

纪川和何野显然都了解过,齐齐点头:"恐怖指数五颗星!"

陆星耀还真不是故意要选一个最恐怖的,他就是选了个时间最近的,因此这会儿,忍不住看了旁边的乔闪闪一眼,怕吓着她,便道:"要不换一个?"

纪川有些诧异地看了他一眼:"怎么,你害怕呀?"

不等陆星耀回答,乔闪闪先问周时越:"周时越,你害怕吗?"

周时越犹豫了一下:"有一点。"

"你别怕。"乔闪闪非常豪气地拍了拍胸脯,"我保护你!"

陆星耀面无表情道:"对,我超害怕的。"

何野:"你不是号称浑身是胆吗?还有你陆星耀会害怕的?"

"不行吗?"陆星耀一脸不爽地把乔闪闪拉到身边,"你跟紧我。"

乔闪闪看看他,又看看周时越,拍拍他的胳膊,说:"放心,我会保护好你们的。"

说话间,工作人员已经打开了密室大门,放他们进去。

不知道是不是开了空调的原因,一进门,温度就降了下来。在初夏的北京,乔闪闪的手臂上瞬间浮起一层鸡皮疙瘩。

幽幽的音乐响起,各种光电设施开始运作。

刚刚还夸下豪言壮语的乔闪闪顿时有点怂,但不想在偶像面前丢脸,只好强撑着道:"那……我走前面?"

陆星耀:"你确定你可以?"

乔闪闪看一眼旁边的周时越:"我可以。"

青山监狱听名字就知道是一个监狱主题的密室,除了恐怖元素外,还带有悬疑推理和解密元素。乔闪闪最近正好在写悬疑剧,从莎莉那儿恶补了很多作案手法和推理流派,可以说有她的存在,前几关过得分外轻松。

连纪川都忍不住道:"乔老师真有两把刷子啊!"

乔闪闪腼腆地笑了笑,原先的胆怯也逐渐被自信取代,也还好嘛,没有什么可怕的呀。

从上一个密室逃出来,根据剧情,五人小团队将分成两组去寻找线索,揭秘监狱长屠杀犯人的原因和过往。

陆星耀率先表态:"我和闪闪走这边,你们三个走那边。"

周时越道:"不,我害怕,我也要跟着你们。"

不等陆星耀开口,乔闪闪先道:"那我们三个走这边吧。何野和纪川老师去那边找钥匙可以吗?"

"没问题。"何野和纪川拿着地图走了。

乔闪闪打着手电筒冲二人招招手,率先往前走:"你们跟着我啊,留意一下有没有和日记相关的线索。"

周时越应了声"好",刚要跟上,却被陆星耀勾住肩膀。

陆星耀咬着牙在他耳边小声道:"周时越,你什么意思?装什么柔弱害怕?还让女孩子保护你……能要点脸吗?"

黑暗中,周时越忍不住笑了下,慢悠悠道:"玩密室嘛,不能扫兴不是?"

见陆星耀不吭声,周时越拍了拍他的肩:"你要是害怕就跟我说。"

陆星耀烦死了,耸耸肩甩开他的手:"滚。"

"真无情啊。"周时越道,"你约我出来,其实是为了乔老师吧?"

陆星耀不吭声。

周时越故作深沉地叹了口气:"没关系,为了兄弟的幸福,当个工具人也没什么。"

陆星耀轻"啧"了声,正想说什么,前面忽然传来乔闪闪的一声尖叫。

两人说话间,已经和乔闪闪拉开了挺长一段距离,陆星耀也顾不上和周时越斗嘴,丢下他就朝传来声音的方向跑去。

黑暗狭窄的过道中,一个熟悉的身影撞进他怀里,陆星耀抱住惊魂未定的乔闪闪。NPC嘶吼着从后面追上来,陆星耀拉着乔闪闪的手转身就跑。逼仄的空间,狭窄的过道,杂乱的脚步声,尖叫声,急促的呼吸声,还有怦然的心跳。血液随着奔跑往头顶上涌,掌心出了一层细细的汗,阴冷的密室似乎都变得火热起来。

陆星耀拉着乔闪闪躲进玩家的安全区,两个人挤在狭小的空间里,乔闪闪喘了好一会儿才反应过来,两人手还牵在一起。

乔闪闪轻轻抽了抽,陆星耀回神,不大自在地松开手。

好一会儿,乔闪闪问:"你们刚刚找到什么线索了吗?"

陆星耀盯着她近在咫尺的脸:"没有。"

乔闪闪转头,一双小鹿眼澄澈干净,黑白分明:"那你们在干吗?"

"你还真是来玩游戏的?"

"不然呢?"

陆星耀忍不住笑了下,他靠在墙上,喉结滚了滚,长腿微曲:"那你玩得开心吗?"

不知道是不是刚才跑得太快了,还是两人离得太近了,乔闪闪觉得血液都往头上冲,空气热烘烘的,大脑因为缺氧,有点眩晕。她轻声道:"还没通关呢。"

"通关了就开心吗?早知道不叫周时越了。"

乔闪闪晕头晕脑的,好半晌才问:"你叫周时越不是为了玩游戏吗?"

"不是啊。"

"那是为什么?"

"为了哄你开心啊。"

乔闪闪"哦"了一声,偏头避开他的目光,感觉好像无论怎么深呼吸,都无法控制急速飙升的心率。

她垂下头,有些不自在地挪了挪位置,不小心碰到旁边陆星耀的腿,又赶快收回来。

乔闪闪听着外面杂乱的脚步和尖叫声,小声道:"我们出去吧,时间估计马上到了……"

没等乔闪闪往外走,陆星耀懒懒地伸长手臂拦住她。

"来,咱俩说说话。"

"在这儿说?"乔闪闪有点哭笑不得。

"这怎么了?这儿不好吗?"

乔闪闪靠回去,抬起头,在黑暗中看他黑白分明的双眼:"你想说什么?"

"为什么不理我?"

乔闪闪没吭声,好半晌才轻声道:"你那样说我,让我觉得很不开心,好像我很差劲一样。"

陆星耀手撑在她耳边，微俯下身看着她，有些无奈道："哪一句？"

"他绝对不可能喜欢我。"

"我不是说你差劲的意思，我是说他眼瞎的意思。"

"你干吗骂别人，他和你又没仇。"

沉默了好一会儿，陆星耀低声问："真的那么喜欢他？"

乔闪闪茫然："谁？"

"你那个同学的哥哥。"

"我不喜欢他啊。"

两人对视两眼，互相都有点搞不清楚状况。

陆星耀忍不住问："你不喜欢他，为什么要在意他喜不喜欢你？"

"他是我好朋友的哥哥，要是他喜欢我的话，我会很苦恼，不知道该怎么和他相处比较好。"

陆星耀还是没搞懂她的逻辑："那他不喜欢你，不是正好？"

"是很好啊。"

"那你还和我生气？"

乔闪闪看着他，忍不住微微叹了口气："陆星耀，我要是天天说没有人会喜欢你，你会开心吗？"

陆星耀微微怔了下。

"粉丝都不喜欢你，她们支持你都是别有所图，她们喜欢的只是她们自己的幻想，别把自己看得太重要，这些话听着不刺耳吗？"

"这也是事实。"

"这是一部分事实。"乔闪闪道，"事实是有那么多明星，但她们选择喜欢你，那就证明你值得被人喜欢；事实是她们确实把自己的一部分投射到你身上，但她们也真的很爱你；事实是她们追星确实是为了满足自己，但她们也为你投入了大量的金钱时间和精力，你自己也说过，粉丝帮过你很多，对吧？"

陆星耀喉结滚了滚，轻轻"嗯"了一声。

"单个的粉丝也许不理智，伤害过你，但整个粉丝群体是真的很爱你。而她们会如此爱你，也是因为你足够好，因为你值得。这也是事实，但是这样说，是不是好听多了？"

"嗯。"

乔闪闪把耳边凌乱的碎发挽至耳后："现在知道我为什么生气了吗？"

陆星耀垂下头注视她，眼神柔软又乖顺地点了点头。

"那你是不是得给我道歉？"

"对不起。"陆星耀乖乖道，顿了顿又道，"我错了，没下次了。"

四目相对，乔闪闪忍不住笑了下，他这么乖地看着她的时候，真的很像求抚摸的"豆角"。乔闪闪把犯痒的手背到身后，转头看外面："该出去找线索了。"

陆星耀低低"嗯"了一声，却没动。逼仄昏暗的空间里，她的皮肤白得像是会发光，目光落在眼前小巧柔软的耳垂上。他还记得，她的耳郭很薄，阳光一照，就染上半透明的粉。

有那么一瞬间，真的很想亲亲她。

他内心被柔软炽热的渴望充满，喉结重重地滚了好几下，最终还是没敢放肆。

旁边传来两声很刻意的咳嗽声，周时越道："原来你们在这儿啊，找你们半天，线索找到了，可以出去了。"

陆星耀收回手直起身，乔闪闪顿时像只兔子一样蹿出去。

不知道是心虚还是怎么，她总感觉有些没话找话："你自己找到线索的吗？你怕不怕呀？"

陆星耀两手插兜，懒懒地跟在后面，毫不留情地拆穿："他不怕。"

乔闪闪"哦"了一声，转头看他："所以你也不怕？骗我很好玩吗？"

"咳！"陆星耀清了清嗓子，搬出周时越那套说辞解释，"玩密室得有点氛围，周时越，你说是不是？"

周时越笑了笑："没错。"

乔闪闪没什么情绪地"哦"了一声，顿了顿，小声道："但是我真的有点怕。"

周时越非常善解人意道："我走前面，星耀断后，你走我俩中间。"

乔闪闪顿时泪眼汪汪："周时越你真好！"

周时越笑了笑："报答乔老师刚刚的保护之恩。"

陆星耀在后面清了清嗓子，示意他适可而止。

三人一路聊天往前，何野和纪川已经拿到钥匙去下一个密室了。出口在一个大半人高的台子上面，周时越先上，随后转过身，准备拉乔闪闪一把。没等乔闪闪握上他的手，整个人都被掐着腰举了起来，几乎是一瞬间就落在了台子上。

见她上来，周时越继续在前面领路。乔闪闪愣愣地转头，就见陆星耀撑着台子，轻轻一跃就上来了。

见她呆呆的，陆星耀好笑地戳了下她的脑门："还不快走？"

乔闪闪转头往前走，一路上脑子都是蒙的。

他怎么就一下子把她举起来了？她好歹也是九十多斤的一个人，怎么就轻轻松松地举起来了呢？

乔闪闪心里像是装了把小鼓，越敲越快，忍不住偷偷看了陆星耀好几眼。他明明看起来很瘦啊！怎么那么轻松地就把她给举起来了呢？

因为这个小小的插曲，剩下的小半程，乔闪闪都心不在焉，只要陆星耀一靠近，她就感觉哪里好像怪怪的。

因为乔闪闪这个智商担当下线，最后两个关卡，他们硬是没有找到钥匙，最后一群人是被工作人员给放出来的。

陆星耀觉得乔闪闪整个后半程都有点奇怪,不说话,脸也红红的,不知道是不是因为密室里冷气开得足,她有点受凉。

从密室出来,五个人约着去旁边的店里吃烤肉。

陆星耀凑到乔闪闪身边问:"你怎么了?不舒服吗?"

乔闪闪往旁边挪了挪,和他拉开距离:"没有。"

"那你的脸怎么那么红?不会是发烧了吧?"

"有吗?"乔闪闪把手背贴上脸颊,确实一片滚烫,"可能是刚刚被追的时候跑得太快了。"

"是吗?"陆星耀狐疑地看她一眼。

"是的。"乔闪闪用力点头,担心他还要说什么,放下包起身,"我去一趟卫生间!"

乔闪闪在卫生间里冷静了足足快十分钟,还是没有办法完全冷静下来。她觉得自己这个反应实在有点奇怪,把刚刚密室里发生的事描述了一下,模糊掉具体的人,发给顾时宜请教。

顾时宜:那个男生帅吗?

乔闪闪:帅的,非常帅。

顾时宜:恭喜!我家宝贝木头终于开窍了!你这是馋人家身子了!

接下来顾时宜的消息几乎就没停过,这家伙满脑子的黄色废料,对话框里全是虎狼之词,吃饭的时候,好几次险些被陆星耀看到。

最后乔闪闪实在扛不住,给她回了条:宝贝,咱们矜持点儿行吗?人家还在我旁边呢,差点看到。

顾时宜:在吃饭?还有谁?

乔闪闪:他朋友。

顾时宜:你一个人?剩下的都是他朋友?

乔闪闪:是,但是我也认识。

顾时宜:通过他认识的?

乔闪闪:嗯。

顾时宜:行了,你先吃饭吧,我晚上再审问你。

乔闪闪正准备回她,陆星耀把烤好的肉夹到她盘子里,见她光顾着在那儿发消息,修长手指在桌子上敲了敲:"乔老师,您这业务真繁忙啊。"

乔闪闪心虚地笑了笑,收起手机,拿起筷子吃东西。

陆星耀问:"还想吃点什么?我给你烤。"

乔闪闪连忙摇头:"够了。"

晚上九点,估摸着乔闪闪回了家,顾时宜打来视频电话。

乔闪闪刚冲完澡,头发都还没吹,拿毛巾裹着,穿着印有草莓熊的纯棉睡衣坐在床头，一边拿 iPad 刷社交软件，一边接起顾时宜的视频。

视频里，顾时宜盯着她上上下下打量一番，忍不住"啧"了声："你这什么小学生品位，能不能买点成年人能看的睡衣？"

乔闪闪心不在焉："给谁看？"

"给带你玩密室逃脱的大帅哥看啊！"

乔闪闪终于看了眼视频里的顾时宜："你知道你现在这样像什么吗？"

"像什么？"

"像个遇到贵客的红娘，我感觉你下一秒就要把我卖了。"

"说什么呢你。"顾时宜哭笑不得，"我还不是看你单身快二十六年，终于对异性有点反应了，激动的嘛。来说说，和密室哥怎么认识的？"

"工作关系。"

"圈里的啊。"顾时宜来了点兴趣，"有照片吗？给我看看。"

乔闪闪转移话题："你今天真的很八卦。"

"我给你把把关呗，免得你被人给骗了。"

"我们就是朋友关系，不是你想的那样。"

"骗鬼呢你。"顾时宜冷笑，"你知道你这辈子就夸过两个男人帅吗？第一个是周时越，第二个就是这位密室哥。连陆星耀这种公认的大帅哥，你的评价都只是还行，你现在给我说你们是朋友？"

乔闪闪莫名有点心虚："是吗？"

"你对自己到底有什么误解？"顾时宜忍不住翻白眼，"而且人家带朋友和你玩密室，把朋友圈子介绍给你，明显就是在追你啊，别告诉我你不知道。"

这个乔闪闪是真没意识到："是吗？但今天是他组的局，叫他的朋友不是很正常？"

"怎么，他很缺朋友吗？非得叫你？"顾时宜咆哮，"装什么傻？充什么愣呢？"

"你别喊那么大声啊！"乔闪闪不满，顿了顿，小声问，"你真的觉得他喜欢我？在追我？"

"不然呢？"

乔闪闪没吭声，整个人都有点怔怔的。陆星耀喜欢她？怎么听起来，那么……像是在做梦呢？

"想什么呢？"顾时宜在视频那头奚落她，"脸都红了。"

乔闪闪连忙拿手捂脸，没什么威慑力地瞪了她一眼，正准备说点什么，一个电话切进来，视频自动挂断。她看着来电显示上的名字，怔了好一会儿才接起来。

陆星耀问："在忙吗？"

"没。"

"那帮我给嫂子挑下礼物？"

"好啊。"

其实刚才吃完饭出来,是准备在商场里挑的,但不知道陆星耀还是周时越好像被认出来了,有两个女孩一直跟着他们,陆星耀只好作罢,连送乔闪闪回家的任务都是交给纪川的。

这会儿,乔闪闪一边看陆星耀发给她的礼物图片,一边有一搭没一搭地和他聊着。

"粉丝没拍到什么吧?"

"没有。"

乔闪闪松了口气:"那就好。"

手机那头,陆星耀顿了顿,玩笑似的道:"很怕被拍到?"

"有一点吧。"乔闪闪漫不经心道。

乔闪闪还记得去年她的小号曝光,粉丝发私信辱骂威胁的事。而且她也追过星、混过粉圈,知道大部分粉丝对偶像身边的异性会是个什么态度。

半响,没听到对面说话,乔闪闪后知后觉道:"你别误会,我不是说粉丝坏话,就是……"

"我知道。"陆星耀打断她的解释,"你别担心,我会处理好的。"

"嗯。"乔闪闪应了声,看着他发来的母婴用品,想了想道,"这些东西都是小宝宝用的,你可以单独送一份,但要送雯雯姐的话,还是送她喜欢的比较好。"

"哦,嫂子喜欢包。"

"那你就送包吧。这个不用我帮你挑了吧,我觉得你审美挺好的。"

"那给小宝宝送什么?"

"这个吧。"乔闪闪把一套十二生肖主题的婴儿衣服图片发给他,"这个衣服好可爱,男孩、女孩都能穿,其他婴儿用品,魏总和雯雯姐应该都准备了。"

"好。"

沉默了很久,也可能只是一瞬,陆星耀轻咳一声,转移话题:"《关山月》下个月上线,最近已经开始预热准备宣传了,侯导给你说了吧。"

乔闪闪"嗯"了一声。

"微博号注册了吗?"

"还没。"

"赶快去注册一个。"陆星耀笑了笑,"我关注你,然后让小曹帮你弄一下认证。"

"你要关注我呀?"

"你是编剧,我关注你不是很正常?"陆星耀懒洋洋道,"感谢乔老师在剧组辛苦讲戏的恩情。"

听他提到讲戏,乔闪闪忍不住笑了:"那你还记得,你为了不让我给你讲戏,是怎么上蹿下跳、偷奸耍滑的吗?"

"乔老师,现在再提这种事就不礼貌了。"

想到《关山月》拍摄期间的事,两人都有点说不出的怀念。

沉默了会儿,陆星耀轻声道:"闪闪,《关山月》一定会大爆,你也会梦想成真,成为大编剧的。"

"谢谢。"乔闪闪忍不住笑道,"陆星耀,你也会越来越火,转型成功,早日拿奖的。"

乔闪闪挂了电话,才看到顾时宜发来的一串消息,问她在跟谁打电话,是不是密室哥之类的,让她谈恋爱了一定要告诉她,她好替她把把关。

乔闪闪不觉得顾时宜有什么把关能力。虽然顾时宜情窍开得早,恋爱经验丰富,但成功率低呀。因此这会儿,乔闪闪只随意地敷衍了她两句,顾时宜也很快转移了话题。

顾时宜:下个月十三号我休年假,一起去长沙玩呗。

乔闪闪看了眼日历,她确实很久没有出去玩过了,等《关山月》播出以后,估计就要忙起来了,于是答应下来。

看她答应下来,顾时宜终于暴露出自己的真实目的。

顾时宜:你能帮咱俩弄两张《青春之夜》的门票不?

乔闪闪:啊?

顾时宜:你家周时越也去!我给你包机酒!

乔闪闪:我试试。

《青春之夜》是当地卫视举办的一档拼盘晚会,受邀嘉宾都是时下正火的流量明星,票价因此被炒得很高,几乎是一票难求。周时越刚刚爆红的那年,乔闪闪原本都准备去现场看他的,但因为《关山月》最终没有去成,也算是弥补当年的一个遗憾吧。

乔闪闪想了想,去微博搜了下《青春之夜》已经官宣的演员,打开陆星耀的对话框,拍了拍他。

陆星耀回得很快。

陆星耀:微博注册好了?

乔闪闪:还没。有件事,你能帮我一下吗?可以给钱!

陆星耀:别说废话。

乔闪闪:《青春之夜》的门票,你能帮我弄两张吗?

这次陆星耀直接拨了个语音过来:"你要去?"

乔闪闪:"嗯。"

陆星耀"哦"了一声,慢悠悠地问:"你要去看谁?"

乔闪闪不知怎么,忽然想逗他一下:"当然是周时越啊。"

"你不是加了他微信吗?"陆星耀淡淡道,"既然是要去看他,那就管他要票啊。"

"我和你更熟啊。"

"你也知道你和我更熟啊。"陆星耀轻轻"啧"了声,语气终于带出点不满来,"那你怎么不说来看我呢?"

乔闪闪忍不住笑了下,放软了声音:"陆星耀,我到时候会在台下给你加油的。"

陆星耀冷冷"哦"了一声。

乔闪闪道:"我到时候给你举灯牌。"

陆星耀勉强满意,哼了声道:"过两天让小曹把票给你。"

剧名： 当你闪耀时

主演： 乔闪闪 × 陆星耀

场次： Chapter 12.

剧集： 愿意为了他写歌一次

六月底,《关山月》正式开始预热。

乔闪闪申请了自己的微博,陆星耀、侯导、宁芷、何野等人,包括《关山月》官微都关注了她。因为陆星耀关注她这事儿,甚至还上了热搜,毕竟当初陆星耀连唐艺然都没有关注过呢。

六月二十八号,《关山月》发布第一版先导预告片。

陆星耀主演的剧一向是各大吐槽 UP 主的团建剧目,这一次,众人本来都已经做好嘲讽的准备了,但三分钟的预告片看完,制作画面质感居然都很不错。甚至其中给陆星耀的几个特写镜头完全挑不出毛病。不仅如此,一向被诟病演什么都是本人的陆星耀,这一次竟然真的把裴昭这个角色演活了?

粉丝开始在各个平台上奔走宣传,书粉和路人被吊起胃口,开始观望。

视频网站上,《关山月》的预约人数突破八百万。

进入七月,陆星耀开始在各种直播、红毯、采访等活动中不遗余力地宣传《关山月》,《关山月》官微也趁势放出拍摄时的片花,其中有不少是乔闪闪追着陆星耀满片场跑,给他讲戏的片段。

片花剪得很仔细,完全没有让乔闪闪露脸,基本只有背景和声音出境。

而陆星耀从最开始的不情不愿、偷奸耍滑,到后面拍完戏,主动跑过来问乔老师"我演得怎么样",看得网友乐不可支。

陆星耀直接转发了官微的微博,并 @乔闪闪:感谢乔老师的监督,才有现在的《关山月》。

乔闪闪转发回复:感谢陆老师的配合和工作人员的辛苦。期待《关山月》上线。

两人只互动了这么一条,但乔闪闪依然能感受到陆星耀带来的恐怖流量。

短短一周时间,她微博涨粉八万多,不少人在后台私信她,有粉丝让她离陆星耀远点、别蹭热度,但大部分的言论都很友善。

其中一个 ID 叫 Adira 的更是天天在私信里跟她表白,说自己是《关山月》的书粉,问她陆星耀演得怎么样、自己的房子会不会塌。

乔闪闪挑着能说的说了点，让她放心，陆星耀这次的表现很好。

Adira又问给陆星耀讲戏是不是很辛苦，说看了花絮很心疼她，说她一定很有才华，说从现在开始关注她，以后就是她的忠实粉丝。总而言之，是个嘴甜又热情的小妹妹。

因为《关山月》的预热，陆星耀和侯导的站台，乔闪闪开始收到各种各样制片人、导演、影视策划的好友申请。

一年前，她四处投简历还无人问津，一年后，却不乏业内知名制作公司向她投来橄榄枝。

虽然《关山月》还没有播出，但乔闪闪也算是浅浅体会了一下一夜成名的滋味。

七月十二号，乔闪闪和顾时宜在长沙机场会合。

一见面，顾时宜冲上来给了她一个大大的拥抱："恭喜啊，我的大编剧，辛苦了这么多年，终于有成果了！"

两姐妹取了行李箱去外面打车。

顾时宜搂住她的肩："来，宝贝，谈谈你的成名感言。"

"没什么感言。"乔闪闪摸了摸鼻子，"我现在还觉得，好像是在做梦一样，你知道吗？去年那会儿我都准备卷铺盖回家了。"

"这叫什么？这叫否极泰来！"顾时宜拍拍她的肩，"这才哪儿到哪儿啊？你可是要当大编剧的人，以后走出去，说不定还有人管你要签名呢。"

乔闪闪被她逗笑："我又不露脸，签什么名。"

上了车，顾时宜问："对了，票呢？"

乔闪闪从包里摸出个信封，拍到她胸口："收好了。"

顾时宜取出来看了眼，猛地抽了口气："内场VIP？可以啊你，乔闪闪！"

"那当然了，我在娱乐圈有人脉。"

"密室哥？"

乔闪闪推开她的脸："你好烦啊。"

"那你脸红什么？"

"没有！"

顾时宜订的酒店在电视台附近，两个人办理入住，简单休息后，就去市中心逛了逛，之后又去吃了长沙的特色小吃，游览了当地的夜市。

乔闪闪很久没有出来玩，发了好几条朋友圈，逛得脚都痛了，晚上快十二点才回酒店。

顾时宜去洗澡时，乔闪闪坐在床上刷微博，收到陆星耀发来的消息。

陆星耀：玩得开心吗？

乔闪闪：挺开心的，你到长沙了吗？

陆星耀：刚录完节目，还在杭州呢，明天早晨的飞机。

乔闪闪：这么忙啊？明天一起吃顿饭？

陆星耀：可能没时间，下午要彩排，晚上有红毯，表演结束还有应酬。

乔闪闪：哦。

陆星耀：明天我联系你。

乔闪闪：好。

第二天晚上六点过，红毯直播开始，现场粉丝很多，陆星耀一个人的粉丝就占了半壁江山。

他走上红毯时，天色已经有些暗了，电视台附近的呼声震耳欲聋。

乔闪闪和顾时宜挤在人堆里，看着他走过去。他今天穿着休闲款的西装，扣子没系，衬衫领口处的扣子散着，戴了一条银色星星项链，整个人懒散又性感。

顾时宜跟着粉丝尖叫了声，忍不住道："这也太欲了吧！陆星耀如果下海，我能把他的片子买爆！"

乔闪闪用力把她从人群里拉出来："你小心被粉丝给撕碎。"

"你信不信他的粉丝也是这么想的？"

"闭嘴吧你！"

晚会快开始时，两人拿着票进了内场。陆星耀和周时越这种大咖一般都压轴才出来，前面的节目乔闪闪看得有点百无聊赖。

顾时宜倒是很兴奋，她追的明星今天来了好几个，这会儿正顶着灯牌欢呼。

她不仅自己带了灯牌，还贴心地给乔闪闪也带了一份。她把做成发箍样式的灯牌戴到乔闪闪头上："团里糊咖没粉丝很惨的，你帮忙凑个人气。"

乔闪闪："五百！"

"大编剧要不要这么小气？"

两人说话间，乔闪闪手机微微振动了下，她拿出来看了一眼，是陆星耀的消息。

陆星耀：到了？

乔闪闪：嗯。

陆星耀：你到后台入口这儿，我让助理来接你。

现场震耳欲聋的音效中，乔闪闪的心似乎也跟着跳了起来。满场都是陆星耀的粉丝，她左右看了看，小声跟顾时宜道："我去一下卫生间。"

顾时宜追的团这会儿上台，她一边尖叫挥手，一边随便点了点头。

乔闪闪站起身，猫着腰偷偷溜到后台入口。陆星耀的新助理正在入口处等着。

新助理是曹小北的表弟，叫林乐天，长得瘦瘦高高的，和曹小北一样，一头小卷毛。

他欲言又止地看了乔闪闪两眼，想说什么，又闭上嘴，低声说了句："跟我来。"

乔闪闪跟着林乐天进了后台，穿过长长的走廊，一直走到尽头的安全通道。林乐天四处看看，拉开门示意她进去。

安全通道里灯光昏暗，门一关，喧嚣都被隔在外面。

角落里站着个高大身影，乔闪闪走上前，小声道："叫我过来干吗呀。"

陆星耀没吭声，目光缓缓落到她头顶印着"祁飞"两字的灯牌上，挑了下眉："给我举灯牌？"

乔闪闪沉默了会儿，干巴巴道："这不是……你还没上场吗？"

两人站在两层楼中间的拐角处，陆星耀一手插兜，一手玩着灯牌，懒懒散散地靠在楼梯扶手上，看着她的目光里充满了谴责。

乔闪闪老实交代："我朋友让我帮忙凑个人气。"

"哦。"陆星耀随手把灯牌扔到角落的垃圾桶里，"没收了。"

安全通道里很安静，顶上的灯也一闪一闪，时亮时不亮。不抬头去看他的脸，乔闪闪目光正对着他衬衫衣领下的胸口，她有些不自在地别开眼。

"叫我过来干什么？"

"看看你，等会儿估计就没时间了。"

乔闪闪没吭声，半晌轻轻地"哦"了一声，不知道该说什么，眼神转了一圈，问："为什么在这儿啊？"

"这里没有监控，后台人多口杂，不方便。"

"哦。"

"哦什么？"陆星耀不满地敲她脑门，"就知道哦。"

四目相对，乔闪闪忍不住笑了："陆星耀，宣传的事谢谢你。"

"闪闪。"陆星耀微微叹了口气，俯身凑近了看她，"以咱俩现在的关系，你还要这么客气吗？"

他刚刚化完妆，因为要上舞台，不像平时那样素净，眼尾带了点小烟熏，整个人显得很……魅惑。他那么一张脸猝不及防地凑过来，乔闪闪感觉自己的脸又开始发热，空气都变得稀薄。

"那……说谢谢，也不一定就是客气啊。"

"那是什么？"

"表达心意。"

陆星耀笑了声，直起身，好整以暇地看她："你表达心意就靠嘴啊？"

"那你想要什么样的？"

"以身相许？"

"那不行。"乔闪闪想也不想地一口回绝。

陆星耀被噎了下："我开个玩笑，你那么凶干吗？"

两个人四目相对，最后不知怎么，不约而同地笑了。

陆星耀道："那你答应我一个条件。"

乔闪闪问："什么条件？"

"想好了告诉你。"

"哦。"乔闪闪顿了顿,不放心地强调道,"那你不能提太离谱的要求。"

"知道——"

陆星耀用力揉了揉她的脑袋,正想说什么,一声轻微的"吱呀"从楼上传来。没等乔闪闪反应,陆星耀忽然上前一步,手掌揽着她的后脑,将她带进怀里。

中性木质调的香水味,夹杂着他身上特有的男性气息扑面而来,有种异常尖锐的侵略感。乔闪闪脑子短暂地"嗡"了一瞬,没反应过来,已经被他带着藏进避光的角落。

乔闪闪被抵在他的身体和墙壁之间,他有力的大手揽在脑后,微微汗湿的额头贴在他的锁骨窝上。

耳边不知是谁的心跳,一阵快似一阵。

陆星耀的声音在耳边低低响起:"别出声。"

乔闪闪轻轻点了点头。

脚步声由远及近,一般人看到这种情况,顶多背后偷偷打量两眼,就会先不好意思地走了,但这次的来人却不,脚步声停在两人身后,很久没动。久到乔闪闪都开始紧张起来,手指无措地蜷缩两下,忍不住轻轻抓住陆星耀的衬衫。

"陆星耀。"来人终于出声,"你谈恋爱了?"

怀里的脑袋不安地动了动,陆星耀稍稍用力按住她。疯狂的粉丝不多,尤其是疯到本人面前构成严重骚扰的也就那么几个,不用看,光听声音都能听出来。

陆星耀一言不发地从兜里摸出手机,拨了个电话:"叫保镖过来。"

听见他要叫保镖,女孩开始发疯,去拉扯被他护在怀里的乔闪闪:"粉丝千里迢迢来看你,你就在后台和别的女人约会?你对得起大家吗?你挡什么?你也知道她见不得人吗?"

林乐天和保镖都在安全通道外守着,这会儿已经推开门冲了进来,拉开正疯狂的粉丝。

保镖在陆星耀的指示下把人带了出去,林乐天欲言又止地留在旁边。

乔闪闪轻轻推了推陆星耀,他松开手把她放开。经过这么一个小小的插曲,两个人忽然都不知道该说什么。

沉默了好一会儿,陆星耀微躬下身看她:"吓到了?"

他平日里锐利又桀骜的一双眼里满是歉意,乔闪闪摇了摇头,把刚刚被那女孩抓破的手臂藏到身后:"没事。"

陆星耀喉结滚了滚,想说什么,到底是没说出来,只低声道:"让小林送你回去。"

"不用了,我自己回去就行。"见陆星耀不吭声,乔闪闪微微叹了口气,"你的助理,粉丝都能认出来,反而更引人注目。"

陆星耀垂下眼,低低"嗯"了一声。

乔闪闪笑了笑:"下周《关山月》开播,你回北京吗?要不要一起看?"
"好。"
"那,我走了?"
"嗯。"

乔闪闪转身下楼,开门出去时,回头冲他挥了挥手。走廊里的灯光落在她身上,她好像一点也没受影响,眼神明媚灿烂,唇角两个甜甜的梨涡:"等你一起看首播。"

乔闪闪回到会场,已经是四十分钟后。
顾时宜刚刚一直在捧场尖叫,这会儿一边喝水,一边上下打量她:"你掉厕所了?"
"没找到地方,在后台多转了会儿。"
"我给你的灯牌呢?"
乔闪闪想到那个被陆星耀丢进垃圾桶的灯牌,微微叹了口气,撒谎道:"不知道,可能掉了吧。"
顾时宜看两眼她明显不在焉的脸:"心情不好啊?"
"没有啊。"
"装什么啊……不对!"顾时宜说着,忽然凑近在她身上嗅了嗅,狐疑地打量她,"你身上怎么会有男士香水的味道?你刚刚到底干吗去了?"
乔闪闪心里很烦,抬手推开她的脸:"不想说。"
"你的手怎么回事?"顾时宜看着她手臂上几个指甲印,这下是彻底生气了,"谁欺负你了?"
"真的没事,也没人欺负我。"乔闪闪揉了揉她的脸,"多难得的机会,好好看你'爱豆'吧。"
后半场晚会乔闪闪一直有些心不在焉,直到压轴嘉宾陆星耀出场,他准备的节目是弹唱。乔闪闪第一次知道,他还会弹吉他。
陆星耀选的是一首很小众的情歌,灯光打在他身上,他微低着头,修长漂亮的手指拨动琴弦,开口时,清冽的声音带着点些微的沙哑——

　　你的眼睛 比海辽阔
　　夕阳下黄昏亲吻泡沫
　　在你身边 是最安心的时刻
　　…………

说实话,陆星耀声音好听,唱歌也还不错,要不是嗓子有问题,说不定可以转行当歌手。
乔闪闪还以为他这次依然会半开麦或者假唱,但他一开口,乔闪闪就听出来他这次是真唱。

会场里粉丝的尖叫几乎掀翻屋顶,陆星耀的声音却显得格外宁静且深情。

  当我抬起头　你正看向我
  眼中倒映着夏夜绚烂的烟火
  灰暗的心　竟然开始变鲜活
  你的存在　治愈我
  …………

顾时宜跟着粉丝在旁边尖叫了声,随后凑到乔闪闪耳边八卦道:"陆星耀是不是谈恋爱了?"

"为什么这么说?"

"首先他选的这首歌就很不适合在晚会上唱啊!而且你没有发现他唱得很有感情吗?"

乔闪闪轻轻"哦"了一声,目光看着舞台上的人,没有吭声。

当唱到"感谢是你,从来坚定又温和"时,陆星耀抬眼向台下看来,目光在内场 VIP 的方向短暂停留,随后唇角缓缓勾起。

  望着夜空　繁星闪烁
  跟你聊梦想剩下什么
  你却笑了　说只想我快乐
  …………

无数粉丝在尖叫,虽然知道他不可能看到她,但是那一刻,乔闪闪的心还是控制不住地跳动起来,好像放了一场璀璨的烟花。

尖叫和欢呼在远去,耳边只剩他清冽的歌声。

《关山月》拍摄期间的种种回忆,仿佛电影般随着他的歌声在脑海中回放,绵延不绝的心跳宛如音乐的鼓点和节拍。

生平头一次,乔闪闪感受到心动是一种什么样的滋味。

不用任何人来告诉她,那应该是一种什么样的感觉,当这种感觉来临时,她自然而然就会知道,一如此时此刻。

世界吵吵闹闹,而她坐在这里,安静地听他唱完一首歌。

从电视台出来已经是晚上十二点过,外面的粉丝也没走,一条街挤挤挨挨全是人。

乔闪闪和顾时宜本来准备回酒店的,走到一半,顾时宜忽然说想吃夜宵,非拉着她去吃小龙虾。等到了店里,乔闪闪才发现,顾时宜这家伙哪是想吃小龙虾啊,她就是想碰运气,看能不能偶遇自己的小"爱豆",毕竟她选的这家店是出了名的明星爱来。

反正都来了,两人排了号,等了大概半小时,就在大堂里排了一桌。

乔闪闪其实挺喜欢吃小龙虾,但她不太会剥,顾时宜这边都剥完一大半,她才慢悠悠地剥了五六只。

桌子上的手机一直在振动,顾时宜原本以为是自己的手机,摘了手套拿起来看了眼,乔闪闪想拦都没拦住。

陆星耀：表演看了吗？今天唱得还行吧？

顾时宜顿时倒抽一口凉气："陆——"

乔闪闪手套都顾不上摘了,一把捂住她的嘴,糊了顾时宜满脸油。直到顾时宜连连比手势,示意自己不会乱说,她才松手。

乔闪闪飞速地摘了手套夺过手机,顾时宜一边拿湿巾擦着脸上的油,一边压低了声音小声道："乔闪闪,你们什么情况？"

乔闪闪不知道该怎么解释,故作镇定道："没什么情况啊。"

"没什么情况,他会给你发消息？问你有没有看他表演？"

眼见顾时宜的声音逐渐走高,乔闪闪忍不住瞪了她一眼："你小声点！"

顿了顿,在顾时宜严厉的目光下,她不情不愿道："最近不是《关山月》宣传期嘛,我们会联系也很正常吧。"

"你们的联系内容和剧有半毛钱关系吗？"顾时宜这会儿宛如福尔摩斯上身,脑子过分清醒,"《青春之夜》的票就是管他要的吧？所以密室哥其实是陆星耀？"

"我就说,你今天身上的香水味怎么这么熟悉。"顾时宜恍然大悟,"不就是陆星耀代言的那款大热香水吗？好啊你,乔闪闪,我说你怎么去卫生间去那么久,原来是偷偷溜到后台——"

话没说完,再次被捂了嘴,乔闪闪咬牙道："你能小声点吗？"

四目相对,顾时宜不情不愿地点了点头。这下夜宵也顾不上吃了,直接让店员打包,然后拉着乔闪闪起身："走,回酒店,我今天要好好拷问你！"

半小时后,酒店房间里,顾时宜把剥好的小龙虾肉码了满满一盘子,堆到乔闪闪面前。

乔闪闪给陆星耀回完消息,锁了屏幕,一边吃着剥好的小龙虾,一边道："能说的刚刚已经给你说了啊。"

顾时宜精神抖擞："还有不能说的？"

乔闪闪也不知该好气还是好笑,把她的脸推开："能不能清清你脑子里的黄色废料？"

"我这不是好奇嘛,那可是陆星耀！你出息了姐妹！"

乔闪闪不吭声,还在那儿优哉游哉地吃东西,顾时宜简直快被她急死："所以你喜欢他吗？"

"不知道。"

"那我换个问法，你想和他谈恋爱吗？"

"不知道。"

"你怎么一问三不知啊。"顾时宜无语了。

"想和他谈恋爱的人多了去了，这是想就可以的吗？"乔闪闪白了她一眼，"做梦都还要看运气吧。"

"但我觉得他挺喜欢你的。"

乔闪闪心不在焉地发了会儿呆，随后微微叹了口气："我们之间差距太大了，很多问题不是喜欢就能解决的。"

"要我说啊，你现在想那么多没用。"顾时宜闲闲地道，"顺其自然呗。陆星耀红了六七年了吧，他还能红多久？你没发现他今年的热度下降得挺厉害吗？"

"啊？"乔闪闪有点茫然，"有吗？我觉得他还是很红啊。"

"那是表面上。你没有发现今年黑他的都少了吗？"顾时宜翻了一个白眼，"你不关注粉圈你不了解，他以前一部分热度就是撕来的，他公司没少买黑水军搞事。"

乔闪闪迷惑了："他公司为什么要黑他？"

"黑红也是红啊，而且又不是什么致命的黑点，还能虐虐粉，一举两得多好。再说他又不续约，公司只管赚钱，管他死活。"

乔闪闪怔怔地"哦"了一声。

"不过《关山月》爆了的话，估计能为他续一波命。不然两年之内吧，他要是转型不成功，估计就凉了。"

"也……不至于吧，他好歹红了这么多年。"

"娱乐圈白混了你！"顾时宜戳她脑袋，"过气的流量不如狗，特别是陆星耀这种顶流，你知道很多粉丝只追 Top 的吗？粉丝很无情的，只要他热度下来了，头一个抛弃他的就是那些粉丝。"

顾时宜说着也有些唏嘘："而且他前两年那个狂妄的劲，不知道是不是不想在圈里混了，真的挺得罪人的，他要是糊了，估计挺惨的。"

乔闪闪怔怔的："是……吗？"

"是啊。说不定到时候，还得抱你这个大编剧的大腿呢。"顾时宜笑眯眯的，"好好干，姐妹，和顶流谈恋爱的未来指日可待！"

不知道是不是被顾时宜这个乌鸦嘴说中了，《关山月》开播前两天，演员卫理聚众及组织他人吸毒被警方逮捕一事登上热搜。警方蓝 V 发布通告，证据确凿，卫理所有作品在各大平台官网下架，《关山月》也遭遇紧急撤档，一切宣传活动暂停。

事情发生的时候，乔闪闪正和莎莉、大熊开会讨论剧情。

那天北京下了一场暴雨，中午开完会，三人各自吃着外卖刷手机。乔闪闪看到热搜推送时，整个人都是蒙的，好半晌回不过神来。

卫理在《关山月》中出演男三号，戏份比女主角还要多，压根不是剪辑后期随便剪剪就能解决的问题。

这么大的事儿，早在圈子里传遍了。

莎莉和大熊也看到了消息，两人看着乔闪闪呆在那儿，连筷子都掉地上了，一时也不知道该说些什么来安慰她。

两人来回交换了几个眼神，最后大熊默默打开外卖软件，点了几瓶酒，莎莉拍拍乔闪闪的肩安慰。

"没事儿，多大点儿事。"莎莉故作轻松道，"咱当编剧的，谁能不遇到点类似的事儿啊，《关山月》起码是拍出来了，顶多就是压上两年，剪剪还能播。"

"就是，起码拿到钱了。你不知道吧，莎莉前两年给吕磊写定制剧，甲方那边刚定稿，这人就被爆出轨，私生子都上幼儿园了。"

"别提了。"莎莉摆摆手，"想起来我高血压就犯了，我还有百分之五十的尾款没拿到呢！"

吕磊是个体育明星，早些年很出名。乔闪闪缓缓回神："莎莉姐，是你？"

"啊？"

"我之前在知乎看到有人分享的问答……"

"哦。"莎莉道，"那个倒霉蛋就是我。"

"你知道我和莎莉怎么认识的吗？"大熊道，"那会儿我和朋友在三里屯酒吧喝酒，一出来就看莎莉在树上挂着呢……"

大熊绘声绘色地讲着莎莉当初的糗事。乔闪闪知道他们是想要安慰自己，非常捧场地在一旁跟着笑，但笑着笑着，大熊和莎莉都不吱声了。

乔闪闪忍不住问："你们怎么不说了？"

大熊微微叹了口气，从纸巾盒里抽了纸巾递给她。莎莉轻轻拍了拍她的背："哭吧哭吧，姐姐的怀抱借给你。"

乔闪闪其实真没觉得多伤心，就是胸口像堵了块石头，喘不上气，眼泪不受控制地往外掉。

从接触《关山月》这个项目到现在，整整三年，她那么多的辛苦付出，还有那么多工作人员的辛苦努力。日日夜夜赶稿、在片场天天起早摸黑，她是为了什么啊？

这一刻感受到的委屈，甚至比她当初被周佳怡欺骗、赶出剧组时的委屈还要强烈。那种绝望就好像一个在沙漠里渴了很久的人，拼尽全力走向前面的绿洲，等到了之后才有人告诉他，没有什么绿洲，都是骗你的。

乔闪闪忍不住抱着莎莉号啕大哭。

陆星耀要比乔闪闪早一点知道这事，但也没早多少，那会儿警方还没有发通告，他人还在上海录节目。

最后一天，凌晨五点，卫理刚被抓没一会儿，魏思杰得了消息，就立刻打电话过来。陆星耀睡了不到三小时就被吵醒，脑子不清醒，站在阳台上吹了会儿风才反应过来。

"《关山月》播不了了？"

"基本上吧，一年之内很难。"魏思杰也是一脸疲惫，甚至连愤怒的力气都没有了，"星耀，你现在除了《关山月》没有别的存货，之前递的本子里有一部现偶，本子一般，但已经筹备得差不多了，你要接的话，月底就能开机。"

陆星耀把玩着手机的糖盒，没有吭声。

其实他本来的工作规划是不准备再接偶像剧的，他定了一部权谋向的古装正剧，大概十一月底进组，本想着下半年不接项目了，可以多点时间留在北京。

"你现在这个情况你也知道，本来《关山月》能顺利播的话，也算是你转型的第一步，但现在《关山月》播不了了，你必须另做打算。你这个位置一旦掉下去，想要再起来可就难了。"魏思杰顿了顿道，"今年是工作室成立的第一年，新人和经纪团队都还没有培养起来，很多事情还得靠你撑着。"

"我知道。"

"那我就把这个项目给你定下来了。"

陆星耀手臂撑在栏杆上，微弓着身，看远处亮起的鱼肚白，晨风鼓起他身上的白色T恤，他面无表情地"嗯"了一声。

陆星耀早晨在上海录完节目，下午回北京，先去工作室开了个会。短短一天时间，魏思杰已经把他下半年的行程重新规划了一遍。

陆星耀今年二十六岁，翻过年就二十七了，流量这碗饭也吃不了几年了。

本来年初的时候定得好好的，《关山月》如此大体量的投资，又有大IP和陆星耀的加成，无论热度质量都很能打，基本上所有人都看好必爆，因此除了一小部分的综艺活动维持基本的流量曝光外，陆星耀剩下的工作安排全部是围绕着转型来的，但《关山月》播不了，可以说是所有的计划都被打乱了。

夜色降临，工作室的气氛稍显凝重。

魏思杰起身拍了拍陆星耀的肩："都是小事儿，咱什么大风大浪没经过，你说是吧？也就是再辛苦一年。"

陆星耀轻嗤了声，拨开糖盒，丢了一粒糖到嘴里："我是在担心这个吗？瞧不起谁呢。"

"那你不说话一副郁郁寡欢的样儿。"

"你把我下半年的行程都排满了，我还怎么谈恋爱？"

"人追到手了吗，你就谈恋爱？"

魏思杰戏谑了他一句，被冷冷瞥了眼，他才道："放心吧，你有时间，乔老师都不一定有时间。"

想到乔闪闪，陆星耀皱了皱眉，摸过手机。事情没曝光之前，不忍心告诉她，事情曝光后，他也不知道应该怎么跟她说。他知道她为《关山月》这个项目付出了多少心血，忍受了多少委屈，正因为他知道，所以明白，这种时候对她而言，任何安慰的语言都是苍白的。

"人在侯导那儿看片子呢。"不等陆星耀打电话，魏思杰先道。

他之前和制片通过电话，当时制片正和导演编剧在开会，他那会儿正忙，大概了解了一下就过去。

陆星耀也没再打电话，收起手机，拿着车钥匙起身："行，我先走了。"

陆星耀开车前往侯导家，到的时候，乔闪闪正和侯导一起看片子，讨论要怎么改，看见他进来，也只是简单打了个招呼。

制片的意思是把卫理的所有镜头剪掉，然后用现有素材组合一下，加旁白改台词来交代剧情，这是目前最快也最省钱的办法，要是实在不行，就只能补拍一部分镜头，辅助AI换脸。

陆星耀在旁边听了会儿，乔闪闪和侯导正在讨论第一种方法要怎么改。他没打扰他们，给他们点了夜宵，自己在旁边沙发上找了个地儿坐下，看魏思杰发给他的剧本。

半小时后，夜宵送到，陆星耀取了外卖回来，招呼他们吃东西。

乔闪闪一忙起来就吃不下东西，随便吃了两口就放下筷子，她这会儿满脑子都是剧情，整个人呆呆的，跟她说话半天才有反应。

"你刚刚说什么？"乔闪闪慢吞吞地问。

"走了。"陆星耀起身敲她的脑袋，"送你回家。"

乔闪闪"哦"了一声，隔了会儿，整个人才反应慢半拍似的，去看旁边的侯导。侯导摆摆手："回去吧，事情都发生了，不急在这一时。"

乔闪闪和侯导告别，随后拿上包，起身跟着陆星耀往外走，直到上了车，才像是终于回过神来："你回来啦。"

陆星耀"嗯"了一声，两人一时都没有说话。

车子从地库驶出，这会儿是晚上九点过，乔闪闪看着外面繁华的商业街，示意陆星耀停车。

陆星耀："你要干吗？"

"我想去买两瓶酒。"乔闪闪转头看他，"你要吗？"

陆星耀"哦"了一声："行吧，陪你喝，一瓶旺仔牛奶。"

听他说要旺仔牛奶，乔闪闪低落了一整天的心情终于稍稍轻松了点，唇角弯了弯，推开车门下车。

两分钟后，她拎着两瓶啤酒、一瓶旺仔牛奶上车。

陆星耀也没送她回家，开着车，停在附近一处僻静的公园里。

乔闪闪从袋子里拿出啤酒，拉开拉环，和陆星耀碰了下，仰头喝了一大口。被冰啤酒一激，她忍不住呛了下，咳得眼睛都泛出泪花。

陆星耀抽出纸巾递给她，乔闪闪摆摆手，轻声问："陆星耀，能把车篷打开吗？"

陆星耀没出声，但车篷却随着她话落缓缓打开。只可惜天幕灰沉沉的一片，今天的北京看不到星星，乔闪闪有些失望地收回目光，自己把车篷又合上了。

看着她一脸失望的样子，陆星耀抬手揉了揉她的脑袋。其实很想安慰她，以后绝对不会再遇到这种事情，但是谁也不能保证，陆星耀也不能，所以最后出口时变成了："闪闪，你以后会接到更好的项目的。"

乔闪闪"嗯"了一声，顿了顿，轻声道："陆星耀，我没事。"

陆星耀不赞同地敲她的脑袋："逞什么强？"

"真的没逞强。"乔闪闪微微叹了口气，其实中午大哭了一场，下午到晚上又一直在忙，这会儿还有陆星耀陪着她，情绪已经好了很多。

"我就是觉得……有点遗憾，但可能人生就是这样吧。"乔闪闪自嘲地笑笑，转头看他，"你呢？"

"什么？"

"《关山月》播不了……"乔闪闪顿了顿，"对你有什么影响吗？"

"没被压过剧的能叫演员？"陆星耀挑眉，"又不是没被压过，能有什么影响？"

乔闪闪想到顾时宜说过的那些话，犹豫了一下，还是什么都没说。她低头看着手里的酒，水汽顺着酒瓶，湿漉漉地往下淌："但是我今天看了片子，你真的演得很好，非常好，特别好。你拍得那么认真，那么辛苦……我觉得很可惜。"

"没什么可惜的，又不是永远都播不了，顶多就是迟上一两年。再说，"陆星耀碰了碰她的酒瓶，漫不经心道，"《关山月》这么大的投资，出品方不比咱们着急多了？"

乔闪闪被他逗笑，果然痛苦都是对比出来的。想想几个亿打水漂的投资人，再想想自己，好像也就没有那么难受了。

月底，陆星耀新剧进组拍摄，乔闪闪也和侯导、制片商量出最终的解决方案，不涉及主线的剧情全部剪掉修改，实在没有办法修改的部分，只能找人AI换脸加补拍。

接下来的一个月，乔闪闪和莎莉、大熊的《红桃K》正式完工。拍摄地定在佛山，大熊去跟组了，乔闪闪和莎莉手里都各自有新项目，闲暇时也会一起约着出来吃饭逛街。

平心而论，《关山月》的撤档并没有对她的事业或者生活造成太大的影响，除了得抽出一部分时间去跟《关山月》的后期出方案改台词，额外多了些工作量外，就是之前一些向她抛来橄榄枝的影视公司，因各种各样的缘由暂停了和她的合作。

不过本来也没什么，大家还处在前期的接洽过程中，作为一个没什么名气，也没有作品面世的小编剧,这很正常。而且《关山月》的署名已经足够给她的履历添上一笔了,虽然剧没播出,但也是剧方认证的编剧呢。

《关山月》撤档并停止一切宣传后,乔闪闪就很少再上微博了,偶尔登上去,都能看到那个ID叫Adira的粉丝在后台给她留言。

大概是怕她会难过,Adira给她分享了很多自己做实验的失败日常来安慰她,看得乔闪闪又好笑又感动,两人一来二去逐渐熟悉起来。

十一月初,陆星耀杀青,回北京休息了没两天,又开始全国各地飞来飞去跑通告。

他年初定下的那部历史剧《千秋》,预计十二月初开机,但拍正剧的导演要求严格,十一月底就得进组围读,接受礼仪和历史老师的培训,因此陆星耀的时间可以说是排得满满当当。

陆星耀原本想让乔闪闪以跟组编剧的身份跟着自己进组,顺便还可以帮她在这种精品大项目里要一个署名,却被乔闪闪拒绝了。

看他不开心,乔闪闪主动提出,如果他对剧本有什么理解不到位的地方,她可以帮他写人物小传,也可以帮他分析理解剧本。陆星耀当时心里有气,一股脑把剧本发给了她,结果等他结束了在外地的工作,进组前回北京找人时,才发现她那段时间手上同时有好几个项目,还得帮他看剧本做批注。

乔闪闪看着单薄瘦弱,其实身体很好。当时在宁夏那一个多月,可以说剧组所有人都病过一轮,连陆星耀都没能逃过,但她却硬是从头到尾都活蹦乱跳的。可即使是这么好的身体,也撑不住天天熬夜。

陆星耀挂了电话,开车前往医院。

夜里十一点过,医院人不多,但也不算少。他停好车,戴上帽子和口罩从车上下来。

冬天大家都裹得严实,来往行人匆匆,这个点还在医院的,也没多少人有闲情逸致去关注他。

陆星耀一路畅通无阻地进了急诊。最近流感季,走廊里都是大半夜过来挂吊瓶的病号。

陆星耀目光扫过,一眼就看到坐在椅子上打盹的乔闪闪。

大概是太困了,他走到她面前她都没发现。陆星耀半蹲下身,把她打着点滴冻得青白的那只手握进掌心。

乔闪闪眼睫颤了颤,睁开眼,看着蹲在跟前的陆星耀,一时间有点分不清是梦境还是现实,整个人怔怔的,有点回不过神。

直到陆星耀问了句冷吗,准备脱外套给她,她才清醒过来。

乔闪闪盯着他,眼神是自己都没有察觉的欢喜明亮:"你怎么来了?"

"你说我怎么来了?"陆星耀敲她的脑袋,想说她两句,看着她被冻得鼻尖红红、可怜巴巴的样子,又舍不得开口。他把羽绒服脱下来裹在她身上,起身看了眼她的吊瓶，只剩一点了。

陆星耀问："还有吗？"

"没了，最后一瓶。"乔闪闪说着，有些心虚地四处看看，"那个……要不你还是去车上等我吧？"

陆星耀冷冷瞥了她一眼："闭嘴。"

因为这一句闭嘴，接下来一直等点滴打完，上了车，回到乔闪闪租住的小区外，她都没有开口说过一句话。

陆星耀把车停在小区门口，一时间也真不知道是该好气还是该好笑，索性耍赖不给她开门。

两人就这么在车里僵持着，谁也不说话。

乔闪闪摸出手机，开始慢悠悠地刷抖音，刷了一堆乱七八糟的美妆、搞笑、萌宠视频。陆星耀也不说话，就那么好整以暇地看着她。两个人一个比一个沉得住气，直到乔闪闪手机上刷出一个健身男的视频。

陆星耀这下彻底坐不住了，一把夺过她的手机，感到前所未有的匪夷所思："你居然看这个？"

乔闪闪不吭声。陆星耀戳了戳她的脸道："说话。"

乔闪闪一把拍开他的手："你让我闭嘴就闭嘴，让我说话就说话，我不要面子的吗？"

陆星耀气笑了，锁了手机扔到一边，看着她的眼神带了几分无奈："就这点小事，值得你和我生这么长时间的气？"

"那你凭什么吼我？"

"我吼你了吗？"

"吼了。"

陆星耀沉默了会儿，淡淡道："你那么忙，没时间就应该告诉我，而不是把自己累病。还有，我要是不打电话，是不是生病的事你也不准备告诉我？"

"难道我很想生病吗？"乔闪闪的语气不自觉地带了点儿小委屈，"我为了你的事加班生病，你还要吼我，你自己说，你是不是很过分？"

被她谴责的目光看着，陆星耀心软得一塌糊涂，喉结滚了滚，没什么脾气地低下头："嗯，我过分。"

"你给我道歉。"

"对不起，我不该吼你。"

乔闪闪满意了："我可不是白给你干的，你得给我打钱。"

陆星耀被她逗笑了："小财迷，少不了你的。"

顿了顿，他靠在椅背上看着她："那你现在是不是应该解释一下，为什么不告诉我？"

乔闪闪眼睛转了圈："那个，时间不早了……"

她说着解开安全带，去拉车门，被陆星耀拽住后脖领，只好又坐回来，老老实实道:"那不是看你忙吗……"

"你怎么那么双标啊,乔闪闪。"陆星耀戳她的脑门。

乔闪闪捂着脑门没吭声,沉默了好一会儿才道:"陆星耀,《千秋》的剧本我看过了,写得很好,你要好好演。"

陆星耀认真地看看她:"真的不和我进组?我可以再帮你要个署名。"

乔闪闪忍不住笑了下:"虽然署名很重要,但编剧还是得靠作品说话而不是署名。再说我和这个《千秋》的编剧又没仇,横插一脚到别人的项目里,多不礼貌。"

"那有什么,这种事情圈子里多了去了……"

"陆星耀。"乔闪闪打断,"这种事情很多,不代表这种事情就是对的。如果编剧自己都不能体谅同行的话,还怎么指望别人能够体谅呢?"

陆星耀低低地"嗯"了一声,垂着脑袋的样子,像一只犯了错的大狗狗。

"而且我也不用去蹭别人的署名啊。"乔闪闪笑了笑,"我最近在接触一个超级大项目。"

"什么项目?"

"事情还没成之前说出来不太好,等我签了合同再告诉你。"

陆星耀被她得意的小表情逗笑:"看起来很有信心啊。"

"八九不离十吧。"乔闪闪实在是有点得意,忍不住透露了一点,"本来制作方那边觉得我履历太简单,怕我没经验不想选我的,但是梁荣老师在所有编剧团队交的改编方案里一下就选中了我的那版——对了,梁荣老师是制片方请来的审。"

乔闪闪口中的梁荣老师是业内超一线的大编剧。众所周知,编剧和作者虽然都是搞文字创作的,但编剧常常剧火人不火,而知名作者从某种程度上说可以堪比明星。

梁荣算是业内唯一一个实力和流量兼具的编剧,出过不少全民爆剧,名气也和知名作家相当,把商业化和艺术性平衡得非常好,有一群真情实感的粉丝,不少演员宁愿自降片酬也要排着队去演他的戏。

能得到这样的行业大前辈的认可,并有机会和他共事,参与同一个项目,得到他的指点,当然是一件值得炫耀的事。

"这么棒啊。"陆星耀揉了揉她的脑袋,"那我要是想上这部戏,到时候是不是还得找乔老师帮我内推一下?"

乔闪闪上下打量他一番:"看你表现咯。"

"那就跟我进组啊。"陆星耀睨她,"写剧本在哪儿不能写?我给你开工资,让你带薪写稿不好吗?"

"不好。"乔闪闪叹了口气,"陆星耀,你知不知道,自带编剧进组的演员名声很差啊。而且我也不能一直给你当跟组编剧,围着你转啊,我也有自己的规划。"

陆星耀没有吭声,沉默了会儿,才低低地"嗯"了一声。

察觉到他的低落,乔闪闪转头看他:"你不开心吗?"

"不是。"陆星耀笑了下,"今年魏总去带新人了,小曹也去负责别的工作了,有点不习惯。"

认识这么久,乔闪闪很少听陆星耀提到他的家人,就算她主动问起,他也会岔开话题,好像也没听他提起过什么关系特别好的朋友。身边陪他最久的也就是魏思杰和曹小北了,魏思杰从他签天鸿就开始带他,差不多带了他十年,曹小北也在他身边跟了四五年,他会觉得不习惯也正常。

每个人都有自己的路要走,乔闪闪也不知道该说什么,抬手轻轻揉了揉他的脑袋。

陆星耀转头看她,四目相对,他的眼睛炽热又明亮。

"闪闪,你还记得,你答应过我,要答应我一个愿望吗?"

乔闪闪有些茫然地"啊"了一声。

"《青春之夜》的后台。"陆星耀提醒,"别赖账啊。"

"哦。"乔闪闪想起来了,对上他的目光,心跳不知怎么忽然有点急促,"没想赖账。"

顿了顿,她轻轻咬了下唇,轻声问:"你……想让我做什么?"

锋利的喉结在脖子上滚了滚,陆星耀轻声道:"今年陪我过生日吧。"

乔闪闪犹豫了下道:"可是除夕我肯定要回家呀……"

"今年不过农历。"陆星耀打断,认真地看着她,"今年过阳历,好不好?"

他的阳历生日是二月十四,但这一天不仅仅是他的生日,还是——情人节。

见她一直不出声,陆星耀又问了一遍:"好不好?"

乔闪闪不知道是烧没退还是怎么的,脸颊和耳朵都粉粉的:"好。"

月底,陆星耀进组,乔闪闪则一直在忙着自己的大项目《完美人生》。

这个项目是一个国民游戏改编项目,先找了网文大神写了定制 IP,之后又找编剧进行改编。

整个十二月,乔闪闪都在开会改稿中度过。

一月初,新年将近,各行各业都开始放假。最后一次开完会,从影视公司的写字楼出来,乔闪闪看着阴沉沉的天,微微叹了口气。

刘绮拍了拍她的肩:"过年回家好好休息,我们和梁老师都很看好你的方案。但你也知道,片方的唐总想用自己的人,我回头会和平台的领导还有资方那边好好提一下的,你也不要太灰心。"

"嗯。"乔闪闪点点头,"谢谢绮姐。"

"谢什么。"

来接刘绮的车停在路边,她背好包说:"闪闪,上车吧,我送你一程。"

"不用了,绮姐,你先走吧,我还有点事。"

"行。"刘绮点点头,"有事就和我说。"

乔闪闪挥挥手,目送她上车走远,才穿过马路去坐地铁。

第二天早上要回家,趁着最后一天在北京,乔闪闪去了趟雍和宫。年底正是人多的时候,陆星耀打来电话时,乔闪闪正在排队。

听到她那边吵吵闹闹的,陆星耀问:"在哪儿呢?"

乔闪闪老老实实地道:"在雍和宫排队上香呢。"

陆星耀沉默了会儿,轻声问:"项目不顺利吗?"

"不知道。"

"什么叫不知道?"

乔闪闪微微叹了口气:"就是……绮姐和梁老师都说内容很好,但片方觉得我经验不足,还要再考虑一下。当然我觉得这个是他们的借口,他们可能还是想用自己的人。"

陆星耀在电话那头笑了:"不错,成长了。"

能不成长吗?这种事《关山月》就已经经历过一遍了。大项目谁都想来掺一脚,一个没有话语权的编剧很难,平衡的艺术要比内容更加重要。

"回家过年就别想那么多了,刘绮挺有能力的,你是她的人,她肯定也会帮你想办法。"

乔闪闪低低"嗯"了一声:"你呢?"

"过年剧组就放三天假,还要去录晚会。"

"这么辛苦啊?"

"还好,习惯了。"陆星耀听着电话那头的声音,笑了笑道,"都到雍和宫了,也帮我求一个呗。"

"你想求什么?"

"姻缘。"

乔闪闪耳朵微微发热,忍不住笑了:"这个就不用求了吧?"

"你确定?"

"嗯。"乔闪闪笃定地点点头,"我帮你求个别的吧,你想要什么?"

"哦,随便。"

最后乔闪闪帮他求了一个平安符,希望他来年健健康康、顺顺利利。

这一年就在雍和宫的钟声中彻底结束了,她这一年一共接触了七个项目,真正开机的,只有和莎莉大熊的《红桃K》,手里签了合同在做的有两部,有署名的播出项目依然为零。

这一年说不上好,但也没有那么坏。

至少她新认识了一帮朋友,还有了一个喜欢的人。

虽然他是像星星一样耀眼的大明星,虽然和他在一起,也许会面临很多很多的问题,但这是她第一次喜欢的人,她愿意为了他勇敢一次。

剧名：当你闪耀时
主演：乔闪闪×陆星耀
场次：Chapter 23.
剧集：至暗时刻

新一年的春天似乎比往年来得要格外早一些，刚进入二月不久，路边的白玉兰就开了，气温飙升到十几度。乔闪闪签完合同，从麦田影视的办公大楼出来，早春灿烂的阳光落在她带着几分雀跃的脸上，虽然过程波折，但《完美人生》这个项目终于还是被她拿下了。

刘绮搭着她的肩站在路边，一边打车一边道："走，想吃什么，咱们去庆祝一下。"

"今天吗？"

"今天有事啊？"

"我要去一趟杭州。"乔闪闪不好意思地笑了笑，"绮姐，等我过两天回来请你吃饭吧。能拿下这个项目，得好好谢谢你。"

刘绮也没问她去杭州做什么，只是捏捏她的脸："我们闪闪现在也是个忙人了。好，等你回来。"

两人在路边告别，乔闪闪打开陆星耀的对话框，本来想立刻告诉他这个好消息，消息都编辑好了，但在准备发送的瞬间，又有点犹豫。

算了，这么大的好事，还是当面再告诉他吧。

乔闪闪回家简单收拾了一下东西，打车去机场，起飞前，给陆星耀发消息，告诉他自己出发了。

飞机抵达杭州时是下午五点过。杭州今日有雨，天色灰沉沉的，空气阴冷潮湿。乔闪闪打开手机，依然没有收到陆星耀的任何消息。

她拖着行李箱往外走，期间给陆星耀打了两个电话没人接，又打给林乐天，依然没人接。乔闪闪站在航站楼外，正想着剧组是不是今天有什么事，突然收到微博推送的热搜——词条#陆星耀受伤#爆上热一。

乔闪闪脑子里一片空白，整个人僵在那儿，好半晌才点进热搜看消息。只有营销号发布的微博，称陆星耀拍戏受伤，已被剧组紧急送往上海医治，伤情不详。

广场上有粉丝在辟谣的，有等官方通知的，有知情人士爆料的，还有拍手叫好、诅咒陆星耀早点死的。这么大的舆情，可无论是剧组官微，还是陆星耀工作室，都没有出来辟谣发表任何声明。

再结合不管是陆星耀本人还是助理都联系不上，那只能说明一件事，陆星耀受伤是真的。

怎么会这样呢？明明一切都好起来了。乔闪闪有些茫然地想。

她一动不动地站在航站楼外，盯着手机看了很久，细雨被风吹着落在身上，外套头发都变得湿漉漉的。

好半晌，乔闪闪深吸口气收起手机，招手拦了一辆车。

乔闪闪拉开车门坐上去，司机问："去哪儿？"

乔闪闪："上海。"

司机不太想拉："不跑长途。"

"我出双倍的钱。"乔闪闪顿了顿，轻声道，"拜托了，师傅。"

司机还想说什么，看着后视镜中女孩苍白的神色，最终还是没有说出口，一边把车驶出停车场，一边絮絮叨叨地说着看她可怜才拉她，拉她这一趟有多不容易等等。

乔闪闪一句也没有听进去，面无表情地看着窗外飞掠过的景色。

很奇怪，她明明是一个共情能力很强的人，但她这会儿却并没有感觉到有多伤心难过，所有的情绪好像都被抽离了，整个人像被罩了一层玻璃罩，像一个冷眼的旁观者，和这个真实的世界隔着一层。

车子驶上高速后，乔闪闪从窗外收回目光，摸出手机给魏思杰打电话，整个人不自觉地发着抖，几次都拨错了号。

最后还是林乐天先打来电话："乔老师，我可能暂时没办法过来接你……"

"他呢？"不等他说完，乔闪闪先打断。

对面沉默一瞬，声音低落下来："还在抢救。"

抢救。乔闪闪感觉自己好像不认识这两个字了，听了，但是没懂。

"具体情况还不清楚，乔老师，你现在是在机场还是……"

"我在去上海的车上，你把医院地址给我。"

"哦，好。"

"魏总呢？"

"魏总在和剧方的人开会。"

挂了电话，乔闪闪疲倦地把脑袋靠在车窗上，感觉大脑一阵阵针扎似的疼，直到这会儿，眼泪才大颗大颗地掉下来。

天色渐渐昏暗，高速两边的路灯亮起。在抵达上海前，乔闪闪终于整理好自己的情绪。

下车的时候，医院门口守了不少狗仔，林乐天下楼来接她。

乔闪闪以前是很怕被拍的，但这会儿她完全没有心思去想那些，戴上口罩和帽子,就跟着林乐天上楼,闪光灯在背后此起彼伏。

进了电梯,乔闪闪摘了口罩问:"现在什么情况?"

林乐天:"已经从急救室出来了,但人还没醒。"

乔闪闪没再说话,盯着电梯电子屏上不断跳动的数字,微微出神。

电梯很快抵达陆星耀所在的楼层,这一层都是单人套房,安保也很严格,闲杂人员不得入内。

林乐天先带乔闪闪去护士台登记,才领着她去病房。

魏思杰正在会客厅里和人打电话,看到乔闪闪微微冲她点了点头,压着声音道:"陈总,星耀现在这个样子,您就说这种话,是不是有点太不近人情了?我现在可以明确地告诉您,您这个方案,我们这边不会同意的。"

即便他极力压制,也不难听出声音里的愤怒。

乔闪闪微微点头,算是打招呼,推开里间的门进去。陆星耀正安静地闭眼躺在床上,插着氧气,手上还挂着点滴,大概是不舒服,眉心微蹙着。

乔闪闪看了眼挂在床头的病例:肋骨骨折、髌骨骨折、腰椎横突骨折、胸椎骨折、脑震荡、血气胸、全身多处软组织挫伤⋯⋯光看着就知道他有多疼。

乔闪闪的眼眶又红了。她深吸了口气,压下泛滥的情绪,把手轻轻贴上他的额头。他这会儿还发着烧,皮肤滚烫,贴在她微凉的掌心。

她小声道:"陆星耀,你会没事的,对不对?"

乔闪闪默默擦了擦眼泪,坐在床边陪了他一会儿,等到情绪彻底平静下来,才起身从病房出来。

外间会客室,魏思杰正和剧组沟通。

乔闪闪在旁边听了会儿,剧组的意思是让陆星耀好好养伤,他们会找人改剧本,等后期让陆星耀回去补拍几个镜头。魏思杰显然对剧组的方案很不满,但还是压着火和他们据理力争。最后不知对面说了什么激怒了他,魏思杰冷笑着留下一句:"别忘了星耀是怎么受的伤!"然后摔了手机。

病房里都是魏思杰喘粗气的声音。

乔闪闪把他的手机捡起来放在桌上:"魏总,星耀是怎么受的伤?"

魏思杰沉默了一会儿才道:"张导看不上流量演员,有意给星耀一个下马威。"

本来就是挺危险的一场坠落山崖的动作戏,张导硬是让陆星耀拍了十几遍,到后来连道具组都麻木了,威亚忘记检查。其实就当时那个情况来说,陆星耀的伤算是轻的。也是他身体素质好,运动能力强,搁着一般人,不死也要残。

再联想到方才电话里,张导提议就着这场戏,直接让陆星耀这个角色"死亡",乔闪闪感到一种说不出的愤怒,忍了很久才没有让眼泪掉下来。

沉默了很久,乔闪闪问:"魏总,你还要让陆星耀回剧组吗?"

魏思杰疲惫地抹了把脸:"乔老师,我知道你是担心星耀,我也担心他,但是他现在的处境你可能不了解。娱乐圈比你想象的要残酷很多,他一旦掉下去，谁都能来踩上他一脚，到时候他就只有退圈这一个选项了。而且，这也是星耀的意思。"

乔闪闪知道这两年对陆星耀来说很关键，也知道他虽然流量大，但资源一直算不上很好，能接到《千秋》这样的项目很不容易。

而且刚刚听魏思杰打电话，剧组那边的意思是要改故事线。乔闪闪看过《千秋》的剧本，几乎立刻就猜到他们准备怎么改，无外乎是把陆星耀前期出演的所有戏份删掉，留几个镜头插在回忆里，一番大男主秒变十八番路人。

沉默片刻，乔闪闪道："可是就算他出院回到剧组，他髌骨和腰椎骨折，也没有办法继续拍摄。"

魏思杰道："我让医生安排了手术，等他醒了就能做。"

对于骨折，尤其是全身多处骨折的病人来说，手术治疗不一定比静养效果好。但魏思杰是陆星耀的经纪人，也是他多年好友，以乔闪闪和陆星耀现在的关系，她实在不好说什么。

乔闪闪想了想道："魏总，我的意思是，我之前看过《千秋》的剧本，既然要改剧本，不如就让我来。"

现在这个情况最需要剧组里有自己人，魏思杰瞬间打起精神："行。"

"有劳魏总把之前拍过的通告单发我一下，另外帮我和剧组沟通一下，我明天想和导演编剧开个会。"

"没问题。"

乔闪闪勉强弯了弯唇角："您也知道，我现在没什么作品，也没什么话语权，所以……"

"放心，你现在代表的就是星耀，你只管出方案，说服导演、制片的事交给我。"

乔闪闪又道："陆星耀的伤能不能先别急着做手术，我想请我爸爸过来给他看看。"

魏思杰犹豫片刻，虽然不太信任中医，但想到陆星耀嗓子上的老毛病就是乔闪闪家里给看好的，便点了点头。

乔闪闪几乎没有太多悲伤的时间，和魏思杰沟通之后，就给乔松青订了第二天一早来上海的机票，然后对着通告单整理剧本，写修改方案。

第二天乔松青到的时候，乔闪闪正和《千秋》剧组的主创开会，都没抽出空去接人。

中午休息的时候，乔闪闪和乔松青一起吃了顿饭，从爸爸口中得知陆星耀没有太大的问题，他已经为陆星耀安排了治疗方案，好好休养治疗，也不会有后遗症之后，一直紧绷的神经才算是放松下来。

下午送走乔松青，乔闪闪继续和《千秋》剧组开会，最终在制片人和投资方的支持下，说服导演接受了自己的修改方案。

忙忙碌碌一整天，该解决的解决了，该安排的也都安排了，乔闪闪订了个蛋糕,去医院看望陆星耀。

今天是他的生日,她答应过要陪他过的。

在此之前,乔闪闪想过很多次这一天要怎么过,可她从来没想过,会是在病房里,陪着不省人事的陆星耀。乔闪闪一个人唱歌、许愿、吹蜡烛,捧着蛋糕,坐在床边絮絮叨叨地跟他说着话,虽然床上的人并不会回应她。

病房窗外就是外滩的璀璨夜景,临近午夜,忽然有无数无人机升空,在夜幕中表演一场盛大的告白。

今天除了是他的生日,还是情人节呢。乔闪闪忍不住想,如果他没有受伤,会不会在这一天向她告白呢?

一整晚没合眼,乔闪闪实在有些撑不住,等到十二点一过,和魏思杰、林乐天打了声招呼就回对面酒店休息。

转身关门时,病床上陆星耀的手指微微动了动。

乔闪闪一觉睡到第二天下午,醒来时就看到魏思杰的消息,陆星耀已经醒了。乔闪闪澡都没顾上洗,随便擦了把脸就飞奔去医院。

赶到病房时,陆星耀刚做完检查。见她过来,魏思杰很有眼色地招呼林乐天和曹小北离开,把空间留给陆星耀和乔闪闪。

病房门在身后关上,乔闪闪走到病床边,想说什么,先红了眼眶。

陆星耀想拉拉她的手,但实在动不了,只好作罢,嘴唇微微动了动,忍着胸腔里绵延不绝的疼痛,低声道:"……别哭。"

"没哭。"乔闪闪连忙别开眼抹了把眼睛,隔了会儿,转回来看他,"我就是……有点生气。"

"气什么?"

"雍和宫一点都不准……"乔闪闪吸了吸鼻子,努力压制着声音里的哭腔,尽量让自己表现得轻松一些,"我明明帮你求了平安符的。"

"挺准的,我这不是好好的吗?"陆星耀弯了弯唇角,"都是小伤。"

陆星耀受伤算是娱乐圈的开年大事件,各种热搜轮番上,在各大平台热搜榜上挂了好几天。

什么小道消息都有,有说毁容的,有说他腿断了残疾的,又说他伤到腰,下辈子瘫痪在床的。

舆论沸沸扬扬,直到陆星耀的情况稳定下来,他的个人工作室和剧组官微发布了一条联合声明,称陆星耀目前情况稳定,不日将回剧组继续拍摄。

圈子里熟悉的不熟悉的都纷纷发消息问候,说要前来探望,陆星耀一概没理,通通回绝。

十天后,陆星耀出院,乔闪闪和他一起回剧组。虽然已经尽力低调,但还是被蹲守在医院门口和横店的狗仔给拍到了,连带乔闪闪也入了镜。

特别是其中一张照片，刚到横店，陆星耀连人带轮椅被抬下车。其余人去拿东西，乔闪闪推着轮椅往酒店里面走，陆星耀抬头跟她说话，她弯腰凑近去听，一缕长发从肩头滑落，正好落在陆星耀的脸上。两个人眼神相交，即便都戴着口罩，画面也有种说不出的暧昧氛围。

之后狗仔再次放出陆星耀出事当天晚上，乔闪闪提着行李箱匆匆赶往医院的照片，身形相仿，还有前来医院门口接她的林乐天为证。

网上舆论迅速炸了，所有人都在猜测乔闪闪的身份。

娱乐八卦，网友关心的无非就是那点事，更何况陆星耀今年二十七岁了，一直被嘲媚粉卖纯情人设，压根没人会信他没谈过恋爱。

这不？地下女友藏得再好，也有露出马脚的一天。

陆星耀的粉丝更是集体破防，其实从去年《青春之夜》晚会过后，就有人小号爆料陆星耀有女朋友了，甚至还上过热搜，但那会儿什么证据都没有，粉丝都不信，还跟着嘻嘻哈哈地玩梗。

但这回有图有真相，毕竟不是女朋友的话，怎么会第一时间赶到医院陪伴左右呢？尽管有理智粉呼吁大家冷静，但还是有情绪上头的粉丝宣布脱粉，在陆星耀微博评论区发表各种极端言论，甚至诅咒他。

还有更甚者，说他现在越来越糊，与其变成墙上的一摊蚊子血，还不如出事的时候摔死，成为大家心中永远的红玫瑰。

种种言论，可谓是触目惊心。

乔闪闪其实以前对这种事情没什么概念，她从小被保护得太好，很少能接触到真正的恶意，有时候看待事情有种天真的"理中客"。她总觉得世界是美好的，正常人永远占大多数，她甚至还为此"教育"过陆星耀，但她忘了，平和理智的声音永远压不住那些偏执、尖锐又疯狂的话语。

在陆星耀被攻击的同时，乔闪闪也不能幸免，开始有粉丝扒她的身份，对她的身材、穿着、长相进行审判，就连衣服、包包、行李箱的牌子都被扒出来，放在公众面前进行嘲讽。

到了这会儿，原本并不准备理会的陆星耀不得不让工作室出了一份声明。

声明两人只是工作伙伴，照片里的女士是请来跟组的编剧，两人并无任何暧昧关系，请广大网友不要擅自揣测，给当事人带来不必要的困扰。

乔闪闪毕竟是个素人，加上陆星耀之前保密工作做得好，仅凭几张模糊不清的照片，根本扒不到什么信息。而且深究起来，那几张照片里，两人并没有什么过分亲昵的举动。

舆论在工作室的有意引导下很快反转，不过是网络上一个供人八卦的即时热点，可对两个当事人来说，却远不止于此。

片场，难得的艳阳天。三月初的横店，气温升得很快，出太阳时能有二十多度，是四季里最温暖宜人的时候。

为了照顾陆星耀，片场里他的戏都排得少且松，每场戏之间都给了他充足的休息时间。

刚刚拍完一场戏，曹小北推着陆星耀下来。

乔闪闪没在帐篷里，而是在外面支了一张小桌子，抱着电脑出来晒太阳写稿，见两人过来，便招呼道："晒会儿太阳吧，能帮助补钙。"

听她这么说，陆星耀和曹小北也没进去，把轮椅停在她旁边，怕剧组里人多口杂，有人会偷拍，没敢离得太近。

其实陆星耀挺想和她说说话的，但知道她忙，也不好打扰她，就只能坐在旁边看剧本，偶尔抬起头看看她，趁她偶尔闲下来休息的几分钟，和她搭上两句话。

陆星耀曾动过帮她找两个助手的念头，乔闪闪告诉他，她已经找过了，手上的工作分了一部分出去，可即使这样，还是忙。

陆星耀是资方定的人，《千秋》的导演对他有意见，连带着对乔闪闪也颇有微词，每次剧本交上去都会挑一大堆毛病。

《千秋》确实不是乔闪闪擅长的风格，张导提意见，她就在一旁沉默地听。有道理的记下来回去改，没道理的忽略，再不满意就去请教《千秋》的编剧齐宸老师，改到满意为止。

最后连制片都看不下去，端着保温杯去敲打了导演一番："老张，你适可而止啊，进度还要不要了？"

张导看着新出的飞页不吱声。

"小乔能在这种情况下，把剧本写成这样不错了，你不能拿几年磨出来的剧本去要求她。"

齐宸也在旁边帮腔："要让我现场写，我肯定写不出。而且年轻人，确实有想法，加的一些东西我觉得挺好。"

"我至于为难一个小丫头吗？"张导脸上多少有些挂不住，"我还不是看她是个好苗子，跟着陆星耀可惜了，好好教教她嘛。"

张导说着对助理道："去，把小乔叫过来。"

导演助理来叫的时候，乔闪闪还以为这老头又要出什么幺蛾子，做了好一会儿心理准备，过去听他找碴儿。

没想到这回张导却没有鸡蛋里挑骨头，虽然语气态度称不上好，却仔细给她讲了讲她刚刚改完的那场戏问题在哪儿，教了她几个细节处理手法。

乔闪闪诧异地看了他一眼，张导立刻吹胡子瞪眼："看什么，我在教你该怎么写戏。"

乔闪闪"哦"了一声，语气平静道："我记住了，谢谢您。"

张导满意了："行了，回去再改改。"

乔闪闪没动，张导问："还有什么问题？"

"既然您教了我怎么写戏，那我也教教您怎么做人吧。"

乔闪闪尽量让自己的语气平静、客观，但压抑了很久的愤怒，还是让她的语言变得尖刻："如果您对陆星耀有偏见，不愿意和他共事，那您应该做的是拒绝拍这部戏，或者说服投资方换一个主演，而不是拿他的生命安全来发泄您的不满。

"我知道您是大导演，拿过奖有名气，但就像您经常挂在嘴边教训演员的，学演戏先做人——您作为导演，是不是也应该先学学怎么平等地对待每一个人呢？一个不爱护自己演员的导演，不配得到大家的尊重。"

其实今天这一番话，乔闪闪并非临时起意，而是忍耐已久。从知道事情真相的那一刻起，她就对这位业内知名大导演颇有微词了。

而从之后的沟通与回组后的种种表现来看，这位张导不仅对陆星耀没有一点歉意，还挺有意见，认为他受伤耽误剧组进度，认为要为了配合陆星耀改剧本，是对他"完美艺术"的亵渎。

一个剧组里，导演对一个人的态度和意见，会影响组里其他的人，而且《千秋》这部剧老戏骨很多，就算是年轻一代的演员，也大多是实力派，但资历和能力并不能与人品挂钩，总有那么几个对陆星耀态度微妙的。

尤其在陆星耀重新回到剧组之后，大概是察觉到他现在更需要《千秋》这个资源，而非剧组更需要他，剧组里的人多少对陆星耀有些怠慢。

乔闪闪不止一次听到剧组里有人在背地里讨论陆星耀这回是不是要糊了，没什么存货，又受了这么严重的伤。娱乐圈的变化向来很快，最近有几个新冒头的流量小生风头正盛，等他再出来，还不知道是什么情况呢。

乔闪闪算是头一次体会到了什么叫名利场，这人还没走呢，茶就要凉了。

乔闪闪从导演那儿回来的时候，陆星耀正拄着拐，被曹小北、林乐天搀着在空地上溜达。

适量的运动比完全静养更有助于恢复。虽然过程艰难，但陆星耀依然每天都坚持着动一动。

看到乔闪闪抱着电脑回来，陆星耀被搀着在轮椅上坐下，仰头看她："怎么去那么久？"

他说话的时候声音带点喘，眼神明显有些担忧。

乔闪闪蹲下看了看他的腿："导演给我讲戏呢。"

"没为难你吧？"

"那要是为难我了呢？"

"你得告诉我。"陆星耀皱了皱眉，"我让魏总去沟通。"

"你怎么像跟老师告状的小学生啊。"乔闪闪笑话他，顿了顿道，"魏总能做什么？去找资方？资方又不是居委会大妈，什么都管。"

其实资方才是最无情的，陆星耀要是真糊了，资方才不会介意是不是在吃人血馒头，会毫不留情地榨干他身上最后一点价值，把他吃得连骨头都不剩。

陆星耀额头上都是汗,被阳光一照亮晶晶的,乔闪闪很想帮他擦一擦,但也只能是想想,现在事情那么多,能不节外生枝就不节外生枝。而且陆星耀现在这种情况,根本不是公布恋情的时机,乔闪闪也并不想看到他再发布一些和自己撇清关系的声明。她能理解他的种种顾虑和考量,但那并不代表她不会觉得委屈。

"放心吧。"乔闪闪笑了笑,"这点小事我自己能解决。"

她去年一整年形形色色接触了不少人,每天的工作除了写剧本,就是和甲方斗智斗勇,再不长点心眼子就说不过去了。

曹小北去旁边接电话了,林乐天一向没有那么细心。

乔闪闪站起身道:"小林,你帮陆老师擦一下汗,再给他加件衣服,别着凉了。"

林乐天连忙应道:"哦,好。"

乔闪闪倒了一杯水,抱着电脑去一边写稿。

也不知道今天是不是出门没看皇历诸事不宜,格外倒霉,乔闪闪刚坐下没一会儿,正改着稿呢,一个人忽然从旁边撞了她一下,接着一杯咖啡从天而降,正好泼在她的电脑键盘上。

也是乔闪闪躲得快,咖啡溅了一些在她身上,但人没有烫到。

"哎呀,对不起小乔,我不小心没看到……"旁边传来道歉,但怎么听怎么假惺惺。

乔闪闪抬头,看到旁边站着的正是《千秋》男二号的助理——李杰。

只短暂思考了一秒,乔闪闪起身,端起杯子,把水泼在他脸上。

大概没有想到她会是这个反应,李杰整个人都蒙了,连打完电话准备赶过来帮忙的小曹都愣住了。

半晌,李杰抹了把脸,气急败坏道:"你干什么!"

"我也是不小心。"乔闪闪似笑非笑地盯着他,"真不好意思啊,小李。"

"你——"李杰想说什么,看着旁边冷冷盯着他的陆星耀,和旁边赶过来虎视眈眈的曹小北,最终还是讪讪地闭上嘴,转身欲走。

"站住。"乔闪闪喊住他,"道歉都不会吗?你们田老师就是这样教你的?"

剧组人多口杂,两人的争执早就引起周围的注意,乔闪闪这话一出,周围顿时一片窃窃私语。

田屿终于坐不住,赶了过来,先是装模作样地数落了李杰一顿,说他这助理刚聘的,不懂事,做事毛手毛脚,之后假惺惺地道了个歉:"小乔,真不好意思,你看今天这事闹的,真的对不住了。"

乔闪闪似笑非笑地盯着他:"田老师下次可得管好您的助理,毕竟我们陆老师现在有伤在身,知道的是您助理不小心,不知道的还要以为您对我们陆老师有意见了……"

"那绝对没有!这事儿就是个误会。"田屿连忙对旁边的陆星耀赔笑道,

"陆老师千万别放在心上,我绝对没有那个意思,小乔她太敏感了……"

陆星耀:"叫乔老师。"

田屿微微一哽,脸色有点不太好看,但很快又恢复如常,笑着改了口。

陆星耀这才"嗯"了一声,他坐在轮椅上,腿上还戴着支具,但懒洋洋地靠在那儿,跟坐在龙椅上似的:"不想让人误会,就不要做这种容易让人误会的事,小田,你说是不是?"

田屿:"是是是。"

"那我们乔老师的电脑——"

"我赔,我赔!"

这一个小小冲突不过是剧组里的小插曲,众人都散了后,乔闪闪擦了擦电脑,见还能用,没事人似的继续办公。而旁边的陆星耀和曹小北看着她专心写稿的身影,都有点发怵。两人无声地对视一眼,眉来眼去地交换着信息。

曹小北想起什么,在陆星耀耳边小声道:"对了,刚刚乔老师还骂了张导一顿,说要教张导做人,说他不配被人尊重。"

陆星耀盯着乔闪闪专心写稿的背影,做足了心理准备,才开口:"闪……乔老师。"

乔闪闪并未回头,打字的动作也没停。

陆星耀小心翼翼道:"你……心情不好吗?"

"没有啊。"

陆星耀:"没事,心情不好就说出来。"

"对啊。"曹小北也帮腔,"乔老师,你别一个人憋着,我们帮你一起想办法。"

"我心情挺好的。"乔闪闪莫名其妙地看了他们一眼,又回头写稿。

"那……是不是最近压力有点大?没事,你不用那么赶。"陆星耀道,"时间不够你就说,我去和制片协调。"

"不用。"

曹小北问:"乔老师,你不生气了?"

乔闪闪觉得这两人今天奇奇怪怪的,暂时合上电脑,转过身道:"我没生气啊。你们怎么了?好奇怪。"

陆星耀和曹小北对视一眼,曹小北打哈哈道:"没事没事,就是乔老师最近脾气渐长,我们有点不习惯。"

乔闪闪长了一张乖软的甜妹脸,平时也不喜欢和人起冲突,别人惹到她,她也很少报复,大多时候是默默远离。都说温柔的人一旦发火能吓死人,陆星耀和曹小北现在就有点被她的反差给震住了。

"你们说刚刚那个事啊……"乔闪闪笑了笑,随后微微叹了口气,"你们知道猛兽什么时候最凶狠吗?"

陆星耀、曹小北、林乐天齐齐摇头。

乔闪闪觉得自己像是给学生上课的老师，笑了笑道："受伤的时候。陆老师现在这样，他们明显是来试探底线的，我不表现得凶一点，他们后面就更会来欺负你了。"

乔闪闪说着，忽然俏皮地冲他眨了眨眼："你之前教我的，下次再遇到这种事就把水泼他脸上，我做得还不错吧？"

陆星耀喉结滚了滚，那张平时语不惊人死不休的嘴这会儿却一句话都吐不出来。好半晌，他才迎着她的目光，弯起唇角："出师了，乔老师。"

这天下午收工回酒店后，陆星耀开始挨个给自己的大咖朋友打电话。刚受伤那会儿，别人说要过来看他，通通让他给否了，这会儿主动让人过来探班。

不拘泥于演艺圈，什么歌坛的、时尚圈的、电视台的、品牌方的等等，但凡能叫上名字的，能来的都来了。

众人探班陆星耀这事儿连番上了一周热搜，也算是提前给《千秋》剧组预了个热，剧组官微每天都有合影发，各项数据在诸多待播剧里可以说是一骑绝尘，不管张导是怎么想的，反正制片和几个出品方是乐开了花。

搞半天是故意低调啊，不是真的糊了。

众人对待陆星耀的态度都变了些。

周时越拍戏忙，通告排不开，是最后一个来的。到剧组的时候，陆星耀正拄着拐在片场溜达，小半个月过去，他现在已经不需要人扶了，甚至不用拐也能走两步。

午后阳光烂漫，花草繁盛，乔闪闪支了一张桌子，在旁边晒太阳写稿。陆星耀总会"不经意"地从她身边溜达过去，次数多了，乔闪闪终于抬头看了他一眼。

陆星耀擦了擦额头的汗，正准备炫耀两句，看，我现在恢复得还不错吧？

就见乔闪闪"噌"地站起身，一脸惊喜地看向他身后："周时越？你怎么也来了？"

陆星耀缓缓转身，果然看见曹小北领着周时越过来了。

周时越走到跟前，冲乔闪闪笑了笑："我过来探班，看看他。"说着上下打量陆星耀一番，轻轻拍了拍他的肩，"恢复得不错。"

陆星耀："毕竟年轻呢。"

周时越正想说什么，副导演过来喊人，下一场是陆星耀的戏。

周时越饶有兴致地想看看他会怎么拍，乔闪闪也合上电脑跟上。剧组演员和工作人员纷纷和周时越打招呼，周时越笑笑颔首。

相比于陆星耀而言，周时越给人的第一印象要温柔好相处很多，但再想要深入攀谈，就会有距离感。

场记打板，周围安静下来，众人也没有再不识趣地和周时越搭话。他站在边上，一边看陆星耀演戏，一边偶尔小声和旁边的乔闪闪聊上两句。

乔闪闪："周时越，你新戏杀青了吗？"

周时越："还没有。"

乔闪闪轻轻地"啊"了一声，有些诧异地看了他一眼："那你这次是……专程请假过来的？"

"之前星耀没出院那会儿，我说去看他，他不让我来。"周时越笑了笑，避重就轻道，"他出了这么大的事儿，总得过来看一趟。"

其实陆星耀当时原话是这么说的："剧组那帮拜高踩低的狗东西，看我废了就要往我头上骑，快点过来给兄弟我撑腰。"

听他这么说，周时越就知道他没事，笑笑问："真废了？"

陆星耀咬牙："暂时。"

周时越慢悠悠地笑了声："你不是不让我来吗？"

"你哪那么多废话，到底来不来？"

周时越短暂地思考了两秒："不来。主要是，找人撑腰不是你的风格啊，陆星耀。"

"行。"陆星耀道，"不给我撑腰，也得给你的小粉丝撑腰吧？人家白喜欢你那么多年，你就是这么给人当偶像的？"

周时越当时还没反应过来，挺迷惑地问了句："谁？"

"你能别婆婆妈妈的吗？"陆星耀无可奈何地长出了一口气，"乔老师，我们乔老师给人欺负了！我现在护不住，你赶快过来，就当我欠你个人情。"

"行，我去跟统筹沟通时间。"周时越终于笑了声，"欠人情就不用了，就当我还你了。"

因此这会儿，周时越低声问："星耀在剧组的处境不好吗？"

乔闪闪笑了笑："还好，你们来探班之后好多了。"

周时越"嗯"了一声，看着正在镜头前演戏的陆星耀，说："他演戏进步挺大的。"

"你也这样觉得吗？"乔闪闪有些惊喜地看了他一眼，感觉像是自己被夸了一样，"他真的演得很认真，其实《关山月》也演得很好，只是……"

乔闪闪叹了口气，没有再说下去。如果《关山月》按时播出，《千秋》也好好拍完，陆星耀没有受伤，那该多好呢，可惜世界上没有如果。

两人说着话的工夫，制片已经过来了，笑眯眯地和周时越握手："时越也过来探班啊？"

"对。"

"以前不知道，你和星耀关系这么好。"

周时越笑笑不说话。

制片看看他，又看看乔闪闪："小乔，你和时越也认识啊？"

乔闪闪怔了怔，总觉得制片这话问得不单纯，话里有话。她正想着该怎么回，周时越先开口："对，正和乔老师聊档期呢，看乔老师什么时候忙完了，也给我写部戏。"

周时越这话说得无比自然,声音也不算小,周围不少人都听到了,包括之前故意找碴儿的田屿。

制片笑眯眯地应了声:"小乔剧本确实写得不错,之前还说等《千秋》播完了和小乔聊聊呢,现在看来得提前预定档期了。"

乔闪闪忙道不敢不敢,卫总客气。

三人互相吹捧一番,制片终于展露出自己的真实目的:"来都来了,时越,要不你也来给咱们客串一段?"

这两年陆星耀和周时越的交情好,虽然没有故意炒作,但两人都是大流量,"黄牛"代拍无数,几次约着出去玩,早已不是什么秘密。

陆星耀一场戏一遍过,这会儿从片场上下来,正好听到这话,挑了挑眉看周时越。

周时越笑笑:"我倒是没意见,就是不知道星耀愿不愿意。"

陆星耀道:"愿意啊,我有什么不愿意的。"

制片心里乐开了花,当即拍板定下:"行,那就小乔你来写,多给他俩设计点对手戏。"

说实话,乔闪闪还挺期待这两人的对手戏的,激动得一口应下:"好。"

周时越推着陆星耀的轮椅,乔闪闪抱着电脑跟在旁边,三人一起往陆星耀的专属休息帐篷里走。

陆星耀忽然抬头看了周时越一眼:"再帮个忙?"

周时越:"嗯?"

陆星耀勾勾手指,周时越有些无奈地俯下身听他说。

乔闪闪走了两步,发现二人没跟上来,回头,就看到他们在说悄悄话。她有点好奇地问:"你们在说什么?"

周时越直起身,推着轮椅跟上:"他求我——"

陆星耀用力清了清嗓子。

周时越看了他一眼,弯起唇角:"对戏的时候手下留情。"

陆星耀轻呵了一声:"我需要求你?"

乔闪闪当即打开笔记本:"你们想演什么样的?有想法吗?来说说。"

当天晚上,周时越探班陆星耀的热搜爆了,在营销号放出的九宫格偷拍中,正中间的一张赫然是周时越推着轮椅,弯腰和陆星耀说话的那张。无论构图还是姿势,都和乔闪闪、陆星耀之前被偷拍的一模一样。

原先还有一些对乔闪闪颇有微词的极端粉丝,这次是彻底闭嘴了。陆星耀地下恋情一事被转移了视线,再没人顾得上乔闪闪。

周时越在横店待了三天,三天后,他辞别陆星耀、乔闪闪,以及制片、导演,赶回剧组继续拍戏。

而陆星耀也抽空回了趟上海,进行他出院后的第一次复查。乔闪闪把片子发给了乔松青,又专门打了个视频和乔松青沟通。到底是还年轻,身体体质又好,陆星耀的恢复速度还挺出人意料的,腰椎和胸椎基本上好了,肋骨也长得不错,唯一还比较严重的髋骨,也恢复得比一般人快。

乔松青在视频那头问了陆星耀几个问题,陆星耀一一老实地答了。乔松青给他换了一张药方,又叮嘱了他几句注意事项,让他开始准备复健,平时多按摩伤腿,虽然肌肉萎缩不能避免,但能少萎缩一点是一点。

乔闪闪拿着纸笔趴在桌子上,细心地记下来。

她和乔松青视频的时候,陆星耀也在旁边和陆成发消息,他说话嘴欠,陆成忍不住发语音过来骂他。

乔闪闪挂了视频,就听见女声尖锐地喊了声"陆星耀"。

乔闪闪好奇地看过来,没等她问,陆星耀非常自觉地交代:"我妹妹。"

乔闪闪这还是头一次知道陆星耀还有个妹妹,之前从没见他提起过自己的家人,即便乔闪闪主动问起,他也会不动声色地转移话题,看得出并不想谈。包括这次陆星耀受了这么严重的伤,他的家人不仅没来看一眼,乔闪闪甚至没怎么听到过他们打电话,这还是头一次,陆星耀主动和她提起他的家人。

"你受伤了,你妹妹还和你吵架啊?"

"习惯了。"陆星耀垂头看了眼自己的腿,"那个死丫头一直这样。"

其实倒也不能这么说,小时候的陆成——哦,那个时候还叫陆橙,还是挺可爱的。陆成先天发育不良,从小身体就不好,小时候几乎是在医院里度过的。

那个时候,她每天的日常除了看书,就是守在电视机前等着看陆星耀演的电视剧。每次陆星耀回家,她都会一口一个哥哥地叫着,说哥哥好帅、哥哥最棒了、好想哥哥。

陆成出生那会儿,陆东川生意失败。陆成身体不好,常年住院开销很大,陶清萍只是一个中学老师,工资微薄,不仅要养活一大家人,还要给陆成治病,压力实在很大。

家里条件困难,陆星耀不止一次听到陶清萍和陆东川商量,要找一户人家把他送走。所以最开始,陆星耀是很讨厌这个所谓的妹妹的。

正好那会儿有剧组到他们学校取景,需要一个小演员,侯导一眼就相中了陆星耀,问他愿不愿意演戏。

那部戏他拍了十天,拿了两千块。十几年前的两千块,抵得上陶清萍大半个月的工资了。

后来那笔钱拿去给陆成交了住院费,陶清萍再也没提把他送走的事儿,陆东川也从这里看到新的商机,开始带着陆星耀闯荡娱乐圈。

陶清萍和陆东川也不能说对他不好,只能说陶清萍更爱陆成,而陆东川更爱钱。最初几年着实风光,人在生活优渥且不需要面对选择的时候,永远表现得宽容且温和。

陆星耀年少时险些被父母送走的那根刺,几乎要在这一日日的温水煮青蛙中给磨平了,直到郭可的那件事发生。

他一落千丈,声名狼藉,连带着陶清萍都被指指点点。陆成本身就因为生病而与众不同的外貌和那与周围人格格不入的智商,被周围人孤立,在陆星耀出事后,她更是遭到了校园霸凌。

那段时间,陆东川被圈子里的人哄骗,沉迷赌博,欠了一屁股债,隔三岔五就有来砸门的。陶清萍和陆成日日生活在担惊受怕中,陶清萍出现了一些精神问题,她没有办法再工作,看见陆星耀就歇斯底里,认为是他毁了他们这个家。

陆星耀走到哪儿都要被指指点点,承受唾弃和鄙夷,只有陆成,会甜甜地笑着抱住他,说哥哥最好了、哥哥没有错、哥哥不要哭、我最喜欢哥哥了。

陆成的长相随了陆东川,加上生病,肤色蜡黄,其实并不好看,但陆星耀觉得她就是世界上最可爱、最漂亮的小姑娘。

后来陶清萍和陆东川离婚,陆东川把他卖给了天鸿,自己不知所终。

陆星耀那会儿其实已经很厌恶娱乐圈了,但陆东川一纸合约,几乎断了他所有后路。为了给陆成和陶清萍治病,为了养家,除了拍戏,陆星耀一天要打好几份工。

那三年,几乎是陆星耀和陆成相依为命的三年。有时候陆星耀觉得陆成不是他妹妹,是他一手带大的女儿。

后来陶清萍病情好转,陆星耀一夜爆红,天鸿董事会大洗牌,给他更改了分成条约。本以为一切开始变好了,但没想到娱乐圈有人为了对付他,居然会把手伸到陆成身上。

那之后,陶清萍便带着陆成彻底出了国,这些年基本没有回来过,陆星耀用尽一切手段在网上抹去了陆成的存在,除了身边最亲近的人,再也没有人知道他还有一个妹妹。

当然,改变的还有陆成,她再也不会甜甜地叫哥哥,除了要钱,也很少会主动给他发消息、打电话。

察觉到他一瞬间低落下去的情绪,乔闪闪想了想,轻声问道:"你家里人都不来看你的吗?"

"我妹妹在国外念书,身体不好,我妈在照顾她呢。"

"那你爸爸呢?"

"很早就和我们断联了。"陆星耀笑了笑。

他不笑还好,他一笑,乔闪闪忽然有点说不出的心疼,但也不知道该说点什么。她想了想,故作轻松道:"好羡慕你妹妹啊,她一定长得很漂亮吧。"

陆星耀轻轻戳了下她的脑门:"想夸我帅直说,不用这么拐弯抹角。"

"对对对,你最帅了。"对上他的目光,乔闪闪一下笑了出来,随后微微叹了口气,"好想体验一下当大美女是什么感觉啊。"

陆星耀原本懒洋洋地靠在沙发上，闻言，轻轻捏了下她的脸："你也很好看。"

四目相对，他稍显锋利的眼角轻轻弯着，眼眸黑亮深邃，天花板上的射灯映在他眼中，漾着一层温柔的光。

乔闪闪不知怎么脸腾地热了起来，微微别开目光，盯着茶几上的花纹看。

"陆星耀，你妹妹多大了呀？"

"今年十七岁。"

"还是个高中生啊。"

陆星耀笑了，神色间多少带了点得意："那不是，她博士快毕业了。"

"啊？"乔闪闪呆滞地看着他。

"嗯，那丫头智商比较高。"

十七岁的博士，那是智商比较高吗？那是智商太高了吧！

乔闪闪羡慕嫉妒恨："你们家这是什么基因啊，也太好了吧！"

陆星耀轻扯了下唇角，不知道是不是乔闪闪的错觉，好像有那么一丝自嘲的意味。

他没有去接乔闪闪的话，笑了笑，随口转移话题道："有机会介绍你们认识……不过那个死丫头脾气很差劲，特别拽。"

乔闪闪眨了眨眼："比你还拽吗？"

陆星耀装作认真地思考了一番："比我拽多了，那丫头仗着智商高，谁都瞧不起。"

乔闪闪点头："理解。"

"理解什么理解。"

"我要是智商那么高，看周围人估计跟看傻子似的，那我也要眼高于顶，瞧不起人。"

陆星耀轻戳她的脑门："乔老师，你的想法很危险，对自己有点道德要求行吗？"

"开个玩笑嘛。"

陆星耀很配合地笑了笑："不过你放心，她一定会很喜欢你。"

乔闪闪眨了眨眼："为什么？"

为什么？陆星耀想起年后在巴尔的摩的那段时间，陆成看到他手机里乔闪闪的照片，这么多年，算是头一次和他达成统一战线。

当时陆成是这么说的："算你还有点眼光。你要是看上个没内涵的女明星，我才不同意。"

陆星耀敲她的小脑袋瓜："我需要你同意？"

陆成大怒，跳起来打他。但陆星耀动作多灵活、反应多快啊，陆成手刚抬起来，他人就已经躲开了。

后来两人的对话就变成——

"陆星耀,你好烦,你能不能滚回国?"

"不能。"

"不想看到你。"

"那你捂上眼睛别看。"

"我嫂子被人拐跑了你别后悔。"

"知道叫嫂子不知道叫哥?"

"也是,那个姐姐那么好,指不定人家还看不上你呢。"

于是陆星耀麻溜地滚回了国。

而很少主动给他发消息的陆成却开始隔三岔五地问"人追到了吗""还没有?怎么那么菜啊?还老吹自己大帅哥"。后来大概是去年秋天开始,陆成不问了,发了条消息,说"算了,看来你不行,我还是帮你一把吧",之后就没消息了,简直是莫名其妙。

从回忆中抽离,陆星耀望着她,轻笑了声:"因为,没有人会不喜欢你。"

四月中旬,陆星耀正式杀青。杀青当天,乔闪闪、陆星耀、曹小北、林乐天四人前往杭州,然后乘飞机回北京。

二月离开时,北京还是早春,道路两侧的行道树光秃秃的,连个绿芽都没有,等再回来,已经是晚春四月,艳阳高照,到处一片葱郁,初夏的气息已经触手可及。

乔闪闪先回了趟家,收拾东西,将房间打扫一番。眼瞅着到了下班时间,她给刘绮发了一条消息,约对方出来吃饭。

这几个月乔闪闪在横店,麦田的唐总本来当时就不想选她,当初是因为刘绮的坚持和平台领导的施压,最终才定了乔闪闪。结果她合同一签,人就跑了,还连着两个月没回北京,唐总对此意见很大。

《完美人生》这个项目进行得也很不顺利,这中间乔闪闪提交了五六版大纲,但唐总不是这不满意,就是那不满意,知道她回来的时间,立刻定了第二天的会议。

乔闪闪摸不准唐总的意思,因此提前约绮姐出来探探口风。

乔闪闪订了一家日料,提前半小时就在包间里等着了。她整理了之前全部的大纲和意见,正一边喝茶,一边思考,连刘绮推门进来都没听见。

直到杯子里的茶喝完了,正想添水摸了个空,一抬头,才发现刘绮已经在对面坐下了,这会儿正提起茶壶给她添茶。

乔闪闪连忙放下手机打招呼:"绮姐。"

刘绮笑笑:"可算回来了,看什么看那么认真呢。"

"《完美人生》的会议记录。"

"发现什么了?"

乔闪闪默默叹了一口气,老实地说道:"唐总每次提的意见都是和之前反着来的。"

刘绮一边拿菜单点菜,一边道:"所以说,你不用看,这不是你的问题,闪闪。"

刘绮点好菜把菜单递给乔闪闪,乔闪闪摆摆手,刘绮把菜单递给等候在一旁的服务员,服务员关门出去。

看乔闪闪不说话,刘绮想了想道:"你知道,在及格线和优秀到让人眼前一亮之间,存在着大量的中间地带,也就是说用谁都可以,几个亿的大投资项目,谁掌握了编剧,谁就掌握了话语权。"

"我知道。"乔闪闪蔫蔫道。

"所以唐总的意见纯粹是她的个人偏见,和你的内容无关,我和梁老师都觉得你的东西挺好的。"

所有人都对她说"你的东西挺好,写得不错",但项目进度却始终止步不前,乔闪闪多少有些沮丧。

刘绮想说什么,欲言又止,最后只是叹了口气:"闪闪,你还年轻呢,咱们这行有时候是需要一点运气,尽人事听天命就好。"

听到这话,乔闪闪开始有不好的预感,坐不住了:"绮姐,你的意思是……唐总她不会想要换编剧吧?"

"不好说。"刘绮谨慎地四处看看,随后小声道,"平台要换大领导,所以……你也不要太难过,我会尽量帮你争取。但你也知道,虽然平台是出钱的,但在面对这种老牌制作公司的时候,也强势不起来。"

乔闪闪点了点头,尽管心情沉重,还是挤出两个小梨涡:"我知道了,谢谢绮姐。"

饭后和绮姐告别,乔闪闪背着包,沿着人行道往家的方向走。大概是最近事情太多太杂,一下子压过来,压力大,睡眠少,她实在是有点累,本来以为和绮姐聊过以后会找到解决办法,但心情却更沉重了。

即便绮姐已经提前跟她暗示了,唐总并不是想要解决问题,而是想要解决她,但这晚回家后,乔闪闪还是针对明天开会可能会提的问题出了份提纲和方案,至少不打无准备的仗吧。

把一切准备好,关上电脑已经快凌晨,乔闪闪洗了个澡出来,才看到手机上陆星耀给自己发了好几条消息,没有什么要紧事,就是聊一些琐碎的日常。

乔闪闪沉甸甸的心情终于放松了一些,挑着给他回了几条。

没想到陆星耀还醒着,看到她终于回消息了,直接拨了个视频过来。乔闪闪接通了才反应过来自己还穿着睡衣,还是被顾时宜批评为小学生才穿的幼稚草莓熊卡通睡衣。

不等陆星耀说话,她挂断了视频。

陆星耀:怎么了?

乔闪闪回了条语音过去:"你怎么还没睡?"

"你不也没睡?"

乔闪闪语塞。

陆星耀问:"干吗挂我视频?"

"不方便接。"

"哪里不方便?"

乔闪闪支支吾吾:"房间很久没收拾了,有点乱。"

陆星耀笑了声:"还挺有偶像包袱的啊,乔老师。"

"不行吗?"

"行,当然行。我明天让保洁阿姨过去帮你打扫一下?"

"我自己可以请。"

"那不一样。"

"怎么不一样?"

"我这儿的阿姨打扫得特别好,得过全北京保洁比赛大奖的那种……"

乔闪闪靠在床头上听陆星耀胡扯,房间里没开灯,就床头开了盏小夜灯,昏黄的灯光晕出小小的一团。

乔闪闪轻声叫他的名字:"陆星耀。"

"嗯?"

陆星耀带着一点鼻音的声音像是就响在耳旁,懒懒的,很温柔。

乔闪闪微微晃神,到了嘴边的话,忽然有点说不出口了。等了半天没等到她的声音,陆星耀又问了一遍:"怎么了?"

"没什么,就想叫你一声。"乔闪闪笑了笑,"早点睡吧,早点睡,你的伤才能早点好。"

"那你也早点睡。"

"好。"

"晚安。闪闪。"

"晚安。"

挂了语音,乔闪闪靠在床头微微叹了口气,其实本来是想说有点累,想问问他,如果自己被换了怎么办。但想想还是算了,他现在伤都没好,只能待家里。之前听曹小北说,他有几个商务到期都没续约,娱乐圈日新月异,等他复工还不知道是什么情况呢,告诉他又有什么用,还是不传递负面情绪了。

第二天,乔闪闪起了个大早,赶往麦田影视开会。一个会一直开到下午五点过,影视公司快下班才结束。

好消息,唐总暂时还没打算换掉她,或者说还没有找到比她更合适的编剧。

坏消息,唐总又提出了新的意见和想法,与之前的五版大纲内容完全不同,可以说是一个崭新的故事了。

其实乔闪闪觉得挺奇怪的,当初找编剧的时候,说是想要看看编剧的想法和创意,让编剧不用拘泥于形式,自己出方案。最后在众多的方案中选择了她,不就说明片方是认可这个方案的吗?现在合同签了,片方却完全把之前的方案丢到一边,开始提一些毫不相关的天马行空的想法。

片方自己都搞不清楚自己到底想要什么才是最致命的,一整天的会议,乔闪闪都在试图劝说唐总把项目的方向定下来。

但唐总只是似笑非笑地丢给她一句你要是不愿意写的话,有的是人写。

所以乔闪闪妥协了。毕竟把她换了,片方还能找到无数个编剧,但《完美人生》这样的大项目要是在她手里黄了,可不是随随便便就能接到的。

下飞机的时候,乔闪闪说等忙完了给他打电话,结果陆星耀在家里等了快一个星期,除了第一天那个电话外,再没接到过,发消息她也回得晚,不仅晚,她还回得短、回得少。

陆星耀之前还很矫情地想过,她那么娇气,以后谈恋爱,他工作太忙了,没时间陪她,她会不会生气啊。现在看来,他才是被打入冷宫的那一个吧!

陆星耀忍了又忍,终于没忍住,在一周后,给乔闪闪发了条消息:今天腿好像有点肿。

这回乔闪闪回得倒是挺快:怎么回事?

陆星耀心情有点复杂,一时不知道是该感到悲伤还是感到高兴。他这边还没来得及回,乔闪闪的电话已经打过来了。

"你去医院看了吗?什么情况。"

陆星耀清了清嗓子,随口胡诌:"看了,拍了片子骨头没事,医生说是小林的按摩手法不对,让他别按了。"

乔松青之前教了一套按摩手法,乔闪闪特意给曹小北和林乐天教过。

曹小北倒是按得有模有样,但回到北京之后,他还有别的工作要忙,照顾陆星耀的事就主要交给林乐天了。

乔闪闪松了口气:"你今天是不是该换药了?我下午过去。"

陆星耀立刻应道:"我让小林去接你。"

下午四点过,林乐天出门接人,陆星耀心不在焉地坐在客厅的沙发上打游戏,连挂三把。

密码锁自动转动,房门打开,林乐天拎着大包小包进来,背着包包的乔闪闪跟在后面。

客厅里,陆星耀正转头看来,见她进来,喊了她一声:"闪闪。"

乔闪闪走过来,陆星耀正想起身,说我带你逛逛,乔闪闪已经在他身边蹲下:"我看看你的腿。"

"哦。"

陆星耀安安分分地坐好,任由乔闪闪把他的裤腿一点点卷上去。

陆星耀的腿其实很漂亮,长而笔直,线条流畅有力,就是最近瘦得厉害,乔闪闪觉得有点可惜。看到他的小腿确实有点肿,但也还好,乔闪闪微微松了口气,随后看到他腿上几个青紫的指印,默了片刻:"按摩干吗那么大力?"

陆星耀清了清嗓子:"小林他手劲大,要不……你帮我按?"

刚放下东西走进来的林乐天十分无语。

哥,你那腿明明是自己掐肿的好吗?

乔闪闪抬头默默看了眼林乐天。

林乐天想说什么,对上陆星耀的眼神,抓了抓头发,开口:"不好意思啊,乔老师,我不太擅长这方面……"

乔闪闪默默叹了口气:"没事。"

陆星耀丢给林乐天一个眼神,林乐天很上道地接着道:"那耀哥的腿……"

乔闪闪:"我来吧。"

"麻烦乔老师了!"林乐天一脸邀功地看向陆星耀。

陆星耀丢给他一个"你小子这个月奖金有了"的眼神。

毫不知情的乔闪闪站起身挽袖子:"小林,你帮我准备一下毛巾和热水,我去洗个手。"

没等林乐天应声,陆星耀先拉住她的手腕,说:"不急,我先带你在家里逛逛。"

"腿都肿了,逛什么逛?"乔闪闪道,"你先坐着吧,我给你换药。"

陆星耀乖乖"哦"了一声。

林乐天很快打了热水、拿了毛巾过来,乔闪闪把毛巾在滚烫的水中浸湿,拧干后,动作轻柔地敷在他小腿上。

陆星耀轻轻戳了戳她的脑袋:"不是说忙完了就过来的吗?我不给你发消息,你是不是就把我忘了?"

乔闪闪挥开他的手,抬头没什么威慑力地瞪了他一眼。

"这不是还没忙完吗?"乔闪闪看了眼时间,"我等会儿还有个会要开,把你书房借我用一下。"

"你怎么比我还忙啊。"陆星耀有点不满地嘀咕了一声。

"嗯?"乔闪闪没听清。

"我说——"陆星耀懒洋洋地拖长音,"随便你用。"

这天过后,乔闪闪开始天天上陆星耀那儿打卡,给他换药,帮他按摩。看得出他在家里待得实在难受,她也会陪他说说话,趁着无人的夜色,陪他在小区里走一走,有几次太晚了,就留宿在客房。最开始还会有些不自在,但次数多了就习惯了。

六月末的一天,乔闪闪约了莎莉去她的工作室开会,莎莉临时有点儿事要回老家,一大早就给她打了电话。乔闪闪最近熬夜写稿,睡眠严重不足,挂了电话就睡了一个回笼觉,等再起来已经是中午十一点多。陆星耀约了康复老师来家里,乔闪闪在吧台接水的时候,见到两人有说有笑地从健身房出来。

康复老师夸陆星耀恢复得很不错，说从来没有见过哪个病人能像他恢复得这么好，好好训练，完全能和没受伤一样。

陆星耀当时一边玩手机，一边懒洋洋地跟在康复老师身边，笑了声道："前期可不是白练的。"

他走路时的姿态动作完全正常。

康复老师在一旁附和："你现在走路和屈膝角度都没问题，左腿肌肉量补上来就行，今年内训练负重慢慢加，不要做冲撞类的运动就行。"

陆星耀懒懒地"嗯"了一声，抬头正想说点什么，正对上乔闪闪平静的目光。

陆星耀登时一怔，脸上闪过一抹慌乱。他想说什么，张了张嘴又闭上，一个字都说不出来。

四目相对，乔闪闪先收回目光。

陆星耀清了清嗓子，声音怎么听怎么心虚："你……今天早晨不是有事要出去吗？"

乔闪闪"哦"了一声，声音很平静："临时取消了。"

"那你吃饭了吗？"

"还没。"

"我给你做。"

乔闪闪没接这个话茬，端着杯子回房间。其实这段时间她压力一直很大，项目不顺利。陆星耀的情况也一直反复，每次好一点，就会出现新的状况。怕他会难受，乔闪闪虽然担心但也不敢表现出来，还想着让乔松青抽空来北京一趟给他看看。

可她万万没想到，陆星耀居然一直在骗她。

康复老师常年服务于明星、富豪等雇主，深知隐私对这类人的重要性，看到也要当没看到，不该问的别问。

因此这会儿，康复老师只是笑笑，便收回目光："陆先生，那我就先走了。下次时间约在周五，您看可以吗？"

陆星耀胡乱点了点头，这会儿哪顾得上跟他约什么时间，忙追上乔闪闪的脚步："闪闪！"

回应他的是面前"砰"一声关上的房门。

陆星耀心里"咯噔"一声，心想完蛋了，这回是真生气了——哄不好的那种。

陆星耀拍了拍门："闪闪，你开门，我可以解释。"

乔闪闪并不理他，陆星耀在门外急得像热锅上的蚂蚁，转了两圈，回自己房间拿了个首饰盒——原本准备在情人节送她的表白礼物。

其实他本来没想现在送，他想等七夕或者她生日，但这会儿也是病急乱投医了。

二十分钟后，乔闪闪的房门打开。这段时间，她从原本的偶尔住一次，到隔三五天住一次，再到如今，基本上晚了就习惯性在这边住下了。平时没觉得，但要走的时候，居然才发现留了不少东西在这儿。

乔闪闪面无表情地提着行李箱出来，陆星耀看看她，再看看被她握在手里的行李箱，故作轻松地笑了笑："你别生气，我……"

乔闪闪："让开。"

"闪闪……"

"陆星耀。"乔闪闪抬头看他，故作平静的神色终于有了裂痕，她用力深呼吸，平复翻涌而上的情绪，"你知道我最讨厌什么吗？"

"闪闪，你听我说……"

"我最讨厌别人骗我！"这句话乔闪闪几乎是喊出来的，随后眼眶一瞬间就红了，"你难道不知道我有多担心你吗？你不知道我最近很忙很累事情很多吗？骗我很好玩是吗？"

乔闪闪说着说着，眼泪就控制不住地往下掉。

陆星耀一瞬间慌了神，不知道该怎么办。他慌慌张张地捧住她的脸，帮她擦眼泪："对不起，闪闪，我没想要骗你。你那么忙……我就是想让你留下来……"

看她哭得停不下来，陆星耀感觉心口像被人开了一枪，疼得厉害。

他从口袋里掏出准备已久的首饰盒，微躬下身，看着她泪光盈盈的眼睛："闪闪，我就是想天天看到你，我喜欢你，我……"

终于听到这一声"喜欢"，但这会儿，乔闪闪感觉到的却不是开心，而是愤怒。

"你才不是喜欢我！"乔闪闪抹了把眼泪，把首饰盒用力砸在他的胸膛上，"你就是把我当大傻瓜耍着玩！"

乔闪闪说着，用力推了他一把，又用力踹了他一脚，拖着行李箱头也不回地走了。

陆星耀腿一软，扶着墙抽了好一会儿气才缓过来，苦中作乐地想，都这么生气了，也还记得他哪条腿受了伤，特意避开，说明心里还是有他的。

陆星耀追出去的时候，乔闪闪已经乘电梯下楼了。他直接走消防通道，他的腿虽然现在走平地没问题，但下楼梯时还是会隐隐作痛，更别说他走得急，步子也迈得大，从楼上下来腿就开始发软，使不上力。

这会儿正是中午，小区楼下人很多。

陆星耀怕上热搜，不敢喊她。他被骂没关系，但她不能被粉丝骂。陆星耀只能眼睁睁地看着她拖着行李箱头也不回地消失。

他有些颓然地在楼下花坛边坐下，平时装作腿疼，享受她无微不至的关心和担忧，可这会儿腿是真的疼，她却头也不回地走了，一眼也没有回头看他。

陆星耀微微垂下头，出门时走得急，手机也没带，鞋也没换，这会儿脚上就剩了一只拖鞋，剩下一只不知所终。

真狼狈啊。

陆星耀轻轻扯了扯唇角，感觉自己好像拥有把一切搞砸的能力。

林乐天拎着拖鞋找过来已经是半小时后，看到坐在花坛边上失魂落魄的陆星耀，松了口气："哥，你怎么一个人在这儿啊，吓我一跳，没有被拍吧？"

陆星耀抬头看了他一眼，没吭声。

林乐天之前出门买菜了，是在回去以后发现家里没人，打电话也没接，查了监控之后才出来找的人。

林乐天微微叹了口气，蹲下身把拖鞋放到陆星耀面前："哥，先回去吧。"

陆星耀"嗯"了一声："扶我一把。"

林乐天把他搀扶起来，看他走路一瘸一拐的，便道："乔老师又不在，咱不用再装了吧？"

陆星耀默默看了他一眼，虽然什么也没说，但林乐天也能感受到其中的压迫感，乖乖地闭上嘴，扶着他乘电梯上楼。

回到家，陆星耀立刻给乔闪闪打电话，头一遍被挂了，再打第二遍就是忙线，这是被拉黑了。

陆星耀默默盯着手机，打开微信给她发消息，打了一长串发送，系统显示消息被对方拒收。

有那么生气吗？当时拍《关山月》的时候吵架都没拉黑过他呢。

陆星耀仰靠在沙发上，手臂横在眼睛上，半晌，手机在掌心振动。虽然明知道不会是她，陆星耀还是撇过头看了眼。

果不其然，是魏思杰的电话。他本来不想接，但犹豫了一下还是接了。

电话一接通，魏思杰唠唠叨叨的大嗓门就在电话那头响起："我说你到底要休息到什么时候？马上就暑假了，片方那边说《你是我的唯一》快播了，问你什么时候能开始跑宣传。"

《你是我的唯一》就是陆星耀去年拍的那部都市偶像剧。

"你还是赶快出来工作吧，整天和乔老师在家里待着，不怕人家烦你啊？以前怎么没发现你还是个恋爱脑。我给你说啊，男人最有魅力的时候就是认真工作的时候，你说乔老师为什么喜欢周时越？还不是人家周时越……"

陆星耀面无表情地盯着天花板，魏思杰的絮叨在耳边嗡嗡响起，像苍蝇像蜜蜂，也像乱窜的电流。

半晌，陆星耀喉结滚了滚："帮我安排工作吧。"

原本还准备了一肚子话没来得及说的魏思杰："哟，情种想开了？不和乔老师在家里过二人世界了？"

陆星耀一言不发地挂了电话。他开始逐步恢复工作，有剧要播，要跑宣传，魏思杰又给他接了两个代言，看他适应得不错，又给他接了个慢综艺、杂志拍摄若干。

陆星耀渐渐从赋闲在家恢复到全国各地到处飞的工作状态。

仗着乔闪闪应该不敢微博拉黑自己，陆星耀只能用微博私信给她发消息，但怕她生气，也不敢多发，就每天汇报行程，偶尔会发发自己的心情，也不知道她有没有看到。

其中一站行程在西安，陆星耀拍了照片发给她，说自己到西安了。

当天晚上，乔闪闪把他从微信黑名单里放出来，发了个地址给他，语气冷冰冰道：自己去复诊。

是她家医馆的地址，之前去过一次。

其实陆星耀是第二天一早就要走的，但还是乖乖回了个"好"，然后让林乐天去改签机票。

陆星耀：我明天就去。

乔闪闪没理他。

陆星耀：下周回北京休息两天，一起吃个饭行吗？

这次乔闪闪回了，但只回了他一个字：滚。

剧名： 当你闪耀时
主演： 乔闪闪 × 陆星耀
场次： Chapter 14.
剧集： 爱是比时间珍贵的奢侈品

在陆星耀恢复工作全国各地到处飞的这段时间里，乔闪闪的心情很不好。

她先是从侯导那儿知道《关山月》的补拍出了点儿意外，年前没有办法播出了，至于什么时候能播出，谁也不清楚。

另一件事就是绮姐离职了。平台换了领导，刘绮之前跟的大领导因为贪污被抓了，新升上来的领导和他们不是一个派系的。职场里站队错误是不会有好的发展前景的，与其被新领导发配去坐冷板凳，不如带着漂亮的履历主动离职，还能体面一点。

刘绮离职当天，乔闪闪约她出来吃了顿饭。

刘绮有点抱歉，主动跟她讲了《完美人生》现在的情况："平台给《完美人生》专门成立了一个项目小组，到时候会空降一个总制片人下来，更具体的情况我就不清楚了，抱歉啊闪闪。"

"没什么抱歉的，绮姐太客气了。"

乔闪闪笑了笑，已经做好会被换掉的心理准备了。

看她这样，刘绮心里也挺难受的。乔闪闪为了这个项目付出多少，她心里很清楚，因此这会儿也只能安慰道："我会尽量帮你问问，你也可以找梁荣老师，让他帮你争取一下。"

"嗯。"乔闪闪不想再聊《完美人生》了，转移话题，"绮姐离职了准备做什么呢？做独立制片人还是？"

"我准备出国了。"

乔闪闪轻轻"啊"了一声，多少有些意外："是出国念书吗？"

"不是，是移民。"刘绮叹了口气，"这些年在北京打拼太累了，我男朋友已经在国外定居了，我准备过去找他。这两年国内影视出海挺火的，我连工作都看得差不多了。"

乔闪闪怔怔的，好半晌才问："那以后是不是就很少见面了？"

"是吧。"

"你去哪个国家啊，绮姐？"

"西班牙,以后来玩联系我。"

"好。"

气氛多少有些伤感了,这晚和刘绮告别后,乔闪闪一个人走在北京夜晚的街头。已经快到七月中旬了,即便是夜里,气温依旧热辣辣的滚烫。

这是她来北京的第五年了,五年时间,已经是她人生的五分之一了,本来以为多少都能有点成绩出来,可现在似乎还是什么都没有。

乔闪闪感受到从未有过的迷茫,以前无论是遇到怎样的困难,她都从没有怀疑动摇过自己的选择,即便是周佳怡那件事,她也只是不甘心。可是现在,她头一次开始怀疑,她的选择真的是对的吗?真的非要做编剧不可吗?图什么呢?

倒也不是完全没有好消息。

这段时间唯一的好消息就是她和莎莉、大熊一起写的那部《红桃K》播了,口碑不错,在豆瓣有 7.2 分,但播放量很低,有点小圈子里自娱自乐的意思。而且这部剧虽然她有署名,但到底还是莎莉和大熊的作品,她只是后来加入进来,协助了他们一段时间,虽然有署名,但并不能带来多少心理上的成就感。

七月底,暑期档竞争最激烈的时候,陆星耀去年拍的那部《你是我的唯一》播了。

这是陆星耀经历了《关山月》撤档禁播、养伤半年不露面后的第一部剧。粉丝热情空前高涨,在各大平台为陆星耀做数据。播出当晚,热度便一骑绝尘,在所有剧集中拔得头筹。

与《唯一》热度相悖的,是那一落千丈的口碑。工业糖精、剧情尴尬、三观不正,各种批判声纷至沓来,在众多网友的努力下,这部剧在豆瓣被打出了 3.9 的低分。

可即使如此,这部剧依然是暑期档最有存在感的剧,铺天盖地到处都是剧集的宣传。作为这部剧的男主角,陆星耀当仁不让。而这种偶像剧的宣传无外乎就是炒 CP。不炒真人也要炒角色,一时间到处都是双人采访、双人直播、双人扫楼等等各种活动。

而《唯一》这部剧虽然剧情尴尬,但 CP 却格外好嗑。其实陆星耀一直没有什么大热 CP,用网友的话来说,他这人眼里只有自己,拽得二五八万的,跟哪个女演员站一起都没有 CP 感,感情戏尴尬到让人脚趾抠地,完全看不到一丝爱意。但这部剧里,他的感情戏却意外演得很不错,像是突然"开窍"了似的。所以 CP 粉都嗑疯了。

和《唯一》同时期上映的,还有一部叫作《又是想你的一天》的小甜剧,热度远远比不上《唯一》,但小而美,口碑很好,后期踩着《唯一》营销,颇有点小爆出圈的趋势。

而这部剧的编剧,是周佳怡。

其实,乔闪闪已经很久没有想起过周佳怡了。她也不是什么爱和别人比较的人,可这会儿,看着周佳怡的剧播出上映,有口碑有热度,她却感到一种说不出的难受。

是不是她高估了自己?是不是她其实真的很差劲?

除了《完美人生》外,乔闪闪之前还接了三部剧,但不知是时运不济还是怎么回事,每个项目都状况百出。

一个是制片人酒后脑溢血去世,项目黄了。

一个是制作公司老板贪污被抓,公司倒闭了。

还有一个明明已经平台过会,但制片人不知怎么突发奇想,觉得这么好的剧本只是做个B级剧不划算,一定要努把力拿到A。

于是乔闪闪的噩梦开始了,改了几版,都卡在平台绿灯会。乔闪闪几次试图劝制片放弃提升评级的想法,先把项目做出来,但制片压根不听。平台对剧本的评级不光是内容,导演、编剧、IP、拟邀演员都是考量因素,没有资源和人脉的制片,根本不可能拿到好的评级。

乔闪闪和制片的分歧越来越大,项目推进艰难,她隐约感觉到制片人在找新编剧。果不其然,八月中旬,乔闪闪接到了制片的解约通知,她什么也没说,很干脆地签了解约合同。

九月初,《完美人生》项目组空降的总制片人也以她的风格和他们想要的不一样为由,跟她解约。好像是另一只靴子终于落了地,乔闪闪一直紧绷的神经彻底放松,整个人反而松了口气。

她觉得自己又成长了,去年《关山月》撤档禁播的时候,她还会号啕大哭,现在不仅不会哭,甚至还能笑出来。

从麦田影视的办公大楼出来,乔闪闪很有闲情逸致地去逛了趟超市,把自己的冰箱塞得满满当当。她最近迷上了做饭,在厨房里忙忙碌碌一上午,什么都不用想的感觉实在是太美好了。

其实也不是接不到项目了,依然有制片方来找。但乔闪闪却有些意兴阑珊,完全不想接。其实挺奇怪的,她以前是个非常有干劲的人,坐在电脑前写剧本对她来说就是世界上最快乐的事。但她现在却一个字也不想写,电脑都半个月没开过了,想到要写剧本就想作呕。

她现在的日常就是在网上搜集各种菜谱,花上一早晨的时间给自己做饭,中午睡个午觉,下午醒来,坐在窗边看着秋日的北京发呆,而到了深夜,停摆一整天的大脑开始异常活跃地思考——

她当初是为什么非要当编剧呢?为了自讨苦吃吗?

人为什么一定要去证明自己呢?回家混吃等死被人养着不好吗?

人为什么要活着?活着的意义又是什么呢?

乔闪闪知道自己的状态不太对劲,晚上想着第二天一定要去医院看看,但到了第二天又想,算了吧,好累啊,不想出门。

她就像是一块被彻底耗干的电池,什么都不想做,什么都不想想。

就连朋友联系她，她都懒得回消息，时间一长就忘了，等再想起来，已经是好几天以后……还不如不回。

她总有很多借口说服自己不去做任何事，一点点困难都会将她击倒。

敲门声响的时候，乔闪闪正在和顾时宜打电话。因为她老不回消息这事儿，顾时宜对她十分不满，专门打电话过来骂人，问她是不是不想要朋友了。

顾时宜的话又多又密，乔闪闪心不在焉地听着，偶尔回应两声。打开门，见到高高大大戴着口罩和帽子站在门口的人时，乔闪闪愣在当场，连电话都忘了挂。

"你说话啊！"顾时宜在电话那头抓狂。

乔闪闪愣愣地看着站在门口的陆星耀。其实这段时间，陆星耀回北京都会来找她，送礼物、发消息、约她吃饭看电影之类的。乔闪闪也说不好自己现在的状态是真的消气了，还是懒得跟他生气，但这会儿看到他，麻木不仁的情绪还是稍稍波动了一下。

四目相对好一会儿，陆星耀微躬下身，手撑在膝盖上，帽檐下一双黑亮的眼睛注视着她："楼道里有监控，不让我进去吗？"

乔闪闪这才反应过来，慢吞吞地"哦"了一声，让开门口的位置："进来吧。"

她转身去玄关柜子里给陆星耀拿拖鞋，顾时宜在手机那头小声尖叫："这么晚了，哪个野男人来家里找你？"

乔闪闪这才意识到电话还没挂，没什么情绪地说了声"挂了"，随后盯着鞋柜，发了好一会儿呆。她这儿没有男士拖鞋。

陆星耀关上门进来，就见乔闪闪站在玄关发呆。她一个人住，租的房子小，是个只有四十来平方米的公寓，这会儿两个人都挤在玄关，多少显得空间有些逼仄。

陆星耀摘了口罩和帽子，低头看她。她虽然平时话不多，整个人偏文静，但很有灵气，只是这会儿不知道为什么，看起来呆呆的，有种不同于以往的可爱。

陆星耀轻声问："怎么了？"

乔闪闪终于回头看了他一眼："没有你能穿的拖鞋。"

"我不穿也行。"

乔闪闪慢吞吞地"哦"了一声，关上柜子往客厅里走："你吃饭了吗？"

其实陆星耀刚刚应酬的时候吃了点，但想带她出去吃夜宵，便道："没有。"

乔闪闪开口道："我给你做吧。你想吃点儿什么？"

这段时间不管他怎么哄，乔闪闪一直对他不冷不热，陆星耀都做好要长期抗战的准备了，结果没想到她会主动提出做饭给他吃。陆星耀受宠若惊，但想着她忙，还是不麻烦她了。

陆星耀脱了鞋，跟在乔闪闪身后："不用了。这么晚了，出去吃个夜宵吧，或者点外卖也行。"

乔闪闪没吭声，靠在冰箱上转过头，目光幽幽地看着他："你是觉得我做的饭不好吃吗？"

"怎么会。"

陆星耀想说我不想你太辛苦，但对上乔闪闪的目光，却一个字也说不出来。

她其实没有什么太多的表情，那么安安静静看过来的时候，却让人觉得她好委屈，仿佛下一刻就要掉眼泪了。

陆星耀顿了顿道："那就煮点面吧。"

乔闪闪"哦"了一声，转头打开冰箱："番茄肉酱意面行吗？"

"好。"

陆星耀知道她厨艺不太好，她也说过不喜欢做饭，他还以为她准备拿酱料包的，所以当看到她从冰箱里拿出鸡蛋番茄和一盒没开封的里脊时，整个人都是疑惑状态。

"不用那么麻烦。"陆星耀走上前，"你随便煮点挂面就行，泡面也行。"

"不麻烦。"乔闪闪抱着一堆食材进了厨房。

看她如此兴致高昂，陆星耀也不好再劝，挽起袖子跟着她进了厨房："有什么需要我做的？"

"不用，你出去坐吧，一会儿就好。"不等陆星耀开口，乔闪闪已经把他推出厨房，把客厅里的投影打开，iPad解锁丢给他，"密码是我的生日。"

陆星耀转头，隔着一道透明玻璃门，看到她把散落的头发松松挽在脑后，露出一截洁白细腻的后颈，然后戴上围裙，很熟练地打了个结，宽松的家居服下掐出一截薄而细的腰身。

总感觉好像哪里怪怪的，但又说不出来。

手里的iPad"叮咚叮咚"响了两下，是消息提示音。陆星耀下意识地看了眼，才发现她的iPad登录了微信，这会儿正有消息进来。

顾时宜：是陆星耀吗？

顾时宜：好家伙，一回北京就找你，姐妹厉害！我原谅你不理我的事了。

顾时宜：他这么晚过来，你就没有什么想法？对了，我之前推荐给你的内衣你买了吧？

顾时宜：趁今天！就现在！上啊宝贝！睡了他！

已经是九月了，入秋之后，夜里一天比一天凉。

可这会儿，陆星耀坐在沙发上，夜风从敞开的窗外吹进来，他不知怎么却有点热。

陆星耀把iPad丢在沙发上，站起身走到厨房门口。乔闪闪把推拉门关上了，陆星耀敲了敲门，正站在流理台前切菜的乔闪闪回头。

陆星耀拉开门，目光克制地在四周扫了一圈，随后才落在她身上。他清了清嗓子，摸一把发热的耳朵尖："需要我做什么吗？"

"不用。"乔闪闪又转回去，"你去客厅坐着吧。"

陆星耀没有去，而是靠在门口，看她动作娴熟地备菜。厨房的灯光是温馨的暖黄色，显得她单薄的身影格外温柔。她微垂着头，一缕碎发落在她细腻白皙的后颈上。陆星耀的大脑被想要抱她亲她的渴望充斥填满。

他之前一直想等一个有纪念意义的好日子，等伤好了，等做好完全的准备，要浪漫，要有仪式感，可现在，胸口被滚烫炽热的情感充满，他觉得他没有办法再等下去了。

陆星耀走进厨房，乔闪闪已经把肉酱炒好了，这会儿正在烧水煮意面。陆星耀帮她把丢在水池里的几个碗洗了，转身靠在流理台上看她。

他清了清嗓子："你……怎么不给你朋友回消息？"

乔闪闪茫然地"啊"了一声。

陆星耀顿了顿道："你iPad登了微信，我不是故意要看你们聊天的。"

乔闪闪"哦"了一声："没事。"

随后拿过放在一旁的手机看了眼，看到顾时宜那一串虎狼之词后，乔闪闪沉默了。尴尬顺着脚心往头顶上爬，最近对一切外部情况都反应迟钝的乔闪闪感到久违的羞耻。

乔闪闪完全不知道该怎么面对陆星耀才好，有些慌乱地收起手机，压根不敢看他："那个……我朋友开玩笑的，她那人说话就这样，你别介意……"

"我没介意。"陆星耀打断她的语无伦次，"我觉得她的建议挺好的。"

没等乔闪闪反应，陆星耀把她手里的筷子放在一边，扶着她的肩让她转身面对自己。

陆星耀微躬下身，直视着她的眼睛："闪闪，和我在一起吗？"

乔闪闪默默地看着他。她觉得她应该是激动的、期待的、开心的，就像每个被喜欢的人表白的女孩子一样。可是这会儿，她不知道为什么，却完全开心不起来。

甚至在这一瞬间，她脑中闪过很多阴暗的念头，想到和他谈恋爱会遇到的种种困难。比如被偷拍，要为了他的事业在公众面前撇清他们的关系，成为见不得人的地下女友，还要被粉丝诋毁网暴辱骂；比如要看着他和别的女明星传绯闻，却不能说什么，毕竟那是他的工作。

乔闪闪觉得，自己可能也没有那么喜欢他。

毕竟她一直是个三分钟热度的人，可能以前喜欢过，但是现在不喜欢了，毕竟连她以前最喜欢的、坚持最久的写剧本，现在也会让她想要作呕。

四目相对，陆星耀目光专注，温柔期待下，隐藏着不易察觉的紧张。

乔闪闪微微别过脸，避开他的目光，看着"咕嘟"冒泡的锅，轻声道："水开了。"

看到她的反应，陆星耀微微愣了愣，心里轻轻"咯噔"了一下："闪闪？"

乔闪闪没看他，轻轻推了推他，说："厨房地方小，你先出去吧，饭很快就好了。"说完也没再管他的反应,连推拉门都关上了。

十分钟后,乔闪闪端着一盘煮好的意面出来,放在他面前:"尝尝,我最近手艺还不错。"

陆星耀看了她两眼,接过筷子:"好。"

陆星耀低头吃面,乔闪闪坐在旁边,看着被夜风吹起的窗帘发呆。两人都不说话,房间里的气氛沉默且压抑。

"你不吃吗?"半晌,陆星耀低声问道,语气自然,仿佛刚刚的一切都没有发生过。

"我不饿。"

陆星耀看了她两眼,单薄的家居服罩在她身上,显得空荡荡的:"瘦了。最近在写什么,工作很辛苦吗?"

她以前看起来也瘦,但主要是骨架小,其实人很健康匀称。但这会儿看着,感觉人都快要瘦没了,以前圆润的鹅蛋脸都变得尖尖的。

"还好,不辛苦。"

大概是觉得现在这个场面有点尴尬,乔闪闪打开iPad,随便选了一部电影,在投影上开始播放。是一部春节上映的喜剧片,剧情一般,但基调欢快,笑点很足,连带着整个房间的气氛都为之一松。

陆星耀没再说话,三两口把盘子里的面吃完,端着空盘子起身。

乔闪闪跟着起身:"给我吧。"

"不用,我来。"陆星耀避开她的手,去厨房洗了碗,帮她简单收拾了一下,再出来的时候,乔闪闪正靠在厨房门口的墙上玩手机。

客厅里充斥着电影欢乐明快的背景音乐和鸡飞狗跳的逗趣台词,陆星耀抽了张纸巾,一边慢条斯理地擦手,一边倚靠在沙发扶手上看她。

半晌,乔闪闪抬头,看到面前的陆星耀,微微愣了一下,才道:"弄完了?"

"嗯。"

"那……"

没等她说完,陆星耀先笑了下,偏头瞥了眼沙发示意:"正好这部电影我过年那会儿没来得及看,陪我一起看?"

乔闪闪"哦"了一声,关了灯,收起手机,走到沙发上坐下,陆星耀在她身边落座。房子本来就小,沙发也不算大,两人座,坐下后,两人间的距离瞬间被拉近。

关灯后,房间内顿时一片昏暗,只有窗外偶尔照进的一点灯光和投影上明灭闪烁的画面。

两人盯着对面墙壁上的投影,看似在认真看电影,其实都有些心不在焉。

好一会儿,陆星耀终于出声:"闪闪。"

乔闪闪心不在焉地转头看他。

昏暗的房间里,光影在他那张格外帅气的脸上闪烁变换:"刚刚的问题,你还没回答我。我喜欢你,要和我在一起吗?"

乔闪闪沉默了,陆星耀也不说话,像是一定要等到她的答案似的。

半晌,乔闪闪带着点迷茫地轻声喃喃道:"你喜欢我什么呢?"

"喜欢需要条件吗?"陆星耀不明白她为什么会问出这样的问题,"在这件事上,我们难道不是心照不宣吗?我以为你是知道的。"

乔闪闪又沉默了很久。她垂下眼,盯着地上的花纹,其实她现在一点也不想听他说这些,她好想逃。

大概是她沉默的时间太久了,陆星耀再次开口:"上次的事是我浑蛋,但我说的话都是真的,我……"

"陆星耀。"乔闪闪终于开口打断,"你别说了。"

陆星耀沉默地看着她,直到这会儿,终于意识到那一丝不对劲到底是什么。她太冷漠了,不管是主动提出给他做饭,还是拒绝他的帮忙,本质上都是不想和他有过多的交流。

可是为什么呢?陆星耀想不通,明明之前还好好的。

不等他再开口说什么,乔闪闪已经起身开了灯,她侧身避开他的目光:"不早了,我想休息了,你也早点回去吧。"

陆星耀喉结艰涩地滚了滚,沉默地站起身,走到她身边时,停下脚步,故作轻松地扯了扯唇角:"所以,这是拒绝吗?"

乔闪闪看着他,有那么一瞬间,感觉胸口像是被刺痛了。他那么耀眼、那么骄傲的一个人,现在却用这样小心翼翼又强颜欢笑的口吻问她,是不是在拒绝他。

乔闪闪说不出话,陆星耀轻轻戳了下她的脑门:"怎么这副表情,拒绝也没关系,我们还是朋友的对吧?"

乔闪闪艰难地"嗯"了一声。

陆星耀笑了笑,轻声问:"能抱一下吗?"

乔闪闪张开双臂,陆星耀上前一步,用力把她抱进怀里。

陆星耀并没有抱很久,他努力压下心中翻涌的情绪,低头轻轻吻了吻她的头发,随后克制地放手。

这天晚上,乔闪闪又一次失眠了,她拥着被子坐在窗边。今天不知是什么日子,月亮显得格外圆。凉薄的月色从窗外落进来,笼在乔闪闪身上。

她抱着膝,扭头沉默地看着窗外那一轮明月,看得久了,眼前出现层叠的重影,有一瞬间,她觉得那月亮仿佛就在眼前,触手可及。

乔闪闪试探着伸出手,手指碰上冰凉的窗玻璃,她猛地惊醒,回过神来,才发现不知道什么时候,眼泪已淌了满脸。她抹了把湿漉漉的脸,眼泪依然大颗大颗地往外涌。

月亮从来都不属于她,其实月亮一直离她很远。

乔闪闪后半夜才睡下，等醒来已经是第二天的中午。她脸也没洗，头发乱糟糟的，睡衣外面随意套了件外套下楼丢垃圾。

刚拉开门，就看到一个高大的身影倚在门口。

乔闪闪下意识退了两步，陆星耀直起身转头看她，他还穿着昨天那身，脸色有些疲倦，像是在门口守了一整晚似的。

乔闪闪张了张口，又张了张，喉咙仿佛被哽住了。她鼻子发酸，什么话都说不出来，明明昨晚流了那么多眼泪，可这会儿，在看到他的一瞬间，眼泪还是控制不住地往下掉。

陆星耀微躬下身，视线和她齐平，他伸手轻轻替她擦掉眼泪，半开玩笑似的调侃道："被拒绝的人是我，你哭什么？怕我跑了啊。"

乔闪闪越发泣不成声。

看她这样，陆星耀的心像是被什么揪着。他上前一步，把她搂进怀里："闪闪，我不会走，也不会给你压力。"

顿了顿，陆星耀道："我不该骗你，我应该站在你的角度，多为你考虑一点的。之前是我做得不够好，以后我会尽力做得更好一些，直到你愿意和我在一起。"

乔闪闪死死抓着他的衬衫，哭得整个人都在抖。

陆星耀什么也没说，关上门，安抚地拍着她的肩背。直到她的情绪平复下来，他微弯下腰，轻声问："闪闪，你是不是遇到什么事了？"

这天两人聊了很久，聊彼此的工作、行业生态。也是陆星耀头一次向乔闪闪讲述他的过往。他也曾沉寂过很久，不被理解、不被接纳、不被赏识，对于身处名利场的人来说，不过是家常便饭。甚至他还曾被陷害、被污蔑、被信任的人背叛，遭遇大规模的网暴，甚至是现实的暴力。

听着他用轻描淡写的语气讲述那些不堪的过往，乔闪闪的心都揪了起来。

最后，陆星耀说："闪闪，你只是太累了，给自己放个假，好好休息一下吧。咱们这行，是需要点运气。"

好像自从《关山月》撤档后，乔闪闪心里就有根弦一直绷着，如今终于不堪重负地断了。乔闪闪觉得，也许自己是应该好好休息一下了。

乔闪闪先是回家待了一个月，最开始是在家里睡觉，看乔松青养花。等有了一点精力后，她开始跟着裴瑞珍去学校听课，泡图书馆。

她仿佛回到了小时候。那会儿身体不好，很多事情不能做，在为数不多的娱乐方式中，她最喜欢的就是躲在裴瑞珍的书房里看书。诗词歌赋、名人传记、国内外名著，她什么都看，即使看不懂，也能抱着书啃上一整天。

文字是她探索世界的触角，也是她和世界沟通的方式。

图书馆泡多了，怕她眼睛不好，乔松青把她赶去医馆帮忙，她又在这里见到了市井生活，人间百态。

在乔闪闪回家休息的这段时间，陆星耀整理了一下自己的资产，把一些没有保值价值的豪车、豪宅卖了，拿了一笔现金流出来，让魏思杰注册影视公司。

为着这事，魏思杰苦口婆心地和他聊过好几次，工作室刚起步，如今行业寒冬，影视公司不赚钱是公认的事实。

"你真想好了？"魏思杰还想让他冷静下，"这么多钱砸下去，你就不怕赔掉裤子？要不还是等过两年行业回暖了再说？"

"投资有亏有赚，不是很正常，行业再不景气，不也有人赚钱。再说，这点钱我还赔得起。"

"以前怎么没发现你是个恋爱脑呢？"魏思杰忍不住吐槽，见他似乎心意已决，有点头疼，"这事你给乔老师说了吗？你就不怕她知道以后不愿意？"

"那就暂时不让她知道。"

"星耀，要是你和乔老师结婚了，我绝对不说什么。"魏思杰顿了顿，提醒他，"但是你们现在还没在一起，你给她投这么大一笔钱……是不是不太合适？"

陆星耀看着窗外的夜色，沉默了好一会儿，才苦涩地低声道："其实我对她一点也不好。"

"不是，你几千万上亿的钱都准备出了，还想怎么对她好？立个碑把她供起来？"

"我前两天才知道，《完美人生》的制片是田屿的表舅。"

魏思杰反应了一会儿，才理出这个人物关系。田屿是《千秋》的男二，拍戏时和乔闪闪有点过节，而《完美人生》又正好是乔闪闪之前很看重的项目。

魏思杰一时不知道该说什么，沉默片刻，摇摇头："陆星耀，你完了，你没救了。"

虽然一直知道陆星耀喜欢乔闪闪，也觉得乔闪闪是个不错的姑娘。但陆星耀的条件，可选择范围实在太广了，魏思杰从没觉得他非乔闪闪不可，但如今看来，恐怕他这辈子都要栽在乔闪闪手里了。

"爱是常觉亏欠。"魏思杰颇为感慨地拍了拍他的肩，"行吧，我也不劝你了，你自己想好了就行。"

十月初，温妍来西安见客户，和乔闪闪约着吃了顿饭。察觉到乔闪闪的状态不对，温妍索性腾出半个月的假期，陪她一起漫无目地在国内旅游。

旅行快结束的时候，乔闪闪忽然有了写下点什么的冲动。见她状态好转，温妍把自己的姐姐，影视圈内知名投资人——青桐影视的大老板介绍给乔闪闪。

接下来一周，乔闪闪把之前一部已经写了二十集剧本的都市爱情剧修改了一遍，重新写了大纲，在魏思杰的指导下写了项目书。

忙忙碌碌一周过去，乔闪闪按照约定时间，抵达约见的咖啡厅。

乔闪闪先到，拿着打印好的项目书，忐忑不安地等了十来分钟，那位顾总才姗姗来迟。

乔闪闪起身迎上去打招呼："顾总好。"

顾清潼点点头,看她一眼："你就是妍妍的同学,乔……"

"乔闪闪。"

顾清潼弯了弯唇角："听妍妍说,念书的时候你很照顾她?"

乔闪闪连忙笑了笑："互相照顾,妍妍对我也很好。"

两个人客气地寒暄了两句,走到座位上坐下。服务生问完要点的饮品后下去了,乔闪闪正准备说话,手机先响了。她的手机就放在桌子上,顾清潼瞥了眼,正好看到屏幕上显示陆星耀的名字,微微挑了下眉。

乔闪闪连忙拿过手机挂断电话："不好意思啊,顾总,忘记关静音了。"

顾清潼并没有在意,看了眼时间道："我等会儿还有事,你直接说吧。"

乔闪闪默默深呼吸,把打印好的项目书递给她,先做了一番简单的自我介绍,然后简要讲述了一下项目内容和自己对项目的构想。

顾清潼心不在焉地翻着项目书,不等她说完就抬手打断："项目我会交给公司编审部门的同事去审,能不能投,看部门审核结果。"

乔闪闪愣了愣,敏感地察觉到她大概是不太满意,有些低落。

服务生端了牛奶和咖啡过来,顾清潼端起杯子喝了口："不聊项目了,聊聊你吧。"

"我?"

"嗯。今年上映的电影你都看了哪些?"

乔闪闪不知道她问这个干什么,但还是老老实实地答了。之后顾清潼又问了她最喜欢和最不喜欢的都是哪些,让她谈了谈自己的感想,之后又聊了聊她从小到大的经历、看过的书追过的剧,直到顾清潼的手机响起。

她看了眼时间,收拾东西起身："我该走了。"

乔闪闪连忙站起身："顾总,我送你。"

往外走的一路上,乔闪闪都有些心不在焉,总觉得今天的见面和她想象的不太一样,她有心想说点什么,但一时却不知道该怎么开口。

大概是看出她的想法,等电梯的时候,顾清潼道："我不评价你的内容。对一个投资人来说,能赚钱的内容就是好内容,不知道你有没有看过郑德章老师的访谈。"

郑德章,年逾七十,是业内当之无愧的泰斗级大编剧了。

乔闪闪摇了摇头。

顾清潼笑了笑："你可以去看看,挺有意思的。现在的编剧总抱怨行业环境不好,编剧没有话语权,但郑老却说是现在的编剧入行门槛太低,能力太差,你怎么看?"

乔闪闪张了张嘴,一时不知道该怎么回答。

"现在有些编剧,不懂制片,不懂置景,不懂摄影,不懂导演,不懂表演,不懂剪辑，也拉不来投资，却想让别人都听他的，不听就骂别人不懂内容。"顾清潼嘲弄地扯了扯唇角，"凭什么？就凭编剧会写剧本吗？那资方为什么不买经过市场检验的IP？"

电梯到了，二人一前一后地走进电梯。

顾清潼淡淡道："如果你只是单纯地想创作，那我建议你去写小说。如果你还想留在这个行业，那你应该尽早明白，影视剧的拍摄是一种商业行为，你必须了解从立项到播出，各个环节和部门是怎么运作的，这方面你可以和妍妍多聊聊。"

乔闪闪有点回不过神来："谢谢……顾总愿意和我说这些。"

顾清潼笑看她一眼，漫不经心地问："你和陆星耀很熟？"

乔闪闪不知道该怎么回，最后只好避重就轻地说道："我给陆老师当过跟组编剧。"

顾清潼笑了笑，说："你要是能请动陆星耀来演这部剧的男主，我无条件给你投。"

乔闪闪愣愣地看着顾清潼，但顾清潼却没再说什么。正好电梯抵达一楼，电梯门打开，乔闪闪连忙和她道别，目送着她上车离开。

乔闪闪站在人来人往的街头，回想着顾清潼刚刚和自己说的那番话，半天都回不过神来。

一直以来，不只是她，包括她身边接触的绝大部分编剧，都有一个共识——那就是编剧只用对自己的剧本负责就可以了，在创作的时候考虑太多，会束缚自己。

成本？那是制片组需要解决的问题。场景太花钱？当然是置景美术和外联想办法啊。动作戏大场面太多，浪费时间，不好拍？导演想办法啊。

很多编剧从来没跟过组，写的东西难以落地，却要责怪别人魔改剧本。

而像乔闪闪这样跟组经验已相对来说丰富的编剧，依然对剧组的很多工作流程一知半解，更别说没跟过组的编剧。

剧本不是天马行空的文艺作品，而是各部门的拍摄说明书。

如果说演员的话语权来自号召力和开机后高昂成本的不可替代性，那么编剧的话语权来自哪里呢？一个没有经过市场检验的原创剧本吗？

尖锐的喇叭鸣笛声在耳边响起，乔闪闪恍然回神，才发现眼前停了一辆眼熟的路虎。她拉开车门坐上副驾，和陆星耀打了声招呼，整个人还有点恍惚。

这边不允许停车，陆星耀打方向盘换道，直到十字路口等红灯时，才转头看她："想什么呢，这么呆。"

乔闪闪回过神，微微叹了口气。

"怎么，不顺利？"

"也不是。"乔闪闪轻声道，"顾总指出了我的一些问题，我觉得她的话挺对的。"

陆星耀正想说什么，绿灯亮，他踩下油门，一边专注开车，一边伸手揉了揉她的脑袋："审美这个东西很主观，她不给你投资，我给你投。"

乔闪闪愣了下，转头看他。

当时做项目书的时候有预算这一项，乔闪闪压根不知道怎么算，只能找了一部品质类似的剧去问魏思杰，后来她在项目书上填的数字是七千万，陆星耀也知道。

七千万，并不是一笔小数目，可陆星耀的口吻却如此轻描淡写。

乔闪闪感觉胸口像是被人轻轻戳了下，她咬了下唇，轻声问："那我要是……赔了呢？"

"哪有那么容易赔？再说投资有盈有亏，不是很正常，给你投资不比A股靠谱？"

乔闪闪被他逗笑了，这人真是……

"暂时还不需要你。"乔闪闪轻轻吐了口气，"顾总说了，一切按公司流程走，让我等审核结果。"

陆星耀"嗯"了一声。

乔闪闪看着他，顿了顿道："她还说，如果你能来演男主角，可以无条件给我投资。"

"行啊。"陆星耀头也没回，"什么时候，我让魏总把档期空出来。"

乔闪闪眼眶微微一热，连忙转开眼，强忍住肆意泛滥的情绪："陆星耀，我骗你的，怎么我说什么你都信啊？"

一味把责任推给外界，固然可以宣泄怨气和不满，但那并没有什么作用，宣泄完了，问题依然得不到解决。

这晚和陆星耀吃完饭回家之后，乔闪闪没有再写剧本。这些年，她的剧本已经写得太多了，以至于其他的东西她都很少关注。

乔闪闪去看了郑德章前辈的所有访谈，又和温妍促膝长谈了一番。

温妍一针见血地指出了乔闪闪的另一个问题："闪闪，你太文艺了。"

乔闪闪大受震撼："我文艺吗？"

她不喜欢看慢节奏的文艺片，也不喜欢大道理，更不看什么赫尔博斯之类的，她从不觉得自己是什么文艺青年，她一直觉得自己挺接地气的，但她没想到温妍会这样评价自己。

"你知道真正不文艺的人是什么样吗？"温妍指指自己，"就是我这样的，人生最大的追求就是赚钱，然后躺平混吃等死。别说名著了，我连网文都不看，电影、电视剧都是乐子，从来不会在里面寻找什么意义，我这样的，才是大多数。"

顿了顿，温妍又道："而且闪闪，你没有发现，你最喜欢的电影电视剧都不是票房最高最热播的那一类吗？"

乔闪闪试图反驳:"但我很喜欢《泰坦尼克号》啊。"

"还有呢?"

乔闪闪又举例了几部名气蛮大的电影。

温妍"哦"了一声:"没看过。"

乔闪闪噎住。

"闪闪,这种叫好又叫座的经典,几年都不一定能出一部的,你不能用这个标准来要求自己。我觉得吧,就两条路:要么你完全不要考虑市场,就去冲奖;要么你就优先考虑市场,当然这只是我的建议。"

之后,乔闪闪又特意去拜访了侯导。侯导当年编剧转导演就是为了获得更多的话语权,让自己的本子和想法更好落地。

编剧不用精通各部门的工种技术,但必须了解,只有了解了,才能知道剧本上的内容是真的没有办法呈现,还是别人在糊弄你;只有了解了,才能在别人说拍不了的时候,去寻找解决问题的办法和方向,而不是高高在上地来一句我不管,剧本已经写好了,这是你需要解决的问题。

影视剧本来就是戴着镣铐在跳舞,除了老生常谈的审核外,时间、资金、技术,包括面向的观众、社会思潮都是,编剧必须在其中进行平衡和妥协。话语权是自己争取来的,而不是天上掉下来的。如果不满足于现状,那她就必须要做出改变。

侯导给她指了一条路:"你写个本子,去参加明年各大电影节的创投会,自己当导演拍出来,跟后期跑宣传,一个流程下来,你什么都懂了。"

乔闪闪直接愣了,这不是赶鸭子上架吗?

"可是……"乔闪闪有点迟疑,"我现在除了写剧本什么都不会。"

"难道你还想回去再上两年学?"侯导笑了笑,拍拍她的肩,"小乔啊,你知道你们这一代编剧,就是想太多、做太少。不会就去做,遇到问题就解决,当你把问题都解决了,你自然而然就会了。"

"我……真的可以吗?"

"影视行业最大的壁垒就是内容,编剧想转制片导演其实很容易,你不去做,怎么知道可不可以?而且这不是还有我嘛,拍《关山月》的时候白教你了?"

《关山月》拍摄的时候,乔闪闪除了给陆星耀讲戏外,就是坐在导演跟前盯监视器。她是个好奇心很重的人,遇到不懂的就会问,侯导看她感兴趣,也乐意给她讲。乔闪闪当时只当是长见识,没想到有一天会真的有用武之地。

从侯导这里回去以后,乔闪闪去搜索和了解了各大电影节召开的时间和资料。入行这么多年,她一直写电视剧,还没写过电影。虽然看起来差不多,但就剧本层面来说,电视剧更注重台词和人物关系,而电影则更注重画面和故事。无论是从题材选择还是表现形式上来说,都有很大的差别。

乔闪闪开始了没日没夜地看电影拉片,记录灵感搜集素材,看导演和灯光摄影的专业书,听北影的公开课。

时间一晃就到了年底。今年北京的冬天来得格外晚，一月中旬，北京下了第一场雪，皑皑白雪覆盖了整座城市，恰逢陆星耀回京春晚彩排，问她要不要去看雪。

乔闪闪问："去哪里看？你能约上故宫的票吗？我约不上。"

陆星耀："不去故宫。"

"那去哪儿？"

"你收拾一下东西，带上毯子和防寒的衣服，我回家换个车去接你。"

乔闪闪不知道陆星耀要带她去哪儿，也不是很在意，反正和他在一起，他什么都会安排好。

不一会儿，陆星耀开车接上她。两小时后，车子抵达目的地——一个位于长城脚下的露营基地。来之前，陆星耀已经订好了房间，是一个可以观星的套房，两个人一人一间。

在这儿睡了一晚，第二天一早，不到六点，两人爬长城看雪看日出。

七点过，太阳一点点从山间跃出。

乔闪闪之前去爬长城，觉得一点都不好玩，又累又无聊，到处都是人，还不如旅行纪录片好看。可是这会儿，起伏的山峦、巍峨的城墙、金灿灿的太阳和满眼的雪色，大自然真的很美。

乔闪闪趴在城墙上拿手机拍照。

陆星耀站在身后看着她，趁着她抬头时，低头亲了亲她的脑袋。

乔闪闪回头看他，陆星耀挑衅似的，又亲了亲她的脑门，然后把人拉进怀里抱着，跟她一起看远处一点点攀升的朝阳："喜欢吗？"

乔闪闪用力地点头："很喜欢。"

是喜欢眼前的景，也是喜欢身边的人。

这一年最后的记忆，定格在积雪的长城和金灿灿的日出。

整个春节都过得很快，眨眼就到了四月。北京电影节公布入围剧本名单，乔闪闪赫然在列。

接到组委会的电话时，乔闪闪激动得眼泪差点掉下来，第一时间和陆星耀分享喜讯。

不知道是不是应了那句"时来运转"的老话，自从接到北影节创投会初审通过的电话后，好消息就接踵而来。

先是青桐影视那边通知她提交的项目审核通过，让她去签合同。

接着又从侯导那得到消息，《关山月》的补拍终于完成，正在加紧后期，有望在今年播出。

乔闪闪再次开始忙碌起来，过了创投会初审，只是万里长征的第一步，接下来还有复审、路演和终审。

乔闪闪先飞去上海签合同，然后回北京参加创投会的训练营。

四月底，北京国际电影节正式召开，乔闪闪的原创剧本《共生》在数百个项目中脱颖而出，被评为本届北影节最佳原创剧本项目。

乔闪闪在魏思杰、侯导等人的帮助下接洽投资商，谈演员，组盘子，她甚至找了周时越来出演自己第一部电影的男主角。

五月底，在美国待了小半年的陆星耀终于回国，不满乔闪闪和周时越一起拍戏，陆星耀给自己挑了个男二号的角色。

八月，乔闪闪自编自导的第一部电影《共生》正式开机，拍摄地选在广西的一个小县城里。即便有侯导从旁协助，乔闪闪依然忙得脚不沾地，虽然和陆星耀同在一个组里，但几乎没什么交流的时间。

导演需要负责剧本、拍摄以及组里大大小小的事情。以前乔闪闪没实感，但现在真正参与到片场拍摄的过程中，才知道会面对多少问题。

头一个月她什么都不懂、什么都不会，累得想死，每天早晨闹铃响起，都会在被窝里先偷偷哭上五分钟再起床。压力实在太大了，全组那么多人，那么多事，都需要她来协调负责，还要保质保量地完成拍摄，而这还是在有侯导教导协助并帮她分担一多半工作的情况下。

直到第二个月，她才逐渐适应这样高压的工作节奏，并体会到当导演掌握创作话语权的乐趣。

等拍摄进度过半，她才渐渐变得没有那么吃力，但还远远谈不上游刃有余。

乔闪闪感觉自己在飞速成长，每一天都变得和前一天不一样。生活于她而言，不再是不见天日的牢笼，每一天都充实且珍贵。

适应了剧组的节奏后，乔闪闪终于给自己抽出点闲暇时间，直到这会儿她才后知后觉地发现，陆星耀似乎是家里有什么事，国内、国外两边跑，一个月里几乎有小十天不在剧组。

乔闪闪有些自责自己对陆星耀的疏忽，几次想问问他，但都很不凑巧地有事，反倒是陆星耀好几次见她晚上不睡觉，坚持等自己回来，让她好好拍戏，好好休息，别多想。

十一月初，《共生》正式杀青。

杀青当晚，剧组在县城酒楼举办杀青宴。《共生》是乔闪闪亲自参与制作的第一部戏，是她事业路上的里程碑，不管结果如何，至少这一刻，她感受到了满满的收获与成就。

因为开心，这一晚，乔闪闪毫无意外地喝多了，等到再醒来，已经是第二天中午。陆星耀已经在飞往旧金山的飞机上，他将在那里转机，前往巴尔的摩。

乔闪闪看着手机上陆星耀留给自己的消息，不知怎么，心里空落落的。

她忽然涌起一个强烈的念头，她想见他，她要去找他。

回到北京后，乔闪闪也没闲下来，她一边接触《共生》的后期团队，一边筹备着出国的事。

年底大使馆效率不高，等签证下来，已经是十二月底。

乔闪闪订好机票，出发前准备向魏思杰询问陆星耀的详细地址，没想到却先接到魏思杰的电话。

他的声音很疲惫："乔老师，星耀的妹妹不在了。他就这一个家人，你能不能去陪陪他？"

乔闪闪当时脑子"嗡"的一声，好半天没反应过来。这段时间，她一直和陆星耀有联系，但陆星耀什么都没说过，只是变得格外沉默了些，回复也很简短。想着自己马上要过去，乔闪闪也没有太在意。

"什么时候的事？他现在在哪儿？"半晌，乔闪闪一边匆匆拿钥匙出门，一边一叠声问道。

乔闪闪赶到陆星耀家门口时，正是傍晚，她按了门铃，整整响了三遍，都没有人来开门。

乔闪闪拿出手机给陆星耀打电话，等待音响了很久很久，久到她以为陆星耀可能不会接时，电话终于被接通了。

谁也没有说话，听筒里传来轻微的电流声，和陆星耀几不可闻的呼吸声。

隔了很久，他才开口，声音低沉沙哑："什么事。"

乔闪闪道："我在你家门口。"

手机里一瞬安静下来，似乎连呼吸声都听不到了，没人说话。隔了很久，陆星耀挂了电话。

乔闪闪站在门口等了十来分钟，眼前紧闭的房门终于拉开。

陆星耀穿着一身黑，不知道是不是刚洗了脸，刘海湿淋淋的，他靠在门框上，眼神漆黑空洞："你怎么来了？"

"我来看看你。"

陆星耀没吭声，像是有些走神，半晌回过神来，勉强扯了扯唇角："我没事，自己待两天就好。"

"你想一个人待着吗？"乔闪闪轻声问，"如果你想一个人待着的话，我就不打扰你。"

她正想说"只要你需要，我会一直在"，还没来得及出口，刚刚还强撑着若无其事站在那儿的陆星耀忽然弯下腰，好像一座山在眼前崩塌。

他紧紧抱着她，埋首在她脖颈间，近乎卑微地恳求道："别走。"

晚上八点过，天色已经彻底暗下来，乔闪闪解开被眼泪打湿的围巾，脱了外套，只穿一件薄薄的羊绒衫，她去卫生间洗了手。

脖颈处的皮肤微微刺痛——那是眼泪风干后留下的痕迹。

乔闪闪拿毛巾擦了擦，抬头看镜子，想到方才陆星耀抱着她说"闪闪，我没有家了"时的样子，心里就止不住地难受。

拿凉水泼了泼脸，乔闪闪整理好情绪，随后把毛巾拿温水打湿，拧干后出去。

陆星耀已经靠在沙发上睡着了，大概是不想让她看到他流泪的样子，一只手臂还压在眼睛上。

乔闪闪把灯光调暗，轻手轻脚地拿了毯子给他搭在身上，又把他搭在眼睛上的手臂拿下来，动作轻柔地帮他擦了擦脸。

也不知道他这一周是怎么过的，桌子上地上散落着糖盒、空酒瓶、各种各样的速食品包装和外卖盒，以及褪黑素和止痛药……整个房间乱七八糟，即便新风系统一直运作，空气里也充斥着一股说不上来的古怪气味。

乔闪闪打开窗户透气，又把客厅这一片的垃圾简单收拾了一下。

陆星耀是个很自律的人，认识这么多年，她从没见他喝过酒，吃过什么垃圾食品。在他受伤骨折那段时间，那么疼，他也没怎么吃过止痛药。

把一切拾好，乔闪闪坐在沙发边的地毯上，安静地注视着他。陆星耀大概很久没有好好休息过，这会儿睡得很沉。

乔闪闪轻轻摸了摸他的脸，又低头吻了吻他的额头。

她低声跟他保证："陆星耀，我们会有一个新的家。"

陆星耀醒来的时候，已经快十一点，满室温馨的灯光中，乔闪闪正系着围裙在厨房做饭。

听见动静，她回头冲他笑了笑："醒了吗？饿不饿？我煮了饺子，稍等一会儿，马上就好。"

陆星耀怔怔地看着她，有那么一瞬间，感觉自己好像是在做梦。

锅里的水开了，抽油烟机"嗡嗡"运转，乔闪闪掀开锅盖去下饺子，氤氲的水汽中，她的身影显得有些飘忽不定，似乎一眨眼就会消失。

陆星耀从沙发上起身，动作太急撞到茶几，"砰——"的一声闷响，他也没顾上，拖鞋都忘记穿，赤着脚急切地往厨房走。

乔闪闪听到脚步声转过头，还没来得及看清，就被紧紧拥进一个宽阔的怀抱，急切心跳在耳边响起。

她把手里的汤勺放在一边，安抚地拍了拍陆星耀的背："怎么了？"

陆星耀没吭声，下巴抵在她头顶，胸膛起伏，喃喃着："你没走？"

"我能去哪儿？"乔闪闪抬头看他，对上他有几分怔然的眼神，伸手揉了揉他的脸，"陆星耀，我不会走的。你也不是在做梦，我就在这里，很真实。"

陆星耀喉结滚了滚，闭上眼，轻轻抵着她的额头。

乔闪闪摸了摸他的脑袋，轻声道："去洗漱一下，过来吃饭好不好？"

"好。"

他这么说着，却没松手，埋首在她脖颈，汲取着独属于她的气息。直到乔闪闪轻轻推了推他，小声道："陆星耀，你再不松手，饺子要煮坏了。"

陆星耀松开手，站在旁边看了她好一会儿，像是在确定她不会消失，这才转身去卫生间。

等他再出来的时候,已经简单冲了澡,又换了衣服,整个人看起来精神状态好了很多。

乔闪闪把装了饺子的汤碗端到餐桌上,又拿了筷子,招呼正拿毛巾擦头发的陆星耀:"过来吃饭吧。"

陆星耀接过筷子,低声说了谢谢,在餐桌边坐下。

乔闪闪随意地和他聊些轻松的话题:"今天过来得太匆忙了,什么都没准备,随便煮了点速冻饺子。你有什么想吃的,我明天再给你做。"

陆星耀最近作息颠倒,其实这会儿没什么胃口,但因为是她做的饭,还是一口一口地吃完了。

吃完饭已经十一点多,看他估计很久没出门的样子,乔闪闪问:"我要下楼去扔垃圾,你要陪我一起吗?"

陆星耀穿上外套,戴上口罩和帽子陪她下楼。

扔了垃圾,乔闪闪也没急着回去,拉着陆星耀的手在小区花园里消食。两人的影子被路灯拉长,重叠在一起。

在楼下逛了大约二十分钟,两人上楼回家。看陆星耀似乎没什么睡意,乔闪闪调暗灯光,找了一部自然风光的纪录片,窝在他怀里陪他一起看。

纪录片不像电影充斥着悲欢离合,节奏安静舒缓,画面展现着自然与生命之美,很轻易地就让紧张的情绪舒缓下来。

乔闪闪原本还不时小声和陆星耀说着话,最后说着说着,自己先脑袋一歪,枕在陆星耀胸口睡着了。

陆星耀把电视声音调低,调整姿势,让她睡得更舒服些。变换的光影照在他脸上,他心不在焉地看着电视,想起陆成去世前,最后跟他说的那些话。

她从九岁后就再没叫过他哥哥,但这一次她却叫了。

她说:"哥哥,你好笨啊,我对你这么坏,你还要对我好……以后你不要这么笨地对别人好了,我走以后,你就别再和爸妈联系了。他们是我的责任,不是你的,我给他们留了钱,你不要再被他们绑架了。"

她说:"哥哥,一直没有告诉你,你在我心里,一直都是最帅、最厉害、最了不起的哥哥,但是我好没用啊,让你从小就为了我在外面奔波赚钱,这些年很辛苦吧?现在我解脱了,你也解脱了,以后去过自己的生活吧。"

她说:"告诉你一个秘密,我偷偷关注嫂子好久了。你的眼光终于好了一次,有她陪着你,我就放心了,你要对嫂子好一点哦。"

乔闪闪是被陆星耀吻醒的,不是什么火热的、暧昧的吻,他的动作急切莽撞又不安,仿佛是在确认什么似的。

乔闪闪还没有彻底清醒,唇被他的牙齿磕得有点痛,搂着他的脖子,安抚地摸着他毛茸茸的后脑勺,小声道:"陆星耀,我在,我在这儿。"

房间里的灯不知道什么时候被关上了，乔闪闪睁开眼，到处都是一片黑暗，只有陆星耀的怀抱和呼吸是真实的。她摸黑捧着他的脸，掌心一片湿热，她凑上去，轻轻地吻他的唇。

乔闪闪没接过吻，她想象中的初吻也和此情此景相去甚远，但这会儿，她却像是无师自通般，含住他的唇，舌尖探进他的唇缝里，接纳安抚他所有的不安。

唇齿间尽是咸涩的味道，好像连吻都变得悲伤起来。

乔闪闪轻轻喘息，从他唇齿间退开，于黑暗中一点点吻掉他脸上的眼泪。两个人谁也没有说话，紧紧相拥着，在不见一丝光亮的黑夜中接吻，亲昵的、依赖的、不带一丝情欲的。

乔闪闪完全不记得他们吻了多久，几乎一整夜都在接吻，好几次睡着又被吻醒，唇齿鼻息间全部都是陆星耀的味道和眼泪。

昏昏沉沉间，陆星耀好像在她耳边说了什么，好像是"我爱你"，又好像是"不要离开我"，乔闪闪记不清了。

再醒过来已经是第二天，乔闪闪摸过手机看了眼，已经快十二点。她猛地从床上坐起身，掀开被子下床，鞋都来不及穿就拉开门出去。

明灿灿的阳光从窗外照进来，陆星耀穿了身很温柔的米色卫衣和运动裤，这会儿正挽着袖子在厨房做饭，和昨晚死气沉沉的颓废样简直是判若两人。

他端着盘子转身，看到站在岛台旁的乔闪闪，问："醒了？"

乔闪闪愣愣地点了点头，迟疑道："你……"

陆星耀把菜放在餐桌上，走到她面前，两手撑在岛台上，将人圈在怀里，低头碰了碰她的唇："去洗漱，准备吃饭。"

接下来的一整天，乔闪闪暂停了手头一切工作，在家里寸步不离地陪着陆星耀。两个人一起吃饭，一起看纪录片，一起打游戏，陆星耀枕在她腿上午睡，乔闪闪念书给他听。

下午两个人一起做饭，一起下楼散步，一起看电影聊天，当然做得最多的还是接吻，随时随地，一个对视就能吻在一起。

晚上两人在门口接吻，互道晚安，回房间睡觉。时间越过十二点，平安夜到来，乔闪闪手机微微一振，收到一条新邮件。

谁会给她发邮件？

乔闪闪好奇地点开看了眼，发信人是 Aidra，是那个经常在微博上找她聊天的小粉丝。然而看到邮件内容后，她整个人都愣住了。

To 闪闪姐姐：

　　当你看到这封邮件的时候，我应该已经回我的仙女星了。你千万不要难过哦，虽然有很多的遗憾，但对我这样的人来说，也是一种解脱吧。

　　其实相比于姐姐，我更想叫你嫂子。但哥哥说你们还没有在一起，不知道你会不会喜欢这样的称呼，所以算了，还是叫姐姐吧，都怪我那个笨蛋哥哥太没用了。

说到这里，你应该已经猜出我的身份了吧？嘿嘿。

最遗憾的事大概就是没能看到你和哥哥幸福地在一起吧，虽然我早就在哥哥手机里见过你的照片。哥哥说你们还没有在一起是他的原因，但是我能感觉到你是喜欢哥哥的，对吧？

也许以我的身份说这些话会让姐姐你有些为难，但是哥哥他真的好喜欢好喜欢好喜欢你。他没有喜欢过别的女孩子，因为那个走极端的女生，他再也没怎么和女孩子接触过。所以别看他长得帅，但他真的不会和女孩子交往，如果他有做得不够好的地方，你多给他一点机会好不好？

所以，这个从两年前就一直关注她的 Aidra，就是陆星耀的妹妹？

乔闪闪愣愣地看着邮件，半天回不过神。屏幕往下拉，后面是一串语无伦次的英文和乱码，中间断断续续地夹杂着中文，不知道她是在怎样的情况下写下这封邮件的。

哥哥真的很可怜，他很小的时候就被亲生父母抛弃，爸爸妈妈虽然领养了他，但只把他当赚钱工具，对他一点也不好。他在娱乐圈吃了好多苦，那些粉丝对他也不好，还有我，其实我对他一直很坏。

我想把他赶出这个家，让他不要再管我们了，可他是个大笨蛋，我都那样对他了，他还不肯走。

姐姐，哥哥说你对他特别好，你教他演戏，给他治病，在他受伤的时候照顾他、保护他、陪伴他……姐姐，你以后能不能一直对他好啊？其实也不用太好的，你只用对他好一点点，他就很满足了。

眼泪不知道什么时候掉下来的，眼前的一切都是模糊的，她感到难以言喻的心痛。

直到这个时刻，才明白陆星耀嘴里那句"我没有家了"真正的含义。

邮件的最后，Aidra 说：

姐姐，之所以今天发这封邮件给你，是因为今天是我的十八岁生日，你能替我陪陪哥哥吗？他之前最大的愿望就是能给我过成年生日 Party，但是真可惜，我要让他失望了。

对啦，这些话姐姐你帮我保密好吗？就不要告诉哥哥了，我平时总是和他吵架，让他知道我说这些话，还怪难为情的，嘿嘿。

引用一句我很喜欢的作家的话，"死亡不是失去了生命，而是走出了时间"，能拥有这样短暂而灿烂的一生，我已经知足了。祝你和哥哥长长久久,幸福美满。

手机屏幕被眼泪打湿,乔闪闪擦了几次都没有止住。她下床出门,也没有敲门,径直推开主卧的房门。

落地窗边亮着一盏地灯,陆星耀坐在窗边的躺椅上,正不知道在看什么,听到声音转头,就见乔闪闪泪流满面地站在房门口。

陆星耀怔了怔,没等他说什么,乔闪闪已经走了过来,一步比一步急切。

等她到了跟前,才注意到被他拿在手里看的,是她当年送给他的那一罐折纸星星。

眼泪决堤,乔闪闪一句话也说不出来,扑进他怀里,用湿漉漉的唇吻他。

都说两个人最亲密的时刻不是在对方面前脱下最后一件衣服,而是在对方面前掉下第一滴眼泪时。

陆星耀没有问她为什么哭,像她昨晚做的那样,捧着她的脸,安抚地吻掉她所有的眼泪。

仿佛是一种仪式,他们在这两个唇齿相依的夜里,打破了所有的隔阂与距离。

两个孤独的灵魂依偎交融。

其实从周佳怡那件事以后,乔闪闪能明显感觉到自己给自己筑了一层壳,她不敢再毫无保留,她也开始权衡利弊,一种所谓的"成长"和"爱自己"。

她变得安全,却也因此变得孤独。

而这样短暂又漫长的一生中,总是需要一些如烟花般绚烂的、全力以赴的时刻,爱是比时间还珍贵的奢侈品,是勇敢者的游戏。

等乔闪闪的情绪彻底平复下来已经是后半夜,两个人都没有睡意,陆星耀抱着她半躺在床上,两人手拉着手依偎在一起。

乔闪闪轻声:"陆星耀,我认识你妹妹。"

陆星耀低头玩着她的手指,轻轻地"嗯"了一声,对她的话并不意外。以陆成的性格,她说偷偷关注,肯定不只是关注。

"她和你说什么了?"陆星耀问,"让你哭成这样?"

"这是我们的秘密,不能告诉你。"

陆星耀胸膛微微震了下,似乎是在笑。乔闪闪仰头看他,陆星耀低头在她唇上亲了亲:"她很喜欢你。"

"她也很爱你。"乔闪闪说着,推开他的手起身,"你等我一下!"

她去房间里拿了手机过来,重新窝进陆星耀怀里,虽然 Aidra 说邮件的事要保密,但没说聊天记录不能给陆星耀看吧?乔闪闪点开对话框,翻到最前面,拿着手机和陆星耀一起看。

"Aidra 是你妹妹的英文名吗?"

"嗯。"陆星耀翻着两人的聊天记录，唇角弯了弯，低声道，"她自己起的。"

"Aidra，象征着力量和勇敢。她一定是希望自己能成为一个强大得可以保护别人的女孩子。"乔闪闪枕在陆星耀肩上，感觉好像更了解她了一点，"真是个了不起的小姑娘。"

陆星耀忽然有点晃神，想起乔闪闪曾经也说过类似的话——"我也想保护身边的人，我不想一辈子被人保护。"

其实从某种程度上来说，陆成和乔闪闪挺像的，她们身上都有一种坚韧的、一往无前的勇气。

"陆星耀，"乔闪闪问，"能讲讲你妹妹吗？"

陆星耀回神，顿了顿才道："她……智商很高，自以为什么都懂，其实除了专业，什么都不知道，幼稚又别扭的小屁孩一个。"

乔闪闪笑了下，伸手划拉着手机屏幕："是吗？我觉得挺可爱的啊。《关山月》撤档那会儿她还安慰我呢。"

"她和我说话不是这样的。"

"那是怎样的？"

"尖酸刻薄、冷嘲热讽。"

乔闪闪想起 Aidra 说她对陆星耀很坏，说想要赶走他，让他不要再管那个家，心里像被什么堵着，一时说不出话来。

Aidra 说陆星耀是被领养的，她不知道陆星耀知不知道这件事。

因此这会儿，她也不知道该说些什么。

沉默了好一会儿，乔闪闪从陆星耀手里抽过手机，找到之前 Aidra 说起自己哥哥的一段对话给他看。虽然说着哥哥是大笨蛋，但字里行间都是满满的关心，乔闪闪当时还调侃这个别扭的小姑娘，说你一定很爱你的哥哥。

"陆星耀，也许她是有自己的原因。"乔闪闪轻声道，"她生病了，最担心的人就是你。"

陆星耀沉默地看着那段对话。

想到拍《共生》以来对他的疏忽，乔闪闪有点难过："抱歉，我应该多留点时间给你的，我……"

陆星耀转头吻住她的唇，所有未出口的话都被堵了回去，他用了点力，轻轻咬她的唇："别道歉。"

亲了好一会儿，陆星耀把她搂在胸前低声道："橙橙还小，很多事她不懂，只是从她个人的角度出发，不管她和你说了什么，你都不用放在心上。"

乔闪闪愣了愣，才反应过来，他是误会了，以为陆成对她提了什么不合理的要求。但其实并没有，Aidra 连让她对陆星耀好一点，都只敢小心翼翼地说"你也不用对他太好"。

沉默了会儿，乔闪闪轻声道："没有，她很懂事的。"

懂事到嫂子都没有叫，只叫她姐姐。

"陆星耀。"乔闪闪抬头看他,"你以后,还和你父母联系吗?"

"不了。"

他的语气冷淡又果决。乔闪闪犹豫了一下,没头没尾地问道:"你知道的,对吧?"

"嗯。"

"什么时候知道的?"

"橙橙出生的时候。"

原来那么早以前就知道了啊,乔闪闪忽然有点心疼。她捧着他的脸,轻轻亲了亲他的唇:"以后我来当你的家人。"

这个夜晚,两人抱在一起,说了很多的话,聊彼此的童年和学生时代的往事。那些曾经陆星耀不愿意触及的话题,但在这个夜里,他却自然而然地向她敞开了心扉。

"不是橙橙说的那样。我小时候,爸妈对我挺好的,家里条件也不错。"陆星耀搂着她淡淡道,"后来我爸做生意失败,橙橙刚出生,身体很差,我妈一个人养整个家,压力很大。"

所以那个时候,他们商量着把他送走,也不是不能理解。

"所以你才那么小就开始拍戏吗?"乔闪闪问。

"嗯。"

"那后来呢?"

"最初几年挺风光的。"陆星耀笑了笑。他从小就是孩子王,出道以后更是年少成名,少年轻狂,走到哪里都风光无两,那个时候,他觉得自己就是全世界,无所不能。

"后来……我不懂事,得罪了人。那个年代,娱乐圈比现在乱得多,他们不光要让我身败名裂,连我家里人都受到牵连,我妈没了工作,我爸被骗欠了一屁股债,橙橙在学校被孤立被欺负。"

陆星耀的语气轻描淡写,但乔闪闪依然能听出这短短几句话背后的惊心动魄。

"我妈大概从那个时候开始就有点恨我。再后来,我爸为了躲债跑了。最难的时候是侯导拉了我一把,再后来的事,你应该都知道了。"

互联网飞速发展,微博横空出世,一个新的时代来临了。虽然无数人都批判诟病内娱的流量时代,但这一刻,乔闪闪忽然很感激,感激时代的发展与变迁,给了陆星耀这样一个挣脱束缚的机会。

乔闪闪撑起身子看他,陆星耀大概是有点困了,眉眼间萦绕着淡淡的倦色,但依然耐心地陪她聊天。

四目相对,陆星耀轻轻捏了把她的脸:"看什么?"

"看你。"乔闪闪毫不吝啬赞美,"陆星耀,你是天生的大明星,只要站在那里,就会闪闪发光。"

陆星耀笑了声:"乔老师,你以前当黑粉的时候,可不是这么说的。"

哪年的老皇历了,怎么现在还提?乔闪闪赧然:"你怎么还记仇啊?"

陆星耀一手枕在脑后,一手搂着她的腰:"就是好奇,我比周时越差在哪儿了?你粉他不粉我。"

乔闪闪翻了个身躺下:"不说了,睡了。"

"不行,你今天必须给我说清楚。"陆星耀不依,长臂一伸把人捞过来,冷哼了一声,"我当年比他红多了吧?怎么,是我这张脸不能吸引你吗?"

乔闪闪没忍住,"扑哧"一声笑了出来,伸手揉他那张帅气的脸:"你怎么这么可爱啊,陆星耀?好像个小公主哦。"

"谁是小公主?"陆星耀语气很不爽。

"星星公主。"乔闪闪笑眯眯地亲了他一口,对上陆星耀暗沉的眼眸,连忙哄,"就是太帅了啊,帅得太耀眼、太有锋芒了,让我这种普通人自惭形秽,吃不到葡萄说葡萄酸。"

陆星耀闭上眼睛哼道:"花言巧语。"但嘴角却微微翘了翘,"现在吃到了,还酸吗?"

"特别甜。"

"那再亲一口。"

乔闪闪凑过去含住他的唇,陆星耀明明是个很有棱角的人,但他的唇和他的心却柔软又火热。

乔闪闪有些意乱情迷,她捧着他的脸退开一点,看着乖顺地躺在那里,眼神同样透出几分迷离的陆星耀,轻喘着气,轻轻啄吻他高挺的鼻梁鼻尖,一路吻至唇角,还想再亲,陆星耀却偏头躲开。

他用力把她揉进怀里,下巴抵在她的头顶上用力蹭了蹭,低声道:"不能再亲了。"

乔闪闪晕晕乎乎的,还有点没反应过来,傻乎乎地问了句:"为什么?"

陆星耀没吭声,唇用力地贴在她脑门上几秒:"睡吧。"

这会儿天都快亮了,乔闪闪也是真的困了,闭上眼睛没一会儿,人就彻底迷糊过去。

听着她逐渐平稳的呼吸声,陆星耀低下头,小心翼翼地亲了亲她的额头。他轻轻笑道:"你才不普通。"

陆星耀从小外形优越,加上年少成名,受尽追捧,其实心气儿很高,当初想退圈也没有别的什么原因,就是钱赚够了。名利场打滚十几年,看多了人性丑恶的一面,觉得实在是没什么意思。

以前魏思杰问过他,一直不谈恋爱是不是因为郭可那件事,有心理阴影,其实真不是。凭他的条件,想要什么样的女人没有?长得漂亮的,身材好的,有钱的,喜欢他的……但是有什么意义呢?长相、身材和钱,他一样都不缺,他有他的骄傲,要谈恋爱就要谈最好的。

魏思杰之前总劝他,说这世上不存在纯粹的感情,让他不要总想不存在的东西。但现在不是就被他找到了吗?

从小在名利场打滚,经历过鲜花掌声、万人追捧,也体验过声名狼藉、众叛亲离。

见过了花花世界与形形色色的人,才知道什么最珍贵。

乔闪闪醒来已经是第二天的下午,早晨开始下雪,到了这会儿,地上已经积了薄薄一层。

想到 Aidra 说陆星耀最大的愿望就是给她过十八岁生日,乔闪闪在手机上订了个蛋糕。傍晚时,蛋糕送到,乔闪闪拉着陆星耀下楼。

两人在小区楼下的花园里堆了三个小雪人,乔闪闪拿出藏在灌木丛里的蛋糕,点上蜡烛,烛火在风雪中摇曳。

乔闪闪双手合十,转头看向旁边的陆星耀:"陆星耀,橙橙跟我说,死亡不是失去了生命,而是走出了时间,以后我会陪你一起记得她。"

陆星耀注视着她明亮的双眼,喉结滚了滚,又滚了滚,嗓子仿佛是生锈了,干涩得一句话都说不出来。

大雪纷纷扬扬落下来,路灯照进她明亮又温柔的眼睛里。

半响,陆星耀用力将她抱进怀中,他低头吻她:"我爱你,闪闪,我爱你。"

这天过后,陆星耀的状态肉眼可见地一天比一天好了起来。二十八号,他出门跑了两个通告,开始为《关山月》的宣传做准备。

三十一号跨年夜,也是《关山月》定档播出的日子,陆星耀在家里办了个Party,邀请了魏思杰、曹小北、郑雯雯、项明安还有侯导等人,大家一边跨年,一边热热闹闹地在家里看首播。

迟到了两年,《关山月》的热度早已大不如前,但乔闪闪和陆星耀因为这部剧相识、相知,不管播得好不好,《关山月》都对他们有着非凡的意义。

首播七点整,平台一下放了六集。因为换人补拍的原因,《关山月》并没有多少预算能留给宣传,只有主创拜托圈内朋友帮忙宣传。

自从拍完《共生》后,乔闪闪对一切都看得很开,她没对《关山月》的成绩抱有太大的期待,只觉得播了就是胜利。

直到八点过,他们正热热闹闹地吃火锅看剧,讨论当年拍摄时的趣事,乔闪闪和陆星耀、侯导的手机响个不停,她这才知道各大社交平台热搜前排全部都是剧集相关。

《关山月》爆了。

剧名： 当你闪耀时
主演： 乔闪闪 × 陆星耀
场次： Chapter 15.
剧集： 当你闪耀时

　　《关山月》毕竟被压了两年，加上中间删减和改动了不少戏份，后期和发行资金也很紧张，其实大家对这部剧都没有太高的期待，但娱乐圈的爆火总是来得猝不及防。

　　第一天播出，《关山月》就在小圈层被引爆了，接下来的播放量和讨论度一天比一天高，片方和平台开始投入宣传资金，陆星耀也不得不临时调整工作规划，在原定的宣传外又加了不少通告。

　　其实从陆星耀受伤以来，流量就在日渐降低，尤其是今年，他除了拍《共生》，一大半时间都在国外，除了几个晚会和杂志拍摄，几乎没怎么露过面。各项数据早就打不过新人，也就是靠多年长红的国民度在撑着。

　　这算是乔闪闪头一次见识到一个爆火的顶流究竟能有多忙碌，各种采访、晚会、综艺、杂志拍摄、代言邀约……几乎一天二十四小时连轴转，整个工作室都围绕着他随时待命。

　　陆星耀还让魏思杰帮她也安排了几个通告和宣传活动，以采访和观众互动为主，还帮她买了通稿，不算多，但足够让她有存在感，毕竟在这个圈子里，名气和作品一样重要。

　　整个一月，两人都在忙忙碌碌中度过。

　　陆星耀忙着跑宣传通告，参加年底的各种晚会、秀场、颁奖典礼。

　　乔闪闪和青桐影视合作的项目初稿完成，正在精修，预计年后开机，同时她还要兼顾《共生》的后期剪辑，直到乔闪闪回家过年，两人都没能见上面。

　　除夕当晚，看完春晚后，长辈们都回房睡了，只剩几个小辈在客厅里打游戏守岁。

　　"豆角"忽然哼哼唧唧地想出门，乔闪闪套上外套出门遛狗，远远看见小区门口站着一个熟悉的高大身影。

　　乔闪闪有些不敢置信，他不是在录春晚吗？就算节目结束也有采访吧。

　　乔闪闪牵着狗走上前，路灯下的身影正好抬头看来。四目相对，两人都愣在那儿，隔了好一会儿，才异口同声地道："你怎么来了？"

话音落下，两人不约而同地笑了。

陆星耀走上前，伸手替她整理一下耳边凌乱的发丝："想你了，就来了。"

其实是节目结束从舞台上下来，看到乔闪闪发的年夜饭照片，他忽然就有一种想要立刻见到她的强烈渴望，于是采访都没录，订了机票就过来了，航班落地才意识到自己究竟有多冲动莽撞。

但来都来了，还是想尽可能地离她近一点，哪怕是能在她附近待上一时片刻也好。结果谁想到她会下楼遛狗？

乔闪闪抬起头，眼睛水汪汪地看着他，她拽着他大衣的衣领，踮脚，拉下他的口罩，用力在他唇上亲了一口。

没等陆星耀吻回来，乔闪闪已经退开。

她定定地看了他好一会儿："陆星耀，你等我一下。"

陆星耀在小区门口等了不到十分钟，就看见远远一个小火球朝这边跑来。乔闪闪今天穿了件红色的羽绒服，远远看着鲜艳又喜庆。

眼见她气喘吁吁地停在自己面前，陆星耀捏了捏她通红的耳垂，把人抱进怀里："那么急做什么，我又不会跑。"

乔闪闪用力回抱，埋进他怀里，汲取着独属于他的气息。她的声音闷闷的，自胸口处传来："不想让你等太久。"

陆星耀无声地笑了笑："要一起走走吗？"

乔闪闪蹭了蹭脑袋，这才从他怀里出来，两眼亮晶晶地看着他："好。"

陆星耀牵住她的手，手指插入她的指缝，同她十指相扣。

在这个大年初一的凌晨，两人手牵着手，走在无人的、飘雪的街道上。路面薄薄一层积雪上，留下一大一小两双脚印，路灯将两人的影子拉长融合在一处。

乔闪闪问："陆星耀，你知道二十七岁俱乐部吗？"

"那是什么？"

"大概是说，每个人都会在二十七八岁的时候，在精神上死去一次。"乔闪闪调皮地踩着他的影子，"我大概早一点，在二十五岁的时候。说起来可能有点矫情，其实也没有发生什么，但在遇见你之前的那段时间里，我的精神世界经历了一场漫长又持久的地震，我失去了一切，经历了彻头彻尾的失败，前二十五年构建的一切都被摧毁了。"

乔闪闪微微顿了顿，不想哭的，但说到这里，还是忍不住哽咽："是在遇见你之后，我才一点一点重新活了过来，在一片动荡和废墟中，重建我的精神家园……"

陆星耀停下脚步，抬手捧起她的脸。乔闪闪有些难为情地别过脸，不想让他看。

陆星耀亲了亲她的额头，又亲了亲她含着泪水的双眼。他随后笑了笑，把她抱进怀里："那我大概比你早一点。大概在二十岁的时候，有过和你类似的感受。"

那几年,他就像行尸走肉,麻木不仁,因为有 Shining,半死不活地吊着一口气。后来 Shining 离开了,她像从天而降的礼物一样,来到他的世界,给他干涸贫瘠的精神世界降下一场生命之雨。

没有什么惊心动魄的故事情节,一切都是润物细无声的,最开始是想让她开心,然后是想保护她的纯粹、守护她的梦想,想要转型,想要好好演戏,想要得到她的认可,想要有一天,她也能用看周时越那样充满崇拜的目光看着自己,想要光明正大地和她在一起。

然后有一天他回头去看,发现他的沙漠里,因为这一个个"想要",开出一朵朵小花,又长出一片片绿洲,在悄无声息中有了生命之美。

乔闪闪仰头看他:"那你现在,有变好吗?"

"嗯。"顿了顿,陆星耀又道,"是从遇见你的时候开始。"

乔闪闪破涕为笑,亲了亲他的下巴,随后推了推他:"你先放开,我有话和你说。"

陆星耀松手。

乔闪闪抿了抿唇,拿出一个盒子递给他:"虽然除夕已经过了,但我不想等到二月十四了。这是送你的礼物,生日快乐,陆星耀。"

陆星耀接过她手里的盒子:"能打开吗?"

乔闪闪有些不好意思地别开目光,轻轻"嗯"了一声。

其实看盒子大小,多少能猜到里面是什么,无外乎手链、胸针、袖扣一类的小首饰,但在看到盒子里的黑金戒指时,陆星耀多少还是有点意外。

乔闪闪深吸一口气,亮晶晶的眼睛里含着点羞涩:"陆星耀,你愿意做我的男朋友吗?"

陆星耀怔怔地看着她,喉结无声地滚动,好长时间都没吭声。

乔闪闪有些忐忑,不愿意吗?不应该啊!

她正想说点什么,陆星耀忽然扣住她的后脑,低头吻了上来。结束的时候,乔闪闪腿软地趴在他怀里,气都喘不匀,脑子里更是一片糨糊。

直到陆星耀轻轻咬了下她的耳朵,呼吸潮湿又滚烫:"女朋友,帮我戴上。"

乔闪闪回神,接过他递来的首饰盒,拾起戒指,握住他的手,给他套在中指上,刚刚好。

乔闪闪打开盒子里的夹层,从里面拿出一条银光闪闪的铂金项链:"平时可以串在项链上,挂脖子上。"

"不。"陆星耀道,"就要戴手上。"

乔闪闪被逗笑:"你别闹,被拍到怎么办?"

"拍到就拍到,正好告诉他们我名草有主了。"陆星耀说着,又低头去亲她。乔闪闪痒得直躲,最后面红耳赤地把脸埋在他怀里。

陆星耀低头亲亲她的发顶,非常郑重地道:"闪闪,如果被拍到了,我就官宣。你是幕后,应该不会有太大的影响,如果粉丝影响到了你,我就退圈,转幕后,做导演或者制片都行,我永远都会是你的后盾……"

乔闪闪抬手捂住他的嘴,她抬起头看他。

"陆星耀,你不要退圈,你是天生的大明星,你站在镜头前的样子特别闪闪发光。"乔闪闪轻声道,"我没有那么脆弱,我可以和你一起面对,我不怕。"

"但是……"

"只要你有实力,粉丝就不是问题,努力拿个奖吧,我相信你。"

陆星耀喉结滚了滚,没再说什么,用力抱住她:"好。"

回程路上,路过一家便利店,店门口的值班生正在放歌,歌声穿过安静的夜色,远远传来。

是S.H.E的《你曾是少年》。

乔闪闪微微驻足,转头看他,她的眼睛像夜色里最明亮的星星:"陆星耀,你听过这首歌吗?"

陆星耀"嗯"了一声。

乔闪闪笑了下,拉着他继续往前走:"你知道吗?我一直好喜欢这首歌。每一次听都会有不一样的感觉。在遇见你之前,我听到的是'镜子里面像看到人生终点',是'或许上几年你也有张虚伪的脸',是'每一天一年,总是匆匆忙忙',是'只想从这无边的寂寞中逃出来',是'当青春耗尽,只剩面目可憎'。"

陆星耀喉结滚了滚,微低下头看她:"那遇见我之后呢?"

乔闪闪没吭声,只是微偏过头示意:"你听。"

....
  曾经发誓要做了不起的人
  却在北京上海广州深圳某天半夜忽然醒来
  像被命运叫醒了 它说你不能就这样过完一生
....
  许多年前你有一双清澈的眼睛
  奔跑起来像是一道春天的闪电
  想看遍这世界去最遥远的远方
  感觉有双翅膀 能飞跃高山和海洋
....
  许多年前你曾是个朴素的少年
  爱上一个人就不怕付出自己一生
  相信爱会永恒相信每个陌生人

相信你会成为最想成为的人
....

这世上顶级的爱，是让人成为更好的自己。

乔闪闪不敢想，如果没遇到陆星耀，她的人生轨迹会是怎样。

很大可能是离开北京，被父母安排一个在外人看来清闲体面的工作；也许是出国留学，毕业回来后从事一份和编剧毫不相关的工作，然后像周佳怡一样被安排相亲，和一个不讨厌的人相处结婚。

也许在外人眼中，这是幸福而安稳的一生。

但她年少时闪闪发光的梦想，她一往无前的勇气，都会在这样日复一日琐碎而平凡的生活中消磨，她也不会再遇见一个像陆星耀这样耀眼的爱人。

乔闪闪从来不相信命运，但是这一刻，她深深地相信，她永远都不会再像喜欢陆星耀这样喜欢上别的人。

是他们的相遇，是陆星耀的托举，让她有了现在的一切。让她找回了年少时的梦想和勇气，让她没有被世俗打磨成一个平庸的人。她一样样地找回了自己曾经失去的东西，她依然拥有爱的能力，和打造自己理想世界的决心与勇气。

乔闪闪在明亮的路灯下仰头看他，她眼睛明亮，笑容明媚。明明已经二十八岁了，在娱乐圈这样的名利场和大染缸里摸爬滚打了五六年，却依然干净纯粹，身上闪耀着理想主义的光辉。

"陆星耀，你听到了吗？"

"我真的，好喜欢好喜欢好喜欢你。"

新的一年，在充斥着粉红泡泡的甜蜜氛围中开始了。

年后，乔闪闪和青桐影视合作的项目开机，男主正是陆星耀。陆星耀本以为又能重现两人当年拍《关山月》时的甜蜜时光，没想到乔闪闪就开机仪式的时候露了个面，很快就和周时越、侯导等人飞欧洲参加电影节了。等人好不容易回来，在剧组待了没两天，又回北京为《共生》的上映宣传做准备，剧组用来做道具的鲜花都被陆星耀给揪秃了。

接到项明安的投诉举报，乔闪闪决定哄哄闹别扭的男朋友。

乔闪闪：我这两天忙完了就去看你。

陆星耀：等大忙人乔老师忙完，剧组都杀青八百回了。

乔闪闪：那等杀青了，我们去旅游度假，我什么都不干，专门陪公主殿下行不行？

陆星耀：叫谁公主呢？

乔闪闪：男朋友不想和我去度假吗？

陆星耀：想去哪儿，我让小曹安排。

乔闪闪：巴厘岛？

陆星耀：成交。

行程就这么定下来，六月底，陆星耀正式杀青，乔闪闪也完成了《共生》全部的后期剪辑和配乐，只等拿到龙标，就能宣传上映了。

趁着路演宣传前的空档，陆星耀带乔闪闪和工作室成员一起去巴厘岛度假。

乔闪闪、曹小北、魏思杰、郑雯雯、项明安等人从北京先走，陆星耀临时在上海有个商业活动，和林乐天晚了半天才到，登岛的时候已经是夜里，曹小北过来接他。

这两年曹小北已经从助理升成执行经纪，又升成经纪人，现在在外面，别人也要喊上一声"曹总"了，但这会儿到了陆星耀跟前，却有些手足无措，抓了抓头发，鼓起勇气道："哥，我今天在飞机上说错话了，那个，乔老师好像有点不太高兴。"

陆星耀瞥了他一眼："你说什么了？"

"呃，说你之前网恋的事。"

事情是这样的，登机那会儿，大家闲着无聊，在候机厅八卦前两天某男星因和女网红网恋被网红当作骗子曝光，上了热搜，结果发现是真人的事儿。

曹小北当时习惯性地感慨了一句："果然网恋不靠谱，还好耀哥当年没有急吼吼地把身份透露给对方。"

"也没差到哪儿去。"魏思杰哼道，"忘了他当年非要去见他那个网恋对象，拦都拦不住的时候了？"

听八卦正听得津津有味的乔闪闪当时就愣住了："陆星耀，网恋？"

曹小北和魏思杰都没当回事，就随口解释了句："算是吧，聊了挺多年的，最后才发现那女的都结婚了。"

乔闪闪当时没说话，机场广播又正好通知大家登机。乔闪闪有点晕机，一上飞机就开始睡觉，等落地登岛的时候，大家才发现她状态有点不对劲。

曹小北当时还特意跑过来跟乔闪闪解释了一番："就一个网聊对象，面都没见过呢，而且你们认识前他俩就没联系了。"

乔闪闪当时笑笑没说话，但去房间放了行李就没再出来，叫她吃饭，也说不太舒服想休息会儿。

"我就是……不小心说漏嘴了，不知道乔老师会这么在意。"

曹小北这会儿也有点懊恼，好好出来玩，要是因为他的原因，让两人吵一架，那他可真是罪该万死了。

陆星耀也愣了愣，一时沉默着没有说话。

因为实在太久了，Shining 最后一次出现在他的生活中已经是四年前的事了，以前他觉得她是他生命中很重要的一个朋友，但时间善于抹去一切，从两人断联开始，最初还偶尔会想起她，但随着乔闪闪的出现，他找到了新的人生方向，而 Shining 留下的痕迹则逐渐褪色，这些年，他几乎没有再想起过她。

他没想到这个名字再被提起,会是在这样一个时刻。

陆星耀刷卡进屋时,乔闪闪刚洗完澡,正抱着电脑在露台上开会,闻声关了麦,转头看他一眼。

陆星耀放下行李过来吻她,乔闪闪躲了下,被捧着脸追上来,在唇上稍稍用力地咬了一口。

陆星耀用鼻尖轻轻蹭她的脸,黑亮深邃的眼中萦绕着笑意:"吃醋了?都不让亲了?"

乔闪闪耳朵发热,用力捶了他一下:"开会呢!"

陆星耀瞟一眼她的电脑,哼了声道:"说好这次出来什么都不干,专门陪我呢?"

见乔闪闪不吭声,他轻轻戳了下她的脑门:"等我洗完澡再和你算账。"

乔闪闪也没心思开会了,开了麦让大家早点休息,就结束了语音通话。旁边浴室传来"哗啦啦"的水声,柔软的纱帘被海风吹得四处飘荡。

乔闪闪抱着膝盖,坐在藤椅上发呆。道理她都懂,谁没有点过去和秘密呢?况且只是一个连面都没见过的网友,再说她也不是什么事情都告诉陆星耀的。

但心里还是难受,她知道陆星耀是一个多么注重精神交流和沟通的人,所以能猜到这段感情在他心中的分量。乔闪闪宁可他谈过几段不走心的恋爱,也比他和别人有过这样深入的精神交流让她好受很多。

尽管拼命安慰自己,那是他们相遇以前属于陆星耀的人生,那已经是陆星耀的过去式,永远无法改变,而他们还有很长的未来和无限可能,她不应该在意的。

可想到也曾有一个人,在他的生命里深刻且长久地存在过,乔闪闪就觉得有点喘不上气。

她陷在自己的思绪里,连陆星耀什么时候出来的都不知道,直到头顶被人轻轻拍了下。乔闪闪抬头,就见陆星耀站在身后,他穿着棉麻的T恤和短裤,正拿毛巾擦着头发。

见她抬头,陆星耀一手撑着藤椅靠背,俯身想要吻她,却被乔闪闪躲开了。她移开目光,拍了拍身边的空位:"坐下来聊聊?"

陆星耀把毛巾挂在脖子上,慢悠悠地走到她旁边坐下,拽着手臂将人横抱在腿上。

乔闪闪挣扎着想下去,却被紧紧箍着腰,压在他怀里。

陆星耀淡淡道:"就这样聊。"

四目相对,看到他眼中的强势,乔闪闪安静下来。一时间两人都没有说话,耳边只有"呜呜"的风声和"哗啦啦"的海浪声。

隔了好一会儿,陆星耀微微叹了口气,凑上去亲了亲她的脸:"闪闪,我爱的人是你。"

乔闪闪看了他一眼,低声问:"可以讲讲吗?"

"你想知道什么?"

"全部。"

陆星耀沉吟了一下,然后轻声开口道:"青桐影视的顾总,这个你知道对吧?"

"嗯。"

"她除了影视这块,家里还有其他业务和投资。前些年,顾总推过一个疗愈类的小众 App,我和她就是在这个 App 里认识的。那段时间我遇到很多事儿,状态很不好,她在精神上给予了我很大的支持和帮助。"

"然后呢?"

"你知道娱乐圈其实很难有真正的友谊,特别是那时我还没站稳脚跟,很多认识我的人为了热度,也会在网上爆料,她算是我那段时间唯一可以聊的朋友。"

陆星耀看着不知道在想什么的乔闪闪,轻声道:"后来有一段时间,她状态挺不好的,准备离开北京,约我见面,我赴约的时候,被私生追车出了点事故,最后也没有见上。之后那个 App 停服,我们就失去联系了。"

乔闪闪怔怔地看着他,脑中一时闪过很多熟悉的画面。她有些迟疑地问:"你说的那个 App,叫什么?"

"你可能听过,据说是你们学校学生研发的,叫 Listen For。"

乔闪闪彻底愣住,一眨不眨地看着他,眼眶渐渐红了。

刚刚还镇定自若的陆星耀这下是彻底慌了,他手足无措地捧着她的脸:"宝宝,我和她真的没什么,没见过面,也没发过照片,她也不知道我的身份……"

"陆星耀。"乔闪闪轻轻按住他的嘴,灯光映着她含泪的双眼,像闪闪发光的钻石,她轻声道,"我给你讲个故事吧。"

陆星耀嘴唇动了动,想说什么,但乔闪闪已经自顾自地开口道:"我上大学的时候,比现在开朗勇敢很多,最大的梦想就是帮助别人,让世界变得更美好。大二的时候,我室友创业,开发了一款 App。最开始没流量,就拉身边的人去凑人气,然后就在上面认识了一个朋友。"

"你知道我大学专业是学心理学的吧?我那个朋友有蛮严重的心理问题,感觉好像随时要碎掉了一样,我就产生了一种想要帮助他、陪他好起来的使命感。"

"后来他的状态真的有一点点变好,但我发现我好像有点喜欢他,或者说,喜欢上和他聊天、分享生活日常的感觉。正好那段时间他想约我见面,我们虽然是朋友,但我在心里一直把自己当作他的咨询师,我觉得见面不太合适,就渐渐疏远了他。"

"之后我毕业去北京工作,他也在北京,我们又逐渐恢复了联系。你知道,咨询伦理中对关系限制的规定是三年,其实我一直是打算等做完《关山月》之后约他见面的。但是那段时间我工作出了问题,被赶出了工作室,也找不到别的工作。当时我已经决定要离开北京了,他是我当时在北京唯一的朋友,我就想着离开前,约他出来见一面,但是我等了他好久好久,他都没来。"

乔闪闪的眼泪终于掉了下来,她吸了吸鼻子,捧住陆星耀的脸:"那天我从餐吧出来,在十字路口看到了你。陆星耀,你是来见我的吗?"

陆星耀愣愣地看着她,大脑一片空白,完全失去所有反应。

"星星是迷途的灯塔,Star 也是,我希望你能心想事成,天天开心,你有做到吗?"

乔闪闪的眼泪掉在他脸上。

陆星耀喉结艰难地滚了滚:"Shining……是你?"

乔闪闪又哭又笑:"是我啊。"

陆星耀的眼睛慢慢红了,他用力将她抱进怀里,脸埋在她的肩颈处,不想让她看到自己的失态。

所以一切都有迹可循,对她莫名的熟悉,没来由的偏爱,那些一开始让他自己也搞不懂的在意。那些曾经被他认为是缘分或命运之类的东西,只是因为,他们在很久之前就已经认识了。

感受到落在脖颈间滚烫的泪,乔闪闪捧着他的脑袋,想要看看他。陆星耀却不肯,额头抵着她的锁骨,哑声问:"那你,喜欢过他吗?在和我相遇之前。"

"我不知道那算不算喜欢。"乔闪闪轻轻揉着他毛茸茸的头发,"但我确实,为你心动过,陆星耀,只为你心动过。"

话音落下的一瞬,乔闪闪眼前一阵天旋地转,被陆星耀用力抵在藤椅靠背上,他捂着她的眼睛吻上来。

唇齿间还带着咸涩的眼泪,他的动作也显得毛躁且毫无章法,却比以往任何一次的感情都要浓烈和炽热,像一团熊熊燃烧的火,顷刻间就把乔闪闪卷了进去。

意乱情迷中,陆星耀轻轻咬她的耳朵:"可以吗?"

乔闪闪有些茫然地看着他,他的眼神深邃暗沉,瞳仁里却又像是燃着一团幽微的火。

四目相对,陆星耀低头吻她,他轻轻咬她的唇,眉眼间轻狂又浪荡,盯着她的眼睛,又问了一遍:"可以吗?宝宝。"

最后一点理智也不翼而飞,乔闪闪像是被点燃了,从喉咙里挤出一声回应,迫不及待地凑上去,胡乱吻他的下巴和健壮有力的肩膀。

陆星耀笑了声,一把将她抱起来往卧室走,身上本就不多的布料零零散散落了一地。

属于 Shining 和 Star 的故事在那个初秋的傍晚彻底结束了,而属于乔闪闪和陆星耀的故事,才刚刚开始。

结束的时候,两人都汗涔涔的,乔闪闪浑身发软地被陆星耀抱进怀里。他低头轻轻亲了亲她的额头："累了吗？我们聊聊？"

乔闪闪懒懒地趴在他胸口上，动也不想动："聊什么？"

"聊你的男朋友。"陆星耀轻轻捏她的脸，"不是说之前没谈过恋爱吗？"

"是啊。"

"那你那个男朋友怎么回事？"

乔闪闪茫然地看着他："我男朋友不就是你吗？"

"我是说，咱俩认识之前，还是网友的时候。"

"我没有男朋友啊。"

"你有。"陆星耀掐着她的下巴，耿耿于怀地在她唇上咬了口，"有一年夏天，你说你要去见喜欢的人，忘了？"

"我说过吗？"乔闪闪真不记得了。

"你还在动态里分享了好多暧昧情歌。"

乔闪闪："比如？"

陆星耀十分流畅地一口气说了四五个歌名，乔闪闪看着他那副斤斤计较翻旧账的样子，没等他说完，就忍不住笑了出来："既然那么在意，你当时怎么不问我？"

"我当时说想见面，你就拒绝我，还冷落我，我还怎么问？"陆星耀玩着她的手指，语气怎么听怎么酸。

乔闪闪笑得不行："所以就默默吃醋是吗？"

陆星耀一脸不爽地捏她的脸："还不说？"

"说说说，但你别生气哦。"乔闪闪憋着笑，"没有男朋友，那段时间我在追星，那些歌都是周时越唱过的。"

就说周时越这个家伙，真的很烦。

陆星耀埋头去亲她，声音闷闷道："那什么老公出轨，抢走孩子抚养权，又是怎么回事？干吗要骗我？果然网恋不靠谱是吗？"

乔闪闪被他逗得不行："我就是比喻一下。那段时间，我刚刚被赶出工作室，我那个时候又不知道你是圈内人，解释起来很麻烦啊，你不觉得这个比喻很形象吗？"

形象什么？所以周佳怡是老公？《关山月》是孩子吗？

陆星耀不满地在她脖子上咬了口："你确定你的取向没问题？"

乔闪闪气得踢他："我有没有问题，你不清楚？"

她整个人都软绵绵的，腿刚抬起来，就被陆星耀抓住了脚腕。他翻身把她压在枕头上，眼梢轻挑："再来一次？"

乔闪闪正想说不要，他已经俯身吻了上来，唇舌滚烫，手也滚烫，被他一揉，整个人像被抽了骨头似的软了下来。

乔闪闪醒来已经是第二天的下午，灿烂的日光照进房间里，纱帘飘荡，海浪声声不息。

她懒洋洋地在床上躺了好一会儿,翻身摸过手机看了眼,才发现自己被顾时宜的消息轰炸了。

乔闪闪回她一句醒了,几乎下一秒,顾时宜的视频就打了过来,乔闪闪拥着被子起身,随手接了。

顾时宜在屏幕里打量她,"啧啧"两声:"怎么一副被吸干的表情?难道不该是被滋润了吗?"

乔闪闪困倦地揉了揉头发:"我早晨四五点才睡。"

视频那头,向来大大咧咧的顾时宜忽然有点脸红:"果然不愧是陆星耀啊。"

"少看点小说。"乔闪闪真诚地建议。

"那你干吗那么晚才睡?"顾时宜翻了个白眼,"别告诉我你们是躺在床上,手拉手纯洁地聊天。"

那倒没有。

昨晚两人一起睡觉,乔闪闪从记事起就是自己一个人睡,忽然要和人同床共枕,就很不习惯,好几次不着痕迹地挪开,陆星耀都黏过来。原本想等他睡着了再偷偷挪开,但她稍稍一动,陆星耀就惊醒,迷迷糊糊地抱着她亲。

乔闪闪只好被他抱着,直到天边泛起蒙蒙亮色,才迷迷糊糊地睡过去。

乔闪闪忍不住吐槽:"你说他是不是偶像剧看多了?非要我枕着他胳膊睡,可是他胳膊真的好粗,我感觉我颈椎病都要犯了。"

顾时宜翻她一个白眼:"知足吧姐妹!多少人颈椎骨折也换不来这待遇好吗?"

乔闪闪正想说话,"咚咚"两声,抬头就见陆星耀端着个盘子,正似笑非笑地靠在门口看着她。

乔闪闪手一哆嗦,慌乱地挂了视频。她不自觉地往被子里缩了缩,冲他挤出两个小梨涡。

陆星耀放下餐盘,双手环胸,站在床边看她。

乔闪闪张开手臂:"抱抱。"

陆星耀在床边坐下,把她从被子里抱出来,让她跪坐在腿上。他一手搂着她的腰,一手抚上她的后颈揉捏,轻挑眼梢睨她:"颈椎病要犯了还要抱?"

乔闪闪轻咳了声,眼巴巴地看他:"你不懂,这叫凡尔赛,就是用看似抱怨的语气说着炫耀的话。"

陆星耀嘴角翘了下,又立刻绷住,伸手捏她的脸:"真的?"

乔闪闪点头。

陆星耀捏着她的下巴,凑上去亲了口:"不舒服要告诉我。"

乔闪闪的耳朵腾地红了,陆星耀笑了声,亲亲她通红的耳朵:"饿了吗?给你拿了吃的。"

"没刷牙。"
"抱你去。"

最后，乔闪闪是踩在陆星耀的脚上，被他从身后抱着，一步步走到卫生间洗漱，再一步步走回来，吃饭也是坐在他腿上被抱着喂。

这次巴厘岛的行程一共六天，前面五天，两人就没从酒店房间出来过，直到第六天夜里，两人才出来和团队小伙伴一起聚餐。

"什么？乔老师就是你从前的那个网恋对象？"

沙滩餐厅的桌子只能坐六个人，乔闪闪跟陆星耀挤在一张椅子上，这会儿正被拥在他两腿间，吃他刚刚剥好的虾。

其实巴厘岛的华人不少，特别是晚上沙滩上还有乐队表演，但陆星耀也没戴口罩，这会儿就戴了顶鸭舌帽，懒洋洋地搂着乔闪闪靠在椅背上。面对众人的惊讶和疑问，他非常拽地瞥了魏思杰一眼："跟你说了，我眼光向来很好，就算网恋也靠谱。"

"也是，Shining，闪闪，都是复旦大学的，乔老师还是心理学专业的。"魏思杰显然没听他在嘚瑟什么，自己在旁边念叨，"这么多巧合，你们以前怎么都没发现呢？"

"就是太巧了吧。"

其实还有很多似曾相识的瞬间，类似的说话口吻，惯用的表情包，聊起过去时，那些让人感到熟悉的细节。但就是太巧了，会想是不是其实大家都这样，又怕希望破灭，下意识地忽略那一丝可能。

而且，网络关系，到底还是比不上现实中真实的接触。

陆星耀主动端起他的旺仔牛奶："小曹，明安，来，我敬你们一杯。"

毕竟没有曹小北和项明安，也许他们就真的错过了。

项明安一点也不扭捏，大大方方地接受了陆星耀的敬酒，笑眯眯地道："陆老师现在还喝旺仔牛奶，不合适吧？"

陆星耀非常配合地放下杯子，端起乔闪闪的鸡尾酒，和二人碰了一下。

项明安："陆老师，你以后可要对我们闪闪好点儿。"

陆星耀笑了声，轻轻捏着乔闪闪的手："放心吧，我对谁不好，也不可能对她不好。"

曹小北也举起酒杯："祝耀哥和乔老师幸福美满。乔老师，你也要对我哥好点啊。"

"一定。"乔闪闪的杯子在陆星耀手上，她也没有重新要一杯，直接和陆星耀一起握住杯子，跟曹小北、项明安碰了碰。

之后两人对视一眼，不约而同地笑了起来。

陆星耀喝了口酒，捏着她的下巴低头吻下来，乔闪闪拍了他两下，但也没有拒绝。

在座的几人都是从当年拍《关山月》时一路见证了他们这四年来的风风雨雨,知道他们能走到如今这一步有多不容易。可以说没有乔闪闪,就没有如今的陆星耀;没有陆星耀,也没有乔闪闪的今天。他们都有着自己不完美的棱角,但在遇到彼此之后,却嵌合成一个完美的圆。

郑雯雯笑着招呼道:"来,让我们大家一起祝星耀和闪闪长长久久。"

几只杯子撞在一起,在一片长长久久的欢呼声中,音乐声响起,沙滩餐厅的乐队开始表演。

陆星耀低头亲了亲乔闪闪的耳朵:"宝宝,想不想听大明星陆星耀的个人演唱会?"

乔闪闪有些惊讶地仰头看他:"你确定?"

虽然沙滩上人不多,但其中将近一半都是华人,他们和团队在这边聚会也就算了,陆星耀真去表演,那不得分分钟上热搜?

陆星耀笑了声,知道她没直接拒绝就是心动,当即低头亲了亲她的脑门:"等着。"

见陆星耀起身走了,魏思杰还有点困惑:"他干吗去?"

乔闪闪眨了眨眼:"他去表演。"

没等魏思杰上前阻止,陆星耀已经走到正表演的乐队跟前。他不知道和主唱说了什么,主唱往这边看了眼,笑吟吟地拍拍他的肩,把吉他递给他。

所有人都转头看来,陆星穿着简单的黑T恤和短裤,戴了顶鸭舌帽,微低下头时,帽檐遮了半张脸,剩下的半张脸轮廓完美,线条优越。

乔闪闪甚至能听到隔壁几桌传来的窃窃私语——

"好帅!"

"是要表白吗?还是要求婚啊?"

"有没有觉得这个帅哥看起来有点眼熟啊?"

魏思杰急得像热锅上的蚂蚁,几次想要起身把陆星耀拽回来,都被郑雯雯按住了。

"老婆你干吗?"

"老实坐着。"郑雯雯拍了拍他的肩,"又不是在国内,星耀想干什么,你就让他干吧。"

"他要是来个当众表白怎么办?"

郑雯雯往周围扫了一眼,除了他们几个外,总共也就十几个华人:"这不是还有我们吗?放心吧,能处理。"

陆星耀低头拨动琴弦,乔闪闪端着酒杯远远看着他,听清楚前奏音乐时,她差点没笑出来。怎么有人吃醋也吃得这么可爱啊。

陆星耀唱歌没什么技巧,大白嗓,但胜在声音条件好,加上确实帅,抱着吉他坐在夜晚的沙滩上。

星空、月色、海浪、迷离的灯光,氛围感直接拉满。

陆星耀一共唱了三首歌，全部都是周时越曾经唱过，还被乔闪闪分享在动态里的。

三首歌唱完，沙滩上一片骚动。几个拿着手机拍摄的女生跃跃欲试想要上前，不知道是不是已经认出来他了。

乔闪闪不知道是不是喝多了，这会儿酒精上头，想要陪着他肆无忌惮地疯上一把。她从放酒的冰桶里抽了一枝玫瑰花出来，于众目睽睽之下，径直走到陆星耀面前。

陆星耀抬头看她。

乔闪闪双颊绯红，眼眸晶亮，她把玫瑰轻轻插在他的领口处："帅哥，我能点歌吗？"

"当然。"陆星耀非常彬彬有礼地一抬手，"小姐想听什么？"

"你知道的。"

四目相对，陆星耀笑了下，他调整了一下麦，眼睛盯着乔闪闪，话却是对餐厅所有人说的："接下来这首歌，送给我独一无二的——女、朋、友。"

陆星耀低头拨动琴弦，人群不知何时在附近聚集，热闹的人声中，陆星耀抬头注视着人群正中的乔闪闪。

他弯起唇角，缓缓开口——

　　你的眼睛　比海辽阔
　　夕阳下黄昏亲吻泡沫
　　在你身边　是最安心的时刻
　　…………

他的声音清洌干净，带着些微的沙哑，显得格外深情。

相识以来的一幕幕，仿佛电影画面一般，在彼此对视的眼眸中闪过。

　　…………
　　当我抬起头　你正看向我
　　眼中倒映着夏夜绚烂的烟火
　　灰暗的心　竟然开始变鲜活
　　你的存在　治愈我
　　…………

是隔着网络彻夜不眠的聊天，是大雨中的出手相助，是十字路口的擦肩而过，是他们剧组相伴的日日夜夜。

是他们一起爬过的雪山，一起待过的沙漠，一起看过的日出。

是他受伤时，她的照顾与不离不弃；是她失意时，他坚定不移的选择与支持。

············
月慢慢沉了 海风还吹着
我也愿意做你的头号支持者
感谢是你 从来坚定又温和
并肩走着 我就永远不会跌落

从小到大,总会有人说,希望你幸福,或祝你幸福,但是幸福是什么呢?大概就是此时此刻了。他们于人群中明目张胆、旁若无人地注视着彼此,嘴角止不住地往上扬。

歌曲逐渐走向尾声,但他们的故事永远没有终点。

有人小声惊呼:"这不是陆星耀吗?"

接二连三的讨论,人群骚动起来,可无论是话题中心的陆星耀,还是同样受到瞩目的乔闪闪,都没有在意。

随着最后一个音符落下,陆星耀放下吉他起身,径直向乔闪闪走来,他不顾周围激动惊呼的人群,一把搂住乔闪闪的脖子低头吻她。

人群于一瞬的寂静过后,爆发出热烈的欢呼。

陆星耀将乔闪闪护在怀里,唇微喘着分开,抵着她的额头,四目相对,两个人的眼睛都亮得惊人。

陆星耀问:"跟我走吗?"

乔闪闪也没问他去哪儿,只是点头。

陆星耀将乔闪闪搂在胸前,转头对魏思杰道:"魏总,我们先走了,这儿就交给你了。"说完带着乔闪闪挤出人群。

两人手拉着手,将人群远远抛在身后,奔向属于他们的美好未来。

海风拂面而过,海滩上不知何时放起了烟花,乔闪闪跑不动了,陆星耀背着她继续往前走,烟花的光影中,身后留下一串脚印。

乔闪闪趴在陆星耀背上,这一瞬间,脑子里忽然涌现出各种各样的灵感。

"陆星耀。"乔闪闪搂住他的脖子,于漫天烟花中轻声道,"我给你写一部剧吧。"

"砰砰"的烟花声中,陆星耀并未听清,他问道:"你说什么?"

"我说——"乔闪闪眉眼弯弯,在他耳边大声道,"我好爱你啊,我的公主殿下!"

—正文完—

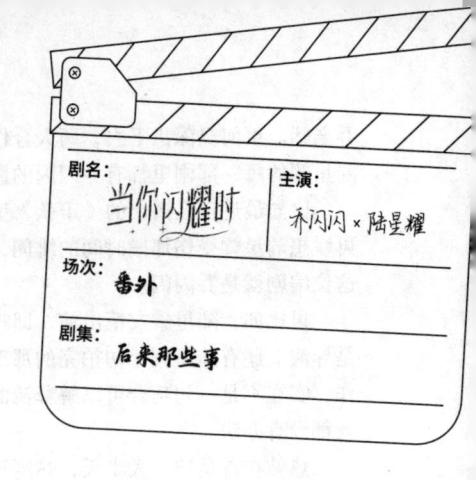

剧名：当你闪耀时
主演：乔闪闪 × 陆星耀
场次：番外
剧集：后来那些事

某组热帖——
爆料：L姓顶流前两天带团队和女朋友去巴厘岛度假，沙滩餐厅当众唱歌表白接吻秀恩爱。
1L：陆星耀？
2L：我和我哥的恋情终于瞒不住了是吗［害羞］
3L：无锤一律打成水军自炒。
…………
帖子发出不到半小时就被顶成了热帖，高赞全部都是喷楼主的。大概是看大家都不信，楼主又放出几段陆星耀在沙滩餐厅弹吉他唱歌的小视频。
网友1：所以女朋友呢？光放陆星耀的视频干吗？真不是粉丝自炒？
楼主：说了陆星耀带了团队啊，和他女朋友有关的视频照片都删了，反正你们爱信不信。
网友2：楼主说的应该是真的。我表哥是陆星耀他女朋友的同学，他们春节的时候都见家长了，陆星耀还和女朋友去参加同学聚会。
网友3：越来越离谱了，我说你们黑子能有点常识吗？我哥每年录完春晚都会休假出国去陪家人的，但凡找个"黄牛"问问航班信息，都说不出这种话。
网友4：多谢楼上提醒，刚才去查了，除夕晚上，陆星耀从北京飞西安，大年初七下午，陆星耀从西安飞北京。难怪他春晚后采都没录，原来是陪女朋友回家过年啊。
网友5：难道是真的？所以他女朋友到底是什么人？
楼主：是个素人，不知道是不是圈里的，但反正不是明星。
网友2：好像是个编剧。《关山月》播的时候，我表哥说那是他同学写的，应该就是陆星耀的女朋友了。
这话一出，粉丝瞬间炸了。
因为乔闪闪确实是西安人，而且还和陆星耀互关。不管是前两年《关山月》定档时，还是年初《关山月》空降播出，陆星耀在宣传的时候，总会提上一句乔老师。更何况深扒下去，两人合作不止一次，甚至可以说在《关山月》后，陆星耀的每一部剧里都有乔闪闪的影子。

比如最近正在播出的《千秋》里，跟组编剧一栏赫然写着乔闪闪的名字。再联想陆星耀受伤那段时间的绯闻，他当时解释绯闻里的女士是编剧，显然，这位编剧就是乔闪闪。

再比如，陆星耀友情出演，即将上映的《共生》，乔闪闪不仅是编剧，还是导演。还有陆星耀年初拍完的那部都市剧，编剧也是乔闪闪。如此频繁的合作，实在不是一句巧合可以解释清的。所有的证据摆在面前，粉丝想要自欺欺人都没有办法。

热帖在首页挂了大半天，热度正在发酵中，却被另一条新闻抢了热度，词条#周时越疑似恋爱#冲上热一。

不同于豆瓣热帖的爆料和各种蛛丝马迹的猜测，周时越这边有图有视频有真相，而视频图片中的女主角和陆星耀这边是同一个，都是乔闪闪。

一时间，两边粉丝都有点蒙圈。随后，平时互相冷嘲热讽、碰见就撕个昏天黑地的两家粉丝忽然变得谦让起来，纷纷祝对家哥哥嫂子百年好合。广场上一片恭喜声中，是压抑不住的火药味，气氛和谐又诡异。

网上舆论沸沸扬扬之时，乔闪闪和周时越、陆星耀正在侯导家里煮火锅，魏思杰、俞婉晴等人都在，沙发上坐不开，陆星耀顺理成章地和乔闪闪挤一张椅子。

这会儿火锅冒着小泡，但没人有心情吃饭，都人手一个手机刷微博。

乔闪闪原本还有点担心自己会被骂，但看到广场上都在吵什么后，顿时被逗笑了。

"你还笑？"陆星耀敲她的脑袋，语气怎么听怎么不爽，"要上热搜也应该是跟我上吧，现在我算什么？"

还没等乔闪闪说话，周时越先道："好大的酸味，谁家醋坛子又倒了？"

"还没说你呢。"陆星耀瞥了他一眼，"都当明星了，能不能注意点？我可从来没和闪闪以外的女人闹过绯闻。"

乔闪闪逗得不行，忍不住拍了他一下："你正常点儿。"

陆星耀搂住她的腰，慢悠悠道："我知道，我都懂，虽然女朋友和别人疑似恋爱上了热搜，但那都是假的，我不吃醋，我怎么可能吃醋呢？"

周时越实在是受不了他，编辑完微博点击发送，把手机丢在桌上："别念叨了哥，我已经澄清了。"

果然，这会儿在座的人都收到了消息提醒，点进去，正是周时越刚刚发布的微博——

@i周时越：我的编剧@编剧乔闪闪 正常工作讨论，勿做过多揣测。

魏思杰也挂了电话，一边拿起筷子一边道："豆瓣的帖子已经让人删了，加上周老师这边转移注意力，你放心，应该不会……"

魏思杰话音没落,手机又响,他拿起来看了眼,顿时倒抽一口气,呛得脸都红了。

大家看他这反应,又拿起手机,这才发现陆星耀回复并转发了周时越刚刚的微博。

@陆星耀Star:明明是我的,不要挖墙脚。@i周时越:我的编剧@编剧乔闪闪 正常工作讨论,勿做过多揣测。

这会儿,微博已经彻底炸了,词条#陆星耀让周时越不要挖墙脚#像坐了火箭一样往上蹿,一眨眼就从文娱榜窜到了总榜前十,广场上都在讨论编剧乔闪闪究竟是什么人。

乔闪闪心都快从嗓子眼跳出来了,而罪魁祸首一点也没觉得自己的发言有多惊世骇俗,烫了一片毛肚递到她面前:"吃吗?"

见乔闪闪不吭声,陆星耀笑着捏了捏她的脸:"这是什么表情?放心,有我呢。"

乔闪闪站起身拉了他一把:"你跟我过来一下。"

所有人的目光都看了过来,陆星耀微微耸了下肩,懒懒地起身跟着她去了露台。

没等乔闪闪开口,陆星耀先低头看她:"怕了?"

"不是……"乔闪闪不知道该怎么解释,"我还没有做好准备,而且《共生》马上要上映了,现在也不是公布的时机。"

陆星耀轻轻哼了声:"有人前两年是怎么说的?可以低调,但不要当我的地下女友,要堂堂正正、光明正大。该担心会做地下男友的是我才对吧!"

见乔闪闪不说话,陆星耀轻轻捏了捏她的脸:"说话。"

乔闪闪莫名有点儿心虚,冲他挤出两个小梨涡:"我以后注意,不生气了好不好?"

"没生你气。"

乔闪闪眼巴巴地看着他:"那现在要怎么办?"

"想知道?"陆星耀坏笑挑眉,"叫哥哥,亲我一口就告诉你。"

乔闪闪毫无威慑力地瞪了他一眼:"陆星耀,你再胡说八道,我要生气了啊。"

#陆星耀让周时越不要挖墙脚#的词条在热一挂了整整六个小时,抖音、小红书、知乎、豆瓣等社交软件跟着联动。

乔闪闪的微博评论区几乎都被逛烂了,网友在下面纷纷留言。就在全民热议之时,话题中心的乔闪闪终于发了一条微博——

@编剧乔闪闪:感谢大家的关注,电影《共生》下周首映,欢迎大家来现场观看。[图片]

带了一张乔闪闪、陆星耀、周时越和侯导的四人合影。

网友:你们是会营销炒作的!

《共生》定档在七月末，暑期档的尾巴。

上映前一天，剧组在中影国际影城举办了首映礼和两场小规模点映。得益于陆星耀之前那番操作，《共生》可以说是以最低的宣发成本拿下了同期所有电影中最高的关注度。

首映一结束，没抢到票的网友都在眼巴巴地等评价。粉丝就不说了，各大媒体、影评人几乎是清一色的好评。都说是近年难得一见的佳作，剧本扎实，演员表演到位，感染力强，就连陆星耀在电影里也丝毫不让人出戏，节奏也好，笑点泪点都足，后劲很大，唯一的美中不足就是镜头语言有些稚嫩，但想到是新人导演，也能接受。

在超高好评与极高的话题度、关注度之下，上映第一天，《共生》的票房就爆了。在排片只有30%的情况下，拿下了超1.5亿的票房，口碑热度持续发酵，票房逆跌，不到一周的时间票房破十亿，一时间，《共生》成为全民热议的话题。

乔闪闪和陆星耀、周时越在电影上映前的绯闻也再次被网友翻出来玩梗，戏称不怪陆星耀和周时越要抢，这样的编剧谁不想要？

之前陆星耀的粉丝还对陆星耀接了一部小透明班底的都市剧十分不满，这会儿《关山月》和《共生》连爆，肯定不能单单被定义为巧合，粉丝纷纷排着队到乔闪闪微博下表示期待，问她什么时候能再给她们哥哥写戏。

《关山月》爆的时候，乔闪闪感觉自己像是在做梦，等到了《共生》，她感觉自己不是在做梦，而是在修仙。

其实乔闪闪之前对《共生》并没有抱太大的期待。

虽然她在剧本里加了很多时下流行的商业元素来包装，但《共生》这个故事本质上并不是大家喜闻乐见的"苏爽"，且也不是什么特效大片，投资也只有不到七千万。虽然近些年的电影票房年年走高，但电影市场却算不上好，几乎只有头部企业在赚钱，小公司存活艰难。

乔闪闪最初对《共生》的期待是五亿，有周时越和陆星耀的号召力，亏本肯定是不会亏本，但对于票房大爆这件事，她并没抱有太多的期待，在小赚一笔的基础上再能有个不错的口碑，这就是她最大的期待了。

但现在，看着软件上分分钟几十上百万的票房，乔闪闪走路都是飘的。

等到为期一周的路演宣传结束后，乔闪闪整个人都还是恍惚的，她没急着回北京，留在上海和温妍、陈潇聚了聚。

这会儿，三人正在一家清吧喝酒聊天。说到一半，乔闪闪忍不住道："潇潇，你掐我一下。"

陈潇被她逗得不行，用力在她腰间捏了一把。乔闪闪差点跳起来，转头委屈巴巴地看她："你干吗那么大力？"

"让你感受一下人间的真实和残酷。"

乔闪闪轻轻呼了口气，瞄一眼旁边的手机屏幕，五分钟没看，票房又涨了将近一百万。

"别看了,票房又跑不了。"陈潇拿过她的手机,"来,老实交代,你和我哥到底什么关系?"

乔闪闪轻轻"啊"了一声:"我和浔哥就是朋友啊。"

"我是说陆星耀。"陈潇眯着眼,眼神带刀,"你以为我真信你们是为了电影在炒作?"

乔闪闪有点心虚。因为陈潇是陆星耀的粉丝,这些年,她一直没有告诉过陈潇,她和陆星耀之间的关系。

乔闪闪清了清嗓子道:"那个,Star你还记得吗?就是我之前的那个网友。"

陈潇挑眉:"你们不是断联了吗?"

"对,但后来我们又遇见了。"乔闪闪顿了顿才道,"我和他在一起了。"

"我当年就说你喜欢他吧!你还不承认?什么时候的事儿?带来给我们见见?让我也看看,能拿下我们闪闪的是什么人。"

"他现在就在上海,你想见也可以。"

"那还等什么,把人叫来啊!"

乔闪闪又清了清嗓子道:"其实这个Star你也认识。"

陈潇开始有不好的预感:"嗯?"

"就……你觉不觉得,他和陆星耀的名字很像?"

"你是说……"

"嗯,就是你想的那样。"

陈潇整个人呆在那儿,愣愣地看着她,半天都没一点反应。

乔闪闪正想说点什么,陈潇忽然戳她的脑袋:"我就说你俩绝对不正常,问你那么多次,你都不说!"

"我……"

"我这是错过了多少当面追星的机会啊!"陈潇捶胸顿足,"你知道我为了去现场见他,追活动花了多少钱吗?"

乔闪闪眨了眨眼:"你……能接受?"

"我为什么不能接受?"陈潇莫名其妙,佯装生气,"还没问你呢,为什么不告诉我?还把我当朋友吗,乔闪闪!"

"我那不是怕你接受不了嘛。"乔闪闪心虚地说。

"我是那种人?"陈潇戳她脑袋,"姐妹和偶像,当然是姐妹重要好不好!"

乔闪闪被陈潇逗笑:"你真这么想?"

"那当然!"陈潇想起什么,"你刚说他现在在上海?让他过来!不请咱们吃饭怎么行?"

"好好好,让他请。"乔闪闪笑着道,低头给陆星耀发消息。

得到陆星耀的回复后,乔闪闪放下手机:"他说二十分钟到。"

陈潇这会儿好奇得要死:"他一个大明星,怎么会用咱们学校的Listen

For 呢？"

乔闪闪看向对面的温妍："是妍妍的功劳。"

温妍正跟人发消息，闻言茫然地抬起头。

"陆星耀说当年是顾总在推这个 App。"

说起来，温妍、顾清潼和项明安、曹小北一样，都算是他俩的红娘了。乔闪闪笑眯眯地托着下巴："妍妍，顾总什么时候有空啊，我和陆星耀请你们吃顿饭吧。"

"好呀，我问问我姐。"

知道陆星耀要来，陈潇点了一桌酒。这会儿侍应生把酒端过来，她端起杯子抿了口，问乔闪闪："你们准备什么时候公开啊？"

"顺其自然吧，哪天瞒不住了再说。"乔闪闪说着顿了顿，"你觉得，陆星耀的粉丝能接受吗？"

"管她们干吗？"陈潇立场变得很快，"你现在可是爆款剧在手、票房十亿加的新锐导演，是走哪儿都闪闪发光、投资商追着送钱的金疙瘩好吗？"

乔闪闪被她逗笑："你还记得你是陆星耀的粉丝吗？"

"现在不是了，我现在是闪耀的 CP 粉！"

陆星耀到酒吧时，乔闪闪正眉飞色舞地和她的小姐妹说着话，两颊晕红，眼睛很亮，整个人都有股兴奋劲，显然是喝多了。

陆星耀摘了口罩，轻轻戳她的脑袋："酒鬼，不能喝还喝这么多！"

除了结婚那天，陈潇还从来没有这么近的距离看过真人，整个人激动得发抖，见陆星耀过来，连忙起身把乔闪闪身边的座位让给他。

正寻思着说点什么，听见陆星耀的话，她连忙道："没事，闪闪她酒量好着呢。"

"就是。"乔闪闪这会儿还清醒着，捏着他的手指显摆道，"我早就给你说过，我酒量很好的，你还不信。"

陆星耀轻哼了声："一瓶 RIO 就倒的那种好？"

"哪有？十瓶 RIO 我都倒不了好不好？不信你问潇潇。"

陈潇连忙点头："我们宿舍三个人一起上都喝不过她。"

陆星耀轻轻挑了下眉，若有所思地看了她两眼，一些久远的记忆重新在眼前浮现。

乔闪闪不明所以地眨了眨眼："你干吗这么看我？"

"等会儿回去再找你算账。"陆星耀在她耳边小声道。

乔闪闪眨了眨眼，还没来得及说话，陆星耀已经和陈潇、温妍打招呼寒暄了。

散场已经接近凌晨，四人在停车场分别。

陆星耀扶着乔闪闪上了车，俯身给她系安全带时，乔闪闪忽然捧住他的脸，眨着眼睛看他。

陆星耀喉结滚了滚,撑着座椅靠背,问:"看什么?"
"看谁家的男朋友这么帅。"
陆星耀嘴角一翘,又立刻绷住,故意逗她:"你说是谁家的。"
乔闪闪眼神娇羞地躲闪了下,唇软软地在他唇上贴了贴,随后退开,骄傲地宣布:"我家的!"
陆星耀毫不犹豫地追上去,衔住她的唇。乔闪闪软软地"唔"了一声,搂住他的脖子。
两人旁若无人地在深夜的地下停车场里接吻。
直到一声"咔嚓",伴随着刺眼的闪光灯亮起,陆星耀瞬间清醒过来,下意识地转头去看。乔闪闪还有点没反应过来,见他退开,搂着他的脖子追上来索吻。
陆星耀笑了声,无奈又纵容地在她脑门上亲了亲,随后将人按进怀里。

乔闪闪醒来已经是第二天中午,快十二点,陆星耀的声音隐约从外面传来,听起来好像在打电话。乔闪闪也没叫他,摸过手机,看到各大社交平台的消息推送:陆星耀深夜与一女子在地下停车场拥吻!
手机一下掉下来,砸在脸上,乔闪闪痛呼一声,捂着鼻子从床上坐起来。
什么情况?怎么就被拍了呢?
乔闪闪努力地想要回想起昨晚的片段,正想着,卧室门被推开,陆星耀还穿着家居服,这会儿拎着手机走进来。
乔闪闪耳朵泛红,脚趾忍不住蜷了蜷。
陆星耀在床沿边坐下,轻轻戳她的脑袋:"问你个事儿,老实交代。"
"等等。"乔闪闪拎起手机,"热搜你应该看到了吧?现在要怎么办?"
陆星耀随意地往屏幕上瞥了一眼,随后很快收回目光:"没事,不用管。当然,宝宝要是现在想公开,给我个名分,也可以。"
乔闪闪连忙摇头。
陆星耀脸上的笑容有点维持不住了,冷眼睨她:"摇头是什么意思?不想负责是吧?"
"不是。"乔闪闪好声好气地哄,"现在还不是公布的好时机嘛。"
《共生》还没下映,各种公关方案也还没准备,确实不是好时机。而且话说回来,陆星耀今年二十九岁了,谈个恋爱又不伤天害理,乔闪闪还是个素人,确实没什么和公众交代的必要。
不过,乔闪闪还是有点担心:"不管真的没关系吗?"
陆星耀笑了声,把她从被子里抱出来,让人坐在腿上:"闪闪,《关山月》播出之前,我去参加活动,都没有压轴和 C 位的待遇了。"
"所以?"
"这一次,我是被你捧红的。"

演员和"爱豆"到底还是不一样，粉丝是因为喜爱作品进而才关注到演员，而"爱豆"则完全是靠粉丝真金白银的奉献才能出道。所以"爱豆"不能谈恋爱，要扮演好粉丝的理想男友。但演员不用，演员要做的是用源源不断的好作品去回馈粉丝。

"小曹已经在整理方案了，等会儿我会发一则声明，说我确实有女朋友了。但你放心，我不会让无关的人来打扰你的。"

乔闪闪："其实大家也能猜到吧。"

陆星耀笑了下："会怕吗？"

乔闪闪摇头。

陆星耀笑了声："那我们来聊聊之前的话题？"

乔闪闪想起来他刚才好像说是有事问她，便道："你要问什么？"

陆星耀一时没吭声，只是打量着她。看得乔闪闪不自在地挪了挪，他才道："酒量很好？"

乔闪闪"啊"了一声："怎么了？"

"那怎么当初《关山月》杀青那晚，一瓶 RIO 就醉了？"

乔闪闪推开他，想要下地："那个，我有点饿了……"

还没来得及跑，就被勾着腰按回他腿上，陆星耀笑话她："我又不会吃了你，跑什么？"

乔闪闪耳朵烧得通红，目光四处乱瞟，就是不看他。

"所以你拍《关山月》的时候，就已经喜欢上我了是吗？"陆星耀掐着她的下巴，让她转过脸来，"说话。"

乔闪闪拍开他的手，故作凶巴巴地瞪了他一眼："是又怎么样？"

"你怎么那么能装啊。"陆星耀被气笑了，"真能忍啊，乔闪闪！这么多年才愿意和我在一起。"

乔闪闪眨了眨眼："喜欢又不一定要在一起。"

陆星耀戳她的脑门："喜欢不在一起，你想干吗？"

"喜欢只是一种短暂的情绪。"乔闪闪轻声道，"喜欢和想在一起，和非你不可，这是三件不同的事。"

陆星耀看着她振振有词的模样，忍不住凑上去亲了她一口："那是什么时候想和我在一起的？"

"你在晚会上唱歌的时候。"

"被我感动了吧？"陆星耀忍不住得意，"那又是什么时候非我不可的？"

乔闪闪推他的脑袋："不告诉你。"

"我知道。"陆星耀笑了声，"我说要给你投资的时候对不对？"

其实不是，是在看到陆成写给她的那封邮件的时候。但是看着他仿佛求夸奖的眼神，乔闪闪也没有反驳，只是笑着揉了揉他的脑袋。

"那你呢？"乔闪闪问。

"我才没你那么复杂。我第一次、不对,是第二次见你,就喜欢上你了。"

第二次见面,是她去面试的那天。

乔闪闪轻轻撇了下嘴:"骗人,你当时还问我要不要当小狗呢。"

陆星耀很不正经地笑了声,吊儿郎当道:"偶尔当当小狗也没什么不好……"话没说完就被她恼怒地掐了一把。

陆星耀乖乖闭嘴,扣住她的后脑吻上去。

其实他没有骗她,后来无数次地探寻自己的内心,其实在她给了他一盒糖,对着他甜甜一笑的那个傍晚,他就已经喜欢上了她,即便那个时候,连他自己都不知道。

不管是 Shining 还是乔闪闪,不管他们以何种方式相遇,他都永远会为她心动。

《共生》最后的票房落点在 19.88 亿,差一点就能挤进二十亿大关,虽然会觉得有点遗憾,但能有这个成绩,乔闪闪已经很满足了。

电影下映当天,《共生》官博发布了庆功海报,乔闪闪邀请所有主创在酒店举办了庆功宴。

十月底,金鸡奖提名名单正式公布,《共生》共斩获三项提名,除了最佳故事片外,就是周时越的最佳男主角以及乔闪闪的最佳新人导演。

侯导因为身体原因没能来现场,颁奖典礼召开当天,乔闪闪是和周时越、陆星耀一起走的红毯。

警戒线外是扛着摄像机的媒体和欢呼尖叫的粉丝。

乔闪闪走在陆星耀和周时越两人中间,签名时激动又紧张,手都在发抖。

陆星耀在旁边看了她一眼,轻声问:"冷吗?"

没等乔闪闪说话,陆星耀已经把笔交给工作人员,于众目睽睽中脱下西装外套,披在乔闪闪肩上,在一片尖叫声中搂着乔闪闪的肩,大摇大摆地往前走去。

乔闪闪傻了,主持人傻了,媒体傻了,粉丝也傻了。

周时越微微耸肩,无奈地摇了摇头跟上。

直到乔闪闪和陆星耀走到主持人面前,红毯主持人终于回过神来,拿着话筒磕磕巴巴地继续念着词,进行例行采访。本来不该问无关话题的,但主持人还是忍不住问了句:"请问你们是什么关系?"

没等陆星耀说话,乔闪闪先抢答道:"导演和演员的关系。第一次走红毯,不习惯穿这么薄的礼服,陆星耀他是看我冷才把外套给我的。"

"理解理解。"主持人很懂地点头,"星耀还是一如既往的绅士。"

这段直播传到网上之后,网友、粉丝及各路吃瓜群众纷纷炸了。

陆星耀什么时候对女生绅士过?从来都是一副冷漠脸。

前两个月地下停车场接吻被拍之后,绯闻在网上闹了近两天,陆星耀出来发布了这样一则微博——

@陆星耀Star：感谢大家关心，我确实有女朋友了，我很爱她。对方是素人，还请大家不要打扰。

虽然说是素人，但吃了这么久的瓜，不管粉丝还是网友都能猜到，那个人就是乔闪闪。

这会儿，陆星耀的举动几乎是坐实了两人的关系。

热搜广场上到处都是网友的讨论——

△没想到陆星耀谈起恋爱来竟然是这个样子。

△怎么看起来是乔导不愿意官宣的样子？

△我记得之前的主创采访里，乔导说过她的偶像是周时越？那陆星耀还不得醋死？

△好像有点明白陆星耀为什么要"友情出演"了，你们没觉得他在电影里，和周时越演情敌的部分演得贼好吗？

△有点嗑到了是怎么回事？

网上讨论得热火朝天之时，乔闪闪和陆星耀、周时越已经进了会场，有工作人员引着他们前往座位。

林乐天拿了衣服过来递给乔闪闪，乔闪闪把西装丢到陆星耀怀里，忍不住瞪了他一眼。

其实本来今天陆星耀不用来的，但他说这是她人生中的重要时刻，他不能缺席。

乔闪闪当时还挺感动的，现在看来他不仅没缺席，还在这个重要时刻上添了浓墨重彩的一笔，以后无论什么时候提起来，这个时刻都有陆星耀的存在。

乔闪闪是又好气又好笑，问他："你老实交代，你是不是蓄谋已久？"

"那不是。"陆星耀反驳，拉过她的手往座位上走，"我顶多是临时起意，而且我这是在帮你。"

"帮我什么？"

"帮你铺垫一下。"

"铺垫什么？"乔闪闪迷惑了。

陆星耀看了她一眼，没吭声。

乔闪闪以前写东西从来不避着他，但最近她不知道为什么，写东西的时候神神秘秘的，看到他就飞快地关掉。陆星耀随口一问她在干什么，乔闪闪耳朵发红、眼神躲闪，说不告诉你，被他缠得很了才说是在写获奖感言。

获奖感言有什么好害羞的，还不给他看？所以陆星耀觉得她一定是准备在颁奖台上向他表白或者求婚，就像小说和电视剧里写的那样。

为了避免场面过于失控，陆星耀提前在红毯环节帮她铺垫一下，让网友有个心理准备。

怕打击她的积极性，陆星耀什么也没说，只是轻笑了声，在没人注意的角落抱了抱她:"宝宝放心,你肯定会得奖的。"

整场颁奖礼,乔闪闪都激动又忐忑。

前面冗长的流程过后,终于到了正式颁奖的环节。颁完了两个奖项后,来到最佳故事片环节,本届入围的影片一共有四部,《共生》是票房最高的,但由于她在创作的过程中加入了比较多的商业元素,内容深度和质感相较于其他三部电影,还是稍逊一筹。

如果是大众百花奖,乔闪闪毫不担心,但金鸡奖向来以专业著称。

果然,最后得奖的是一部反映底层小人物挣扎的文艺片,乔闪闪呼了口气,跟着众人鼓掌,起身与领奖人握手拥抱。

等领奖人从台上下来,现场开始颁布最佳导演奖,主持人充满感染力的声音响彻整个会场。

女主持人:"今年我其实特别高兴。"

男主持人:"是不是因为今年的电影质量都特别高?"

女主持人:"当然,不过还因为,今年我看到了很多优秀的新人走到大众面前,而且其中竟然有女性。这是第一次有女性导演站在我们这个颁奖台上,你能理解我的激动与骄傲吗?"

男主持人:"你是说——"

女主持人:"对!接下来有请我们的最佳新人导演奖获得者——《共生》导演,乔闪闪女士上台领奖!"

现场响起雷鸣般的掌声。

即便早就做好了心理准备,但是在追光灯落在身上的这一刻,乔闪闪还是有片刻的恍惚,直到身边的陆星耀用力抱了抱她。

他表现得比自己拿了奖还要激动,要不是场地有限,他恨不得抱着她转上几圈:"宝宝,听到了吗?你得奖了!"

乔闪闪回神,四目相对。回想起拍《共生》前后的种种,乔闪闪眼眶微微泛红,她用力抱了抱陆星耀,转头,看到周时越也起身,冲她张开双臂,乔闪闪忍不住笑了下,转身跟他抱了下。

周时越笑着道:"闪闪,恭喜你,实至名归。"

"谢谢。"

乔闪闪整理好情绪,取下肩上的外套,在所有祝福的目光中,一步步走上属于她的舞台。

接过颁奖嘉宾递来的那个代表着荣誉的奖杯,乔闪闪喉咙微哽,一时说不出话来。

女主持人抱了抱她,笑着调侃:"得奖是好事,乔导可别哭啊。"

"不会。"乔闪闪笑了下,轻声道,"四年前,我还是一个连署名都没有的、不入流的小编剧,我甚至一度有过要离开这个行业的念头,我从没想过,我会在三十岁之前站在这个舞台上。能有今天,我要感谢我的老师和引路人侯锋导演,感谢那些永远在我身后默默支持我的朋友,以及我曾经的偶像,现在的好朋友周时越。"

舞台上灯光明亮,站在上面往下看,下面的一切都模糊而遥远,乔闪闪循着记忆,寻找着人群中的陆星耀。

大概是知道她在看什么,陆星耀在人群中冲她招了招手。

导播很懂地把镜头切过去,陆星耀含着笑意的脸顿时出现在大荧幕上。他眼神温柔又深邃,看着她时,带着他自己也不曾察觉的骄傲。后排断断续续传来粉丝的尖叫和惊呼。

当着这么多人的面,乔闪闪不好意思地抿着嘴笑了下:"还要感谢我的天使投资人,陆星耀先生。是他给了我留在这个行业里发光发热的机会,是他在我还是一个寂寂无名的小编剧时,一直坚定地相信我很好、我可以。也是他,在我迷茫失意的时候,帮我找回梦想,没有他就没有今天的我,谢谢你。"

说完,乔闪闪微微鞠躬,把话筒还给主持人,提着裙摆往台下走。

主持人在简单的总结陈词后,开始进行下一个环节。

满怀期待的陆星耀僵在座位上,说好的求婚呢?

这一晚,《共生》一共斩获了两项大奖,除了乔闪闪的最佳新人导演外,还有周时越的最佳男主角。在此前,国内电影三大奖,华表奖和百花奖,周时越都已经拿过了。唯独金鸡奖他这些年一直冲奖失败,乔闪闪没想到他最后竟然是凭《共生》拿下这座影帝奖杯,此后他将是这一代男演员中唯一一个大满贯影帝。

周时越在台上领奖,乔闪闪在台下热泪盈眶地为他鼓掌。

她想起大学毕业刚入行时的艰难,想起没日没夜加班改剧本却一次次被否定时,从周时越那儿得到的力量。那个时候,支撑着她走下去的希望,就是将来有一天成名了,可以给周时越写剧本,凭借自己的能力把他送上颁奖台。而现在,对当年那个刚刚走出象牙塔的小女孩来说,显得虚无缥缈的梦想竟然真的实现了,是《共生》成就了周时越,也是周时越成就了《共生》。

周时越发表完获奖感言,拿着奖杯从台上下来,乔闪闪起身和他拥抱:"周时越,恭喜你。"

周时越绅士地搂了搂她的肩:"谢谢乔导提携。"

乔闪闪被他逗笑,两人分开。陆星耀懒懒地冲周时越张开双臂,周时越一笑,上前和他拥抱。

陆星耀用力拍拍周时越的背,真心实意道:"兄弟,恭喜拿下大满贯。"

周时越笑了笑:"你也加油。"

"用你说?"陆星耀挑眉,勾住乔闪闪的肩,"看看,我们最年轻最有潜力的乔老师——"他顿了顿,语气无比得意,"我的!"

周时越叹了口气,转过头问乔闪闪:"他这病还能治吗?"

乔闪闪看看周时越,又看看陆星耀,"扑哧"一下笑了。

颁奖晚会结束,乔闪闪举办了一个小型庆功宴,人不多,但气氛很热闹。

拍完照发微博后,开始分蛋糕。乔闪闪和周时越都拿了奖,所以第一块蛋糕是分给陆星耀的。

乔闪闪捧着蛋糕笑盈盈地递给他。陆星耀接过蛋糕,心想难道是藏在蛋糕里面了?

他看了乔闪闪一眼,拿叉子小心翼翼地在蛋糕上戳了两下。

乔闪闪知道他平常不吃这些东西,但今天开心,便眨了眨眼道:"你随便吃两口就好。"

陆星耀心想果然,表面淡定道:"你的庆功蛋糕我当然要吃。"

然而直到他仔仔细细地把一整块蛋糕吃完,也没有找到本该藏在蛋糕里的东西。陆星耀看看桌上被瓜分一空的蛋糕,又看看旁边正和周时越说话的乔闪闪,有些不爽地捏了把她的后颈。

乔闪闪转头看他。四目相对,乔闪闪看看被他吃光的蛋糕,目光又移回来,对上他带着淡淡不爽的双眼。

陆星耀张口,正想问问"你没什么要和我说的吗",乔闪闪从自己盘子里挖了一勺蛋糕递到他嘴边:"给你吃。"

陆星耀满怀期待地张嘴,然而一口蛋糕下肚,依然什么都没有。

好吧,也许真的是他想多了。陆星耀这样在心里安慰自己。

几个人喝酒聊天玩到十二点过,周时越告辞离开。

陆星耀先去洗漱,从卫生间出来时,乔闪闪正抱着电脑坐在床头写东西,听见声音,她立刻合上电脑。

陆星耀一边擦头发,一边睨她:"写什么呢?"

"没什么,新剧本。"

"给我看看?"

"不给你看。"

陆星耀不说话了,把毛巾挂在脖子上,双手环抱在胸前,往墙上一靠,就那么睨着她。

乔闪闪把电脑放在一边,起身上前,搂住他的脖子想亲他一口。

陆星耀一抬下巴,不给她亲。

不亲就不亲,乔闪闪松手去卫生间:"小气。"

陆星耀被她气笑了,转身跟着她进了卫生间。见乔闪闪刷牙,他靠着洗手台,偏头看她。

乔闪闪吐掉嘴里的泡沫,漱了口,转头瞪他一眼。

陆星耀笑了下,自身后搂住她的腰,下巴搭在她的肩窝上:"宝宝,这么重要的日子,你就真没有什么想和我说的?"

乔闪闪茫然地在镜子里和他对视。

陆星耀问:"那你最近神神秘秘的,在忙什么?"

乔闪闪把洗面奶打出泡沫,抹在脸上:"写剧本。"

"真的?"

"真的啊。"乔闪闪哭笑不得,"不然我还能干吗?"

陆星耀提着她的腰,将人抱到洗手台上坐着。

乔闪闪轻轻摸了摸他的脸:"陆星耀,你今天不开心吗?"

"没有。"对上乔闪闪明显不信的眼神,陆星耀莫名有点不好意思,他清了清嗓子,飞快地含混过去,"你之前整天神神秘秘的,我还以为……你准备了惊喜给我。"

"什么惊喜?"

"没什么,不重要,反正我也……"

"难道你以为我要在领奖的时候向你求婚?"乔闪闪恍然。

"不是,怎么可能。"陆星耀拒不承认,"都说了求婚这种事当然得男人来,不然以后女儿问起来……"

没等她说完,乔闪闪搂着他的脖子亲了一口。

没等她退开,陆星耀扣着她的后脑反守为攻,大手也顺着她的裙摆爬进去。

乔闪闪搂住他的脑袋:"……我还没洗澡。"

陆星耀:"一起洗。"

电影节过后,陆星耀开始把求婚这件事提上日程。趁着去国外参加活动的工夫,特意去了趟珠宝展会,挑了一枚钻石,和设计师沟通后,终于确定了镶嵌的样式。

来年,白玉兰提名名单出来,陆星耀凭借着《千秋》被提名最佳男主角。

如果让陆星耀来选的话,其实他更希望获得提名的是《关山月》,因为这部剧不管是对他还是对乔闪闪来说,都有着不一样的意义,是他和乔闪闪的定情之作。

但乔闪闪也提名了最佳改编剧编剧。

组委会评奖也要平衡各方面,不可能所有奖都颁给同一部剧,如果他拿了《关山月》的最佳男主角,那乔闪闪拿奖的可能性就会变小。

虽然去年拿了个最佳新人导演,但陆星耀知道,相比于导演,乔闪闪对自己的身份认同还是更偏向于编剧,因此对于没能得到最佳编剧提名,她还是有些失落的,所以提名《千秋》也好。

因为提名不是同一部剧,两人红毯都没能一起走,进了会场,座位也没有排在一起。

现场镜头很多,陆星耀不好玩手机,等待颁奖的过程中,频频转头向后望。

乔闪闪正和侯导坐在一起有说有笑,见他回头,不知怎么有些害羞,抿着唇冲他笑了笑，小幅度地摆了摆手。

两人隔着人群对视，陆星耀也笑了，眉眼飞扬，他握紧了手里的戒指盒，心满意足地转过头。

早知道陆星耀求婚计划的侯导也笑："这小子一直都这么黏人吗？分开这才多一会儿？看了几遍了，还怕我把你吃了不成？"

乔闪闪被逗笑："也许是害怕您提前跟我告密。"

"哟。"侯导挑眉，"你知道了？"

"呀，果然被我猜中了。"乔闪闪小狐狸似的笑了起来。

侯导被诈，一时不知是好气还是好笑，手指点了点她："你这丫头，回头可不准说是我泄露的。"

"不会。"

乔闪闪笑了笑。算上他们还是网友的那些日子，乔闪闪和陆星耀认识近十年了。两个人熟悉到一定程度，有时候会有一种仿佛命运相连的感觉。比如前段时间陆星耀在外地拍戏，乔闪闪想他了，本来正在看机票，准备第二天偷偷去探班，陆星耀就打了电话过来。

那会儿已经很晚了，陆星耀都睡了，打电话时声音都是迷糊的，他说："宝宝，我好像梦到你想我了。"

再比如现在，明明生活平静美满，并没有什么不同，但乔闪闪就是有一种预感，陆星耀要向她求婚了。

今晚的颁奖先颁最佳剧集，然后是最佳导演、最佳编剧，最后才是最佳演员。

其实乔闪闪没觉得自己能拿奖，虽然确实很想拿一个编剧奖证明自己，可《关山月》播出成绩虽好，但因为当时撤档改剧情补拍，其实删掉了很多精彩的片段。如果是原剧本，乔闪闪完全有那个信心拿奖，但如今播出的版本，虽然很不想承认，但在多方妥协下，确实有很多瑕疵。不过现在乔闪闪也不是很在意了，《关山月》只是她的起点，后面她还会有很多很多的剧。

所以当颁奖嘉宾念出《关山月》乔闪闪的名字时，乔闪闪整个人都是愣的，呆坐了好一会儿，才在侯导的提醒中回过神来。

乔闪闪在主持人的催促与满场掌声中走上舞台。

颁奖嘉宾笑眯眯道："闪闪不是第一次上台领奖了吧？怎么还不习惯。"

"确实有点……意外。"乔闪闪接过话筒，"《关山月》不管是拍摄还是上映，都经历过很多波折，小说里很多精彩的部分都没有呈现出来，我没想过……"

"确实。"颁奖嘉宾点头，"把小说文字转化为影视剧，并不是一件容易的事，需要经过各种各样的权衡与妥协。今天组委会之所以把这个奖颁给你，就是因为你把很多的不可能变为了可能，播放量和观众口碑足以证明。"

乔闪闪吸了吸鼻子，接过奖杯，和嘉宾拥抱："谢谢。"

发表完获奖感言，乔闪闪从台上下来，久久不能平静，直到陆星耀上台领奖。

乔闪闪抬头,注视着舞台正中的大屏幕。

主持人习惯性地说着俏皮话:"从去年开始,星耀可谓是作品大爆发啊,这应该是你出道近二十年来,头一次站上这个舞台,能问问是什么让你找回了当演员的初心吗?"

陆星耀隔着人群和她对视:"大家都知道,拍摄《千秋》的过程中,我发生了很严重的意外,当时是乔老师陪着我,给我治病,给我改剧本,照顾我,保护我。她希望我做一个好演员,而我想要让她的梦想成真。"

说到这里,他顿了顿,忽然笑了下:"而且我家小祖宗说了,拿了奖,才能演她写的戏,我当然得努力点。"

满场哗然,各大社交网站都被刷了屏。

导播疯狂地给乔闪闪镜头。

大荧幕上,一边是陆星耀,一边是乔闪闪,他们相视而笑。陆星耀吻了吻奖杯,冲着乔闪闪的方向举起手:"这份荣耀,送给我们乔老师。希望有一天,我也能成为你的最佳男主角!"

因为接下来还有安排,加上和《千秋》剧组的关系微妙,陆星耀并未参加接下来的活动,领完奖就带着乔闪闪撤了。

陆星耀在外滩包下了一整间餐厅,推门进去时,乔闪闪才发现,她的朋友们不知什么时候都来了。落地窗外正在进行一场无人机表演,拼出"Marry me"的字样,人群在街道上驻足拍照。

陆星耀拉着她的手单膝跪地,他仰头看着她,眼神和语气都显得格外温柔:"闪闪,和我结婚吗?"

乔闪闪在所有亲朋好友的见证下,用力地、坚定地点着头。

陆星耀把那枚代表着誓言的戒指套在她的手指上,随后他站起身,在众人的起哄声中用力把她拉进怀里抱住。

这晚乔闪闪毫无意外又喝多了,就连陆星耀都因为高兴喝了点,带着乔闪闪回酒店,给人洗漱换衣,抱到床上休息时,陆星耀才看到乔闪闪提前放在他枕头上的礼盒。

陆星耀拆开礼盒,里面是一本已经打印成册的剧本。

陆星耀翻开印着《当你闪耀时》的封面,看到扉页上她手写的题记,久久不能言语——

谨以此剧献给我的爱人,陆星耀先生。内娱流量时代随着陆星耀先生的走红崛起,也随着陆星耀先生的转型落幕。

下一个时代是什么呢?我不知道,但我希望是,群星闪耀时。

—全文完—